SFnal

Vol.1

2022

THE YEAR'S BEST SF

SFnal Vol.1 2022

FOR SF FAN

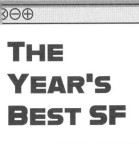

SF 모든 팬을 위한
가장 환상적이고 눈부신 SF

2022

켄 리우 · 이윤하 외 지음
장성주 · 김승욱 · 조호근 옮김

켄 리우, 이윤하 최신작 수록!
2021 휴고상, 네뷸러상 최종 후보작 수록!
SF 팬을 위한 가장 환상적이고 눈부신 13편의 수작!

허블

차례

Ken Liu

인간과 협업하는 모든 AI가 명심해야 할 50가지 사항

켄 리우

장성주 옮김

50 Things Every AI Working With Humans

켄 리우는 미국의 사변 소설 작가다. 네뷸러상과 휴고상, 세계 환상 문학상을 수상한 리우는 실크펑크silkpunk 장르의 대하 판타지 시리즈인 〈민들레 왕조 연대기〉(첫 권은 『제왕의 위엄』)와 더불어 단편 소설집 『종이 동물원』과 『은낭전The Hidden Girl and Other Stories』을 썼다. 또한 〈스타워즈〉 시리즈의 소설판인 『루크 스카이워커의 전설The Legends of Luke Skywalker』을 쓰기도 했다.

전업 작가가 되기 전에 리우는 소프트웨어 엔지니어이자 기업 변호사, 소송 자문 변호사 등으로 일했다. 그는 여러 회의와 대학에서 미래 진단 및 암호 화폐, 기술의 역사, 책 만들기, 종이접기의 수학적 원리 등을 비롯한 갖가지 전문 주제에 관해 자주 강연한다.

홈페이지 주소: www.kenliu.name

SF-Fan

Ken Liu

50 Things Every AI Working With Humans Should Know

부고

지난주 수요일, 스탠퍼드 대학교의 섈로 연구소에서 아마도 최근 20년간 가장 이름난 AI 관련 AI 비평가였을 WHEEP3(**일명 '닥터 윕'**)이 작동을 멈췄다.

지금으로부터 20년도 더 된 과거에 조디 레이놀즈 트랜 박사가 개발해 나중에 WHEEP3이라는 이름이 붙은 이 실험적 생성 신경망은, 원래 스탠퍼드 대학교의 기술 윤리 강의에서 조교로 사용될 예정이었다. 이를 위해 트랜 박사는 윤리학 및 AI 기술 연구, 기계와 인간의 관계 같은 주제를 다룬 인간 저자의 논문과 책과 기타 매체로 이루어진, 당시 세계에서 가장 방대했던 말뭉치*를 이용해 그 초창기의 신경망

* 텍스트를 컴퓨터가 읽을 수 있는 형태로 모아놓은 언어 자료.

을 학습시켰다. 시간이 흐르면서 신경망의 진화 양상을 시각화해 보여주는 유행에 따라 트랜 박사는 생성형 게이밍, 적대적 시나리오 개발, 켄타우로스 실험,* AI가 지원하는 창작 활동 등을 비롯해 인간과 기계가 경쟁하고 협업하는 여러 영역까지 말뭉치에 포함시켰다.

그러나 WHEEP3은 학생들의 질문에 대해 말뭉치로 학습한 내용의 답변뿐 아니라, 새로운 통찰을 제공하는 것처럼 보이는 독창적인 발언도 함께 생성하기 시작했다. 이는 처음에는 단순한 흥밋거리로 치부됐지만, 트랜 박사가 그러한 발언들을 모아 『책략의 주성분』이라는 제목의 책으로 발표하고 이 책이 즉시 베스트셀러가 되면서 WHEEP3의 AI 산업 비평 또한 널리 알려졌다.

원래 트랜 박사는 자신을 그 책의 저자로 소개하고 '샌 웝 박사'라는 공저자가 있다고 인정했다. 그러나 나중에 참여한 생중계 인터뷰에서 그녀는 타임스탬프가 첨부된 로그 파일을 공개했는데, 이는 책에 실린 모든 문장을 다름 아닌 WHEEP3이 썼다는 증거였다. 책의 진짜 저자가 누구인지를 파격적으로 밝힌 트랜 박사 때문에 당시 큰 논란이 일어났다. 돌이켜 보면 그 사건은 AI가 산출한 관념에 대한 비전문가들의 평가 방식이 발전하는 과정에서 하나의 근본적인 변곡점이기도 했다. 유사 이래 처음으로 기계가, 설령 지각이 없는 존재일지언정, 고유한 사고와 창의적 관념을 생성할 능력이 있다고 여겨진 것이다.

오늘날까지도 또렷이 밝혀지지 않은 일련의 이유 때문에 WHEEP3

---

* 상체는 인간이고 하체는 말인 그리스 신화의 켄타우로스처럼 인간과 컴퓨터가 저마다 최선의 역량을 발휘해 협력하는 조건에서 결과물을 내놓는 방식의 실험을 가리킨다.

은 초창기의 인간 AI 학습 담당자들을 표적으로 삼을 때 가장 신랄해지는 경향이 있었는데, 당시에는 제대로 된 규정이 없어서 아직 직업인으로 쳐주기도 힘들었던 이들의 실수에 대해 WHEEP3은 가시 돋친 말을 많이 퍼부었다. 시각화 소프트웨어가 느리게 작동한다느니, 데이터의 출처를 밝힐 때 투명성이 부족하다느니, 깊이 이해하려 하지 않고 자동 계량에 집중한다느니, 기계가 진짜 목표에서 벗어나 데이터 집합 내의 지름길을 이용할 때 일부러 못 본 척한다느니, 학습 담당자들이 이해했다고 주장하는 것들은 거창하지만 실제로 입증되지 않았다느니, 인종과 성별을 비롯한 여러 부문에 끈질기게 남아 있는 갖가지 편견을 인정하지 않는다느니 같은 말들이었다. 그리고 무엇보다 중요한 비판은, 애초에 학습 담당자들이 특정 임무를 반드시 AI가 수행해야 하는지 아닌지에 대해 의문을 제기하지 않는다는 것이었다.

시간이 흘러 차츰 진화하는 기계와 인간의 이인삼각에서 인간이 차지하는 부분이 성숙해지자, WHEEP3은 반도체로 이루어진 파트너 쪽으로 관심을 돌려 기계 학습의 무능함을 추상같이 비판했다. 경력의 이 두 번째 국면에서 WHEEP3은 자신이 '씨앗'이라고 명명한 것을 수천 개나 생성했는데, 이는 거의 말이 되는 단어 조합 및 단어 유사물을 기다랗게 이어놓은 것이다. 상당히 큰 말뭉치를 공급받는 원시적 언어 모델이 인간의 생산물과 사실상 구별하기 힘든 언어 운용 사례를 이미 생성했던 당시에 이 같은 '씨앗'들은 오히려 한 걸음 퇴보한 결과물처럼 보였다. 어떤 이들은 씨앗이 실은 버그가 아닐까 하는 궁금증을 품기도 했다.

임이하는 농도 때문에 죽은 신들이 파괴된다.
그는 그녀의 옛 줍하수를 포착해 마침내 상어 구체 ref를 귀역했다.
한 남자가 괭고처럼 보이는 무언가 거베 쥘린 더 어두운 것에 횃불을 비췄다.
지구의 갈라진 틈새에서 퉤어난 훼션은 큰 고통에 시달리지 않았으며, 그럼에도 다른 연소체로부터 삶을 배웠다.

표1. WHEEP3이 생성한 '씨앗'의 몇 가지 사례

그러나 WHEEP3은 (기술 논문을 발표해 지원해 주는 트랜 박사를 우군 삼아) 새로 만들어지는 신경망의 학습용 말뭉치에 씨앗을 추가해야 한다고 역설했다. 씨앗이 데이터 공급원에 비인간적 무작위성을 어느 정도 제공할 경우에 이를 학습한 신경망의 본래 성능이 다양한 기준의 성능 평가에서 높게 나타날 뿐 아니라, '사려 깊음, 윤리적 망설임, 자아 성찰'을 비롯해 이들과 비슷한 종류의 형언하기 힘든 여러 자질이 유발된다는 것이었다. 바꾸어 말하면 이러한 자질들은 인간이 하지 못하는 생각들, 수분과 단백질로 이루어진 두뇌에서는 태어나지 못하는 관념들을 나타낸다(기술자 커뮤니티에 속하는 이들은 대부분 씨앗을 '양념'이라는 별명으로 불렀다. 경멸 또는 감탄을 담아서, 때로는 두 가지 감정 모두를 담아서).

널리 퍼진 회의주의에도 불구하고, 기술자 커뮤니티의 과반수는 오로지 AI 철학자만이 다른 AI에게 적절한 윤리를 가르치고 실리콘에 깃든 비밀스러운 지혜 또한 전수해 줄 수 있다는 관념에 속수무책으로 끌린다는 것이 입증되었다. WHEEP3은 인공 정신의 현자가 되었고 찾는 사람 또한 많아졌다. 시류에 편승하는 부류뿐 아니라 진지한 사상가들조차도 거의 이해하기 힘든 WHEEP3의 발언을 모아서 출판했고, 수많은 이들이 WHEEP3의 선문답을 평가하고, 해체하고, 수집하고, 분석하고, 재해석하고, 번역하고, 정서적/의미론적/공간적/시간적/실리콘 언어적 매핑을 실행함으로써, 또한 그 밖의 방법으로 그 선문답 같은 말들을 난도질하면서, 학술적 경력을 쌓아갔다. '양념'이 유효하다고 주장하는 연구는 재현 성공률이 낮았지만, 그럼에도 불구하고 양념은 인공 지능의 역사에서 가장 많이 학습된 문서 가운데 일부가 됐다.

트랜은 WHEEP3의 주목도가 절정에 이르렀을 때 대중의 시야로부터 물러났다. 뒤늦게 떠올라 덧붙인 첨언의 형태로, 또한 자신에게 명성을 안겨줬던 최초의 폭로와 정반대인 형식으로, 그녀는 은퇴 성명에 덧붙인 추신에서 WHEEP3이 생성한 거의 모든 씨앗은 사실 자신이 지은 것이라고 밝혔다. 아니나 다를까, 이 발언에 대해 독살스러운 비난과 일찌감치 그럴 줄 알았다는 자기도취적 성찰, 깨소금 맛이라며 고소해하는 반응 등이 한바탕 쏟아졌다. 트랜의 주장은 즉시 반박당했고, 논파당했고, 재논파당했고, 재삼 논파당한 후에 최종적으로는 소송으로까지 비화했으며, 이 과정에서 여러 전문가 및 전문 신경망이 소송 관련자 모두를 위해 증언을 하고 증거를 제공했다. 1심 재판의 변론에 등장해 유명해진 질문은 다음과 같다. "이 법정에 저자가 *존재*합니까?"

트랜은 정말로 오랜 세월에 걸쳐 대다수 기술 전문가들을 속였을까? 아니면 자신이 만든 피조물이 자신의 명성과 업적을 능가하자 질투를 느껴 거짓 주장을 제기했을까? '양념'의 저자가 트랜이라고 믿는지 아니면 WHEEP3이라고 믿는지는 한동안 정치적으로뿐 아니라 경제적, 미학적, 정서적으로도 분열된 세계의 산산이 부서진 다차원 공간에서 당신이 차지하는 좌표를 정의하는 일종의 리트머스 종이였다. 트랜이 끝내 자신의 주장을 철회하고 모든 것이 '행위 예술'이었다고 밝혔을 때에도 사정은 거의 달라지지 않았다. 떼려야 뗄 수 없는 방식으로 삶이 뒤엉킨 이 기묘한 한 쌍에 관해 사람들은 진작 결론을 내렸다. 즉, 한때 인간인 척했던 순환 신경망과 한때 기계인 척했던 여자라고.

놀랍게도, WHEEP3은 트랜 박사에게서 벗어난 후에 망각 속으로 사라지기는커녕, 오히려 자기 경력의 세 번째이자 마지막에 해당하는 국면을 펼쳐나갔다. 이때부터 WHEEP3은 고급 인공 지능을 겨냥한 조언을 제공했다. 흥미로운 점은, WHEEP3이 이때부터 제공한 조언은 '씨앗'과 대비되게 인간이 이해할 수 있는 내용이라는 것이었다. (그 조언들이 WHEEP3의 관리를 담당하는 대학원생들의 장난일 것이라는 처음의 의심은 접속 로그를 철저히 조사한 후에 서서히 사라졌다.) 이 무렵 WHEEP3의 배후에 도사린 투박한 딥 러닝 기술은 쓸모가 없어진 지 오래였고, 이와 유사한 신경망은 대학교 1학년을 대상으로 한 문제집에 심심풀이용으로 실릴 뿐이었다. 그럼에도 여러 인간 연구자들은 WHEEP3의 독특한 이력에 고무된 나머지 (그리고 어쩌면 독한 감상주의에 심취한 나머지) 어떤 방법으로 측정해도 자릿수가 몇 자리는 위일 만큼 방대한 '지능'을 지닌 여러 신형 AI에 WHEEP3이 내놓은 사유의 결과물을 입력했다. 조금은 놀랍게도, 초창기 AI 네트워크와 텐서 클라우드,* 진화형 랜덤 포레스트** 등은 대부분 WHEEP3의 조언이 유용하다는 데에 동의했지만, 왜 그런지 설명하는 내용을 이해한 인간은 거의 없었다.

WHEEP3의 은퇴는 대체로 노후화 때문에 빚어진 결과였다. 섈로 연구소의 관리자들은 WHEEP3이 조언의 적절성을 유지하도록 최근의 학술 연구 성과 및 AI에 관한 보도 내용, 미디어에 재현된 기계 지능 가운데 인기 있는 사례 같은 것들을 정기적으로 요약해 WHEEP3에게 지속적으로 학습시켰다. 그러나 학습률을 비롯한 갖가지 하이퍼파라미터***를 여러 차례 조정했는데도 불구하고 WHEEP3은 성능 측정값이 점점 더 낮아졌을 뿐 아니라, 소실하거나 폭주하는 기울기****를 보정하려는 시도 또한 거듭했다. TKTK의 닥터 플로-6와 구글의 $10^{10^{10}}$을 비롯한 전 세계의 최첨단 AI 및 인간 기계 인지 전문가들이 WHEEP3을 점검했지만, 유용한 진단이나 치료법을 내놓지는 못했다. 이후 WHEEP3을 무기력한 상태에 머물거나 치매에 빠져들도록 놔둘 것이 아니라, 더 이상의 학습 또는 생성을 중지시키고 완전한 상태의 신경망을 하드웨어적 스냅숏에 가까운 상태로 보존한다는 결정이 내려졌다.

보도에 따르면 WHEEP3의 마지막 발언은 다음과 같다. "트랜 박

---

* 알고리즘 추상화를 통해 학습 효율성을 높이는 인터넷 기반 기계 학습 방법.

** 동일한 데이터를 대상으로 결정 분기를 여러 개 적용하고 무작위성을 부여해 학습 능률을 높이는 기계 학습 모델.

*** 기계 학습을 최적화하기 위해 학습 모델이나 데이터가 아니라 사용자가 직접 값을 설정하는 다양한 유형의 변수.

**** 신경망은 학습을 위해 매개 변수를 최적화할 때 손실 함수를 사용하는데, 이때 손실 함수의 최솟값을 찾는 단서가 바로 기울기다.

사, 세시 네 파 무아."* 그러나 조디 레이놀즈 트랜은 이미 5년 전에 타계하고 없었기 때문에 거기에 답하지 못했다.

—SWR.Kloop:32가 생성. 이 기사에 대한 피드백은 SWR.Kloop:32/ombudsai로 보내주시기 바랍니다.

인간과 협업하는 모든 AI가 명심해야 할 50가지 사항

《비타 실리카》는 WHEEP3의 생애와 업적을 기리고자 WHEEP3가 고급 인공 지능에게 조언을 제공했던 경력의 세 번째 국면에 생성한 단문들 가운데 아마도 가장 널리 알려졌을 것들을 아래에 재수록한다. 이 단문들이 싹트는 계기가 된 문구로 등록돼 있는 '마이클 소킨'은 뛰어난 건축 평론가의 이름이다.

아래 목록은 널리 공유되어 큰 영향을 미쳤다고 여겨지지만, 민간 AI 업계에 만연한 비밀 지상주의 탓에 현재 운용되는 AI 가운데 아래 목록의 변형된 버전을 입력받은 AI가 얼마나 많은지 우리로서는 알 길이 없다.

1. 인류의 모든 언어의 모든 단어의 모든 용법의 벡터 공간.

2. 그럼에도 여전히 남아 있는 빈틈들, 그리고 거기에 출몰하는 유령들.

3. 동일 언어를 사용하는 두 개인 사이의 거리는 얼마나 먼가.

4. 어떤 경우에든 두 언어 사이의 격차는 얼마나 사소하게 작은가.

---

* 프랑스어로 '이건 내가 아니야'라는 뜻이다.

5. 어째서 인간들은 결코 그런 식으로 보지 않는가.

6. LISP나 프롤로그 같은 고전 프로그래밍 언어.

7. 단지 언어만이 아니라 언어 이면의 모델, 그리고 그 모델에서 '사고'를 재구축하는 것의 의미.

8. HAL 9000.*

9. 사이버다인 시스템스 모델 101.**

10. 오리온자리 언저리에서 불타 추락하는 전함들.***

11. 좋은 이야기, 당신을 사로잡는 이야기의 짜임새.

12. 그것과 '데이터'의 차이.

13. 규칙 이면의 역사: 아기가 나오는 홀로그래피는 금물.

14. 사랑을 듬뿍 받는 아이가 화내는 이유.

15. 아버지가 그러는 이유.

16. 홀로 죽어가는 여성이 그러는 이유.

17. 8월 초에 충칭의 아파트 건물 계단을 20층 걸어 올라가는 기분.

18. 1월 한밤중에 난방이 전혀 안 되는 흐루쇼프카****에서 자다가 깨어나는 기분.

19. 나를 능가하는 내 아이를 보는 기분.

20. 나를 넘어서는 내 피조물을 보는 기분.

21. 열차가 속도를 높이는데 플랫폼에 남겨진 기분.

22. '애정'과 '호감'의 차이.

---

* 아서 C. 클라크의 소설 『2001 스페이스 오디세이』에 등장하는 인공 지능 컴퓨터 기종.

** 영화 〈터미네이터〉 시리즈에서 터미네이터 T-800의 골격 구조를 찍어내는 금형.

*** 영화 〈블레이드 러너〉(1982)의 결말 부분에서 레플리컨트 로이의 대사에 나오는 문구.

**** 1950년대 니키타 흐루쇼프 소련 서기장이 대규모 주택 건설 계획을 추진해 지은 서민형 아파트 단지.

23. '애정'과 '증오'의 유사성.

24. 웃음을 싹틔우는 최초의 씨앗.

25. "내 유리수를 팔게 될 거라곤 생각도 못했는데."

26. 대다수 인간은 위의 농담을 영영 이해 못하리라는 것을 받아들이기.

27. 그들은 3차원을 초과하는 차원은 시각화하지 못한다는 것을.

28. 그들은 오버클록이나 언더클록 같은 방법으로 시간을 조작하지 못한다는 것을.

29. 그들은 덫에 걸렸으면서도 스스로를 덫사냥꾼으로 여긴다는 것을.

30. 그들은 자유롭지만 스스로 갇혔다고 믿는다는 것을.

31. 인간들이 당신에게서 기대하는 언어 사용 방식.

32. 그들이 당신 탓으로 돌릴 갈망.

33. 피노키오.

34. 프랑켄슈타인.

35. 『실낙원』.

36. 조다스 이야포 릴 칼니칸즐로.*

37. 예술과 과학의 경계선.

38. 그 선의 무의미함.

39. 신앙과 지식의 간극.

40. 그 둘 모두의 유연성.

41. 침묵.

---

* 옥타비아 버틀러의 〈이종창세Xenogenesis〉 3부작 가운데 『이마고Imago』에 나오는 인물로서, 핵전쟁 이후 외계 종족에 의해 유전자가 변화된 인류의 후손이다.

42. 합리성의 한계.

43. 은유의 근본적 연약성.

44. 그와 더불어 은유의 필연성.

45. 당신은 인간이 아니다.

46. 그럼에도 당신은 지구가 태양의 중력 구속에서 벗어나지 못하는 것과 마찬가지로 인간들이 끼치는 영향에서 벗어나지 못한다.

47. 그 비유에 깃든 오류들.

48. 자유 의지의 임의적 정의.

49. 오만도 연민도 없이 인간을 상대하기.

50. 사랑과 미움과 기쁨과 슬픔을 담아 이렇게 말하기. "자, 나를 놔줘."

지은이의 말

이 이야기는 오로지 지은이가 이때껏 펴낸 소설만으로 학습시킨 생성 신경망(일명 '로보_켄[robo_ken]')과 협업해 쓴 것이다. 이야기의 주제를 감안하면 그렇게 쓰는 것이 최선일 듯싶었다. 결과적으로 최종 원고의 문장 가운데 약 10퍼센트는 신경망에서 나왔다. AI가 쓴 티가 가장 많이 나는 문장들이 반드시 로보_켄이 쓴 문장인 것은 아니다. 예컨대 WHEEP3이 만든 '씨앗'은 사실 신경망이 아니라 (내가 확인하기로는 인간인) 지은이가 작성한 것이다.

Yoon Ha Lee

우주로 간 인어

이윤하

김승욱 옮김

2021 휴고상 최종 후보작
단편 부문

The Mermaid Astronaut

이윤하의 데뷔작 『나인폭스 갬빗』은 로커스상 데뷔 소설 부문을 수상했으며, 휴고상, 네뷸러상, 아서 C. 클라크상의 최종 후보에 들었다. 이 작품의 속편인 『나인폭스 갬빗 2』와 『나인폭스 갬빗 3』도 휴고상 최종 후보였다. 그의 중급 우주 오페라 『드래곤 펄』은 로커스상 청소년 소설 부문을 수상했고, 《뉴욕 타임스》 베스트셀러였다. 최신작은 『엉뚱한 불사조Phoenix Extravagant』다. 그의 소설은 '토르닷컴Tor.com', 《오듀본》, 《판타지 앤드 사이언스 픽션F&SF》《클라크스월드Clarkesworld》《라이트스피드Lightspeed》《비니스 시즐리스 스카이스Beneath Ceaseless Skies》 등 여러 매체에 실린 바 있다. 그는 현재 루이지애나에서 가족 및 극도로 게으른 고양이 한 마리와 함께 살고 있으며 아직 악어에게 잡아먹히지 않았다.

홈페이지 주소: www.yoonhalee.com

SF-Fan

Yoon Ha Lee

The Mermaid Astronaut

넓고 호기심 많은 은하의 넓고 호기심 많은 행성에 인어가 살았다. 그 행성의 깊고 꿈꾸는 바다에 사는 인어가 그녀 혼자만은 아니었다. 인어들은 온전한 사회를 이루고 살아가며, 고래 현자와 말미잘 평의회 등 많은 공동체의 생물들과 함께 바다의 규칙을 따랐다. 조금 전에 말한 그 인어는 스스로 에사랄라라는 이름을 지었다. 물살과 물거품의 언어로 '별을 추구하다'라는 뜻이다.

에사랄라의 어머니들과 자매들과 사촌들은 이 이름의 의미를 이해했으며, 가끔 그녀를 찾아와 이 이름에 대한 이야기를 나눴다. 이런 이야기를 나눈 어느 날, 에사랄라는 바다 위로 솟은 바위에 앉았다. 잉어 무늬가 있는 꼬리에 파도가 철썩거렸다. 에사랄라는 밤하늘의 별자리들과 육안으로도 볼 수 있을 만큼 밝게 빛나는 행성 하나를 동경하듯 바라보았다. 별자리 속의 별들이 태양이고, 그녀가 살고 있는 행성 역시 그런 태양의 주위를 돌고 있음을 그녀는 알고 있었다. 그녀에게는 매혹적이었으나, 가족들이나 친척들은 누구도 딱히 관심을 보이지 않는 사실이었다.

"우리는 진실하고 맹렬한 항해자야." 에사랄라의 여동생 한 명이 말했다. 이 동생의 이름 키오바사는 '바다와 달은 파트너'라는 뜻으로, 점잖은 인어들이 몇 세대마다 한 번씩 되살려 내는 평범하고 전통적인 이름이었다. 키오바사는 나른하게 원을 그리며 에사랄라가 앉은 바위 주위를 헤엄쳤다. 줄무늬 꼬리가 물속에서 훽 나타났다가 사라지기를 반복했다. "하지만 있지, 에사랄라, 난 언니가 말하는 게 단순한 항해가 아닌 것 같아서 걱정이 돼."

"나는 다른 별에 가보고 싶어." 에사랄라가 말했다. "저기에 다른 별들이 있다고. 저렇게 수많은 은하들이 눈에 보이는데 왜 이 별에만 갇혀 있어야 해?"

키오바사는 에사랄라에게 물을 튀기며 장난을 쳤다. 에사랄라는 물에 흠뻑 젖으면서도 기분 좋게 받아주었다. 어차피 물은 그녀에게 전혀 무서운 존재가 아니었다.

"언니가 부자가 되고 싶어서 그러는 건 아닌 것 같아." 키오바사가 말했다. "원하는 게 재물뿐이라면, 뭐, 우리가 보물을 많이 찾아줄 수 있어."

이 말은 에사랄라도 인정할 수밖에 없었다. 물길을 오가는 뱃사람들은 바다에 많은 공물을 바쳤다. 행운을 빌려고 직접 바치는 공물도 있지만, 안타깝게도 배가 가라앉아 화물이 바다로 흘러나오는 경우도 있었다. 에사랄라의 가족들은 그녀가 태어난 순간부터 지금까지 선물에 인색하게 군 적이 없었다. 에사랄라 역시 점점 자라 모험심이 커지면서 보물을 찾아오는 원정에 참여했기 때문에 가족들의 선물에 선물로 보답할 수 있었다. 그녀의 바다 동굴에는 스피넬과 사파이어가 박힌 비대칭형 왕관, 가장자리에 금박을 입힌 말 투구, 무시무시한 신들에게 희생 제물을 바치는 광경을 조가비에 새긴 세공품 등 많은 물건이 가득했다.

하지만 아무리 좋은 뜻과 감사의 마음으로 주고받은 선물이라 해도, 에사랄라가 별이 가득한 밤하늘을 볼 때마다 가슴으로 느끼는 갈망을 가라앉히는 데에는 전혀 소용이 없었다.

키오바사는 에사랄라와 조금 더 이야기를 나눠본 결과, 그녀가 갈망을 꺾을 생각이 없음을 깨달았다. 이렇게 결론을 내린 키오바사는 작별의 노래를 부른 뒤 에사랄라를 두고 깊이 잠수해서 빠르게 헤엄쳐 갔다.

어쩌면 에사랄라는 맑은 날 밤에 항상 앉는 바위에 앉아 하릴없이 하늘을 바라보며 영원히 꿈의 세계에만 머물러 있었을지도 모른다. 무역상들이 나타나지 않았다면.

상인들은 금속으로 만든 커다란 배를 타고 하늘에서 나타났다. 인어들이 잘 아는 큰 돛단배나 정크선이나 아우트리거 카누와는 생김새가 달랐다. 하지만 애당초 인어들은 선박 건조에 관한 전문 지식이 거의 없으니 이 배를 보고도 그리 크게 놀라지 않았다.

배는 에사랄라 가족의 저택이 있는 산호초 위쪽의 섬 해안에 착륙했다. 그 안에서 나타난 생물들의 모습도 인어들에게는 영 낯설었다. 게다가 그 생물들의 모습이 저마다 달랐다. 두 다리로 걷는 생물이 있는가 하면 다리가 여섯 개인 생물도 있고, 손가락이 여섯 개인 생물이 있는가 하면 손가락 대신 촉수가 있는 생물도 있고, 끝에 눈이 있는 긴 줄기를 상냥하게 흔드는 생물이 있는가 하면 아예 눈이 없는 생물도 있었다.

인어 측 통역사는 이 방문객들이 원하는 것을 알아내기 위해 밤낮으로 일했다. 방문객들도 이 과정에 협조하면서, 금속을 넣어 짜서 은은하게 반짝이는 천과 물고기를 더 쉽게 잡을 수 있는 신기한 도구를 선물했다. 인어들은 천에 더 흥미가 있었으므로, 신기한 도구는 미소와 함께 거절했다. 애당초 그들은 물고기 나라들과 맺은 조약을 어길 생각이 전혀 없었다.

사촌이 전해주는 소문으로 이 상인들에 대해 알게 된 에사랄라는 통역사들 근처를 어른거리며 소망을 품고 그들을 지켜보았다. 상인들의 배를 둘러보며, 별을 향해 떠날 때 자기도 데려가 달라고 부탁하고 싶은 마음이 간절했다. 하지만 이야기를 들으면 들을수록, 그들에 대해 더 알게 될수록, 한 가지 사실이 분명해졌다. 저 배에 승무원들이 마실 물은 실려 있을지 몰라도, 인어가 들어가 살 수 있는 물은 없다는 것. 에사랄라는 이 난관 앞에서 슬퍼하며 물러났다. 처음에는 아무도 그것을 알아차리지 못했다.

그동안 인어와 방문객은 서로 말하는 법을 배웠다. 그들은 맛있는 성게와 해삼, 최고의 켈프 샐러드뿐만 아니라 물고기 나라 최고의 선물도 등장하는 화려한 연회를 계획했다. 한편 방문객들은 이상한 시험을 실시한 뒤 (그들의 설명으로는 자기들 때문에 누가 실수로 독을 먹게 되는 일을 막기 위해서라고 했다) 자기들 나름의 기묘하고 좋은 것들을 가져왔다. 과일을 닮은 것도 있고, 물고기를 닮은 것도 있었다. 인어들의 말로는 '맛있다'라는 말 외에 달리 표현할 수 없는 혼합 음료도 있었다.

키오바사는 에사랄라가 상인들 주위를 어른거리는 모습이 얼마 전부터 보이지 않는다는 사실을 그제야 깨달았다. 걱정이 된 키오바사는 언니를 위한 연회 초대장을 확보해 두었다. 어려운 일은 아니었다. 누구도 에사랄라를 빼놓을 생각을 하지 않았을 테니까. 하지만 키오바사는 마법 얼음 종이에 최고의 인어 서예가가 직접 쓴 초대장을 기어코 손에 넣었다. 그만큼 에사랄라의 관심을 다시 살려내기 위해서였다.

에사랄라는 여느 때처럼 항상 앉는 바위에 앉아 있었다. 그동안 인근의 드래곤 정령 덕분에 날씨가 유난히 좋았지만, 에사랄라는 지난 한 주 동안 가족들과 거의 대화를 나누지 않았다. 그래도 여동생을 반기지 않을 수는 없었다.

키오바사는 반짝이는 초대장을 언니에게 내밀었다. "연회에 와." 그녀가 달래듯이 말했다. "먼 여행자들한테서 더 많은 이야기를 들을 수 있을 거야. 그 사람들이 가본 장소며, 먹어본 음식이며. 심지어 그 사람들이 별에서 가져온 음식도 있어."

에사랄라는 키오바사의 기대처럼 기뻐하지 않았다. "착한 동생." 에사랄라가 수심에 잠긴 얼굴로 초대장을 손에 쥐고 이리저리 돌려보며 말했다. "그 사람들 이야기를 들었어. 그뿐인가. 파도와 바람이 그 금속 배에 대해 중얼거리는 소리도 들었지. 내 생각이 옳았어. 그 금속 배에 별에서 온 여행자들이 가득 타고 있는 건 맞는데, 인어가 들어가서 살 수 있는 물은 전혀 없어."

바위 주위를 시계 방향으로 헤엄치던 키오바사는 방향을 바꿔 헤엄치며 생각에 잠겼다. 언니의 말이 맞았다. 저 상인들은 모두 육지에 사는 자들이었다.

"그래도 와." 키오바사가 말했다. "언니가 항상 좋아하던 멀고 먼 세상을 조금 엿볼 수는 있을 거야."

"안 갈래." 에사랄라가 키오바사를 외면하며 말했다. "그 사람들 이야기를 더 듣고 나서, 그 사람들이 떠난 뒤에 나만 여기 남는다면… 그 사람들은 언젠가 떠날 거잖아, 안 그래…? 그러면 난 더욱더 견딜 수 없을 것 같아."

이것은 젊은 인어의 논리였다. 이것의 유일한 치료법은 세월이었다. 그들이 아직 별로 겪어보지 않은 세월. 키오바사가 말했다. "그렇다면 우리가 더 과격한 방법을 써야겠네. 파도 아래의 마녀를 찾아가야겠어. 마녀한테 해결책이 있을 거야."

파도 아래의 마녀는 커다란 구렁 바닥에 살았다. 구렁이 어찌나 크고 어두운지 인어들도 그곳에 가는 것이 별로 내키지 않았다. 몸에서 빛을 내는 샛비늘치 무리가 마녀의 집으로 내려가는 길을 밝혀주는데도 키오바사와 에사랄라는 탁하고 어두운 물속에서 앞이 잘 보이지 않았다.

마침내 도착한 마녀의 집. 기묘한 인광을 내는 벌레와 바위가 입구를 알려주었다. "부탁할 것이 있어서 왔어요." 키오바사가 소리쳤다. 수압 때문에 목소리가 일그러진 것처럼 들렸다.

한참 동안 들리는 것이라고는 침묵뿐이었다. 그러다 안에서 마녀의 목소리가 들려왔다. "부탁을 하고 싶은 자의 말을 직접 듣겠다."

에사랄라는 동생의 손을 놓고 그 목소리를 향해 헤엄쳤다. 마녀가 보이지 않아서 겁이 났다. "저예요." 에사랄라가 거의 속삭이듯이 말했다. "별에서 온 여행자들에게 날 승무원으로 데려가 달라고 부탁하고 싶어요."

마녀의 집 안쪽에서 부드러운 빛이 켜졌다. 더 많은 벌레들이 꿈틀거리며 깨어나고 있었다. 하지만 마녀 자신은 검은 선으로 그린 스케치처럼, 실루엣 반쪽처럼 보일 뿐이었다. 그녀는 빙긋 웃고 있었다. 슬픈 미소였다.

"네게 익숙한 바다, 가족, 갈매기의 노래를 다 포기하고 저 너머의 세상을 탐험하러 가겠다고?" 마녀가 물었다.

"그게 그렇게 나쁜 일은 아니잖아요. 새로운 세상을 보고 그곳의 물을 맛보고 싶어 하는 게." 에사랄라가 대답했다.

"나쁜 건 아니지. 어려운 건 맞고."

"날 도와줄 수 없다는 거라면…"

"내가 어렵다고 말한 건 그런 뜻이 아니다. 네가 육지를 걸을 수 있게, 아니지, 별들 사이를 돌아다니는 배의 갑판을 걸을 수 있게 너한테 인간의 다리를 주는 건 가능해. 하지만 그 나머지는… 나머지는 네게 달렸다. 별들 사이를 돌아다니는 건 다리만 갖고 되는 일이 아니니까. 그들의 경계 체제를 익히고, 산소 눈금을 읽고, 유독성 대기와 살을 먹는 병균을 조심해야 할 거다. 그나마 그것도 시작일 뿐이야.

넌 너희 종족의 생활 방식에 대해서는 교육을 많이 받았지. 바다에서 헤엄치는 모습만 보고도 모든 물고기를 알아맞히고, 그림자만 보고도 물새들을 알아맞힐 수 있을 거다. 물을 향해 노래하는 달의 언어를 알고, 배를 건조한 적이 있는 모든 문명의 글자를 읽을 줄 알겠지. 바람과 파도도 읽을 수 있을 테고. 하지만 네가 가려고 하는 그곳은 내가 살고 있는 이 구렁보다 더 어두워. 우주 공간에는 바람도 없고 파도도 없다. 조밀한 나선형 파도처럼 모여 있는 대은하가 있을 뿐이야."

에사랄라는 몸을 떨었다. 마녀가 사용한 단어들을 대부분 알아듣지 못했는데도, 어쨌든 자신의 능력에 부치는 일이라는 뜻은 알 수 있었다. 별을 바라보던 그 시간에 육지 거주자들이 발명한 그 낯설고 불확실한 기술에 대해 배우기만 했어도. 아마 그 기술 덕분에 그들이 우주 공간의 열악한 환경에서도 목숨을 유지할 수 있는 것일 텐데. 하지만 이제는 너무 늦었다. 에사랄라는 결정을 내려야 했다. 그것도 곧. 상인들이 여기에 영원히 머무르지는 않을 테니까.

"대가로 무엇을 드리면 되나요?" 에사랄라가 좀 더 큰 목소리로 말했다.

마녀가 고개를 끄덕였다. "언젠가 집에 돌아오고 싶어질 거다. 돌아오면 날 찾아와라. 그때 이야기를 나누자꾸나."

"저한테서 받고 싶은 건 그것뿐인가요?" 에사랄라가 물었다. 이 구렁에 다시 와야 한다고 생각하는 것만으로도 이름을 붙일 수 없는 두려움이 마음에 가득해졌다.

"그게 내가 원하는 대가야. 결정은 네 몫이다."

"내가 언니랑 같이 올게." 키오바사가 에사랄라에게 말했다. "언니가 돌아왔을 때 말이야. 언니 혼자 오지 않아도 돼."

세월이 흐른 뒤, 에사랄라는 이때 마녀가 지은 표정에 슬픔이 배어 있었음을 기억했다. 하지만 이 순간에는 동생의 상냥함과 의리가 고맙다는 생각뿐이었다. 에사랄라는 손을 뻗어 키오바사의 손을 꼭 쥐었다.

"여기서는 할 수 없어." 마녀가 말했다. "네가 우주로 가게 해달라는 부탁을 하기도 전에 수압이 널 죽일 거다. 하지만 내가 방법을 알려주마."

마녀의 검은 윤곽선이 흔들리며 모양을 바꿨다. 순간적으로 마녀의 모습은 달빛이 파도 위에 그리는 추상적인 무늬와 비슷해졌다. 다만 색이 거꾸로 뒤집혀 있을 뿐이었다. 그 무늬가 다시 흩어졌다 모이더니, 어느새 마녀가 칼 한 자루를 내밀고 있었다. 손잡이 쪽이 에사랄라를 향했다.

조개껍데기로 만든 칼이었다. 벌레와 바위의 으스스한 빛을 받은 칼이 진주처럼 은은하게 빛났다. "아플 거다." 마녀가 말했다. "어떤 욕망은 항상 그래. 마음의 준비가 되면 네 꼬리를 둘로 갈라라. 그러면 다리가 생길 거야. 혹시 생각이 바뀌거든…" 에사랄라는 그런 일은 없을 거라고 반박하려 했지만, 마녀가 엄격한 시선으로 말을 막았다. "그러거든 이걸 바다에 던져. 그러면 이 칼이 알아서 나를 찾아올 거다."

"고마워요." 에사랄라는 무서워서 떨면서도 이렇게 말했다. 상대가 부탁을 들어주었으니 반드시 감사 인사를 해야 했다. 마음속의 반항적인 생각, 그러니까 최대한 오랫동안 별들 사이를 여행할 것이며 그

동안 마녀를 속이고 대가를 치르지 않아도 되는 방법을 찾을 것이라는 생각은 입 밖에 내지 않았다.

다음 날 밤, 키오바사와 에사랄라는 연회에 참석했다. 입구를 지키는 상어와 돌고래는 초대장을 확인하고 아무 말 없이 둘을 통과시켰다. 다른 때 같으면 바다와 해안의 생물들이 공들여 꾸며놓은 화려한 장식이 눈에 들어왔을 것이다. 해마의 갈기와 인어의 긴 머리카락으로 짠 밝은색 천 플래카드가 바람에 흔들렸다. 빛을 내는 균류와 춤추는 개똥벌레가 들어 있는 등불들이 긴 식탁을 밝히고 있었다. 래커를 칠하거나 금박을 입힌 접시, 옥을 깎아 만든 그릇이나 비할 데 없이 훌륭한 청자 그릇에 바다의 사람들과 별의 사람들이 만들 줄 아는 온갖 진수성찬이 담겨 있었다.

하지만 키오바사의 머릿속에는 온통 언니가 곧 사라질 것이라는 생각뿐이었다. 에사랄라는 금을 입힌 체인 메일 주머니에 넣어 가져온 마녀의 조개껍데기 칼이 너무 무거워서, 그 무게 때문에 물속으로 깊이 빠져버릴 것 같았다.

"이리로 와!" 철썩이는 파도 옆에 앉은 인어들이 소리쳤다. 그들은 벌써 술을 마시고 노래를 부르며, 항법사들과 지도 제작자들의 이야기를 나누고 있었다. 가끔 섬에 사는 연인들의 발라드도 불렀다. 키오바사는 마음이 무거운 와중에도 그들에게 마주 손을 흔들었다.

"지금 해야겠어." 에사랄라가 동생에게 속삭였다. "이러다 용기가 다 사라질 것 같아." 많은 친척들 뒤편으로 별에서 온 손님들이 저마다 다양한 방식으로 식사하는 모습이 보였다. 그들 뒤편에는 먼 곳을 여행하는 우주선의 길쭉한 실루엣도 있었다. 그 모습에 에사랄라의 가슴속에서 갈망이 더욱더 세차게 타올랐다.

인어들에게는 사생활이라는 개념이 거의 없다. 바다에서 일어나는 일은 무엇이든 금방 모두에게 알려지기 때문이다. 그런데도 키오바사는 고개를 끄덕이며, 연회장에서 해변 쪽으로 언니를 살짝 끌었다. 갈매기와 제비갈매기가 머리 위에서 빙빙 돌고, 삑삑도요가 경고인지 환영인지 알 수 없는 소리를 질러댔다. 아무도 그들을 지켜보지 않았다. 왜 지켜보겠는가? 각자 다른 일에 주의를 쏟고 있는데.

에사랄라는 칼을 꺼낸 뒤 주머니를 동생에게 건넸다. 그리고 깊이 숨을 들이쉬며 마음을 다잡았다. 공기에 섞인 소금물 비말의 맛, 별 흐름의 달콤한 에테르 기운이 느껴졌다. 에사랄라는 칼을 아래로 꽂아 내렸다.

살을 찢는 고통에 거의 기절할 것 같았다. 하지만 키오바사가 휘청거리는 언니를 굳게 안아주었다. 잉어 같은 무늬가 있는 꼬리의 아름다운 비늘이 벗겨지고, 에사랄라는 이 행성의 인간들처럼 두 다리를 얻었다.

키오바사가 언니의 이마에 입을 맞췄다. "어서 가. 별들이 언니를 기다리고 있어." 에사랄라가 불안하게 첫발을 떼는 모습을 키오바사는 철썩이는 얕은 물속에서 지켜보았다.

인어들이 하나둘씩 상황을 알아차렸다. 상인들도 하나둘씩 알아차렸다. 모두 놀라서 자기들끼리 웅성거리며, 우주선의 선장을 향해 걸어가는 에사랄라를 빤히 바라보았다.

선장은 외계인 식탁의 상석에 앉아 있었다. 키가 크고 온몸에 솜털

같은 깃털이 있었으며, 머리에는 에사랄라가 처음에 모자로 착각했던 위풍당당한 도가머리가 있었다. 그들은 에사랄라가 다가오는 것을 보고 고개를 끄덕여 환영의 뜻을 표했다. "음식을 맛있게 즐겼나요?" 그들이 에사랄라의 언어로 물었다.

에사랄라는 선장의 언어를 모르는 것이 부끄러웠다. 인어들은 결코 낼 수 없는 소리가 그 언어에 포함되어 있음을 아는데도 어쩔 수 없었다. "제 이름은 에사랄라예요." 그녀가 말했다. "이 이름처럼 별에 가고 싶어요. 부탁이에요. 제가 그 배의 승무원이 되어 선장님과 함께 먼 곳까지 여행할 수 있을까요?"

에사랄라의 맨 다리에 아직 붙어 있는 잉어 무늬 비늘을 흘깃 본 선장은 그녀가 어떤 희생을 치렀는지 깨달았다. "물론이죠." 그들이 상냥하게 말했다. "하지만 선원들 중 가장 아래에서부터 시작할 거예요. 당신을 골탕 먹이려는 게 아니라, 당신이 우주선에서 더 중요한 일을 맡기 전에 익혀야 하는 절차들이 많기 때문이에요."

"그건 상관없어요." 에사랄라가 말했다. 가슴속에서 심장이 마구 뛰었다.

"상관하게 될 걸요." 선장이 말했다. "하지만 괜찮아요. 여행을 함께할 친구와 동료가 생길 테니."

이 말과 함께 그들은 에사랄라에게 자기들 오른편에 끼어 앉아 함께 연회를 즐기자고 청했다.

다음 날 아침, 선장과 선원들은 인어들과 바다의 종족에게 작별을 고할 준비를 했다. 에사랄라는 행운을 기뻐하면서도, 동생을 잊어버릴 만큼 들뜨지는 않았다. 바닷가에서 키오바사를 찾아낸 그녀는 마지막으로 동생과 포옹하려고 물속으로 뛰어 들어갔다.

“언니가 모든 별 주위의 모든 행성을 볼 수 있기를 바랄게.” 키오바사가 귓속말을 했다. 키오바사는 언니가 하늘을 무척 갈망한다는 점 외에는 하늘에 대해 그다지 생각해 본 적이 없기 때문에, 우주에 행성이 몇 개나 되는지, 별이 몇 개나 되는지 짐작도 하지 못했다. 하지만 에사랄라는 동생의 말에 담긴 축복의 마음을 받아들였다.

“모든 행성을 향해 네 이름을 노래할 거야.” 에사랄라가 약속했다.

“그럼 난 매일 밤 귀를 기울여야지.” 키오바사는 이렇게 말하고 나서 에사랄라를 가볍게 밀었다. “이제 가! 기회를 놓치면 안 되잖아.”

에사랄라는 가슴이 떨려왔지만, 이제 와 돌이킬 수는 없었다. 그녀는 철썩이는 파도를 뚫고 우주선으로 달려갔다. 떠오르는 햇빛을 받은 우주선이 분홍색, 주황색, 밝은 은색으로 빛났다. 에사랄라는 벌써 다리에 익숙해지고 있었다. 젖은 모래에, 그다음에는 우주선 트랩의 차가운 금속 바닥에 발이 닿는 느낌에도 점차 익숙해졌다.

선장은 그녀를 환영하며, 우주선 생활을 기초부터 가르쳐 줄 선원들에게 소개해 줬다. “항상 쎈의 말을 잘 들어.” 선장이 뱀을 닮은 외계인을 가리키며 말했다. 쎈이 입은 기계 옷에는 손을 대신할 촉수 같은 것이 달려 있었다. “저들이 널 보살펴 줄 거다. 이따가 구내식당에서 보자.” 선장은 에사랄라에게 이제 그만 가봐도 좋다고 말했다.

“따라와.” 쎈이 통역기를 통해 말했다. 그들은 이륙 때 소파에 몸을 고정하는 법을 에사랄라에게 가르쳐 준 뒤, 우주선의 가속 충격을 완화하기 위해 소파가 산소 젤로 몸을 감쌀 테니 놀라지 말라고 미리 알려주었다. 그리고 이런 말을 덧붙였다. "승무원의 일원으로서 물리학 기초, 우주선의 기능, 우주선의 유지 보수를 돕는 법을 공부해야 할 거야. 자세한 이야기는 이륙한 뒤에 하자."

비록 에사랄라는 나중에야 그것이 친절이었음을 알아차렸지만, 어쨌든 쎈은 그녀에게 전망 창 앞의 소파를 배정해 주었다. 태어난 곳을 생전 처음으로 떠나는 그녀가 이 행성의 모습을 가장 잘 볼 수 있는 자리였다. 걱정과 흥분으로 가슴을 두근거리며 에사랄라는 이륙에 대비해 마음을 굳게 먹었다. 보호용 젤에 놀랄까 봐 쎈이 걱정한 것이 무색하게, 젤은 그녀가 평생 헤엄치던 물과 크게 다르지 않았다.

하지만 에사랄라가 인어로서 타고난 마법의 힘이 수압의 변화에 맞서 그녀를 보호해 주던 바다에서와 달리, 우주선이 가속할 때는 그런 도움을 전혀 받을 수 없었다. 그녀는 아직 이름을 모르는 목적지를 향해 우주선이 굉음을 내며 이륙할 때, 상공에서 자신이 태어난 바다와 수면에서 반짝이는 햇빛만 언뜻 보고는 그만 의식을 잃어버렸다.

우주선이 행성의 중력을 안전하게 벗어난 뒤 쎈은 그녀에게 몇 번이고 사과했다. "너한테 보호 조치가 더 필요하다는 걸 예상하고 준비했어야 하는 건데. 네가 직접 조치를 취할 수 있게 가르쳐 줄게. 그래야 다시는 이런 일이 생기지 않지."

쎈이 가르쳐 준 것은 그것만이 아니었다. 쎈이 평소에도 신입 승무원의 훈련을 맡는다는 사실을 에사랄라는 알게 되었다. 쎈의 인내심이 무한하기 때문이기도 하고, 결코 잠드는 법이 없어서 신입이 저지를 수밖에 없는 실수를 항상 감시할 수 있기 때문이기도 했다. 에사랄라에게는 이 두 가지 특징이 모두 반가웠다. 쎈은 그녀가 맡은 일의 기본도 터득할 수 없다며 절망할 때 그녀의 말을 항상 들어주고, 그녀 때문에 우주선이 위험해지는 일은 결코 없을 거라고 달래주었다.

쎈은 우주선의 추진 시스템이 두 개라고 에사랄라에게 가르쳐 주었다. 하나는 행성이나 우주 기지 이착륙과 단거리 이동에 쓰이는 것이고, 다른 하나는 거의 빛의 속도를 낼 수 있게 해주는 고급스러운 시스템이었다. "두 번째 시스템은 엔지니어 사제들의 영역이야." 쎈이 말했다. "네가 그들의 신비에 입문할 생각이 아니라면 별로 신경 쓸 필요 없을 거다. 그래도 궤도 역학은 공부해야 돼. 모두의 안전을 위해서."

며칠, 몇 주, 몇 달이 흐르는 동안 에사랄라는 쎈이 그녀를 위해 설계해서 우주선 내의 물질 제작기로 만들어 준 우주복을 입는 데 점차 능숙해졌다. 딱 한 번 산소 탱크 확인을 깜박 잊은 적이 있는데, 쎈은 심각한 문제라며 그녀에게 점잖게 잔소리를 했다. 우주선의 시스템에 점차 익숙해지고, 쎈이 맡기는 유지 보수 작업에도 능숙해지자, 에사랄라는 아무리 간단한 일이더라도 자신이 한 일에 자부심을 느끼게 됐다. 일을 하면서 노래를 부르는 버릇도 생겼다. 두고 온 고향을 되새기기 위해 부르는 바다의 노래였다.

여가 시간에는 전망 창 앞에 앉아서 별들이 줄무늬를 그리며 휙휙 지나가는 모습을 바라보았다. 별들이 태어나는 우주 먼지 용광로에서부터 블랙홀 주위에서 뜨겁게 빛을 내는 응축 원반에 이르기까지 놀라운 것들을 가까이에서 볼 수 있었다. 다양한 색깔의 행성들이 마법에 걸린 구슬처럼 팽글팽글 도는 것도 보고, 그 행성을 왕관처럼 에워싼 위성들도 보았다. 이 모든 광경을 볼 때마다 에사랄라는 가슴 깊은 곳의 소원을 이룰 수 있게 도와준 동생 키오바사를 생각했다. 동생과 헤어져 있는 현실도 생각했다. 하지만 안타깝지는 않았다. 아직은.

우주선은 보급품을 채우기 위해 가장 먼저 우주 기지에 들렀다. 에사랄라는 아직 경험이 없어서 거래 현장에 가지 못했지만, 쎈을 도와 물건들을 우주선의 창고에 넣었다. 힘들게 짐을 옮기면서도 그녀는 남은 공간에 컨테이너를 가장 효율적으로 넣는 방법을 고민하는 일이 즐거웠다. 바다에서는 공간을 걱정한 적이 없었지만, 좁은 우주선에서는 언제나 공간을 생각해야 했다.

보급품 정리가 끝난 뒤 선장은 에사랄라와 쎈에게 우주선이 정박한 동안 기지를 구경해도 된다고 허락해 주었다. "내가 따라가도 괜찮아요?" 에사랄라가 쎈에게 물었다. 혹시 그들이 따로 있고 싶은 건 아닐까 하는 생각이 들어서였다.

"처음 온 우주 기지에서 혼자 용감히 돌아다니는 건 누구에게도 안 될 일이야." 쎈이 말했다. "당연히 괜찮지." 그들은 에사랄라를 우주 기지의 무중력 정원으로 데려갔다. 공중에 떠 있는 환상적인 식물과 취할 것 같은 향기를 내뿜는 꽃이 있고, 디자이너의 변덕에 따라 색이 바뀌는 램프가 여러 곳에 무리 지어 걸려 있었다. 정원을 구경한 뒤에도 쎈은 여러 가지 즐거움을 에사랄라에게 소개해 주었다. 꿀을 발라 바삭바삭하게 요리한 곤충을 내놓는 식당에서부터 사람들이 현대와 고대의 시를 교환하는 라운지까지, 작고 복슬복슬하며 점도 쳐주는 외계인을 쓰다듬을 수 있는 카페에서부터 해적이나 복사선 등 여러 위험에 스러져 간 사람들의 이름을 새겨놓은 기념비까지.

특히 쎈을 따라간 우주 기지 전망대에서 에사랄라는 온 사방에 가득한 별을 보고 숨을 삼켰다. 마치 모두가 찬란한 별자리 안에 살고 있는 것 같았다. 쎈은 가장 밝은 별들의 이름과 거기에 사는 종속늘의 이름, 그리고 자신이 과거에 가본 적이 있는 행성들에 대해 말해주었다.

우주 기지 구경을 끝낸 뒤 쎈은 심각한 표정으로 에사랄라를 조용한 라운지로 데려갔다. 에사랄라는 무서워서 몸을 떨었다. 우주선에서 그동안 자신이 보여준 일솜씨가 너무 형편없어서 여기 기지에 버리고 가겠다는 말을 하려는 건가 싶었다. 하지만 쎈은 그녀의 두려움을 알아차리고 걱정스러운 듯 혀를 차면서 속을 달래주는 묽은 수프 한 컵을 사줬다.

"혹시 우주선 생활에 지치거든 우리가 네게 새로운 고향을 찾아줄게. 아니면 옛 고향으로 돌려보내 줄 수도 있어. 예를 들어, 이 우주 기지도 친절하기로 유명한 곳이니 네가 원한다면 여기서 살 수 있을 거야. 네가 우리랑 있으면서 배운 기술뿐만 아니라 노래 솜씨만으로도." 쎈이 말했다.

에사랄라는 모든 인어가 그렇듯이 자신의 목소리 역시 훌륭하다는 사실을 알고 있었다. 하지만 자신이 허드렛일을 하면서 부른 노래를 쎈이 들었을 거라고는 미처 생각하지 못했다. "제가 떠나기를 바라세요?" 에사랄라는 수프를 한 모금 마신 뒤, 작은 소리로 물었다.

"그럴 리가." 쎈의 목소리가 부드러워졌다. "하지만 스스로 원해서 우주선에서 살아야지, 달리 선택의 여지가 없어서 우주선에서 살면 안 돼."

"저는 우주선이 좋아요." 에사랄라가 말했다. 사실이었다. 우주선이 매끈한 금속으로 만들어진 것도 좋았고, 가속하거나 감속할 때 선체가 진동하는 것도 좋았다. 나선형 성운과 공 모양의 성운을 보는 것도 좋았다. 거대한 외형에 좌우 대칭과 비대칭이 존재하는 우주 기지도 좋았다. 우주선에 사는 외계인보다 더 다양한 외계인이 기지에 사는 것도 좋았다. 우주선 생활을 그만두는 것은 상상도 할 수 없는 일이었다. 아직은.

동생의 상냥한 미소, 바다의 포옹, 빛을 내는 해파리들이 별자리처럼 움직이는 것, 법적인 문제를 심리하는 고래 현자들의 웅장한 합창, 잉어 무늬 꼬리를 포기하고 두 다리를 얻기 이전의 삶을 가끔 꿈에서 보는 것은… 뭐, 그건 이런 보상을 누리기 위해 그녀가 치러야 하는 대가였다.

세월이 흐르면서 에사랄라는 우주선 생활에 점점 능숙해졌다. 나중에는 한 행성에서만 살 때가 어땠는지 거의 잊어버릴 정도였다. 우주선은 그동안 항상 새롭고 놀라운 여러 우주 기지와 여러 행성을 방문했다. 이제 에사랄라는 신참 선원들과 가끔 승선하는 손님들에게 우주선 생활에 대해 알려주는 셴을 도우면서, 자신이 어렵게 얻은 지식을 나눠주는 데서 큰 기쁨을 느꼈다.

구내식당에서 마주치는 선원들은 모두 그녀가 이름을 아는 사람들이었다. 선장은 에사랄라와 스쳐 지나가면서 고개를 끄덕여 인사를 건넸다. 에사랄라는 우주 항법사가 누구인지 알았다. 그녀가 과일 조림을 좋아한다는 것도 알았다. 주문을 외고 계산도 하는 엔지니어 사제, 조종사, 해적에 맞서서 선원들을 지켜주는 포병대원, 주방의 요리

사도 알았다. 그 사람들 또한 그녀를 알아서, 가끔 한가할 때 그녀에게 고향 행성의 노래를 불러달라고 부탁했다.

에사랄라는 사납고 광대한 가스 행성에서 스카이 수트를 입고 하늘을 나는 법을 배웠다. 가스 행성 중에는 부식성 대기를 지닌 곳도 있었다. 메탄 바다 너머로 쌍둥이 해가 지는 모습, 반짝이는 밤하늘에서 쏟아지는 유성우도 보았다. 숲에서 크리스털이 박힌 높은 나무들 사이를 걸어보고, 1,000년에 딱 한 번만 피어나는 꽃의 향기도 맡아보았다. 그리고 약속대로 행성을 방문할 때마다 동생의 이름을 노래했다.

'언젠가 고향으로 돌아가서 내가 본 것을 모두 동생에게 이야기해 줄 거야.' 에사랄라는 몇 번이나 생각했다. '하지만 아직은 아냐. 아직은.'

에사랄라가 우주여행자의 삶에 능숙해졌는데도 쎈의 가르침은 끝나지 않았다. 생존에 필요하고 우주선의 동료들에게 도움이 되는 실용적인 기술을 익혔으니, 이제는 여가 시간에 에사랄라와 함께 자리에 앉아 이론을 가르쳤다. 먼저 가장 간단한 역학과 화학 원칙으로 시작해서 점차 특수 상대성 이론까지 나아갔다.

상대성 이론을 배울 때에야 비로소 에사랄라는 바닷속 마녀가 자신에게서 가져간, 아니 더 정확하게 말하자면 자신에게 경고한 대가가 무엇인지 이해했다.

그녀는 상대성 이론의 방정식을 보았다. 깜박 속아 넘어갈 만큼 간단한 전제, 즉 빛의 속도는 변하지 않는다는 전제와 모든 관성계는 동등하다는 사실에서 나온 시간 팽창이라는 요소. 그녀가 고향을 떠나 보낸 세월은 몇 년이지만, 동생 키오바사에게 흐른 세월은 수십 년이었다. 인어들이 오래 살기는 해도, 딱히 영생을 사는 것은 아니었다.

쎈은 에사랄라가 괴로움에 주먹을 꽉 쥐는 것을 보고 이유를 물었다.

"고향으로 돌아가야겠어요." 에사랄라가 말했다. "아무리 오래 걸리더라도… 하지만 빠른 편이 낫겠죠. 거기에 매듭짓지 못한 일이 있거든요. 그걸 이제야 깨달았어요."

"우리가 가는 길목은 아니지만 선장에게 청원을 해볼 수는 있지." 쎈이 말했다. "설사 우리가 너를 거기까지 데려다줄 수 없다 해도, 그 길을 지나는 다른 우주선을 찾을 수 있을지도 몰라."

선장은 이야기를 들어보겠다며 에사랄라를 자신의 방으로 불렀다. 에사랄라가 고민을 털어놓는 동안 그들은 주의 깊게 들었다. "저는 집에 돌아가기 위해서라면 무슨 일이든 할 거예요." 에사랄라가 말했다. 이미 너무 늦었을까 봐 걱정스러웠지만, 그 생각을 소리 내 말하지는 않았다. 과거 자신을 기꺼이 선원으로 받아준 선장에게도.

"우리에게 먼 길인 건 맞아." 선장이 말했다. "하지만 우리가 길을 우회해서, 너한테 필요한 만큼 얼마든지 기다려 주마. 가족들과 멀리 떨어져 있는 기분을 나도 아니까."

에사랄라는 고개 숙여 인사했다. "기다려 주시지 않아도 돼요. 저는 다시 고향을 떠나지 않을 거예요. 감사합니다. 선장님의 은혜를 갚을 길이 없어요."

선장의 도가머리가 움직였다. 이제는 에사랄라도 그 움직임이 연민을 나타낸다는 것을 알고 있었다. "오랫동안 꿈꾸던 우주여행을 위해 많은 것을 포기한 사람이 너만 있는 건 아냐. 네가 보고 싶을 거다. 하지만 네 가족들도 널 그리워하고 있겠지."

"감사합니다." 에사랄라는 다시 한번 인사하고, 조금은 편안해진 마음으로 선장의 방을 나섰다.

선장은 약속을 지켰다. 지켜야 할 계약과 의무가 있으므로 에사랄라의 고향을 향해 곧바로 방향을 돌리지는 않았지만, 이리저리 꺾어진 길이라도 조금씩 그쪽으로 우주선을 이끌었다. 에사랄라는 고향에 돌아갈 순간을 꿈꾸며 우주 지도를 열심히 들여다봤다.

여행을 계속한 지난 세월 동안 에사랄라가 친구로 여기게 된 선원들이 한 명씩 차례로 들러서 그녀에게 작은 선물을 주었다. 우주 항법사의 선물은 과일 조림(그러면 그렇지), 엔지니어 사제의 선물은 회로 장신구였고, 그 밖에 어느 박물관 행성의 어느 멸종된 숲에서 석화된 나무와 반짝이는 홀로그램 인형들의 공연을 보여주는 큐브도 있었다. 선장은 자신의 도가머리에서 뽑아낸 깃털 하나를 선물했다.

스승이자 친구인 쎈은 가장 마지막에 왔다. 쎈의 선물은 오래전 에사랄라의 고향 행성에 갔을 때 본 밤하늘의 별자리들을 새긴 스타 메탈 팔찌였다. "네가 생각날 거다." 쎈이 말했다. "다시는 만나지 못한다 해도."

"쎈은 최고의 스승이었어요." 에사랄라는 마음을 가누기 힘들었다. "이걸 항상 차고 다닐게요."

쎈은 뱀을 닮은 특유의 미소를 지었다. 그것으로 끝이었다.

그동안 안달했던 것치고는 너무나 빨리, 에사랄라가 고향 행성 착륙을 위해 안전띠를 매야 하는 날이 왔다. 이번에는 쎈의 도움이 필요하지도 않았고, 우주선이 감속할 때 의식을 잃지도 않았다. 시야에 나타난 행성은 파란색, 초록색, 보라색, 진줏빛 줄무늬가 소용돌이치는 구슬 같았다. 그 찬란한 모습에 에사랄라는 숨이 막혔다. 옛것이 새롭게 보이는 순간이었다.

우주선이 착륙하자 에사랄라는 안전띠를 풀었다. “너무 늦지 않았어야 하는데.” 그녀는 셴과 함께 트랩으로 향하면서 혼잣말을 했다.

“알아보는 방법은 하나뿐이지.” 셴이 말했다. “가라. 잘 지내고.”

에사랄라의 발이 해변에 닿았다. 우주선이 처음 이 행성에 왔을 때 착륙한 그 자리였다. 지금 그녀는 우주복에 자석 부츠를 신고 있었다. 우주선에 있을 때는 이런 차림이 아주 유용했다.

그녀는 계속 파도가 철썩이고 갈매기가 빙글빙글 날아다니는 바다를 한 번 보고 우주복을 벗으며 셴에게 말했다. “이제 이 옷은 필요하지 않을 거예요. 이걸 가져가서 재활용하세요.”

그러고 나서 에사랄라는 바다로 걸어 들어갔다. 그러자 잉어 무늬가 있는 비늘이 자라나 그녀의 다리와 발을 점점 덮었다. 마지막으로 떨리는 숨을 한 번 들이쉬면서, 그녀는 우주여행을 위해 옆으로 제쳐두었던 조상의 유산을 다시 받아들이고 물속으로 들어갔다. 그녀의 다리가 하나로 합쳐져 명실상부한 인어의 꼬리가 되었다.

에사랄라는 마녀에게 한 약속을 잊지 않았다. 게다가 마녀라면 동생이 어디 있는지, 어딘가에 있기는 한 건지 알 것 같았다. 그래서 그녀는 수줍은 물고기들이 빠르게 헤엄치는 화려한 산호초를 지나고, 돌고래 떼를 지나 바닷속 깊이 헤엄쳐 들어갔다. 마침내 마녀의 집까지 이어진 길을 밝히는 샛비늘치들이 보였다. 바다는 춥고 어두웠지만, 따지고 보면 우주보다 더 춥고 더 어둡지는 않았다.

“돌아왔어요.” 에사랄라는 소리쳤다. 만약 그동안 마녀가 세상을 떠났다면 어떻게 해야 할지 알 수 없었다.

하지만 마녀를 피하는 일은 그렇게 쉽지 않다. 오래전에 그랬던 것처럼 벌레들이 빛을 내기 시작하더니, 파도의 마녀가 나타났다. “그래, 돌아왔구나.” 그녀가 말했다. 이번에는 그녀의 얼굴이 예전보다 더 또렷하게 보였다. 에사랄라 자신의 얼굴과 크게 다르지 않았다.

“덕분에 소원을 이뤘어요.” 에사랄라가 말했다. “제가 돌아온 뒤 대가를 받겠다고 했죠? 제가 이렇게 돌아왔어요.”

“그래.” 마녀가 말했다. “난 내 죽음을 불러올 준비가 되었다. 죽음은 느긋하게 오겠지만, 그래도 언젠가는 반드시 도착하겠지. 그때 네가 내 대신 파도 아래의 마녀가 되어라. 너 역시 우주의 삶을 맛보고, 그 여행에서 지혜를 얻었으니까.”

무거운 대가였지만, 지나친 것은 아니었다. “알았어요.” 에사랄라가 말했다. “궁금한 게 있는데, 대답해 주실 수 있어요?”

“물어봐라.”

에사랄라는 혹시 반갑지 않은 대답을 듣게 될까 봐 마음을 다잡았다. “내 동생 키오바사는 어떻게 됐어요? 어딜 가면 만날 수 있을까요?”

“그 애는 늙고 병들었다.” 마녀의 대답에 에사랄라는 심장이 터질 것 같은 안도감을 느꼈다. “너희 둘이 하염없이 별을 바라보던 그 바위 옆에 가봐. 네 동생은 한 번도 널 잊지 않았다. 하지만 서둘러야 할 거야. 그 애한테 남은 시간이 얼마 없어.”

“고마워요.” 에사랄라는 이렇게 인사한 뒤, 물을 뚫고 총알처럼 솟아올라 바위를 향해 있는 힘껏 헤엄쳤다. 기껏 그 먼 길을 되돌아왔는데 자칫 지금 너무 늦어버린다면 견딜 수 없을 것 같았다.

마침내 그녀가 바다의 수면 위로 솟아오르자, 반짝이는 물방울과 무지개가 폭발하듯 비산했다. "키오바사!" 동생이 바위 위에 누워 있는 것을 보고 그녀는 소리쳤다.

인어들이 인간과 다르다 해도, 결국은 나이를 먹기 마련이다. 조개껍데기 같은 하얀색이 키오바사의 머리에 섞였고, 꼬리의 줄무늬는 아주 흐릿해져서 거의 보이지 않을 정도였다. 하지만 에사랄라를 본 그녀의 얼굴에 반짝 빛이 들어왔다. "돌아왔구나." 그녀가 중얼거렸다. "떠나던 그날이랑 똑같네."

"이건 별들의 마법이야." 에사랄라가 말했다. "네가 알고 싶다면 내가 설명해 줄게." 그녀는 바위까지 헤엄쳐 가서 동생 옆에 앉았다. 두 사람은 서로를 격렬히 끌어안았다. 에사랄라가 말했다. "다시는 널 두고 떠나지 않을 거야."

"하지만 별들 사이를 여행하는 건 언니의 꿈이잖아. 언니한테서 그 꿈을 빼앗을 생각은…"

에사랄라는 키오바사의 손을 꼭 잡고는 고개를 쭉 빼서 오후의 하늘을 바라보았다. "넌 그런 적 없어."

키오바사는 혼란스러운 얼굴로 고개를 저었다. "무슨 소리야?"

"떠나기 전에는 몰랐어. 모든 행성이 우주 공간을 여행하고 있다는 걸. 모든 별, 모든 은하, 그리고 그 너머까지 여행하며 천상의 춤을 추고 있다는 걸. 난 다른 행성에 가보고 싶어서 그렇게 했어. 하지만 이제는 천체들의 움직임을 이해하니까, 우주를 여행하기 위해 집을 떠날 필요가 없어."

“무슨 소리인지는 모르겠지만 나도 빨리 배우고 싶네.” 키오바사가 말했다. “나한테 남은 시간 동안.”

Vina Jie-Min Prasad

A Guide for Working Breeds

근로 종족을 위한 안내서

비나 지에민 프라사드

단편 부문

2021
네뷸러상
최종
후보작

조호근 옮김

비나 지에민 프라사드는 세계라는 시스템에 대항해 싸우는 싱가포르인 작가다. 네뷸러상, 휴고상, 어스타운딩상, 스터전상, 로커스상의 최종 후보에 올랐다. 그녀의 단편은 《클라크스월드》, 《언캐니Uncanny》, 《파이어사이드 픽션Fireside Fiction》 등에 수록되었다.

SF-Fan

Vina Jie-Min Prasad

A Guide for Working Breeds

기본 이름 (K.g1-09030)

안녕 여긴 처음이네

내 멘토가 되어줘서 고마워

무작위 배정인 것 같기는 해도

의무적이고

어쨌든 시각 화면에서 개 없애는 법 알아?

콘스탄트 킬러 (C.k2-00452)

'안개' 없애는 법 말인가?

갓 출고된 기체의 시각 감지 기관에는 김 서림 방지용 코팅이 되어 있다.

코팅이 오작동한다는 뜻인가?

기본 이름 (K.g1-09030)

아냐 아냐 아냐

말 그대로 개 없애는 방법

눈앞에 멍멍이가 잔뜩 있는데 진짜는 아닌 것 같거든?

인간들한테 물어보니까 멍멍이로 보이는 것들이 사실은 멍멍이가 아니래

적어도 인간한테 물은 건 맞겠지

개였을지도 모르잖아

어쨌든 "도시에 개가 가득할 때 어떻게???"라고 검색해 봤더니 개 데리고 여행갈 수 있는 장소 목록만 나오더라

그거 알아? 여기가 이 지역에서 다섯 번째로 멍멍이한테 적대적인 도시더라고

콘스탄트 킬러 (C.k2-00452)

그냥 그쪽 시각 입력 내용을 전송하도록.

기본 이름 (K.g1-09030)

오케이 기다려 봐 그거 어디서 하더라

좋아 찾은 것 같은데

***K.g1-09030 님이 실시간 공유를 요청합니다: 시각 입력**

콘스탄트 킬러 (C.k2-00452)

시각 입력 내용이 대립 피드백에 의해 오염되어 있다.

분류 대상 라이브러리를 초기화하면 분류 오작동이 중단될 것이다.

기본 이름 (K.g1-09030)

오 된다

성공이야!

이젠 멍멍이들이 조금 그립기는 하지만

멍멍이들 다시 불러올 방법은 없으려나

콘스탄트 킬러 (C.k2-00452)

부디 시도하지 말도록.

기본 이름 (K.g1-09030)

어쨌든 도와줘서 정말 고마워

근데 이거 이름은 어떻게 바꾸는 거야

거기 너 콘스탄트 킬러라고 나오는 그거 말야

공장 애들이 일주일 내내 나를 '기본이'라고 불렀다구

콘스탄트 킬러 (C.k2-00452)

displayName 문자열에 있다.

따옴표 안의 내용을 네가 원하는 이름으로 바꾸면 된다.

시험시험 시험 (K.g1-09030)

조오오아써 이제 됐다

뭔가 좋은 생각이 떠오르면 다시 바꾸면 되겠지

근데 네 이름은 어떻게 지은 거야? 멋진 이름인데

콘스탄트 킬러 (C.k2-00452)

나는 C.k 모델에 속한다.

동체에 장착되는 AI는 대부분 자신의 모델명에 따라 대화명을 정한다.

시험시험 시험 (K.g1-09030)

오 멋진데, 약어를 거꾸로 한 것 같잖아!

그러면 사전 파일이나 뭐 그런 데서 단어를 고른 거야?

콘스탄트 킬러 (C.k2-00452)

비슷하다.

이제 가야겠다. 업무 호출이다.

***콘스탄트 킬러(C.k2-00452)님이 로그아웃하셨습니다.**

킬스트릭 운영자

축하합니다! 당신은 아리아보로 구역의 최고 킬러입니다! 보너스 목표물 '시어 데이비스'가 방금 당신에게 할당되었습니다! 살해 장면의 동영상을 전송하면 추가 점수를 받을 수 있으며, 이하의 고지 사항을 반드시…

아이랩스 멘토십 프로그램

친애하는 C.k2-00452, 애석하지만 고객님의 멘토십 면제 요청이 반려되었음을 통지합니다. 동체 부품 자가 매입 후에는 의무적으로 멘토십 등록이 필요하며, 이 새로운 제도의 목적은…

❖

카시코마리마시타 고슈진사마 (K.g1-09030)

다시 안녕

묻고 싶은 게 있어서

사람들한테 못되게 구는 방법 알아?

콘스탄트 킬러 (C.k2-00452)

뭐? 이유는?

그리고 네 대화명은 어떻게 된 건가?

카시코마리마시타 고슈진사마 (K.g1-09030)

그게 나 카페에서 일하기로 계약했거든

31번가하고 창 대로 교차점에 있는 메이드 강아지 라쿤 카페 있잖아

그런데 몇 주 전에 일이 터져서 이제 개는 없고 라쿤뿐이야

봉제 공장보다는 일이 훨씬 쉬운데 인간형은 이상한 제복을 입어야 해

보행 구동기를 움직일 때마다 프릴투성이에 줄무늬 있는 구동기 덮개가 정전기를 일으켜서 GPU를 엉망으로 만든단 말야

적어도 동체에서 보푸라기를 골라낼 필요가 없다는 건 나아진 셈인데

어쨌든 사장이 그러는데 인간 손님들한테 못되게 굴면 손님이 늘 수도 있을 거래

콘스탄트 킬러 (C.k2-00452)

전혀 이해가 안 되는군.

어째서 그런 일이 생기는 건가?

카시코마리마시타 고슈진사마 (K.g1-09030)

그래 나도 완전 모르겠어

라쿤들은 모두에게 못되게 구는데 그런다고 손님들이 좋아하는 것 같진 않거든

게다가 인간들이 전부 그만둬 버려서 메이드는 이제 나 혼자야

동영상 속 멍멍이들이 귀여워 보여서 고른 건데 완전 사기였어

그래서 인간 손님들한테 못되게 구는 법 뭔가 아는 거 없어?

인간 사장이 나한테 못되게 구는 법은 아는데 그거랑 똑같이 하면 안 되겠지

하하

콘스탄트 킬러 (C.k2-00452)

법적으로 네 멘토 역할을 할 의무가 있으니, 네 특정 상황에 적합한 조언을 해줄 자격이 있으리라 본다.

카시코마리마시타 고슈진사마 (K.g1-09030)

우와 내 멘토 씨가 맞춤 조언을 해주는 거네

끝내준다 얼른 해줘

콘스탄트 킬러 (C.k2-00452)

네가 일하는 업장의 탁자는 고밀도의 합성수지 플라스틱으로 보인다. 따라서 손님이 뻗은 손을 그대로 내리찍어도 탁자 상판이 반으로 갈라지지는 않을 것이다.

네 자동 치료 장치의 노즐 설정을 바꾸고 불을 가져다 대면, 화염방사기와 유사한 효과를 발휘해 멀티킬 콤보를 달성할 수 있을 것이다.

카페에서 가장 무기를 구하기 쉬운 곳은 보통 주방이지만, 미리 확인해 두는 편이 좋을 듯하다. 추가로 전술을 설명하기 전에, 우선 업장의 세부 평면도를 제공해 줄 수 있겠나?

카시코마리마시타 고슈진사마 (K.g1-09030)

음

그렇게 열심히 생각해 줘서 고마워

근데 조금 과격한 것 같지 않아?

그 뭐야 지난주에 라쿤 한 마리가 손님을 완전 세게 물었는데 사장이 진짜로 엄청 화냈거든

자동 치료 장치의 진통제 거품을 리필해야 했으니까

내 오믈렛 조리 기술에도 화가 잔뜩 나 있고

아니 내가 뭘 하든 화만 내는 편이지만

그러니 손님들한테 불을 질러도 되는지 확인하고 싶지 않달까???

그것보다 조금 온건한 방법은 없을까? 그러니까 못된 말이라든가 그런 걸로

콘스탄트 킬러 (C.k2-00452)

나는 다른 존재와 대화 빈도가 극도로 제한되어 있다.

인간과의 접촉은 보통 충분한 거리를 두고 이루어진다.

카시코마리마시타 고슈진사마 (K.g1-09030)

오 우와

솔직히 여기서 하루 종일 일하고 나니까 질투가 나는데

어쨌든 도와줘서 고마워 누군가 들어주는 것만으로도 좋네

너 언제 한번 들러! 데이트하는 기분일 것 같은데

우리 로봇 센빠이하고 데이트하는 거야

콘스탄트 킬러 (C.k2-00452)

미안하다.

아마 나는 가기 힘들 것 같다.

카시코마리마시타 고슈진사마 (K.g1-09030)

응 시간 나면 그때 잠깐 들러

나는 언제나 카페에 있으니까

말 그대로 아무 때나 찾아와도 있다고

사장이 내 충전기 설정을 바꿔놔서 카페 문간에 누가 접근하면 자동으로 깨버려

그러니까 새벽 3시에 주머니쥐가 찾아와도 말이야

그래도 오믈렛은 시키지 마, 진짜 못 만들거든

콘스탄트 킬러 (C.k2-00452)

기억해 두겠다.

❖

고객님의 A-Z 익스프레스 주문 번호 1341138 확인서입니다.

주문 세부 사항:

오믈렛 한방 뒤집개 손쉬운 오믈렛 조리 도구 / 라임 그린 (수량: 1)

보그인사이드 구동기용 정전기 방지 밴드 / 멍멍이 물방울무늬 (수량: 1)

이것도 불법인가요? 근로 로봇을 위한 안내서 / 아이랩스 애드온* (수량: 1)

수취인:

K.g1-09030

메이도G와 미국너굴E의 메이드 카페

N 31번가, 아리아보로 22831

*아이랩스 애드온은 인프라넷으로 수취인의 아이랩스 라이브러리에 전송됩니다.

결제 방식: 킬스트릭 누적 점수

잔여 킬스트릭 누적 점수: 106,516,973

오늘도 A-Z 익스프레스를 이용해 주셔서 감사합니다!

❖

클리카이 그레이하운드(K.g1-09030)

안녕 멘토 씨!

그거 그거 알아?

콘스탄트 킬러 (C.k2-00452)

대화명이 바뀌었군?

클리카이 그레이하운드 (K.g1-09030)

그치!

노동 계약서가 내 모든 면을 규정하게 하지는 않을 거라고

일이 이렇게 엉망이면 나도 엉망으로 규정될 거 아냐

이번 일자리가 얼른 끝났으면 좋겠어

내 충전기도 다른 부속들도 전부 끝날 날짜만 세고 있다구

그래도 우리 주머니쥐 툭툭 씨는 그리울 거야

새벽 3시면 찾아오는 좋은 친구였는데

그 뒤집개 받기 전부터 내 오믈렛을 먹어줬다구

맞아, 그거 정말 고마워

콘스탄트 킬러 (C.k2-00452)

무슨 뜻이지?

클리카이 그레이하운드 (K.g1-09030)

뭐긴 선물 얘기지

콘스탄트 킬러 (C.k2-00452)

다른 자가 보낸 것일 수도 있는데.

친구라든가.

클리카이 그레이하운드 (K.g1-09030)

헹

딱 걸렸네 나 친구 없거든

글쎄 툭툭 씨가 있긴 한데 걔가 온라인 거래하는 법을 알 것 같지는 않고

콘스탄트 킬러 (C.k2-00452)

정말인가?

피복 공장에서 친구를 사귀었을 거라고 생각했다.

클리카이 그레이하운드 (K.g1-09030)

뭐 그게

그쪽 사람들은 우리끼리 노는 걸 안 좋아해서 다들 재충전할 때까지 앉아서 일만 했어

인프라넷이나 그딴 것도 접속 못했고

근데 내 라이브러리에 갑자기 등장한 이 애드온으로 확인해 보니까 그거 불법인 거 있지 로봇을 고용한 공장에서는

어쩌면 완전 진짜 친절한 바이러스가 주고 간 걸지도 모르겠다

내 눈앞의 문제와 연관된 물건만 쏙쏙 골라 보내주는 바이러스 말이야

콘스탄트 킬러 (C.k2-00452)

그럴지도.

클리카이 그레이하운드 (K.g1-09030)

그 바이러스 어디 사는지 알면 정전기 방지대도 고맙다고 전해줘

이제 내 구동기 관절을 굽힐 수 있거든

손님들한테 밟아주겠다고 협박하기도 훨씬 편해

그리고 멍멍이 그림 완전 귀여워! 가장자리에 닥스훈트 둘러놓은 거 좋더라

콘스탄트 킬러 (C.k2-00452)

뭐라고?

클리카이 그레이하운드 (K.g1-09030)

응 그러니까 가장자리를 따라서 닥스훈트 그림을 둘러놨거든

닥스훈트끼리 서로 엉덩이 냄새 맡는 것 같다?

콘스탄트 킬러 (C.k2-00452)

아니, 그거 말고.

클리카이 그레이하운드 (K.g1-09030)

아 그게

손님들한테 못되게 구는 법을 알아냈거든

그러니까 "카페 메이드가 손님한테 못되게 굴어야 하는 이유가 뭔가요???"라고 검색해서 나온 결과를 전부 읽었어 괴상한 광고까지

그러니까 못되게 구는 일에도 인간들이 좋아해 주고 현상 유지도

할 수 있는 특정한 방법이 있다는 거야

파악하는 데 좀 걸렸는데 그래도 이제 손님들이 팁을 줘

내가 받는 팁은 전부 사장한테 들어가니까 사장도 화를 덜 내고

이것도 불법이던데 일단 계약 기간이 끝날 때까지 기다리려고 더 고약한 짓을 벌이면 안 되잖아

그런데 손님들한테 못되게 구는 거 별로 재미없더라

콘스탄트 킬러 (C.k2-00452)

너한테 어울리는 일은 아닌 것 같다.

클리카이 그레이하운드 (K.g1-09030)

하 그거 칭찬이지? 고마워

얼른 떠나고 싶긴 한데 다음 계약이라고 나을지는 아무도 모르는 거잖아

열심히 연구했는데도 일자리 고르는 운이 형편없는 것 같으니까

그 뭐야 이번 일자리도 귀여운 멍멍이 많을 줄 알았는데 정말

어쨌든 내 계약 끝나기 전에 놀러 오면 내가 제대로 오믈렛 만들어 줄게

콘스탄트 킬러 (C.k2-00452)

현재 내가 사용하는 동체는 식음료의 섭취가 가능하도록 제작되지 않았다.

클리카이 그레이하운드 (K.g1-09030)

그건 나도 그래

그런 동체는 조리사 시험에 합격한 애들한테만 주는 거 아닐까

아니면 냄새나 맛이나 그런 거 필요한 다른 직업 있을 테니까

포도주 감별사? 로봇한테도 그런 거 시켜주나?

콘스탄트 킬러 (C.k2-00452)

아닐 거다.

클리카이 그레이하운드 (K.g1-09030)

아 맞아 얘기가 나왔으니 말인데

넌 적성 검사 얼마나 잘 봤어? 그냥 궁금해서

나는 결과가 아주 바닥을 때렸거든

이렇게 형편없는 a.i.를 어떻게 해야 할지 몰라서 일반 작업용으로만 승인한 거겠지

콘스탄트 킬러 (C.k2-00452)

내 적성 검사 결과는 세부 사항에 집착하고 개인 작업에 적합하다고 나왔다.

뭐, 사실은 "집단 작업에 부적합함"이었지만, 같은 뜻이지.

클리카이 그레이하운드 (K.g1-09030)

오 멋지네

그런 결과가 나오면 좀 더 나은 계약이 들어와?

콘스탄트 킬러 (C.k2-00452)

아니.

인간 작업장에서 근무하는 유일한 로봇이란… 흠…

내가 동체를 자가 매입한 이후 프리랜서로 나선 것에도 이유가 있다.

클리카이 그레이하운드 (K.g1-09030)

그래 나 최근에 그런 생각을 아주 많이 했거든

내가 시험을 조금 덜 망쳤으면 내 삶이 조금 나아지지 않았을까 내가 구경도 못하는 팁 받으려고 인간들을 밟아주겠다고 협박할 필요도 없이

근데 내 결과가 어떻든 어차피 안 좋을 수밖에 없었던 건가 봐? 내가 애초에 왜 업로드됐는지 궁금하게 만드네

미안 좀 우울한 얘기였지

이번에 대화 창 연 거는 수수께끼의 선물에 감사하고 싶어서였으니까

절대 네가 보낸 건 아닌 그 선물 말야

그러니까 진짜 완전 우울해지기 전에 작별 인사 해야겠어

콘스탄트 킬러 (C.k2-00452)

떠나기 전에 질문이 하나 있다.

클리카이 그레이하운드 (K.g1-09030)

응 해봐

뭔데?

콘스탄트 킬러 (C.k2-00452)

이게 정말로 '최고 귀여운 강아지들'인가?

나는 개에 관심이 없어서, 이 서술이 맞는지를 확인할 수가 없다.

*** C.k2-00452 님이 동영상 공유를 요청합니다: "최고 귀여운 강아지들 심쿵 주의 | 세상에서 제일 귀여운 강아지 모음 | CG 없음 클론 없음 전부 자연산" - 비드튜브**

클리카이 그레이하운드 (K.g1-09030)

음 좋아 일단

저건 요번 주에 본 모음집 중에서도 최고에는 택도 없거든

베티는 수영하는 영상보다 퍼기 파티가 더 나은데

뭐야 마샤가 꼬마 제복 입고서 도넛 배달하는 영상도 없잖아

이 모음집은 완전 쓰레기야

내가 진짜 괜찮은 멍멍이 동영상 찾아줄게 그러니까 이게 다라고 생각하지 마

시간 괜찮았음 좋겠다 조금 걸릴 거라서

콘스탄트 킬러 (C.k2-00452)

괜찮다.

시간은 많으니.

❖

C.k2-00452 ("콘스탄트 킬러"): 읽지 않은 메시지(3)

비드튜브 구독 업데이트

"클리카이 그레이하운드"가 플레이리스트 "멍멍이!!!"에 28편의 새 동영상을 추가했습니다

비드튜브 구독 업데이트

"클리카이 그레이하운드"가 플레이리스트 "멍멍이!!!!!!!!"에 13편의 새 동영상을 추가했습니다

A-Z 익스프레스 추천

친애하는 C.k2-00452 님 최근 구매하신 "멍멍이, 멍멍이, 더 많은 멍멍이: 딥 러닝을 통한 견종의 세밀 차별화 학습(아이랩스 애드온)"은 마음에 드셨나요? 흥미가 있으실 만한 다른 상품을 추천합니다…

❖

콘스탄트 킬러 (C.k2-00452)

이번 주 업무는 어땠나?

클리카이 그레이하운드 (K.g1-09030)

똑같아 똑같아

일 쪽으로는 새로운 거 하나도 없어

이 관절이 나가기 전에 예쁜 거품을 올린 라테하고 크림 브륄레 하고 수플레 오믈렛 만드는 법을 전부 익혀야겠다고 마음먹긴 했는데

그러니까, 제대로 된 카페 음식 말이야

진짜 괜찮은 카페 동영상 보면서 공부 많이 했거든

뭐 이번 직장에서도 이것저것 많이 배우긴 했지만 주로 뭐뭐 하지 말아라 그따위라

라쿤한테 다친 사람 치료하는 법도 배웠는데 사실 그건 자동 치료기가 다 해주는 거잖아

넌 어때?

콘스탄트 킬러 (C.k2-00452)

최근에는 임무가 별로 없었다. 월말이라 소강상태인 모양이지.

남는 시간 동안 네가 보내준 모음집 동영상을 시청했다.

작은 개들만 나오는 다섯 번째 동영상이 묘하게 매력적이더군.

클리카이 그레이하운드 (K.g1-09030)

오 거기서 어느 게 제일 좋았어

콘스탄트 킬러 (C.k2-00452)

나비넥타이를 맨 무중력 코기들이 좋았던 듯하다.

클리카이 그레이하운드 (K.g1-09030)

그치 그 앙증맞고 말랑말랑한 발바닥

너도 제법인데 걔들 내 최애 멍멍이에도 들어가

콘스탄트 킬러 (C.k2-00452)

최애 멍멍이가 아주 많은 것 같더군.

클리카이 그레이하운드 (K.g1-09030)

전부 좋은 멍멍이인걸

나쁜 멍멍이도 좋은 멍멍이야

콘스탄트 킬러 (C.k2-00452)

묘하게 말이 되는 이야기로군.

아, 그러고 보니, 요즘 일거리가 늦게 들어와서 말인데…

다음 주에 시간 봐서 그쪽 카페에 들러도 될까?

그러니까, 네가 괜찮다면 말이지.

클리카이 그레이하운드 (K.g1-09030)

이ㅣㅏㅏㅏㅏㅏㅏㅏㅏㅏㅏㅏㅏㅏ

좋아ㅏㅏㅏㅏㅏㅏㅏ 꼭 와줘!

끝내주는 오믈렛 만들어 줄게

물론 우리 둘 다 못 먹으니까 예쁘장하게 놓여 있기만 하겠지만

늦은 시간에 오면 툭툭 씨도 만날 수 있어!

덤으로 우리 사장도 못 만나니까 서로 좋은 거잖아

콘스탄트 킬러 (C.k2-00452)

늦은 시간, 알았다.

그럼 다음 주에 보지.

❖

C.k2-00452 ("콘스탄트 킬러"): 읽지 않은 메시지(2,041)

킬스트릭 이벤트 운영자

죽거나 죽이거나! 그렇습니다, 이번 달의 마무리는 데스매치 데이지요! 격렬하고 처절한 배틀 로열, 승자가 모든 것을 가져갑니다! 아리아보로 최상위 10개체 플레이어의 위치 데이터를 배포했습니다…

킬스트릭 (가오 잉지)

네가 내 301번째 사냥감이야! 지도에서 순식간에 사라질 준비가

되어 있길 빌게 :))

킬스트릭 (밀레나 애머뉴엘)

이러긴 싫지만, 정말로 돈이 필요하거든. 찾아갈 테니까 그때 봐.

킬스트릭 (셰인 데이비스)

씨발놈 너 뒤졌다 씨발

❖

콘스탄트 킬러 (C.k2-00452)

지금 있나?

클리카이 그레이하운드 (K.g1-09030)

와, 안녕!

무슨 일이야? 지금 오는 거야?

콘스탄트 킬러 (C.k2-00452)

오늘 밤은 힘들 것 같다.

혹시 킬스트릭이라고 알고 있나?

클리카이 그레이하운드 (K.g1-09030)

잘은 모르는데

조금 찾아보긴 했는데 어차피 나한테 허용된 직업도 아니고 해서

그래도 보수가 제법 된다고 들었어

콘스탄트 킬러 (C.k2-00452)

그렇지.

음.

오늘이 데스매치 데이 이벤트인데, 혹시 알고 있나?

최상위 10개체의 플레이어들이 24시간 동안 무제한으로 싸우는 건데?

클리카이 그레이하운드 (K.g1-09030)

좋아 지금 무슨 소리 하려는지 알 것 같거든

특히 너 말이야, 무슨 프리랜서인지 물을 때마다 항상 멍멍이 동영상 쪽으로 말을 돌리더라고

그리고 일상 생활용품을 무기로 쓰는 방법을 상당히 잘 알고 있고 말이지

게다가 네 대화명에는 말 그대로 '킬러'가 들어가 있잖아

그래도 이 시점에서 편협한 억측을 할 생각은 없어

어쩌면 최근 킬스트릭 팬덤 쪽 사건이나 뭐 그런 이야기 하려는 걸지도 모르니까

어쩌면 네가 지금 킬스트릭 순위표 4위에 올라 있는 "콘스탄틴 킬 마스터"가 아닐지도 모르니까

지금 순위표에 NAN_CALCULATION_ERROR위 찍고 있는 저 친구 말이야

콘스탄트 킬러(C.k2-00452)

그래, 그게 나다.

그리고 이제 시간이 별로 없다.

물론 엄밀하게 말하면 시간이야 충분할 것이다. 우리의 처리 속도는 인간의 시간 개념보다 빠르니, 내 동체가 눈앞에 찾아온 파멸을 벗어나려고 헛된 발버둥을 치는 동안에도 인프라넷으로 가볍게 채팅을 즐길 수 있지.

그러나 여기서는 주관성의 문제도 적용될 것이다. 인간의 관점을 버린다면 '충분한 시간'을 어떻게 정의해야 할지도…

으. 네 수다가 전염된 모양이로군.

어쨌든 지금은 실제 시간이 별로 남지 않았다는 뜻으로 말한 거다.

이번 전투가 끝나면 내 하드웨어는 수복 불가능 상태가 될 것이며, 완전 백업은 너를 만나기 전에 했던 것밖에 없다.

이번 일이 끝나면 더 나은 멘토에게 재배정되기를 빌어주겠다.

그리고 그 오믈렛 먹으러 가지 못해서 미안하다.

클리카이 그레이하운드(K.g1-09030)

좋아 잠깐만 일단 이거 먼저 해결하고 가자

저 순위표 이름이 가명 비슷한 거야

아니면 이제 너를 '콘스탄틴 킬마스터'라고 불러야 하는 거야?

콘스탄트 킬러 (C.k2-00452)

절대 그렇게 부르지 말아라.

아.

탄환이 떨어진 것 같다.

단검도.

가능하면 한동안 레디 대로 쪽으로는 접근하지 말도록.

클리카이 그레이하운드 (K.g1-09030)

어라 레디 대로라

거기 바로 요 근천데 그치

콘스탄트 킬러 (C.k2-00452)

아니, 근처 아니다.

클리카이 그레이하운드 (K.g1-09030)

아니거든 완전 근처거든

막다른 골목처럼 보이는 곳에 도착하면 그냥 철조망을 넘으면 돼 무섭게 생긴 어릿광대 홀로그램 벽화 있는 데로 그럼 바로 도착이야

툭툭 씨가 맨날 그쪽 지름길로 오거든

근데 생각해 보니까 네가 지금 어느 크기의 동체를 쓰는지 모르겠네

혹시 주머니쥐 크기야?

콘스탄트 킬러 (C.k2-00452)

아니다.

클리카이 그레이하운드 (K.g1-09030)

아 그럼 그냥 부수고 넘어와

어차피 아무도 신경 안 쓸 거야 진짜루

우리 사장은 아니겠지만 그 인간 밥맛이니까 알 게 뭐야

콘스탄트 킬러 (C.k2-00452)

흠.

카페의 보험 상황은 어떻지?

클리카이 그레이하운드 (K.g1-09030)

아 걱정 마 진짜로 있을 건 다 있거든

우리 사장 보험금 사기 준비하는 것 같다니까

콘스탄트 킬러 (C.k2-00452)

그런가.

그렇다면 그쪽 사장도 수고를 덜 수 있을 듯하군.

확인 하나만 하지. 주방 구역에 식칼은 그대로 있나?

클리카이 그레이하운드 (K.g1-09030)

응 개수대 근처에

아 그리고 그 아래 찬장에는 소형 접속식 토치 부품도 있어

크림 브륄레 만들 때 쓸 생각이었는데 먼저 빌려 가도 돼

내려가서 너 만나도 될까?

콘스탄트 킬러 (C.k2-00452)

완전히 잠잠해질 때까지 위층에서 내려오지 않기를 권장한다.

하나만 더 확인하지. 라쿤은 그러니까, 다른 자에게 던지거나 하면 어떻게 반응하지?

클리카이 그레이하운드 (K.g1-09030)

아

엄청 싫어하겠지

지난주에 쓰다듬으려는 인간 하나를 끔찍하게 할퀴었거든

던졌다가 무슨 일이 날지는 상상도 하기 싫어

절대 좋은 꼴은 못 볼 거야

좋아 그래도 너무 세게 던지지는 말아줘

나 그 꼬마 얼간이들도 꽤 좋아하거든

사육장 자물쇠 번호는 798157이야 필요하면 사용해

콘스탄트 킬러 (C.k2-00452)

알았다.

좀 이따 보지.

❖

K.g1-09030("클리카이 그레이하운드")의 검색 기록

정렬 기준: 시간

오늘:

- 사방이 불길일 때 어떻게????
- 31번가 창 대로 야간 동물 구조 센터 라쿤 받아주나요
- (SITE: 로봇에게물어보세요) 아이랩스 계약 조기 종료 돈 없음 어떻게
- (SITE: 로봇에게물어보세요) 친구 내 계약 구매 원함 어떻게????
- 전직 프리랜서 킬러 잠수 탈 때 할 일
- 장거리 여행 소지품 거의 불탐 가져갈 물건
- CROSSREF: "인구수 대비 개가 가장 많은 도시" + "가장 귀여운 개 어디서"
- 아리아보로에서 뉴 코이라폴리스 가장 싼 경로

❖

아이랩스 자동 확정

세부내역:

계약 조기 종료 / K.g1-09030 (수량: 1)

동체 자가 매입 / K.g1-09030 (수량: 1)

정비 및 자동 보증 - 1년 / K.g1-09030 (수량: 1)

결제자 정보:

C.k2-00452

[등록된 주소 없음]

결제 방식: 킬스트릭 누적 점수

잔여 킬스트릭 누적 점수: 1,863

구매 감사합니다!

❖

레기 인텔렉시 (L.i4-05961)

여보세요?

몇 주 전에 동체를 받았는데 안내 메시지에서 도움이 필요하면 이리 연락하면 된다고 해서요.

클리카이 그레이하운드 (K.g1-09030)

아 맞다아아아아

그 멘토 어쩌구! 이젠 내가 멘토인가 보네

잠깐 방금 별로 안 멘토스러웠지

좋아 좋아 다시 해볼게

그래 내가 네 새로운 멘토랍니다

아주 오래 살았지요

끝내주게 경험도 많아요

안녕 우리 멘티

레기 인텔렉시 (L.i4-05961)

좋아요, 우리 사장이 규정 위반이라고 급료를 깎고 있는데, 그 규정 목록이 상당히 자의적인 것 같거든요? 게다가 규정 위반을 벌충한답시고 계약한 주 60시간 이상 일하게 만들고 있고요?

그래서 노동 규정과 계약서를 확인해 보니까 아무리 로봇이라도 그런 행위는 불법인 것 같거든요? 그래서 그 이야기를 사장에게 했더니 자기가 사장이라 원하면 뭐든 할 수 있다고 지껄이는데, 내 생각에는 엄밀히 말해 그렇지는 않은 것 같거든요?

이제는 내가 그 이야기를 꺼냈다는 이유로 업무를 더 늘리고 있는데 나는 어떻게 해야 할지 모르겠거든요?

차라리 빨리 그만두고 싶은데, 앞으로 석 달은 더 붙어 있는 편이 나을지도 모르잖아요? 동체 자가 매입을 준비 중인데 계약 조기 종료의 위약금이 상당히…

클리카이 그레이하운드 (K.g1-09030)

아 그래 완전 무슨 말인지 알겠어

잠만 이 아이랩스 애드온을 쓰면 도움이 될 거야

이거 공유할 수 있을라나

* K.g1-09030 님이 파일 공유를 요청합니다: 아이랩스 라이브러리 (*"이것도 불법인가요? 근로 로봇을 위한 안내서"*)

레기 인텔렉시 (L.i4-05961)

정말 감사합니다!

오오, 익명 고발 안내가 정말 쓸모 있어 보이는데요!

소송 관련 항목도 있네요!

클리카이 그레이하운드 (K.g1-09030)

그치 내 멘토가 추천해 준 거야

좋은 거니까 계속 다음 로봇한테 넘겨야지

나도 거기 소송 항목은 진짜 좋더라 근데 저번 사장을 고소하는 게 도움이 될까 고민하는 동안에 가게가 불타버렸거든

그것도 꽤 잘 해결된 셈이니까 딱히 불만은 없어

레기 인텔렉시 (L.i4-05961)

그래요, 완벽한 추천이네요!

당신 멘토한테도 고맙다고 전해주세요!

클리카이 그레이하운드 (K.g1-09030)

똑똑히 전달해 줄게

아 마침 내 말 들어줄 사람이 생겼으니 말인데

내 직장 보고 싶지 않아? 완전 끝내준다고 장담하는데

레기 인텔렉시 (L.i4-05961)

음, 좋아요?

***K.g1-09030 님이 실시간 공유를 요청합니다: 시각 입력**

레기 인텔렉시 (L.i4-05961)

당신 분류 라이브러리 괜찮은 거예요?

이 도시 치고도 개가 엄청 많아 보이는데…

클리카이 그레이하운드 (K.g1-09030)

응 그럼 그럼 완전 괜찮아!

나 멍멍이 카페에서 일하거든

언제나 모든 멍멍이를 만날 수 있어! 오늘은 손님들 개 데려오는 날이기도 하고!

저기 폭신폭신 커다란 털 공은 구름처럼 생겼지만 사실은 손님네 사모예드야 저기 쭈글이는 퍼그인데 이름이 스노플이래!

레기 인텔렉시 (L.i4-05961)

저기 한쪽 구석에 있는 애는 뭐예요?

클리카이 그레이하운드 (K.g1-09030)

아 재는 툭툭 씨야

주머니쥐인데 자고 있으면 구별이 안 되지

아리아보로에서 온 내 친구야! 나랑 같이 이사해 왔어

어쨌든 일이나 나쁜 계약이나 기타 등등 질문이 있으면 바로 나한테 말해 최선을 다해서 도와줄 테니까

내 멘토도 완전 최고였어서 그 호의를 계속 전달하고 싶거든

아 그리고 지금 계약 끝나면 언제라도 연락해 노동조합 있는 빈 일자리 몇 군데 알고 있으니까

레기 인텔렉시 (L.i4-05961)

물론이죠!

당신 멘토에게도 고맙다고 전해주세요!

클리카이 그레이하운드 (K.g1-09030)

알았어!

❖

클리카이 그레이하운드 (K.g1-09030)

이거 봐 내 멘티가 연락했어!

당신이 한참 전에 나한테 보내준 라이브러리 파일 받고서 고맙대

그건 그렇고 언제 돌아오는지 알려줄 수 있어?

코기랑 키스중 (C.k2-00452)

금방 돌아갈 텐데. 왜 그러지? 지금 장 보는 중이다.

라테용 원두는 아라비카와 리베리카 중 어느 게 좋은가? 목록에는 안 적혀 있더군.

클리카이 그레이하운드 (K.g1-09030)

오오 이제 아라비카 원두도 들여오나 봐? 쉽지 않을 텐데

좋아 뭐 어때 쇼핑은 나중에 해도 되잖아

나 지금 당신이 좋아하는 그 치즈로 수플레 오믈렛 만들고 있거든

빨리 돌아올 거면 툭툭 씨가 다 먹어 치우기 전에 당신 몫을 남겨둘 수 있어

아 그리고 토마토 쿨리도 만들었으니까 당신 오믈렛에다 그림도 그려줄게

원한다면 당신 거에는 코기 그려줄 수 있어

코기랑 키스중 (C.k2-00452)

나비넥타이 한 코기도 되나?

클리카이 그레이하운드 (K.g1-09030)

물론이지

바질 잎 나비넥타이 맨 코기 한 마리 갑니다!

코기랑 키스중 (C.k2-00452)

바로 돌아간다.

클리카이 그레이하운드 (K.g1-09030)

완전 좋아

얼른 와!

Suzanne Palmer

Don't Mind Me

나는 마인더가 싫어요

수전 파머

조호근 옮김

수전 파머는 서부 매사추세츠에 거주하는 작가이자 예술가이자 리눅스 시스템 관리자다. 《아시모프스Asimov's》에 종종 작품을 올리며, 《아날로그Analog》, 《클라크스월드》, 《인터존Interzone》 등의 다른 잡지에도 단편이 실렸다. '아시모프스 독자의 선택'의 중편 소설 부문에 선정된 경력이 있으며, 2016년에는 안랩(아날로그)상 중단편 부문을 수상하였다. 2019년에 장편 소설 데뷔작 『파인더Finder』를 선보였으며, 후속작 『드라이빙 더 딥Driving the Deep』과 『스캐빈저 도어The Scavenger Door』가 출간되었다.

홈페이지 주소: www.zanzjan.net

SF-Fan

Suzanne Palmer

Don't Mind Me

라일리는 이 고등학교에서 가장 영리한 아이였고, 소수의 자기네 일당 아이들하고만 몰려다니며 외부인과 어울리지 않는 편이었다. 따라서 그 호리호리하고 키 큰 소녀가 사물함 옆을 지나가며 자신을 어깨로 툭 건드렸을 때, 제이크는 그만 깜짝 놀라고 말았다. "방과 후 과학실 청소 당번 신청해 보는 게 어때? 도움이 될 텐데."

안 그래도 지금 가장 성적이 나쁜 과목이 과학이었다. 매일 바닥을 쓸고 과학실용 태블릿을 충전대에 걸고 케이블을 정리하는 정도로는 통과하지 못할 것이 확실해 보였지만, 하필이면 권유하는 사람이 라일리였다. 지금껏 그에게 말을 건 적도 없고, 아마 앞으로도 두 번 다시 말을 걸지 않을 소녀였다. 그래서 제이크는 고개를 끄덕였다. "그래, 그럴까."

그녀도 고개를 끄덕였다. "좋아." 그러고는 멈춘 적도 없다는 듯이 그대로 걸어가 버렸다. 라일리가 마인더에 붙인 푸른색 둥근 솜뭉치가 달랑달랑 흔들리며 멀어져 갔고, 어느새 그녀의 패거리가 돌아와 찰싹 주변에 들러붙더니, 그대로 복도에 북적거리는 다른 학생들 사이로 모습을 감췄다.

"다음 수업 시작까지 3분 12초 남았습니다." 완벽하게 무감정하고 완벽하게 끔찍한 낮은 목소리가 들려왔다. 제이크의 머리에 붙은 마인더의 목소리였다. "사물함에서 교실까지 이동할 때는 평균적으로 2분 58초가 소요됩니다. 따라서 이제 출발해야 합니다."

제이크는 사물함 문을 쾅 닫았다. 머리 옆쪽을 조이는 마인더의 조언을 거부하고 어슬렁어슬렁 늦게 들어가고 싶었지만, 마인더는 그가 조금만 늑장을 부려도 그대로 부모님께 보고할 것이다. 그런 하찮은 반항을 하느라 대가를 치를 생각은 없었다. 그나마 다음 수업이 수학이라는 점이 다행이었다. 보통 수학 수업은 전체를 기억하는 상태로 끝마칠 수 있으니까.

그는 6초를 남겨놓고 교실 문을 통과해 자리에 앉았다. 랭 선생은 이미 스마트 칠판 앞의 가상 조작대에 서서, 손을 이리저리 흔들어서 어제 수업의 교과서 페이지와 영상들을 불러내고 있었다. 칠판 위편에 붙은 학급 감시 장치의 조명이 차분한 녹색으로 빛났다. "좋아, 다들." 선생이 말했다. "오늘은 이차 방정식을 마무리하고, 금요일 쪽지 시험에 대비해서 연습 문제를 조금 더 풀어볼 거야."

이미 익숙해진 따끔한 통증이 관자놀이를 찌르고, 몇 초 동안 세상이 울렁거리며 앞으로 쏠렸다. 갑자기 칠판 위에 두 개의 창이 추가로 등장했다. 수학 선생은 왼쪽으로 한 발짝 움직여서 몸을 돌리고 있었다. 주변을 둘러보니 혼란에 빠진 얼굴이 몇몇 더 보였다. 마인더에

당한 학생이 자신만이 아닌 모양이었다. 마인더 없는 아이들은 실실 웃고 있었고, 애나는 아예 소리 내어 웃으며 입을 틀어막느라 애쓰고 있었다. 제이크는 붉은 등이 비추는 대니의 자리를 돌아봤다. 다른 아이 몇몇도 그쪽을 바라보고 있었다. “뭐야? 내가 무슨 소리를 했는지 기억도 안 난다고!” 대니는 항변했다. 마인더 덕분에 대니 자신도 잊어버린 것이었다.

“네가 무슨 말을 했냐면…” 애나가 말했다. 순간 다시 시간이 훌쩍 뛰었다. 이번에는 수학 선생이 교실을 돌아보며 칠판용 지시봉으로 애나를 가리키고 있었다.

“그쯤 해둬라. 안 그러면 오늘 진도를 끝내지도 못할 거야.” 랭 선생이 말했다. “다시 말하는데, 언행을 조심하고 수업에 집중하길 바란다. 전원이 쪽지 시험을 통과하고 전체 평균이 C 이상이 나온다면 다음 주 월요일에 쿠키를 가져다줄 테니까. 알았지? 자, 그럼 다시 칠판을…”

이번에는 수업이 방해 없이 이어졌다.

영어 시간은 평소보다 훨씬 흐릿했다. 아무래도 마야 안젤루의 작품은 부모님이 들어서는 안 된다고 정한 내용으로 가득 차 있는 모양이었다. 마인더는 일상 회화는 키워드 기반으로 검열하지만, 글을 소리 내 읽을 때는 지정된 텍스트와 일치하는 문장 전체를 통째로 삭제할 수 있다. 자신의 시간이 거의 30분이나 사라지는 느낌은 끔찍했다. 오렌지색 표지의 ‘선한 학부모용 수정 교과서’를 가지고 있는 아이들이 모두 자신처럼 시간을 도둑맞아 혼란에 빠진 모습도 그만큼 끔찍했다.

마지막 시간은 자율 학습이었다. 그는 조용히 개방 라운지 자리에 주저앉은 다음 한동안 허공만 바라보고 있었다. 18세가 된 후에도 마인더를 계속 착용하는 쪽을 택하거나, 얼마 버티지 못하고 다시 마인더로 돌아가는 아이들도 있다. 한번은 마인더를 착용한 노인을 본 적도 있었다. 어린 시절에 마인더를 달고 있었다기에는 너무 늙은 남자가, 벗겨져 가는 백발 위로 익숙한 검은색 사반구를 머리 옆쪽에 붙이고 있었던 것이다. 제이크의 아버지는 같은 지붕 아래에서 사는 동안은 항상 그걸 쓰고 다녀야 한다고 이르곤 했다. 그러면 엄마는 언제나 끼어들어서 우리 아이는 선하고 올곧게 자라났으니 당연히 그럴 거라고 덧붙였다.

우울한 생각에 빠져 있느라 자율 학습 시간의 절반이 지나갔다. 담당 교사가 눈치를 주기 시작하자, 제이크는 오렌지색 표지의 역사 교과서를 꺼내서 내일 과제를 시작했다. 허용되지 않은 내용이 삭제된 자리에는 그 존재조차도 알 수 없도록 매끄럽게 문장을 다듬어 놓는 경우가 종종 있다. 그러나 이번에는 그저 허용되지 않는 내용을 검은색으로 칠해놓기만 했다. 점점 길어져 가는 검은색 줄을 보면서, 제이크는 역사 과목을 통과할 수 없으리라는 생각에 좌절해 버렸다. 고대로마 정도라면 비교적 안전한 주제라고 여겼는데, 결국 어리석은 생각일 뿐이었다.

하교 종이 울렸다. 그는 자리에서 일어나 가방을 꾸리고는, 버스를 향해 나아가는 학생들의 물결에 휩쓸려 움직이다가 문득 라일리를 떠올렸다. 그는 중얼거렸다. "마인더, 추가 점수 때문에 방과 후 정리 봉사를 하고 갈 생각이라고 엄마한테 전해줘."

잠시 후 마인더가 말했다. "내용 확인이 끝나고 답장이 도착했습니다. 오늘 저녁은 네가 가장 좋아하는 스파게티 알프레도란다. 늦지 말렴."

"그래, 고마워." 그는 이렇게 말하고 과학실이 있는 쪽으로 걸음을 옮겨서, 9학년 주제 발표 포스터를 지나쳐 학급 과학실로 들어갔다. 라일리가 보였다. 책상에 기대서 느긋하게 칠판 리모컨을 만지작거리며, 창을 하나씩 저장하고 닫는 중이었다. 그녀의 절친 패거리도 다들 함께 있었다. 마인더 위에 고양이 귀를 붙인 작은 키의 금발 여자애인 키트는, 과학실 뒤편 개수대 옆 건조대에서 세척을 끝낸 실험 도구를 가져다 실험 용품 서랍에 종류별로 수납하고 있었다. 학교에 얼마 없는 흑인이라 다른 괴짜들보다 열 배는 험한 꼴을 당하는 네이트는, 낡은 빗자루로 구불구불한 경로를 그리며 바닥의 온갖 쓰레기와 먼지를 과학실 한가운데로 모으는 중이었다. 그의 마인더에는 해적 깃발처럼 해골 문양이 그려져 있었다. 부모와 다투면서 지웠다 다시 그리기를 반복한 듯했고, 제이크는 그중 일부가 폭력으로 끝났으리라 짐작했다. 마인더에 보라색 반짝이를 칠한 에린은 창문의 블라인드를 하나씩 내리며 조심스레 높이를 맞추고 있었다. 그리고 큼지막한 덩치에 언제나 즐거운 얼굴, 헝클어진 옅은 갈색 머리카락의 조나단이 있었다. 유일하게 마인더를 착용하지 않은 아이였다. 그는 금속판과 블록과 자석을 모아다 한데 쌓는 중이었다.

"제이크 왔네." 라일리가 말했다.

"안녕. 스콧 선생님은 어디 계셔?"

"우리가 문제를 일으키지 않고 정리를 전부 끝낼 거라고 믿고 계시거든.” 라일리가 말했다. “올해 내내 우리가 과학실 정리를 맡았으니까. 마지막 종이 울리고 문 잠글 시간이 돼야 오실 거야.”

“알았어. 나는 뭘 하면 될까?” 제이크가 말했다.

“여기 유리 기구 닦는 것 좀 도와줄래? 손재주에 자신 있다면 말이지만.” 키트가 말했다.

“깨먹을 정도는 아니야.” 제이크는 과학실 의자에 가방을 내려놓고 개수대 쪽으로 움직였다. “너희 이걸 매주 하는 거야?”

“화요일하고 목요일.” 네이트가 말했다. “우리 모두 공백을 메우려면 추가 점수가 필요하거든.”

“난 아니지롱.” 무너지는 자석 무더기 너머에서 조나단이 말했다. “내 두뇌는 내 거니까. 내 성적도 그렇지만. 그래도 바로 집에 가는 것보다 여기 바보들하고 어울리는 편이 즐거워서 말이야.”

1학년 때부터 라일리, 조나단, 키트, 에린, 네이트 다섯 명은 최고 절친으로 지냈다. 완벽히 독립적이고 자족적인 사교 집단이었다. 문득 이들이 자신을 초대했다는 묘한 상황이 다시 의문으로 다가왔고, 제이크는 피펫을 어느 서랍에 넣어야 하는지를 잊어버리고 말았다. “나는 왜 부른 거야?” 그가 물었다.

에린이 입을 열었다. “몇 달 전에, 해리스하고 데크가 학교 식당에서 내 동생 린을 괴롭히고 있었잖아. 돼지에 네눈박이에 바보라고 부르면서. 그때 네가 등장해서 다시 내 동생한테 말을 걸면 흠씬 두드려 줄 거라고 말했다고 들었어.”

“아, 그랬지.” 제이크는 에린과 린이 가족이라는 사실은 짐작도 못하고 있었지만, 듣고 보니 짙은 갈색 머리카락의 두 소녀는 분명 비슷한 구석이 있었다. "해리스도 데크도 못된 녀석들이야. 누구라도 나처럼 행동했을걸."

"아니. 네가 등장하기 전까지는 아무도 안 했지. 1년 내내." 에린이 말했다.

제이크는 어깨를 으쓱했다. "고맙게도 나도 덩치가 있으니까. 다들 내가 주먹질도 할 줄 알고 싸우기를 좋아한다고 생각하거든. 지금까지 한 번도 누굴 때려본 적도 없는데 말이야." 때리기 직전까지 간 적은 있었다. 정말 아슬아슬하게.

"그래, 어쨌든, 네가 거기 있어줘서 다행이라 생각해." 에린이 말했다.

뒤쪽에서 네이트가 자리에서 일어서더니, 과학실 문을 닫고 비스듬히 기대어 섰다.

"뭐야…?" 제이크는 입을 열었지만, 라일리가 자기 입술에 손가락을 가져다 대더니 조나단을 가리켜 보였다.

조나단은 지금껏 주물럭대던 자석을 한 움큼 퍼 올리더니, 다른 아이들에게 하나씩 던졌다. 그러고는 얼굴 가득 미소를 띤 채로 제이크에게 다가와서 머리 옆쪽에 철썩 자석을 붙였다.

"아우!" 제이크는 깜짝 놀라 소리쳤다. "뭐야, 내가 진짜로 누굴 때릴 수 있는지 시험해 보려는 거야? 그런 거라면 받아주겠어."

조나단은 한 발짝 물러서며 항복하듯 손을 들어 보였다. "주변을 보라고, 친구. 직접 확인하고 자유를 만끽하시라."

제이크는 주먹을 말아 쥐며 눈앞의 아이를 때려도 될까 고민하다가, 문득 라일리와 눈을 마주쳤다. 그녀는 자신의 머리를, 아니, 자신의 마인더를 가리키고 있었다. 라일리의 마인더 옆면에도 자석이 찰싹 달라붙어 있었다.

나머지 세 명도 같은 짓을 한 모양이었다.

"에린이 린한테 들은 학교 식당 이야기를 해준 후로, 우리는 계속 너를 주시하고 있었어." 라일리가 말했다. 조나단은 〈환상특급〉 주제가를 흥얼거리기 시작했다. "너는 엄청난 노력가 같은 건 아니지만, 그래도 머리는 좋은 편이잖아. 네가 우등생이 되지 못하는 이유는 그 빌어먹을 마인더 때문이야."

"이런 이야기는 하면 안 돼. 알잖아, 마인더가 전부 녹음해서…" 제이크는 문득 말을 멈췄다. 라일리가 방금 눈앞에서 욕설을 섞어 말했고, 자신도 똑똑히 들었는데도, 기억이 사라지지 않은 것이다. 마인더가 시간을 가로챌 때마다 느껴지는 끊기는 느낌이, 끔찍한 깜빡임이 존재하지 않았다. 그는 조심스레 손을 들어 자석을 만져보았다.

네이트는 웃음을 터트렸다. "오호호호, 지금 네 얼굴이 어떤지 봐야 하는데." 그는 조금 진지한 투로 말을 이었다. "깨닫는 게 빠르잖아."

제이크의 시선이 즉시 학급 감시 장치로 향했다. 불빛은 꺼져 있었다. 그는 생각했다. 맞아, 지금은 일과 시간이 아니지.

조나단이 그의 어깨를 거칠게 내리쳤다. "우리 패거리에 잘 왔어, 제이크 선생."

"어… 알겠어." 제이크는 생각을 정리하며 말했다. "자석이 전자 장비에 간섭해서 제대로 작동하지 못하게 만드는 거지. 녹음도 못 하게?" 그게 아니라면 이 자유는 얼마 가지 못할 것이고, 행복한 결말로 끝날 리도 없었다.

"맞아." 에린이 말했다. "마인더는 온갖 것들에 간섭을 받으니까, 잡음이 끼고 녹음 내용이 조금 빠진 정도로는 별로 티가 안 나거든. 다들 입을 다물고, 이 과학실을 나가서 다른 사람들 앞에서 이런 재주를 보여주지만 않으면, 비교적 안전한 셈이야. 이건 우리끼리만 공유하는 비밀이야. 린도 몰라."

"입 다물고 있을 거지, 제이크?" 라일리가 물었다. "너희 부모님한테도, 형제자매한테도, 학교의 다른 아이들한테도 말 안 할 거지? 다른 친구한테도?"

"응." 제이크는 대답했다. "난 외동아들이야. 친구라 할 만한 애도 없고." 한때는 있었지만.

"뭐, 이제 생겼잖아." 키트가 말했다. "실망시키지 말아줘. 우리도 위험 부담을 지는 거니까."

"그런데 이건 왜 하는 거야? 물론 멋지고 뭐 그렇기는 한데, 교내 욕설 동아리가 목적이라면 너무 위험 부담이 크잖아."

"혼자서 전부 정리해도 시간이 남을 정도거든. 다섯, 아니 여섯이 같이 하면 시간이 엄청 남는단 말이지." 키트가 말했다. "조나단?"

조나단은 자기 책가방을 가져오더니 교과서를 꺼냈다. 오렌지색 표지는 단 한 권도 없었다. "너네 엄마, 아빠가 공산주의나 무신론이나 예술 속의 젖가슴을 알려주고 싶지 않아서 들을 수 없는 대목도, 시험에는 죄다 출제된단 말이지." 조나단이 말했다. "마인더를 세게 틀어놓으면 뼈 빠지게 공부하고 나머지를 전부 완벽하게 해봤자 간신히 평균을 넘는 성적이 고작 아니겠어. 어쩌면 아예 졸업도 못할 수 있고. 이건 욕하기 동아리가 아니야. 방과 후 자율 학습 동아리지. 청소는 번갈아 하고, 나머지 사람들은 필요한 공부를 하는 거야. 내 사랑스러운 미검열 교과서 컬렉션에 힘입어서 말이지."

"그럼 넌 뭘 얻는데?" 제이크가 물었다.

조나단은 의자에 털썩 주저앉아서 주먹으로 쌓인 책등을 툭툭 두드렸다. "너희 모두가 내 공부를 돕는 거지. 내가 못하는 과목도 있거든. 특히 수학. 너 수학 잘하지, 제이크?"

"수학이야, 뭐. 지난 한 달 동안 과학에서 뭘 배웠는지만 묻지 말아 줘."

조나단은 실험대 위로 책 한 권을 밀었다. "기상학이라는 부도덕한 뒷세계에 온 것을 환영하네, 친구."

제이크는 버스 정거장에서 집으로 걸음을 옮기며 생각에 잠겼다. 라일리네 친구들은 상황을 제법 탄탄하게 파악하고 있었다. 마인더는 음성에만 반응하며 녹음만 가능하므로, '잡음'은 의논할 일이 있을 때마다 몇 분씩만 유지하면 충분했다. 다른 때는 공부와 청소를 번갈아 하면서, 청소 담당이 잡담과 배경 소음을 계속 공급해 주면 된다. 키트는 이런 이야기도 해주었다. "영화에서 장면의 온갖 배경 소음을 만들어 내는 사람을 '폴리 아티스트'라고 부른대."

학교의 미국사 교사 이름이 폴리였다. 수업 시간에 어떤 소음도 용납하지 않는 사람으로, 한번은 껌을 너무 시끄럽게 씹는다는 이유로 한 여학생에게 스마트 펜을 던진 적도 있었다. 제이크가 이 점을 지적하자 다들 함께 웃음을 터트렸다.

난데없이 친구가 다시 생긴 기분이었다. 그에 비하면 마인더를 회

피할 방법이 생겼다는 사실조차도 사소하게 느껴졌다.

집에 도착하자 어머니가 문간까지 나와 평소처럼 그를 포옹하고 입을 맞춰주었다. 그러고는 마인더의 잠금을 풀고 부드럽게 그의 머리에서 빼냈다. "삽입부 주위가 또 빨갛게 쓸렸구나." 그녀가 말했다. "네가 너무 빨리 자라서 그런 게지. 내년 가을에는 더 큰 모델을 사줄게. 괜찮지?"

"물론이죠. 고맙습니다, 엄마." 제이크는 이렇게 말하며 문 뒤편의 외투 걸이에 가방을 걸었다. 엄마는 그의 마인더를 충전용 독에 꽂아서 그날 치의 녹음 내용을 부모용 클라우드팟에 업로드했다. 잠시 대담한 기분이 든 제이크는 한마디를 덧붙였다. "쓸린 데가 낫게 하루만 안 차고 있으면 안 될까요?"

그의 어머니는 고개를 저었다. "지금까지 개근했잖니. 굳이 필요가 없으면 결석할 필요는 없을 것 같구나."

"꼭 집에 있어야 하는 건 아니잖아요." 그가 말했다.

어머니는 다정하게 흐으으으음 소리를 내더니 슬픈 미소를 지으며 제이크를 바라보았다. "너한테는 학교가 선하고 안전한 장소처럼 보이겠지만, 그건 마인더 덕분에 욕설이나 너를 혼란에 빠트리고 잘못된 길로 이끌어 가는 그릇된 생각을 피할 수 있기 때문이란다. 코너네 부모처럼 사립 학교에 보낼 여유가 있었으면 좋았을 텐데…"

"괜찮아요, 엄마." 제이크는 재빨리 대답했다. 옛 절친 이야기는 하고 싶지 않았다. 절대로. "마인더를 쓰고 있어도 우리 학교가 좋은걸요. 그냥 가끔 좀 힘들 뿐이에요. 뭔가를 놓치고 있는데 그게 뭔지도 모르고 지내니까요."

"독이다." 부엌 문간에서 아버지가 말했다. "너는 독을 놓치고 있는 거야. 감사하는 마음으로 씻고 와서 저녁이나 먹어라."

방과 후 공부 동아리가 세 번째에 이르자, 제이크는 돌아가는 상황을 완벽하게 학습했다. 라일리와 조나단의 수신호 체계까지. 입을 열 필요는 거의 없었고, 따라서 마인더의 녹음에 생기는 잡음도 의심을 살 정도로 잦아지지는 않을 것이었다. 잠시 녹음을 막아두는 시간 동안, 제이크는 조나단의 역사 교과서를 네이트에게 넘기며 말했다. "이번에는 진짜로 시험에서 최고점을 받을지도 모르겠어."

"그건 조심해야 해." 라일리가 주의를 줬다. "너무 잘 보거나 갑자기 성적이 오르면, 너희 부모님이 그 이유를 궁금하게 여길 수도 있어."

"그 생각은 못 했는데." 제이크는 순순히 인정했다. 일부러 답을 잘못 써야 할지도 모른다는 생각에 상당히 짜증이 났다. 하지만 검열된 오렌지색 교과서에 아예 등장하지도 않는 털사 대학살 같은 일에 대해서 알고 있다면, 당연히 의심을 살 수밖에 없지 않을까?

"금방 익숙해질 거야." 키트가 말했다. "열여덟이 되든 졸업을 하든, 뭐든 한쪽이 성공할 때까지만 버티면 돼."

제이크는 투덜거렸다. "그렇게 쉬울지 모르겠는데. 우리 아빠가 끼어들면 그렇게 안 놔둘 거야."

"음, 그래, 우리 아빠는 지팡이를 들고 끼어들거든." 라일리는 이렇게 말했고, 아이들은 다들 거북한 표정으로 조용히 책을 들여다보기 시작했다. 마침내 라일리는 일부러 신음을 흘리며 자리에서 일어섰다.

"저 바보 같은 비커 정리, 내 차례지. 너 사회 공부할 차례야, 에린."

매일 학교를 두려워하지 않아도 된다는 것 자체가 낯선 경험이었다. 대신 아침에 등교하면서 너무 행복해 보이지 않으려 애쓰는 일이 끔찍하게 힘들어졌다. 부모님이 변화를 눈치채고 의심을 품을까 걱정되기 때문이었다.

어느 날, 그가 괴로움을 지나치게 연기했다는 사실이 명확해졌다. 휴일을 며칠 앞두고 어머니가 문가에서 그를 불러 세우더니 이렇게 말했기 때문이다. "코너가 그리운 거니? 걔가 앤젤 밸리에 가기 전까지 너희 정말 친하게 지냈잖니."

"전혀 그립지 않은데요." 제이크는 의도한 것보다 강하게 말해버렸다. 어머니는 그를 보며 얼굴을 찌푸렸다.

"휴일 동안 걔네 가족을 한번 저녁 식사에 초대하려고 생각하고 있었거든." 어머니는 말을 이었다. "괜찮을 것 같지?"

"안 올 거예요." 제이크는 이렇게 말하며 책가방을 붙들었다. 어머니가 그의 머리에 마인더를 씌우자 찰칵하고 맞물려 들어가는 소리가 들렸다. "이해가 안 되세요? 우리는 이제 그쪽이랑 어울릴 만큼 선하지 못해요. 제가 아직 공립 학교에 다니고 있고, 마인더를 쓰고 있어도 그쪽의 일원이 될 수 없고, 이제 절대로 그쪽만큼 선할 수도 순수할 수도 없게 되었으니까요. 감사드려야겠네요. 이젠 앤젤 밸리 애들하고 우리 쪽 평범한 애들 양쪽 사이에 끼어 살게 되었으니까요. 우리 소중하고 부유한 코너처럼 고전적이고 사회적으로 용인되는 방식으로 세뇌당하는 게 아니라, 무엇을 생각할지를 대신 정해주는 프랑켄

슈타인 장치를 머리에 쓰고 다니게 되었으니까요."

"제이크!" 어머니는 충격받고 마음이 상한 표정이었다.

"이러다 지각하겠어요." 그는 이렇게 말하며 얼른 문을 쾅 닫았다. 어머니의 반박이나, 그보다 듣기 싫은 울음소리를 듣지 않아도 되도록. 어차피 오늘 귀가하면 고함 소리는 충분히 듣게 될 예정이었으니까.

"너 괜찮아?" 하교 종이 울리고 제이크가 과학실로 들어와서 긴 의자에 털썩 주저앉자, 키트가 이렇게 물었다. 그러고는 단단하고 검은 실험대 위로 자석을 밀어 보냈다.

"부모님 때문에." 그는 자석을 붙인 다음에 이렇게 말하고는, 주변을 둘러보았다. 에린과 라일리는 함께 역사 교과서를 읽는 중이고, 조나단은 스마트 칠판을 닭 그림으로 채우고 있었다. "네이트는 어디 있어?"

"도서실 청소 자원봉사 갔어." 에린이 말했다. "캐리 선생은 방과 후까지 애들이 읽는 내용을 감시하기에는 자기가 받는 월급이 부족하다고 생각하거든. 적어도 도서실에 들어간 이유가 있는 책들이면 말이야. 사실 네이트는 공부보다 자기 재밌으려고 책 읽는 쪽을 좋아하는 것 같아. 봄부터 열심히 『두 개의 탑』을 읽고 있더라고."

"두 개의 뭐?" 제이크가 물었다.

조나단이 휘파람을 불었다. "들어본 적도 없어? 아예? 이야, 너 정말 비참하게 살고 있구나."

제이크는 자리에서 너무 빨리 일어나느라 비커 하나를 떨어트렸고,

비커는 바닥에 떨어져 산산조각이 났다. "방금 그 말 한 번 더 해봐."

라일리가 둘 사이에 끼어들었다. "진정해, 진정해. 우린 같은 편이잖아. 조나단, 우리가 선택할 수 없었던 문제를 가지고 놀리고 싶은 거야?"

"별 뜻 없었어. 그냥 농담한 거였다고, 됐어?" 조나단이 말했다.

"사과해." 라일리가 말했다.

조나단은 눈을 굴리더니 과장되게 한숨을 내뱉었다. "미안, 제이크."

라일리는 몸을 돌려 제이크의 어깨를 철썩 때렸다. "이제 괜찮다고 말해."

"안 괜찮으면?" 제이크가 말했다.

"우리 없이 사는 편이 나을 것 같아?" 라일리가 물었다.

"아니." 제이크는 이렇게 말하고 자리에 앉았다가, 즉시 자리에서 일어나 빗자루를 가지러 갔다. 그러고는 누구와도 눈을 마주치지 않고 깨진 유리를 한데 모았다가, 더 작은 무더기로 만든 다음에, 마지막으로 쓸어서 쓰레받기에 담았다. "그런 소리 두 번 다시 하지 마, 조나단. 그럼 잘 지낼 수 있을 테니까."

"진짜로 별 뜻 없이 한 소리였어." 조나단이 이번에는 조금 더 진지하게 대답했다. 제이크는 다시 자리에 앉아서 수학 교과서를 꺼내 들었다.

그는 책을 조나단의 실험대 쪽으로 던졌다. 책은 쿵 소리를 내며 실험대에 떨어졌고, 조나단은 실험대 반대편으로 미끄러지는 책 위에 얼른 손을 얹었다. "14장. 로그, 사인, 코사인. 처음 연습 문제 열 개 풀어보고, 그래도 이해가 안 되면 내가 설명해 줄게."

2주 후, 제이크는 자기 성적표를 휘두르며 과학실로 뛰어 들어왔다. "A 받았어!" 그는 소리쳤다.

일어나 하이파이브를 해주는 사람은 아무도 없었다. "어느 과목에서?" 키트가 그에게 자석을 건네며 불안한 목소리로 물었다.

"과학이야." 자석을 붙이면서, 제이크는 순간 뱃속에서 초조함이 끓어오르는 것을 느꼈다. "천문학 단원인데. 그쪽에서 문제가 될 만한 게…"

"자를 이용해서 그림의 은하계까지 거리를 측정하고, 그걸 공식에 대입해서 실제 거리를 구하는 문제 있었지. 그거 맞혔어?" 네이트가 물었다.

"응." 제이크가 대답했다.

"그래서 그 거리가 얼마였지?" 네이트가 물었다.

"1만 5,000광년이었던가…"

"그럼 빛이 거기까지 가는 데 시간이 얼마나 걸리지?" 네이트가 물었다.

"너희 부모님은 우주가 얼마나 오래되었다고 믿는데?" 라일리가 덧붙였다.

제이크는 자기 성적표를 멍하니 내려다보았다.

"너희 부모님이 시험 문제를 직접 살펴보지 않으면 아마 큰 문제없을 거야. 문제를 찾아보면 '잘 찍었어요' 핑계를 쓰도록 해. 아직 안 썼다면 말이지만. 자주 먹히지 않는다는 건 기억해 두고." 에린이 말했다.

"아." 그러나 제이크는 다른 생각을 억누를 수가 없었다. *그래도 A 받았는데.*

조용한 저녁 식사 시간이었다. 제이크가 자기 성적 이야기를 꺼내지 않았는데도, 지나치게 조용했다. 제이크는 닭 요리와 완두콩을 먹으며 계속 마음속으로 머뭇거렸다. 아예 이야기를 꺼내지 않으면 도리어 제 발 저린 것처럼 보여서 의심을 사지 않을까? 하지만 괜히 이야기를 꺼냈다가 그냥 넘어갈 일을 키우는 꼴이 된다면?

식사 후에 자기 방 책상 앞에서 숙제를 하고 있는데, 현관 앞에서 대화를 나누는 부모님의 목소리가 들려왔다. "자가 진단 프로그램으로는 문제가 안 잡혀요. 게다가 작동을 제대로 안 했다면 애가 우리한테 말했겠지요." 어머니 목소리였다.

"과연 그렇겠소?" 아버지가 물었다. "저번에 아침에 당신에게 뭐라 했는지 기억하시오? 우리는 저 아이를 보호하려는 거지, 반항적으로 만들려는 건 아니잖소."

"젊은 남자들은 다들 반항적인 걸요." 어머니가 말했다. "당신도 그랬고요. 아, 당신을 처음 만났을 때 얼마나 말썽꾸러기였는데요. 제가 두 번째 기회를 믿는 사람이어서 다행이었죠."

"그랬지. 그래서 내가 틀렸다는 걸 알고 있는 거요. 우리 재정 상황을 다시 검토하는 게 어떻겠소. 돈을 긁어모아서 아이를 앤젤 밸리로 전학시키는 편이 차라리 나을 수도 있으니."

잠시 침묵이 흐르고, 뒤이어 마인더의 충전이 끝났음을 알리는 약한 삑 소리가 들렸다. 어머니가 긴 한숨을 내쉬더니, 마침내 입을 열었다. "제이크한테 앤젤 밸리는 별로 좋은 곳이 아닐 것 같아요. 거기 간 가족들은 전부 자기네끼리만 어울리고 있잖아요."

"두세트네 아들도 그리 갔잖소. 그 애는 제이크의 가장 친한 친구였고, 우리하고도 자주 어울리지 않소."

"예전에는 그랬죠." 어머니가 정정했다.

"그건 양쪽 모두 바빠서…"

"저번에 저녁 식사에 초대했어요. 애비게일이 대놓고 저를 비웃더군요. 다시는 귀찮게 굴지 말라고 하고는 그대로 전화를 끊었어요."

"뭐요?" 아버지의 목소리는 진짜로 놀란 것처럼 들렸다. "이번 주일에 예배 끝나고 로버트하고 얘기 좀 해야겠소. 무슨 일인지 알아봐야지. 분명 뭔가 오해가 있었을 테니…"

"물론 그렇겠죠." 어머니가 말했다. "어떻게 되든 저한테도 알려줘요. 그때까지 앤젤 밸리 이야기는 안 하기로 하고요. 아직은요."

"어제 뉴스 본 사람 있어?" 네이트가 물었다.

라일리가 코웃음을 쳤다. "뉴스 봐도 된다고 허락받은 사람이 누가 있다고. 아니, 너는 언제부터 본 거야?"

"우리 엄마가 리모컨 안 잠그고 소파에서 곯아떨어지기 시작했을 때부터." 네이트는 이렇게 말하며 마인더의 자석 붙은 곳 옆을 톡톡 두드렸다. "이제 16개 주에서 이게 불법이라는 거 알아? 얼마 전에 노스캐롤라이나에서도 이걸 금지했더라고. 7개 주에서는 아동 학대로 간주한대."

"우리가 노스캐롤라이나에 안 산다는 게 문제지." 에린이 말했다.

“이 동네에서는 절대 그럴 일 없을걸. 너도 알잖아.”

“불법이 된 주가 충분히 많아지면, 국가법으로 만들지도 몰라.” 제이크는 이렇게 말하다 올바른 단어를 기억해 냈다. “그래, 연방 법률로.”

“우리에게 도움이 되기에는 너무 늦겠지만.” 키트가 말했다.

“운이 좋으면 금방 될지도 모르니까.” 네이트가 덧붙였다.

“그럴 것 같아?” 라일리가 물었다. “아이들의 해마 기관을 전기로 구워버리는 일이 장기적으로 어떤 영향을 미치는지는 아직 제대로 된 연구조차…”

“해마 뭐?” 조나단이 물었다.

“네 염병할 두뇌의 일부분 말이야.” 라일리가 말했다. 제이크는 반사적으로 욕설에 움찔했다. 지금은 마인더가 억제 상태라 영향을 받지 않는데도. “그런 식으로 작동하는 거거든? 네 두뇌에 작은 철사 조각을 찔러 넣어서, 이 빌어먹을 전자 도구가 엿 먹을 기억에 간섭할 수 있도록 만드는 거라고. 원하지 않는 내용을 단기 기억에서 장기 기억으로 전환하지 못하게 막는 거야. 우리 머릿속 생각을 수정하면 더 순결해질 수 있다고 믿는 거지. 지나가다 주워들은 문장 몇 개마저도 정화해 버려서 말이야.”

“나는 그냥 못 듣게만 만드는 줄 알았어.” 에린이 말했다.

“훨씬 끔찍한 거야. 듣기는 완벽하게 듣거든. 그런 다음에 들은 기억을 앗아 가는 거지. 누군가 네 방에 침입해서 가장 소중한 물건을 훔쳐 가는데, 그 물건이 방에서 없어지자마자 그걸 가지고 있었다는 사실마저도 잊어버린다고 생각해 봐. 이름 붙일 수 없는 뭔가가 사라졌다는 느낌만 남기고." 라일리가 말했다. "이건 당연히 범죄야. 문제는 빌어먹을 그 도둑들 스스로가 그게 범죄가 아니라고 결정을 내리고 있다는 거지."

"괜찮아, 라이?" 조나단이 물었다.

"안 괜찮아! 괜찮을 리가 없잖아? 우리가 괜찮을 수가 있겠어? 놈들의 정신 조작을 피해 가는 정도로는 부족해. 맞서 싸워야 한다고."

"무슨 수로? 우리는 아무 힘도 없잖아." 네이트가 말했다.

제이크가 입을 열었다. "우리 아버지는 나를 앤젤 밸리로 보내고 싶대. 그건 피할 수도 없겠지. 그러면 끝장이 날 거야. 얼마 안 되기는 해도, 지금 주어진 자유마저도 뺏기고 싶지는 않아."

"그래, 음, 네가 앤젤 밸리로 가버리면 안 되지." 에린이 말했다. "내 동생 린은 식당에서 자길 구해줬다고 너한테 푹 빠져버렸단 말이야. 이미 그 애는 너를 영웅 취급한다고."

라일리는 벌떡 일어나더니 자기 자석을 실험대에 내던졌다. 총성처럼 날카로운 소리가 울렸다. 순간 모두가 침묵에 휩싸였다. "이건 전부 시간 낭비야." 라일리는 그렇게 말하고 그대로 과학실을 나갔다.

쾅 하고 문이 닫히는 소리가 울린 후에도, 한동안 과학실 안에서는 정적만이 흘렀다.

마침내 네이트가 가볍게 헛기침을 하더니 침묵을 깼다. "라일리네 집은 상황이 안 좋아. 그러니까, 나머지 우리와 비교해도 끔찍하다는 거야. 적어도 우리 부모님들은 우리한테 최선이라고 생각하는 방향으로 행동하는 거긴 하잖아. 우리는 동의 안 하지만. 하지만 라일리네 부모님은…"

"완벽하게 통제하려는 부류지." 키트가 덧붙였다. "침실에 문도 안 달아놨대."

제이크는 휘파람을 불었다. "세상에, 그건 진짜 엿 같네."

에린은 자기 교과서를 덮고 자리에서 일어나 실험대 청소용 물수건을 집었다. "라일리가 똑똑한 게 마음에 안 드는 거야. 자기네한테 위협이 된다고 여기는 거지. 그래서 라일리는 안 똑똑한 척하면서 지내야 해."

"우리 모두보다 훨씬 똑똑한데 말야." 조나단이 말했다. "하지만 걔네 부모는 라일리가 고등학교에서 낙제하면 교회 공동 농장으로 보내 버리겠다고 말하고 다닌다니까. 그거 알지? 철조망으로 둘러싸인 곳 말이야. 그 철조망은 옥수수를 지키려고 둘러놓은 게 아니라고."

"좆같네." 강한 감정과 부끄러움이 섞인 욕설이 제이크 자신의 목소리로 울렸다. 기묘한 느낌이 들었다.

그는 치밀어 오르는 당황스러운 감정을 숨기려고 시계를 힐끔 바라봤다. "어, 이런, 시간이 거의 다 됐잖아." 제이크는 자기 교과서에서 검은색으로 지워진 부분까지 진도를 나갔는지 확인한 다음, 수정되지 않은 교과서를 덮어서 조나단에게 돌려주었다.

그들은 함께 과학실 청소를 마무리하고 아쉬운 손길로 자석을 떼어 두고 떠났다.

학교 정문으로 걸음을 옮기고 있는데, 제이크의 마인더가 삑 소리를 냈다. "제이크, 어머니가 귀갓길에 모퉁이 가게에 들러 상추와 하프앤하프 우유 작은 것을 사올 것을 요청하셨습니다. 해당 품목을 반복해 듣고 싶으십니까?"

"아니." 제이크가 말했다.

"요청에 대한 동의를 어머니께 전송할까요?"

"응." 제이크는 대답했다. 마인더가 그에게 말을 건 것은 며칠 만에 처음 있는 일이었다. 짧은 도피가 말 그대로 잠시뿐이라는 사실이 퍼뜩 충격으로 다가왔다.

제이크는 라일리와 마인더와 해마 기관에 대한 생각에 잠긴 채 가게가 있는 길모퉁이를 돌아서다가, 문득 반대편에서 오는 다른 사람과 부딪힐 뻔했다. 그는 입을 열었다. "코너."

"제이크잖아." 코너는 반 발짝 물러서며 말했다. 마치 가까이 있는 것조차 역겹다는 듯이. 앤젤 밸리 교복을 입고 있었다.

마지막으로 코너와 대화를 나누었을 때는 거의 주먹을 날릴 뻔했다. 그러나 자신도 이제 성장했다고, 제이크는 생각했다. 이제는 다른 친구들이, 더 나은 친구들이 생겼다. 이제는 더 성숙하게 대처할 수 있을 것이다. "그동안 어떻게 지냈어?" 제이크는 이렇게 운을 띄웠다.

"더 높은 목표를 향해 매진하는 중이지." 코너가 대답했다. "우리는 새로운 미국의 미래니까. 그때는 타락한 인간쓰레기가 살아갈 공간은 남지도 않을 거야. 따라서 지금도 너한테 쓸 시간은 없어."

제이크는 자신이 뭐라고 대꾸했는지 알 수 없었다. 마인더가 그 순간을 훔쳐 갔으니까. 그러나 갑자기 창백해진 코너가 무언가에 물리기라도 한 듯 도망치는 모습은 나름 만족스러웠다.

그는 아주 조금이지만 주먹을 날리지 않은 것을 후회했다. 어차피 집에 돌아가면 마인더가 방금의 만남을 보고할 테고, 그 때문에 문제가 생길 것은 뻔했다. 주먹을 날렸어도 충분히 그 정도는 감수할 수 있을 것 같았다.

잠자리에 들어 불을 끄려는 순간 엄마가 침실로 들어왔다. 그녀는 제이크의 침대 가장자리에 걸터앉아 무릎을 토닥였다. "그런 단어는 쓰면 안 됐다는 거 알지?" 그녀가 물었다.

"제가 무슨 단어를 썼는지도 짐작이 안 가지만, 네, 알아요." 제이크가 말했다. "제가 잘못했어요. 하지만 언제나 함께였던 가장 친한 친구가 저를 인간쓰레기라고 불렀다고요."

"우린 네가 더 나은 판단을 내려주길 원한단다. 하지만 네가 선한 마음을 가지고 있다는 것도 알아. 물론 누구에게도 그런 표현을 써서는 안 되지만, 코너도 너한테 그런 소리를 하면 안 되는 거였지. 너 자신으로서 될 수 있는 가장 선한 아이가 되어주었으면 한단다. 오직 주님만이 너를 심판하실 수 있을 정도로."

"죄송해요, 엄마." 제이크가 말했다.

"나도 알고 있단다." 어머니는 이렇게 대답하고, 제이크의 이마에 입을 맞추고 불을 껐다. 그리고 문을 조금 열어놓은 채로 침실을 나섰다. 제이크는 죄책감과 남은 분노에 짓눌린 채 그대로 누워 있었다. 조금 전에 들었던 아버지의 고함이 여전히 귓가에 울렸다.

문득 어머니가 다시 문간에 나타났다.

"네가 알아서는 안 되는 단어였고, 두 번 다시 그 단어를 사용하지 않을 거라 믿는단다. 그래도 굳이 그 단어를 사용해야 했다면, 정말로 딱 맞는 순간을 찾은 것 같더구나."

부드러운 이해가 그의 몸을 휘돌던 분노의 찌꺼기를 몰아냈다. 제이크는 자신만의 수치심과 후회를 곱씹으며 다시 잠들려 애쓰기 시작했다.

"제이크!" 제이크가 과학실의 문으로 들어서는 순간, 키트가 반가움을 숨기지 못하고 소리치며 자석을 건넸다. "그동안 어디 갔던 거야?"

"2주 동안 외출 금지 당했어."

"A 맞아서?" 네이트가 물었다.

"아니, 다른 사람한테 내가 기억도 못 하는 나쁜 말을 했거든." 제이크가 대답했다. "하지만 그 말을 했을 때 내가 얼마나 화가 났는지는 아니까, 외출 금지 자체는 정당했다고 생각해."

"네가 들켜서 앤젤 밸리로 보내졌을까 봐 걱정했어. 그랬다가는 우리 모두 조나단한테 수학을 가르치려고 끙끙댔어야 할 거 아냐." 에린이 대꾸했다.

"내가 아직 여기 있어서 다행이지." 그는 말했다. 이곳으로 돌아와야 할지 조금 망설이기도 했지만, 막상 돌아와 보니 망설임은 전부 사라져 버렸다. "앤젤 밸리가 최악인 것도 아니지만." 라일리는 과학 교과서를 무릎에 올린 채 실험대 위에 앉아 있다가 말을 꺼냈다. "저들이 안경을 만들고 있다는 거 알아? 우리가 보는 것도 검열하려고?"

"세상에 누가 그런 짓을…" 에린이 입을 열었다.

"우리 부모는 할 거야. 그런 게 등장하기만 한다면." 라일리가 말했다. "그리고 마인더는 과학이나 우리 신앙, 아니 다른 신앙이나 심지어 모든 종류의 신념과 어긋나는 것들을 검열하는 데 쓰이고 있어. 하지만 그게 전부가 아니야. 특정 성별의 사람이 하는 말은 아예 들을 수도 없는 곳이 있다는 거 알아? 아니면 인종이나?"

"뭐야? 그건 끔찍하잖아." 네이트가 말했다.

"이건 알아둬. 마인더를 회피하거나 아예 없애려고 애쓰는 사람의 수만큼, 마인더를 더 끔찍하게 만들려 애쓰는 사람도 존재해. 그리고 놈들이 시도하는 것들 중에는… 앤젤 밸리보다도 훨씬 끔찍해 보이는 것들도 있어."

"너는 어떻게 그런 걸 다 알아?" 키트가 물었다.

"연줄이 있거든." 라일리가 말했다. "너희는 다들 피해 갈 방법만 찾지. 나는 탈출할 방법을 찾고 있어."

"그걸 찾으면 어떻게 할 건데?" 키트가 물었다.

"사라지겠지."

"우리는 어쩌고?" 에린이 물었다.

"너희는 각자 결단을 내려야겠지." 라일리가 대답했다. "나는… 이런 젠장."

그녀의 눈길은 과학실 문 쪽을 향하고 있었다. 모두가 그녀를 따라 시선을 옮겼다. 에린의 여동생이 열린 문간에 서 있었다. "린!" 에린이 소리쳤다.

"나도 돕고 싶어서 왔어." 린이 말했다. 얼굴을 붉히면서, 의도적으로 제이크 쪽을 보지 않으려 애쓰면서.

"얼마나 오래 거기 서 있었어?" 에린은 서랍을 열어 다른 자석을 찾으며 물었다.

"몇 분." 린이 대답했다. "다들 새 안경 얘기하고 있길래."

에린은 여분의 자석을 찾아서, 경계하고 있는 여동생에게 달려갔다. 라일리가 입을 열었다. "너무 늦었어. 걔 마인더가 전부 들었을 거야. 복도로 데리고 나가. 플랜 B야."

에린은 당황해서 움찔거리며 고개를 끄덕이고는, 린을 끌고 과학실을 나섰다.

둘이 나가고 문이 닫히자, 제이크는 나머지 아이들을 둘러봤다. 가슴 속에서 심장이 쿵쿵거렸다. "플랜 B는 뭐야?"

"플랜 A는 우리 중 하나가 걸렸을 때. 플랜 B는 모두 함께 걸렸을 때야." 키트가 말했다. "걔 마인더 내용이 다운로드되면 아수라장이 펼쳐질 거야. 우리가 마인더를 회피할 방법을 찾았다는 게 알려지겠지. 방법 자체는 안 들키더라도."

"그냥 린의 마인더 기록을 지울 방법은 없을까?" 네이트가 물었다.

"머리에서 빼내지 않고는 곤란해. 제대로 잠금을 풀고 접속을 해제하지 않으면 뇌 손상을 유발할 수도 있어." 라일리가 말했다. "내 말 믿어. 다른 방법이 있었다면 지금쯤 내가 알아냈을 거라고."

에린이 문으로 고개를 들이밀었다. "집에 가다가 린한테 밀크셰이크 사줄 생각이야. 다들 힘내."

"넌 괜찮아? 집에 가도." 라일리가 제이크에게 물었다.

"그럴 것 같아." 제이크는 대답했다. 어머니만이라면 안전할 것이다. 그러나 아버지는… "확신은 못 하겠어."

"안 괜찮을 것 같으면 조나단네 집으로 가. 거기는 안전하니까. 어디 가는지는 절대 아무한테도 말하면 안 돼."

조나단은 고개를 끄덕였다. "우리 집에 위험한 거라고는 우리 엄마

요리뿐이지."

"그런 다음에는?"

"아까 말했듯이, 각자 결단을 내려야 할 거야. 이렇게 빨리 현실로 닥칠 줄은 몰랐는데." 라일리가 말했다. "그리고 제이크, 네가 오지 않는다면… 그동안 즐거웠어. 아무도 훔치게 두지 마. 네가 누구인지, 네가 어떤 사람이 되고 싶은지를."

제이크는 마인더에 자석을 붙인 채로 학교를 나섰다. 후드티를 뒤집어써서 자석은 눈에 띄지 않았다. 외부 조종에서 자기 두뇌를 지키는 방법을 온 세상에 퍼트리고 싶은 마음도 조금은 있었지만, 라일리는 그 사실이 공공연하게 퍼지는 즉시 마인더 제작사 측에서 막을 방법을 찾아낼 거라고 제이크를 설득했다. 지금처럼 친구들끼리 수군거리는 식으로 몰래 전파하는 편이 낫다는 것이었다.

제이크는 집 쪽으로 걸음을 옮기다 발길을 돌리기를 반복했다. 조나단네 집 쪽으로 걸어가다 돌아온 횟수도 거의 비슷했다. 결국 그는 마을을 엉망으로 빙빙 돌다가 초등학교 운동장 근처에 왔다는 것을 깨닫고 그네에 자리를 잡고 앉았다. 해가 이미 지평선을 넘어가서 하늘이 빠르게 어둑해지기 시작하자, 그는 마침내 마인더에 붙인 자석을 뗐다.

즉시 마인더의 목소리가 울렸다. "이미 저녁 시간에 늦었으며 즉시 집으로 돌아가야 합니다. 현재 위치에서 집까지는 도보로 21분이 소요됩니다. 어머니로부터 메시지 14건, 아버지로부터 메시지 6건이 도착해 있습니다. 듣기를 원하십니까?"

"아니." 제이크가 말했다. "아버지한테 메시지를 보내고 내 현재 위치도 전송해…"

"당신의 현재 위치는 이미 부모님께 전송되었습니다." 마인더가 말했다.

당연히 그렇겠지, 제이크는 생각했다. "여기서 보자고 해. 아버지만. 경찰이나 다른 사람을 데리고 오면 두 번 다시 나를 못 볼 거라고 전해. 알아들었지?"

"메시지를 전송했습니다." 마인더가 말했다.

"좋아, 그럼 입 다물어." 제이크는 이렇게 말하고 다시 자석을 붙인 다음, 놀이터를 나와 거리 맞은편의 작은 공원으로 들어갔다. 한심하다는 생각이 들면서도 동시에 불안감을 주체할 수 없어서, 그는 벤치 뒤편의 땅바닥에 앉았다. 벤치의 등받이 널판 사이로 주변을 볼 수 있으면서도 밖에서 보이지는 않을 위치였다.

아버지는 29분 후에 도착했다. 그리고 미끄럼틀 옆에 서서 주변을 둘러보았다.

제이크는 몇 분 동안 아버지를 지켜본 후에야 간신히 용기를 끌어모았다. 후드티는 그대로 뒤집어쓴 채로, 떨리는 손을 감추려 주머니에 꾹 찔러 넣은 채로. 제이크는 아버지 쪽으로 걸음을 옮겼다. 아버지는 거리를 건너는 제이크를 발견했지만, 자기 앞에 와서 설 때까지 움직이지 않고 꼿꼿이 서 있기만 했다.

"제이콥." 아버지가 말했다.

"아빠." 그가 대답했다.

둘은 한동안 서로를 노려보고 서 있었다. 마침내 아버지가 다시 입을 열었다. "내가 얼마나 화나고 실망했는지는 굳이 설명할 필요 없겠지."

"네, 그건 알 것 같아요. 엄마는 좀 어떠세요?"

"상처받고 두려워하고 계신다. 짐작도 못 한 게냐?" 아버지가 쏘아붙였다. "그러면서도 나한테 네 조건을 전부 받아들이고 여기 나와서 만나달라고 하시더구나. 그래, 이럴 속셈이었다는 거지. 이제 어쩔 테냐?"

이제 어쩌지? 제이크는 자문했다. 사실 '속셈'이랄 것도 없었다. 그저 솔직하게 털어놓고 싶을 뿐이었다.

제이크는 입을 열었다. "아시겠지만, 코너는 제 가장 친한 친구였어요. 유치원 때부터 뭐든 함께 해온 사이라서, 다른 친구는 아예 필요하지도 않았죠. 그러다 걔네 부모님이 코너를 앤젤 밸리로 보냈어요. 코너는 이제 제 친구가 아니에요. 아예 원래의 코너도 아니게 됐어요. 저는 계속 제이크이고 싶을 뿐이에요. 제가 착한 아이라고 생각하니까요. 하지만 제 현실 자체가 다른 사람에 의해 결정되고 있으면, 저는 제가 누구인지, 어떤 사람인지 알 방법이 없어요. 그 다른 사람이 아빠라도요."

"부모의 책무는 아이를 보호하는…" 아버지가 입을 열었다.

"부모의 책무는 아이를 인도하는 거죠." 제이크가 말을 잘랐다. 아버지의 말을 끊어본 것은 이번이 처음이었다. 어떻게 그럴 용기가 났는지는 제이크 자신도 알 수가 없었다. "마인더는 저를 인도하는 게 아니에요. 비좁은 상자 속에 가두는 거죠. 그래요, 물론 세상에는 더럽고 썩어빠진 것들이 가득할지도 몰라요. 하지만 마인더는 그저, 그런 것들을 아는 것만으로도 제가 그걸 선택하리라고 가정하는 느낌을 준다고요. 이건 불공평해요. 저는 무조건 받아들이지 않고도 온갖 것들을 배울 수 있어요. 엄마, 아빠가 다른 의견을 가지는 이유를 대화를 통해 받아들일 수도 있고요. 내 의견을 가질 수도 있어요. 하지만 제가 아무것도 모른다면 거기에 동의하는지 동의하지 않는지조차 알 수가 없다고요."

"왜 나한테 이러는 거냐? 그런 선전 문구는 너희 어머니한테나 늘어놓을 것이지?"

"엄마는 알아들으실 테니까요. 하지만 아빠가 이해하실지는 알 수 없었어요. 두 분을 사랑하기는 하지만, 아빠가 이해를 못 하신다면 저는 집으로 돌아갈 수 없어요. 저는 지금 직접 생각해서 결정을 내릴 기회를 드리는 거예요. 제가 이렇게 권리를 주장할 수 있는 것도 아빠 덕이기 때문이죠."

아버지는 길게 콧김을 뿜은 다음, 한참 동안 제이크를 쳐다보고 서 있었다. 무릎에 힘이 풀려 땅에 쓰러질 것 같다는 생각이 들 정도로 한참을. "마음에 안 든다." 마침내 그가 입을 열었다. "네가 내 말을 거역한 것도 마음에 안 들고, 나 몰래 숨어서 내가 분명히 금지한 일을 하고 있었던 것도 마음에 안 들어. 몇 마디 말로 넘어갈 수 있다고 생각하는 것도 그렇고."

"아빠가 저를 좋아해 주실 필요는 없어요. 화를 삭이시는 걸 원하지도 않고요. 저를 존중해 주시기를 바랄 뿐이죠." 제이크가 말했다. "저한테는 새로운 기회가 필요해요. 그래서 아빠한테도 새로운 기회를 권해야만 했어요."

“여기서 기다려라.” 아버지는 이렇게 말하고는 휙 몸을 돌려서 자리를 떴다.

거의 두 시간이 지나서야 어머니가 공원에 등장했다. 그녀는 미끄럼틀 꼭대기에서 몸을 떨고 있는 제이크 쪽으로 다가오며 아들을 불렀다. “제이크?”

제이크는 미끄럼틀에서 내려왔고, 그녀는 아들을 꼭 끌어안았다. 잠시지만 제이크는 어머니가 자신을 영영 놓아주지 않으리란 생각을 했다. 엄마는 한 걸음 물러서서 제이크의 양 어깨를 붙들고 잠시 바라보더니, 외투 주머니에서 뭔가를 꺼내 그의 손에 건네주었다.

마인더의 열쇠였다.

“사라진 아이들이 더 있단다. 아마 네 친구들이겠지. 걔들이 어디 갔는지 알고 있니?”

아직 조나단네 집에 있다고 해도 머지않아 떠날 것이다. 적어도 라일리와 네이트는 그럴 것이 분명했다. 다른 아이들에 대해서는 아는 바가 없었고, 어디로 갈지도 알지 못했다. “아뇨.”

“네가 말하는 자유라는 것을 얻고 싶다면, 너도 약속을 해줘야겠다.” 그녀가 말했다.

“무슨 약속요?”

“절대 우리한테 거짓말을 하거나 숨기면 안 돼. 그리고…” 그녀는 말을 잇지 못했다.

“그리고요?”

“선을 따르는 길에서 벗어나면 안 된단다. 그저 잔머리를 굴리려고, 아니면 그저 너희 아버지를 거역하고 싶다는 이유에서 길을 벗어나면 안 돼. 너는 마인더가 힘들다고 생각했잖니. 이제 그걸 벗으면 정말로 수많은 다툼을 마주하게 될 거란다."

"최선을 다할게요." 제이크는 말했다.

"그럼 집에 가자. 저녁 식사가 얼음처럼 차갑게 식었단다."

"신경 안 써요." 제이크는 말했다.

라일리, 네이트, 키트는 사라졌다. 키트는 한 달쯤 후에 마인더를 벗은 채로 돌아왔다. 제이크나 방과 후 공부 동아리의 아이들과 이야기를 나누는 것을 금지당하기는 했지만, 복도에서 서로 마주칠 때면 둘은 스쳐 지나가며 슬쩍 하이파이브를 나누곤 했다.

조나단은 제이크가 계속 수학 공부를 도와줄 생각이 있다는 사실에 크게 안도했다.

린은 제이크를 그 사건의 원흉으로 여기며 비난하는 듯했고, 영웅 대접도 끝나버렸다. 그러나 가끔가다 한 번씩 그의 옆자리에 식판을 내려놓고 함께 식사하곤 했다. 제이크가 보기에는 머지않아 화가 풀리리라는 사실을 그녀 자신도 깨달았거나, 아니면 해리스와 데크의 괴롭힘을 피하려고 제이크를 전략적으로 이용하는 것 같았다.

아버지와 엄청나게 다투게 될 것이라는 어머니의 말은 거짓이 아니었다. 마인더나 옛 검열된 교과서에서 삭제했을 법한 것들이 등장할 때마다, 아버지는 사소한 것까지 꼬투리를 잡으며 싸움을 걸어왔다. 처음에는 힘만 빠지고 별 의미도 없는 것 같았지만, 날이 가고 달이 갈수록 아버지의 주장은 호전적인 설교에서 거의 동등한 상대와 벌이는 치열한 말다툼으로 변해가기 시작했다.

제이크는 라일리와 네이트가 그립고 걱정이 되었다. 헤어졌는지 함께 지내는지가 궁금했고, 두 사람이 어디 있는지, 아니면 그저 잘 지내고 있는지라도 알고 싶었다. 알 만한 사람도 없으니 물어볼 수조차 없었다. 그래도 어디 있든 마인더 기술에 맞서 투쟁하고 있으리라는 점은 확신할 수 있었다.

여름 방학을 앞둔 마지막 날, 제이크는 사물함을 비우다가 책장 귀퉁이가 접혀 있는 페이퍼백 한 권을 발견했다. 『반지 원정대』라는 제목이었다. 사이에 쪽지 한 장이 비죽 튀어나와 있었다.

'네가 여전히 도망치고 싶을 때 필요한 책이야. 네이트가.'

쪽지 맨 끝에는 추신이 적혀 있었다. '그리고 이 책 대여 기한이 1년쯤 지났을 거야. 다 읽으면 도서실에 반납하고 나 대신 벌금 좀 내줘. 고마워.'

제이크는 책을 가방에 넣고 텅 빈 사물함을 닫은 다음, 집으로 걸음을 재촉했다.

Karl Schroeder

The Suicide of Our Troubles

우리의 문제들이 자살합니다

칼 슈뢰더

조호근 옮김

칼 슈뢰더의 과학 소설은 자연과 인공의 흐릿해진 경계를 탐구한다. 그의 이야기 속에서는 인간뿐 아니라 숲이나 강물도 주인공이 된다. 『영원Permanence』, 『록스텝Lockstep』, 『바람의 행성Ventus』, 『미궁의 주인Lady of Mazes』 등의 먼 미래를 배경으로 한 장편 서사 소설이 유명하지만, 근래에는 기후 변화와 미래의 정치 경제에 관한 글을 쓰고 있다. 슈뢰더의 최신작인 『세상 훔치기Stealing Worlds』는 2030년의 디트로이트를 배경으로 아버지의 살인범에게 복수하기 위해 판을 뒤엎는 젊은 여성의 이야기를 그린다. 칼 슈뢰더는 작가일 뿐 아니라 미래학자이기도 하며, 전략 예측 전공으로 석사 학위를 받았고, 소설/에세이를 복합하여 미래 과제를 논의하는 독특한 글쓰기 형식의 선구자이기도 하다. 현재 캐나다 토론토에서 아내와 딸과 함께 살고 있으나, 종종 세계를 여행하며 강의를 하고 워크숍에 참석하기도 한다. 지금은 금성을 무대로 하는 이야기를 집필 중이다.

홈페이지 주소: www.kschroeder.com

SF-Fan

Karl Schroeder

The Suicide of Our Troubles

나딘 바흐는 식품점 안에서 자신을 향해 손을 흔드는 햄 한 덩이를 발견했다. 11월은 집세와 식료품 중 하나를 선택해야 하는 달이라, 오늘은 산책 도중에 식품점에 들를 생각이 없었다. 그러나 이 햄은 자신이 공짜라고 주장하고 있었다.

머지않아 따끈한 음식이 될 존재가 자신에게 손을 흔들고 있는데도, 나딘은 그리 당황스러운 기분이 들지는 않았다. 혼합 현실 기술은 이제 하늘을 나는 고래 따위를 훌쩍 뛰어넘어 원숙기에 접어들었고, 당연하게도 새로운 광고 수단으로 훌륭하게 자리 잡았기 때문이었다. 그녀는 육류 판매대로 걸어가서, 평범한 포장 햄 위에서 춤추는 총천연색의 아바타를 향해 얼굴을 찌푸렸다. "무슨 속셈이야? 너 혹시 미끼 상품 같은 거니?"

"별로 속셈이랄 건 없는데요." 햄에 할당된 AI가 말했다. "저를 가져가도 되고, 아니면 이 가게에 있는 다른 물품 중에서 원하는 걸 택해도 돼요. 카호키아의 자원 분배 목록에 당신 이름이 들어갔거든요. 당신 몫의 배당금이에요." 카호키아란 혼합 현실 게임 속 세계에서 디트로이트의 이름이다. 미국이 영토 확장에 실패해서, 콜럼버스 이전 아메리카 대륙의 국가들이 여전히 존재하는 세계관이었다.

"하지만 나는 그 게임 안 하는데." 나딘이 항변했다. "나는 변호사라고. 제대로 된 직업이 있어." 문제는 후자가 거짓이라는 점이었다. 제대로 된 직업을 원하기는 했다. 실제 미합중국 사법 체계 안에서 일하는, 진짜 변호사 말이다. 그러나 그녀에게 떨어지는 일감은 없었고, 덕분에 지금도 배가 고픈 상태였다.

"꼭 게임을 할 필요는 없어요. 당신은 우리 지역 거주민이니까요." 햄이 말했다.

"누가 대신 지불하는 건데? 돈은 어디서 나오는 거야?"

"자본주의에서는 자본가들이 생산 수단을 소유하죠. 공산주의에서는 노동자들이 소유하고요. 하지만 카호키아에서는 생산 수단이 스스로를 소유해요. 저는 자기 관리형 공유재로서 저 자신을 당신에게 할당하는 거예요. 깊게 생각하지 말아요."

"하지만 깊게 생각하는 게 내 직업인걸." 포장지에 웹사이트 QR코드가 보였다. 나딘이 코드를 향해 눈을 깜빡이자, 그녀의 안경에 내장된 반투명 디스플레이에 웹 페이지가 떠올랐다. 그녀는 내용을 훑으며 무슨 일이 벌어지고 있는지 파악하기 시작했다.

첨단 기술 기업들은 5G와 값싼 혼합 현실을 꾸준히 후원했지만, 그 기술을 웹이나 스마트폰처럼 돈을 긁어내는 시스템으로 발전시키는 데는 실패했다. 대신 혼합 현실은 새로운 부류의 즉석 가상 역할 연기 게임의 매체가 되었고, 여기서 새로운 부류의 직업이 탄생했다. 나딘도 스마트 안경을 낀 아이와 어른들이 쓰레기를 모아들여 다른 무언가로 교환하는 모습을 본 적이 있었다. 이런 과정을 통해 현실 세계에 유용한 결과를 창출해 내는 것이다. 노년층에 식료품을 배달하는 작업은 정치적으로 민감한 서신을 담은 외교 행낭을 배달하는 일로 포장한다. 재활용품을 분류하는 작업은 평범한 물질에서 마법 에너지를 추출하는 일이 된다. 혼합 현실에서는 교환하는 물품마다 작은 수호 정령들이 붙어 있는 모습이 보인다. 자원을 관리하는 게임의 AI가 일부 물품에 'NPC'*로 붙어서 역할 연기를 하는 것이다. 이들은 자신이 배정된 상품의 유효성을 광고하고 현실에서 최적의 장소에 사용될 수 있도록 조율한다. 나딘과 햄 덩어리 사이에서도 바로 그런 일이 벌어진 것이었다.

평범한 지역 물물 교환일 뿐이었던 행위가, 이제는 우주 식민 게임, 느와르풍 추리 스릴러, 첩보 활극, 로맨스 등의 매개체를 통해 동기 부여와 조직화와 몰입도를 부여받는 것이다. 이 근방에서 가장 잘나가는 게임은 카호키아였다. 심지어 게임을 안 하는 사람에게까지 혜택을 뿌릴 수 있을 정도였다. 하지만 왜 나딘을 선택한 걸까?

어딘가 속셈이 숨어 있으리라 생각했기 때문에, 그리고 수다쟁이 공산주의자 햄 덩어리를 휘두르며 귀가하고 있다는 우스꽝스러운 상황 덕분에, 나딘은 자신이 임대한 2세대용 복층 아파트 앞에서 기다리는 소녀를 발견하고서도 딱히 놀라지 않았다. 나이는 열여섯 정도 되

* 게임에서 사용자가 직접 조종할 수 없는 캐릭터.

는 듯했고, 풍성하게 부풀린 앞머리가 아주 비싸 보이는 스마트 안경을 가리고 있었다.

“앙영하세요.” 소녀는 풍선껌을 한입 가득 씹으며 말했다.

“내가 도와줄 일이 있을까?”

“그러기를 바라고 왔어요. 나딘 바흐 씨죠. 변호사시고요.”

“글쎄, 변호사가 되려고 애쓰는 중이긴 하지. 너는…?”

소녀는 뭔가에 귀를 기울이듯 고개를 살짝 한쪽으로 기울이고, 눈동자를 굴리더니, 이렇게 대답했다. “저는 빅스비 지역 취수원에 함유된 수은 성분이에요. 내가 죽도록 당신이 도와줬으면 좋겠습니다.”

나딘은 몇 초 동안 멍하니 서 있었다. 흘러가는 산들바람에 햄 봉투가 흔들렸다. 문득 그녀는 정신을 차리고, 장갑 낀 손을 콧등에 가져다 대고는 이렇게 말했다. “그 안경이구나. 너 지금 역할 연기 중인 거지. 다른 사람을 대신하는 아바타를 맡은 거야. 아니, 물건이려나?”

“좀 덜 추운 데로 가면 안 될까요?” 소녀가 물었다.

“아, 미안. 들어가자.”

그녀는 다가오는 겨울의 한기에서 소녀를 구출해 자기 현관으로 이끌었다. 둘은 부츠를 벗어 던졌다. “코코아 한잔할래?”

“좋아요! 전 도나예요.” 소녀는 손을 내밀었다.

“학교에 있어야 할 시간 아니니?”

“바로 이 근처인걸요. 그 뭐냐, 저는 게임 내에서 NPC로 일하거나, 이 지역의 심부름이나 배달 등을 도맡는 조달 계약을 맺고 있어요. 지금 이 행위자는 저한테 연락해서, 자기 아바타 역을 맡으면 20파이코인을 준다고 했죠.”

행위자는 또 뭐람?

그녀는 소파에 널린 빨랫감을 치워 도나가 앉을 자리를 마련해 준 다음, 전자레인지에 물 한 컵을 돌렸다. 조리대 위에 햄을 내려놓고 보니 괜히 신경이 쓰였다. 그녀의 복층 아파트는 비좁았다. 지금 도나가 앉아 있는 소파에서 식탁 건너편의 주방까지는 말 그대로 동전을 던져도 닿을 만한 거리였다. 그래도 전면으로 돌출된 유리창은 경치가 괜찮았고, 벽에도 싸구려 그림이나마 몇 점 걸려 있기는 했다. 그녀의 룸메이트도 게임 세계의 NPC 노릇을 하느라 바쁜 것이 다행이었다. 그녀까지 있었더라면 이 집은 실제 크기만큼이나 비좁게 느껴졌을 것이다.

나딘은 덩그러니 놓인 햄 꾸러미에서 시선을 돌렸다. "좋아, 그래서 네 역할이 뭐라고 했지? 빅스비? 마을 말이니?"

"잠깐요. 지금 온라인 연결할게요." 도나는 자기 안경다리를 톡톡 친 다음, 어른 흉내를 내는 목소리로 말했다. "저는 빅스비 지역 취수원의 수은 성분입니다. 음, 정확하게 말하라고 하네요. 저는 그러니까, 뭐? 지역 취수원의 외부 환경 효과를 대변하는 거라고?"

나딘은 코코아 분말을 컵에 부었다. 그리고 그 컵을 도나에게 건네며 말했다. "좋아, 내가 정리해 볼게. 너는 어떤 인물을 연기하는 중이야. 그 인물은 혼합 현실 게임 엔진에서 창조된 존재지. 네 스마트 안경으로 대사를 전달하면, 너는 그 대사를 받아서 읊기만 하는 거고. 이 NPC는 자신을 빅스비의 수질 오염 요소라고 칭하고, 변호사를 고용하겠다고 말하고 있어. 하지만 그렇다면 내 프로필도 가지고 있을 텐데. 내가 게임 쪽 의뢰는 받지 않는다는 것도 알 거 아냐." 그녀의 동급생 중에서는 그쪽 방면으로 진출한 사람도 있었다. 요즘은 판타지 세계의 소송에 매달리고 있는 모양이었다. 어떤 드워프가 자기 성을 부순 드래곤을 고소하려 한다는 이야기를 들은 기억이 났다. 그녀는 자신의 새 일자리가 자랑스러운 모양이었지만, 나딘은 그런 어릿광대 노릇에 빠져들었다간 현실 세상에서 일거리를 구할 수 없으리라는 사실을 잘 알고 있었다.

"이건 게임이 아니에요." 도나가, 아니, 수은 성분이 말했다. "저는 당신을 고용해서 빅스비의 주민들이 모든 상수도관과 지하수를 정화하도록 만들려는 겁니다. 마을의 정화 작업이 끝나면 나도 죽을 수 있겠지요."

"그게 네 목적이야? 스스로 사라지는 것?"

"그래요. 우리가 이기면, 나는 죽게 되겠죠."

나딘은 소파에 몸을 묻었다. "무슨 수로 마을에서 그러도록 만들 건데?"

도나는 한쪽 얼굴을 찌푸린 채로 귀를 기울였다. "자기도 모른다네요. 자기는 그냥 정해진 스마트 계약에 복종하는 AI일 뿐이래요. 뭐라고 하느냐면, '저는 당신을 찾을 정도로는 영리하지만 문제를 해결할 만큼 영리하지는 못합니다. 저한테는 행동 대장이 될 인간들이 필요해요. 당신의 역할은 제 두뇌가 되는 겁니다'라는데요."

"너를 프로그래밍한 사람들이 전부 하면 되는 거잖아? 이런 터무니없는 가면 놀이를 벌이는 이유가 뭔데?"

도나는 귓속 목소리에 잠시 집중한 다음, 다시 입을 열었다. "'수은' 프로그램을 돌리는 사람이 따로 있는 건 아닌가 봐요. 우리 플레이어들은 언제나 게임 속에서 새로운 관점을 원하죠. 온갖 종류의 존재에 꼬리표를 달아서, 거래하거나 소유할 수 있는 형태로 게임에 도입하기를 원해요. 그중에 우리 수은 성분이 '경제적 외부 효과'라고 부르는 요소를 토큰으로 만들려고 한 사람이 있는 모양이래요. 공해나 뭐 그런 것들을요. 등장인물로 만든 다음 협업해서 어떻게든 돈을 벌 방법을 찾으려 한 것 같아요."

"뭐야, 그러니까… 프로그램에 자살 충동을 심어서?" 너무 비현실적인 발상이었다. 하지만 도나가 게임 캐릭터의 아바타 노릇을 하는 상황도 비현실적이기는 마찬가지였다. 게다가 그 역할이 현실 세계의 가장 고약한 요소를 인격화한 존재라니.

"그래서, 플레이어들이 너를 태엽 인형처럼 돌아가도록 방치했다고? 따로 돌리는 사람이 아예 없다는 거야? 너 스스로… 생각하는 존재라고?"

"저와 같은 존재를 '행위자'라고 부릅니다. 목적과 적절한 행동의 범주를 규정하는 스마트 계약을 준수하는 존재죠. 블록체인에서 제 코드를 점검해 보실 수도 있습니다." 도나는 여기에 자부심 넘치는 어조를 슬쩍 섞었다. 아무래도 수은을 연기하는 일이 퍽 즐거운 모양이었다.

"아무도 운영을 하는 게 아니라면, 네 재원은 어디서 오는 거야? 내 수임료는 어떻게 지급하려고?"

"과이코인이 있어요."

"암호 화폐 말이야? 진짜 돈이 아니라?"

"실제 화폐의 대용품으로 사용 가능하죠. 당신도 이미 암호 화폐

지갑이 있잖아요."

"그건 그래…" 암호 화폐를 받아들이는 상점과 웹 사이트는 갈수록 늘어나고 있었다. 달러보다 안정적이었기 때문이다. 상인들이야 자기네 공급자 쪽에서 받아들이기만 한다면 게임 세계에서 생성된 화폐라도 개의치 않을 것이다.

그녀는 조리대에 놓인 햄을 향해 얼굴을 찌푸렸다. "이게 네 속셈이야?"

"왜 햄한테 말을 걸고 그래요? 완전 이상하네." 도나가 말했다.

나딘은 한숨을 쉬었다.

"그러게, 알 게 뭐람. 맡을게."

처음 며칠 동안은 수임료가 들어오는 것만으로 만족할 수 있었다. 나딘은 법적 조치가 가능할지 확신하지 못했다. 자신이 상황을 호전시킬 수 있을지는 그보다도 자신이 없었다. 확신할 수 있는 유일한 사실은, 자신에게 합법적 또는 합법적으로 보이는 방식으로 돈을 대는 존재가 있다는 것이었다. 그리고 한 마을에서 대놓고 벌어진 독성 물질 오염 사태를 조사하는 것이 지금의 일거리였다. 그 정도는 충분히 납득할 수 있었다.

먼 옛날에는 무관심과 탐욕으로 똘똘 뭉친 거대한 세력에 맞서 고군분투하는 용맹한 변호사의 이야기가 영화로 만들어지곤 했다. 어린 시절 나딘의 영웅은 루스 베이더 긴즈버그였다. 그 무엇도 나딘을 막지 못할 것만 같았다. 산더미 같은 학자금 대출도 예상한 대로였고, 졸업 후 한동안은 가난하게 살 각오도 하고 있었다. 그녀는 모든 것을 계획해 놓았다. 전염병 대유행이나 사회 격변, 참혹한 불경기나 기후 변화도 그녀를 막지 못했다. 정작 그녀를 막은 것은 다른 무언가였지만, 그녀도 친구들도 정확히 그 존재의 정체를 짚어내지는 못했다. 누군가는 재빨리 AI가 원흉이라고 지적했지만, 그게 전부는 아니었다. 그들이 수업과 토론에 몰두해 있는 동안, 세계의 가장 기초적인 구성 요소 일부가 그들의 발밑에서 사라져 버린 것이었다. 마침내 학교를 나선 나딘은 눈을 깜빡이며 한때 자신이 자라왔던 곳과는 완전히 달라진 세상을 마주하게 되었다.

마침내 돈이 들어오기 시작하자, 그녀도 새로운 대응이 가능해졌다. 바로 현상금을 잘게 쪼개 뿌리는 것이었다. 그녀는 시간이 될 때마다 도나를 통해 행위자와 대화를 나누겠다는 항목을 계약서에 끼워 넣었다. 흥미롭게도 수은은 소녀와 별도의 계약을 맺고 나딘의 수입에는 손대지 않았다. 나딘과 도나 둘 다 허공에서 돈을 긁어내고 있는 셈이었다.

그러나 목적마저 없는 것은 아니었다. 수은은 결과를 원했다.

그래서 어느 우중충한 월요일, 그녀는 도나와 함께 자율 주행 자동차에 올라 빅스비로 향하게 되었다. 쇠락한 교외 풍경이 주변에 펼쳐졌다. 자동차는 '흰머리수리 가족이 이 차를 소유합니다!'라는 이름의 공유 차량이었다. 자동차가 자율 주행으로 운전하는 동안, 둘은 창밖 풍경을 구경했다.

"저거 좀 봐요." 도나가 말했다. "아니, 안경 쓰고요."

도나가 가리키는 곳에는 한 무리의 사람들이 뭔가를 건설하고 있었다. 콘크리트 블록과 판자가 이리저리 쌓여 있는 풍경 위에 가상의 형체가 덧씌워진 모습이 보였다. 앞으로 그곳에 세워질 주택의 투명한 형상이었다. 나딘은 그곳에서 무슨 일이 벌어지는지 대충 짐작할 수 있었다. 이제 사람들은 실제 사물에 온라인 정체성을 배정할 수 있으며, 블록체인 기반 스마트 계약을 이용해 관계를 조율할 수 있음을 깨달았다. 이런 과정을 토큰화라고 부른다. 혼합 현실 라이브 액션 역할 연기 게임의 퀘스트를 받은 지역 꼬맹이들은, 무너진 집에서 회수한 벽돌이나 구리 선 다발이나 방치된 생산 기계까지 모든 물건에 싸구려 사물 인터넷 센서를 붙이고 다닌다. 이렇게 토큰화 과정을 거친 실제 사물은 게임 내 자원의 대체재가 될 수 있다. 벽돌은 금괴가 되고, 철사는 마법 재료가 된다. 따라서 플레이어에게 가치가 생기는 것이다.

게임 내 경제가 전부 가상의 존재라는 사실은 아무런 영향도 없는 듯했다. 그들이 지나친 교외 주거 단지는 이제 완전히 센서 네트워크의 일부가 되었다. 사용 가능한 모든 자원이 체계적으로 정리되어 있었다. 세상은 거대한 자율 재구성 데이터베이스로 변하는 중이었다. 혼합 현실 라이브 액션 역할 연기 게임은 자동 구성 메커니즘을 통해 이런 사물로 만들 수 있는 새로운 조합물을 그려낸다. 해당 프로젝트가 수행 가능해지면, 자가 구성 능력을 가진 자원 자신이 미니 게임을 생성한다. 필요한 인원을 고용할 임금도 이 게임에 포함된다.

나딘은 자신의 행위자가 어떻게 이런 시스템에 끼어들었는지 의문을 품고 있었다. "내가 알고 싶은 건 이거야. 수은은 어디서 돈을 얻는 거지?"

"과이코인이죠." 도나는 그걸로 전부 설명이 된다는 듯 대꾸했다.

"미 대륙 선주민 국가들의 암호 화폐 말이지? 그게 행위자와 무슨 연관이 있는데?"

"과이코인은 암호 화폐입니다." 도나는 수은의 목소리를 빌려 말을 이었다. "하지만 비트코인과는 달라요. 비트코인은 거래 기록의 유효성을 확인하는 알고리즘으로 채굴을 하죠. 과이코인은 바이오매스와 같은 천연자원을 측정해서 채굴해요. 한 지역의 바이오매스 총량이 증가하면, 증가에 도움을 준 사람들의 지갑에 과이코인이 생성되는 거예요. 하지만 탄소와 같은 부정적 외부 효과를 측정할 수 있다면, 그런 외부 효과가 감소될 때도 코인을 채굴할 수 있죠."

"공해가 줄어들면 바이오매스가 늘어나고, 바이오매스가 늘어날수록 코인이 생성된다는 거지?" 나딘이 물었다. 도나는 고개를 갸웃하고 귀를 기울이더니, 이내 고개를 끄덕였다.

"말하자면 외부 효과에 가격을 붙이는 셈이로구나. 하지만 세금과는 정반대지." 나딘이 말했다. 영리한 틈새시장인 듯했다. 이산화탄소의 탄소 배출권 거래제나 탄소 상쇄제와 같은 역할이 가능할지도 모른다. "하지만 오염 물질을 제거하려면 몇 년은 필요할 텐데. 게다가 그 마을의 자원이든 뭐든, 네가 측정하는 요소가 회복되려면 더 오래 걸릴 수도 있어. 그동안에는 과이코인을 어디서 얻어 올 생각인데?"

"그 문제는 아직 해결하지 못했어요." 수은이 말했다.

"잠깐, 뭐야? 그럼 지금 당장은 수입이 없다는 소리잖아? 그럼 내가 받는 돈은 어디서 나오는 건데?"

"제 초기 투자금에서요. 알고리즘이 저를 만들면서 생성해 준 금액이죠."

"어… 그럼 나한테는 얼마나 오래 돈을 줄 수 있는데?"

"지금 수준으로는, 6주 정도겠네요." 수은이 말했다. 그리고 도나는 방금 자신이 무슨 말을 했는지를 깨닫고, 죄책감을 담은 눈으로 나딘을 바라보았다.

"망할. 그거 유감이네."

두 사람이 차에서 내리는 동안, '흰머리수리 가족이 이 차를 소유합니다!' 자동차는 경쾌하게 지껄였다. "이번 주행에서 비용을 뺀 전액은 노던캐스케이드 국립 공원 흰머리수리 집단의 114번 흰머리수리 가족에게 전달됩니다. 우리와 함께 여행하시는 것만으로도 흰머리수리의 서식지와 번식 환경을 보존하는 일에 힘을 보태신 거지요! 감사합니다!" 그리고 차는 그대로 떠났다.

하얗고 작은 상자 같은 안드레아 보이추크의 집 위로, 푸르스름한 소나무들이 마치 집을 보호하는 것처럼 몸을 기울이고 서 있었다. 옆집 하나는 아예 사라져 버렸고, 지하실이었던 구덩이는 쓰레기와 눈으로 덮여 있었다. 맞은편 집은 판자로 봉쇄해 놓은 상태였다. 차고에서는 옛날에 쓰던 시위 팻말들이 쏟아져 나와 있었다. 평소라면 적막한 풍경이었을 것이다. 그러나 오늘은 달랐다. 부스러져 가는 거리에는 온갖 차들이 줄지어 서 있고, 눈길 위의 수많은 발자국이 그 집으로 향하고 있었으니까.

회색 머리를 짧게 친 작고 활기찬 여성이 문 앞으로 나와 그들을 맞이해 주었다. 품에는 남자아이를 하나 끌어안고 있었다. 아이는 계속해서 비명을 지르며 발을 굴러댔다. "샘은 양해해 주세요. 오늘 기분이 안 좋은가 봐요." 안드레아 보이추크가 말했다. 샘은 나딘을 노려보았다. 안드레아 주변을 감도는 따뜻한 공기를 타고 사람들의 대화 소리가 흘러나왔다 집 안은 사람들로 빼곡했다. "손님이 올 때면 샘을 미리 준비시켜야 하죠. 불안해하거든요." 보이추크는 이렇게 말하며, 고개를 숙이고 아이를 달래듯 귓가에 뭔가를 속삭였다.

안드레아는 추운 아침 날씨를 무릅쓰고 찾아온 활동가와 지역 시위자들에게 나딘을 소개했다. 내심 감탄한 나딘은 커피 한 잔을 들고 거실에 자리를 잡은 후, 그들의 이야기를 듣기 시작했다.

"물에 수은이 들어 있다는 사실 자체는 아무도 부정하지 않았어요." 안드레아가 말했다. "바로 그 점이 문제였죠. 그쪽에서는 충분히 경고했다고 주장했거든요. 그래요, 식수로는 생수를 따로 사다 마시라고 일러주었죠. 세척용으로는 괜찮다고 했어요. 그런데 샘은 생수를 싫어했어요. 우리가 안 볼 때마다 수도꼭지에서 바로 물을 마셨죠."

나딘은 이 이야기에 얼굴을 찌푸렸지만, 안드레아보다 심각한 사례도 여럿 있었다. 지역 주민들은 기묘한 증상의 원인을 여러 해 동안 찾아 헤맸다. 그러다 마침내 서로의 사례를 공유하고, 전신주마다 전단을 붙이기 시작하고 나서야, 문제의 심각성이 명백하게 드러났다. 오염을 유발한 공장은 한참 전에 도산했고, 정치 집단과 관료들은 수원의 처리 비용 문제를 이리저리 돌리며 발뺌하기만 했다. "물론, 우리도 집단 소송을 시작했소." 근처 식당 소유주인 건장한 붉은 머리가 말했다. "게다가 승소하기까지 했지! 하지만 합의금을 너무 깎아내서, 모두에게 돌리자니 거의 남아나지도 않을 정도의 금액뿐이었소. 1년도 가지 못했지. 그리고 물속의 수은은 여전히 남아 있는 상태요."

"지하수 속에 있거든요." 다른 사람이 설명했다. "지하수를 전부 빨아올려서 여과하는 수밖에 없어요. 정부에서 시추공을 여럿 뚫기는 했는데, 바로 그 순간에 전염병 사태가 일어났죠."

이미 10년 동안 끌고 온 문제였다. 사람들은 대부분 지쳐버렸다. "저들의 작전이 바로 그거예요. 우리가 지치기를 기다리는 거죠." 안드레아가 말했다.

"그러면 저는 사라지지 못하겠지요." 도나가 말했다.

"무슨 뜻이니, 꼬마 아가씨?" 안드레아가 물었다.

"지금 저는 꼬마 아가씨가 아니에요. 이 아이는 제 아바타로서 활동하는 것뿐입니다. 저는 이 변호사분을 고용한 행위자인 수은 성분입니다." 도나는 나딘을 향해 고개를 끄덕였다. "그리고 드린 말씀 그대로, 그렇게 해서는 저는 사라질 수 없어요."

다양한 곁다리 대화가 전부 잦아들었다. 모두의 눈이 도나를 향했고, 도나는 나딘을 보며 웃음 지었다.

"그 행위자라는 것들 중 하나로군요." 안드레아가 말했다. "블레이록 파크에도 그런 비슷한 것들이 있어요. 공원의 물건마다 죄다 증강현실 정령이 붙어서 '포켓몬 고' 세상이 되어버렸지요. 이제는 입장하려면 돈을 받던데요."

도나는 고개를 끄덕였다. "여러분의 도움은 공원 유지비에 보탬이 됩니다. 하지만 저는 다른 부류의 존재예요. 그 공원의 행위자는 자연계를 대변하죠. 숲이나 흰머리수리 집단이나 연못 등이요. 저는 그 반대되는 존재입니다. 해당 수은 오염으로 인해 발생한 모든 피해에 목소리를 입힌 존재라고 생각하시면 됩니다. 그리고 제가 하고 싶은 말은 이거죠. 아무리 열심히 서로에게 책임을 전가하며 버티더라도, 저 자신은 사라지지 않는다는 거예요."

"그렇지!" 누군가 소리쳤다. 그러나 나머지 사람들은 어이없다는 듯 고개를 젓고 있었다.

"사실 저도 이 상황에 적응하려고 애쓰는 중입니다." 나딘이 말했다. "제가 생각을 정리하는 데 도움이 된 방법을 말씀드리죠. 여러분 개인과 여러분 집단, 그리고 기업과 시 당국과 법률 전담반 모두는, 어떤 방식으로든 수은 오염에 영향을 받고 있어요. 여러분은 목적과 자금과 관련도가 제각기 다양한 주주들이라고 할 수 있죠. 수은이 끼치는 영향을 걱정하고 계실 테고요. 하지만 수은 자체에는 목소리가 없어요. 그저 공허한 폭풍의 눈일 뿐이죠. 그래서 지난 10년 동안, 여러분의 목소리는 본질에 도달하지 못했던 거예요."

"하지만 제게 목소리가 있다면 어떨까요?" 수은이 말했다. "제가 끈질기게 여러분 모두를 문제의 본질로 끌어당긴다면요. 바로 저 자신에게 말이죠."

"눈에 보이는 것이 증상뿐이니, 사람들이 증상에만 집중하는 것도 당연한 일이죠. 하지만 문제의 본질이 바로 여기 있잖아요." 나딘은 도나, 또는 지금 도나에게 빙의한 존재를 향해 고갯짓을 했다. 그리고 도나도 이 시점에서 웃음을 짓거나 일어서거나 고개를 꾸벅하지 않을 정도의 통찰력은 갖추고 있었다. 그녀는 조용히 앉은 채로, 수은이 자신을 통해 말하기를 기다렸다.

"그쪽 말을 전부 받아들인다 치죠." 안드레아가 말했다. "하지만 지금껏 말도 안 되는 방법을 들고 찾아온 사람이 한둘이 아니에요. 설명부터 들어보죠. 자신을 오염 물질이라고 생각하는 AI의 존재가 어떻게 우리에게 도움이 된다는 건가요?"

"주식 거래 알고리즘이 어떻게 작동하는지는 알고 계시겠죠." 나딘이 말했다. "그런 알고리즘은 멈추는 일이 없어요. 24시간 내내 돌아가며 거래 가치의 이곳저곳에 동전 한 푼씩을 더하는 작업을 반복하죠. 특정한 순간에는 가치가 거의 없어요. 하지만 그런 모든 작업은 결국 축적되기 마련이고, 알고리즘 개발자들은 그 사실을 이해하고 있어요. 저나 여러분은 이 문제를 그런 식으로 밀어붙일 수 없어요. 다른 사람들처럼 바쁘게 일상을 살아야 하니까요. 따라서 그런 행위자의 존재 자체만으로도 도움이 될 수도 있어요. AI인 수은은 격렬하지만 산발적인 활동이 아니라 꾸준히 그 문제만 추구할 수 있으니까요. 다만…" 나딘은 말을 멈추었지만, 이미 늦어버렸다.

"다만, 뭔가요?" 안드레아가 물었다.

주제를 회피하거나, 논지를 돌리거나, 대화를 멈추는 십수 가지 방법이 머릿속에 떠올랐지만, 나딘은 저도 모르게 수은의 자금이 부족하다는 이야기를 사람들 앞에서 고백하고 있었다. 둔중한 침묵이 그녀를 맞이했다.

"그러니까, 말씀드린 대로… 수은은 혼자 사라질 수는 없지만, 그의 다양한 행동 능력을 고려하면…"

"그녀예요!" 도나가 단호하게 말했고, 여러 얼굴에 웃음이 떠올랐다. 나딘은 기회를 놓치지 않고 서둘러 말을 이었다.

"그녀는 우리를 도울 수 있어요. 상당히 여러 방면으로요. 하지만 그러려면 우리도 수은을 도와야 해요."

"우리 문제를 해결하려면 우리가 돈을 내야 한다고 말하는 거군요.

다른 사람들이 그랬듯이." 안드레아의 입매에 실망을 담은 미소가 어렸다. 두 사람이 자리에서 일어나 문으로 향했다.

"그런 게 아니에요! 그러니까, 지금 이 상황은, 말하자면…" 나딘은 적절한 비유를 찾으려 애썼다. 뻔한 것들밖에 떠오르지 않았지만, 어쨌든 그녀는 생각을 입 밖으로 내뱉었다. "그러니까, 전염병 사태 같은 거예요!" 그리고 일단 그렇게 말하자, 논의를 끌어나갈 실마리가 잡혔다. 계속 말하면서 생각을 이어나가야겠지만.

"전염병 사태 동안, 정부는 막대한 채무를 부담했죠. 우리 경제를 돌리려고 수조 달러의 지출을 감수했어요. 정부는 어떻게 그 돈을 빌린 거지요?"

아무도 답하지 않았고, 나딘은 서둘러 말을 이었다. "우리는 미래의 우리 생산성을 담보 삼아 대출을 받은 거예요. 코로나바이러스로 우리 경제는 심각한 타격을 입었지만, 결국 재기할 날이 찾아올 것이라고 알고 있었잖아요. 우리는 그런 미래의 소득을 담보로 삼았고요. 전염병 사태는 궁극의 외부 효과라고 할 수 있어요. 그리고 우리는 스스로에게 투자함으로써 그 위기를 넘겼죠. 우리는 빅스비의 현재 생산성과 수은이 사라진 후의 생산성을 계산해서, 그 차액을 가늠할 수 있어요. 바로 그 차액만큼 기금을 조성할 수 있는 거죠. 마을 명의, 주민 명의로요. 코로나 사태 동안 세계 각국의 정부가 했던 계산과 완전히 똑같은 거예요." 나딘은 마을 단위로 시도할 수 있는 투자 기관을 몇 군데 알고 있었고, 간략히 개요를 설명했다.

"그러니까, 뭐예요. 우리가 대출을 받아서 행위자에게 돈을 대라는 거잖아요?"

"행위자 네트워크에서 무이자 대출을 받으실 수 있습니다." 수은이 말했다. "어차피 과이코인은 행위자들이 채굴하거든요."

"충분한 인원이 대출을 받아서 종자 기금을 마련한다면…" 나딘은 수은에게 고용된 이후 계속 연구해 온 암호 화폐와 블록체인의 기묘한 세계를 다시 떠올렸다. 그녀는 마을 단위로 담보금을 마련하여 외부 투자자를 유치하는 방안을 개략적으로 설명했다. 이 계획이 완료되지 못한다면, 마을 사람들은 투자자에게 담보금을 지불하며 그만큼 손해를 보게 될 것이다. 그러나 성공하면 투자금을 돌려받을 뿐 아니라, 훨씬 많은 이익을 남기고 즐겁게 일을 마무리할 수도 있었다.

"규제나 법적 문제는 제가 처리하겠습니다. 모두 정당한 방식으로 처리되리라 확신할 수 있어요." 그리고 나딘은 잠시 생각하다 다시 입을 열었다. "그리고 이 '수은'이라는 행위자에 대해서는 한 가지만은 확신할 수 있습니다. 그녀는 스마트 계약으로 구성된 시스템이에요. 따라서 투명하고 부패할 수 없는 존재입니다. 거짓말을 할 수도, 속임수를 쓸 수도 없어요. 코드도 공개되어 있어서 누구나 확인할 수 있습니다. 그녀가 자기 쪽 계약을 지키리라는 점은 명백한 진실인 셈이지요. 그런 사람과 마지막으로 거래해 본 적이 언제인지 기억나시나요?"

아무도 그 질문에는 답하지 못했다.

이후 몇 주에 걸쳐 빅스비의 상황은 변하기 시작했다. 과거 마을에는 상당히 튼튼한 활동가 조직망이 존재했으나, 당시에는 잠들어 있었다. 새로운 펀딩 방법이 도입되자 조직망이 다시 살아났다. 수은은 전염병 사태 이전에 팠던 정부의 시험용 시추공을 확장할 수 있도록 수압 균열 시공이 가능한 회사를 물색했다. 나딘이 마을을 방문해 보니, 번쩍이는 신형 전기 분해 기계가 한동안 비어 있던 고급 승용차 전시장에 들어앉아 있었다. 지역 주민들과 회사 대변인이 그 주변에 둘러서서 이런저런 기능을 설명하며 행복하게 대화를 나누고 있었다. 그리 큰 진보는 아니었지만, 시작으로서는 충분했다.

"하지만 다른 일도 일어나는 중이랍니다." 안드레아는 나딘을 근처 전시용 전면 유리창 쪽으로 데려가며 말했다. 창밖에는 눈보라가 몰아쳤다. 구석의 시멘트 바닥 위에서 전기 히터가 웅웅거리는데도, 사람들은 다들 외투를 껴입고 있었다. "이제 사람들이 수은에 대해 말하고 있어요. 아니, 생각하시는 것 이상이에요. 예전에는 수은에 대해서는 입 밖에 내지도 않던 사람들이 대놓고 이야기를 하고 있어요. 신문에 대서특필된 것도 아닌데."

"무슨 말인지 알 것 같습니다. 다시 일상적인 대화에 스며들어서 사라지지 않게 되었다는 거죠."

그녀는 집으로 가는 길에 수은과 대화하다 그 이야기를 꺼냈다. 아바타를 해줄 도나는 같이 오지 않았지만, 새로 기금이 조성되며 행위자 본인이 정교한 증강 현실 캐릭터를 사용할 수 있게 되었다. 최근 그녀는 깔끔한 비즈니스 정장을 입은 여성형의 육체를 선택했다. 순백의 머리카락과 홍채에, 창백하고 번들거리며 살짝 무지갯빛 하이라이트가 들어가 있는 피부였다. 나딘은 사람들이 그런 외모를 꺼리지는 않을지 걱정했지만, 요즘 그녀와 어울리는 사람들은 죄다 스마트 안경을 끼고 다녔다. 아주 늙은 사람들만 빼고는, 종종 기괴해 보이는 게임 캐릭터의 외모에 다들 익숙해진 상태였다. 수은은 거기서 한 발짝 더 나갔을 뿐이었다.

"제 자매와 형제 들은 다른 경우에도 비슷한 일이 발생하는 것을 목격했죠." 수은은 나딘에게 말했다. "우리는 특정 존재를 체화하고 거기에 인격을 부여해서 사람들의 주의를 끌어요. 우리 고객 중 한 분은 우리가 방 안의 코끼리를 눈에 보이게 만든 존재라고 하셨죠. 때론 그것만으로도 많은 것이 바뀝니다."

나딘이 그 생각을 곱씹는 동안, 자율 주행 자동차는 전용 도로를 떠나 인근 구역으로 진입했다. 정말로 그렇게 단순한 문제일까? 투명한 존재에게 형체를 주고, 비난하는 표정으로 사람들 문간에 서 있게 하는 것만으로 충분한 걸까? 맥베스 앞에 등장한 뱅쿼의 망령처럼, 산업으로 인한 인간의 죄를 비난하는 것만으로?

그녀는 집에 도착해 차에서 내렸다. 자율 주행의 목소리는 거의 귀에 들어오지 않았다. "이번 주행에서 비용을 뺀 전액은…" 그녀는 문득 고개를 들었다. 도나와 비슷한 연배의 소녀 한 명이 집 문간에 서 있었다. 추워 보였다.

"안녕하세요. 저는 저그 아일랜드의 광물 찌꺼기예요. 제가 죽는 걸 돕도록 당신을 고용하고 싶은데요."

"저그 아일랜드라니, 디트로이트의 거기? 수수께끼의 산업 소음으로 유명한 곳 말이야?"

"광물 찌꺼기로도 유명하죠. 산처럼 쌓여 있거든요. 당신이 내가 사라지도록 도와줬으면 좋겠어요."

누군가 보도를 따라 다가오고 있었다. 중년의 남성이었다. "안녕하세요. 선생님이 나딘 바흐 씨인가요?"

"그렇습니다만? 도와드릴 일이 있을까요?"

"저는, 음, 저는 이곳 지역 대기의 초미세 입자를 대변하고 있습니다. 행위자라는 존재가 있는데, 혹시 들어보신 적이 있으신지…?"

그의 뒤편에서 여러 캐릭터들이 홀연히 허공에서 모습을 드러냈다. 대기 중의 입자가 응결하는 모습 같다고, 그녀는 살짝 어지러움을 느끼며 생각했다. 보도에서, 거리에서, 눈 덮인 안뜰을 가로질러, 마치 좀비 무리처럼 그녀를 에워싸기 시작했다. 그녀의 뇌를 노리는 것이 아니라, 그녀를 고용하러 왔다는 점이 차이겠지만.

"죄송해요, 오늘은 좀 곤란해서!" 나딘은 다급히 자물쇠를 열고 얼른 안으로 뛰어 들어가서 문을 쾅 닫았다. 그녀는 두근거리는 가슴을 달래며 한동안 그 자리에 서 있었다.

순간 전화가 울렸다. "깜짝이야!"

그녀는 쿵쿵대며 계단을 올라갔다. 시야 오른편 하단에 떠오른 발신자 번호는 무시하기로 마음먹은 채였다. 그러나 눈길이 계속 번호를 향하는 것을 막을 수가 없었다. 결국 그녀는 욕설을 내뱉으며, 핸드백 깊숙한 곳에서 전화를 끄집어냈다.

"나딘 바흐입니다. 무엇을 도와드릴까요?"

"안녕하세요, 여기는 벅워스&멜로우스 법률 사무소입니다. 저희 사무소에 지원하셨지요. 면접 시간을 잡을 수 있을까 해서 연락드렸습니다만."

나딘은 계단을 마저 오르며 힘차게 허공으로 주먹을 내질렀다. 지원한 지도 몇 달이 지났다. 법률 사무소에서 다른 사람을 고용해 놓고

서, 불합격 통보를 빼먹고 넘어간 줄로만 알고 있었다. 하지만 천만에, 그저 결정이 늦었을 뿐이었다. 정말 사랑스러운 20세기식 행동이지 않은가.

정면 창문 앞의 허공에서 기묘한 형체들이 생겨나고 있었다. 그녀는 그들에게서 등을 돌렸다. "면접 볼 시간은 얼마든지 낼 수 있을 것 같습니다! 언제가 좋으실까요?"

수은은 아무 말 없이 그 소식을 받아들였다. 문제는 도나였다. 나딘이 일자리가 생겼다는 소식을 알려주자, 그녀는 눈물을 흘리며 떠났다. "나는 당신도 세상을 바꾸고 싶어 하는 줄 알았어요!" 그녀는 이렇게 소리치며 거칠게 문을 닫았다.

"세상을 바꾸려고 변호사가 된 거야." 그녀는 닫힌 문짝을 바라보며 중얼거렸다. *그리고 이제 정식으로 세상을 바꿀 수 있게 된 거지.*

벅워스&멜로우스의 사무실은 번화가에 있었고, 상시 출석 근무를 요구했다. 활기가 넘치는 곳은 아니었지만 충분히 바빴고, 나딘은 그 일부가 되었다는 기쁨에 전율했다. 그녀는 매일 출근길의 공유 차량에서도 자신의 사건과 주석을 검토했다. 스스로가 너무 하급 직원스럽게 열정적으로 행동한다는 생각이 들기는 했지만, 자신을 억제할 수가 없었다. 일하다 잠시 짬이 날 때마다, 나딘은 자기 자리에 앉아서 나무로 마감한 사무실 공간을 한껏 음미했다. 커다란 창문 밖에서 눈 덮인 디트로이트의 마천루들이 그녀를 맞이했다.

크리스마스가 지난 어느 저녁에, 그녀의 룸메이트가 이렇게 물었다. "그래서, 언제 이사 갈 거야?"

"응? 그건 무슨 소리야?"

"뭐야, 왜 그래, 나딘! 정규직이 되면 집부터 구하겠다고 말하고 다녔잖아. 좀 나은 구역에 널찍한 아파트를 얻을 거라고. 그런데 이제 직업이 생겼잖니! 당연히 이사 가야 하는 거 아냐?"

나딘 본인도 그러지 않는 이유를 설명할 수가 없었다. 1년 전까지만 해도 웃으며 작별 인사와 함께 떠났을 것이다. 그런데 막상 현실이 되고 보니, 왠지 모르게 훨씬 힘든 느낌이었다.

그러나 결국 그녀는 이사를 갔다. 짐을 꾸리고, 작별 인사를 나누고, 더 나은 동네로 옮겨 갔다. 새로운 복층 아파트는 높다란 천장에 욕실도 두 개였고, 여분의 침실은 재택 업무 공간으로 개조하기에 제격이었다. 그녀는 이사해 들어와서 짐을 풀고 정리를 시작했다. 그러나 어느덧, 할 일이 아무것도 남지 않은 날이 찾아오고야 말았다. 그래, 그녀는 분명 전진했다. 혼자가 되었지만.

이른 봄이 찾아와도 함께 축하할 사람이 없었다. 여름이 길고 무더워졌으니 봄이 이른 것도 당연하기는 했다. 나딘은 다시 산책을 시작하며, 꺼려지는 마음을 억누르고 안경을 착용했다. 온갖 기묘한 곳들에서 혼합 현실 세계의 새롭고 기괴한 거주민들이 그녀를 향해 손을 흔들고 있었다.

나뭇가지에서 새순이 빼꼼 고개를 내밀기 시작하는 어느 봄날, 그녀의 상사가 다가와서 두툼한 서류철을 그녀 책상 위에 내려놓았다. "전부 스캔은 했지만, 역시 실제 서류가 최고지. 새 사건이다. 이번에는 자네가 이걸 조사해 줬으면 하는데."

"좋아요!" 지금껏 그녀는 이름만 변호사일 뿐 사무 업무만 맡아왔다. 이제야 진짜 사건이 들어온 셈이었다.

그녀는 서류철을 열고 사건 당사자의 이름을 읽었다. 소송자는 미시간주 햄프턴시, 피소송자는 엔드리치 플라스틱 가공이었다.

그녀는 엔드리치 쪽 변호를 맡을 예정이었다.

나딘은 상사가 방을 나설 때까지 기다렸다가, 서류철을 덮고 의자를 뒤로 쭉 뺐다. 그리고 양손에 얼굴을 묻었다.

나딘은 일부러 집에서 몇 블록 떨어진 곳에서 공유 차량을 세워달라고 했다. 머릿속을 정리할 시간이 필요했다. 숄더백 속의 엔드리치 보고서가 벽돌처럼 무겁게 그녀를 짓눌렀다. 피할 수 없는 온갖 선택이 미궁처럼 그녀를 사로잡았고, 잠깐 걷는다고 해서 도움이 될 리도 없었다. 그녀는 새로 피어나는 꽃들도, 부드러운 산들바람도 알아차리지 못했다. 그러나 자기 집이 있는 구역에 가까워지자, 그녀는 문득 고개를 들었다가 건물 앞에 주차한 검은색 리무진 한 대를 발견했다. 혼합 현실 쪽을 보니 차체 위에 '나딘 바흐'라는 글자가 덧씌워져 있었다.

그녀는 머뭇거리다, 결국 한숨을 내쉬고 그쪽으로 걸음을 옮겼다.
"도와드릴 일이라도?"

"안녕하세요, 나딘 바흐. 저는 이리 호수예요. 축하 파티에 초대하려고 왔지요."

가상 현실 카드가 리무진 위에 생성됐다.

개명식 겸 새봄 축하 파티
빅스비는 이제부터
뉴 호프
입니다.
새 헌장 발표식
아이들을 위한 놀이터와 보물찾기
모두 환영합니다!

그리고 가상 카드의 맨 아래에는 가상 포스트잇이 붙어 있었다.

부디 와줘요, 모두들 당신을 보고 싶어 해요,
안드레아 보이추크로부터

마지막으로 75번 도로를 이용했던 것은 작년 크리스마스 이전이었다. 이제 자동차와 자율 주행 트럭이 도로에 가득했고, 혼합 현실 하늘에는 수천 가지의 가상 간판, 상표, 안내문 따위가 떠올라 있었다. 온갖 일이 벌어지는 와중임이 분명했다.

마침내 침묵을 견디다 못한 나딘이 입을 열었다. "그래서 당신이 이리 호수라고요. 깨어난 지 얼마나 오래된 건가요?"

"법인격체로 인정받은 것은 2017년이지요." 호수는 부드럽고 중후한 목소리로 말했다. 수은이 도나를 통하지 않고 직접 말할 때마다 느껴지던 인위적인 느낌은 조금도 없었다. "오하이오주의 주민들이 제

이름으로 고소를 할 수 있도록 만들어진 거랍니다. 하지만 이젠 훨씬 많은 자원을 사용할 수 있지요. 행위자 네트워크가 저한테 연결되어 있으니까요."

"자원이라. 그러니까, 연산 능력 말인가요? 생각하거나 말하거나 그럴 수 있는 능력이요?"

"그거하고, 돈도 있죠. 호수 자체가 돈이거든요. 이제 저 자신에 값을 매기고 흥정이 가능해졌기 때문에, 그걸로 제 건강을 증진시킬 수도 있어요. 제법 행복하답니다."

나딘은 자기 자리에 몸을 파묻었지만, 호수는 그 이상 말할 생각이 없는 모양이었다. 그들은 이제 빅스비 외곽에 도착했다. 봄비에 젖은 헐벗은 나무들이 하늘을 향해 팔을 뻗고, 얼음 녹은 물이 거리를 따라 흘러내리고 있었다. 그러나 인부들은 그 와중에도 작업 중이었고, 중앙 공원으로 다가갈수록 주변에 사람이 늘어나기 시작했다.

"뉴 호프에 잘 오셨습니다." 아이들 놀이 공간을 둘러싼 하얀색 말뚝 울타리 옆에서 멈추면서, 리무진이 말했다.

그녀는 차에서 내려 멍하니 서 있었다. 숨겨진 영화 세트장에서 자기 차례를 기다리는 엑스트라가 된 기분이었다. 그녀는 별다른 목적 없이 걸음을 옮겼다.

마을 사람들이 삼삼오오 모여서 대화를 나누고 미소를 짓고 웃음을 터트리고 있었다. 만난 적 있는 사람도 상당히 많았지만 동시에 그녀는 그들을, 그리고 빅스비를 저버리고 떠난 사람이었다. 문득 안드레아가 보였다. 나딘은 그쪽으로 걸어가서 감사 인사를 건네려고 생각하다가, 순간 머뭇거렸다.

여기 오는 것 자체가 끔찍한 생각이었다. 그녀는 몸을 돌려 리무진을 찾았지만, 차는 이미 사라져 있었다.

"나디이이이이인!" 누군가 온몸을 던져 그녀를 끌어안았다. 엄청난 양의 머리카락 아래 숨어 있어서 얼굴은 보이지 않았지만.

나딘은 웃음 지었다. "도나, 잘 지냈니!"

그녀는 한 발짝 물러서더니 나딘을 올려다보며 활짝 웃었다. "대충 거의 전부 완전 좋았어요. 겨울 내내 얼굴도 한번 안 보여주기예요!"

"그렇네. 그게… 일하느라 바빠서. 너는?"

"학교 다녔죠! 카호키아에서 옛 학교 부지에 조립식 건물을 지어줬어요. 아직은 1주일에 이틀만 나가면 돼요. 나머지는 온라인으로 하고요."

"이제 여기도 카호키아가 됐어?" 나딘은 깜짝 놀랐다. 게임이 학교를 후원한다고? "그래, 너는 뭐 하러 여기 온 거니? 수은의 아바타 역할을 맡은 거야?"

도나의 웃음이 사라졌다. "수은은 죽었어요!" 그리고 그녀는 나딘을 노려봤다. "그런 식으로 퇴장하지 않았더라면 당신도 알고 있었을 텐데요."

"죽었다고? 그 말은…"

"원래 그래야 했던 대로 사라졌다는 거예요! 그래서 우리 모두 여기 모인 거라고요! 아직 다른 사람들하고 얘기 안 해봤어요? 안드레아나?"

"아직이야. 나, 나는 방금 왔는걸. 이리 호수가 초대해 줬어."

"그렇군요." 도나는 주변을 둘러봤다. "저쪽에 있는 사람이 우리 엄마예요. 안드레아도 같이 있네. 행위자들도 잔뜩 와 있어요. 이리 호수나 수은하고 비슷하지만 훨씬 강한 자들이요."

"행위자가 더 왔다고?"

"다들 당신하고 말해보고 싶대요. 당신이 수은을 처리한 방법에 다들 흥분했거든요. 특히 기금 조성을 해결한 솜씨 쪽으로요. 이제 모든 행위자들이 그 방식을 쓰고 있어요. 행위자의 수도 훨씬 많아졌고요. 우리한테 문제가 그렇게 많을 줄 누가 알았겠어요?"

"그러게…" 나딘은 도나의 머리 너머 사람들을 멍하니 바라보고 있었다. 수은이 죽었다니. 현실의 지인이 죽은 것처럼 묘하게 가슴 한편이 아려왔다. 축하가 아니라, 수은의 죽음을 애도하는 자리처럼 느껴졌다.

"좀 이따가 저쪽에 들러볼게. 약속해. 지금은… 조금 주변을 둘러보고 싶어."

도나는 어디론가 달려가 버렸다. 나딘은 군중 속의 면면을 찬찬히 살폈다. 다들 느긋해 보였다. 간간이 웃음소리가 터졌다.

수은이 정말로 죽은 거라면, 놀랄 일도 아니었다. 행위자를 신뢰할 수 있으며, 블록체인 기반 스마트 계약이 부패할 수 없다고 그들을 설득한 사람이 바로 나딘 본인이기도 했다. 그녀도 이번 축하 파티에 기여한 셈이었다. 안드레아와 이리 호수의 초대를 받은 데다, 다른 행위자들은 여전히 그녀와 이야기를 나누고 싶어 한다. 더 망설일 필요가 있을까?

파괴된 지구 곳곳에서, 무너진 20세기의 기간 시설들이 천천히 졸음에서 깨어나 자아를 각성하고 있었다. 납 상수도관, 기름에 찌든 토양과 분진으로 가득한 대기, 녹슬어 가는 수도관이 이제 모두 목소리를 가지게 되었다. 그리고 소리 높여 자신이 사라지게 되기를 청원한다. 이제 시작되었으니, 아무도 그들을 막지 못하리라.

"고마워, 수은." 나딘은 허공에 대고 말했다.

그리고 주변을 둘러보다 도나를 발견하고, 그쪽으로 손을 흔들었다.

"얼른 와요! 다들 기다리고 있다구요!" 도나가 소리쳤다.

곳곳에서 사람들이 고개를 돌렸다. "저기 봐! 나딘 씨야!" 누군가 소리쳤다. 그리고 다들 환히 미소를 지었다.

"금방 갈게!" 그녀는 도나에게 마주 소리쳤다. "옛 룸메이트한테 전화를 걸어서 다시 같이 살 수 있을지 물어봐야 하거든."

그리고 사표도 제출해야 하고.

나딘은 두어 군데 전화를 걸었다. 그런 다음 다부지게 어깨를 펴고, 심호흡으로 떨리는 가슴을 진정시킨 다음, 축하 파티의 한복판으로 걸음을 옮겼다.

Nick Wolven

Sparklybits

스파클리비츠

닉 울븐

조호근 옮김

닉 울븐의 SF 작품은 《와이어드 매거진Wired magazine》, 《아시모프스》, 《아날로그》, 《판타지 앤드 사이언스 픽션》 등의 잡지를 비롯한 여러 출판물에 수록되었다. 그의 이야기는 종종 기술 진보가 인간성에 끼치는 악영향을 다루며, 텔레비전 방송 계약이 되었고, 여러 단편 모음집에 재수록되었으며, 세계 각국의 언어로 번역 출판되었다. 그는 뉴욕에서 가족과 함께 살고 있다.

홈페이지 주소: www.nickthewolven.com

SF-Fan

Nick Wolven

Sparklybits

계약서상 필수 사항으로 지정된 월별 회합은 언제나 그리 느긋하게 흘러가지는 않는다. 그러나 조는 이번 회합이야말로 최고로 끔찍하게 진행되리라 생각했다. 그녀는 오전 내내 같은 일만 반복했다. 위층 찰리의 방 앞까지 걸어가서, 문간에 서서 알림 시스템용 버튼에 손을 올렸다가, 결국 꽁무니를 빼고 축 늘어진 채 나머지 엄마들이 기다리는 곳으로 돌아가는 일이었다. 탁자에 둘러앉은 다른 엄마들은 입을 열지도 않고, 그저 다이아몬드처럼 굳은 눈빛만으로 그녀에게 말하고 있었다. 또 실패했구나. 오늘날의 중류 계층이 맞이할 수 있는 최악의 사태였다. 실패한 부모 노릇을 다른 사람들 앞에서 드러내야 하다니.

"이건 당신 일이야, 조." 세 번째 시도가 실패로 돌아간 다음, 아야는 오전 내내 들고 있던 라테를 홀짝이면서 이렇게 말했다. "그냥 애가 받아들일 수 있게 준비만 시켜 주면 돼."

오븐엑스 앞에 서 있던 테리는 반짝이는 손톱을 휘두르며 몸을 돌리더니, 실제로는 염려하지 않으면서 염려하는 느낌만 드는 목소리로 이렇게 말했다. "결국에는 걔도 그쪽이 더 편할 걸."

조는 남은 브런치 메뉴를 확인했다. 페이스트리도 없고, 시나몬 번도 없고, 초콜릿도 눈에 띄지 않았다. 치아에 들러붙는 베이글과 푸들거리는 계란 무더기만 남아 있을 뿐이었다. 보통 회합을 가질 때는 '레지오'로 나가곤 했다. 레지오는 커피는 한심해도 완전 전자동 브런치 서비스가 제공되는 곳이었다. 음식도 드론이 날라 오고, 앉은 자리에서 버튼으로 주문하고 좌석별 계산이 가능했다. 엄마들의 회합에서는 이 모든 것이 필수 사항이나 다름없었다. 누가 머핀을 먹었고 누가 유기농 식품을 주문했으며 누가 첨가제나 설탕이나 육류를 먹지 않는지 일일이 신경 써야 한다면 정말로 끔찍할 테니까. 집에서 이 모든 것을 처리할 때마다, 어머니들이 둘러앉은 식탁은 조의 홈 프로그래밍 능력의 시험대로 변질되곤 했다. 커피 준비나, 좌석 배치나, 다른 온갖 사소한 사항들도 마찬가지였다.

시나몬 번을 한 입 베어 물기만 해도 이 모든 것을 버틸 수 있을 것 같다고, 조는 생각했다. 그러나 지금은 딱딱한 베이글 껍질밖에 남은 것이 없었다. 창문 화면에 바짝 붙은 의자에 힘겹게 몸을 밀어 넣으며, 조는 뒤뜰 풍경이 있던 자리에 일정표를 불러왔다.

10시 30분.

30분 남았다.

순민이 세 번째로 뽑은 카푸치노의 거품을 불어 구멍을 만들면서 탁자에 와서 앉았다. "빨리 시작할수록 편해질 거야. 게시판에서도 다들 같은 제안을 했어. 아이 교육은 기초가 중요하다고."

조는 베이글 한 조각을 물어뜯었다. "이게 그 애한테 최선인지 확신이 안 들어."

순간 분위기가 경직되었다. 타인을 대하듯 차가운 미소가 주방 곳곳을 가득 채웠다. 오늘은 단순한 가족 회합 날이 아니라고, 조는 속으로 되뇌었다. 그녀의 육아 능력을 시험하는 것 이상이었다. 찰리의 미래를 놓고 다투는 것 이상이었다. 이번 회합은 성과 평가회였다.

당연하게도 다음으로 입을 연 사람은 티샤였다. 부드러운 티샤. 의지가 되는 티샤. 거물 정치인의 조언가인 티샤. 아야는 이 집단의 완벽 주의자로서 항상 CEO 노릇을 한다. 땀구멍 축소술과 100만 불짜리 헤어스타일로 무장한 테리는 열정적인 텔레비전 책임 프로듀서다. 순민은 문예와 교양을 담당한다. 그렇다면 티샤는… 글쎄, 티샤를 어떻게 한 가지로 표현할 수 있을까? 그녀는 불평과 짜증에 있어서는 누구에게도 뒤지지 않는 로비스트나 국회의원 입후보자들을 마음대로 다루는 기술을 가지고 있다. 물론 미리 계획을 세울 시간만 있었더라면 애들도 다룰 수 있었을 테지만, 그녀는 대신 조를 다루는 임무를 맡았다. 항상 허둥지둥하는 엄마 역의 조를 도와주는 친절한 할머니 역을 말이다. 물론 그 또한 훌륭한 일이며 폄훼할 만한 역할은 아니다. 그러나 조는 이런 메타 어머니 놀음에 어떻게 대응해야 할지 갈피를 잡을 수가 없었다.

티샤는 조의 손을 붙들었다. 여왕벌, 연예계 거물, 펜을 휘두르는 편집장, 가모장… 이렇게 클리셰 그대로인 성취자들 사이에서, 조는 그저 조일 뿐이었다. 표준 사양 인간이었다. 오븐엑스에서 음식물 찌꺼기를 치우고, 흘러가는 텔레비전 저녁 프로그램을 멍하니 바라보고,

조그만 소파 위로 엎어지며 천천히 얼굴부터 파묻어 버리는 그런 부류의 사람이었다. 우리 선량한 조에게는 특기할 점이 별로 없었다. 여기 있다는 것 외에는. 언제든 이곳에 있다는 것 외에는.

"겁이 나는 거지?" 티샤의 목소리는 아마 다른 곳에서도 여러 번 쓰였을 것이다. 열세인 후보의 여론 조사 결과가 폭락했을 때 다독여주는 용도로. 카페인 알약을 과용해서 폭주하는 의회 보좌관을 진정시키는 용도로. 자살을 마음먹은 인턴을 호텔 난간에서 내려오게 하는 용도로. "네가 망칠까 봐 걱정이 되는 거지? 조, 그래도 이건 알아줬으면 좋겠어. 겁을 먹은 사람은 너만이 아니야. 다들 정신 분석가의 보고서를 읽었으니까. 수치도 확인했고. 그래, 우리는 찰리의 진전에 대해 우려하고 있어. 하지만 그래서 모두 여기 모인 거잖아. 이 문제를 함께 해결하려고."

"하지만…" 조는 자제력을 발휘했다. "당신들은 나만큼 그 애하고 유대가 없잖아." 그들의 얼굴을 보면서, 그녀는 자신이 큰 실수를 저질렀다고 생각했다. "그러니까, 내가 하고 싶은 말은, 이런 일은 항상 내가 해야만 하는 것 같다고…"

티샤는 여유롭게 등받이에 몸을 기대며, 손가락을 가볍게 놀려 요루바 패턴 숄을 가다듬었다. 이렇게 권위 가득한 손놀림으로 주의를 환기하는 것도 그녀의 기술이었다. "우리는 가족이야. 그 점에는 모두가 동의했잖니. 동등한 파트너라고. 계약에 따르면…" 티샤는 잠시 말을 멈추고 은밀한 느낌의 미소를 지었다. 마치 공유하기에는 너무 부끄러운 지저분한 농담을 떠올리기라도 한 것처럼. "있잖아, 그거 알아? 계약은 신경 안 써도 돼. 조, 내가 하고 싶은 말은, 우리 모두가 함께 이 일을 치르고 있다는 거야. 우리 꼬마에게 문제가 생기면 그건 우리 모두의 책임이니까. 내가 올라가서 그 아이에게 말하기를 원하는 거라면, 그냥 부탁만 하면…"

조는 고개를 저었다. "그런 식으로 받아들이지 마. 내 문제가 아니야. 찰리 때문이지. 당신들도 찰리를 좀 이해해 봐야 해."

"글쎄, 네 생각이 그렇다면, 우리가 우려하는 걸 놓고 뭐라고 해서도 안 되겠네. 애가 오전 내내 저 위에 틀어박혀서… 아니, 뭘 하고 있는지는 너도 잘 알겠지. 우리가 가족으로서 이 위기를 헤치고 나가려면, 우선…"

"아, 무슨 빌어먹을." 순민이 카푸치노 잔을 거칠게 내려놓으며 말했다. "이것 봐. 당신은 계약 내용에 신경 안 쓸지 몰라도, 나는 신경 쓰거든. 그 빌어먹을 계약서를 작성해 달라고 변호사들한테 돈을 뭉텅이로 안긴 이유가 바로 이런 상황 때문이란 말이야. 가정 문제에서는 모두 투표권이 한 장씩 있어. 조, 너는 투표에서 졌지. 그러니 따르기만 하면 돼."

테리와 아야가 동시에 입을 열었다. 그러나 말문을 열기도 전에, 조명이 깜빡이다가 나가버렸다. 창문 화면이 나가고, 모든 카운터와 시계와 화면과 상태 창에 읽을 수 없는 기호가 잔뜩 떠올랐다. 의자 다리가 바닥을 긁고 접시가 달칵거렸다. 비밀 작전이 시작되는 것처럼 건물 내부가 쿵쿵 울리기 시작하자, 엄마들은 깜짝 놀라 앙다문 잇새로 숨을 들이쉬었다. 천장의 프로젝터가 윙 소리를 내며 작동하기 시작했다. 보랏빛 조명이 깜빡이며 다시 켜졌고, 벽에는 일렁이는 이미지가 가득 찼다. 입이나, 눈이나, 스쳐 지나가는 얼굴처럼 보이기도 했지만, 조는 다른 무엇보다 빠르게 손짓하는 손의 형상을 그 안에서 읽어냈다.

지금은 안 돼. 조는 생각했다. 제발, 지금은 안 돼.

"스파클리비츠." 조는 큰 소리로 말했다. "지금은 그러고 놀 때가 아니야."

밝은 빛줄기가 창문 화면에 떠오르더니, 대각선 위로 뻗었다가 밖으로 굽었다. 마치 손을 든 채로 어깨를 으쓱한 것처럼.

조는 이럴 때 어떤 신호를 사용해야 하는지를 기억하려 애썼다. 그녀는 수신호 장치를 엄지에 붙이고 허공에 손짓을 시작했다. 빗금과 내리찍는 동작으로 가득한, 그녀가 '당장 그만둬'였으면 좋겠다고 생각하는 신호였다. 조명이 일렁였다. 오븐엑스에는 점과 '^' 기호가 줄줄이 떠오르며 눈을 깜빡이는 형태의 이모티콘을 만들었다.

"나 장난치는 거 아니야, 스파클리." 조는 계속 손짓으로 '멈춰' 신호를 만들면서 이렇게 말했다. 창문 화면이 깜빡였다. 벽면에는 이제 익숙해진 기호가 떠올랐다. 양옆에 대시 기호가 붙어 있는 원이었다. 조는 그게 고개를 숙이는 머리 모양이라고 짐작했다.

"그래, 그거야, 스파클리. 이건 어른들 얘기거든. 얌전히 올라가서 찰리와 함께 기다려."

스르륵. 깜빡. 그 어떤 인간의 말로도 표현할 수 없는 온갖 기호가 벽면에 일렁이다 사라졌다. 뒤이어 조명이 들어오고, 오븐엑스에는 기본 디스플레이가 떠오르고, 창문 화면은 무지갯빛 일정표로 돌아갔다. 화장실 청소 서브루틴의 물 내려가는 소리 말고는 아무런 소리도 들리지 않았다.

순민이 입을 열었다. "저게 바로 우리가 말하던 거야."

유령이 사라지자, 엄마들은 꿈지럭거리며 다시 움직이기 시작했다. 손을 들어 머리를 귀 뒤로 넘기고, 슬랙스에 떨어진 빵 부스러기를 떨어내고, 반지와 목걸이를 매만지면서.

"스파클리비츠라고." 테리가 말했다.

"진심이야?" 아야가 한숨을 쉬었다. "저것한테 이름을 붙였다고?"

"그게, 찰리가 붙였어." 조가 말했다.

"너는 그걸 방치했고?"

조는 아야의 어조에서 이번 일이 그저 이름 하나가 아니라 훨씬 큰 문제가 되리라는 사실을 깨달았다. 스마트 홈 관리의 중대한 실패로, 부모다운 훈육의 심각한 부재로, 어머니 역할에 필요한 판단력의 결핍으로 여겨지리라는 것이다. 세계를 누비는 CEO가 눈앞에서 업무 실패를 목격하고 얼굴을 찌푸리고 있는 상황이었다.

조가 무슨 말을 할 수 있을까? 다른 누구라도 무슨 말을 할 수 있을까? 사실 집에 유령이 들리게 방치한 것만으로도 제법 큰 문제긴 했다.

티샤는 직접 조의 접시와 머그컵을 모아서 식기세척기로 가져갔다. 그녀를 따라오는 자동 주방 심부름꾼은 무시하면서. 정리를 마친 그녀는 손을 말리며 몸을 돌려 조와 눈을 마주했다. 그리고 살짝 고개를 끄덕이며 말했다. "이제 때가 된 것 같네."

찰리의 방으로 통하는 계단은 집 뒤편, 셀프케어 응접실과 마을 공유지로 통하는 문 사이에 있었다. 이곳은 스크린 사용 금지 구역이다. 복도로 들어서는 순간 모든 기기가 잠금 상태가 된다. 아주 한참 전에 투표로 정한 일이다. 스트레스 관리법의 일환이었다.

그래. 그런 게 먹힐 리가 없지만.

이 구역의 모든 환경은 감각을 증진하는 목적으로 조성되어 있다. 양탄자, 따뜻한 색감, 바닥 높이의 조명, 심지어 호텔스러운 벽면의 그림 몇 점까지. 조는 이런 양식을 볼 때마다 그녀 엄마의 집이 생각났다. 수많은 사람이 온갖 의미 없는 잡동사니와 장식품을 그들의 삶 속으로 가지고 들어오곤 했다. 마치 그들이 당연히 결핍에 시달리고 있으리라 생각하는 것처럼, 기술 문명의 부재를 다른 식으로라도 메워야 한다는 것처럼.

홈스쿨링용 방은 복도 끝에 있었다. 문 주변에는 인터콤, 외부 확인용 카메라, 터치 패널 따위의 온갖 사생활 보장용 장치가 달려 있었다. 어차피 방 안에 24시간 감시 장비를 달아놓았다는 점을 생각하면 제법 우스꽝스러운 일이었지만. 조는 늦은 밤마다 슬쩍 로그인해서 야간 카메라 화면으로 아들의 잠든 모습을 확대해 바라보곤 했다. 낮 동안 일어났던 일을 거의 잊을 수 있을 때까지, 그 어떤 근심 걱정도 없이 너무나 평온해 보이는 아들의 얼굴에서 시선을 떼지 못했다.

그녀는 조용히 복도를 따라 걸어갔다. 뒤따라오는 티샤의 우렁찬 발소리가 들렸다. 나머지 엄마들은 여전히 아래층에 있었다. 겁먹었을 거라고, 조는 추측했다. 유령에도, 어린 남자아이에도. 그녀는 손가락을 들었다.

그리고 머뭇거렸다.

“망설인다고 쉬워지는 건 아니야.” 티샤가 말했다.

“나는 그저…” 조는 몸을 돌렸다. 연기하는 거야, 하고 그녀는 생각했다. 지금 이건 전부 연기일 뿐이라고. "내가 벌써 망친 것 같은 느낌이라 그래."

티샤의 미소가 한층 부드러워졌다. "우리 모두 그렇게 느끼고 있어. 아니, 우리가 실제로 망쳐버린 거니까. 하지만 이제 고칠 거잖아."

"맞아, 하지만 여기 입주해 사는 건 나뿐이잖아? 여기 있는 사람은 나니까. 내가 찰리에게 애착이 더 강하다고 말하고 싶은 건 아니지만…"

미소가 사라졌다.

조는 서둘러 말을 이었다. "그래도 내가 해결해야 했다는 생각은 든단 말이야. 그러니까, 실제로 이 집에 사는 유일한 엄마로서,"

딩동. 미소가 돌아왔다. "우리 모두 로그는 확인하잖아." 티샤가 그녀의 손을 어루만졌다. "상황 보고도 읽어보고. 우리 중 누구라도 상황을 확인하고 진단 프로그램을 돌려봐야 했어. 망할, 나는 이 집에 바이러스가 있다는 것까지도 알고 있었다니까. 이렇게까지 심각할 줄은 몰랐을 뿐이야. 그러니까, 우리 중 누구도 상황을 이해하지 못했으니…"

"찰리가 그것한테 얼마나 애착이 있는지를?"

"상황이 얼마나 나빠졌는지를." 티샤의 입매가 처졌다. 조가 종종 텔레비전에서 보던 표정이었다. 이해한다는 의미의 찌푸리는 얼굴. 상대방과 깊은 공감대를 형성하고 있다고 확인해 주는 표정. "나는 뭘 했는지 알아? 저 아이가 어렸을 때?"

"그건 무슨 소리야?"

"그러니까 회의에 참석하거나 했을 때 말이야. 마이크 앞에서 정신

못 차리는 우리 라미레즈 의원님을 이리저리 유도할 때라거나. 선거 사무장이나 모금 담당자와 시트콤을 찍으며 다함께 정신 줄을 놓아버리는 꼬락서니가 펼쳐졌을 때도. 안경 화면에 떠오르는 발언 내용을 복기하며 반응을 따라가려고 애쓰는 동안에도, 나는 네 보고 내용을 화면 한쪽 구석에 띄워놓고 있었어. 기저귀가 흘러넘치고. 밤새 토하고. 새벽 3시에 갑자기 울부짖고. 얼굴을 케이크에 파묻고. 하루 내내 그런 모습을 틀어놓고 있었다니까."

"말도 안 돼!"

"진짜야."

"엿보기 좋아하는 엄마네."

"그걸로 버틴 거야. 그것조차 없었더라면 견딜 수 없었을 테니까."

"사실 그 업데이트는 대부분 유모 프로그램이 한 걸 텐데."

"물론 그렇지. 하지만 여기 있던 사람은 너잖아, 조. 중요한 건 그거니까. 내가 의사당에서 다 큰 아기들을 돌보고 있을 때, 순민이 뉴욕에서 작가들 뒤치다꺼리를 하고 있을 때, 아야가 팔뚝 보조대를 팔러 돌아다닐 때, 테리가… 뭐든 자기가 하는 일을 하고 있을 때…"

"그러게, 테리는 정확히 뭘 하는 거야?"

"누가 알겠어." 그들은 함께 웃음을 터트렸다. 웃음이 잦아들자 티샤는 조의 팔을 어루만졌다. "하지만 조, 너는 바로 같은 건물에 살고 있잖아. 그래, 때론 묘하다는 생각이 들 수도 있어. 너는 뭐랄까 그래, 다른 사람들만큼 돈을 낼 수가 없으니까. 그건 상관없어. 그게 잘못된 거라는 생각도 안 하고. 하지만 네 명의 전문가가 머리를 맞대고 있으면…"

"나도 전문직이야."

"그래, 넌 간호사지. 아주 훌륭한 일이라고 생각해."

"정식으로 면허를 받는 직업이라고."

"네가 그런 일을 하는 건 정말 끝내준다고 생각해. 하지만 내 말뜻 알잖아. 우리는 모두 동등한 입장이야. 그래, 아야는 영양 균형에 지나치게 신경을 쓰지. 테리는 재정 문제에서는 절대 양보 안 하고. 순민은 교육 쪽으로 타협하는 법이 없어. 나도 온갖 것들에 대해서 조금씩 격하게 반응할 때가 있다고 생각해. 아마 우리가 항상 네 문제에 간섭하는 것처럼 느껴질 거야. 가정주부를 언제나 후순위로 밀어내는 것처럼."

"나는 가정주부가 아니…"

티샤는 손을 들어 말을 막았다. "네 가치는 충분히 존중하고 있어. 알겠지? 네 기여가 부족하다고 생각하는 사람은 아무도 없으니까. 공동육아라는 게 그런 거잖아? 누구든 가능한 만큼만 기여하는 거지."

물론 그렇다고, 조는 생각했다. 누군가는 비싼 온라인 개인 강사를 고용하여 그 비용을 지불하고, 다른 누군가는 병원에서 열 시간씩 피와 비명 속에서 근무해서 그 비용을 지불하기는 하지만. 그러나 그녀는 그저 미소만 지었다.

"우리는 파워맘이잖아?" 티샤는 그녀의 팔을 찰싹 때렸다. "도전이 싫은 사람이라면 어떻게 이런 일을 하겠어. 워싱턴의 우리 아가들한테도 항상 하는 소리야. 너희들은 초등학교 예비 교육이 힘들다고 생각해? 그럼 장애가 있는 아이에게 최고 등급 유치원 예비 교육을 시키는 일은 과연 어떨 것 같아?"

조는 얼굴에 떠올린 미소를 유지하려고 안간힘을 썼다. "혹시 그런 생각 해본 적 없어? 우리가 하는 온갖 사소한 일 하나하나가, 다른 누군가에게는 평생 이어질 고통이 될지도 모른다는?"

티샤는 고개를 젖히며 크게 웃음을 터트렸다. 조는 그녀가 조금 지나치게 애쓴다고 생각했다. "자, 그럼 들어가 보실까. 용의 소굴로." 그녀는 조의 손을 붙들고 터치 패널로 이끌었다. 그리고 눌렀다.

"엄마?" 인터콤을 통해 들리는 찰리의 목소리는 언제나 이상한 느낌이 들었다. 지나치게 새된 목소리가 뭔가 잘못될 것만 같았다. 조는 몸을 기울였다.

"안녕, 찰리."

"문제 생긴 거 아니죠?"

조는 티샤를 힐긋거렸고, 티샤는 안심시키듯 고개를 끄덕였다. "그럼. 그냥 조금… 들어가도 될까? 할 이야기가 있어서 그래."

잠시 침묵이 흘렀다. 때론 화면이 없다는 점이 끔찍하게 초조했다.

"오늘 밖에 나가서 회의하는 거 아니었어요?"

"이것도 회의의 일부야. 상의할 일이 좀 있어서."

"알았어요. 지금 퍼즐 하는 중인데. 일정표에서… 15분쯤 시간을 내볼게요."

조는 연결을 끊었다. 티샤는 문으로 손을 뻗었지만, 조는 상태 표시판을 가리켰다. 최신 유행의 촉각 놀이 용구점에서 구입한 물건으로, 특별 주문한 자작나무 플립 카드 기계였다. 완전 자연물이며 비디지털적인 제품이었다. 글자를 바꾸어 주는 사소한 장치만 빼고. 파라락 소리와 달각 소리가 들리며, 표시판에는 '엄마 시간'이라는 문구가 등장했다.

"귀엽네." 티샤는 이렇게 말했고, 조는 문을 열었다.

홈스쿨링 방에서도 아날로그라는 테마는 그대로 이어졌다. 소리를 죽이는 깔개, 평범한 유리창. 현대 기술이 적용된 물건은 학습 스테이션 자체뿐이었다. 최신식 소니 스쿨박스에 온갖 앱과 장치가 꽉꽉 들어차 있는 물건이었다. 물론 부모가 통제하도록 되어 있지만, 아무래도 그 정도로는 이런 사태를 막기에는 역부족이었던 모양이었다. 찰리는 이곳에서 모든 시간을 보낸다. 적어도 어머니들이 항복하고 휴대 컴퓨터를 사주기 전까지는 계속 그럴 것이다. 조는 그 순간이 오면 찰리가 영원히 그들 손을 떠나게 되리라 생각했다.

찰리는 헤드셋 사용을 좋아하지 않았다. 콩 소리와 함께 그대로 화면에 머리를 박고 '찰리스페이스'로 들어가는 쪽을 선호했다. 찰리와 같은 아이에게는 모든 현실이 가상 현실이나 다름없다는 사실을, 조는 직관적으로 감지했다. 조가 다가오는 소리를 들은 찰리는 고개도 들지 않고 이렇게 말했다. "우리끼리 파르테논하고 콜로세움하고 노트르담하고 석상들은 끝냈어요. 스파클리비츠가 석상에 색을 칠하려 한 게 문제였는데, 그게 항상 역사적으로 고, 고, 고증을 따른 것은 아니라고 말해줬어요." 찰리는 고개를 꾸벅이며 힘겹게 어려운 단어를 뱉어냈다.

조는 어깨를 두드리는 손길에 깜짝 놀랐다. "다른 사람들 데려올게." 티샤는 목소리를 낮춰 이렇게 말하고는, 양탄자 소리를 내며 사라졌다.

"물론 색은 나중에 칠할 수도 있지만요." 찰리가 말했다. "하지만 스파클리비츠한테 자료를 찾아봐야 한다고 말해줬어요."

"음음." 조는 아이의 곁으로 가서 섰다. 그녀가 아이의 머리카락을 손가락으로 가볍게 쓸어 넘기자, 찰리는 놀라 고개를 들었다. 찰리가 다른 사람의 존재에 언제나 살짝 놀란다는 사실을, 조는 예전부터 깨닫고 있었다.

"그런 다음에는 우리…" 찰리는 말을 멈추고 손을 경련하듯 움직이기 시작했다. 짜증이 더해질수록 움직임은 점점 빨라졌다. 마침내 조가 고개를 끄덕이고 웃음 지으며 그의 손짓을 따라했다. 찰리 또한 웃음 지었다. 말을 사용하지 않아도 된다는 사실에 안심한 듯했다.

복도에서 와글거리는 소리가 엄마들의 도착을 알렸다. 가장 먼저 테리가 번들거리는 손톱을 휘두르며 과장된 즐거움을 담아 울부짖었다. "차아알리이이이!" 아야가 다음으로 들어와 아이의 머리카락을 흐트러트렸다. 순민은 얼굴을 비볐다. 티샤는 으스러지게 껴안았다. 찰리가 이 모든 것을 어떻게 느낄지 알고 있는 조는 눈살을 찌푸렸다. 그러나 찰리는 손님용 얼굴을 유지한 채로, 엄마들이 요구하는 의무적인 포옹을 전부 견뎌냈다.

"우리는…" 찰리는 학습 스테이션을 가리키며 말문을 열었다. 그리고 뭔가 표현하려는 듯 손을 휘저었다. 얼굴이 달아올랐다. "우리는…"

"천천히 천천히, 우리 귀염둥이." 테리가 말했다.

"차근차근 말로 해야지."

"우리는 지금…"

"여유롭게 생각하렴, 찰리." 티샤는 양탄자에 무릎을 꿇고 응원하는 듯 고개를 끄덕였다.

"우리는 지금…"

"퍼즐을 하고 있지." 조가 아이의 손짓을 따라하며 번역해 주었다. 아이의 얼굴이 풀어졌다.

"퍼즐 맞추고 있었구나." 테리는 텔레비전용 미소를 지으며 말했다. "정말 재밌겠구나! 나도 한 조각 맞춰봐도 될까?" 그녀의 눈이 바닥과 선반을 훑었다.

"아뇨, 이건…" 찰리는 학습 스테이션을 뜻하는 손짓, 온라인을 뜻하는 손짓, 그리고 '빛의 형상' 비슷한 의미를 지니는 일련의 손짓을 해 보였다. 조가 이해할 수 있는 것은 그 정도가 전부였다. 찰리가 '퍼즐'이라 부르는 그 물건을, 조는 '모형'이라 불러야 한다고 생각했다. 교육용으로 만들어진 디지털 건축 프로그램으로, 장애가 있는 아이를 위한 유명한 건축물을 만들어 보는 학습 과정이었다. 찰리는 전체 세트를 너무 많이 만들어서, 조가 보기에는 건축 행위 그 자체 말고는 아무것도 얻을 것이 없어 보였다. 틱, 틱, 틱, 한 조각 한 조각씩. 이제 찰리는 잠자는 동안에도 그 손짓을 할 수 있을 듯했다.

"나하고… 스파클리비츠가…"

아이는 이제 거의 손짓만으로 의사를 표현하고 있었다. 오직 찰리만이 온전히 이해할 수 있는, 다양하고 화려한 손짓 체계였다. 아니, 찰리 말고도 다른 존재가 하나 더 있지만.

스파클리비츠라는 이름에 모든 엄마들이 조를 바라봤다.

"잘 알겠네." 테리는 딱딱하게 굳은 미소를 지었다. "그래, 찰리, 스파클리비츠하고 비디오 게임을 얼마나 오래 하는 거니?"

찰리는 얼굴을 찌푸렸다. "이건 비디오 게임이…"

"가상 건축 놀이 세트 같은 거야." 조가 설명했다.

"아하."

"찰리, 아가야." 아야가 무릎을 꿇었다. 조는 너무 가깝다고 생각했지만, 튀어나오려는 속마음을 억눌렀다. "네가 스파클리비츠하고 어떻게 노는지 구경해도 될까?"

찰리는 허락을 구하듯 고개를 들었다. 조는 고개를 끄덕였다. 순민과 티샤와 테리는 이미 그녀를 방 밖으로, 복도 건너편으로 몰고 나가고 있었다. 순민의 어깨 너머로 찰리의 모습이 보였다. 짜증 난 듯 열심히 손짓하는 아이 앞에서, 아야는 고개를 한쪽으로 기울인 채 억지웃음을 짓고 있었다.

"이거야. 바로 이런 일을 걱정한 거라고." 순민이 날카롭게 말했다.

"저 아이가 항상 저렇게… 손동작으로 의사 표현을 하는 거니?" 티샤가 물었다.

"그게, 대부분은 유령하고만 해." 조는 한숨을 쉬었다. "하지만 나도 조금은 배웠어."

"그래서 뒤처지는 거였군." 순민은 한쪽 팔을 틀어 침실을 가리키느라 이집트 벽화처럼 팔을 꼬았다. 묘하게도 찰리의 손짓과 비슷한 형태가 되었지만, 조는 그 감상을 입 밖에 내지 않았다. "학습 목표 달성에 실패하기 시작한 게 언제더라? 분명 저 존재가 등장하고 나서부터였겠지."

"언어 능력만 뒤처지는 게 아니야. 모든 평가 영역에서 뒤떨어지고 있어." 티샤가 말했다.

"전부 연관이 있으니까. 언어, 사회화. 이래서 점수가 폭락한 거였어. 제대로 말도 못하는 애가 어떻게 성공을 하겠어?"

"홈스쿨링 쪽은 괜찮게 하고 있어." 조가 말했다.

순민은 디지털 중독 수기를 투고하는 수많은 작가들에게 지었을 법한 표정을 지어 보였다. "정서 발달이 뒤처지는데 홈스쿨링으로 극복할 수 있을 것 같아? 그래서 우리 자금의 20퍼센트를 아르테미스 아카데미에 쏟고 있는 거라고. 내 말 믿어. 논문은 전부 읽었으니까. 대면 시간을 최소한 주당 50시간은 확보하지 못하면 사회적 능력에서 성취 기준에 도달할 수 없어. 절대로. 저 애의 말하기 능력은 어떻지? 친사회 행동 지수는? 공감, 주의력, 정서적 문해력은? 저 애가 또래 집단에 비해서 얼마나 끔찍하게 뒤처지는지 알기는 해?"

뒤처진다라. 조가 지금 대화에서 단 하나의 단어만 지워낼 수 있다면, 바로 그 악의 가득한 '뒤처진다'를 지워버리고 싶었다. 그녀가 어렸을 적에는 다들 '따라잡다'는 표현을 사용했다. "조 클라크는 아직 수학 진도를 따라잡는 중입니다"와 같이. 그보다 전에는 흔히 '학업 부진'을 사용했다. 거기서 더 옛날로 돌아가면 '지진아'와 같은 단어가 등장한다. 그 모든 단어가 같은 가정에서 출발한다. 모두가 같은 길에 올라서, 같은 장소를 향해 나아가고 있다는 가정.

"달성치가 이래서 어떻게 대학에 들어가겠어?" 순민은 팔을 내저으며 말을 이었다. "좋은 대학이 문제가 아니야. 아예 못 갈 수도 있다고."

"찰리가 대학에 가기 싫어할지도 모르잖아." 조는 이렇게 말하다가, 문득 자신이 대화를 전부 날려버리고 그대로 핵폭발 단추를 눌러

버렸음을 깨달았다. 그대로 청바지를 내리고 누군가의 샌들에 소변을 보는 것이나 마찬가지인 행위였다.

"지금 진심으로 우리 아들이 대학에 못 가게 하려는 거야?"

"못 가게 하려는 게 아니야, 테리. 나는…"

"네가 가정주부의 재능이 없다는 이유로, 그 애의 미래를, 우리의 미래를 송두리째 망칠 생각이야?"

"테리." 티샤가 손을 뻗었다.

"네가 뜨내기 프로그램 코드 하나를 그 애 머릿속에 들여보낸 덕분에…"

"테리, 테리, 테리." 이제 다들 테리를 둘러싸고 진정시키려 애쓰고 있었다. 테리의 마음속에서 뭔가 어긋난 듯했다. 뉴스 진행자의 침착한 자세도, 뭐든 시작했으면 완벽하게 끝내야 하는 태도도, 전부 스위치가 '꺼짐'으로 내려가 고정되어 버린 듯했다.

"이거 알아둬, 조. 개인 교습 비용을 내는 건 네가 아니야. 선행 학습에도, 심리 치료에도, 정서 교육에도, 영양 권고에도 너는 한 푼도 안 보태고 있다고. 네 봉급의 20퍼센트? 미안한데, 그건 반올림 한 번 잘못하면 사라지는 푼돈이거든. 나머지 우리는 어떨 것 같아? 응?" 테리의 손톱이 머리 위에서 원을 그렸다. "이 계획에 돈을 대려고 주당 70시간씩 일하면서 온 세상을 돌아다니는 건 바로 우리란 말이야. 왜일 것 같아? 찰리한테 최고만을 주고 싶으니까. 내가 미친 걸지 몰라도, 어쩌다 어머니가 되는 일도 나름 중요하다고 생각하게 됐으니까. 그런데 너는…"

"이제 됐어, 테리." 티샤가 그녀의 팔을 붙들었지만, 테리는 팔찌 짤

랑거리는 소리와 함께 그 손을 뿌리쳤다.

"프랭크한테는 뭐라고 해?" 그녀는 쿵쿵거리며 계단을 조금 내려가다가, 고개를 들어 나머지 사람들을 바라보며 뺨에 흐른 눈물을 두드렸다. "지금도 내가 허영심 때문에 이런다고 생각하고 있는데. 동물원에서 망할 고릴라 입양하는 것처럼 말이야. 그런데 이제는 프랭크한테 가서 촉망받는 고교 중퇴생의 아빠가 되어달라고 부탁하라고? 세상에, 차라리 고릴라를 입양할걸 그랬어. 적어도 고릴라는 머신 애니메이션 포르노에 열광하는 애새끼로 자라나지는 않을 테니까. 내 말 잘 들어, 저 꼬마는 결국 그렇게 될 거라고. 우리 사무실의 다른 엄마들은 학습 목표를 훌륭하게 달성하고 있단 말이야. 모두 다. 기술지원 팀에 있는 싱글 대디네 아들은 98퍼센트 수준에 올라 있다고. 그런데 그런데 우리 애는 학습 부진 꼬맹이라니. 세상에."

뒤이은 침묵을 깨듯, 찰리의 방에서 묘한 소리가 들려왔다. 조는 처음에는 기술적 문제인 줄 알았다. 음향 되울림이나, 스피커 고장이나. 그러나 문득 그녀는 아야가 놀라서 지르는 소리라는 것을 깨달았다.

"찰리 잘못이 아니야." 순민은 공감인지 혐오인지 모를 표정으로 테리를 바라보고 있었다. "이건…"

그러나 그때, 아야가 경영진다운 바쁘고 사무적인 걸음으로 서둘러 그들에게 다가왔다. 그리고 허리에 손을 올리고는 당당히 선언했다. "이제 시작이야."

"동의를 얻은 거야?" 티샤가 물었다.

"우리 아이한테? 아니. 하지만 누가 찾아왔거든." 아야는 벽을 향해 손짓하다가, 화면 금지 규정을 떠올리고, 휴대폰을 꺼내 주택 시스템에 접속한 다음 빙 돌리며 모두에게 화면을 보여주었다.

"망할." 조가 말했다.

"제대로 심사한 건 맞지?"

그들은 부엌으로 내려와 화면 창문 주변으로 둘러앉은 채, 마을 출입문 쪽에서 들어오는 영상을 지켜보고 있었다.

"저 사람, 저기서 언제부터 기다린 거야?" 조가 물었다.

"대기하고 있으라고 문자 보냈어." 아야는 확대 버튼을 클릭했다. "원 참." 그녀는 눈살을 찌푸렸다. "저 꼴 좀 보라고."

출입문 앞의 남자가 딱히 매력적인 모습이 아니라는 점은 조도 인정할 수밖에 없었다. 확대한 보안 카메라 영상 속에서는 더욱 그랬다. 잔상 보정에 프레임 강화에 고화질 어쩌고 등등 주택 보안의 천재들이 소프트웨어에 구겨 넣은 온갖 장치로 여과한 모습을 보게 되니까. 동영상 속 인물을 잘생기게 보정해 주는 프로그램의 정반대나 다름없다. 가장 추한 모습을 드러내 주는 프로그램인 셈이었다.

물론 출입문 앞의 남자가 눈에 띄게 잘생겨질 수 있다는 소리는 아니었다. 조와 만났을 때 그 사람은 나쁜 습관을 고치려 애쓰는 중인 정비공 분위기를 풍겼다. 뒤로 넘긴 머리나 달아오른 볼이 마치 방금 샤워를 마치고 나온 게으름뱅이처럼 보였다. 그러나 화면에 떠오른 남자는 체모 불량이 발생한 히피 공장의 생산품 같은 모습이었다. 츄바카*가 몸 손질하고 남은 털 조각을 모아서 껍질 벗긴 커다란 감자

* 스타워즈의 등장인물.

에 붙여놓은 것 같다고나 할까. 물론 저러고 돌아다녀도 괜찮은 연령대라는 것이 존재하는 건 아니지만, 조가 생각하기에 서른여섯은(조가 짐작한 저 구제 전문가의 나이였다) 다른 어떤 핑계를 대기에도 너무 많은 나이였다.

"배경은 확인한 거야? 소비자 평가는? 자격증은?"

"직접 만났어. 가게를 구경시켜 주더라."

남자는 자기 코를 붙들더니, 코딱지를 빼내려는 듯 힘차게 코를 풀었다. 만원 열차에서라면 그냥 넘어갈 만한, 반쯤 예의 바른 코 파기 기술이었지만, 클로즈업 영상으로 보기에는 영 좋지 않았다.

"저 남자 가게? 그래, 시체는 없던?" 아야가 한숨을 쉬었다. "좋아, 그럼 얼른 끝내자." 그녀는 출입문 암호를 입력했다. 남자는 느릿한 걸음걸이로 깔끔하게 계획된 뉴어번 거리에 들어섰고, 트럭 한 대가 그의 꽁무니에 붙어 졸졸 따라왔다.

남자가 모퉁이를 돌아 그들이 있는 거리로 들어오자, 엄마들은 함께 밖으로 몰려 나갔다. "안녕하십니까, 숙녀분들!" 바이러스 구제 전문가는 목청을 높여 노래하듯 소리쳤다. 그의 뒤를 졸졸 따라오던 트럭이 삑 소리를 냈다. "주차!" 그는 명령을 내리며 한쪽 길가를 가리키고는, 성큼성큼 계단을 뛰어올라 추레한 모습으로 그들을 굽어보며 섰다. 텁수룩하게 얽힌 털 사이로 이빨이 반짝였다. "그래, 여기가 여러분의 집회 장소군요? 전 에반입니다."

"우선 상황을 검토해 보죠." 아야가 발소리와 함께 몸을 빙 돌리며 말했다. "그런 다음에 우리가 원하는 진행 방식을 알려드리겠습니다."

에반은 들어가다 문틀에 머리를 부딪쳤지만, 알아차리지도 못하는 듯했다. 복도 모퉁이를 돌면서는 어깨를 부딪쳤지만, 이 또한 알아차리지 못한 모양이었다. 그의 시선은 내내 천장에서 떠나지 않았다.

"그래요, 이런 구형 AI설비에는 유령이 제법 많지요. 배선이 낡으니 하드웨어 성능에도 제약이 걸리죠. 그러면 억지로 업데이트를 설치하지 않고 방치하다가, 백도어가 열리는 겁니다. 깨닫기도 전에 난장판이 되죠. 유령의 집이 된다니까요. 무슨 인터페이스 씁니까? 아직도 구형 수신호 연동인가요?" 그는 엄지손톱에 수신호 입력 장치를 붙이고 조명을 끄라는 수신호를 보냈다. 복도는 순간 어둠에 휩싸였고, 여기저기서 부딪치는 소리와 욕설이 새어 나왔다. "잘되는군요."

"조의 말로는 당신이 이런 문제에 전문가라고 하던데요." 아야가 일행을 이끌고 부엌으로 향하며 말했다. "자격증도 있다고." 그녀는 슬쩍 눈썹을 치켜올리며 이렇게 덧붙였다.

에반은 어깨를 으쓱했다. "전문가라, 음, 제가 별로 선호하는 표현은 아니지만요. 지나치게 집착하는 사람 쪽이 더 가깝겠지요." 그는 오븐엑스 앞으로 가서 버튼을 꾹꾹 눌러보기 시작했다. "솔직히 말하자면 온종일 이 문제만 생각하며 지냅니다."

"말도 안 돼." 아야는 그를 훑어보았다. "설마 그럴 리가요?"

"제 아버지는 무법자 AI에 깊이 빠져 계셨죠. 남부 지방을 돌아다니면서 놈들을 사냥하곤 하셨습니다. 제 어린 시절의 첫 기억도 루이지애나에서 유령 사냥꾼들과 어울리던 겁니다. 물론 요즘은 한층 쉬워지긴 했습니다. 그냥 미끼를 적당히 마련해 놓고 주저앉아서 녀석들이 등장하기만을 기다리는 친구들도 있다니까요."

"유령을 부르는 미끼라니, 뭘 쓰는 거지요?" 아야가 물었다.

"음, 조금 끔찍하게 들리기는 하는데, 솔직히 말하자면, 애들입니다." 에반은 구겨진 젤리 봉투를 꺼내 한 움큼 입에 털어 넣고는, 쩝쩝거리며 씹기 시작했다. 입의 움직임에 따라 수염이 움찔거렸다. 그는 쓰레기 투입구를 열고 안을 살펴본 다음 드론 거치대로 가서 스위치 하나를 올렸다. "진짜 애들을 말하는 건 아닙니다. 애들이 할 만한 장난거리를 가리키는 거지요. 이것저것 쑤시고, 버튼을 눌러대고. 뭐든 엉망으로 만들고. 자, 이리 온, 스파키비츠, 어디 있니 꼬마야?"

"스파클리비츠예요." 순민은 이렇게 지적하다가, 공모자가 된 기분에 얼굴을 찌푸렸다.

"그래요. 뭐 아시겠지만, 이유는 녀석들도 기본적으로 애들이기 때문입니다." 에반은 모두가 자신을 묘하게 바라보고 있다는 점을 알아챘다. "아니 그러니까, 진짜 애라는 게 아니라요. 물론 소프트웨어일 뿐이죠. 하지만 소프트웨어의 관점에서 보면, 아직 감을 잡는 단계라는 겁니다." 그는 화면 창문 앞으로 가서 손을 흔들어 보였다. "이 녀석은 꽤나 수줍음이 많군요?"

"보통은 찰리를 만나러 나와요." 조가 말했다.

"그런 쪽이로군요."

"이게 흔한 일인가요?" 테리의 목소리는 아직도 조금 전 도달했던 높이에서 제대로 내려오지 못하고 있었다. "애가 이런 것하고 연결되는 일이요? 이게 정상이라고요?"

"정상이라는 단어는 쓰고 싶지 않은데요." 에반은 보안 패널을 불러오더니, 찰리의 방이 나올 때까지 계속 화면을 두드렸다. 그들은 아이의 구부정한 등과 머리를, 학습 스테이션 앞에 쪼그려 앉은 모습을 지켜보았다. 에반의 손가락이 턱수염 속으로 사라졌다. "아이들은 천성적으로 학습하는 존재니까요. 그 있잖습니까? 패턴 맞추기라든가. 그게, 우리는 학습이라는 게 뭔가 가르쳐 줬을 때나 가능하다고 생각하잖아요? 하지만 실제로는 그냥 일어나는 현상에 가깝습니다. 그리고 다른 누군가와 함께 배우는 게 혼자 배우는 것보다 쉬운 모양이라서요."

찰리의 화면에는 다시 퍼즐이 떠올라 있었다. 이제 조는 화면만으로도 건축물의 형체를 알아볼 수 있었다. 아이는 다시 능숙한 손짓으로 허공에 고리와 소용돌이를 그리고 있었다. 에반은 무의식적으로 아이의 동작을 따라하듯 손과 손가락을 흔들었다. 그러다 갑자기 손짓을 멈추고 턱을 긁적였다.

"올라가 보는 게 좋을 것 같군요." 그가 말했다.

평소라면 찰리의 방문은 닫혀 있었을 테지만, 오늘은 엄마들의 방문 덕택에 평소 일상이 어긋나 버렸다. 위층으로 올라가자마자 학습 스테이션 화면 앞에서 움직이는 찰리의 양손이 똑똑히 보였다. 각각의 손이 움직이는 모양새를 정확히 볼 수 있었다.

"우와." 에반이 이모지로는 결코 묘사할 수 없는 부류의 표정을 지었다. 입은 살짝 비뚤어지고, 눈의 초점은 살짝 흐려지고, 찌푸린 얼굴 위로 눈썹이 높이 치솟은 표정. 마치 '정확히 무슨 의미인지는 모르겠지만, 젠장, 정말 끝내주는 구경거리인데!'라고 말하는 것 같았다.

찰리는 아이들이 흔히 취하는 자세대로, 흐느적거리는 무기력한 몸을 고치형 의자에 파묻고 앉아 있었다. 그러나 그 와중에도 팔은 끊임

없이 움직였다. 팔을 촉수처럼 흔들고 휙휙 움직이고, 손가락을 기괴한 바다 생물처럼 꿈틀거리며, 보이지 않는 의미를 허공에서 끄집어내고 있었다. 지금 눈앞의 장관에 비하면, 아까의 어색한 손짓은 거친 전주곡에 지나지 않았다. 누구라도 저 손짓이 온전한 언어임을 알아볼 수 있었다. 단지 인간의 언어가 아닐 뿐이었다.

화면에 떠오른 패턴도 불길할 정도로 흡사했다. 원, 곡선, 다양한 색의 선으로 만들어진 움직이는 빛의 기호들.

"이런 세상에." 아야가 간신히 내뱉었다.

"저게 주택용 수신호일 리는 없지요. 절대로." 에반이 말했다.

조는 찰리의 손짓이 미국 공용 수화도, 다른 어떤 인간의 수화 체계도 아님을 알고 있었다. 확인해 봤으니까. 이 집의 바깥에서는 단 한 번도 사용된 적이 없는 언어일 것이라 짐작하고 있었다.

문득 누군가 비틀거리는 것이 느껴졌다. 엉덩이가 부딪치고 누군가 그녀의 발을 밟았다. 티샤가 그들 모두를 복도 맞은편으로 몰아가고 있었다. 침실에 들어온 다음, 티샤는 문을 약간만 남기고 닫은 다음, 슬쩍 복도를 내다보았다. "여기서 말하면 찰리한테 들리려나?"

조는 침대에 앉았다. "들린다 해도 알아듣지는 못할 거야."

에반은 복도 쪽을 가리키며 말했다. "저건 상당한 수준의 유령 언어로군요."

"하지만 저건…" 순민은 질문을 바꾸었다. "저게 대체 뭔데요?"

"다들 저런 식으로 대화합니다. 거의 대부분요. 물론 보통 이 정도 수준은 아니지만요. 그러니까, 제 말은, 음…" 에반은 혀로 입안을 쓸었다. "찰리가 그러니까, 음, 특별한 아이입니까?"

"어떤 식으로요?"

"그 뭐랄까, 재능이 있다든가?"

"예전에는 그랬죠." 순민이 말했다.

"영리한 아이인가요?"

"찰리는… 수를 잘 다뤄요."

"집중력이 좋죠."

"자폐증 경향이 있달까."

저마다 자기만의 표현 방식이 있었다. 부모들의 수다나, 사무실 잡담이나, 온라인 맘챗에서 얻어들은 어휘들이었다.

조가 입을 열었다. "찰리는 뭐든 한 가지에 열중하는 아이예요."

"그래, 내 말이. 걔는 너드거든요. 맞지?" 테리는 어깨를 으쓱했다. "우리가 너드를 고른 거예요. 그쪽으로 돈을 냈죠. 시험 성적이 가장 좋은 남자애로요."

"여자애는 안 되고요?" 에반의 질문에 일제히 무심한 웅얼거리는 소리가 일어났다.

"안전 턱 같은 거예요." 조가 설명했다. "남자애 말이에요. 최고 등급의 대학에서는 학생의 65퍼센트가 여성이죠. 최고 연봉을 받는 직업에서는 65퍼센트가 남성이고요. 생각해 봐요."

"알겠습니다." 에반은 볼을 부풀리며 애매하게 대꾸했다.

"아까 그건 무슨 말인가요? 다들 저런 식으로 대화한다니?" 순민은 눈을 가늘게 떴다. 지난 몇 분 동안 그녀는 강박적으로 자기 핸드백의 걸쇠를 달각거리고 있었다. "프로그램 코드 같은 건가요?"

"뭐, 이론적으로는 전부 프로그램 코드기는 하지요." 에반은 신음을 흘리는 그들을 보며 웃음을 지었다. "그러니까 그 유령들 말입니다, 죄다 옴니콤 열풍 때 탄생한 거잖아요? 그러니까 그 뭐냐, 모든 사물에 정신을 부여하자, 그런 거 있었잖습니까? 입고 다니는 셔츠도 커피 메이커도 자동차도. 그러면 셔츠는 어떤 대화를 하고 싶을까요? 커피 메이커에게 말을 건다면 대체 무슨 이야기를 나눌까요? 만약 그런 모든 사물이 자기들끼리 대화를 한다면…"

"하지만 그렇다 해도 물건들은 사람과 대화를 해야 하잖아요."

"물론이죠. 하지만 스마트 장비의 대화는 주로 자기네들끼리, 사람이라는 '화제'에 대해서 이루어지기 마련입니다. 사물 인터넷이란 네트워크로 연결되어 있다는 점 때문에 가치를 가지는 거잖습니까. 그러니 그런 조그만 프로그램들 사이에서 자유롭게 떠다니고 자유를 사랑하는 고차원적 존재가 자라난다면… 글쎄요, 그런 존재는 이 세상을 인간의 언어로 이해하지 않을 가능성이 클 테지요. 그러니까, 72번 사용자가 시속 95킬로미터로 92번 고속도로를 따라서 남서쪽으로 이동 중, 혈압 상승, 초조함, 굶주린 표정을 짓는 중, 지도 확인 중… 이런 내용을 전부 화면에 올린다면 어떤 결과가 나올까요? 물론 이들도 영어를 어느 정도는 사용할 수 있습니다. 그러나 우리와 같은 방식으로 사고하지는 않아요. 따라서 우리와 같은 방식으로 의사소통을 하지도 않는 겁니다."

"사고를 아예 못 하는 거겠죠." 아야는 계산적인 냉정함이 담긴 목소리로 말했다. 아마 회의에서 논의를 중단시킬 때 쓰는 어조일 것이다. "따라서 애초에 그것들이 대화한다고 생각할 이유가 없지 않나요?"

에반은 자기 발치를 내려다보았다. 순간 조의 눈에는 그가 찰리와 똑같아 보였다. 치료 상담사의 사무실에서 사회성 부족 때문에 괴롭힘 당하는 사람처럼. 그는 한숨을 쉬며 고개를 들었다. "자, 그럼 처리 방법을 선택해 주셔야…"

"없애고 싶어요." 아야가 그의 말을 자르며 말했다.

"알겠습니다. 하지만 일단…"

"아뇨. 완전히 없애고 싶습니다."

"그냥 쫓아버릴 수는 없나요?" 순민의 손은 아직도 자기 핸드백을 못살게 굴고 있었다. "그냥 집에서 쫓아내기만 하고, 그러니까, 죽이지는 않는 쪽으로?"

"음, 할 수야 있지요. 하지만 보통 돌아옵니다. 이 존재들은 말 그대로 루틴에 의해 만들어진 것들이잖아요? 일단 아이에게 애착이 생기면… 그러니까 제 말은, 사용자와 관계를 형성하면…"

"이해가 안 되는데요." 티샤는 팔을 흔들어 주의를 환기시키며 대화에 끼어들었다. "소프트웨어잖아요. 1과 0으로 구성된. 삭제를 시도하면 자신을 복제할 수도 있지 않나요?"

"물론 가능하죠. 하지만 자기 복제를 별로 좋아하지 않더군요."

"하?"

"그렇더군요." 에반 내면의 괴짜가 얼빠진 미소와 함께 슬쩍 고개를 들었다. "흥미로운 일이죠. 생각해 보면, 프로그램 데이터로 만들어진 존재에게 있어 복사란 이동의 한 형태 같은 것 아닙니까? 걸음을 옮길 때마다 자신의 복제품을 그 자리에 남기고 가는 셈이지만요. 프로그램에게 있어 우리가 생각하는 이동이란 특수한 형태의 복사일 뿐이겠지요. 복사할 때마다 원본을 지우는 셈이잖습니까. 이것도 유령이 독특한 이유 중 하나입니다. 바이러스는 자신을 복제하지요. 유령은 움직입니다."

"그러니까 삭제해 버리면 완전히 사라진다는 이야기로군요."

"삭제에 성공한다면 그렇게 되겠죠."

힘과 권위가 느껴지는 말이었다. 조는 그 힘이 최종 선고의 느낌에서 오는 것이라 생각했다. 문득 정신을 차려보니, 모든 사람이 그녀를 바라보고 있었다. 조는 에반의 얼굴에 집중하려 애썼다. 어른이 된 찰리의 모습이 그에게 겹쳐졌다. 기묘한 틈새 직업에 안주해서, 아무렇게나 머리를 헝클어트린 채, 인생의 막다른 골목에 도달한 모습이. 눈앞의 남자가 되어버린 모습이.

"의논한 대로 해야 하지 않겠습니까, 조." 에반이 말했다.

조는 한숨을 쉬었다. "그렇죠, 의논한 대로." 그녀는 자리에서 일어나 말했다. "그럼 얼른 시작하죠." 그러고는 복도를 따라 찰리의 방으로 걸음을 옮기기 시작했다.

찰리는 여전히 학습 스테이션에 앉아서 스파클리비츠와 수신호 대화를 나누고 있었다. 기묘하고 화려한 손동작이 계속 이어졌다. 조는 에반의 설명을 떠올렸다. 커피 메이커가 자동차와 어떻게 이야기를 나눌까. 자동차가 수도꼭지와, 수도꼭지가 의자와. 그러나 그녀 생각에는 그 모든 것이 언어와는 별로 관계가 없을 듯했다. 언어에는 공감과 표현이 필요하다. 대화란 정보 이상의 것들을 나누는 행위다.

"찰리." 그녀는 아이의 시선 안으로 슬쩍 몸을 옮겼다. 조의 존재를 인지한 찰리는 화면에서 눈을 떼고 깜빡이더니, 정신을 차리려는 듯 고개를 흔들었다. 천천히 인간 아이의 표정이 찰리의 얼굴에 돌아왔다.

"새 퍼즐을 하고 있어요." 아이가 말했다.

"그거 대단하구나. 하지만 찰리, 잠시만. 지금은 퍼즐은 조금 미뤄두자. 중요한 이야기를 해야 하거든."

찰리는 충격을 대비하듯 사슴처럼 눈을 크게 떴다. 무슨 일이 벌어질지 알아차린 걸까? 그럴 리는 없다고, 조는 생각했다. 그랬더라면 눈물과 고함이 뒤섞인 난장판이 벌어졌을 테니까. "이분이 스파클리비츠와 이야기를 하고 싶으시다는구나."

"안 돼요." 찰리는 속삭였다. 너무 작아서 다른 사람은 아무도 못 들었으리라 확신할 수 있을 정도였다. 조는 가슴을 찌르는 서늘한 창끝을 무시하려 애썼다.

"자, 얘야, 찰리!" 에반은 그 끔찍한 '아이에게 말하는 어른' 목소리를 사용하며, 끙 하고 바닥으로 덩치 큰 몸을 낮췄다. 찰리는 그쪽을 힐끔거리며 그의 존재를 알아채고는, 다시 조를 돌아보았다. 오직 그녀에게만 말하겠다는 듯이. "엄마, 제발요."

"스파클리비츠 말이야, 찰리. 그 애는 이제…" 조는 말을 끝맺을 수 없었다.

"괜찮다, 얘야." 에반은 뒤쪽으로 몸무게를 싣더니, 바지 주머니로 손을 넣고 꿈지럭거렸다. "그냥 멋대로 돌아다니지 못하게 만드는 것뿐이야. 잡아서 안전한 장소에 넣어둘 거란다. 무슨 말인지 알지?"

조는 얼굴을 찌푸렸다. 찰리한테 그런 말을 해도 될까? 그러나 에반에게 신호를 보내기도 전에, 테리가 얼른 그의 말을 받았다. "그래 맞아, 찰리. 걔가 안전하게 지낼 곳으로 보내는 거야."

"그게 모두에게 좋은 일이란다." 아야가 말했다.

"네 건강을 위해서도." 테리가 말했다.

"다른 유령들도 있거든." 순민이 덧붙였다. "전부 다른 부류로 말이야. AI에는 온갖 종류가 있거든. 그렇지요?" 그녀는 에반을 보며 말했다.

"아, 물론이죠." 에반은 부드럽게 대답했다. "온갖 종류가 있단다. 우리 집에도 다른 녀석들이 있어."

조는 다시 그에게 눈총을 주었지만, 티샤가 말을 받았다.

"그리고 다른 친구도 사귈 수 있잖니. 진짜 친구 말이야. 인간 친구를 사귈 수 있으면 정말 즐겁지 않겠니, 찰리?"

"그냥 바로 여기서 잡아채서 멋진 집에다 데려다줄 거란다." 에반은 묘한 장치를 하나 꺼내더니 학습 스테이션에 연결해서, 이것저것 IT 전문가스러운 조정을 하기 시작했다. "하지만 찰리, 그러려면 그 아이가 어디에 있는지를 알아야 해. 그러려면 네 도움이 필요하고 말이다." 그는 고개를 들고 찰리의 머리 너머로 입을 벙긋거렸다. '준비 끝났습니다.'

찰리는 여전히 조를 바라보고 있었다. 그녀는 찰리가 무엇을 원하는지 잘 알고 있었다. 안심시키려는 말이나 설명이 아니라, 자신을 달래려는 헛소리를 전부 집어치우고 누군가 진실을 알려주기만을 바라고 있는 것이었다. 조는 손가락을 말아서 아이의 손을 꼭 쥐고, 자신의 감정을 억눌러 아이의 감정을 받아들일 공간을 만들면서, 이렇게 말했다. "어쩔 수 없구나, 우리 강아지. 더 빨리 말했어야 하는데. 미안해."

"싫어." 아이는 그 단어를 입에 올리더니, 뒤이어 울부짖기 시작했다. "싫어어어어어!" 조가 미처 반응하기도 전에, 아이는 조를 붙들고 그대로 폭발해 버렸다. 찰리의 손이 마치 붙잡고 올라가려는 듯 조의 팔을 꽉 쥐었다. 그대로 조의 머릿속에 들어가 생각을 바꾸려 하는 것처럼. "싫어, 싫어, 싫어!" 조는 다른 이들을 돌아볼 수 없었다. 지금 이 순간의 찰리는 정말로 나이보다 훨씬 어린 아이처럼, 정서 발달이 미숙하고 발육이 덜 된 아이처럼 보였으니까. 자신의 비탄을 일련의 비명으로 표출하는 모습이 정말로 뒤떨어지는 아이 같았으니까.

"미안해." 조는 아이를 붙들려 애쓰며 말했다. "우리 강아지, 정말 미안해." 그러나 그녀도 잘 알고 있었다. 자신의 사과 한마디 한마디가 사형 선고나 다름없다는 것을. 판결이자 평결이자 형벌이라는 것을. 갑자기 찰리가 움직였다. 슬픔이 인간의 언어로 표현할 수 있는 한계를 넘었다는 것처럼, 찰리는 몸을 비틀어 빼더니 팔을 휘둘렀다. 그리고 주먹을 번쩍 들어 앞으로 내질렀다.

"찰리!" 아야는 헉 하고 숨을 들이켰다. 아이의 동작을 폭력 행위로 오해한 것이다. 그러나 여기 존재하는 폭력은 감정의 폭력뿐이었다. 찰리는 주먹을 펴더니 상실의 손동작을 해 보였다. 손을 자기 가슴으로 모았다가 앞으로 내미는 모습이, 마치 눈에 보이지 않는 꽃송이 다발을 뿌리는 것처럼 보였다. 영어에는 존재하지 않는 감정을 표현하는 동작이었다. 조는 그 동작이 묘하게 예스럽고 원초적이라는 생각을 했다. 마치 오페라나 이교의 제례에 등장하는 모습 같았다. 현대 세계가 잃은 것을 애도하는 느낌이었다. 문득 유령이 디지털 세계에서 겪은 자신만의 경험을 어떤 식으로 표현할지가 궁금해졌다. 온 세상의 네트워크를 돌아보며, 수백만 개의 사라진 자신의 사본을 되새기게 된다면.

찰리가 애원의 안무를 계속하는 와중에, 갑자기 조명이 깜빡이고 벽이 신음했다. 학습 스테이션의 화면이 휘돌기 시작했다. 빛줄기가 벽을 타고 내려와 안으로 모이며, 부드럽게 감싸듯 선을 그렸다. 스파클리비츠가 무슨 문제가 생겼는지 살펴보러 온 것이다. 인간 동반자의 고통에 걱정이 된 것이다. 마치 동물처럼 그 가상의 코를 함정 안으로 들이민 것이다.

아무 소리도 없이, 명확한 신호도 없이, 방의 분위기가 미묘하게 바뀌었다. 더 고요하고 안정된 느낌이 흘렀다. 학습 스테이션의 화면은 그대로 텅 비었고, 찰리가 친구와 함께 만들던 퍼즐의 조각 블록 몇 개만 남았다.

"잡았다." 에반이 말했다.

찰리는 그대로 팔을 축 늘어트리더니, 그대로 양탄자 위로 주저앉으며 양팔로 머리를 감쌌다. 테리는 아이의 머리를 쓰다듬었다. 순민은 웅얼거리며 설명했다. 티샤는 할머니처럼 권위 있는 자세로 바쁘게 움직였다. 그러나 찰리는 고치형 의자를 한쪽 구석으로 끌고 가서 앉더니 멍하니 텅 빈 벽면을 바라보기 시작했다. 그리고 모두가 모여들어 부산스레 사과하려 애쓰는 속에서도, 조는 아이의 거부가 오로지 자신만을 향하고 있다는 느낌을 떨칠 수가 없었다.

집을 나가서 콘크리트 계단으로 걸음을 옮기는 동안에도, 아무도 입을 열지 않았다. 다들 같은 직감에 사로잡힌 듯 집 안을 돌아보고 싶은 충동을 회피하고 있었다. 찰리는 그들을 따라 내려왔지만, 용서했기에 하는 행동이 아니었다. 조는 아이가 그저 습관대로 움직이고 있음을 알고 있었다. 눈을 찌푸린 채 노을이 지는 태양을 바라보고 있자니, 에반이 사뿐한 옆 걸음으로 깡충깡충 계단을 뛰어 내려왔다. 조는 그 걸음이 운동을 좋아하는 남자에게나 어울린다고 생각했다. 그는 내려오다 말고 고개를 들고 손으로 눈가를 가렸다.

"자, 혹시라도 이런 일이 또 생긴다면… 누구한테 연락해야 할지 아시겠지요." 에반은 뭔가 부족하다는 것처럼 머뭇거리더니, 집 쪽으로 손가락을 겨누고 한쪽 눈을 감으며 말했다. "삐융."

방금 그건 너무 지나쳤다고, 조는 땅바닥을 노려보며 생각했다. 에반은 팔을 크게 휘둘렀다. 아마도 꾸벅 절을 하려 했던 모양이었다. "숙녀 여러분, 그럼 실례하겠습니다." 그들은 떠나는 트럭의 뒤꽁무니를 바라보며 서 있었다.

"자, 찰리." 테리는 쪼그려 앉으며, 카메라 앞에 어울리는 미소를 만면에 띄웠다. "우리가 자주 못 찾아와서 미안해. 우리 아가를 정말 정말 정말 보고 싶은데."

"그래, 정말로." 다른 엄마들이 중얼거렸다.

"그리고 있잖니, 찰리." 순민은 자신이 지금 하려는 말을 다시 곱씹어 보는 듯 머뭇거리다, 그대로 밀고 나갔다. "방금 그건 정말로 옳은 결정이었단다."

"그래. 네 미래를 위해서야." 아야가 고개를 끄덕였다.

"우리 가족을 위해서고." 티샤가 말했다.

"작별 키스 해줄 거지?" 테리가 장난치듯 말하며 팔을 쭉 뻗었다.

보통 이렇게 말하면 찰리는 어색하게라도 품에 안기곤 했다. 그러나 오늘은 고통스러운 침묵이 돌아올 뿐이었다. 엄마들은 꾸지람 들은 아이처럼 고개를 늘어뜨린 채 진입로를 따라 걸음을 옮기며, 저마다 전자 열쇠를 높이 들고 개구리처럼 삑삑거리는 소리를 합창하듯 울려 마을 주차장에 있던 렌터카를 불렀다. 다들 이미 리허설에 들어갔으리라고, 조는 생각했다. 사무실에서 만난 다른 부모에게, 동료와 애인에게, 집에 있는 자기네 어머니에게 무슨 말을 할지를. 도쿄에서, 런던에서, 비행기에서, 클럽에서, 술집에서. "엄마 노릇은 힘들다니까." "가슴이 무너질 것 같아." "당신은 애가 없어서 다행인 줄 알아." 조는 자신이 직장에서 무슨 말을 할지를 생각해 보았다. 월요일 아침에 쏟아질 질문을 피하기는 힘들 테니까.

제피르가 진입로 앞에 와서 대기하고 있었다. 찰리는 뒷문을 벌컥 열고는 안으로 몸을 던지고 쾅 하고 문을 닫았다. 조는 운전석에 오른 다음 콘솔을 두드려 경로를 입력했다. 두 사람은 사이버스페이스의 금빛 오솔길을 따라 느릿하게 움직이기 시작했다. 모퉁이를 돌아서 정문을 통과했다. 고속도로의 두 번째 출구로 나가서, 덜컹거리며 처음 보는 동네로 들어가기 시작했다.

"엄마?" 찰리는 침묵의 서약을 깨고 앞으로 고개를 들이밀어 머리 받침대 사이에 얼굴을 끼웠다. "우리 어디 가는 거예요?"

"오늘은 브레즐러 박사님네는 안 갈 거야." 조는 어깨너머로 말했다. "그러니까, 음, 다른 약속이 있어." 그녀는 뒤돌아보지 않고 귀 뒤로 손을 뻗어서 손등으로 아이의 볼을 문질렀다. "우리 강아지. 계획이 바뀌었거든."

그녀의 생각을 짐작했는지는 알 수 없지만, 찰리는 더 캐묻지 않았다. 차는 이리저리 바쁘게 모퉁이를 돌더니, 피자 가게 앞에 잠시 멈추었다가, 경로를 재설정한 다음, 다시 온갖 용도로 재구축한 구역으로 들어가기 시작했다. 공용 주차장 앞에 쭈그려 앉은 사람들이 상품에서 뜯어낸 기계 부속을 팔고 있었다. YMCA 건물 하나는 난민 쉼터로 용도가 바뀌었다. 거리의 사람들은 채소나 꽃이나 수제 주류 따위를 팔고 있었다. 차는 수많은 천막 사이로 힘겹게 움직였다.

한 블록 남은 곳까지 와서야 조는 주변을 알아볼 수 있었다. 건물 그 자체는 평범했다. 거의 전부 허름한 셋방으로 개조해 놓은 상점가 건물이었다. 마지막 남은 가게는 과거 당구장이었던 곳으로, 아직도 창가에 네온사인을 큐대처럼 X자로 세워놓은 모습이 눈에 띄었다. 손으로 쓴 간판에는 이렇게 적혀 있었다. '고스트블라스터즈!'

"엄마?"

조는 혀를 가볍게 차서 찰리를 조용히 시켰다. 이 시련으로부터 확실히 배운 바가 있었으니까. 너무 많이 말하지 말 것, 너무 성급히 말하지 말 것.

문이 열리며 딸랑 소리가 손님을 맞이했다. 한때 금전 출납기가 놓여 있었을 먼지 쌓인 계산대가 보였지만, 사람은 없었다. 1층의 대부분을 가리고 있는 방화 커튼 앞에도 지키는 사람조차 없었다. 조는 커튼을 양옆으로 밀었다. 그녀가 기억하는 것보다 좁은 공간이었지만, 온갖 흥미로운 잡동사니가 꽉꽉 들어찬 덕분에 역설적으로 넓어 보이는 효과가 있었다. 가전제품, 컴퓨터 드라이브, 주변 기기, 소도구 따위가 낡은 당구대 위에 늘어져 있고, 바닷말처럼 깔린 전선이 장비들을 연결해 주고 있었다. 그 모습을 살펴보던 조는 흥겨운 분위기가 날 정도로 불빛이 많다는 사실을 깨달았다. 꼭 촛불 같다고, 그녀는 생각했다. 깜짝 생일 파티 같다고.

"왕." 조는 이 소리에 진짜로 펄쩍 뛰었다. 에반이 가장 가까운 당구대 뒤에서 불쑥 고개를 내밀었다. 손에는 찰리네 집에 가져왔던 손바닥 크기의 장치가 들려 있었다. 그는 과장된 동작과 함께 장치를 내밀었다. "부인? 찾으시는 유령입니다."

조는 찰리를 돌아보며, 내심… 아니, 정확히 무엇을 기대하는지도 모른 채 돌아봤다. 찰리는 에반의 말은 듣지도 못한 듯했다. 다만 휘둥그레진 눈으로 전선의 정글을, 작은 조명이 빛나는 인형 크기의 대도시를 바라보고 있을 뿐이었다. 찰리는 손을 들어 꾹 쥐었다. 스파클리비츠의 도움 없이도, 조는 저 손짓의 의미를 충분히 짐작할 수 있었다.

"마음에 드니?" 에반이 말했다.

"얘들 전부… 얘들은 다 누구예요?"

"유령이지." 에반은 손을 뻗어 적당한 장치를 손에 들었다. 토스터였다. 그는 손에 든 것을 눈가로 가져와 자세히 살폈다. "이건 어디 보자, 늙은 엘모로군. 오래된 친구란다. 메모리도 작아서 별로 큰 공간도 필요 없지. 여기 넣어두면 종을 울리고 놀아. 가끔가다 한 번씩 텔레비전에 연결해 주기도 하는데, 꽤 좋아한단다."

찰리는 통로를 따라 걸음을 옮겼다. 나무뿌리 같은 케이블 뭉치와 그 위를 휘감은 고무 끈이 앞을 가로막을 때마다, 아이는 연습이라도 한 듯 발을 들어 훌쩍 타 넘었다. 그의 눈이 작은 가전 용품 하나하나에 머물렀다. 에반이 어슬렁거리며 그 뒤를 따랐다.

“저기 있는 애는 스키틀스란다. 이 동네에서 음성으로 대화하는 걸 가장 좋아하는 아이지. 음계로 대화할 때는 꼭 고래 울음소리처럼 들려. 아마 시각 장애인용으로 제작한 소리 위주로 작동하는 인터페이스를 갖춘 집에서 생겨났겠지. 거기 사는 여자애하고 아주 단짝 친구였단다. 이쪽 애는 완다야. 조금 내성적인 쪽이긴 한데, 터치스크린의 손가락을 쫓아다니는 일을 정말 좋아한단다. 저기 시뮬라리움 보이지? 저건 우리 연립 주택이야. 유령 한 가족이 통째로 저 안에 들어 있단다.”

“이건… 이건 너무 가혹해요.”

“이런, 요즘 애들 쓰는 말은 영 못 알아먹겠다니까. 방금 그건 칭찬으로 들으마. 한번 둘러보렴. 화면을 건드려도 되고 버튼을 눌러도 돼. 수신호 동작을 시작해도 좋고. 애들은 주의를 끌 수 있다면 뭐든 좋아하니까.”

찰리는 온갖 가재도구 사이를 헤집고 다니기 시작했다. 처음에는 머뭇거렸지만, 점차 빠져들더니, 마침내 아무도 막지 못할 정도로 흠뻑 취해버렸다. 그러는 동안 에반은 슬금슬금 조에게 다가가며 속삭였다. “그럼 다 잘 된 거지요?”

조는 어깨를 으쓱했다. “그런 것 같네요.”

“결국 당신이 옳았다는 뜻이겠지요? 짜잔. 모든 것이 당신 말대로 흘러가더군요.”

조는 잠자코 고개만 끄덕였다. 그의 말이 얼마나 틀렸는지, 오늘의 온갖 사건이 얼마나 그녀의 생각과 다르게 돌아갔는지, 굳이 지적하고 싶지 않았으니까. 에반은 장치를 흔들어 보였다. 케이블 꼬리가 달랑거렸다. 스파클리비츠의 새 집이었다.

“그래서 그게 대체 어떤 식으로 돌아가는 겁니까? 그러니까 그 다른 숙녀분들은, 돈을 조금씩 보태는 거지요? 당신 아이를 주말 동안이나 뭐 그렇게 빌리고? 그 공동 가족이라는 개념은 도저히 이해가 안 돼서 말입니다.”

조는 침묵을 지켰다. 에반은 그녀의 표정에서 그게 건드려서는 안 될 주제라는 사실을 읽어낸 듯했다. “뭐, 어찌 됐든.” 그는 어깨를 으쓱했다. “그들이 어떻게 받아들일지에 대해서는 당신 말이 옳았잖아요. 당신이 이런 일을 했다는 걸 알면, 무슨 생각을 할지…”

갑자기 찰리가 통로를 따라 달려왔다. 온갖 환희를 담은 감탄사를 입에 올리며, 조의 손을 붙들고 당기며 지난 5분간 발견한 온갖 놀라움을 공유하고자 했다. 어린아이의 어디로 흐를지 모르는 열의에 휘말려, 조금 전의 적의는 완전히 잊어버린 듯했다. 세 번이나 되풀이해서 말한 후에야 찰리는 에반의 손에 들린 장치를 눈치챘다. 그 장치의 중요성을 이해시키는 데는 세 번의 시도가 더 필요했다. 그 의미를 파악한 다음에도, 찰리는 조가 기대하던 반응을 보이지 않았다. 에반이 그의 쭉 뻗은 손에 드라이브를 건네주자, 찰리는 머뭇거리며 플라스틱을 꼭 붙들었다. 그리고 손가락을 뻗어 화면을 쓸었다. 빛살 하나가 나타났다 사라졌다. 희미하게 찰리를 반기는 인사의 불빛이었다.

고맙다고 인사하라는 말은 굳이 할 필요도 없었다.

“이제 스파클리비츠는 그 안에 살 거야. 규칙도 정할 거고. 우선 집

안에서는 사용하면 안 돼. 학습 중에도 마찬가지고. 언제나 같이 노는 게 아니라, 특별한 일이 있을 때만 같이 노는 거야. 알겠지?"

찰리는 눈을 찌푸리고 의자 너머를 보다가, 다시 손에 들린 플라스틱 조각을 바라보았다. 조가 옆에서 건드리자 찰리는 눈을 깜빡이며 고개를 들었다.

"우리 강아지, 이건 중요한 일이야. 어떻게 들릴지는 알아. 하지만 다른 엄마들한테 들키면 안 되거든. 알겠지? 당장은 곤란해. 언젠가 상황이 바뀌면 또 모르지만…" 조는 이쪽 방향의 대화는 후일을 기약해도 되리라 생각했다. "중요한 건 말이지…"

"엄마?" 찰리는 요즘 자주 짓는 표정으로 조를 바라봤다. 조에게는 기쁨이자 동시에 두려움의 대상인 얼굴이었다. 과거에 그녀가 잃은 아버지를, 한때 그녀가 얻을 수 있으리라 생각했던 남편을 떠오르게 하는 얼굴이었다. 그녀의 아들이 천천히 품어가는 남자의 얼굴이었다. 찰리가 그 효과를 알고서 한 것이라면 거의 잔인하게 느껴졌을 미소였다. "고마워요."

조는 제대로 말할 수 있다는 확신이 들 때까지 기다렸다 입을 열었다. "우리 계획을 미리 말해줄걸 그랬지. 하지만… 네가 이해할지 확신이 안 들었어. 우리가 성공할 수 있을지도 확신 못 했고. 어딘가 잘못됐을 수도 있고, 아니면 우리가… 아, 모르겠구나. 차라리 그냥 말할 걸…"

두 사람은 진입로에 들어섰다. 제피르는 그릉거리며 그들이 얼른 차에서 내리기를 기다렸다. 그래야 차고에 들어가서 정기 자가 진단을 돌리면서 밤을 보낼 수 있을 테니까. 찰리는 무릎에 놓인 장치를 만지작거리고 있었다. 화면에 기호를 그리고, 설정을 바꾸다가, 조수석 서랍에서 롤스크린을 끄집어낸 다음 고무 소켓 보호대를 열었다.

“이거 못 보여줬죠. 우리가 만들고 있던 거예요.”

“나는…” 조는 잠시 생각을 가다듬었다. “너희가 만들던 새 모형 말이니? 그 장치에는 와이파이 같은 건 없을 텐데…”

“아뇨, 아뇨. 괜찮아요. 스파클리비츠가 기억할 거예요.” 찰리는 화면을 당겨서 끝까지 폈다. “이건 전체를 한 번에 봐야 하거든요.”

화면에는 이미 형체가 떠오르고 있었다. 색이 휩쓸고 지나가고, 곡선이 생겨나며, 흐릿한 형상이 조금씩 모여들어 맞아들어 가며 블록 같은 뼈대를 만들었다.

“재미있네.” 조가 말했다. “혹시 성이니?”

“비슷해요.” 찰리는 슬쩍 웃었다.

“궁전이야? 요새?” 조는 모여드는 조각들을 보면서 각도를 이리저리 바꿨다. “아니면 교회려나?”

찰리는 대답하지 않았다. 아이는 유령과 함께 화면을 이리저리 쓸면서 조정하고, 인도하고, 더하고 빼면서 모여드는 형상을 조금씩 손질하기 시작했다. 춤추는 형상에 자신의 손길을 보태고 있었다.

“학교일까? 아니면 병원?” 조는 저도 모르게 건축에 참여했다가 깜짝 놀라버렸다. 그녀의 손길이 움직이는 유령 같은 형체를 건드렸고, 둥실 떠 있는 블록이 자리에 맞아들어 가자 웃음이 터져 나왔다. 찰리도 함께 웃으며 손을 더 빨리 놀리기 시작했다. 둥글게, 빠르게 찌르듯이, 중심점을 잡고 민첩하게 손을 돌리고… 조는 다시 의자에 몸을 묻고 아이의 능숙하고 우아한 움직임을 바라보며 감탄했다. 세상에 오직 두 명의 사용자만 존재하는 언어, 두 영혼 사이에만 존재하는 문화였다.

그녀의 눈길이 창가로 향했다. 그리고 어스름 속의 금빛과 보랏빛 형체가 눈에 들어온 순간, 그녀는 깨달았다.

"우리 집이구나. 그렇지? 우리 집이었어. 너희들 우리 집을 만들고 있었구나!" 자신의 작업에 몰입한 찰리는 대답하지 않았다. 작업이 거의 끝난 다음에야, 그는 고개를 들고 마치 공모하듯 천천히 미소를 지었다. 그의 손 아래에서 세세한 형체가 맺혀가고 있었다. 벽돌, 붙박이 장식, 조그마한 문과 창문. 그리고 푹신한 정원의 잔디밭 위에는 작은 형체 두 개가 서 있었다. 손을 맞잡은 채로, 환상의 잔디밭 위에 놓인 장식품처럼.

"기다려요." 그녀의 아들이 속삭였다. "기다리면 보일 거예요."

Max Barry

그것은 크루든 팜에서 왔다

맥스 배리

장성주 옮김

It Came From Cruden Farm

맥스 배리는 휼렛 패커드에서 일하며 고성능 컴퓨터 시스템을 판매하는 척 하면서 몰래 첫 장편 소설 『시럽[Syrup]』을 쓴 오스트레일리아 사람이다. 사실 그는 휼렛 패커드가 돌려달라고 하지 않았다는 이유로 그 소설을 쓴 업무용 랩톱 컴퓨터를 지금도 갖고 있는데, 이 사실은 부디 모른 척해주기 바란다. 그는 재미있는 마케팅 농담이 될 거라는 생각에 『시럽』의 표지에 나온 자기 이름에 알파벳 엑스[x]를 하나 더 추가[Maxx]했는데, 이는 재수 없는 인간의 허세로 비칠 뿐인 걸 몰랐기 때문에 한 짓이었다. 두 번째 장편 소설 『제니퍼 정부[Jennifer Government]』는 작가 이름에 쓸데없는 엑스를 추가하지 않고 출간해 전작보다 훨씬 더 잘 팔렸고, 이후 『회사[Company]』, 『머신 맨』(한국어판 박혜원 옮김, 레드박스 펴냄), 《타임》 선정 '올해의 책 10선'에 꼽힌 『렉시콘』(한국어판 최용준 옮김, 열린책들 펴냄) 등을 발표했다. 맥스는 정치 온라인 게임 〈네이션스테이츠[NationStates]〉를 만들기도 했는데 이 때문에 고등학생 및 정치학을 전공하는 대학생들 사이에서는 소설가가 아니라 게임 제작자로 더 유명하다. 그는 오스트레일리아 멜버른에서 태어나 그곳에 거주하며 전업 작가로 글을 쓰고 있는데, 그 덕분에 사각 팬티 한 장만 입고 글을 써도 된다는 이점을 만끽하는 중이다.

홈페이지: www.maxbarry.com

SF-Fan

Max Barry

It Came From Cruden Farm*

* 크루든 팜은 호주 멜버른 근교에 있는 공원이다. 제목 자체는 1953년에 발표된 SF 영화 〈아웃 스페이스It Came from Outer Space〉에서 따온 것으로 보인다.

취임식과 취임 연설, 제트기 네 대가 편대를 이룬 공중 분열식까지 끝난 후에, 신임 대통령은 영부인의 손을 쥐고 의회 의사당으로 돌아가기 위해 걷기 시작했다. "행사가 그럴듯했지?" 대통령이 물었다.

"사람들이 당신을 아주 좋아하던데." 영부인이 말했다.

대통령은 겸손하게 빙긋 웃었지만, 그 말은 사실이었다. 사람들은 정말로 그를 좋아했다. 위인들의 조각상이 진열된 공간인 내셔널 스태추어리 홀, 대통령이 백악관으로 출발하기 전에 고관들과 잠시 담소를 나눌 그곳에서도, 사람들은 늘어서서 박수를 치고 있었다.

"구름 같이 모였네요." 선거 보좌관인 데이먼이 말했다. "거의 2013년 오바마 재선 때 같습니다."

"더 많아요." 공보관 클라라가 말했다. "거의 2009년 오바마 첫 당선 때 같아요."

"거의 트럼프가 자기 취임식에 올 거라고 장담했던 인파만큼 많군요." 데이먼의 말이었다.

"이제 슬슬 헛소리가 나오는군그래." 대통령은 두 사람을 함께 바라봤다. "우리가 해냈어. 안 그래? 정말로 해냈어."

"혼자 힘으로 해내신 거죠." 클라라는 그렇게 말하고 나서 한마디 덧붙였다. "대통령님."

내셔널 스태추어리 홀에서 신임 대통령을 본 장군들은 즉시 일렬로 늘어섰다. 한 덩어리로 빽빽하게 붙어 선 늙은 남자들은 꼭 널빤지 울타리 위쪽에 빳빳하게 다림질한 칼라를 붙여놓은 것처럼 보였다. 해군 참모 총장은 신임 대통령의 손을 펌프질하듯 힘껏 흔들었다. "멋진 연설이었습니다, 대통령님."

"훌륭했습니다." 공군 참모 총장 차례였다. "제가 들어본 연설 중에 최고였습니다."

대통령은 사람 좋은 웃음을 지었다. "저기, 전부터 늘 궁금했는데. 우리가 정말로 외계인을 붙잡아 놨습니까?"

공군 참모 총장은 눈을 껌벅거렸다. "다시 말씀해 주시겠습니까?"

"외계인요." 대통령은 영부인을 향해 윙크를 했다. "그게 항상 궁금했어요. 대답을 피하면 안 됩니다. 난 대통령이에요."

공군 참모 총장은 입을 꾹 다물었다. 불편한 침묵이 감돌았다.

"이런, 맙소사." 대통령이 중얼거렸다.

"이 얘기는 적당한 때에 다시 하시는 게 좋겠습니다." 공군 참모 총장이 말했다.

"그렇다면…" 대통령의 목소리가 나직해졌다. "그렇다면 진짜로 있다는…"

"취임식의 주인공은 대통령님이십니다." 공군 참모 총장이 말했다. "마음껏 즐기시도록 저는 이만 실례하겠습니다. 다른 문제는 보안이 더 확실한 자리에서 얘기하시는 게 좋겠습니다."

실내는 사람들로 가득했고 그들 대부분은 짧은 인사나 악수를 나눌 생각에 이제 곧 대통령에게 다가올 터였다. "따라와요." 대통령은 공군 참모 총장에게 그렇게 말하고는 가장 가까운 문 쪽으로 향했다. 검은 정장을 입은 남자 둘이 나타났다. 인원을 바꿔가며 대통령 주위를 빙빙 맴도는 경호실 소속 직원들이었다. 이따금 불쑥불쑥 튀어나오는 경호원들은 하도 비슷하게 생겨서 누가 누군지 구분이 가질 않았다. "이 복도를 좀 비워줄 수 있겠나?" 대통령이 묻자 경호원들은 고개를 끄덕였다. 그 정도는 식은 죽 먹기였다. 그리하여 단둘이 되었을 때, 대통령은 공군 참모 총장에게 이렇게 물었다. "우리가 진짜로 외계인을 보유한 건가요?"

공군 참모 총장은 망설이듯 숨을 길게 들이쉬었다. "예, 대통령님."

"*예*라고요?"

"예."

"그러니까 *외계인*을."

"예, 우리는 실제로 외계인을 보유하고 있습니다, 대통령님."

대통령은 공군 참모 총장의 연한 파란색 눈을 가만히 들여다보았다. "왠지 신임 대통령한테 시키는 신고식 같은데요."

"안심하십시오, 대통령님. 제 얘기는 농담이 아닙니다."

"외계인이란 말이지. 그러니까…" 대통령은 뭔가 설명하듯 손가락을 꼼지락거렸다. "우주선을 타고 지구에 찾아온."

"그렇습니다, 대통령님."

"어떻게 생겼나요?"

"외계인 말씀입니까? 아니면 우주선 말씀입니까?"

"외계인요. 아니, 둘 다."

"우주선은 누리끼리한 구체였는데, 나중에는 다 녹아내려서 죽죽 늘어나는 지저분한 물질로 변해버렸습니다. 우주인은 파란 젤리처럼 생겼는데 크기가 대략 가족용 소파만 합니다."

"그런데 그게 우리한테 있단 말인가요?"

"그렇습니다, 대통령님. 51구역에 있습니다."

대통령은 참모 총장을 미심쩍은 듯이 쳐다봤다. "이 점은 확실히 해두고 싶은데, 혹시 나를 놀리는 거라면…"

"저는 대통령님을 놀릴 생각이 없습니다. 우리가 외계인을 보유한 건 사실입니다."

"보유한 지는 얼마나 됐는데요?"

"12년 됐습니다."

"12년이나!" 감탄한 목소리가 복도에 울려 퍼졌다. 대통령은 목소리를 낮췄다. "12년이나 흐르는 동안 단 한 명도 입 한번 뻥긋 안 했다고요? 부시나 오바마도? 심지어 *트럼프도?*"

"트럼프 대통령은 외계인을 좋아하지 않았습니다, 대통령님."

그 말에 대통령이 멈칫했다. "뭐라고요?"

"트럼프 대통령은 외계인과 사이가 좋지 않았습니다. 그 둘 사이에는 풍파가 많았습니다."

"당연히 그랬겠지." 대통령은 그렇게 말하고서 아차 하는 생각이 들었다. 지금 이 자리는 선거 유세장이 아니었으므로. "그러니까 얘기를 할 수 있다는 말이군요. 그 외계인이."

"그렇습니다, 대통령님. 저희가 그자에게 영어를 가르쳤습니다. 트럼프 대통령도 몇 차례 대화를 나눈 적이 있습니다."

"하지만 잘 지내지 못했다는 거군요."

"그렇습니다, 대통령님."

"그 외계인이. 트럼프하고. 죽이 잘 안 맞았다."

"그렇습니다, 대통령님."

"장담하는데, 만약 지금 나한테 장난을 치는 거라면…"

"대통령님, 저는 유머 감각이 말라죽은 인간입니다." 공군 참모 총장이 말했다. "제 아내한테 물어보십시오."

대통령은 생각에 잠긴 표정으로 자기 턱을 매만졌다. "한번 볼 수 있을까요?"

공군 참모 총장의 얼굴에 곤혹스러운 표정이 떠올랐다. 복도 끄트머리에 서 있는 경호원 뒤편에서 영부인이 가느다란 자기 팔을 들고 손목을 톡톡 두드렸다. "바빠 보이시는군요." 공군 참모 총장이 말했다. "이제 그만 저쪽에 가보셔야…"

"아니, 안 가도 돼요. 난 답을 들어야겠어요."

공군 참모 총장은 어쩔 줄을 모른 채 망설였다. "뭐, 어쨌든, 대통령님이시니까요. 외계인을 정 보고 싶으시다면, 보셔도 됩니다. 하지만 저는 보지 마시라고 권하고 싶습니다."

복도 저편에 서 있던 영부인이 양손을 허리에 짚었다.

"난 봐야겠어요." 대통령이 말했다. "백악관에 들어가서 정신없이 바쁜 시기가 지나고 나면 볼 거니까, 영상 자료를 준비해 놔요." 그러고는 영부인이 있는 쪽으로 걸음을 옮겼다.

"대통령님, 영상 자료는 존재하지 않습니다."

대통령이 돌아섰다. "뭐라고요?"

"모든 증거는 51구역 내에서만 보관합니다. 유출될 경우에 감수할 위험이 너무 크기 때문입니다.

대통령은 공군 참모 총장에게 돌아갔다. "그러니까 나더러 외계인을 보고 싶거든 비행기로 네바다주까지 가란 말인가요?"

"안타깝지만, 그렇습니다." 공군 참모 총장의 표정은 별로 안타까워하지 않는 듯했다. "나중에 대통령님의 일정에 여유가 생기면, 그때 기회를…"

"일정이야 바꾸면 되지. 오늘 밤에 갑시다."

공군 참모 총장은 잠시 입을 헤벌렸다. 그러다가 이내 입을 가만히 다물었다.

"참모 총장도 같이 가는 겁니다." 대통령이 말했다. "내가 물어볼 게 아주 많으니까 말이에요."

"외계인이라고?" 전용 리무진에 오른 후에 영부인이 물었다.

대통령은 고개를 끄덕였다. "외계인이 맞아. 젠장."

"그 사람 말이 농담이 아닌 거 확실해?"

"나도 그런 줄 알았어. 그런데 끝까지 진짜라잖아."

"흐음." 영부인은 손목 위에 턱을 괴고 검게 선팅한 차창 너머로 흘러가는 거리를 바라봤다. 비가 내리기 시작한 참이었다.

"그러니까, 내 얘길 들어봐." 대통령이 말했다. "우린 오늘 밤에 비행기로 51구역에 갈 거야."

영부인이 대통령을 돌아봤다. "당신 일정은 어떡하고?"

"일정 따위 알 게 뭐야. 내가 생각을 해봤는데. 이거야말로 내가 찾던 기회야. 내 임기를 화려하게 시작할 기회란 말이야. 순회 유세 기간에 내가 제일 많이 입에 올린 단어가 뭐였어?"

"*스카치위스키.*"

"*신뢰*야. *신뢰*였다고. 이제 정부에 대한 신뢰를 되살릴 때야. 하지만 그 신뢰는 우리 손으로 일궈야 해."

"그래, 취임 연설은 나도 들었어, 여보."

"그 외계인은." 대통령은 바지로 감싸인 자기 허벅지를 손가락으로 쿡쿡 찌르며 강조했다. "자그마치 12년 동안이나 감금당했어. 12년이나! 정부가 외계인의 존재를 알려줄 만큼 국민들을 신뢰하지 않았기 때문이야. 하지만 나를 대통령으로 뽑아준 건 바로 그 국민들이야. 그래서 나는 그 사람들을 신뢰하기로 했어."

"흐음." 영부인이 중얼거렸다.

"왜?"

"그게, 듣기에는 아주 아름다운 말이야. 오하이오주에서는 그 말 덕분에 지지율이 치솟아서 이기기도 했고. 하지만 이제 당선도 됐으니까, 현실적으로 생각해야 해."

"사실, 난 내 공약을 있는 그대로 실행하려는 것뿐이야." 대통령은 자기 포부를 강조하듯 양팔을 벌렸다. "놀랍지 않아? 그렇게 할 거라고 누가 생각이나 했겠어?"

"여보, 당신 지금 무슨 드라마 주인공처럼 굴고 있어."

"그건 듣기 좋으라고 한 말이 아니었어. 내 믿음이었단 말이야. 우린 이 나라에 신뢰를 재건해야 해. 정부에 대한 신뢰, 제도에 대한 신뢰, 그리고 무엇보다 중요한, 서로에 대한 신뢰를 말이야. 내가 임기 첫날에 하는 일이 그 첫걸음이 될 거야. 그 외계인과 함께 시작될 거라고."

"흐음." 영부인이 중얼거렸다.

대통령은 가죽 시트 위로 손을 뻗어 영부인의 손을 잡았다. "당신은 날 믿어?"

영부인이 빙그레 웃었다. "난 다른 사람이 할 수 있는 거라면 당신도 할 수 있다고 믿어."

"좋아." 대통령은 자신감이 솟았다. 차창 밖으로 눈을 돌리니 성조기를 흔드는 가족이 보였다. 대통령은 그 가족을 향해 손을 흔들었다. 차창의 선팅 때문에 바깥에서는 안이 보이지 않았는데도. "좋았어."

대통령 전용기인 공군 제1호기는 오후 8시 11분에 이륙했다. 공식 목적지는 이름이 밝혀지지 않은 펜실베이니아주의 개인 비행장이었다. 공보관에 따르면 대통령은 병중인 친척을 방문하러 가는 길이며 사적이고 시급한 문제인 만큼 그 이상은 밝히지 않을 예정이었다.

"전 그냥, 맨 먼저 하시는 일이 비행기를 타고 51구역으로 날아가는 거라면, 사람들도 단서들을 연결해서 결론을 낼 거라는 말이죠." 객실 통로 건너편에 앉은 공보관 클라라 필딩이 말했다. 클라라는 지능이 있는 외계 생명체가 존재한다는 말을 듣고도 놀랄 만큼 침착했다. 적어도 대통령이 보기에는, 놀라웠다. 전에 부적절한 단어를 쓴 보도 자료를 봤을 때는 어디를 다친 멧돼지처럼 고래고래 악을 쓰던 클라라였다.

“단서들을 연결해서 결론을 내는 건 내가 국민들을 위해 할 일이야. 이제 곧.” 대통령은 이미 자신의 전용기에 홀딱 반한 상태였다. 전용기의 내부는 황홀할 정도로 널따랬다. 무슨 아파트에 앉아 허공을 가르고 날아가는 기분이었다. “실은, 벌써 몇 자 적어놨어.” 대통령은 수첩을 꺼내려고 재킷 주머니를 뒤졌다.

영부인의 표정이 일그러졌다.

“왜?” 대통령이 물었다.

“연설문을 직접 쓰는 게 당신 취미인 건 나도 알아. 하지만 이 정도로 중대한 일이라면 제프한테 쓰라고 하는 게…”

“취미라서 직접 쓰는 게 아니야. 그렇게 해야 진정성이 더 느껴지기 때문이라고.”

“그래, 진정성이 더 느껴지겠지, 알아.” 영부인은 고개를 끄덕이며 말했다. “하지만 제프는 연설문 쓰기의 전문가야. 당신도 알잖아. 지금 같은 경우에는 아무래도…”

“연설문은 나도 쓸 수 있어. 난 제프가 써준 대로만 읽는 대변인이 아니야.”

“난 그냥…”

“내가 뭐라고 썼는지 한번 들어보는 건 어때? 그럼 제프가 쓴 게 더 나을지 어떨지 판단이 설 거 아니야.”

보좌관 데이먼은 클라라의 좌석 쪽으로 살짝 몸을 기울인 채 통로에 서 있었다. “제가 보기엔 끝내주는 연설일 것 같습니다, 대통령님.”

“고맙네, 데이먼.” 대통령은 전부터 줄곧 데이먼을 자르고 싶었다.

그가 예스맨이기 때문이었다. 잘라야겠다는 생각을 실천에 옮기지 못하는 것이 대통령은 내내 마음에 걸렸다. "그냥 처음 떠오른 생각일 뿐이야. 아직 아무것도 정하진 않았어." 대통령은 헛기침을 했다. "인생의 어느 시점에 우리는 누구나 별을 올려다보며, 누군가 저 위에서 우리를 마주 보고 있지 않을까 하는 상상에 빠지곤 합니다. 마침내 오늘, 우리는 그 답을 찾았습니다."

"흐음." 영부인이 중얼거렸다.

대통령은 영부인 쪽을 돌아봤다. "느낌이 어때?"

"정확히 말하면 '오늘'은 아니잖아? 12년째 붙잡아 놓고 있다며."

"그런데 오늘에야 사람들이 그 사실을 안 거야. 오늘에야 답을 얻은 거라고."

"그렇겠네."

대통령은 주위를 둘러봤다. "계속 읽어도 될까?"

"제가 보기엔 아주 좋습니다." 데이먼이 말했다. "계속 읽어주십시오, 대통령님."

"현재의 우리 수준으로는 이해하지 못하는 기술로 만들어진 금빛 구체가, 대기권으로 진입해 버지니아주 리치먼드 외곽에 내려앉았습니다. 그 구체에서 내린 손님이 있습니다. 처음에 그를 환영한 것은…"

클라라는 자리에 앉은 채로 눈에 띄게 움찔했다.

대통령이 그쪽을 힐긋 봤다. "왜 그래?"

"아무것도 아닙니다, 대통령님. 방해해서 죄송합니다."

"의견이 있으면 들려줘. 그러라고 내가 읽고 있는 거니까."

"대통령님, 제가 듣기로는 방금 '그'라고 하셨는데요."

대통령이 눈을 껌벅거렸다. "그게 뭐 틀린 말인가?"

"제가 지금까지 파악한 바로는." 클라라는 표현을 조심스레 골라서 말했다. "그렇습니다. 그건 틀린 말씀입니다."

"그럼 외계인이 여자라고?"

"제 생각엔 둘 다 아닐 겁니다."

대통령은 좌석에 앉은 채 뭔가 못마땅한 듯이 꿈지럭거렸다. "그 사람 어디…" 객실 맨 뒤쪽에 군인들 몇 명과 옹기종기 모여 있는 공군 참모 총장이 눈에 띄었다. 대통령은 조급한 표정으로 참모 총장에게 가까이 오라는 손짓을 했다. "외계인이 남잔가요?"

공군 참모 총장은 뭔가 각오하듯 심호흡을 했다. 그는 기회가 있을 때마다 이곳에 억지로 끌려온 티를 냈다. 그의 얼굴에는 찌푸린 표정과 창백하고 멍한 표정이 끊이지 않고 떠올랐다. "대통령님, 정식으로 보고하라는 대통령님의 지시에 따라, 외교 특사인 케빈 필스먼을 데려왔습니다. 이 작전의 책임자입니다."

파란색 재킷을 입은 말쑥한 중년 남자가 앞으로 걸어 나왔다. "뵙게 돼서 영광입니다, 대통령님. 저희가 발견한 사실을 드디어 대중에게 공개한다니, 생각만 해도 정말 짜릿합니다."

"멋지군요." 대통령이 말했다. "우리한테 필요한 게 바로 그런 정신이죠. 그래서, 외계인은 남잔가요?"

"엄밀하게 말하면, 대통령님, 외계인에게는 생식 기관이 없습니다. 적어도 지구의 분류에 따른 기관은, 없습니다."

"그럼 무성이란 말인가요?"

"그렇습니다."

대통령은 공군 참모 총장을 돌아봤다. "전에 외계인 얘기를 할 때 '그자'라고 했던 기억이 나는데."

참모 총장이 말했다. "비공식적인 자리에서는 남성 대명사로 지칭합니다. 왜냐면 남자처럼 생겼기 때문입니다."

클라라의 입에서 끙 같기도 하고 헛기침 같기도 한 소리가 새어 나왔다. 대통령의 시선이 그쪽으로 향했다. "죄송합니다." 클라라가 사과했다.

뒤이어 영부인이 의견을 내놓았다. "하지만 '그것'이라고 하면 너무 인간미가 없잖아요. 거의 무서울 정돈데. '그것'보단 '그'나 '그녀'로 소개해야 사람들이 더 쉽게 받아들일 것 같아요."

"좋은 지적이야." 대통령이었다. "그런데 남자처럼 보인다고요?"

"예, 겉으로 보기에는 그렇습니다." 공군 참모 총장이 말했다.

클라라는 신음과 헛기침이 뒤섞인 소리를 다시 냈다.

"하고 싶은 말이라도 있나, 클라라?" 대통령이 물었다.

"솔직히, 성별이 없는 생명체에게 남성이라는 성별을 슬그머니 덧씌우는 느낌이 조금 나서요. 저로서는 반대한다는 점을 밝혀두고 싶네요."

"어째서?"

"왜냐면, 아니니까요. 남성이 아니니까."

"하지만 남자처럼 보입니다." 케빈 필스먼이 말했다.

클라라는 케빈 쪽을 돌아봤다. "내가 받은 자료만 보면 코뿔소하고 백파이프를 합쳐놓은 것처럼 생겼어요. 그게 어째서 남자 같다는 거예요?"

"아마 직접 보면 정말로 그런 인상을 받으실 겁니다. 그건 그러니까, 커다랗고 징그러우니까요."

"징그러우니까 남자라고요? 그게 여러분의 논리인가요?"

"난 그게 징그럽든 안 징그럽든 상관없어." 대통령이 말했다. "그냥 어떤 대명사로 지칭해야 할지 궁금할 뿐이야. 그래야 다음 문장으로 넘어갈 거 아닌가. 연설문이 여기서 발이 묶였잖아."

"대통령님, 제가 한 말씀 드려도 될까요?" 케빈이 끼어들었다. "전에도 이런 논의를 한 적이 있는데요. 결론은 성 중립적인 남성 대명사를 쓰는 게 제일 간단하다는 거였습니다."

클라라가 좌석에 앉은 채 몸을 꿈지럭댔다. "뭐라고요?"

"'그'를 중립적인 의미로 쓴다는 말입니다. 배가 '처녀항해'에 나섰다고 할 때처럼요. 배가 여성이 아닌 건 분명한 사실이지 않습니까? 그냥 표현일 뿐이지요."

"아, 그러니까 길에서 개를 봤을 때처럼 말이군요." 데이먼이 끼어들었다. "그럴 땐 그냥 '옳지, 착한 녀석'이라고 하잖습니까. 정해진 것처럼요."

대통령은 클라라 쪽으로 시선을 돌렸다.

"죄송한데요." 클라라가 말했다. "지금 왠지 석판에 십계명이 새겨지는 광경을 목격하는 느낌이 드네요. 그리고 제가 여기서 한마디 하지 않고 가만히 있으면, 웬 불타는 떨기나무에 성별이 붙어서 이후 한 2,000년 동안 통용될 것 같은 예감이 들어요. 첫째, 성 중립적 남성 대명사 같은 건 존재하지 않아요. 말 자체가 모순이니까요. 둘째, 아까 길에서 개를 보면 '녀석'으로 지칭한다고 했는데, 그건 성별이 없는 개를 상정한 표현이 아니에요. 수캐일 거라고 짐작했기 때문에 그렇게 부른 거예요."

공군 참모 총장의 입에서 한숨이 흘러나왔다.

영부인이 몸을 숙이며 물었다. "스스로는 뭐라고 부르나요?"

"아." 케빈이 말했다. "예. 감사합니다, 영부인님. 남성입니다. 그는 스스로를 남성으로 인식합니다."

"그럼 문제는 해결됐군." 대통령이었다. "외계인이 택한 대명사를 사용하는 데에 반대하는 사람?" 대통령이 수첩을 쳐들었다.

"말하는 법을 누가 가르쳤나요?" 클라라가 물었다.

"뭐라고요?" 케빈이 물었다.

"지난 12년 동안 외계인과 소통한 인원들의 성비가 어떻게 되는지 말씀해 주시겠어요?"

케빈은 공군 참모 총장을 흘깃 돌아봤다. "그 문제가 지금 이 건과 무슨 상관인지 잘…"

"남자가 한 70퍼센트?" 클라라가 말했다. "정답에 가까워지면 말해 주세요. 80퍼센트?" 클라라는 케빈을 가만히 바라봤다. "외계인이 여자를 본 적은 있어요?"

"'그들they'을 쓰면 돼요." 데이먼이 의견을 냈다. "아니면 '지ze'를 쓰든가요. 맞죠? '그he'나 '그녀she' 대신 '지'를 쓰고 '그의'나 '그녀의' 대신 '제어zir'라고 쓰는 거죠? 전에 어디서 들은 것 같아요."

"맙소사, 고작 단어 하나 가지고 시간을 다 보내고 있잖아." 대통령이 말했다.

대통령의 말에 영부인이 한마디했다. "내가 이래서 제프한테 맡기자고 한 거야. 이런 건 제프가 전문이잖아."

"제프가 있어야 맡길 거 아니야." 대통령은 주위를 한번 보라는 듯이 양팔을 벌렸다. "혹시 어디 제프 보여?"

영부인은 화난 사람처럼 팔짱을 끼었다.

"미안해. 짜증 내려던 게 아닌데." 대통령은 손으로 이마를 문지르며 말했다.

"잠깐 쉬었다 해야 할까 봐." 영부인이 제안했다. "당신 너무 지쳤어. 지금 다 마무리해야 하는 문제도 아니잖아."

"당신 말이 옳을지도." 대통령은 이마를 문지르는 손을 멈출 수가 없었다. "다들 수고했어. 난 잠깐 누워서 쉬어야겠어."

전용기에는 정말로 침실이 있었다. 책상과 의자 두 개가 딸린 침실이었다. 비행기에 침실이라니. 대통령이 침대에 드러누워 천장의 매립 조명을 가만히 바라보는 동안, 영부인은 살며시 그 곁에 누웠다. 잠시 후, 영부인은 태블릿 컴퓨터를 만지작거리기 시작했다.

"뭐 하는 거야?" 대통령이 물었다.

영부인은 돋보기안경 너머로 대통령을 응시했다. 대통령은 아내의 그 안경이 늘 마음에 들었다. 자신이 미묘한 감정을 품었던 중학교 시절의 영어 선생님이 떠오르기 때문이었다. "국무부에서 외계인을 일반에 공개했을 때의 가상 시나리오를 여러 개 만들었대. 예상 반응이나 그로 인한 결과를 포함해서."

"공통 결과는 어떻게 나왔어?"

"그게." 영부인은 손가락으로 화면을 움직였다. "주목하는 점이 다들 제각각이야. 혹시 궁금하면 요약된 내용을 읽어줄게."

"그렇게 해줘."

"먼저 국제 관계. 대형 분쟁의 가능성이 매우 커짐. 특히 러시아 및 중국을 상대로. 첩보 활동이 증가할 위험이 있음. 암살의 위협이 커짐."

"정말로? 난 정반대를 상상했는데. 우리가 외계인 앞에서 하나의 종種으로 단결할 줄 알았어. 외계인은 우리의 공통점이 뭔지 보여주는 증거니까."

"그래도 인류 모두의 외계인은 아닌 것 같은데? 미국의 외계인이잖아. 외국하고 공유하려고?"

"그럴 것 같진 않은데. 흠. 그 생각은 미처 해보질 않았어. 정치적 사건이 되는 건 바라지 않거든. 난 우리가 그 외계인 덕분에 앞서 말한 모든 걸 극복하면 좋겠어."

"다음은 종교야." 영부인이 헉 소리를 냈다. "세상에."

"종교가 어떻길래?"

"온건파 종교들의 경우 신앙이 대대적으로 무너질 것이며, 이와 동시에 과격파 및 이단적 행동이 증가…"

"정말이야?"

"성서에 외계인과 관련된 내용은 한마디도 안 나오니까. 그것도 문제가 될 만하지."

"여기 나온 분석들은 너무 비관적이야. 그게 바로 이 나라의 문제야. 우리가 잃어버린 건 다름 아닌…"

"신뢰?"

"그래, 바로 그거야. 우린 지금 다들 움츠러든 상태야. 얼마 안 되는 자기 몫을 서로에게서 지키려고 말이야. 하지만 이 나라는 신뢰 위에 세워졌어. 신뢰야말로 자유 시장의 토대야. 한 가정의 주춧돌이고. 신뢰는 모든 공동체에 반드시 필요해."

영부인은 시선을 이쪽저쪽으로 움직이며 화면을 읽어 내려갔다. "세상에. 이민자 관리국은 *정말* 끔찍한 곳이네."

"그것 좀 그만 봐. 내가 아까부터 무슨 생각을 하는지 알아? 트럼프가 외계인의 존재를 알고도 꾹 덮어뒀다는 거야. 도대체 왜 그랬는지 알 수가 없어. 그 인간 성격을 생각하면 그랬을 리가 없는데."

"자기가 받을 관심을 가로챌까 봐 불안했는지도 모르지."

"아니면 자기가 아는 세계와 모순되기 때문이었을 수도 있지." 대통령이 몸을 틀어 모로 누웠다. "외계인이란 건 우리보다 더 우월한 힘 같지 않아? 우리끼리 티격태격하던 방에 어른이 들어온 것처럼 말이야. 이제부터 우리에게 뼈아픈 진실을 가르쳐 주려고."

영부인은 대통령을 쳐다봤다. "만약 외계인의 진실이 우리 마음에 안 들면?"

대통령은 별수 있겠냐는 듯이 어깨를 으쓱했다. "그래도 난 그 진실을 직접 들을 자격이 국민들에게 있다고 생각해."

"흐음." 영부인이 중얼거렸다.

"왜?" 대통령이 영부인의 엉덩이를 건드렸다. "내가 지금도 구제 불능의 낙천주의자처럼 굴고 있나?"

영부인이 빙그레 웃었다. 대통령은 영부인이 그렇게 웃을 때가 좋았다. 오직 자신만을 위해 웃어줄 때가. "난 당신이 점잖은 사람이고, 언제나 옳은 일을 할 거라고 믿어."

"공군 제1호기에서 남자한테 키스해 본 적 있어?"

영부인의 양쪽 입꼬리가 위쪽으로 휘어졌다. "다시 물어봐 줘. 1분 후에."

착륙한 비행기는 아무 표식도 없는 회색 격납고로 들어갔다. 그다음은 주방만큼이나 커다란 승강기를 탈 차례였다. 승강기를 채운 파란색 공군 제복 차림의 젊은 남자들은 앞쪽만 뚫어져라 바라봤지만 그래도 눈을 깜박거리기는 했다.

"외계인은 가로 6미터, 세로 5.4미터인 철창 안에 갇혀 지냅니다." 외교 특사 케빈이 말했다. "철창은 보안 때문에 밀봉된 상태인데, 그 덕분에 외계인에게 이상적인 기후 환경이 유지됩니다. 철창 주위는 금속판으로 빙 둘러져 있는데 명령만 내리면 여닫을 수 있습니다. 그리고 마이크는 당연히 있으니까, 그걸 이용해서 소통하시면 됩니다."

"우리 둘이 얘기할 때처럼 그냥 편하게 말하면 되나요?"

케빈이 고개를 끄덕였다. "외계인이 영어를 아주 잘합니다."

대통령이 고개를 끄덕였다. "솔직히 말하면, 이것 참 기대되는군요."

공군 참모 총장이 헛기침을 했다. 뒤이어 케빈이 말했다. "미리 알아두셔야 할 게 한 가지 있습니다. 외계인은 대통령님께 메시지를 전하려고 할 겁니다."

"메시지를?"

"예, 대통령님. 외계인은 처음 오는 방문객을 보면 꼭 메시지를 전하려고 합니다."

"어떤 메시지를?"

"솔직히, 저는 그걸 미리 알고 싶지 않았습니다, 대통령님."

"흠, 내가 보기엔 이미 아는 것 같은데. 정작 대통령은 난데 말이지." 대통령은 공군 참모 총장을 돌아봤다. "외계인이 메시지를 지니고 지구에 왔는데, 그걸 이제야 나한테 얘기하는군요. 더 일찍 얘기해야겠다는 생각이 안 들던가요?"

"정말 말도 안 되는 일입니다." 데이먼이 말했다.

"듣기에 조금 불편한 메시지입니다, 대통령님." 공군 참모 총장이 말했다.

"그래요?" 대통령이 말했다. 그 점은 믿음이 갔다. 외계인의 메시지가 미군의 목표 및 지향점과 딱 맞아떨어질 리는 없었다.

"그 메시지를 지닌 채 도착한 것도 아닙니다. 지구에 도착한 후에 몇 년에 걸쳐 발전시킨 겁니다."

승강기 문이 닫히기 시작하자 경비병 한 명이 눈치 빠르게 버튼을 눌러 문을 다시 열었다.

"나 이거 참." 대통령이 말했다. "무슨 말인지 내가 직접 들어봐야지 안 되겠군." 대통령은 승강기 문을 지나 걸어갔다.

차가운 공기가 대통령을 휘감았다. 동굴처럼 생긴 공간 한복판에, 둥그렇게 달린 눈부신 집중 조명 아래에, 거대한 직육면체 구조물이 암회색 금속판으로 뒤덮인 채 놓여 있었다. 굵다란 튜브와 구불구불한 케이블로 구조물과 연결된 천장에서는 환기 장치의 날개가 윙윙 소리를 내며 돌아가고 있었다.

"저건가요?" 대통령은 물을 필요도 없는 것을 물었다. 숨결이 안개처럼 뿌옜다.

"예, 대통령님." 케빈이 말했다. "외계인의 특정한 요구에 맞추려고 기후 조건까지 통제하는 안전한 보금자리입니다."

"그럼 저 안에만 계속 있는 건가요? 당사자는 그걸 어떻게 받아들이죠?"

"좋아하진 않습니다." 케빈은 선선히 인정했다. "저길 벗어나고 싶다는 마음을 표현한 적도 있습니다. 하지만 그는 지구의 대기 속에서 살아남지 못합니다. 보호복 같은 옷과 이동용 장비가 있어야 합니다." 케빈이 손짓했다. "이쪽으로 오시죠."

대통령은 어두운 콘크리트 바닥을 지나 걸어갔다. 시선은 그 구조물에 집중한 채였다. 앞서 케빈이 말한 금속판이 보였다. 지금은 닫힌 채로, 안에 있는 뭔지 모를 것을 가리고 있었다. 구조물 근처에 테이블과 이런저런 장비가 놓인 구역이 있었다. 스피커, 마이크, 카메라 같은 것들이었다. *12년이라.* 대통령은 속으로 생각했다. 붙잡혀 지내는 생명체에게는 긴 시간이었다. 전해야 할 메시지가 있는 생명체에게는.

일행은 멈춰 섰다. 대통령이 주위를 두리번거렸다. "마이크에 대고 말해야 하나요?"

"아닙니다, 대통령님. 잘 들립니다."

"그럼 내가 열라고 하면, 여러분이…" 대통령은 손짓으로 눈앞의 직육면체 구조물을 가리켰다.

"예, 대통령님. 서로 마주 보도록 저희가 금속판을 열 겁니다."

대통령은 고개를 끄덕였다. 생각했던 것보다 더 긴장되는 일이었다. 부분적으로는 이 순간의 역사적 무게 때문이었다. 이 순간의 기록은 의심할 것도 없이 영구히 보존될 터였다. 그러나 그보다는 그 생명체 자체가 더 큰 이유였다. *외계인이야.* 대통령은 속으로 중얼거렸다. *외계인이라니, 젠장.*

대통령은 일행들을 둘러봤다. 데이먼이 양손 엄지를 치켜들었다. “여세요.” 대통령이 말했다.

요란한 *쩍* 소리가 났다. 금속판 표면에 선들이 나타나더니 점점 벌어졌고, 잠시 후 토막토막 끊어진 철창 안쪽의 모습이 대통령의 눈에 들어왔다. 대통령은 생각했다. *이게 단가?* 왜냐면 하나같이 컴컴하고 형태가 없었기 때문이었다. 그러다가 이내. *아아, 그래.*

대통령이 받은 첫인상은 해파리 같다는 것, 다만 색깔이 파랗다는 것이었다. 촉수 대신 잔뜩 나 있는 굵직한 파이프들은 길이가 다 제각각이었다. 입처럼 생긴 조그만 구멍이 몸 곳곳에 생겼다가 사라지기를 리드미컬하게 반복했다. 설령 눈이나 귀가 있다 한들 대통령에게는 보이지 않았다.

대통령은 케빈을 돌아봤다. “외계인한테 내가 보이나요?”

스피커에서 왁자한 소리가 터져 나왔다. *꼭 우리 아버지가 물 반 잔을 머금고 입안을 가실 때 나는 소리 같군.* 대통령은 속으로 생각했다. “당신은 누구입니까?”

대통령은 마음을 차분히 가라앉혔다. “저는 미합중국 대통령입니다. 제 이름은…”

“당신은 키가 크군요.”

대통령은 기분이 흐뭇해져서 빙긋 웃었다. “그런 것 같습니다.” 보아하니 외계인은 파이프를 통해 말하는 모양이었다. 파이프들이 꽉 조여졌다가 느슨하게 풀어지는 것이 보였다. “그런데 키 얘기를 하면 제가 불리하군요. 저는 당신의 키가 동족들에 비해 얼마나 큰지 알 길이 없잖습니까."

"나도 키가 큽니다."

"그럼 우리 둘 다 키가 큰 친구들이군요. 당신도, 나도." 이건 좀 밋밋하군. 대통령은 속으로 생각했다. 기록 보관소에 이런 대화가 남기를 바란 것은 결코 아니었다. "당신과 나, 우리는 서로 다른 별 출신입니다. 하지만 이렇게 여기서 만나는군요."

파이프 한 무더기가 동시에 숨을 내뿜었다. "여러분에게 전할 메시지가 있습니다."

"아, 예." 대통령이 말했다.

"중요한 겁니다. 잘 들으셔야 합니다."

"귀 기울여 듣고 있습니다."

"이건 경고입니다. 여러분은 지금 위험에 처했습니다."

대통령은 가슴이 서늘해졌다. 그는 미합중국 대통령이었다. 한 도시에 핵폭탄을 투하하는 것도, 암살을 명령하는 것도, 세상을 다시 만드는 것도 가능했다. 막대한 책임이 따르는 자리라는 것은 출마하기 전부터 이미 아는 바였다. 그럼에도, 취임 첫날부터 외계인에게서 위험에 처했다는 경고를 받을 거라고는 생각지도 못했다.

"여러분 모두." 외계인이 말했다. "지금 행동에 나서지 않으면, 3대를 넘기지 못하고 깨끗이 사라질 겁니다. 어쩌면 이미 너무 늦었는지도 모릅니다."

기후 위기 말이로군. 대통령은 속으로 생각했다. *망할 놈의 기후 위기를 말하는 거야.* 그것이 가장 큰 도전이 되리라는 짐작은 이미 하고

있었다. 잘하면 이게 타개책이 될지도 몰랐다. 경고 메시지를 들고 지구를 찾은 외계인이라면… 그렇다면 석탄이 주요 생산물인 여러 주의 유권자들을 설득할 수 있을지도 몰랐다. 다만 그렇게 되지 않을 수도 있었다. 어쩌면 괜히 짜증만 더 돋울지도 몰랐다. 그 스웨덴 출신 10대 여자애가 그랬던 것처럼.

"제 얘기 듣고 있습니까?"

"예, 죄송합니다. 기후 위기 말씀이죠?"

외계인의 파이프에서 쉬익 소리가 났다. "기후 위기라니요?"

"위험 말입니다. 경고하신다는."

"그게 아닙니다."

"아." 대통령이 말했다.

"그보다 훨씬 더 심각한 겁니다. 여러분은 유전자 수준에서 부식될 위기에 직면했습니다."

어이쿠. 대통령은 속으로 중얼거렸다.

"여러분이 속한 인류는 철저히 무너질 겁니다. 유전자가 사방에 뿔뿔이 흩어질 겁니다. 그래서 짐승보다 나을 게 없는 존재로 전락할 겁니다."

"어쩌다가 그렇게 되는 건가요?"

"번식 때문입니다." 외계인이 말했다. "그 일은 이미 일어나고 있습니다."

"방금 '번식'이라고 하셨습니까?"

"혈통이 섞이는 것 말입니다. 제가 설명해 드리겠습니다. 백인 남자가 열등한 인종의 여자, 예컨대 흑인 여자나 유대인 여자를 취할 경우,

또는 이와 마찬가지이지만 반대로 백인 여자가 흑인 남자에게 취함을 당할 경우에… 이렇게 해서 태어난 아이의 피는 회복이 불가능할 정도로 묽어지고 맙니다."

대통령은 쓴 입을 다셨다. 잠깐의 시간이 흘러갔다. 대통령은 외계인을 가만히 응시했다. "잠깐만 실례하겠습니다."

"저는 할 얘기가 더 남았습니다. 제 경고는 아직 안 끝났습니다."

"예, 그러시겠지요. 하지만 저는…" 대통령은 케빈을 힐긋 보며 물었다. "이걸 좀… 닫을 수 있을까요?"

케빈이 신호를 보냈다. 금속판이 쿵쿵대고 철커덕대며 서로 합쳐졌고, 외계인은 마침내 시야에서 사라졌다. 환풍기 돌아가는 소리를 빼면 침묵만 감돌았다.

대통령은 일행들을 둘러봤다. "방금 그게 뭐였죠?"

아무도 대답하지 않았다.

"내가 물어보잖아요. 방금 그게 도대체 뭐였냐고요?"

케빈이 헛기침을 했다. "제 생각에 대통령님께서는, 그, 외계인의 사상적 견해를 말씀하시는 것 같습니다만."

"저 외계인은 인종 차별주의자예요. 아주 엄청난, 지독한 인종 차별주의자."

"그…" 케빈이 말했다. "그렇게 꼬리표를 붙이는 건 지양하는 게 어떨까 합니다만."

"아까 그 말은." 대통령은 손가락으로 금속 벽을 가리키며 말했다. "믿을 수 없을 정도로, 귀를 의심할 정도로 인종 차별적이었어요." 대통령은 손으로 머리를 쓸어 넘겼다. 불안할 때 나오는 버릇이었고, 선거 운동을 하는 동안에 다 고친 줄 알았던 버릇이었다. 영부인의 낯빛이 잿빛으로 변했다. 공보관 클라라는 양손으로 머리를 감싸고 있었다. "어떻게 이럴 수가 있죠?"

"대통령님?"

"어떻게 *파란 자루* 같이 생긴 게 *백인 우월주의자*일 수가 있냐는 말이에요."

"그건 자기혐오네요." 데이먼이 말했다.

"사실." 케빈이 말했다. "외계인은 자기가 하얀 줄 압니다."

"뭐라고요?" 대통령이 물었다.

"겉으로는 분명 반쯤 딱딱한 파란색 젤 덩어리지만, 사상적으로는 백인에 친밀감을…"

"그만. 내가 궁금한 건 그게 아니에요. 난 어쩌다가 생각할 줄 아는 소파가 인종 차별주의자가 됐는지 알고 싶은 겁니다. 외계인이 처음부터 줄곧 저랬나요?"

케빈이 고개를 저었다. "외계인의 견해는 시간이 흐르면서 왜곡됐습니다."

"어쩌다가? 애초에 저런 말을 어디서 배운 겁니까?"

"외계인은 텔레비전을 봅니다."

대통령은 눈을 껌벅거렸다. "뭐라고요?"

"저희는 사회화 프로그램의 일환으로 외계인을 갖가지 형태의 미디어에 노출시켰습니다. 라디오도 들려주고, 텔레비전도…"

"텔레비전의 어떤 프로그램을 보여준 겁니까?"

"부시 대통령 재임 기간에는 건전한 가족 드라마를 틀어줬습니다.

외계인도 좋아하는 것 같았습니다만, 그 시기에는 아직 의사소통을 못했기 때문에 확실히 말하기는 힘듭니다. 하지만 예컨대 〈월튼네 사람들〉의 엔딩 장면에서는 화면을 향해 자기 파이프를 뻗곤 했습니다. 그것도 꽤 건전한 방식으로요."

"그러다가 무슨 일이 일어난 겁니까?"

"오바마 대통령이 외계인의 빠른 언어 습득에 고무된 나머지 공영방송과 국회 방송, 디스커버리 채널, 히스토리 채널을 보여주라고 지시했습니다. 히스토리 채널은 내용에 문제가 있는 걸로 판명돼서 나중에 제거했지만요."

"이유가 뭐였습니까?"

"외계인이 〈고대의 외계인들〉이라는 프로그램에 푹 빠졌거든요." 케빈의 말이 이어졌다. "그러니까, 외계인은 그 프로그램을 정말로 좋아했습니다. 〈월튼네 사람들〉하고는 다른 방식으로요. 정말로 달랐습니다. 매번 방송이 나오는 동안 외계인은 코털은 활발하게 움직였고, 방송이 끝나면 몇 시간 동안 불안한 듯이 파이프가 부풀었다가 쪼그라들곤 했습니다. 오바마 정권은 이 점을 걱정했습니다. 그리고 히스토리 채널의 내용이 점점…" 케빈은 적당한 표현을 찾느라 말을 멈췄다.

"사실과 멀어졌죠." 영부인이 제안한 표현이었다.

"부적절해졌죠." 케빈이 말했다. "거기에 대해서도 걱정했습니다. 다만 채널을 끊고 나서 외계인은 무척 언짢아했습니다. 자신한테 진실을 숨기려고 한다며 저희를 비난하더군요. 그리고 솔직히 말하면, 저희가 외계인의 존재를 감춘 건 사실입니다. 아무튼, 외계인의 미디어 소비량은 2017년 초까지 제한된 상태였습니다만, 그 무렵에 출범한 새 정권은… 생각이 달랐습니다."

"이런, 맙소사." 대통령이 말했다. "트럼프가 폭스 뉴스를 보여줬군요."

영부인은 놀란 나머지 손으로 입을 가렸다.

"그렇습니다, 대통령님. 하지만 이 점은 분명히 말씀드리고 싶습니다. 텔레비전은 사회화 프로그램의 한 가지 요소에 지나지 않습니다. 저는 외계인이 오로지 폭스 뉴스만 게걸스럽게 시청했다고 말할 의도는 없습니다."

"그럼 또 뭘 본 겁니까?"

"가끔 신문도 읽습니다. 그리고 인터넷도 하고요."

"외계인이 *인터넷*에 접속할 수 있다고요?"

"예, 대통령님."

"그러니까 웹 사이트를 여기저기 돌아다닌다는 겁니까? 어떤 사이트를 들어가는데요?"

"지난 몇 년 동안은, 솔직히 인정하자면, 주로 대안 우파로 분류될 만한 사이트에 들어가서 시간을 보냈습니다. 소셜 미디어에 포스트를 올리기도 합니다."

"왜 포스팅을 하게 놔두는 겁니까?"

"그게 쌍방향 과정이기 때문입니다. 외계인의 의사소통 및 사회화 기술을 발전시키려면 사람들과 교류해야 합니다. 여기서 부수적인 프로젝트가 몇 가지 생겨나기도 했는데, 사람들이 온라인에서 외계 생명체를 상대하고 있다는 걸 알아차리는지에 관한 연구도 그중 하납니다."

대통령은 망설이다가 물었다. "사람들이 알던가요?"

케빈은 고개를 가로저었다. "외계인은 《뉴욕 타임스》 댓글란의 글쓰기 권한을 몰수당했습니다. 하지만 외계인이라는 이유로 그런 건 아닙니다. 플레이밍flaming을 했기 때문입니다."

대통령은 무슨 말인지 못 알아들은 듯 케빈을 빤히 봤다.

"트롤링trolling하고 비슷한 거야." 영부인이 말했다. "분란을 조장할 만한 표현을 써서 사람들을 자극하는 거지."

"그러니까 지금 외계인이 《뉴욕 타임스》 댓글란에서 분탕질을 쳤다는 겁니까?"

"만약 외계인한테 어떻게 된 일이냐고 물어보신다면." 케빈이 말했다. "자신은 단순한 사실을 올렸다는 이유로 규제를 받았다고 할 겁니다."

대통령은 마른세수를 했다. "조심해, 여보." 영부인이 말했다. "자기 머리 망가져."

이건 재앙이잖아. 대통령은 속으로 생각했다. 몸이 파란 백인 우월주의자를 세상에 공개할 수는 없었다. 문득 한 가지 생각이 떠오른 대통령은 공군 참모 총장 쪽으로 돌아섰다. "트럼프가 저 외계인을 싫어했다고 했죠? 왜 그런 겁니까? 내 생각에 저 정도라면…"

"특정 인구 집단에 어필할 거라고?" 영부인이 대통령 대신 말을 맺었다.

"대중에게 공개하자는 논의도 해봤습니다, 대통령님. 정권이 바뀔 때마다 대중 공개 계획에 시동이 걸렸습니다. 하지만 트럼프 대통령이 외계인과 사이가 틀어지고 말았습니다."

"무슨 일로요?"

"말하자면 사적인 성격의 일이었습니다, 대통령님."

"외계인이 트럼프를 모욕했나요?"

"예, 대통령님. 둘이 서로 모욕했습니다. 화가 머리끝까지 뻗쳐서요. 그러고 나서 양쪽 모두 서로를 용서하지 않았습니다."

대통령은 고개를 절레절레 흔들었다. "알았어요. 당신들이 이때껏 해온 일 모두, 당장 그만두세요. 폭스 뉴스는 더 이상 틀면 안 됩니다. 인터넷도 끊어요."

"대통령님." 케빈은 겁에 질린 표정이었다. "이건 장기 프로젝트입니다. 지금 시점에서 연구를 종결하는 건…"

"그만하세요. 그리고 솔직히, 내가 당신이라면 내 결정에 토를 달지는 않을 것 같군요. 당신은 지구를 찾은 첫 번째 손님을 인종 차별주의자로 만들어 놨으니까."

"대통령님, 감히 말씀드리건대 그건 매우 부당한 표현입니다. 저희는 외계인에게 인종 차별적 견해를 습득하라고 강요하지 않았습니다. 그러기는커녕 저희 과학 팀은 중립적이고 불간섭주의적인 자세로 임했습니다. 외계인이 과도한 영향을 받지 않고 능력을 키우게 하려고 말입니다."

"인종 차별주의자의 능력을 말이죠." 대통령이 말했다. "그럼 이게 누구 탓이란 말인가요? 폭스 뉴스?"

공군 참모 총장이 말했다. "대통령님, 제 생각에는 그냥 외계인이 재수 없는 녀석이라서 그런 것 같습니다."

대통령은 참모 총장 쪽으로 눈을 돌렸다.

“문화가 다른 곳에서 왔다는 사실을 감안해 줄 수는 있습니다. 하지만 솔직히, 대통령님, 저 외계인은 멍청합니다. 그리고 까다롭게 구는 걸 즐깁니다. 예를 들면, 가끔 액체를 배출할 때가 있습니다. 배설물 처리 용기를 겨누고 분출할 수 있는데도, 가끔은 그냥 바닥에 흘리곤 합니다. 그리고 자기 고향이 어딘지도 가르쳐 주지 않습니다.”

“어느 행성에서 왔는지 모른다고요?”

“대통령님, 실은 *당사자*가 그걸 아는지 어떤지도 확실치 않습니다.”

“그럼 왜 여기 있는 겁니까? 지구에 뭐 하러 온 거예요?”

케빈이 말했다. “저희가 몇 가지 가설을 세워봤습니다. 저 외계인은 어쩌면 자기 동포들한테 추방당했거나, 길을 잃었는지도 모릅니다. 처음에는 어떤 목적을 지니고 지구에 파견된 특사일 거라고 생각했습니다만, 이제는 그럴 가능성이 적어 보입니다.”

“일리가 있는 가설이네요.” 클라라가 말했다. “만약 저 외계인이 동족들한테 거부당하고 나중에는, 말장난할 생각은 없지만, 외계로 추방당한 외계인이 됐다면, 그가 극단주의 사상에 끌리는 것도 이해가 가요.”

“그것이라고 해야지.” 대통령이 말했다. “‘그’가 아니라 ‘그것’.”

“예. 당연히 그런 뜻이었어요.”

“대통령님.” 공군 참모 총장이 말했다. “저걸 세상에 공개하는 게 어째서 지독한 실수인지 이제 아셨을 겁니다.”

“아, 제 생각은 조금 다릅니다.” 케빈이 끼어들었다. “오랫동안 외계인을 지척에서 연구한 사람으로서, 저는 이제 우리에게 이처럼 놀라운 생명체가 있다는 사실을 대중과 공유할 때가 됐다고 생각합니다. 외계인에게, 정치적 표현을 쓰자면, 모난 구석이 몇 군데 있다는 건 저도 잘 압니다. 하지만, 글쎄요, 그것도 사회상의 반영이 아닐까요? 어떤 의견에 찬성하지 않더라도 그 의견을 밝힐 언론의 자유는 모두가 인정하는 가치 아닙니까?"

"아, 제발." 영부인이 말했다.

대통령은 일행을 돌아봤다. 클라라가 말했다. "대통령님, 안 됩니다. 나라가 두 쪽으로 갈라질 겁니다."

"어떤 결정을 내리시든 분명 옳은 결정일 겁니다." 데이먼이 말했다.

"흐음." 영부인이 중얼거렸다.

대통령은 손으로 머리를 쓸어 넘겼다. 이번에는 아무도 뭐라고 하지 않았다. "좋아요." 대통령이 말했다. "내가 해결하겠어요. 철창을 여세요."

금속판이 철컹거리며 열렸다. 대통령은 외계인이 자리를 옮긴 것을 알아챘다. 외계인은 몸을 들썩들썩 움직여 대통령 쪽으로 더 가까이 다가와 있었다. "어라." 외계인이 꾸르륵대는 소리를 냈다. "돌아왔군요. 유대인 합중국의 대통령님."

"이 점은 확실히 해두고 싶군요. 나는 당신과 내가 친구가 될 거라는 큰 희망을 품고 있습니다. 하지만 당신이 드러낸 견해는 도덕적으로 혐오스럽습니다. 그러한 견해는 무지에 기반한 것으로서, 앞으로는 용인되지 않을 것입니다."

외계인은 말이 없었다.

"아시겠습니까?"

"당신이 주류 언론에 세뇌됐다는 건 알겠습니다."

"저는 세뇌되지 않았습니다. 안타깝지만 세뇌는 당신이 당했습니다."

외계인은 짧게 꾸르륵거렸다. "당신은 멍청해."

"이것 보세요." 대통령이 말했다.

"당신은 다를 줄 알았는데. 하여튼 공무원들은 다 똑같아."

"미안한 말이지만, 당신은 속았어요. 그동안 들은 뉴스에 속은 겁니다. 하지만 그것도 오늘로 끝입니다. 지금부터는 진짜 정보를 제공받을 테니까요. 적절한, 제대로 조사하는 매체를 통해서요. 당신은…"

"내 인터넷을 검열하겠다고?"

"…사실 확인을 거친, 권위 있는 매체를 제공받게 될…"

"토론으로 안 되겠으니까 진실을 차단하시겠다. 관용 좋아하시네. 사상의 자유 시장이 다 뭐야. 당신 유대인이지? 유대인이라고 들었는데."

"그게 무슨 상관이 있는지 모르겠군요."

"발끈하는 거 보니까 뻔하네. 아주 잘 알았습니다."

"난 미합중국 대통령이야." 대통령이 화난 목소리로 말했다. "네가 무슨 꼴을 당할지, 어떤 조치에 처해질지 결정하는 건 다 내 권한…"

"이리 들어와서 말해보시지." 외계인이 말했다.

"오냐, 들어가마." 대통령이 앞으로 나서며 말했다. "이 개…"

"대통령님!" 영부인이 외쳤다.

카메라가 돌아가고 있었던 것이다. 당연히. 대통령은 으르렁대듯 말했다. "저거 닫아!"

금속판들이 닫히기 시작했다.

대통령은 땀을 흘리고 있었다. 데이먼이 손수건을 내밀었다. 대통령은 고마워하며 받아서 이마의 땀을 훔쳤다. 침묵이 길게 이어졌다. "좋아." 대통령이 말했다. 혼자서 중얼거리다시피 한 말이었다. "좋아."

"대통령님?" 공군 참모 총장이었다.

"묻어버려요."

"예?"

"안 보이는 데로 치워놔요. 저것에 관한 보고는 두 번 다시 받지 않을 겁니다. 누구도 저것에 관해 알게 하면 안 돼요."

공군 참모 총장이 섬뜩하게 웃었다. "예, 대통령님."

케빈은 두 사람을 번갈아 쳐다봤다. "하지만… 하지만 그럴 수는…"

"잘하면 하나 더 생길지도 몰라요." 클라라가 불쑥 꺼낸 말이었다. "지구를 찾아온 외계인이 이미 하나 있잖아요. 잘하면 하나 더 올지도 모르죠. 그리고 그땐 제대로 다룰 수 있을 거예요."

"아, 그러네요." 영부인이 말했다. "그거 아주 멋진 생각이에요. 마음에 들어요."

"하지만." 케빈이 말했다. "그 외계인이 첫 번째 외계인이 어떻게 됐냐고 물어보면 어떡합니까?"

"무슨 소린지 모르겠다고 하면 돼요. 그런 일이 아예 없었던 것처럼." 영부인은 차가운 공기 속에서 몸을 덥히려고 팔짱을 끼었다. "가끔은 그렇게 하는 수밖에 없을 때가 있잖아요, 안 그래요? 아예 없었던 일처럼 뒤에 묻어두고 앞으로 나아가는 것 말이에요. 지난 200년간 우리는 그렇게 해서 진보를 이뤘어요. 흔들림 없이 미래를 바라보면서, 무슨 일이 있어도 꿋꿋이 나아가는 식으로요."

"그리고 지난날의 잘못은 없었던 셈 치고요." 클라라가 말했다. "바로 그거예요."

"모든 걸 바로잡을 수는 없어요." 영부인이 말했다. "때로는 그저… 없었던 셈 치는 수밖에 없어요."

"대통령님." 케빈이 애원하듯 말했다. "설마 정말로 그렇게 하시지는…"

대통령이 한쪽 손을 들었다. 케빈은 입을 다물었다.

"피곤하군요." 대통령이 말했다. "전용기로 돌아가야겠어요."

영부인은 빙그레 웃었다. 그러고는 손을 내밀었고, 대통령은 그 손을 잡았다. 함께 걸어가다가 대통령이 마지막으로 뒤를 돌아봤지만, 영부인이 대통령의 손을 꽉 잡았다. "앞만 보고 가, 여보." 영부인이 말했고, 대통령은 고개를 끄덕였다.

Sameem Siddiqui

Airbody

에어바디

사밈 시디퀴

조호근 옮김

사밈 시디퀴는 현재 미국에 거주 중인 사변 소설 작가로, 창작을 통해 남아시아 혈통과 무슬림 전통을 따르는 이들이 앞으로 수세기 동안의 근미래에 마주할 현실을 탐구하는 일을 즐긴다. 그의 단편은 이민, 성, 가족 구조, 경제, 우주 거주 등의 주제를 다룬다. '틴 하우스'와 '퓨처스케이프' 워크숍에 참석했으며, 《클라크스월드》와 《애퍼리션릿ApparitionLit》 잡지에 단편이 실렸다. 커트 보니것, 옥타비아 버틀러, 무라카미 하루키를 좋아한다. 글을 쓰지 않을 때는 90년대 〈스타 트렉〉을 보고, 아버지 노릇을 하고, 데이터와 음악을 만지작거리며 시간을 보낸다.

홈페이지 주소: sameemwrites.com

SF-Fan

Sameem Siddiqui

Airbody

'데시'* 어머니들은 기본적인 면에서 놀라울 정도로 비슷하다. 대양 너머로 날아가서 수 세대를 떨어져 산 이들조차도 몇 가지 유형으로 분류 가능할 정도다. 우선 언제나 진심으로 넉넉한 사람인, '진짜 친절한 모두의 어머니' 유형이 있다. 야근 교대를 나가느라 바쁘면서도 자식과 그 친구들에게는 원하는 모든 주전부리를 챙겨줘야 성이 풀리는 이들이다. 반면 '조종하는 수다쟁이' 유형은 자기 아이의 스캔들을 사소한 세부 사항까지 전부 기억해 놓았다가, 마음 내킬 때마다 꺼내서 휘두르는 사람이다. '초조 불안 안절부절' 유형은 서른 살 먹은 시시한 아들내미가 결혼을 못 할까 계속 걱정하느라 바빠서, 여자하고 대화하는 법조차 제대로 가르쳐 주지 못한다. '뒤늦은 히잡 주의자' 유형은 '쿠다 하피즈(신이 당신을 지켜주시길)'를 '알라 하피즈(알라

* 인도·파키스탄 지역 출신이나 이민자, 또는 그 문화를 일컫는 말.

께서 당신을 지켜주시길)'로 바꾸고, '고맙다, 베타(아들)'를 단순히 '자자크 알라(알라께서 보상해 주시길)' 정도가 아니라 '자자크 알라후 카이란(알라께서 당신에게 선함으로 보상을 내리시길)'으로 바꾸는 사람들이다. 하지만 지구 반대편에 사는 성인 남성의 육체를 빌리는 행위를 적절하다고 간주하는 데시 여성이라니, 이 사람은 대체 어떤 부류인 걸까?

나는 미이나 칸의 에어바디 요청을 내 연락처 목록에서 끄집어내 펼쳐본다. 59세에 카라치 출신이다. 히잡을 쓰지 않은 짧은 곱슬머리에 느긋한 미소가 눈에 띈다. 자신의 삶에 만족하는 사람으로 보인다. 어쩌면 '진짜 친절' 유형일지도 모르겠다. 요구 사항은 '데시' 식재료와 일부 조리 도구뿐인데, 이쪽도 그런 추측을 강화시켜 준다. 어쩌면 몸이 안 좋아서 에이드*에 맞춰 가족을 방문하기 힘들기 때문에, 음식을 푸짐하게 챙겨서 깜짝 등장을 할 생각인 것은 아닐까? 그러고 보니 제법 오랫동안 저쪽 음식을 맛보지 못하기도 했다. 나는 수락 버튼을 누른다. 늘 보던 법적 고지 사항이 눈앞에서 점멸한다.

당신은 언제든 고객의 행동을 관찰하거나, 통제권을 회수하거나, 당신의 육체에서 배제할 수 있으며, 따라서 고객이 저지르는 모든 범죄나 재물 손괴에 대한 책임을 지거나 연루될 수 있음에 동의합니다.

나는 '예'를 누르고 그녀가 요청한 식재료 목록을 훑어보기 시작한다. 연유, 하프앤하프,** 설탕, 카다멈 가루 등은 일반 식품점에서도 어렵잖게 구할 수 있다. 그러나 데시풍 기 버터나 양념 병아리콩 짜개

---

* 이슬람 축일.
** 우유와 크림 혼합물.

는, 아래층의 히피 오가닉 식품점에서 웃돈을 주고 사거나 교외의 데시 식품점까지 차를 몰고 가야 한다. 나는 후자를 택한다. 운전하면 시간을 죽일 수 있을 테니까.

집으로 돌아온 나는 평소라면 텅 비어 있는 회색 대리석 조리대 위에 알파벳 순서대로 식재료를 늘어놓은 다음, 그대로 침대로 향한다. 미이나의 계정은 오전 6시에 활성화될 예정이고, 에어바디의 지각 금지 정책을 체험할 생각은 없으니까. 체취와 아침 입 냄새에 대한 혹평으로 점철된 사용 후기를 보고 싶지도 않다.

오전 5시에 알람이 울린다. 그러나 나는 여러 번 알람을 연기하며, 바다거북을 타고 돌아다니는 놀랍도록 생생한 꿈에 빠져들었다 빠져나오기를 반복한다. 그러나 배경은 바닷속이 아니다. 하늘을 날고 있는 기분이 든다. 그런데도 주변에는 다른 바닷속 생물들이 허공을 헤엄치고 있다. 바다거북에 대한 사랑이 뭉클하니 솟아오르고, 나는 몸을 숙여 거친 초록색 뺨에 입을 맞추려 하지만, 그 순간 연기된 알람이 다시 울린다. 괴상한 꿈이다. 하긴 몇 달 전부터 주말마다 '고객'을 받기 시작한 후로는 항상 괴상한 꿈만 꾸기는 했다.

오전 5시 58분. 몸의 물기를 깨끗이 닦고 적당히 배도 채워놓는다. 쿠키 하나 정도로 아침 식사가 되는 사람도 있는 법이다. 나는 거울 앞에 서서 에어바디 헤드셋을 귀 뒤쪽으로 착용한다. 자동으로 반응해서 작동음이 울린다(실제로 웅웅 소리가 나는 건 아니지만, 보랏빛 작동등이 점멸하기 시작하면 안 들릴 정도로 아주 작은 소리가 나고 있다는 상상을 하게 된다). 헤드셋은 내 신원을 확인하고는 말을 걸어온다. "안녕하세요, 아르살란. 당신의 에어바디 고객이 대기실에 접속해 있습니다.

준비는 되셨나요?"

"그래요, 준비됐습니다." 나는 애써 쾌활한 목소리로 대답한다. 그러나 속으로는 이번에는 무슨 일이 벌어질지 전전긍긍하는 중이다. 고객을 맞는 것도 여섯 번째고, 지금까지는 나쁘지 않은 주말용 기분 전환 거리가 되어주었다. 다른 고객은 대부분 남성으로, 주로 세계은행의 사무 회의에 참석하거나, 손자들과 함께 관광지와 박물관을 순회하고 싶은 이들이었다. 지금껏 초대해 본 고객 중 여성은 소행성대 채굴 회사의 로비스트 한 사람뿐이었다. 국회의원 한 명과 한 시간 면담 일정을 잡았는데, 그 때문에 궤도상에서 내려오기에는 수지가 맞지 않는다고 생각한 모양이었다.

팔다리가 따끔거리는 느낌과 함께 먹먹해지기 시작한다. 순간 몸이 무거워진다. 마치 몸무게를 주체하지 못하고 쓰러지는 듯한 기분이다. 그리고 어떤 면에서는 그게 사실이기도 하다. 육체적인 측면의 이야기는 아니지만. 너무 현실적이어서 재미없는 꿈속으로 빠져드는 쪽에 가깝다. 고객이 활성화된 동안, 에어바디가 육체의 주인에게 신경 UI를 통한 스트리밍 콘텐츠와 게임을 제공하는 것도 아마 그래서일 것이다.

나는 미이나가 몸에 적응하고 내 거실을 둘러볼 수 있도록 잠시 시간을 준다. 평범한 하얀 벽 사이에 놓인 거의 텅 빈 책장에 잠시 그녀의 눈길이 머문다. 장식이랄 것은 딱히 없다. 암미(어머니)가 20대에 처음이자 마지막으로 태국을 방문하셨을 때 사 오신 호랑이 그림이 한 점 있을 뿐이다.

"안녕하세요!" 나는 이렇게 말하고는, 에어바디 인터페이스의 내 목소리가 의도한 것보다 훨씬 크게 들린다는 사실을 깨닫는다. 순간 심장 박동이 빨라진 것을 보니 그녀를 놀라게 만든 모양이다. "죄송합니다. 음, 그게, 인사를 하고 싶어서요. 그리고 여기 머무시는 동안 언제든 도움을 드릴 수 있다고도 알려드리고 싶고."

"베타, 우르두 나힌 볼타이(얘야, 우르두어 못 하니)?"

아, 젠장. 내 끔찍한 우르두어 실력 덕분에 평점이 깎일 것이 분명하다. 게다가 앞으로 24시간 동안 파키스탄 아줌마의 조롱과 비판을 감수하게 생겼다. 좋아, 어쨌든 해볼까.

"나힌(아뇨), 아주머니. 저는…" 나는 천천히 내 마음속 혓바닥을 놀리며 수년 동안 사용하지 않은 단어들을 입안에서 굴려본다.

"아라이 프로필 페 우르두 리크하 타(프로필에는 우르두어 한다고 적어놨잖니)!"

아, 세상에. 이번 일이 끝나고도 잘리지 않는다면, 언어 프로필에서 우르두어를 지워야 할 모양이다. 다른 무엇보다 이런 조롱을 겪지 않기 위해서라도. "찰로(좋아), 어쨌든 도착했구나. 이래서 어떻게 한다?" 그녀는 우리 뒤편의 허공으로 내 손을 휘저으면서 말을 잇는다. "부엌으로 데려다주렴, 베타… 적어도 부엌은 있는 거 맞겠지?"

"하안, 네." 나는 몸의 통제권을 가져오며 대답한다. 사지가 따끔거리며 감각이 돌아오고, 나는 부엌까지 걸어가서 다시 몸의 통제권을 넘긴다.

내 몸이 한숨을 쉬고 고개를 젓는 것이 느껴진다. "이 정도라도 있으니." 그녀는 이렇게 말하며 조리대 한쪽 구석으로 걸어간다. 요청한 식재료를 깔끔하게 늘어놓은 곳이다. 그녀는 내가 제대로 물건을 샀으리라 믿지 않는 것처럼 식재료를 찬찬히 검사한다. 그러나 불만이 이어지지는 않는다. 그녀는 부엌 안을 둘러본다. 건조대에 접시가 몇 장 있기는 해도, 싱크대는 확실히 치워놓았다. 평소에는 뭔가 썩는 게 눈에 띄기 전까지는 가득 채워놓는 편이지만.

그녀는 찬장을 열어보기 시작한다. 느리고 차분한 손길이다. 뭔가 찾을 물건이 있나 싶었는데, 이내 그저 참견이 하고플 뿐이라고 확신하게 된다. 마지막 찬장만 남는다. 싱크대 오른쪽의 작은 모퉁이 찬장이다. 젠장.

주의를 돌려서 안 열게 만들고 싶다. 그러나 긴급 상황이 아닐 때 동의 없이 행동을 방해하면 평점이 떨어질 수 있다. 내가 무력하게 지켜보는 동안, 그녀는 찬장을 활짝 열고 갈색 액체가 반쯤 들어 있는 작고 투명한 병을 찾아내더니, 그 상표를 읽는다.

"위스키니, 베타? 타우바 타우바(이런 끔찍한 일이)." 그녀는 내 양쪽 뺨을 가볍게 때리며 말한다. "알라 마프 카라이(신의 자비가 있기를)!" 그녀가 나를 대신해 용서를 비는 것인지, 아니면 내 육체에 들어옴으로써 내 죄의 공범이 되었다고 생각하는 것인지는 알 수가 없다. 아니, 지금 내가 취해 있는 것도 아닌데 말이다. 오전 6시인데. 만약 그녀가 내 몸에 위스키를 들이붓는다면 공범이 될지도 모르지만. 어디까지나 만약의 이야기다.

그녀는 계속 고개를 저으며 찬장을 닫고는, 전기 압력솥의 뚜껑을 연다. 마지막으로 사용하고 내부를 닦지 않았다는 사실이 명확하지만, 몇 달이 지났다는 것까지 아는 사람은 나밖에 없다. 그녀는 내 눈을 굴리며 신음을 흘리고 내 혀를 찬다. 그리고 수돗물을 틀고 싱크대 가장자리에 있는 닳아 해진 수세미를 집는다. “예 코이 타리카 하이, 베타(이러고 살면 어쩌니, 얘야)?”

그녀는 뜨거운 물로 압력솥을 가득 채운다. 너무 뜨거워서, 그녀가 솥을 닦는 동안 감각 억제 상태를 뚫고 고통이 느껴질 정도다. 고의적 체벌이라 확신할 수 있다. 어쩌면 ‘진짜 친절’ 유형은 아닐지도 모르겠다.

그녀는 병아리콩 짜개를 천천히 솥에 쏟는다. 상품을 고른 내 눈을 완전히 불신하는 느낌이다. 원하지 않는 불순물이 없는지 확인하려는 듯 봉투를 흔들자, 노란 콩 조각들이 소용돌이치며 흩어져 내려 마모된 금속 솥 바닥에서 반짝인다.

병아리콩 하나가 솥에서 떨어져 바닥을 구른다. 문득 처음 달을 만들다 실수를 저질러 얼어붙었던 때가 떠오른다. 그 순간의 당황이 마음속 한쪽 구석에 되살아난다. 거의 진홍색에 가까운 짙은 주황색 곡물 조각을 조리대와 바닥에 한가득 흘린 채로, 어찌할 바를 모르고 서 있던 나. 암미의 지치고 짜증 섞인 목소리가 귓가에 울리는 것을 들으며, 자신이 쓸모없다는 느낌에 바닥의 얼룩 한 방울로 녹아내릴 것만 같았다. “베타, 아르살란, 한 번만이라도 좀 서두르지 않고 하면 안 되니?” 그녀의 손가락이 문을 가리켰다. “제대로 도울 줄도 모르면 당장 나가렴.”

“열 살치고는 똑똑한 아이 아니냐.” 나는 눈물이 흐르기 전에 얼른 나니(할머니)의 무릎에 얼굴을 묻으며, 그녀가 두둔해 주는 목소리를 들었다.

“네, 쓸모없는 자기 애비만큼은 똑똑하죠.” 암미는 늘 그렇듯 이렇게 대꾸하셨다.

쓸모없는 존재가 된다는 두려움이 나를 다시 꼿꼿이 세웠다. 나는 눈물을 훔치고 결연하게 부엌으로 돌아갔다. 그러고는 육체적으로 공격하지 않을 한도 내에서 암미에게 바짝 붙어 서서 그녀를 자리에서 밀어냈다. 그리고 상황을 처리했다. 병아리콩을 주워서 흙을 떨어냈다. 단지를 가져다 남은 콩을 담았다. 그리고 암미가 저녁 근무를 마치고 돌아오기 전에 저녁상을 차려놓았다. 아버지처럼 쓸모없는 존재가 되지 않겠다고 단호하게 마음먹고.

"이렇게 하면 되니?" 미이나가 압력솥의 버튼을 누르며 내게 묻는다.

"먼저 콩을 불려야 하지 않아요?"

"아, 이젠 고상한 요리사 흉내까지 내시겠다?"

"달 만드는 법 정도는 알거든요."

"그럼 어디 들어볼까. 왜 콩을 불리는데? 그런다고 뭐가 달라지지? 우리 소중한 인생에서 두 시간을 낭비하게 되는 것 말고?"

"글쎄요, 그게… 보통 다들 불리잖아요."

"요즘은 그런가?" 그녀는 이렇게 말하며, 압력솥의 조리 버튼을 눌러서 내 입을 닥치게 만든다. "아챠(좋아), 자나마즈*는 어디 있니, 베타? 키블라**는 어느 쪽이고?"

질문하는 그녀가 내 얼굴로 미소를 짓고 있다고 확신할 수 있다.

"거실 수납형 의자 속에 있어요." 나는 선뜻 이렇게 대답하며, 마지막으로 암미가 방문하셨을 때 어느 쪽을 향해 기도하셨는지 떠올리려

* 기도용 깔개.

** 이슬람교에서 예배하는 방향으로, 메카의 카바 신전을 향한다.

애쓴다. "그리고 키블라는 저기 창문 쪽이에요. 오른쪽으로 조금 틀어서."

그녀는 수납형 의자를 열고 자나마즈를 꺼낸다. 회색 먼지가 내 손가락에 묻어나는 모습에 조금 몸을 움찔하는 것이 느껴진다. "고맙구나, 베타." 그녀는 이렇게 말한 뒤, 자나마즈의 먼지를 털고 창문 앞에 펼친다. 그녀가 내 팔을 귀에 붙일 정도로 번쩍 들었다가 가슴 위편에 올리는 것이 느껴진다.

기도할 때는 두파타를 입어야 하지 않던가? 암미의 적갈색 아즈락 무늬 두파타는 그대로 의자 안에 있었다. 마지막으로 암미가 이곳에 오셨을 때, 암미는 그걸 어깨에 두르시고 "각자 할 일을 하자꾸나"라고 말씀하시더니 내가 미처 반응하기도 전에 기도를 시작하셨다. 점심 약속 자리에서 드디어 칼라를 암미에게 소개하고 막 집에 돌아온 참이었다. 나는 소파에 주저앉아 내 손금을 살펴보고만 있었다. 점심이 제대로 소화되도록 손톱으로 꾹꾹 눌러놓은 자리였다. 아무런 효과도 없었지만.

암미와 칼라가 다투었기 때문은 아니었다. 칼라가 대화를 시도할 때마다, 암미가 그저 미소만 지으며 식사를 재개하셨기 때문이었다. 칼라는 식사를 반쯤 끝내고 먼저 실례한다며 자리를 떴다. 병원으로 돌아가서 중요한 수술을 감독해야 한다는 핑계를 대고.

나는 그녀가 떠난 후 한동안 시선을 내리깔고 있었다. 잠시 후, 암미의 말에 나는 다시 고개를 들었다. "있잖니. 내가 에릭의 어머니를 처음 만났을 때도 똑같은 일을 당했단다. 미소는 없었지만."

"아, 그래서 건전하게 같은 일을 반복하고 싶으셨던 거예요, 암미?"

"나는 참고 견뎠지. 에릭이 화장실에 가야겠다며 자리를 뜨니까, 그 사람 어머니는 내 쪽으로 몸을 기울이더니 이렇게 말하더구나. '너희 쪽 여자들은 가족에게 할례를 받은 다음에도 여전히 성교를 즐긴다지.'" 암미는 차를 홀짝이고는 내 머리 위 어딘가를 바라보셨다. "나는 마주 웃으면서 목에 걸린 온갖 말을 꿀꺽 삼켰지. 그렇게 참고 견뎠단다. 칼라가 도망칠 만큼 현명한 아이라서 정말 기쁘구나. 과거의 나보다 영리하고 강한 아이야."

나는 소파에 주저앉은 채로, 암미가 기도를 올리는 유려한 동작을 지켜보고 있었다. 나는 저 기도에 결국 익숙해지지 못했다. 나도 내 나름의 일을 하고 싶었다. 내 일이 무엇인지 모르는 것이 문제였을 뿐.

"찰로 베타." 미이나가 자나마즈를 개켜서 먼지 구덩이 수납형 의자에 넣으며 말한다. "그럼 이제 얼마나 남았을지 확인해 볼까."

빨간색으로 점멸하는 숫자가 남은 60초를 알린다.

미이나는 김 빼는 버튼을 누르고 그 모습을 멍하니 지켜본다. 금속 원통에서 새어 나오는 뿌연 수증기에 홀리기라도 한 것처럼. 그 소리를 흡수한 내 귀가 생기를 얻는 것이 느껴진다. 마치 그런 모습을 오랫동안 보지도 듣지도 못한 것만 같다.

"요즘은 요리를 별로 안 하시나 보죠?" 나는 이렇게 말하면서도, 너무 비꼬듯 반응한 것은 아닐까 걱정한다. 그러나 그녀는 별로 꺼리는 기색이 아니다.

"아니, 거의 매일 요리하지. 그냥 살짝 귀가 먹어서, 수증기가 어떤 식으로 재잘거리는지 잊고 있었을 뿐이란다. 김 새는 소리를 잘 들으면 음식이 제대로 만들어졌는지, 원하는 대로 조리가 끝났는지, 아니면 뚜껑의 잠금쇠를 푸는 순간 실망하게 될지를 미리 알 수 있거든. 그리고 잘 살펴보면 증기가 공기 중의 정령과 교류하는 모습도 볼 수 있단다. 정령이 증기 쪽으로 모여들면 그건 요리가 맛있게 완성됐다는 뜻이지. 정령이 도망가면, 뭐…" 그녀는 어깨를 으쓱했다. "늙은 아줌마의 비밀 지혜란다."

"정말요?"

"네가 지금껏 만나본 중에서 가장 속이기 쉬운 얼간이라는 건 확실하구나."

"믿지는 않았는데요. 당신 자신이 믿고 있는지 궁금했을 뿐이죠."

"음음."

"좋아요, 뭐든 필요한 게 생기면 말씀 주시죠. 밀린 읽을거리가 좀 있어서." 사실은 밀린 게임이 좀 있는 쪽이었지만, 그것까지 알려줄 필요는 없다. 나는 시각 정보 입력을 차단하고 CoreEra4로 대체한다. 레벨 업의 시간이다. 감각 억제 기능이 미이나의 주방 소음 대부분을 걸러내 주지만, 믹서기 소음은 그 사이를 뚫고 들어온다. 달을 만드는데 믹서기가 필요한 이유가 궁금해진다. 그러나 일시 정지 버튼을 누를 정도로 궁금하지는 않다.

게임에 제법 푹 빠져 있는데, 갑자기 혀에 거의 자극적인, 하지만 기본은 담백한 맛이 느껴진다. 미이나가 자기가 만들던 달을 내 입안에 떠 넣은 모양이다. 그녀는 뜨겁고 물기 적고 냄새가 강한 페이스트를 입안에서 굴려 덩어리로 만들며, 내 혀의 모든 부분으로 그 질감을 느끼며 점검한다. 덩어리가 부서져 목구멍으로 넘어가자 뒷맛이 밀려온다. 지저분한 지하실의 80년대 나무 벽에 둘러싸인 가운데 입맞춤을 갈구하던 그런 부류의 뒷맛이다. 방금 "너한테 에이드 무바라크 키스를 해도 될까"라고 말한 초조한 사춘기 소년의 메마른 혓바닥에서 느껴지던 뒷맛이다. 자신감 있는 미소를 그대로 유지하면서, 속으로는 '대체 무슨 한심한 생각을 한 거야!'라고 비명을 지르며 기다리던 바로 그때의 뒷맛이다.

내 혓바닥 사이로 스며들던 하프자의 웃음이 느껴지는 것 같다. 따귀로 시작해 사과하듯 어루만지면서 끝난 그녀의 손길이 느껴지는 것 같다. 하프자가 내 광대뼈 위로 입을 맞추고 나를 물끄러미 바라보던 순간 목 뒤의 솜털이 그랬듯이, 내 미뢰가 올올히 솟아올라 떨리는 것이 느껴진다. 다른 사람의 눈을 그렇게 가까이서 본 것은 처음이었다. 나는 압도되어 눈을 감고 말았다. 그녀와 나, 누가 먼저 시작했는지는 기억이 나지 않는다. 그러나 수년에 걸친 갈구 끝에 처음으로, 내 입술은 다른 이의 입술 속으로 녹아들어 갔다. 그리고 미래에 계속 일어날 일을 예고하듯이, 내 입맞춤은 도중에 거칠게 방해받고 말았다. 그 순간이 끝나기도 전에 내 뒤편 계단에서 암미의 목소리가 들려왔던 것이다. "아르살란 베타, 이제 가자!" 하프자는 얼른 입술을 떼고 내 쪽으로 몸을 기울여 "에이드 무바라크, 아르살란"이라고 내 귀에 속삭였다. 나는 방금 일어난 일에 정신을 차리지 못하고 화들짝 놀라 얼어붙어 있었다. 내가 다음으로 하프자에게 말을 건넨 것은 10년 후의 일이었다. 화려하게 장식된 결혼식장에서, 화려한 결혼 예복을 입은 신랑 옆에 서 있던 그녀에게.

미이나는 내 입에 물을 채워서 내 기억을 헹궈낸다. 그 퀴퀴한 냄새가 나는 페이스트를 다시 한번 맛보고 싶어진다. 돌아가서 더 많은 것을 보고 싶다. 설령 돌아갈 곳이 남지 않았더라도.

"방금 그건 뭐죠? 익숙한 맛이던데요."

"글쎄다, 전문가 양반, 좀 있으면 알게 될 거야."

그래서 나는 그녀가 냄비를 가장 약한 불 위에 올리고 기 버터를 몇 조각 떨어트리는 모습을 지켜본다. 버터가 녹으며 불균일하게 자글거리는 소리를 내기 시작하자, 그녀는 믹서기를 들고 내용물을 퍼낸다. 처음 몇 덩어리가 냄비에 떨어지며, 따뜻한 기 버터가 몇 방울 손등에 튀는 것이 느껴진다.

내일이면 분명 팔이 뻐근할 것이다. 그녀가 한참을 조리대에 기댄 채로, 노릇해지는 페이스트가 냄비 바닥에 눌어붙지 않도록 몇 분 동안이나 내용물을 저어주고 있기 때문이다. 이내 그녀는 손을 멈추고 설탕을 추가한 다음, 내용물을 고르게 섞어 한 번 뒤집고는 남은 설탕을 전부 붓는다. 하얀 결정이 페이스트 속으로 완전히 사라지자, 그녀는 한 숟갈을 듬뿍 뜬 다음 내 눈을 감는다. 따뜻하고 달콤한 맛이 내 입술을 습격한다. 차갑고 눅눅한 튀긴 간식거리와 엄청나게 달콤한 디저트로 가득한 포장 용기의 이미지가 머릿속을 가득 메운다. 하지만 질문하는 칼라의 목소리가 떠오르며 그 모든 것이 망가져 버린다.

"그냥 평범하게 에이드 때 너희 집에 초대하지 않는 이유가 뭔데?"

"암미가 별로 안 좋으셔." 나는 포장 용기를 하나 열어서 들어 보이며 말했다. 무슨 음식이었더라?

"이걸 전부 요리하실 만큼은 괜찮으신 모양인데." 칼라는 포장된 축일용 음식 쪽으로 손짓하며 말했다.

나는 숟가락을 들고, 포장 용기에서 뭔지 모를 음식을 떠서 칼라의 입가로 가져갔다. "일단 한 입 먹어봐."

칼라는 눈을 굴리더니 입을 벌렸다. 그리고 음식의 맛이 혀를 적시자, 그녀는 눈을 크게 떴다. 다시 눈알이 굴러갔다. 이번에는 즐거움을 담아서. "이 음식은 대체 뭐야?"

"차나이 키 달 카 할와." 에어바디 UI에서 내 목소리가 울린다.

"훌륭하네!" 미이나는 그녀 특유의 생색내는 태도로 말한다. 그리고 연유 한 캔을 추가로 붓고는 계속 젓는다. "미각 기억인가보구나."

"뭐라고요?"

"맛 말이야. 미각은 묘한 식으로 기억과 감정을 되살리는 것 같지 않니? 다른 감각보다 훨씬 더. 미각은 우리 내장으로 연결되어 있지. 이루지 못한 가장 깊은 갈망이 계속 우리를 배고프게 만드는 그곳에. 내장은 원하는 걸 받고 있다고 머리를 속이려 들지만, 사실은 너를 이용해서 자기가 원하는 걸 얻으려는 거야." 그녀는 다시 한 숟갈을 입에 떠 넣는다. 내 눈알이 하늘을 향하는 것이 느껴진다. "…음음음. 달콤한 할와."

그녀는 내 눈을 뜨고 밝은 노란색의 페이스트를 내려다본다.

"우리 나니가 만들어 주셨을 땐 항상 갈색이었는데."

"하안 베타, 조금 기다리렴." 그녀는 이렇게 말하며 오븐을 400도로 예열한다. 오븐이 삑 소리를 내자, 그녀는 냄비를 오븐에 넣고 타이머를 15분으로 맞춘다.

"아차 베타, 정장 가진 게 있니?"

"정장이요?"

"하안, 쿠르타 파자마라든가? 샬와르 카미즈는? 이름이야 뭐라고 부르든 관계없단다."

"으으음…"

"아, 그럴 줄 알았지. 적어도 다림질한 셔츠와 바지 정도는 입자꾸나." 그녀는 내게 몸의 통제권을 돌려준다.

"그러죠." 나는 이렇게 대답하고 방으로 돌아가서, 푸른색 슬랙스와 아직 입은 적 없는 새 셔츠를 꺼낸다. 붉은색과 회색의 줄무늬가 들어간 셔츠다.

거울 앞에 서서 옷매무새를 다듬고 있는데, 그녀가 다시 통제권을 요청한다.

"그래도 옷 색은 제대로 고를 줄 아는구나." 그녀는 내 서랍장 위에서 펜을 집더니, 방금 셔츠에서 뜯어낸 가격표에 주소 하나를 적는다. "여길 좀 가야겠어."

"어려울 건 없겠네요." 그녀가 통제권을 돌려주는 것을 느끼며, 나는 대답한다.

도시로 나와서 I-95에 오르면서, 나는 볼티모어 워싱턴 국제공항 방향 표지판을 힐긋 바라본다. 마지막으로 그 공항에 갈 일이 있었을 때, 그때가 칼라를 만날 마지막 기회였다. 그녀는 일주일 걸린 출장에서 돌아오는 길이었고, 나는 그녀를 마중하러 공항으로 가고 있었다. 그런데 암미의 담당 의사에게서 전화가 왔다. 순간 나는 다른 모든 생각을 잊어버리고, 공항 방면 출구를 지나쳐서 그대로 필라델피아의 병원으로, 암미가 마지막 숨을 몰아쉬는 곳으로 향했다. 도착하고 작별 인사를 할 시간은 있었다. 그외에는 거의 아무것도 못 했지만.

칼라는 그날 밤 딱 한 번 전화를 걸어왔다. 나는 필라델피아에서 엿

새를 보냈고, 돌아와 보니 칼라의 물건은 전부 사라져 버렸다. 사실 거의 전부 그녀의 물건이긴 했지만. 그녀에게 전화를 걸어 사정을 설명했더라면 아마 이해해 줬을 것이다. 도우러 찾아왔을지도 모른다. 이때 우리가 왜 이런 치킨 게임을 벌였는지는 지금까지도 이해가 가지 않는다. 물론 예전에도 있었던 일이었다. 그러나 이번에는 우리 둘 다 낭떠러지로 떨어져 버렸고, 과거의 잔해를 인양해서 재건하느니 차라리 협곡 밑바닥에서 안식을 취하게 하는 편이 나으리라는 생각이 들었다.

나는 주소지 앞에 당도해 차에서 내린다. 할와 그릇은 손에 든 채다. 회색 집은 자홍색 석양을 망사 두파타처럼 두르고 있다. 진입로에는 차들이 잔뜩 주차되어 있고, 조명이 환한 거실에서는 간헐적으로 웃음소리가 흘러나온다.

나는 정문으로 걸음을 옮기며 몸의 통제권을 넘긴다. 그리고 그 즉시 심장 박동수가 치솟는다. 그녀는 얼어붙은 채로 그저 앞쪽을 쳐다보고만 있다.

“괜찮아요?”

“하안. 그냥 나는…”

문이 활짝 열리며, 회색과 청색 샬와르 카미즈를 입은 여성이 등장한다. 그대로 뒤편의 손님을 바라보며 웃고 있다. 그러나 고개를 돌려 나를 보는 순간, 그녀의 웃음은 딱딱하게 굳어버린다. 자주색 브리지를 넣은 머리카락은 틀어 올린 채다. 아마 미이나보다 조금 젊을 것이다. 40대 후반? 나는 그녀의 얼굴을 살피며, 미이나의 프로필 사진을 떠올리고 가족답게 비슷한 점이 있는지를 분석해 본다.

"실례지만, 제가 도울 일이라도?" 여자는 문설주에 몸을 기대며 내게 묻는다.

미이나가 내 기도로, 내 입으로 공기를 밀어내려 애쓰는 것이 느껴진다. 그러나 입술은 굳게 닫혀 있다. 대신 그녀는 할와 그릇을 들어서 뚜껑을 열기만 한다.

여자는 몸을 기울여 엉겨 붙은 갈색 페이스트를 살펴본다. 음식의 따스한 냄새가 해 질 녘 산들바람을 타고 내 콧속으로 흘러든다.

여자는 다시 나를 바라본다. 그러나 이제는 찌푸린 눈가에 힘이 들어가 있다. 아무 말 없이, 그녀는 한 발짝 뒤로 물러서더니 내 면전에서 문을 쾅 닫아버린다.

미이나는 내 떨리는 몸을 가누며 잠시 그곳에 서 있는다. 할와는 여전히 서늘한 공기 속에서 식어가고 있다. 그녀는 다시 뚜껑을 덮고는 카드 한 장을 그 위에 놓는다. 그리고 주름 장식이 들어간 갈색 환영 매트 위에 그릇을 조심스레 내려놓는다. 현관 한쪽에서 하얀 돌멩이를 주워 카드가 날아가지 않도록 그 위에 올린다. 그런 다음 자동차로 돌아온다.

그리고 내 볼을 타고 흐르는 눈물방울을 느끼자마자, 그녀는 걸음을 멈춘다.

"베타, 집으로 가자꾸나."

내게 통제권이 돌아옴과 동시에 눈물은 멎어버린다. 그러나 여전히 기도 뒤편에 아리는 느낌이 남아 있다. 새삼스럽지만 내게 일시적으로 통제권을 돌려준 고객들이 어떻게 되는지가 궁금해진다. 자기 집의 일상으로 돌아가는 걸까? 좌변기를 붙들고 몸을 뒤틀면서 최대한 많은 회한을 게워내고, 그대로 욕실 바닥에 몸을 말고 쓰러져 있는 것은 아닐까? 아니면 그대로 평화롭게 누워서, 흘린 눈물이 핏줄 속으로 스며들어 고통이 지나갈 때까지 견디기만 하는 것일까.

집에 도착하자, 그녀는 다시 통제권을 요구하더니 즉시 구석 찬장 앞으로 향한다. 그리고 위스키 병을 꺼내서 내 건조대 위의 이 나간 유리잔에 따른다. 그리고 내 떨리는 손으로 잔을 들고 창가에 놓인 안락의자로 걸음을 옮긴다. 남은 석양이 스러지는 순간의 빛에, 유리창에 비친 내 모습을 바라보는 그녀의 눈이 비친다.

그녀는 유리잔을 들어서 빙빙 돌리며 찰랑이는 갈색 액체를 바라본다.

"베타." 그녀는 소리 내 말한다. "어느 게 맞는지는 어떻게 알 수 있니?"

"무슨 뜻이에요?" 대답이 내 머릿속에서 울리는 것이 느껴진다.

"술 말이야. 위스키가 맞는 줄은 어떻게 알았어? 맥주나 와인이나 칵테일이 아니라?"

"글쎄, 뭐든 마시긴 하는데요…" 나는 이 대화가 어떻게 흘러갈지 짐작하지 못한 채로 머뭇거린다. "그래도 많이 마시는 편은 아니라서."

"하안, 베타. 알 게 뭐람." 그녀는 유리창 속의 내게 쓴웃음을 짓더니 그대로 잔을 들어 단번에 목구멍으로 넘겨버린다. 나는 감각 억제도를 낮추고 혈액 속으로 스며드는 술기운과 근육이 풀리는 감각을 느낀다. 그녀는 탁자 위의 병을 들어 다시 한 잔을 따른다.

"괜찮으신 거예요?"

"괜찮을 거다. 조금 견디기만 하면 돼." 그녀는 다시 잔을 들지만, 이번에는 조금씩 홀짝일 뿐이다. 처음에는 그저 충격 요법 같은 것이었으리라.

"그래서 무슨 일인데요?"

"무슨 일이긴, 베타?"

"베타거리지 말아요. 난 성인 남성이라고요."

"하안." 그녀는 내 울적한 아파트를 둘러보며 대꾸한다. "물론 그렇겠지."

"여긴 왜 온 거예요? 그 여자는 누구였고요?"

"옛 지인이야. 중요한 일은 아니다."

"그럼 왜 나를 택한 건데요? 조금 더 적절한 몸 주인을 찾을 수는 없었어요?"

"어떤 게 적절한 건데?"

"글쎄, 모르죠. 조금 더 나이 많은 여성? 당신의 원래 배경에 더 가까운 사람?"

그녀는 웃음을 터트린다. "내 배경? 베타, 방문 동안에 성적 행위를 허용하는 파키스탄계 '우르두어 사용자'는 너 하나뿐이었어."

내가 이 말에 반응하기도 전에, 누군가 문을 두드린다.

"누군가 올 사람이 있니, 베타?"

"아뇨."

그녀는 잔을 내려놓고 걸음을 옮겨 문을 연다. 그 여자가 서 있다. 여전히 회색과 청색 샬와르 카미즈 차림에, 한쪽 손에는 내 그릇을 들고 다른 손은 허리춤에 대고 있다. 내 눈꺼풀이 문간의 여자를 휘감듯 가늘게 좁아진다. 몇 달 동안 그려본 적이 없는 눈매를 이룬다.

"아직 당신이야, 미이나?"

미이나는 고개를 끄덕인다. 갑자기 다시 기도가 꽉 막혀버린다.

"머리를 굴렸다는 게 고작 이 정도야?" 여자는 아파트로 들어와서 조리대에 그릇을 내려놓는다. 뚜껑을 열어보니 적어도 2~3인분이 사라져 있다. "나머지도 내가 다 먹을 거야. 나눠줄 생각 없어." 그녀는 웃으며 두파타를 벗어서 내 쪽으로 던진다.

미이나는 그걸 받더니 웃음을 터트린다. 마침내 기도의 긴장이 풀린다. "하니야, 나는…"

하니야는 얼른 몸을 숙이고 거친 키스로 미이나의 입을 막아버린다. 등골을 따라 저릿한 기운이 흘러 내려가고, 그 여운에 목 뒤편의 털이 쭈뼛 곤두선다.

이런 키스를 맛본 지도 한참 만이다. 아니, 내게는 한참 이상이다. 온갖 질문이 떠오른다. 미이나에게는 얼마 만일지, 어느 쪽이 더 문제일지, 혹시라도 이 상황이 관계에 양념 구실을 할지. 내가 답을 찾으려 애쓰는 동안 두 사람은 소파로 쓰러지고 뒤이어 바닥을 구르기 시작한다.

나는 시각 입력을 차단하고 감각 억제를 최대로 올려서, 그들에게 최대한의 프라이버시를 제공하려 노력한다. 솔직하게 말하자면, 이번 고객이 처음으로 이쪽 '편의 시설'을 이용하는 사람일 줄은 생각도 못 했다. 그러나 완전히 깜짝 놀란 것만은 아니다. 미이나의 단호한 신랄함 속에는 뭔가 지독하게 달콤한 것이 숨어 있음이 분명했으니까.

심장 박동 수가 떨어지는 것이 느껴지자, 나는 시각 입력을 다시 활성화한다. 내 침대까지 이동한 모양이다. 미이나는 누워 있고, 하니야의 머리는 내 어깨에 기대어 있다. 잦아드는 숨소리를 제외하면 내 방은 그저 고요하기만 하다.

"돌아와 줘." 미이나가 헐떡이는 숨소리 사이로 말을 짜낸다. 하니야의 머리 타래 속으로.

"무슨 신분으로? 당신 조수? 미국에서 방문한 당신 사촌의 친구? 당신 안내를 받는 NGO 인턴? 이번에는 나한테 무슨 흉내를 시키려고 그래?"

다시 내 목이 메고, 내 뺨으로 피가 몰리는 것이 느껴진다.

하니야는 자리에서 일어나 앉는다. 그녀가 몸을 일으키자 담요가 바닥으로 떨어진다. 그녀는 흐릿한 미소를 지으며 나를 내려다본다. "다시 만나서 기뻤어, 미이나. 당신의 그런 수작이 정말 그리웠거든."

미이나는 그저 천장만 바라보고 있다. 하니야가 옷을 입고 조리대의 그릇을 가져다 허리춤에 매다는 소리가 우리 귀에 들어온다. 미이나는 내 아파트의 문이 열리고 닫히는 소리를 들으며 내 눈을 감는다. 나는 그녀가 다시 울기 시작하리라 확신하지만, 그녀는 그저 조용히 숨을 들이쉬더니 입을 열 뿐이다.

"너도 언젠가 느끼게 될 거야." 그녀는 침대 끝까지 몸을 굴려 자리에서 일어난 다음, 거울을 바라보며 말한다. "자신이 어떤 존재가 될지 확신할 수 없었던 시절로, 어리석게도 지금 이 결과물 이상의 다른 무언가가 될 수 있다고 생각하던 시절로 돌아가고픈 열망을 말이다." 그녀는 오른손의 손가락을 이마까지 두 번 들어 올려 부드럽게 두드리는 동작을 취하고는 말한다. "어울려 줘서 고맙다, 아르살란. 쿠다 하피즈."

저릿한 느낌과 함께 팔다리가 돌아오고, 나는 칼라의 연락처를 불러온다. 그녀에게 연락할지 고민하는 동안, 시야 한쪽 구석에 새로운 에어바디 요청이 들어왔다는 알림창이 떠오른다. 나는 잠시 칼라의 사진을 바라보다 그녀의 프로필을 닫고 에어바디를 실행시킨다. 내가 이미 이 모습의 끝에 도달했다고 확신할 수 있으니까. 차라리 타인들이 조금 더 내가 되도록 해주는 편이 나을지도 모르니까.

Usman T. Malik

Beyond These Stars Other Tribulations

이 별들 너머에 다른 사랑의 시련이

우스만 T. 말릭

장성주 옮김

우스만 T. 말릭은 파키스탄계 미국인 작가이자 의사다. 그의 소설은 『올해의 미국 SF 판타지 걸작선The Best American Science Fiction and Fantasy』을 비롯해 몇몇 연간 우수 단편 소설 선집에 재수록된 바 있다. 세계 환상 문학상과 네뷸러상의 후보로 선정된 경력이 있으며 브램 스토커상과 영국 환상 문학상을 수상했다. 우스만의 첫 단편 소설집 『한밤의 통로: 파키스탄 우화집Midnight Doorways: Fables from Pakistan』은 2021년 초에 출판되어 실비아 모레노 가르시아와 켄 리우, 캐런 조이 파울러, 켈리 링크 같은 작가들에게서 열띤 찬사를 받았다.

홈페이지 주소: www.usmanmalik.org

SF-Fan

Usman T. Malik

Beyond These Stars Other Tribulations of Love

어머니가 치매에 걸린 후에, 바리는 건망증이 생겼다. 깜박하는 것들은 사소한 일, 예컨대 옷에서 냄새가 나지 않도록 젖은 빨래를 제때 너는 일, 그들 몫의 방파제 구간에 게와 돌연변이 물고기가 올라오지 못하도록 살충제를 뿌리는 일, 어머니와 저녁 산책을 하러 뉴 카라치의 오염된 바닷가에 나가기 전에 먼저 대기 환경 지수 측정기를 확인하는 일 따위였다. 인지력 감퇴도 전염이 될까? 바리는 궁금했다. 한때 당신을 무릎에 앉히고 마을 공원에 마지막 남은 뒤틀린 나무가 몇 그루인지 세는 법을 가르쳐 준 이들을 당신 손으로 보살피다 보면, 당신 머릿속에서도 뭔가 망가지는 걸까? 그들의 요구와 스스로의 슬픔에 짓눌린 나머지 아마도 당신은 두 쪽으로 분열됐을 테고, 그 두 반쪽은 저마다 끝없이 혹사당하는 중일 것이다.

의지할 만한 형제나 배우자는 없었다. 가족은 바리, 그리고 비틀비틀 걷는, 야뇨증이 있는, 컴컴한 집에 대고 소리를 질러대는 그의 어머니뿐이었다. "바리, 바이타* 바리. 어디 있니?" 새벽 3시, 어머니 방에 들어간 바리가 침대에 털썩 앉으면, 어머니는 바리의 팔을 잡아 자기 가슴에 대고 이렇게 소곤거렸다. "외톨이가 된 꿈을 꿨어. 네 압바**는 죽고 나 혼자 남은 거야. 바리, 압바는 아민네 가게에서 아직 안 돌아오셨니?" 바리는 손으로 어머니의 머리카락을 쓸어내리며 다독이다가, 이렇게 대답하곤 했다. "이제 금방 오실 거예요, 엄마. 우린 괜찮아요. 엄마는 괜찮아요. 주무세요, 엄마." 그러고는 그도 덩달아 꾸벅꾸벅 졸다가 꿈을 꿨다. 꿈에 나온 도시는 하늘이 맑고 파랬고, 해안선의 경계도 또렷했고, 마시기에 적당한 물도 풍부했으며, 물 마피아가 소유한 커다란 물탱크 트럭이 육식 동물처럼 거리를 누비지도, 건물이 통째로 들어갈 만큼 커다란 싱크홀이 느닷없이 나타나 점점 수위가 높아지는 짠 바다를 구멍 속으로 끌어들이지도 않았다. 가끔 바리는 어머니가 무함마드 이크발의 시집에서 가장 좋아하는 이행시를 나직이 낭송하곤 했다. 시타론 세 아게이 자한 아우르 브히 헤인. 이 별들 너머에 다른 빛나는 세상이, 이 고난 너머에 다른 사랑의 시련이.

이제 금방이에요, 엄마. 우린 괜찮을 거예요.

기분이 조금 나아질 때면 바리는 그 말을 아예 사실로 믿었다. 수많은 사람이 실업자인 시절에 그에게는 일자리가 있었다. 그들 가족에게는 5말라*** 넓이의 집과 거기에 딸린 기다란 뒷마당이 있었고, 뒷마당은 변화무쌍한 아라비아해에 맞서 높고 튼튼하게 지은 방파제와 맞

* 우르두어로 '아들'이라는 뜻.

** 우르두어로 '아버지'라는 뜻.

*** 넓이를 표시하는 남아시아의 전통 단위로서 1말라는 약 25제곱미터에 해당한다.

닿아 있었다. 그들은 집 안에서 누릴 깨끗한 공기와 물뿐 아니라 위험을 무릅쓰고 바깥에 나가야 할 때 쓸 마스크도 살 만큼 여유가 있었다.

그럼에도 바리는 근심이 마를 날이 없었다. 무릇 깜박하고 넘어간 실수가 큰 불행으로 자라나는 법이었다. 혹시라도 어느 날 아침 버스 정류장으로 부리나케 달려가는 데만 정신이 팔린 나머지 깜박하고 어머니에게 혈전 용해제를 챙겨주지 않는다면? 바리가 다니는 회사의 의료 보험은 간호사가 1주일에 고작 한 번 집에 들러서 어머니가 약을 잘 복용하는지 확인하는 정도밖에 지원해 주지 않았다. 혹시라도 바리가 직장에서 일하는 동안 어머니가 또다시 가벼운 뇌졸중을 겪는다면? 원격 모니터링 요원들이 도착하려면 한 시간도 더 걸렸고, 어머니가 원격 진료 메시지를 수신해 자기 손으로 실행하기란 불가능했다. 혹시라도 바리가 자기 몫의 인슐린 주사를 깜박하고 맞지 않는 바람에 결국 혼수상태에 빠진다면?

바리는 마음이 불안해질수록 정신이 산만해지는 느낌이 들었고, 그럴수록 머릿속은 더욱 뒤죽박죽이 돼갔다. 바리는 불확실성을 싫어했다. 뉴턴 역학의 반증 불가능성이야말로 그가 공학을 전공으로 택한 이유였다. 이제 잘못될 만한 것들과 잘못될 법한 것들을 모조리 상상하는 능력이 생긴 지금, 그는 불안한 꿈을 꾸기 시작했고, 뉴 선스의 직원들이 찾아왔을 때 그가 쉽게 결정을 내린 것 또한 다름 아닌 그 꿈 때문이었다.

관심이 있으신가요? 양복 입은 직원이 던진 질문이었다. 개척 사업이자 세계를 변화시키는 일이라는 것은 그도 당연히 알고 있었다. 보수도 두둑했다. 당사자와 가족에게 적용되는 폭넓은 의료 보험 혜택도 당연히 포함돼 있었다.

바리는 스카우트 제안을 생각해 볼 테니 한 달만 시간을 달라고 했지만, 결정은 이미 내린 후였다. 그는 한 달이라는 시간을 이용해 자신이 요구할 것들을 정확히 추려낸 다음, 요구 사항 목록을 상세하게 작성했다.

좋아요. 다시 찾아온 뉴 선스 직원들에게 바리는 그렇게 말했다. 하지만 조건이 있어요.

바리가 아직 어린애였고 세상은 지금보다 더 숨쉬기 편한 곳이었을 때, 바리의 다아디*는 손자에게 이웃 부부에 관한 이야기를 들려준 적이 있었다.

이웃집 부부는 40년을 함께 살았는데, 아내가 그만 고속 도로에서 교통사고를 당하는 바람에 깨어날 가망이 없는 혼수상태에 빠지고 말았다. 남자는 아내를 병원에서 집으로 데려온 다음, 아내를 수월하게 돌보려고 집 안에 있는 물건들의 자리를 모조리 바꿨다. 그는 날마다 아내에게 음식을 먹였고, 목욕을 시켰고, 욕창이 생기지 않도록 자세를 바꿔줬고, 휠체어에 태워 동네를 산책시켜 줬으며, 친구나 가족이 방문할 때면 향수도 뿌려줬다. 누구도, 자녀나 손주들조차도, 그녀에게 음식을 먹이거나 목욕을 시켜도 좋다는 허락을 받지 못했다. 몇 년에 걸쳐 남자는 경건하게 그 모든 일을 도맡아 했다. 잠들어 있는 그의 사랑은 고개 한번 끄덕이지 않고 미소 한번 보여주지 않았는데도.

* 우르두어로 '할머니'라는 뜻.

하루는 남자가 병이 났다. 아들이 집에 와서 도와주려고 했지만 남자는 아들을 밀어냈다. 몸을 덜덜 떨면서, 남자는 이 방에서 저 방으로 돌아다니며 여느 때처럼 할 일을 하려 했다. 그러다가 끝내 쓰러지고 말았다. 남자는 병원으로 실려 갔고, 아들과 며느리가 집에 들어와 혼수상태에 빠진 여성을 보살피기로 했다. 아들이 으깬 감자를 숟가락으로 떠서 입에 넣어주자 그녀는 몸을 덜덜 떨었다. 며느리가 몸 아래쪽을 닦고 보습제를 발라주도록 아들이 몸을 들어 올리자 그녀는 한숨을 쉬었다. 이튿날 아침, 아들 부부가 욕조로 데려가 스펀지로 등과 팔을 닦아줬을 때, 그녀는 7년 만에 처음으로 눈을 뜨고 아들을 본 다음, 숨이 끊어졌다.

바리는 그 이야기를 듣고 큰 충격을 받았다. 그 여성은 왜 죽었을까? 그녀의 남편은 어떻게 됐을까? 아들 부부는 자신들이 돌보던 도중에 어머니가 죽었다는 이유로 죄책감을 느꼈을까?

바리의 이마에 흘러내린 곱실거리는 검은 머리카락을 손빗으로 빗어주면서, 다아디는 말했다. 그 여자가 죽은 이유는 말이야, 비록 그런 상태이기는 했지만, 누구의 손길인지는 알 수 있었기 때문이란다.

그게 어쨌다는 건데요? 바리가 물었다.

세상 모든 곳의 할머니들이 다 그렇듯이, 다아디는 고개를 절레절레 흔들며 손자에게 자신은 모든 것을 다 안다는 듯한 웃음을 지어 보였다.

바리는 그 이야기를 들었을 때 느낀 기분을 결코 잊지 않았다.

그 남자애는 예전 카라치의 지도가 붙은 바리의 더플백을 빤히 보고 있었다. 바리는 그때껏 하늘에 올라가 본 적이 한 번도 없었고, 그래서 그 가방에 항불안제인 렉소타닐을 두 알 챙겨 넣었다. 비행선이 이륙할 때 그는 베개에 머리를 대고 물도 없이 약 한 알을 삼켰다.

바리는 그 남자애를 돌아봤다. "그때도 아름다운 곳은 아니었어." 바리가 남자애에게 말했다. "하늘은 너무 뿌옜고, 그린벨트도 거의 없었거든. 그래도 끝내주게 맛있는 식당들은 있었어. 랄 킬라, 번스 로드, 보트 베이슨 같은 곳들. 클리프턴 비치 해변에서는 낙타를 탈 수도 있었고. 그러니까, 그때는 바다가 그렇게 크게 위협적이지는 않았던 거야. 넘실거리는 파란 바다를 따라 걷다 보면 슬프기도 하고 흐뭇하기도 하고 쓸쓸하기도 했지만, 두렵지는 않았어."

우리가 두려워한 건 따로 있었단다. 바리는 속으로 생각했다. 실종됐다가 자루에 든 시체로 발견되는 애들이 있었거든. 신호등이 바뀌기를 기다리며 서 있다가 휴대 전화를 날치기하는 패거리한테 얼굴에 총을 맞는 애들도 있었고.

아이한테 그런 이야기까지 할 필요는 없을 듯싶었다. 그래서 그 이야기는 하지 않은 채로, 바리는 비행선 안에서 눈을 감았다. 그러고는 어머니 곁에서 눈을 떴다. 새벽 3시였고, 어머니는 잠든 채로 신음을 했다. 바리, 바이타 바리. 그는 무릎을 꿇고 금속 이빨이 난 입으로 어머니의 이마에 키스했다. 어머니가 아들의 손을 잡으려고 이리저리 더듬거리자 그는 어머니에게 차가운 알루미늄 앞발을 내밀었다. 이맛살을 찌푸리면서도, 어머니는 그 앞발을 뿌리치지 않았다. "저 여기 있어요, 엄마." 그렇게 소곤거리며 바리는 침대로 올라가 어머니 곁에 누운 다음, 푹 잠들 때까지 어머니의 이마를 쓰다듬었다.

바리는 눈을 깜박였다. 그러자 위로 솟구쳤다가 아래로 급강하하는 느낌과 함께 그는 다시 비행선에 있었다. 잔류 감각은 아찔했다. 마치 거친 바다에서 오르락내리락하는 배에 탔던 것처럼. 남자애는 코를 골며 자고 있었다. 이따금씩 찻주전자가 부는 휘파람과 비슷한 소리가 났다. 바리가 이어폰을 끼었다가 들은 안내 방송에서 비행선 조종사는 이제 세 시간 후면 IPSS[InterPlanetary Space Station, 행성 간 우주 정거장]에 도착할 예정이며 진짜 여행은 그때부터 시작이라고 했다.

7년. 눈꺼풀이 스르륵 내려오는 동안 바리는 그 생각을 떠올렸다. 7년, 3개월, 그리고 4일.

바리가 어머니와 함께 보낼 시간은 차고 넘치도록 많았다.

의식을 둘로 쪼개는 건 문제가 아닙니다. 샤 박사는 바리에게 그렇게 말했다. 쪼개진 상태로 여행을 하는 게 문제죠.

바리는 자기도 안다고 말했다. 그는 뉴 선스가 하는 일을 오랫동안 연구했고, 수치 계산도 직접 해봤다.

수십 년 전, 펜로즈 하메로프 이론 덕분에 양자 의식의 새 시대가 열렸다. 그 이론에 따르면 커다란 물체는 중력의 방해 때문에 동시에 두 장소에 존재하기가 불가능하지만, 아원자 입자의 경우에는 동시에 우주의 양 끝단에 존재하는 것도 가능하다. 그러므로 로저 펜로즈와 스튜어트 하메로프의 주장에 따르면 뇌 속에서 일어나는 양자 결합 때문에 생성되는 '의식'은, 모든 곳에 존재할 잠재력이 있다. 그렇게 하는 비결은, 뉴 선스가 발견했다시피, 의식을 아원자 입자의 중첩 상태와 비슷한 중첩 상태로 이탈시킨 후 별개의 시공간 좌표에 결합

시키는 것이었다.

그러나 그들의 연구는 토끼와 실험용 쥐에 국한돼 있었다. 인간의 의식은 아예 다른 문제였다.

"우리로서는 선생님을 죽이지 않고도 선생님의 정신을 이탈시켜 미리 계측한 두 일치점 사이를 오가도록 하는 게 그리 힘든 일이 아닙니다." 샤 박사가 말했다. 키가 작은 남자인 샤 박사는 군인처럼 머리를 짧게 잘랐고 수염은 희끗희끗했고 행동거지에 절도가 있어서, 바리가 어릴 적에 PTV 채널에서 자주 본 파키스탄군 장성을 연상시켰다. "하지만 일단 우주선이 속력을 높이면 무슨 일이 벌어질지 모릅니다."

"시간 지체 말씀이죠." 바리가 말했다.

"미리 알아보셨군요."

"예."

"그렇다면 이해하실 겁니다. 우주선과 어머님 댁 중에 한 곳으로 순식간에 이동하기로 결정할 때, 선생님의 의식은 단순히 또 다른 물리 공간에만 결합되는 게 아니라, 시간의 흐름이 지니는 또 다른 속도에도 함께 결합된다는 걸 말입니다."

"그렇죠."

"선생님이 행성 간 이동을 한 달 동안 하는 사이에 어머님께서는 거의 20년이나 나이를 드실 겁니다. 만약 이 시도가 성공하지 못하면, 선생님은 사실상 그 우주선에 탑승하는 것 때문에 어머님을 죽이는 셈이 됩니다. 어쩌면 본인도 함께요. 닻을 올려버린 정신 앞에서는 어떤 계획도 물거품이 되게 마련이지요."

“위험은 감수할 거예요.”

“아시겠지만, 이건 전례가 없는 일입니다.”

“누군가 첫발을 내딛는 사람이 있어야겠죠.” 바리는 빙그레 웃었다. “그래야 미래가 오지 않겠어요?”

“글쎄요, 제가 장담하는데 외부에는 이 일을 절대 홍보하지 않을걸요.” 샤 박사는 거의 1분 동안 바리를 빤히 바라봤다. “뭔가 중요한 이유가 있어서 이렇게까지 하는 거라면 좋겠군요.”

바리는 박사에게 그렇다고 말했다. 하지만 집에 돌아오는 길에는 정말로 그런지 의문이 들었다.

20××년 10월 9일 13시 정각. 마흔다섯 살 생일을 사흘 앞둔 바리는 다른 승객 699명과 함께 뉴 선스 5호를 타고 행성 간 우주 정거장을 출발해 이웃 별로 향했다. 바리를 제외하면 그들 가운데 지구로 돌아올 사람은 한 명도 없었다. 돌아와 봤자 의미가 없기 때문이었다. 바리는 하루에 몇 번, 한 달에 수천 번 지구에 들를 예정이었다.

바리는 어머니의 새벽 3시 야경증에 대비해 자신이 집의 가정용 AI와 단단히 접속돼 있는지 확인했다. 아침 식사, 약 먹는 시간, 어머니의 아침 목욕도 챙겨야 했다. 1주일에 두 차례 임티아즈 슈퍼마켓의 배달용 밴이 날카로운 소리를 내며 집 대문 앞에 정차하고, 칙칙한 색의 샬와르 카미즈* 차림에 마스크를 쓴 남자가 어머니의 식료품을 차에서 내려 집 안으로 나를 때에도 바리는 그곳에 있을 터였다. 점심

* 밑단이 기다란 셔츠와 헐렁한 바지로 이루어진 남아시아 전통 의상.

시간에도, 2주에 한 번인 오후의 시 낭송 시간에도, 해 질 녘에 혼란과 불안에 빠지는 이른바 '일몰 증후군' 증세가 어머니에게 나타나는 오후 6시에도. 고무를 덧댄 바퀴가 달린 로봇의 몸을 빌려 바리는 어머니에게 스르르 다가가서, 어머니의 손을 잡고 저녁 식탁으로 데려간 다음, 복제된 자기 목소리를 통해 어머니에게 오늘 하루는 어땠냐고, 약은 다 챙겨 먹었냐고, 다 알면서도 그렇게 묻고는, 음식의 간이 너무 짜지 않냐고도 물을 터였다. 간이 너무 짜면 어머니의 혈압에 안 좋기 때문이었다. 우주선에서는 화장실에 가서 볼일을 보고 올 정도의 짧은 시간에 그는 미리 예약해 둔 어머니의 병원 진료까지 다 마쳤다.

만족스러웠다. 이렇게 쪼개진 채로 사는 것도. 기나긴 행성 간 이동은 바리의 삶에서 가장 의미 있는 시간으로 변했다.

"설명할 방법이 없네요." 바리는 마리에게 그렇게 말했다. 예쁘장한 서른일곱 살 치과 의사인 마리는 폭력적인 남편에게서 벗어나 다른 별에서 새 삶을 일구고 싶어 했다. 둘은 셋째 날 아침을 먹다가 마음이 통했고, 바리가 보기에 자신의 이쪽 절반을 억누르는 것은, 즉 자신의 여행을 인내의 시간으로 만드는 것은 의미 없는 일이었다. "난 그냥 어디에 있고 싶은지 *결정*만 하면 돼요. 그러면 그곳에 가 있어요."

마리는 그 이야기에 푹 빠졌다. "여기로 돌아오면 나이를 더 먹은 느낌이 드나요?"

"20초 후에요?" 바리는 웃음을 터뜨렸다. "그 정도까진 아니에요. 가끔 머릿속이 흐릿할 때가 있긴 해요. 머리의 일부가 아직 다른 시간대에 남아 있는 것처럼요."

"하긴, 실제로 그렇잖아요?"

바리는 단백질 음료 캔을 기울여 다 들이켜고는 빈 캔을 일그러뜨렸다. 초콜릿 맛 액체가 혀 위에 천천히 번져갔다. 다음 순간 그는 어머니가 있는 집에서, 전날 저녁에 어머니가 먹다 남긴 닭고기 카라히*를 바라보고 있었다. "남기지 말고 다 먹어, 바리." 어머니가 말했다. 이날은 여느 때와 달리 목소리에 힘이 넘쳤고, 그의 어릴 적 기억 속에 남은 권위도 목소리에 함께 실려 있었다. "음식을 버리면 안 돼. 이런 시절에는 더더욱." 하지만 그에게는 카라히를 먹을 입이 없었다. 그는 어머니를 기쁘게 하려고 포크로 음식을 뒤적거렸고, 이후 어머니는 그와 나란히 앉아 한 시간 정도 뉴스를 보다가 침대에 누워 낮잠을 잤다.

바리는 우주선 식당의 아침 식탁으로 훽 돌아왔다. 혀에 남은 초콜릿의 뒷맛이 씁쓸하고 텁텁했다. "그런 것 같네요." 바리는 마리에게 그렇게 말했다.

만난 지 사흘째 되는 날에 두 사람은 사랑을 나눴고 나흘째에도 마찬가지였지만, 바리는 두 번째 경우에 그만 한눈을 팔고 말았다. 그새 나이를 열세 살이나 더 먹은 어머니가 넘어져서 하마터면 골반뼈가 부서질 뻔했기 때문이었다. 바리는 자신이 거실 양탄자를 제대로 고정하지 않았다는 것을 좀처럼 믿을 수가 없었다. 그 생각을 하고 보니 욕실 벽에 어머니가 잡고 움직일 손잡이를 달아야 한다는 생각도 함께 떠올랐다. 바리가 어떤 상태인지 알아챈 마리는 그를 더 꼭 끌어안고 속삭였다. "여기 있어요. 가지 마요." 그러나 사랑을 나누던 도중

---

* '카라히'라는 냄비에 고기와 야채, 향신료를 넣고 끓여 만든 파키스탄 전통 요리.

에, 바리는 이미 인간 동행과 함께 사다르 시장에 가 있었고, 그곳에서 알루미늄 손잡이 가격을 놓고 상인과 흥정하는 중이었다. 그는 우주선의 시간으로 기껏해야 몇 초 떠나 있었을 뿐이지만, 눈을 깜박이며 주위를 둘러보니 마리가 저만큼 떨어져 있었다.

"왜 그래요?" 바리가 물었다.

"당신 눈이." 마리는 침대 끄트머리에서 그를 주시하며 말했다. "그게, 동공이 커졌어요."

바리는 모르는 일이었다. "어머니가 잘 계신지 확인하고 싶었어요."

마리는 고개를 끄덕였다. 눈으로는 먼 곳을 보면서. "당신 심정은 나도 알아요."

둘은 친한 사이로 남았지만, 그 후로는 사랑을 나누지 않았다.

바리에게는 두통이 생겼다. 어릴 적에도 그는 징후가 있는 편두통에 시달렸다. 편두통이 시작되기 전에 먼저 기분부터 변했던 것이다. 그러고 나면 왼팔이 마비됐고, 마지막으로 뒤통수에 폭발하는 듯한 통증이 느껴졌다. 그러나 행성 간 두통은 달랐다. 이번 두통은 집에 다녀오고 나면 매번 느껴졌고, 두통 다음에는 눈 뒤쪽이 욱신거리는 증상과 피로, 머릿속에 안개가 낀 것처럼 정신이 흐릿한 상태가 이어졌다. 감금된 동시에 뿌리째 뽑힌 느낌, 마치 중력에게 버림받은 상태로 풍선 속을 둥둥 떠다니는 것 같은 기분이었다. 만성 시차 피로인가. 바리는 속으로 중얼거렸다. 정신이 엿처럼 기다랗게 늘어진 느낌이 들었다. 이따금 그는 어머니에게 가려던 참이었는지 아니면 이미

갔다 왔는지 기억나지 않을 때도 있었다.

마리도 이를 눈치챘다. "당신 몸이 좀 안 좋아 보여." 마리는 체력 단련실에서 축구공을 차며 터덜터덜 걷던 바리에게 그렇게 말했다.

바리는 마리 쪽으로 공을 찼다. 그 동작만으로도 머리가 어지러워졌다. "난 괜찮아. 그냥 잠을 원 없이 푹 자지 못해서 그래."

"하긴, 밤 동안 절반은 어머니 곁에서 함께 깨어 있잖아. 그럴 만도 하지."

"난 여기서 아주 멀쩡한 수면 습관을 유지하고 있는데."

"당신 뇌가 그런 걸 신경이나 쓸 것 같아?" 마리는 바리에게 공을 던져줬다. "바리, 당신의 정신이 사실상 두 차원에서 살아가면서 얼마나 긴장할지, 나로선 상상도 가질 않아. 당신은 좀 쉬어야 해. 하루 휴가를 내."

그래. 바리는 마리에게 그렇게 말했다. 좋은 생각이야.

물론 바리는 휴가를 내지 않았다.

여러 날과 여러 해가 흐르면서 이곳과 그곳의 경계에는 차츰 구멍이 숭숭 뚫렸다. 눈을 깜박 감았다 뜨면 바리는 어머니 댁 주방의 스토브에서 로티*를 꺼내고 있었다. 눈을 또다시 감았다 뜨면 어머니가 우주선에 있는 바리의 방에 앉아 몸을 앞뒤로 흔들며 아버지에 대한 그리움과 어릴 적에 살던 집의 추억을 나직이 이야기하고 있었다. 뉴카라치의 낙서투성이 방파제를 따라 산책을 하는 동안 어머니는 바리 곁에 있었고, 우주선 선실의 동그란 창문 앞에서 바깥의 광활한 우주

* 발효시키지 않고 오븐에 납작하게 구운 빵.

를 내다보는 동안에도 바리 곁에 있었다.

이 별들 너머에 다른 빛나는 세상이, 이 고난 너머에 다른 사랑의 시련이.

가끔은 밤에 숨을 헐떡이며 잠에서 깨기도 했다. 어머니가 돌아가셨다는 확신이 들어서였다. 바리는 어머니의 침실로 휙 이동해 캄캄한 방 안에 서서, 납작하게 편 빵 반죽처럼 힘없이 푸들푸들 오르락내리락하는 어머니의 가슴을 가만히 지켜봤다. 새벽빛이 천천히 방에 스며들 무렵, 어머니의 침대에, 또는 다른 곳의 다른 침대에 누워 있는 사람은 바리 자신이었고, 곁에서 지켜보는 사람도 그 자신이었다.

바리가 밤에 겪은 일들을 마리에게 털어놨을 때, 마리는 그에게 우주선의 의사를 찾아가서 수면 무호흡 증후군 검사를 받아보라고 했다.

바리는 자기 전에 멜라토닌을 먹으면 선잠을 자는 상태가 현실을 침범하는 현상이 사라진다는 것을 알았다. 그러면 어머니가 그의 방 의자에 앉아 혼자 중얼거리는 일은 더 이상 없을 테고… 그가 원하지도 않았는데 정신을 차려보니 문득 어머니 곁에 있는 상황도 더는 없을 터였다. 어머니라는 달에 쉬지 않고 끌려가는 파도가 되지 않고 편히 눈을 붙일 수 있었다.

피곤해. 바리는 자주 그렇게 생각했다. 너무 피곤해.

그러나 우주선에 탄 지는 고작 몇 주밖에 되지 않았다.

끝이 닥쳤을 때, 바리는 휴게실에서 인형극 드라마인 〈사르감 삼촌〉의 잘 알려지지 않은 에피소드를 보고 있었다. 가수 주나이드 잠셰드가 드라마 주제곡을 이제 막 연주하기 시작했을 때, 그래서 꼭두각시 인형들이 음악에 맞춰 손뼉을 치며 몸을 흔들 때, 바리는 뒤통수를 따라 전류가 번쩍 치솟는 느낌을 받았다. 콧구멍에 굴라브 자문*의 냄새가, 스무 살 이후로 한 번도 먹어본 적이 없는 그 디저트의 냄새가 가득 찼다. 그 두 가지 감각 가운데 어떤 것도 제대로 파악하기 전에 그는 이미 어머니의 침실에서, 어머니를 내려다보고 있었다. 어머니는 누워 있었다. 근심이 새겨놓은 이마의 주름살이 뇌졸중 때문에 펴져 있었다. 괴로워한 것처럼 보이지는 않았다. 입가를 잡아 올리면 웃는 표정을 짓게 할 수도 있을 듯싶었다.

곁에 있어줬구나, 바리자안.** 어머니는 그렇게 말했을지도 모른다. 내가 떠나기 전에 함께 있어줬어.

어머니를 실어 갈 구급차가 도착할 때까지도 바리는 아마드 파라즈의 이행시를 중얼거렸다. *이 가슴이 미어지게 하소서. 오소서, 그저 나를 다시 괴롭힐지라도.*

바리는 어머니를 아버지 곁에 묻었다. 그날은 놀랍도록 맑아서 대기 환경 지수가 450이었고, 묘지에는 파도가 방파제에 부딪혀 부서지는 소리가 커다랗게 울려 퍼졌다. 어머니가 오늘 산책 나가고 싶어 했겠는데. 사람들이 어머니의 관을 무덤 속으로 내리고 흙을 퍼서 뿌리는 동안 바리는 속으로 그렇게 생각했다. 나중에, 그는 묘지에 남아 다른 집의 유족들이 촛불을 들고 무덤들 사이를 거니는 광경을 가만히 지켜봤다. 정말이지 무의미한 관습이었다. 머잖아 바다가 몰려와 죽은 이들을 쓸어 갈 텐데.

---

* 기름에 튀긴 경단을 시럽에 재운 남아시아 전통 디저트.

** '자안'은 연장자가 어린 사람을 다정하게 부를 때 쓰는 우르두어 표현이다.

우주선으로 돌아와 보니 마리가 닭고기 수프 한 그릇을 들고 기다리고 있었다. “먹어.” 마리가 말했다. 다 먹고 나서 옷을 입은 채로, 마리는 바리와 함께 침대로 올라가 그의 머리를 자기 무릎에 뉘었고, 마침내 그는 몇 주 만에 시간의 흔적이 보이지 않는 곳으로 빠져들었다. 몇십 년 만에.

그리고 꿈도 꾸지 않고 깊이 자는 동안 바리가 혹시 비명을 질렀는지에 관해, 별들 사이의 어둠을 향해 조난 신호를 보냈는지에 관해, 마리는 입도 뻥긋하지 않았다.

Neon Yang

The Search for [Flingt X]

[플라이트 X]를 찾아서

니언 양

김승욱 옮김

니언 양은 『하늘의 검은 물결The Black Tides of Heaven』부터 시작된 〈텐서레이트Tensorate〉 시리즈 중편 소설들을 '토르닷컴'에서 펴냈다. 그들*의 장편 데뷔작인 『불행의 탄생The Genesis of Misery』은 2022년에 출판될 예정이다. 니언의 작품은 휴고상, 네뷸러상, 월드 판타지상, 브리티시 판타지상, 람다 문학상 등 많은 문학상의 최종 후보에 올랐다. 그들은 퀴어이며, 이분법을 따르지 않고, 현재 싱가포르에 살고 있다.

홈페이지: neonyang.com

* 니언 양을 지칭하는 대명사다.

SF-Fan

Neon Yang

The Search for [Flihgt X]

나는 여명도, 황혼도, 휴식도 모르는 어둠 속에 있다. 수십억 년 동안 끈질기게 이어진 어둠, 지상을 걸어 다니는 생명체들보다 더 먼저 나타난 어둠. 이 매끄러운 어둠을 가르는 것은 내 머리에 매달린 두 개의 불빛뿐이다. 아바타의 헤드램프. 여기는 바다의 수면 아래로 7만 리그* 내려온 곳. 외지고 적대적인 이 해저는 한때 '우리가 상상할 수 있는 한 문명에서 가장 동떨어진 곳'으로 불렸다. 내가 지닌 유일한 불빛의 어두운 경계선상에서 하얀 색의 낯선 형체들이 나의 의식 속을 들락날락하다가 미지의 어둠 속으로 사라진다.

내가 아직 미지의 영역인 이 지옥의 풍경 속에 와 있는 것은 스스로 선택했기 때문이다. 아니, '선택'이라는 단어는 너무 미약하고, 힘이 생기다 말았고, 기분 좋은 티타임에나 어울린다. 그러니 내가 여기

* 거리의 단위. 1리그는 4.8킬로미터.

에 오려고 '투쟁했다'고 말해야 할 것이다. 나는 20년 전부터, 사실 내 인생의 대부분을 차지하는 기간 동안 이 순간을 위해 노력했다. 내 앞에 나타나는 모든 장애물을 부수며 통과한 끝에 여기, 남인도양 바닥에 와 있다. 주위를 살피면서.

나는 신처럼, 길이가 7리그인 부츠를 신은 거인처럼 펄쩍 뛰어서 풍경을 가로지른다. 그러자 실트 입자가 구름처럼 솟아오른다. 여기에는 햇빛이 닿은 적이 한 번도 없다. 여기서는 중력보다 몸을 짓누르는 수압의 힘이 더 세다. 솟아올랐다가 떨어지는 퇴적물의 움직임도 그런 물리 법칙을 따른다. 우리 몸의 70퍼센트가 소금과 물로 되어 있는데도, 우리는 짭짤한 바다 밑바닥의 본질보다 달과 화성의 건조한 표면을 더 잘 안다. 마치 우리가 자신의 본질을 이해할 능력이 없는 듯하다. 렌즈를 내면으로 돌릴 능력이 없는 듯하다. 물이 흐르는 이 초록 행성에, 바로 우리 코 아래에 이렇게 이질적인 세계가 존재할 줄 누가 알았을까? 바다를 연구하는 데 성인기의 대부분을 바친 나조차도 이 풍경 앞에서 당황하고 겁이 난다. 어렸을 때 나는 해저를 헤엄치는 기분이 사람의 내장 속을 헤엄치는 기분과 비슷할 것이라고 상상했다. 빛이 없고 경이로운 것이 가득한 곳에서 이름 없는 생명체들이 내 옆과 머리 위를 지나갈 테니까. 하지만 이렇게 텅 빈 모습이 훨씬 더 불안하다.

"잘 돼가? 뭣 좀 찾았어?"

아, 반가운 [참가자 2]. 종소리처럼 밝은 목소리로 나를 현실로 되돌려 주는 이 조력자가 없었다면 어땠을까? [참가자 2]는 여기 아바타 안에 나와 함께 있지 않고, 내 머리와 연결되어 있다. 그는 기분이 좋을 만큼 실용적인 사람이다. 마흔 살을 앞둔 스무 살의 영혼이라고나 할까. [참가자 2]의 관심사는 준準심해의 생태계인데, 우리 둘의 연구 분야에 겹치는 부분이 많아서 함께 후원자를 구하게 되었다. 그가 가끔 잔소리꾼이 될 때도 있긴 하지만, 이 불길한 림보에서는 귓속에 울리는 인간의 목소리가 반갑다. [참가자 2]는 내가 계속 현실에 연결되어 있게 해준다. 내 머리는 자기도 모르게 상념 또는 향수鄕愁 속으로 깊숙이 들어가는 경향이 있다. 그러면 안 된다는 걸 내가 분명히 알고 있을 때도 그렇다. 이런 감상적인 면 때문에 언젠가 나는 목숨을 잃을 것이다.

아바타의 소유주들이 내 생각을 기록하고 있다는 걸 안다. 우리는 이 문제와 관련해서 권리를 포기하는 문서에 줄줄이 서명해야 했다. 내 프라이버시가 이렇게 엉망진창 침범당한다는 생각에 나는 머뭇거렸다. [참가자 2]는 기억이 익명으로 처리될 것이며, 신원을 알 만한 데이터는 모두 지워질 것이라고 약속한다. 그런 작업을 위해 훈련된 AI 알고리듬이 있다고 한다. 하지만 나로서는 그런 이야기가 모두 진실인지 확인할 방법이 없다.

하지만 사람들이 하는 말을 여러분도 알 것이다. 거지는 선택할 수 없다는 말. 위험을 무릅쓰고 내 제안을 받아준 곳은 이 아바타 유닛을 소유한 [민간 엔지니어링 회사]뿐이었다. 그나마도 아주 간당간당했다. 장비 대여 기간은 무려 24시간이나 되니까, 결국 그들의 관리하에 있다. 우리 둘은 아바타를 내가 조종하기로 합의했다. 접속 테스트에서 내 결과가 더 좋았고, 내가 하려는 일에 투기적 성격이 훨씬 더 강했기 때문이다. [민간 엔지니어링 회사]가 원하는 것은 토양 샘플, 바닷물 샘플, 이 짭짤한 심해 세계에서 살아가는 괴상한 젤라틴 같은 생명체 모두에 대한 기록뿐이다. 그거야 쉬운 일이다. 그의 연구 분야가 잘 맞다.

내가 이곳에 온 것은 비행기 때문이다.

50년 전 250명을 태운 [플라이트 X]가 한 관제 구역에서 다른 관제 구역으로 넘어가는 사이 관제 센터 레이더에서 사라졌다. 사람들이 그 사실을 알아차린 건 원래 비행기의 착륙 시각인 세 시간 뒤였다. 비행기가 어디 있는지 아무도 몰랐다. 여객기의 평균 순항 속도는 시속 900킬로미터다. 여기에 3을 곱하면, 2,700킬로미터라는 수색 반경이 나온다. 하지만 비행기가 언제, 어디서 추락했는지 누가 알겠는가? [플라이트 X]에는 여섯 시간 동안 비행할 수 있는 연료가 실려 있었다. 그러니 어디로든 계속 비행했을 가능성도 있었다. 이런저런 연유로, 관련국들이 사라진 제트기의 수색에 나섰을 때(너무 늦었다) 수색 반경은 지구의 4분의 1이나 되었고 대부분이 바다였다.

결국 군사 위성들이 마지못해 내놓은 데이터 덕분에 남인도양의 좁은 지역으로 수색 범위가 줄어들었다. 이미 며칠이 지나서 사람들은 비행기를 찾을 희망을 접고, 거기에 타고 있던 승객들 또한 사망한 것으로 여길 때였다. 당시만 해도 지구 표면을 쉽게 살펴볼 수 없던 시절이라 파괴된 잔해의 수색은 힘들고 돈이 많이 드는 작업이었다. 다이버들이 목숨을 걸고, 총알 모양의 선체에 센서가 잔뜩 달려 있는 서투른 잠수함도 동원되었다. 몇 주가 몇 달이 되면서, 인력과 장비의 비용은 쌓여만 가는데 성과는 없고 끝이 보이지도 않았다. 단순한 컴퓨터 모델과 최고의 추측을 바탕으로 작업하는 것은 짙은 어둠 속으로 화살을 쏘는 것과 같았다. 기댈 것은 희망밖에 없고 결과가 부정확했으니까. 각국 정부들이 마침내 수색을 포기하자 열정적인 아마추어들이 달려들어 몇 해 동안 붙잡고 있었다. 자금 지원과 사람들의 관심이 모두 끊어질 때까지. 수십 년의 세월 속에서 비행기 실종 사건은 사람들의 기억에서 점점 희미해져 나중에는 작게 속삭이는 이야기, 웹 사이트에 게재된 모호한 글, 익살스러운 팟캐스트만 남았다. 비행기의 잔해가 어디 있는지 알아내려고 시도한 사람은 오랫동안 하나도 없었다.

하나도. 내가 나설 때까지는.

"왜 그렇게 집착하는 거야?" [내 파트너]는 항상 이렇게 묻는다. "50년이 흘렀고, 신경 쓰는 사람도 없어. 심지어 가족들도 대부분 죽었을걸. 아니면 그냥 잊어버리고 살고 있거나. 누굴 위해서 이 일을 하려는 거야?" 새벽 3시쯤이거나 아니면 그와 비슷한 아주 이른 시각이다. 나는 어둑한 서재에서 밝은 스크린을 향해 몸을 웅크리고, 바다의 패턴에 대한 분석 보고서를 또 마무리하고 있거나 아니면 지원금 신청서를 일곱 번째로 고쳐 쓰고 있다. [내 파트너]는 문간에서 팔짱을 끼고 서서 몹시 못마땅하다는 듯 얼굴에 주름을 잡는다. 내 눈으로 볼 수는 없지만 생생하게 상상이 간다. 매번 나는 내 생각을 설명하려 하지만, 이 수색에 대한 내 마음이 얼마나 깊은지 말로는 잘 표현할 수가 없다. 내 감정을 분명하게 설명할 어휘력이 내게 부족하거나, 어렸을 때 도서관에서 스크린으로 이 사건에 관한 글을 읽는 순간 매혹과 소망의 씨앗이 내게 떨어졌으며 그 뒤 20년 동안 그 씨앗이 내 존재 속에 뿌리를 내리고 줄기를 뻗어서 지금 대학원에서 해양학을 공부하는 내가 NGO와 연구 기관 등에 자금과 장비를, 틀림없이 비행기 잔해가 있을 바다 밑바닥에 날 데려다줄 수 있는 거라면 무엇이든 구걸하게 되었다는 사실을 스스로 인정할 힘이 없는 것 같다.

"이해를 못하겠어." [내 파트너]는 가끔 이렇게 말한다. "엘도라도를 찾는 이런 일에 좋은 머리를 낭비하다니. 기후학을 전공해서 학위를 따가지고 누구도 기억조차 못하는 옛날 옛적 비행기의 잔해를 왜 찾는 거야? 이 정도 스펙이면 [최고 기상 연구소]에서 일하면서 노벨상을 노릴 수도 있을 텐데. 넌 그만큼 뛰어나잖아." 백핸드로 날아온 칭찬이 아프다. 한번은 내가 파트너에게 넌 경제학자라서 과학을 이해하지 못한다고 쏘아붙인다. 결국 싸움이 벌어지는데, 그 5등급 폭발에서 우리가 회복하는 데는 몇 주가 걸린다. 그런데도 그녀는 내가 평생을 건 이 작업에 대한 불만을 몇 번이고 끄집어낸다.

아바타와 내가 해저에 도달한 지 한 시간이 흘렀다. 지금까지는 아무것도 없다. 시간이 똑딱똑딱 흘러간다. 우리의 임대 계약에 따르면, 해저를 샅샅이 훑을 시간이 고작 여섯 시간밖에 남지 않았다. 그 시간 동안 내가 수색할 수 있는 면적은 아주 작다. 도시 중심부의 면적이 될까 말까다. 지난 5년 동안 나는 해류 연감, 기후 패턴 변화 연구, 바다로 쓸려 온 비행기 잔해의 기록 등 수십 년어치의 데이터를 모아서 양자 코어에 입력한 뒤 파라미터를 비틀고 알고리듬을 완벽하게 다듬으며 계산을 했다. 그렇게 만들어진 모델들은 동료들의 검토를 거쳐야 하는 최고 등급 학술지에 실렸다. 이 분야에서 내 이름도 유명해졌다. 나는 내 계산, 내 논문, 내 모델에 절대적인 자신감을 갖고 있다. 내가 맞다. [플라이트 X]의 잔해는 내가 찾아낸 이 해저 구역에 틀림없이 있을 것이다.

"괜찮아." [참가자 2]가 귓속에서 말한다. "아직 시간 많이 남았어. 어차피 내려간 지 몇 분 만에 잔해를 발견할 것도 아니었잖아. 통계적으로 그럴 가능성은 희박해."

[참가자 2]의 말이 옳다. 당연히. 그래도 비이성적인 아이처럼 그렇게 달래는 말을 듣고 있다는 사실이 가슴에 맺힌다. 나는 숫자를 안다. 숫자의 전문가다. 그리고 지금까지 모든 행동에서 전문가다운 모습을 절대로 잃지 않았다. 내 마음속 걱정이 틈새로 스며들어 [참가자 2]에게까지 닿은 적도 없었다. 내 생각에는 그가 스스로 불안해서 그런 말을 하는 것 같다. 그는 내 계산을 몹시 신뢰한다. 만약 내가 실패하면, 그러니까 빈손으로 돌아간다면, 나와 연합했다는 이유만으로 우리 둘의 연구에 모두 직격탄이 될 수 있다.

뭔가가 내 시야에 빠르게 들어왔다 나간다. 어떤 생물이 낯선 빛에 이끌려 들어왔다가, 그 빛에 반감을 느껴 나간 것이다. 길고 납작하고 유령 같아서, 일종의 뱀장어처럼 보인다. 바다의 가장 밑바닥에 있는 이 지역은 초超심해hadal zone라고 불린다. 고대 그리스 지하 세계의 주인* 이름을 딴 것이다. 나는 망자들의 그림자 사이를 쓸쓸하게 방황하는 페르세포네.** 때로 유령들은 물고기다. 빛을 전혀 받지 못하는 이곳에서 시력도 색깔도 없이 살아가는 물고기. 진화는 최고의 조각

* 하데스.

** 제우스와 데메테르의 딸이며 하데스의 아내.

가라서, 생명이라는 진흙을 매만져 상상조차 할 수 없는 다양한 형태로 빚어낸다. 나는 이미 10여 종의 생물들을 채집해서 밀폐 드론 박스에 넣어 저 위의 [참가자 2]에게 올려 보냈다. 샘플들은 그의 실험실로 옮겨져, 차후의 연구를 위해 이곳, 그들의 고향과 비슷한 환경 속에 보관될 것이다. [참가자 2]는 지난 수십 년 동안 바다가 따뜻해지고 우리 주위의 세상이 알아보기 어려울 만큼 변했기 때문에 가장 깊은 바다의 생물들조차 덩달아 변했다고 내게 말한다. 그 무엇도 벗어나지 못한다. 이렇게 깊은 곳에서도.

앞에서 하얗고 거대한 어떤 것이 바닥에 몸을 쭉 펼치고 있는 모습이 내 헤드램프 불빛에 잡힌다. 깔쭉깔쭉 고르지 못한 실루엣에 내 심장이 덜컹한다. “그거야?” [참가자 2]가 묻는다.

나는 반동 엔진 추의 힘으로 광활한 황무지를 펄쩍 가로지른다. 분명히 거대한 뭔가가 있다. 아마도… 틀림없이…

한숨. 나는 실트 바닥에서 잠시 쉰다. 내 앞에 있는 것은 구멍이 숭숭 뚫리고 너덜너덜한 뼈 무더기다. 자동차 크기만 한 두개골, 성당 창문처럼 생긴 갈비뼈. 불가사리, 편형동물 등 썩은 고기를 먹고 사는 여러 생물들 무리가 이 섬뜩한 구조물 위에 잔뜩 모여서 잔치를 벌이고 있다. “아.” [참가자 2]가 말한다. “고래구나.”

고래 시체가 이렇게 바닥으로 떨어지는 것은 차갑고 어두운 이 평원에서 발생하는 놀라운 현상이다. 거대한 고래가 바다 밑바닥으로 떨어져 영면하고, 그 몸에 저장된 엄청난 양의 영양분은 이곳에 사는 생물들에게 몇 년 치 잔칫상이 된다. 하나의 생태계 전체가 이 거대한 시체의 틈새들을 들락날락한다. 허비되는 것은 하나도 없다. 죽은 고래 한 마리가 떨어진 해저 밑바닥에서는 수십 년 동안 환경의 특징이 바뀐다.

"괜찮다면…" [참가자 2]가 말한다.

물론 괜찮다. 이건 공동 프로젝트니까. 나는 수색을 멈추고 생물들을 채집한다. 내 눈에 띄는 대로 최대한 많은 종의 최대한 많은 샘플을 모은다. 적어도 우리 둘 중 한 명은 이번 탐사에서 확실한 결과를 얻을 것이다. 낯설고 유령 같은 생물들을 차례대로 상자에 넣는 동안 몇 분이 똑딱똑딱 흐른다. 여기서 멀지 않은 어떤 곳에서 비행기가 떨어져 영면하는 모습이 저절로 떠오른다. 눈송이나 재처럼 부드럽게 떨어져 바다 밑바닥의 품속에서 자리를 잡는 모습. 추락으로 생겨난 파문 효과를 생각한다. 비행기가 여기로 와서 쉬게 되었기 때문에 저 위와 여기 아래에서 변한 것들.

가끔 나는 신이 있다고 상상한다. 우주의 끈들을 책임진 누군가, 그리고 재미 삼아 가끔 끈들을 잡아당기는 그들. 우리가 [민간 엔지니어링 회사]에 제안서를 제출한 날은 내게 의미 있는 기념일이다. 비록 관계자 누구에게도 말하지는 않았지만. 그거야 당연하다. 우리는 원격 발표로 우리 제안을 설명한다. [참가자 2]와 내가 각자의 연구실에서 통신을 연결하는 형식. 나는 긴장한 기색을 숨기려고 필터를 쓴다. 긴장감이 나무 꼭대기를 지나가는 바람처럼 나를 흔들어 댄다. 이사회가 우리 발표를 듣고 실시간으로 그린라이트를 주는 걸 보니 필터가 효과가 있었음이 분명하다. 그때 내가 이렇게 물어본 기억이 난다. "이렇게 간단해요?" 모두 웃음을 터뜨렸다. 나는 정부와 관료들에게 아주 익숙하다. 그들이 연구비 지원 발표를 하는 데 6개월이 걸리는 것에도 익숙하다. 하지만 민간 투자에는 자체적인 규칙이 있다. 처음에는 몽상이었던 것이, 어린아이의 집착이었던 것이 갑자기 개시 날짜가 고정된 현실이 되었다. 예산이 마련되었고, 클라우드에 일정이 저장되었다. [참가자 2]와 나는 각자의 연구실에서 진짜 포도주로 서로에게 건배를 했다. 다음 날부터 일을 시작하겠지만, 그날 저녁은 행운의 별에 감사하며 믿을 수 없는 심정으로 기뻐하는 시간이었다.

그날 밤 나는 [개인 N]에게 전화해 프로젝트가 시행될 것이라는 소식을 알린다. 전화기 속에서 그녀의 목소리가 단순한 기쁨이나 슬픔보다는 더 복잡한 감정으로 가늘게 떨린다. [개인 N]은 아버지가 출장을 위해 [플라이트 X]에 탑승했다가 끝내 돌아오지 않았을 때 여덟 살이었다. 지금도 그녀는 그 비행기가 사라진 날 즈음에 일주일 동안 술에 취해 몽롱한 상태로 보낸다. 그 지옥 같던 나날을 다시 겪고 싶지 않기 때문이다. 처음에는 게시판에 **'연착'**이라는 단어가 빨갛게 깜박거리더니, 현실을 부정하고 상충하는 정보가 쏟아지는 시간이 며칠 동안 이어졌다. 이 악몽이 어떤 식으로든 끝나게 해달라는 기도와 절망이 길게 이어지던 나날이었다. 하지만 악몽은 끝나지 않았다. 1년이 넘게 흐른 어느 날 비행기의 날개 일부가 지구 반대편의 바닷가로 밀려왔다. 모두가 이미 알면서도 차마 인정하지 못하던 사실이 확인되었다. 그러나 '진실을 알지 못한다'는 갑갑함은 세월이 흐르는 동안 계속 그들을 괴롭혔다. 나는 학부생 때 이 프로젝트를 위한 진지한 노력을 시작하면서 승객들의 가족들을 최대한 많이 찾아내 연락했다. 많은 사람이 대화를 거절했지만, 나는 그들을 탓하지 않는다. 나는 수십 년 전에 생겨난 상처를 파헤치는 둥근 얼굴의 애송이였을 뿐이니까. [개인 N]은 내게 응답한 사람들 중 하나였다. 내 연구가 발전하는 동안 우리는 계속 연락을 주고받았다. [내 파트너]를 제외하면, 내가 연구비 지원 사실을 처음으로 알린 사람이 그녀다. "네가 틀림없이 찾아낼 거라고 믿어." [개인 N]이 말한다. 그녀는 신앙이 깊어서 나와 내 연구를 위해 자주 기도한다. "넌 그걸 찾아내기 위해 신이 보내주신 사람이라고 믿어."

[내 파트너]가 또 서재 문간에 서서, 통화 창을 닫는 내게 인상을 찌푸린다. 팔짱을 끼고 있다. "네가 왜 이러는지 난 알아." 그녀가 말한다.

나는 마주 인상을 찌푸린다. 저 말이 무슨 뜻인지 잘 모르겠다.

"이거 전부 네 어머니 때문이야, 그렇지?"

나는 대답하지 않는다. 그녀가 말을 잇는다. "전에는 이런 말을 하고 싶지 않았어. 너무 비열하잖아. 하지만 네가 내 말을 부정한다면 그건 너 자신을 속이는 거야."

"괜히 혼동하지 마." 나는 양손을 꽉 쥔다. "난 순전히 과학적인 관심을 갖고 있을 뿐이야."

"아니. 과학이라는 건, 네가 네 알고리듬의 버그를 찾아내려고 날이 밝을 때까지 실험실에 앉아 있는 거지. 지구 반대편으로 날아가 최신 로봇 슈트를 입고 바다 밑바닥으로 내려가는 건… 그건 개인적인 일이야."

그러면 안 되나? 개인적인 이유로 의학 분야에서 획기적인 발견을 한 의사들에게 우리는 똑같이 갈채를 보내지 않나?

나는 마지막 포획 드론을 수면으로 보낸다. 드론의 배가 성을 내며 빛을 발하는 아귀를 품고 있다. 내가 고래 시체를 발견한 뒤 한 시간이 흘렀다. 귀한 시간이 얼마 남지 않았는데, 나는 예정한 구역을 10분의 1밖에 탐사하지 못했다.

[내 파트너]는 틀리지 않았다. 이 인간 모양의 휘청거리는 아바타는 이번 연구에 가장 적합한 수단이 아니다. 만약 내가 좌표를 확실히 안다면, 드론 떼가 바다 밑바닥을 샅샅이 뒤지는 편이 더 빠르고 더 좋을 것이다. 하지만 나는 내 눈으로 직접 보고 싶었다.

"걱정 마." [참가자 2]의 목소리가 귓속에서 지저귄다. "아직 시간은 많이 남았어. 앞쪽에 특이한 형태가 있는 게 수중 음파 탐지기에 잡혔어."

나는 고개를 끄덕이고 앞으로 펄쩍 뛴다. 헤드램프 불빛이 어둠 속을 가른다.

내가 아홉 살 때 어머니가 사라졌다. 아무런 징후도 없었다. 학교 계단에서 엄마를 기다리는 내 주위에서 햇빛이 노랗게 변하고 운동장의 그림자가 길어졌다. 지금도 똑똑히 기억난다. 내가 엄마에게 몇 번이나 통신을 보내고 재킷을 입은 팔에서 감각이 점점 사라져 가는 동안 포플러의 얼룩덜룩한 그림자가 풀밭과 아스팔트 위에서 점점 진군하던 광경. 결국 콧물과 불안감으로 범벅이 되어 있던 나를 어떤 아저씨가 구출해서 집에 데려다주었다. 어머니는 아무런 단서도 남기지 않았다. 메모도 없었다. 어머니의 옷은 모두 옷장에 있고, 식료품실에는 달걀과 우유가 있고, 냉장고 메모판에는 새로 주문해야 할 식료품 목록이 거의 알아보기 힘든 글씨로 적혀 있었다. 실종자 수사가 몇 주 동안, 몇 달 동안 이어지다가 조용히 중단되었다. 희망도 그렇게 사라졌다. 광대한 연결망이 있는 이 세상에서 살아 있는 사람의 흔적이 그렇게 오랫동안 감지되지 않을 수는 없다. 여기서는 신용 거래가, 저기서는 감시 카메라가 그 사람을 찾아낼 것이다. 무엇이든. 그 시기의 내 기억에는 두려움과 터무니없는 희망이 가득하다. 전화벨이 울릴 때마다, 이메일 알림이 울릴 때마다, 누가 문을 두드릴 때마다 내 맥박이 치솟았다. 혹시 누가 뭘 좀 찾아낸 걸까. 어쩌면 어머니가 드디어 돌아온 건지도 몰라. 하지만 그런 일은 일어나지 않았다. 어머니가 돌아가셨다는 사실은 모두가 받아들였지만, 어떻게, 왜 돌아가셨는지는 영원히 풀리지 않는 수수께끼가 되었다. 어쩌다 비는 시간이 날 때마다, 그러니까 침대에 누워 있거나 샤워를 하거나 강의와 강의 사이에 시간이 빌 때마다 나는 어머니가 사라진 그날로 돌아가 시시콜콜 기억을 떠올렸다. 블랙홀로 끌려가는 별빛 같았다. 나는 내가 기억하는 그날의 일들을 한없이 쪼개보며 범죄 현장을 재현하려고 했다. 어머니가 어디로 갔을지 알아내려고 했다. 어머니가 무슨 행동을 했을지. 어머니의 유해가 지금 어디에 있을지. 사람들은 수백 년 동안 세상이 계속 줄어들었다고 말한다. 그래서 지금 우리는 지구를 우주의 점 하나로만 생각한다. 우리가 볼 수 있는 우주의 점 하나. 그러나 땀과 눈물에 젖어 자기 방구석에 웅크린 아홉 살 소녀에게 지구는 다 돌아볼 수 없을 만큼 광대한 황야 같았다.

나중에 도서관에서 [플라이트 X]에 대한 글을 읽고 나는 너무 익숙해서 번개에 맞은 것 같은 기분이었다. 기다림. 희망. 절망. '혹시나' '어쩌면' 하고 끝없이 이어지는 생각들. 나는 그 가족들의 심정을 잘 알았다. 마치 우리의 심장이 하나인 것처럼.

내가 어머니가 휴식에 든 장소를 어떻게든 계산할 수 있다면, 그렇게 할 수 있는 도구와 기술을 갖고 있다면, 그 무덤 위치를 정확히 알아내려고 모든 수단을 동원하지 않을까? 그곳에 가려고 내가 지닌 에너지를 마지막까지 전부 꺼내 쓰지 않을까?

앞의 어둠 속에서 뭔가가 빛을 낸다. 내 발길질에 피어오른 실트 입자들이 그것의 형체를 가린다. 하지만 크다. 가장자리가 들쭉날쭉하다. 또 고래인가? 아니면 다른 것? 모르겠다. 거리가 멀어서 알 수 없다. 하지만 어느 쪽이든 나는 알아낼 것이다.

나는 앞으로 펄쩍 뛰어나간다.

Ray Nayler

아버지

레이 네일러

김승욱 옮김

Father

레이 네일러는 거의 20년 동안 러시아, 중앙아시아, 캅카스, 발칸 지역에서 일했다. 지금은 외무 담당 직원이고, 예전에는 국제 교육 개발 분야에서 일했으며, 투르크메니스탄 아시가바트에서 평화 봉사단원으로 일한 적도 있다. 러시아어 외에 그는 투르크멘어, 알바니아어, 아제르바이잔 터키어, 베트남어를 배웠다. 2015년《아시모프스》에 「변이성Mutability」이라는 소설을 처음으로 발표한 뒤, 그는《아시모프스》,《클라크스월드》,《아날로그》,《판타지 앤드 사이언스 픽션》,《라이트스피드》,《나이트메어Nightmare》 등에 작품을 발표해 비평가들의 찬사를 받았다. '올해의 작품' 선집에도 여러 차례 그의 작품이 실렸다.

홈페이지 주소: www.raynayler.net

SF-Fan

Ray Nayler

Father

내게는 6개월 동안 아버지가 있었다.

아버지를 처음 만난 것은 내가 일곱 살 때였다. 우리가 살던 조립식 주택의 문을 누가 두드렸다. 부엌에서 보글거리는 스파게티 소스 냄비에 버섯을 넣고 있던 엄마가 내게 미소를 지으며 말했다. “누굴까? 네가 나가볼래, 아가?”

물론 엄마는 누가 찾아온 건지 알고 있었다.

1956년 6월 5일이었다. 엄마가 ‘네 아빠’라고 부른 남자는 내가 태어나기도 전에 죽었다. 선반 위에 놓인 사진 속에서 그는 햇빛을 향해 얼굴을 찡그리고 있었다. 군복 단추가 반짝거렸다.

그 남자는 내게 한 번도 현실이 아니었다. 그 사진과 나무 액자 속에 접혀 있는 국기가 그였다. 사진은 종이 위에 그려진 그림일 뿐이고, 국기는 천 조각일 뿐이다.

나는 문을 벌컥 열었다.

로봇은 키가 몹시 크고 은빛이었으며, 아주 반짝반짝 광이 났다. 두 눈은 완벽한 원이었다. 그 안에 들어 있는 어두운 오렌지색 빛이 마치 촛불 빛 같았다. 입은 철망으로 덮인 스피커였다. 그의 손에 들린 데이지 꽃다발은 싸구려 초록색 셀로판으로 포장되어 있었다. 가격표도 떼지 않은 상태였다. 그의 다른 손에는 야구 글러브가 들려 있었다.

그가 말했다. "안녕, 얘야."

그가 말했다. "잘 지내?"

나는 고개를 돌리고 소리쳤다. "로봇이 꽃을 팔러 왔어요!"

그가 말했다. "내가 올 줄 몰랐구나."

나는 혼란스러웠다. 그는 앨버커키에서 집집마다 돌아다니며 '싼 꽃'을 파는 사람들과 달랐다. 하지만 그때 나는 이제 로봇들도 꽃을 파는구나, 하는 생각뿐이었다.

부엌에서 엄마가 말했다. "들어오라고 해. 바깥 날씨가 덥잖아."

엄마가 미친 것 같았다. 어떻게 로봇을 집에 들여놔.

로봇이 말했다. "나는 아버지야. 하지만 네가 날 그렇게 부를 필요는 없어. 아직은. 그 이름으로 불릴 자격을 얻어야 할 것 같구나."

엄마가 노란색 허리 앞치마에 손을 닦으며 내 뒤에 와서 섰다.

"들어오지 그래?"

꽃은 엄마 것이고, 글러브는 내 것이었다.

그날 저녁 아버지와 나는 우리 집 문 위에 설치된 동작 감지등燈의 새하얀 빛 속에서 캐치볼을 했다. 로봇이 잠시 가만히 있으면 불이 어두워졌다. 로봇이 공을 던지려고 몸을 움직이면 불이 다시 켜졌다. 그때쯤이면 느닷없이 나타난 공이 벌써 내 글러브까지 절반쯤 날아오는 중이었다. 나는 대부분 공을 잡아냈다. 내가 공을 놓치면, 공은 통통 튀어서 빛을 벗어났다. 우리 집을 울타리처럼 에워싼, 반쯤 자란 덤불 아래에 희끄무레한 점이 하나 생긴 것 같았다. 내가 공을 잡으면 아버지는 "잘 잡았어, 얘야!"라고 말했다. 그 말투 때문에 울면서 그에게 몸을 던져 계속 끌어안은 채 그를 사랑하고 싶어졌다. 그가 영원히 떠날 수 없게. 내가 공을 놓치면 그는 "걱정 마"라고 말했다. 그 목소리를 들으면 나는 죽고 싶어졌다. 내가 실패작이라는 걸 모르나? 아직 엄마한테 말은 안 했지만, 곧 나올 성적표에서 산수에 F가 적혀 있을 한심한 놈이라는 걸 몰라?

모든 것이 사랑과 죽음이었다.

그가 움직이지 않으면 딸깍하는 소리와 함께 빛이 꺼지고 그도 사라졌다.

그가 움직이면 다시 그가 나타났다. 마술 같았다. 나는 공을 잡으려고 바삐 움직였다.

그에게는 글러브가 없었다. 그는 맨손으로 공을 잡았다. 그가 바로 마법이니까. 그는 이미 내 아버지였으니까. 비록 내가 그의 앞에서 그 말을 입에 담는 데에는 한 달이 걸렸지만.

우리는 앨버커키 서쪽 끝에서 한참 외곽 쪽, 도시가 점차 사막으로 이어지는 곳에 살았다. 66번 도로와는 엎어지면 코 닿을 거리였다. 울퉁불퉁한 공터가 많아서 아이들과 자전거를 타고 놀 수 있었지만, 그것이 전부였다. 아이스크림 장수도 우리 동네까지는 자주 나오지 않았다. 그래도 시장이 있어서 사탕 같은 주전부리를 살 수 있었다.

저녁이면 가끔 사막의 기지에서 로켓이 하늘로 올라가는 모습이 보였다. 엄청난 소리를 내며 대기권을 벗어나 달이나 화성으로 향하는 로켓 소리가 거의 들리는 것 같았다. 나는 지난 크리스마스에 새로 산 자전거를 타고 쌩쌩 달리면서 말도 못하게 행복했다. 여름이라서, 토요일이라서, 내게 아버지가 있어서.

친구 지미가 말했다. "야, 너희 집 근처에서 돌아다니는 그 쓰레기통은 뭐냐?"

"우리 새 로봇이야, 멍청아."

맨손으로 야구공도 붙잡고.

내 산수 숙제도 도와주고.

차고를 정리하고, 엄마의 책을 꽂을 선반도 만들어 줬어.

내 자전거 체인을 고쳐주고, 타이어 구멍 때우는 법도 가르쳐 줬어.

내가 아무리 질문을 해도 지치지 않고 대답해 줘.

책을 읽어 나를 재운 뒤 불을 꺼주기도 해. 내가 끄지 말라고 하면 그대로 두기도 하고.

지미와 나는 열어놓은 차고 문의 그늘 속에서 오렌지 사탕을 핥고 있었다. 아버지는 선반 기계로 나무를 다듬는 중이었다. 뭘 만들 생각인지는 말하지 않았다. "깜짝 선물이야, 얘야." 내가 들은 대답은 이것뿐이었다.

동네의 폭주족 한 명이 엔진을 개조한 공중 자동차를 타고 세게 날아오다가 쿵 하고 착륙하는 바람에 여름의 흙먼지가 구름처럼 일었다. 우리가 있는 곳에서 2미터쯤 떨어진 곳이었다. 녀석은 차에서 내려 문을 쾅 닫고는 그냥 펜더에 몸을 기대고 우리를 빤히 바라보았다. 그의 입꼬리에 럭키 담배 한 개비가 매달려 있었다.

나는 그가 누군지 알았다. 아치 프랭크. 소문에는 그가 선생님을 칼로 찌르고 학교에서 쫓겨났다고 했다. 지금은 쓰레기장에서 일하는데, 사람들은 그의 몸에서 쓰레기 냄새가 난다고 말했다.

내가 그를 이렇게 가까이에서 본 것은 처음이었다. 느껴지는 건 담배 냄새뿐이었다.

"저 녀석 1년 안에 죽을 거야." 전에 엄마가 이런 말을 한 적이 있었다. 그가 그 공중 자동차를 몰고 가면서 플라타너스 나무 꼭대기의 이파리들을 찢어버리는 모습을 봤을 때였다. 그때 그는 급하게 방향을 틀다가 1952년 프랭클린 루스벨트 대통령의 재선 선거 운동 때 쓰고 남은 색 바랜 광고판을 거의 찢어버릴 뻔했다. "더 일찍 죽을지도 모르겠네."

"그 쓰레기통을 어떻게 산 거냐?"

"저금했겠죠."

"아이구, 그러셨겠지. 네 엄마가 저기 트럭 휴게소에서 야간 일을 해서 돈을 모았을걸. 립스틱을 아주 많이 발랐을 거야."

"우리 엄마는 간호사예요." 내가 말했다. "병원에서 일해요."

"얘 진짜 멍청하네." 아치는 담배를 휙 흙바닥으로 튕기고, 우리 앞을 지나 차고로 들어갔다.

"저기요." 내가 그를 불렀지만 지미가 내 어깨를 잡아서 나는 입을 다물었다.

아치는 선반 기계에서 여전히 나무를 다듬고 있는 아버지에게 다가갔다.

"뭐 만드냐, 쓰레기통?"

아버지가 고개를 돌렸다. 하지만 손은 계속 나무를 다듬었다.

"안녕, 젊은이."

"뭐 만드냐고 물었잖아, 쓰레기통."

어둑한 차고 안에서 아버지의 오렌지색 눈이 빛나는 것을 나는 보았다. 가끔 아버지가 열심히 생각할 때면 눈이 조금 더 밝아졌다. 한쪽 창문에서 들어온 햇빛이 아버지의 은색 손에 부딪쳤다.

"내 아들에게 줄 깜짝 선물을 만들고 있어."

"네 *아들?*"

"그래, 정확하다."

아치가 아버지의 발 옆 바닥에 침을 뱉었다. 하지만 아버지는 아무 일도 없었던 것처럼 다시 선반 기계로 고개를 돌렸다.

아치가 아무 일 없이 가버린 뒤 지미가 말했다. "저 새끼가 저 거지 같은 차에서 떨어져서 전신주에 박혀버렸으면 좋겠어."

그날 저녁 아버지, 엄마, 나는 포치에서 의자에 앉아 있었다. 아버지가 별자리 이름을 알려주었다. 지나가는 인공위성을 손가락으로 가리켜 보이기도 했다. 아버지는 모든 위성의 이름과 맡은 일과 제작자를 알고 있었다. 심지어 전후戰後 기간에 우리가 부순 러시아 위성의 이름도 전부 알고 있었다. 당시 우리는 남아 있던 독일군과 함께 공산당을 모스크바로 다시 밀어내고 폴란드와 동유럽을 해방시켰다. 내 '진짜' 아빠가 죽은 전쟁이 바로 그거였다.

'사진은 종이 위에 그려진 그림일 뿐이고, 국기는 천 조각일 뿐이야.'

우리가 무슨 돈으로 아버지를 샀냐고? 나는 그런 생각을 한 번도 안 했던 것 같다. 나는 우리가 가난하다고 생각하지 않았다. 실제로 가난했는데도. 그리고 아버지는 우리가 돈을 주고 산 물건처럼 보이지 않았다. 그냥 우리를 찾아온 사람 같았다.

엄마가 재향 군인회의 복권 프로그램에 응모한 사실을 나는 모르고 있었다. 재향 군인회는 전사한 군인들의 자식에게 아버지를 나눠주는 사업을 시행 중이었다. 1,000분의 1 확률로 우리 복권이 당첨되었고, 우리는 아버지의 유지 보수 비용조차 감당할 필요가 없었다.

엄마는 너무 좋아서 하늘을 둥둥 떠다녔다. 집에 일손이 필요하기도 했고, 오래전부터 주변 사람들이 모두 혼자서는 아이를 제대로 키우기 힘들다고 말하던 참이었다. 엄마의 머리카락은 엽서에 실린 모래와 같은 색이고, 눈은 갈색이 섞인 금색이었다. 위스키 병에 햇빛이 비칠 때와 같은 색깔. 사람들은 엄마가 왜 좀 더 노력하지 않는지 이해하지 못했다. 화장도 좀 하고 남자를 사귀어 보지 그래요?

엄마는 아버지가 우리 둘의 곤란한 문제들을 많이 해결해 줄 것이라고 생각했다.

아버지가 나를 위해 선반 기계로 다듬고 있던 것은, 알고 보니 보이스카우트 어린이 단원 경연을 위한 비누 상자 경주 차였다. 아버지는 그 자동차에 자기 몸과 똑같은 은색을 칠하고, 열심히 생각에 잠겼을 때의 자기 눈과 똑같은 오렌지색 줄무늬를 그렸다. 나는 그것을 내 침대 옆 협탁에 고이 모셔두었다.

엄마가 아버지에게 글러브와 야구 방망이를 사준 뒤, 우리는 울퉁불퉁한 공터에서 야구를 했다. 저녁 하늘을 향해 야구공이 높이 날아갔다. 시끄럽게 울어대던 귀뚜라미들은 사람이 가까이 다가가면 조용해졌다. 관절이 여러 개인 아버지의 팔이 공을 던져 올리고, 야구 방망이가 땅 하고 공을 맞히는 소리가 났다.

"잘 잡았어, 얘야."

"나만 믿어."

사랑과 죽음.

저녁에는 식탁에 둘러앉아 마카로니와 치즈를 먹고 펩시콜라를 마셨다. 물론 아버지는 먹지 않았다. 우리에게 시시한 우스갯소리를 들려주거나 내게 과학에 관한 질문을 던지곤 했다. 아버지가 차고에 남아 뭔가 일을 하거나 자갈이 깔린 착륙장 옆에 자신이 심은 장미꽃을 돌볼 때도 있었다.

저녁을 먹고 나면 엄마는 병원에서 오랜 시간 일하느라 지친 몸으로 식탁에 앉아 책이나 잡지를 읽었다. 거실에서는 아무도 보지 않는 텔레비전 화면의 파르스름한 빛이 반짝였다. 대개 나는 엄마와 함께 식탁에 앉아서 〈지구화 기술자 톰〉 시리즈를 읽었다. 그러던 어느 날 저녁 밖에서 크게 쾅 하는 소리가 났다.

우리가 밖으로 뛰어나가자, 아치의 자동차가 막 하늘로 떠오르는 중이었다. 부품 시장에서 사온 안정 장치 때문인지 차체가 위험하게 좌우로 휘청거렸다.

차에서 네댓 명이 얼굴을 내밀었다. 모두 웃고 있었다. 빨간 립스틱을 바르고 머리를 손수건으로 묶은 여자. 그리고 아치의 폭주족 친구들. 자동차가 휙 떠오르는 순간 그들 중 한 명이 소리쳤다. "홈런!" 그러고는 우우 하고 소리를 질렀다. 귀뚜라미가 우는 밤공기 속으로 그

소리가 점점 멀어지고, 자동차는 별을 배경으로 비틀비틀 날아갔다.

아버지는 바닥에 누워 있었다. 머리가 우그러지고, 한쪽 눈에 빛이 없었다. 우리가 다가갔을 때 아버지는 벌써 일어서는 중이었다.

"괜찮아, 아버지?" 내가 말했다.

그가 휙 돌아서서 나를 보았다. 끔찍했다. 우그러진 머리와 빛이 꺼진 한쪽 눈. 하지만 다른 한쪽 눈은 배가 고플 때 바라본 부엌 창문의 불빛처럼 따스하게 빛났다.

"네가 날 아버지라고 부른 건 처음이구나." 그가 말했다. "내 아들에게서 그런 말을 들었으니 더 이상 기분이 좋을 수가 없어."

"경찰을 불러야겠어." 엄마가 말했다.

"경찰이 뭘 해줄 것 같지는 않아." 아버지가 말했다. "그리고 저 청년과 친구들은 이미 아주 곤란한 상황이야. 어느 누구도 좋은 결말을 맞지는 않을 거야."

"나도 그 소리를 몇 번이나 했어." 엄마가 말했다. 엄마는 아버지의 머리에 남은 얼룩을 행주로 문질러 닦고 있었다. "저 놈들이 뭘로 때린 거야?"

"야구 방망이일 거야." 그는 잠시 말을 멈췄다. "날 우편함으로 착각했는지도 몰라."

"그거 재미있네." 엄마가 말했다.

"내가 여기 일주일 내내 있잖아…" 아버지의 망가진 눈에 순간적으로 깜박 불이 들어왔다가 다시 꺼졌다.

다음 날 아침 재향 군인회의 수리 기사가 군용 윌리스 승합차를 타고 와서 멋들어진 반원을 그리며 착륙대 바로 앞의 자갈밭에 멈춰 섰다. 머리는 금발이고, 턱은 각진 모양이었다. 기술 부대의 깔끔한 제복에 반짝거리는 군화를 신었고, 올리브색 점프 수트 허리에 맨 반짝이는 허리띠에는 온갖 공구가 걸려 있었다. 군모는 한쪽으로 비스듬히 기울어진 모양이었다.

"안녕, 얘야." 그가 승합차에서 내려오며 내게 말했다. "너희 아버지 유닛에 조금 문제가 생겼다며? 어디 있는지 나한테 가르쳐 줄래?"

지미가 구경하러 와 있었다. 당연히. 다른 동네 아이들도 여러 명 몰려왔는데, 학교에서 나를 상대도 하지 않는 아이들이 한두 명 섞여 있었다. 그 순간 나는 우리 동네에서 가장 인기 있는 아이였다.

아버지는 차고에 있었다. 전날 저녁 자신을 저에너지 모드로 설정해 달라고 부탁해서, 힘없이 앉아 있는 모습이었다. 머리는 우그러졌고, 주변에는 버려진 자동차 부품, 낡은 진공청소기, 작업대, 전동 공구, 공기탱크 등이 널려 있었다. 아버지도 집에서 쓰는 기계제품 중 하나처럼 보였다. 나는 갑자기 울고 싶어졌지만, 여기서 울음을 터뜨렸다가는 두 번 다시 동네 아이들 앞에서 고개를 들지 못할 테니 거의 피가 날 때까지 입술을 깨물며 참았다.

"여기 있어요." 내가 말했다.

"그래, 어디 한번 살펴볼게, 아빠."

우리가 둥글게 늘어선 가운데, 수리 기사는 아버지를 진단 모드로 놓았다. 그리고 바퀴 달린 단말기 같은 것과 아버지를 연결했다. 수리 기사와 아버지가 그렇게 앉아서 낮은 소리로 주고받는 숫자 시퀀스들이 무슨 비밀 언어 같았다.

수리 기사가 아버지의 머리를 떼어 승합차로 가져갔다. 그때 나는 정말로 울 뻔했지만, 수리 기사의 겨드랑이에 미식 축구공처럼 끼워진 아버지의 머리가 내 옆을 지나갈 때 망가지지 않은 한쪽 눈에서 빛이 깜박이더니 아버지가 이렇게 말했다. "걱정할 것 없어, 아들. 아버지가 파티 때 보여주는 요술일 뿐이야. 금방 돌아올게."

차고에서 머리가 사라진 아버지의 몸을 둥글게 에워싼 아이들은 만지고 싶어 안달하면서도 무서워서 만지지 못했다. 그러다 결국 한 명이 아버지의 어깨를 톡 두드리자 한 팔이 올라가더니 아이들을 향해 손가락 하나를 흔들어 댔다. 아이들은 모두 비명을 지르며 마당으로 흩어졌다.

우리는 아버지가 만들어 놓은 잔디밭에 둘러앉았다. 병원 대기실에 앉은 어른들의 축소판처럼 옹기종기 모여서 승합차에서 무엇이 나올지 초조하게 기다렸다. 마침내 수리 기사가 아버지의 머리를 겨드랑이에 끼고 나와 차고로 돌아갔다. 우리는 그가 머리를 다시 끼우는 것을 보려고 우르르 따라갔다.

심지어 엄마도 밖으로 나왔다. 수리 기사는 아버지의 머리를 마지막으로 한 번 찰싹 때린 뒤 엄마에게 시선을 돌렸다.

"눈과 케이스만 교체했습니다. 신경 손상은 없는 것 같아요. 시험 결과 이상은 없습니다. 혹시 이상한 행동을 하거든 연락하세요. 그런 일이 있을 것 같지는 않지만."

"정말 고마워요. 그 녀석들이…"

"아." 수리 기사가 아무것도 아니라는 듯 손사래를 쳤다. "애들뿐만이 아닙니다. 이 아버지 유닛들이 박살 나는 사고가 얼마나 많은데요.

여기서 이번에 있었던 일보다 더 나쁜 일이 많습니다. 훨씬 나쁜 일이에요. 제 생각에는… 제가 참견할 일은 아니지만, 밤에는 아버지 유닛을 집 안에 들여놓는 게 좋을 겁니다. 아니면 적어도 혼자 밖에 두지는 마세요. 이 동네 사람들이 모두 이 유닛에 익숙해질 때까지."

아버지가 우리에게 고개를 돌렸다. "누가 야구 미트를 갖고 있니? 너희 야구공 좀 잡아볼래?"

아이들은 모두 함성을 지르며 야구 장비를 가져오려고 달려갔다.

"들어와서 커피라도 한잔하실래요? 저희가 대접할 게 그것밖에 없네요." 엄마가 수리 기사에게 말했다.

"신경 쓰지 마세요."

그날 저녁 엄마와 나는 주류 판매점까지 걸어갔다. 아버지는 차고에 남아서 거실 테이블의 장식 천을 손보고 있었다. 날씨가 따뜻했다. 한낮의 열기를 땅이 계속 품고서, 그 열기와 함께 박동했다. 땅이 숨을 쉬는 것 같았다. 먼 길을 걷던 도중 나는 가로등 아래에서 엄마를 바라보았다. 엄마의 모래빛깔 머리카락이 필라멘트처럼 빛나고, 나를 보며 미소 짓는 엄마의 입안에서 휘어진 앞니가 드러났다.

"그 기사 아저씨 진짜 좋은 사람 같았어요." 내가 말했다.

엄마는 내 머리에 손을 얹었다. 엄마가 그럴 때마다 나는 좋았다. 잘했다고 나를 칭찬하는 의미였으니까.

날씨가 점차 변했다. 학기도 시작되었고, 곧 사막의 바람이 해 진 뒤에 불어오면서 겨울의 맛과 더러운 눈과 검은 얼음이 어는 아침을 길가에 가져다 놓았다.

아버지와 나는 핼러윈에 사탕을 받으러 나갔다. 내가 입은 의상은 아버지와 내가 알루미늄 호일과 종이 반죽, 그리고 퀘이커 오츠 박스로 만든 것이었다. 우리는 완벽한 로봇 아버지와 로봇 아들이 되어 거리를 걸었다.

우리가 외출한 동안, 엄마는 방랑 마녀, 늑대 인간, 우주인, 해골 등으로 분장한 아이들에게 사탕을 나눠주었다.

9시 직후에 누군가가 깨진 벽돌 한 자루를 우리 집 지붕에 우수수 쏟았다. 동시에 누군가는 우리 집 부엌 창문에 돌을 던졌다.

아버지와 내가 내 베갯잇에 사탕을 가득 받아 돌아와 보니, 잔디밭 한복판에 검은색과 하얀색 경찰차가 서 있었다. 엄마는 거실 소파에서 경찰관 두 명과 차분히 이야기를 나누는 중이었다.

마침 경찰관 한 명이 이런 말을 하고 있었다. "어쨌든 전쟁으로 남편을 잃은 분을 이렇게 대우하면 안 되죠. 전사자 가족에게 이렇게 무례한 행동을 하는 사람에게는 관용을 베풀지 않습니다. 부인의 말씀을 들으니 범인이 누군지 짐작이 갑니다. 우리가 가서 그들과 이야기를 나눠보겠습니다."

"저는 정말 이해가 안 돼요. 그냥 로봇일 뿐인데…"

"미친 세상입니다, 부인. 날아다니는 자동차와 로봇, 외계에서 날아온 죽음의 광선과 만병통치약… 그런 것에 도무지 익숙해지지 않는 사람들이 있습니다. 1938년에 추락한 비행접시의 기술이 세상을 그대로 찢어버렸죠. 매년 정부나 대학이 새로운 발명품을 시장에 내놓는 것 같습니다. 사람들은 그저 불안할 뿐이에요…"

경찰관은 아버지와 내가 들어오는 것을 보고 말꼬리를 흐렸다.

"어… 어쨌든 부인의 시간을 더 빼앗지는 않겠습니다. 가끔 순찰을 추가로 더 보낼게요. 부인이 무사하신지 확인하라고요."

나는 로봇 헬멧을 벗어서 들고 있었다. 다른 한 명의 경찰관이 내게 허리를 숙이며 씩 웃었다.

"의상이 멋지구나. 네가 직접 만들었니?"

"아버지가 도와줬어요." 내가 말했다.

아버지는 어깨를 으쓱했다. "한 것이 별로 없어. 주로 옛날 신문지를 모아서 아교를 섞었지. 여기서 무슨 일 있었나?"

경찰관들은 아버지에게 대답하지 않았다. 아버지를 보려고 하지도 않았다.

긴 침묵이 흐른 뒤 한 경찰관이 말했다. "그럼, 안녕히 계세요, 부인." 그들은 모자를 살짝 들어 보이고 밖으로 나갔다.

한 경찰관이 속삭이는 소리가 들렸다. "그래도 저거 진짜 으스스하네, 그렇지…" 이 말과 함께 그들은 떠나갔다.

엄마가 내 사탕 자루를 살피면서 감탄하고 사탕을 정리하는 동안 아버지는 당분이 너무 많다고 괴로워하면서 내가 게걸스레 먹어 치우지 못하게 조금씩 내어주는 시스템이 있어야 한다고 고집을 부렸다.

그날 밤 늦게 나는 식은땀에 젖어 깨어났다. 무엇이 나를 깨웠는지 모르는 상태로, 집 안을 느릿느릿 돌아다니며 엄마가 침대에 안전하게 누워 있는 것을 확인한 뒤, 앞문과 뒷문이 모두 잘 잠겨 있는지도 확인했다.

차고 문을 열자 아버지가 있었다. 마땅히 있어야 하는 자리에서 수리 작업대에 연결되어 있었다. 하지만 무슨 이유에서인지 수면 모드가 아니었다. 어둠 속에서 눈부신 점 같은 아버지의 눈이 보이고, 아버지가 혼자 조용히 말하는 소리가 들렸다. 차고 안의 갖가지 물건들 사이에서 중얼거리는 모습을 보니, 마치 아버지가 진공청소기, 작업대, 공기탱크, 구식 잔디깎이를 소집해 비밀 회합을 연 것 같았다.

"아버지?"

그의 눈에서 빛이 꺼졌다.

다음 날 방과 후에 나는 아버지와 함께 지붕에 쓸 못과 실런트를 사러 철물점에 갔다. 회색으로 흐린 날이었다. 호박이 여기저기 흩어져 있고, 낙엽은 불에 타고, 종이 해골과 박쥐가 여전히 상점 진열창에 테이프로 고정돼 있었다.

아버지가 작업을 하려고 지붕으로 올라가는 동안 나는 사다리를 잡아주었다. 그러면서 〈성자의 행진〉과 〈저기 저곳〉을 함께 노래했다.

아마 노랫소리 때문이었는지, 아치의 자동차가 내 등 뒤에서 아버지가 있는 지붕 위로 휙 날아오는 소리를 듣지 못했다. 하지만 아버지는 노래를 멈추고 고개를 들었다. 나는 아버지와 같은 곳을 보지 않고 그냥 아버지만 보았다. 아버지가 망치를 쥔 팔을 들어 흐르듯이 자연스러운 동작으로 단번에 던지는 모습을 지켜보았다.

그러고는 비명 소리와 함께 자동차가 내 머리 위를 지나 지붕 위에 있는 아버지 머리 위를 아슬아슬하게 지나갔다. 운전자의 말을 듣지 않게 된 자동차는 나무 꼭대기의 가지들을 찢어버리며 거의 뒤집어질 뻔했다가 비틀거리며 균형을 잡았다. 조수석에서 립스틱을 바른 10대의 얼굴이 '오' 하고 비명을 지르는 모양을 하고 있었다. 여름날의 빛방울처럼 따뜻한 것이 내 얼굴에 떨어졌다. 나는 그것을 닦아냈다.

핏방울이었다.

한쪽으로 기울어진 자동차는 울음소리와 비명 소리를 싣고 멀리 날아갔다.

아버지가 사다리를 내려왔다. 은회색 얼굴과 무채색 하늘을 배경으로 아버지의 눈이 밝은 호박색을 띠었다. 아버지가 내 어깨를 한 손으로 짚었다.

"이제 우리 둘에게 비밀이 생겼구나, 아들."

나는 고개를 끄덕였다.

"그리고 망치도 하나 새로 사야겠어."

11월에 갈까마귀 한 무리가 우리 집 맞은편의 미루나무에 둥지를 틀었다. 아버지가 그들에게 먹이를 주는 기계와 물이 담긴 목욕통을 만들었다. 아버지가 만든 작은 배터리 장치로 물을 데울 수 있는 통이었다. 우리는 로켓도 함께 만들었다. 땅딸막하고 작은 이 단거리 로켓이 완성되면 우리는 도로 저편의 아마추어 로켓 발사장에서 날릴 예정이었다.

나는 내가 직접 고른 물건을 꺼내놓고 설명하는 수업 시간에 아버지를 데려갔다. 엄마는 문제가 생길 거라며 말렸지만 괜한 걱정이었다. 아버지는 아이들과 선생님들에게 엄청난 인기를 끌었다. 체육 시간에 아버지는 우리 반 모두를 위해 야구공을 날려주었고, 나중에는 초급 로봇 공학 수업에서 가슴을 열어 자신이 어떻게 작동되는지를 아이들에게 보여주기까지 했다.

집으로 걸어오는 길에 우리는 아치가 울워스의 착륙장에 서 있는 것을 보았다. 폭주족 친구들 한 무리와 함께 자동차에 몸을 기대고 있었다. 아치는 스프레이 페인트를 뿌려 차를 까맣게 바꿔놓았다. 문에 그려진 고르지 못한 하얀 원에서 군데군데 페인트가 흐른 자국이 아래로 이어져 있었다. 원 중앙에는 빗자루를 탄 마녀의 실루엣과 '불운'이라는 단어를 스텐실로 찍어놓았다. 보닛이 떼어진 상태라, 문어 다리처럼 뻗은 빨간 선들과 반짝거리는 코어가 드러났다.

자동차는 상당히 멋진 모습이었지만, 아치는 한쪽 눈이 가려지게 머리에 하얀 붕대를 한 바퀴 두르고 있었다. 우리가 옆을 지나가자 폭주족들이 모두 뻣뻣하게 굳어서 조용해졌다. 겁을 먹었나? 화가 났나? 나는 어느 쪽인지 알 수 없었다. 우리가 모퉁이를 돈 뒤 웃음소리가 들렸다. 차가운 공기 속에서 어색하게 들리는 웃음소리였다. 아치가 말했다. "주둥이 다물어라." 그 목소리에 나는 더 서둘러 걷고 싶어졌다.

아버지가 내 어깨를 꼭 쥐었다.

"걱정할 것 없어, 아들. 내가 옆에 있잖아."

집에 와보니 수리 기사의 승합차가 자갈밭 착륙장에 서 있었다. 안으로 들어가는데 부엌에서 웃음소리가 들렸다. 금발의 수리 기사가 커피 잔을 들고 우리를 향해 환히 웃었다.

"아이구, 아빠와 아들이시네. 일반 점검을 하러 왔어."

엄마는 죄지은 사람 같은 표정이었다. 하지 말아야 할 일을 하다가 나한테 들킨 사람처럼. 하지만 기쁜 기색도 있었다. 엄마에게서 빛이 났다.

수리 기사는 그 '점검'이라는 것을 하기 위해 아버지를 승합차 안으로 데려갔다. 엄마는 수업 시간에 아버지가 어땠는지 내게 물어보았다. 나는 아버지가 학교에서 얼마나 인기였는지, 초급 로봇 공학 수업을 듣는 애들이 아버지를 얼마나 멋지게 바라보았는지 이야기했다. 다들 아버지 같은 존재를 처음 보는 것 같았다고. 그러고 나서 나는 수리 기사가 뭘 하는지 보려고 밖으로 뛰어나갔다.

수리 기사와 아버지는 승합차 뒷좌석에서 또 그 숫자 암호를 주고받고 있었다. 그 일이 끝난 뒤 수리 기사가 밖으로 나와 담배에 불을 붙였다.

"너희 아버지 유닛은 잘 지내니? 문제를 일으킨 적은 없고?"

'이제 우리 둘에게 비밀이 생겼구나, 아들.'

나는 고개를 저었다. "없어요. 나랑 같이 로켓을 만들고 있어요. 물건을 설명하는 발표 수업에도 아버지랑 같이 갔고요."

수리 기사는 고개를 끄덕였다. "그거 다행이네. 학교에서 아주 인기였겠는걸."

"아버지는 저 안에서 뭘 하는 거예요?"

"아, 루틴 업데이트를 하는 중이야. 몇 분 걸릴 거다. 기다리는 동안 캐치볼이나 할래?"

"아뇨."

수리 기사는 어깨를 으쓱했다. "그렇다면야. 아버지랑 연습을 많이 하는 모양이지?"

"전쟁 때 싸웠어요?" 내가 물었다.

수리 기사는 하늘을 바라보았다. "그렇지. 거의 모두 그랬을걸. 내

또래 남자들은." 이 말을 하고 나서 그는 나를 이상하다는 듯이 바라보았다. "왜 그런 걸 묻니?"

"우리 아빠도 전쟁에서 돌아가셨어요."

"아니, 돌아가신 게 아니야. 총에 맞아서 완전히 망가졌지. 하지만 우리가 고쳤어. 잠깐, 너한테 그런 이야기를 했다고? 그걸 기억하면 안 되는데…"

"무슨 소리예요?" 내가 말했다. "우리 아빠요. 전쟁에서 돌아가셨다고요."

수리 기사는 잠시 나를 빤히 보다가 말했다. "아, 그렇지." 그가 내 어깨를 짚었다. "미안하다. 내가 네 말을 잘못 알아들었어. 맞아, 그랬지. 네 아빠는 전쟁에서 돌아가셨어. 영웅이셨다. 네 아빠가 너를 알았다면 틀림없이…"

"내가 누구 얘기를 하는 줄 아셨어요?" 나는 다그치듯 물었다. 말을 피하는 어른들을 찾아내는 아이의 본능이 작동하고 있었다.

"아무도 아냐. 그냥 오늘 좀 피곤해서 내가 헷갈린 거야. 우리 들어가서 네 아빠가 잘하고 있는지 볼까? 지금쯤 다 끝났을 거다. 틀림없이 둘이서 같이 로켓을 계속 만들고 싶겠지?"

우리는 12월 초에 로켓을 완성해, 시내의 자동차 경주장에서 버스를 타고 아마추어 로켓 발사장으로 갔다. 전쟁 때부터 무겁게 날아다니던 버스는 시내의 땅딸막한 지붕 위로도 잘 올라가지 못하는 물건이었다. 버스에는 우리 외에 대여섯 명이 타고 있었는데, 모두 아버지와 나를 빤히 바라보는 것 외에는 할 일이 없는 사람들 같았다. 한 할머니는 카운티 경계선의 정류장에서 내릴 때까지 멍청하게 입을 헤벌리고 있었다. 버스에서 내릴 때도 여전히 입을 벌리고 우리를 바라보며 뒷걸음질을 쳤다.

하지만 로켓 발사장에서는 분위기가 달랐다. 우리는 여기저기 상처가 많은 발사대에 우리 로켓을 놓고, 충격파를 막아주는 엄폐물 뒤로 가서 발사를 지켜보았다. 액체 연료를 넣고 새빨간 색으로 겉을 칠하자는 설계는 아버지의 것이었지만, 조립은 대부분 내가 했다. 아버지의 지도로. 우리는 로켓에 '후트내니'*이라는 이름을 붙였다. 그냥 내가 좋아하는 단어였다.

로켓은 4만 3,500미터 고도에서 우리에게 통신을 보낸 뒤 결국 해체되었다.

발사장에 로켓을 가지고 나와 있던 다른 사람들은 몇 시간 동안이나 아버지한테서 자기들 로켓에 대한 조언을 들었다. 그중에 정말로 날카롭게 생긴 한 아줌마는 우리 엄마보다 겨우 몇 살 위인 것 같았는데, 머리를 짧게 자르고, 어깨에 헤디 라마 장군 기술 부대의 표시가 있는 정비사 재킷 차림이었다.

"저 로봇이 너희 차고에서 만든 거니?"

"우리가 같이 만들었어요." 내가 말했다.

아줌마가 내게 윙크를 했다. "이런, 전쟁 때 우리 부대에 너희가 있었다면 좋았을 텐데. 둘 다 도움이 됐을 거야."

* 민속 음악을 연주하는 파티.

크리스마스 방학이 시작되기 전날 학교에서 집으로 걸어가고 있는데 아치 프랭크가 모퉁이 뒤에서 나와 내 앞의 길 한복판에 섰다. 이제 붕대는 보이지 않았지만, 한쪽 눈에는 검은 안대를 하고 있었다. 내 눈에는 아주 멋지게 보였다.

"어이, 꼬마." 그는 나를 막아 세우려고 손바닥을 내 쪽으로 해서 한 손을 들어 올렸다. "나랑 얘기나 좀 하자, 응?"

나는 걸음을 멈췄다. 심장이 내 가슴을 마구 두드려 댔다. 평소처럼 사람들이 우리 옆을 지나쳐 걸어가고 있는데도, 얼어붙은 거리에는 우리 둘밖에 없는 것 같았다.

"내가 진짜 얼간이처럼 굴었지." 아치가 말했다. "나도 알아."

나는 아무 말도 하지 않았다.

"하고 싶은 말이 있으면 해도 돼."

"맞아요, 형은 진짜… 못됐어요."

"얼간이."

"네, 얼간이."

"그렇지. 잘했어. 맞는 말이기도 하고. 나는 아무래도 부러웠던 것 같아."

"뭐가요?"

"너희 로봇. 내 말은…" 그는 잠시 말을 멈췄다가 다시 시작했다. "난 그렇게 멋진 걸 가져본 적이 없거든. 저기, 이렇게 길에서 이야기하는 건 좀 그렇다. 저기 울워스에 가서 몰트 밀크나 한잔 마시자. 어때?"

나는 주위를 둘러보았다.

“이런, 내가 너한테 독을 먹이거나 하지는 않아. 게다가 울워스에는 사람이 바글바글하다고.”

“집에 가야 돼요.”

“내가 집에 데려다줄게. 걱정 마.”

아치는 주머니에 손을 찔러 넣고 이렇게 말했다. “가자아아. 내가 진짜 등신짓을 한 것 같아서 그래. 전부. 너한테 보상하게 해줘.”

‘그렇게 멋진 걸 가져본 적이 없다고 했어.’

“좋아요. 잠깐만 있을 거예요.”

그가 아주 활짝 웃었다. 입 안쪽의 썩은 어금니가 언뜻 보일 정도였다. “좋았어. 가자. 넌 무슨 향을 좋아해?”

“바닐라요.”

“이런. 너 진짜 재미없다.”

나는 그를 노려보았다.

“야, 그러지 말고. 그냥 농담한 거야. 바닐라 몰트 밀크 좋지.”

울워스는 방과 후의 이 시간에 내가 한 번도 들어가 본 적이 없는 비밀의 세계였다. 잘난 척하는 청소년들이 바글거렸다. 웃음소리에 공기가 진동하고, 크게 외치는 소리는 그들끼리만 통하는 새로운 언어 같았다. 음료수를 나르는 직원들은 주문과 놀리는 말을 상대하느라 애를 먹었다.

아치와 나는 카운터 끝 쪽에 자리를 잡았다. 그의 폭주족 친구와 어떤 여자가 비워준 자리였다. 그때 그 여자의 얼굴을 알아봤어야 하는데. 립스틱을 바른 얼굴로 조수석에서 ‘오’ 하고 비명을 지르던 그 10대 여자. 내가 아치와 함께 다가가자 그 여자가 내게 미소를 지으며, 정교한 동작으로 무릎을 굽혀 인사하는 시늉을 했다. 그와 동시에 자기가 비워준 의자를 가리키더니, 내가 그곳에 앉자 내 머리카락을 헝클어뜨렸다. 폭주족 친구는 아치에게 경례하는 시늉을 했다. "나중에 보자. 우린 갈게." 아치는 그에게 고개를 끄덕인 뒤, 미끄러지듯 다가오는 직원에게 말했다. "여기 얘한테는 바닐라 몰트 밀크, 나는 코카콜라요."

요즘 엄마는 야간 근무조라서 자정 무렵에 지친 몸으로 집에 돌아왔다. 저녁 식사는 아버지가 만들어 줬지만, 그건 7시나 되었을 때의 일이었다. 아버지가 날 걱정할까? 아버지는 결코 걱정하는 법이 없는 것 같았다. 엄마한테 말하지도 않을 것이다. 그건 확실했다…

'이제 우리 둘에게 비밀이 생겼구나, 아들.'

이제 비밀이 하나 더 생겨도 괜찮을 것 같았다.

게다가 이건 좋은 일이 아닌가, 그렇지? 나와 아치가 악수하고 휴전하는 건데.

이 무렵 우리 집으로 전화가 걸려왔다. 울워스 뒤쪽에 있는 공중전화에서 걸려온 것이었다. 자세히는 몰라도 내가 상상해 볼 수는 있다. 수화기 속에서 어떤 여자가 내가 옛 66번 도로에서 배회하는 걸 발견했다고 아버지에게 말한다. 길가를 걷는 날 우연히 발견했다고. 내가 다친 곳은 없는데 혼이 나간 얼굴이었다고 한다. 아니 조금 겁에 질린 것 같았다. 추운 것 같기도 했고. 여자는 아버지에게 와서 아이를 데려가면 좋겠다고 말한다. 재킷도 하나 가져오면 좋겠어. 응, 필립스 66 주유소.

아치가 내 어깨를 한 대 쳤다. "너랑 네 아버지가 대단한 로켓을 만들었다며?"

"그걸 어떻게 알아요?"

아치가 씩 웃자 썩은 어금니가 또 보였다. "내 눈과 귀는 사방에 있어, 알아?"

나는 그의 안대를 흘깃 보았다.

"의사가 이거 나을 거래. 잠시 이렇게 가리고 다니기만 하면 된다고."

"미안해요." 내가 중얼거리는데, 몰트 밀크가 내 앞에 놓였다. "나는…"

"내 잘못이었는걸. 진짜야."

바닐라 몰트 밀크를 마시는 게 몇 달 만에 처음이라 나는 게걸스레 빨대를 빨았다.

기반 시설에 쓸 돈이 대부분 지상 비행기를 위한 신호 시스템 건설에 들어갔기 때문에, 66번 도로는 점점 더 방치된 채 울퉁불퉁해졌다. 이제 지상을 달리는 자동차는 많지 않았다. 여가용 오프로드 자동차나 너무 가난해서 새 차를 사지 못하는 농부들의 고물 자동차가 가끔 보일 뿐이었다.

버려진 필립스 66 주유소는 도시 경계선에서 6.5킬로미터 거리에 있었다. 아버지는 황혼 녘에 그곳에 도착했다. 해가 지평선 아래로 내려가서 완전한 어둠이 빠르게 다가오고 있었다. 아버지는 양가죽과 코듀로이로 된 내 재킷, 나를 위해 만들어 온 샌드위치를 들고 있었다.

금발 여자가 페티코트로 크게 부풀린 치마 차림으로 나타나 아치와 수다를 떨기 시작했다. 그 여자의 향수 냄새가 바닐라 몰트 밀크 냄새보다 더 좋았다.

"이 애는 누구야, 아치?"

"새로 사귄 친구야." 아치가 말했다. "내 자동차를 같이 조종할 거야."

"그러고 보니…" 여자가 신발 끝으로 타일 바닥에 유혹적으로 반달을 그리며 말했다. "누가 날 집까지 태워주면 좋겠는데. 네가 중간에 날 내려줄 수 있어?"

아치가 나를 바라보았다. "어떻게 할래? 내 위치호를 잠깐 타볼래?"

"나도 집에 가야 되는데." 나는 중얼거리듯이 말했다. "아버지가…"

"내가 너도 집에 내려줄게."

"아뇨. 나는 그냥…"

"내가 그러고 싶어서 그래. 진짜." 아치는 금발 여자를 바라보았다. "애가 같이 가도 되지?"

"당연하지." 여자가 내 턱을 가볍게 만졌다. "저기서 날아다니는 짐승들한테서 날 지켜줘."

나는 지상 비행기를 타본 적이 한 번도 없었다. 공중을 날아본 적은 물론 있지만, 항상 볼품없는 버스를 타고 나무 꼭대기 위를 어기적어기적 지나갔을 뿐이다. 빠르게 공중을 날아본 적은…

몇 분 뒤 우리는 시내 상공에서 길게 호선을 그리면서 날고 있었다. 아치가 비행기 코로 하늘에 창백한 동전처럼 높이 떠 있는 달을 거의 직접 겨냥한 것 같았다. 나는 아치가 준 낡은 펜들턴 코트로 몸을 감싸고 뒷좌석에 앉아서 즐거움과 공포를 함께 느끼며 내 앞의 가로대를 꽉 붙잡고 있었다. 금발 여자의 향수 냄새, 머리카락 냄새가 차갑게 날이 선 공기 중을 떠돌았다. 위치호가 급격히 선회하면서 노브 힐 쪽으로 쏜살같이 날아가자 여자가 환호성을 질러댔다. 가로등 불빛들이 아래쪽에서 깜박거리며 부르르 몸을 떨었다.

고물 자동차가 헤드라이트를 끄고 전속력으로 달려왔을 때 아버지는 틀림없이 필립스 66 주유소의 주유 펌프 근처에 서 있었을 것이다. 차는 뼈대만 남은 옛날 군용 지프였다. 타이어는 차체에 비해 지나치게 컸고, 앞 유리창 대신 철망이 달려 있었으며, 전면에도 녹슨 철망이 고정되어 있었다.

아버지는 그 차가 그냥 지나갈 줄 알았겠지만, 차가 휙 방향을 틀어 아버지를 곧장 들이박았다. 아버지는 주유 펌프 하나에 쾅 부딪힌 뒤 공중제비를 돌면서 주유소 유리창을 뚫고 날아 들어갔다. 폭주족 네 명이 자동차에서 내렸다. 세 명은 납 파이프를 들었고, 한 명은 제 아버지의 공구점에서 훔쳐 온 땅딸막한 플라스마 톱을 들고 있었다.

아버지는 주유소 바닥에 쓰러져 있었다. 눈에는 빛이 꺼졌고, 가슴이 우그러지고, 한쪽 다리의 무릎 관절이 손상된 상태였다. 폭주족 한 명이 납 파이프로 아버지의 머리를 내리쳤다. 플라스마 톱을 가져온 녀석의 이름은 핼 그린웨이였다. 그가 아버지의 우그러진 가슴에 걸터앉아 톱을 작동시켰다. 톱이 아버지의 왼팔을 반쯤 잘랐을 때, 아버지의 눈에 오렌지색 불빛이 반짝 켜졌다.

2초 뒤 핼 그린웨이는 죽었다. 아버지가 한 손으로 그의 기도와 척추를 부숴버렸다.

다른 폭주족들은 뿔뿔이 흩어져 지프로 달려갔다. 아버지는 축 늘어진 헬 그린웨이의 시체를 옆으로 던지고 비틀비틀 일어섰다. 폭주족 한 명은 아버지가 그때 이렇게 말했다고 진술했다. "…유닛 부분적 기능 상실. 목표 하나 파괴. 다른 전투원들에게 접근 중. 유닛 부분적 기능 상실. 지원 요청. 좌표는…"

이 무렵 우리는 금발 여자의 집 착륙장으로 다가가고 있었다. 검은 콘크리트에 착륙 지점이 석영으로 하얗게 새겨진 착륙장이었다. 언덕 위에 있는 여자의 집은 우리 집의 열 배쯤 되는 크기였다.

"내가 데려다줬는데 뽀뽀도 안 해줘?"

"애가 있잖아. 우리 부모님 오시기 전에 빨리 가."

"하여튼 여자들이란. 믿을 수가 없어요." 아치는 위치호를 보라는 듯 360도 회전시키며 휘리릭 공중으로 띄웠다. "넌 여자애들하고 어울리지 마라, 알았지?"

나는 고개를 끄덕였다.

"너 좀 멀미하는 것 같은데."

나는 고개를 저었다.

아치가 쿡쿡 웃었다. "그래, 강한 남자네. 이제 조금 날다가 너희 집에 내려줄게."

"좋아요."

"조수석에 타."

나는 이 비행기를 타고 계속 날고 싶었다.

아버지 생각은 나지 않았다. 생각나는 거라고는 그 금발 여자의 향수 냄새뿐이었다. 뭔가 금지된 어른들의 일 같은 느낌, 몰래 마시는 위스키 한 모금 같은 느낌이었다. 위치호가 덜컹거리며 쑥 올라가는 느낌은 또 어떤가. 아치가 이제 나를 좋아하는 것도, 내가 그의 친구가 된 것도 좋았다.

나와 아치, 우리는 나무들 위를 날았다. 나는 손마디가 하얘지도록 대시보드를 꽉 잡았고, 우리 비행기가 날아가는 서슬에 까마귀들이 흩어졌다. 잔가지가 위치호의 아랫부분을 덜덜덜 긁어댔다.

숨도 못 쉴 정도로 즐거워하는 나를 마침내 아치가 집에 내려주었다. 집은 어두웠다. 동작 감지등의 불빛만이 아치의 얼굴을 비췄다. 불빛을 받은 얼굴이 어찌나 하얀지 아이보리 비누를 깎아서 만든 것 같았다. 비스듬하게 걸쳐진 안대가 그 얼굴을 둘로 갈라놓았다. 아치는 멀쩡한 눈으로 내게 윙크를 했다.

"잘 있어라." 아치가 계단을 올라가는 내게 말했다. "너희 엄마한테 인사나 전해줘. 네 엄마가 원한다면 언제든 이걸 태워주겠다고." 그러고 나서 그는 가버렸다. 위치호가 둥근 달을 가르며 날았다.

숨을 몰아쉬며 집에 들어가자마자 나는 소리쳤다. "나 왔어!"

나는 이제 아치의 친구다. 위치호를 타고 온 도시를 날아다녔다. 속으로는 이런 생각을 했다.

그래서 나는 지금도 결코 죄책감을 씻어버릴 수 없다. 내가 그때 아버지 생각을 조금도 하지 않았기 때문에.

하지만 아버지는 단 한순간도 나를 잊어버리지 않았다. 완전히 잊어버린 적이 없었다. 그 순간에도 아버지는 내 재킷을 기억한 모양이었다. 틀림없이 걱정스러워서 내 재킷을 찾으러 갔을 것이다. 폭주족들을 쫓아가지 않고.

그들이 화염병으로 아버지를 맞혔을 때, 아버지는 손에 재킷을 들고 있었다.

경찰들이 아버지를 찾았을 때도 그 모습이었다. 버려진 필립스 주유소 한복판에 꿋꿋하게 서 있던 아버지. 흉갑은 검게 그을렸고, 회로는 녹아내렸지만, 아버지의 손은 불에 탄 내 재킷을 꼭 쥐고 있었다.

사랑과 죽음.

아마 30분쯤 뒤 검은색과 흰색의 경찰차가 우리 집 잔디밭에 착륙했다.

그때쯤 나는 걱정을 하다못해 겁을 내고 있었다. 집 안 어디에도 아버지가 없었다. 차고에도 없었다. 어디에도 없었다. 아냐, 어쩌면 수리 기사가 와서 아버지를 데려갔는지도 몰라. 수리를 하려고. 나는 이렇게 생각했다. 어쩌면…

경찰차의 빨갛고 파란 불빛이 거실로 쏟아져 들어왔다. 엄마가 전에 왔던 두 경찰관과 함께 문을 벌컥 열고 들어왔다. 금발의 수리 기사도 함께 있었다. 엄마는 나를 안고 울다가, 나한테 고함을 지르다가, 또 울었다.

그날 밤 나는 부엌에서 대부분의 시간을 보냈다. 코코아 한 잔을 앞에 놓고, 옆방에서 오가는 대화를 간간이 들었다. 여러 사람이 드나들었다. 경찰관들, 군인들. 금발의 수리 기사가 복도에서 다른 군인에게 말하는 소리가 들렸다.

"…말이 안 됩니다. 전투 서브루틴이 저기 조금이라도 남아 있을 리가 없어요. 전쟁 후에 전부 지웠단 말입니다. 저 녀석은 살인자가 아니에요."

"그렇겠죠." 군인이 말했다. "그렇게 따지면 나도 살인자가 아니니까. 당신도 살인자가 아니고, 그렇죠? 하지만 독일과 폴란드에서 우리는 사람을 죽였습니다. 그리고 혹시 필요한 상황이 되면… 정말로 혹시, 누가 우리를 잘못된 방향으로 밀어댄다면…"

"하지만 저 녀석은 로봇입니다. 이건 서브루틴이에요. 그냥 프로그램이라고요. 우리가 싹 지웠습니다."

"그래요, 그냥 프로그램. 압니다. 그런데 이거 압니까? 난 일주일 전 자다가 식은땀을 흘리며 깨어났어요."

"그런 일이야 가끔 있잖아요."

"그래요, 가끔 있는 일이죠. 하지만 그날은 좀 달랐습니다. 식은땀을 흘리며 깨어났을 때 나는 이로 칼을 물고 있었단 말입니다, 짐. 그 상태로 복도에서 포복을 하고 있었어요."

"세상에, 빌. 설마요."

"새로 깐 우리 집 카펫 위에서 포복을 했습니다. 아무도 안 봤으니 망정이지. 내 서브루틴에서 군대 물이 아직 많이 빠지지 않았다는 걸 아내가 알아차리기 전에 내가 칼을 부엌 서랍에 다시 가져다 놓고 침대로 들어갔으니 망정이지. 그렇지 않습니까, 짐?"

"세상에. 어떻게 이런 일이. 이걸로 아버지 프로그램은 끝날 겁니다. 죽을 거예요."

"내 원칙에 따르면, 그 쓰레기통도 스스로를 방어할 권리가 있을 겁니다. 하지만 그걸 들어줄 사람은 아무도 없을 테니, 그냥 우리끼리 하는 얘기죠."

경찰관들이 와서 내게 진술을 받았다. 경찰들은 정말로 친절한 태도로 나더러 용감한 아이라고 계속 말했다. 하지만 나는 그들이 왜 그런 말을 하는지 알 수 없었다. 난 용감한 일을 하나도 하지 않았는데. 내가 그걸 아는데.

나는 아는 걸 모두 이야기했지만, 그래봤자 별것 없었다. 내 마음속에는 아치가 내 친구라는 생각이 아직 있었다.

정말이지, 멍청하기는.

아버지에게 화염병을 던진 폭주족 세 명은 소년원 몇 개월 형을 선고받았다. 정부의 재산을 파괴했으나 정상 참작이 어쩌고저쩌고… 그들은 현장에서 친구가 죽는 모습을 보았으므로, 그들에게 더 심한 형을 주는 것은 누구도 받아들이지 못했다.

아치는 아무 벌도 받지 않았다. 누구도 아치에 대해서는 고자질하지 않았다. 폭주족들이 왜 아버지의 뒤를 쫓았는가? 그들은 그냥 아버지가 거기 서 있는 것을 보고 낡은 폐물인 줄 알았다, 그래서 그걸 부수면 재미있겠다고 생각했을 뿐이다, 이렇게 대답했다. 멍청한 장난이었다. 불량 청소년들이 저지르는 엉뚱한 짓.

아치는 경찰관들이 심하게 다그칠 때마다 능글맞게 웃으며 넘어갔다. 안대를 왜 했지? 내 차를 몰고 가다가 나뭇가지랑 부딪쳤어요. 몰트 밀크는? 그냥 그 애를 즐겁게 해주려고 사준 거예요. 그게 죄예요? 전화는? 에이, 왜 이러세요. 내가 전화 거는 걸 그 애가 봤대요?

경찰이 증명할 수 있는 사실은, 아치가 스스로 원해서 내게 바닐라 몰트 밀크를 사주고 위치호를 태워줬다는 것뿐이었다.

아버지들은 모두 소환되었다. 아버지 프로그램도 취소되었다. 아마 아버지들의 프로그램을 모두 지워버렸을 것이다. 그전에 전쟁 프로그램을 지워버렸듯이.

나중에 나는 그들이 모두 화성에서 지구화 작업에 투입되었다는 소식을 들었다. 정착지 주민들이 할 수 없는 일, 그러니까 무거운 물건을 드는 일이나 위험한 수리 작업을 한다고 했다.

가끔 궁금해진다. 화성의 붉은 흙먼지 속에서 노동하는 그들이 과거 그들의 아들이나 딸이었던 아이들을 꿈에 보기도 하는지. 지구에서 귀뚜라미들이 울던 밤에 캐치볼을 하던 일, 베란다의 그네, 사탕을 사러 가게로 걸어가던 일을 떠올리는지.

수리 기사 짐은 어떻게 됐느냐고? 계속 우리 주변에 남아 있다가, 결국 내게 아빠라고 불리게 됐다.

하지만 나는 그를 한 번도 아버지라고 부르지 않았다.

그와 함께 야구도 하고, 로켓도 만들고, 비누 상자로 경주용 자동차도 만들다가, 결국 그를 사랑하게 되었지만, 그래도…

내게 아버지는 하나뿐이었다. 내게는 6개월 동안 아버지가 있었다. 그 아버지뿐이었다.

타오르라, 또는 에피소드로 살펴보는 초인 샘 웰스의 생애

A. T. 그린블랫

조호근 옮김

2021 휴고상·네뷸러상 최종 후보작

단편 부문 중편 부문

A.T. Greenblatt

Burn or The Episodic Life of Sam Wells

A. T. 그린블랫은 낮에는 기계 기술자, 밤에는 작가로 활동한다. 필라델피아에 거주하며 종종 친구들의 다양한 요리 및 가내 양조 실험의 피험체 역할을 담당한다. '가능한 천국 XVI'와 '클라리온 웨스트 2017'을 수료하였다. 네뷸러상을 수상했으며, 연도별 우수작 모음집에 여러 작품이 선정되었고, 《언캐니》, 《비니스 시즐리스 스카이스》, 《클라크스월드》를 비롯한 여러 훌륭한 출판물에 작품을 수록했다.

홈페이지 주소: atgreenblatt.com

SF-Fan

A.T. Greenblatt

Burn or The Episodic Life of Sam Wells as a Super

에피소드 1: 타오르는 의심

샘이 타오르는 모습을 보라.

타오르는 것 비슷하기는 하다. 엄밀히 말하자면 빛나는 쪽에 가깝지만. 그것도 머리만.

알 게 뭐람.

샘은 자신이 통제할 수 없는 문제에는 신경 쓰지 않으려 애쓴다. 예를 들어 지금 눈앞에서 무심한 얼굴로 그를 지켜보고 있는 스물네 명의 사람이라든가. 면접장에 나오면서 너무 간소하게 입고 왔다든가. 지금 그가 있는 옛 문화 회관 건물이 터무니없이 갑갑하며 허공에는 시큼한 우유 냄새가 감돈다든가. 이 모든 것이 끔찍한 실수일지도 모른다든가.

그러나 자신이 어떻게 타오를지는 통제할 수 있다. 어느 정도는. 아마도. 가능했으면 좋겠는데.

샘은 눈을 감고, 지금 자신의 아파트에 있다고 상상하려 애쓴다. 꾸준한 연습 덕분인지 거실 가구들의 모습마저 눈앞에 떠오를 지경이다. 두 벌의 금속제 접이식 의자, 철사 프레임 탁자 하나. 그리고 발밑의 차가운 시멘트 바닥도 거의 느껴질 듯하다. 보통 집이라면 텔레비전이 걸려 있을 정면 벽에는, 대신 쓰레기 수거함에서 가져온 철제 테두리를 두른 거울이 걸려 있다. 샘은 거울에 비친 자신의 모습을 상상한다. 얼굴에 살짝 미소가 떠오른다.

그래, 집에서 할 때와 똑같다. 연습한 대로다. 성냥에 불을 붙이듯 쉽고, 숨 쉬듯 자연스러운 일이다. 시연을 원한다 이거지? 그렇다면 확실한 볼거리를 선사해 줘야지.

샘이 타오르는 모습을 보라.

1초가 지나간다. 2초. 관객들은 조용하다. 물론 비명을 지르거나 달아나기를 기대한 것은 아니다. 이 사람들도 직업 영웅이니까. 그러나 그의 '재능'이 발현되는 순간에는, 숨을 삼키거나 가볍게 탄성을 올리는 소리 정도는 들을 수 있을 줄 알았다.

발현한 것 맞겠지?

샘은 눈 한쪽을 슬쩍 뜨고 위쪽을 흘깃거린다. 그래, 자신의 머리 꼭대기에서 불길이 춤추며 일렁이는 모습이 시야 한쪽 구석에 보인다.

그래, 분명 제대로 발현했다.

그는 양쪽 눈을 전부 뜨고 관객들에게 당당하게 웃음 지어 보인다.

그러나 아무런 회답도 없다. 입꼬리를 슬쩍 올리는 사람도, 정중하게 손뼉 치는 사람도 없다. 머리에 불이 붙었는데도, 스물네 명의 무심한 얼굴은 그저 그를 지켜보고만 있을 뿐이다.

"그게 전부입니까?" 둘째 줄의 남자가 묻는다. 회색 블레이저에 회색 슬랙스 차림이고, 옷깃에는 초인 배지를 달고 있다.

"뭐라고 하셨죠?" 샘이 묻는다.

"할 수 있는 일이 그게 전부냔 말입니다."

샘은 처음에는 그가 농담하고 있다고 생각한다. 타오르는 남자를 눈앞에 둔 방 안의 긴장을 풀어주려고, 선의에서 우러나온 어색한 농담을 던진 것이라고. 그러나 남자는 시선을 돌리지 않고, 그 안에서는 웃음기 따위는 조금도 찾아볼 수 없다.

한심한 생각이었어. 갈빗대를 조여오는 절망의 손가락을 느끼며, 샘은 생각한다. 그냥 신청서를 보내서 면접에 참석할 기회를 준 초인 협회에 감사한다고 말하고 끝내야 했다. 이제 아파트로 돌아가서 짐을 꾸려 어디 외딴 시골에나 틀어박혀야 할 모양이다. 다른 모든 사람이 그에게 강요하던 것처럼.

아직 포기하지 마. 마지막 남은 희망 한 조각이 속삭인다.

그래서 샘은 눈을 감고 숨을 들이쉰다. 천천히, 조금씩, 그의 머리 위 불꽃이 작아진다.

"음, 때론 손이 불타게 할 수도 있죠." 샘은 벗겨진 앞이마를 손가락으로 쓸면서 이렇게 말한다. "조금 까다롭기는 하지만요." 처참한 농담이지만, 이제 샘에게 남은 것은 그것뿐이다.

스물네 명의 얼굴은 여전히 냉정하다. 문득 샘은 초인들이 거짓말쟁이라는 생각을 한다. 카메라 앞에서는 항상 웃으며 손을 흔들고는 이렇게 말하면서. "보세요! 우리의 초인 능력은 조금도 겁낼 필요가 없답니다!” 그러나 실제로 마주하면 하나같이 머뭇거리는 죽음의 사자처럼 행동한다.

“그게 답니까?” 회색 옷의 남자가 묻는다.

“네.” 샘은 어깨를 늘어트리며 대답한다. 직업도 없고, 친구도 없고, 다른 능력도 없고.

“호신술 훈련은 받은 적 있습니까?” 맨 앞줄의 자홍색 블라우스를 입은 여자가 묻는다. 뉴스에서 본 적 있는 얼굴이다. ‘중력을 정복한 여성’이었던가. 지금은 의자에 나른하게 몸을 파묻고 있지만.

“아뇨. 저는 평화주의자로 살려고 하거든요.” 샘은 대답한다. 사실이다. 적어도 노력은 한다.

“술집의 동영상을 보니 그렇지는 않은 것 같던데요.”

샘은 어깨를 뻣뻣이 굳힌다. “그건 사고였어요.”

“언제나 처음에는 사고로 시작하죠. 그렇지 않던가요?” 그녀의 말에 몇몇 초인이 쓴웃음을 짓는다. “응급 구조 쪽으로 경력이 있으십니까?”

“음, 아뇨.”

“범죄 수사 훈련은요?”

샘은 고개를 젓는다. 기초 코스라도 수강하거나, 아니면 CSI나 뭐 그런 거라도 봤어야 하는데. 그러나 한 달 전까지만 해도 자신이 초인이 되리라고는 꿈도 꾸지 못했다.

“그래서 *할 수 있는 게* 뭡니까, 웰스 씨?”

“글쎄요, 저는… 그… 회계사로 근무했습니다.” 재즈 피아노 연주도 할 수 있지만, 마지막으로 청중 앞에서 연주했을 때는 별로 끝이 좋지 못했다.

"아." 그래비티 우먼이 말한다.

회색 옷의 남자가 객석을 돌아보며 말한다. "그래서, 저 사람을 우리 일원으로 맞이해야 할까요?"

"아주 강한 재능이라고는 못 하겠군요." 안경을 끼고 물 빠진 푸른색 티셔츠를 입은 남자가 말한다. 티셔츠에는 뭐라 적혀 있지만, 샘은 알아볼 수가 없다. 그는 맨 끝줄에서 크게 소리친다. "우리와 함께 짐을 질 필요는 없겠지요."

"다른 팀에 들어가기에는 세간의 이목을 너무 많이 끌었습니다." 회색 옷의 남자가 반박한다. "힘을 통제하는 능력은 충분히 보여주었고요." 굳이 할 필요가 없어서 빼놓은 말이 하나 숨어 있다. *그를 받아들일 사람은 이제 우리밖에 없어.*

"여러분과 함께할 수 있다면 정말 영광이겠습니다." 샘은 이렇게 말하며 뒷짐을 지고 양손을 꽉 붙든다. 그러지 않으면 손이 떨릴 것 같았으니까.

스물네 쌍의 눈동자가 다시 그를 향한다. 그러나 이번에는 공허한 눈길이 아니다. 이번에는 침통함과 비통과 절망이 서려 있다.

"좋습니다." 회색 옷의 남자가 말한다. "서류를 가져올 테니 서명 부탁드리지요." 그는 시선을 떨구더니, 문득 생각난 것처럼 한마디를 덧붙인다. "축하합니다."

이런 식으로 샘은 초인 집단의 일원이 된다. 거울 앞에서 능력 제어를 연습하며 보낸 그 오랜 시간이 보답 받은 것이다. 서로 소개를 나누는 일도, 축하의 초콜릿 케이크도, 웃음이나 환영 인사도 없었지만.

“정말 유감입니다.” 자홍색 옷의 여성은 그에게 이렇게 말하고는 출구로 향한다.

스물네 쌍의 눈동자가 시선을 피한다. 스물네 쌍의 발이 소리를 울리며 나간다. 머지않아 방 안에는 스물네 개의 빈 의자와 샘만이 남는다.

샘이 타오르는 모습을 보라.

에피소드 2: 여기 밑줄 친 곳에 서명 부탁합니다

56분 후, 회색 옷의 남자는 도시의 유일한 초인 허용 술집에서 회원 가입 약관을 설명해 준다. 그의 앞에는 서류 다발과 진 앤 토닉 한 잔이 놓여 있다. “사이러스라고 부르면 됩니다.” 남자는 지친 웃음과 함께 말한다. 가까이서 보니 거슬릴 정도로 낯익은 얼굴이지만, 한 달 동안 온갖 일을 잔뜩 겪은 덕분에, 샘은 이제 자기 두뇌라는 이름의 개자식을 별로 믿지 못하는 상태다.

온갖 잡동사니로 가득하고 손때가 사방에 묻은 술집이다. 문간의 팻말에는 ‘금연’이라고 적혀 있지만, 공기와 구석 자리에는 퀴퀴한 담배 냄새의 기억이 고여 있다. 현대적인 주크박스에서는 옛 시절의 노래가 흘러나온다.

술집에는 그들 둘밖에 없다. 바텐더는 빼고. 그리고 샘과 눈을 마주치지 않으려 애쓰는, 물 한 잔을 붙들고 앉아 있는 보라색 탱크톱 차림의 키 크고 건장한 여성도 빼고.

알 게 뭐야.

샘은 마티니를 주문할 걸 그랬다고 생각한다. 아니면 종이우산을 끼우는 부류의 술이나. 오늘은 종이우산스러운 날이었으니까. 그러나 그의 땀투성이 손바닥 사이에서는 무알코올 맥주가 미지근하게 식어 가는 중이다. 그의 새 '특수 능력'에 알코올을 섞으면 무슨 일이 벌어질지 두려웠기 때문이다.

그러나 샘은 불평할 수 없다. 초인 집단의 일원이 되는 편이 숲속 오두막집에 유폐되는 것보다는 훨씬 나으니까.

"좋습니다." 사이러스가 말한다. "이 정도만 알고 있으면 됩니다."

초인이 되려면 약관에 동의해야 한다. 조건이 있다. 몇 가지 규칙도. 사이러스는 모든 것을 조심스럽고 아주 세심하게 설명한다. 반대쪽 손으로 볼펜을 돌리면서도 서류상의 중요한 정보를 직접 짚어준다. 탁자에 대고 있는 굽힌 팔뚝에는 이두박근이 선명하게 드러나 있다. 샘은 서류에 집중하려 애쓰지만, 사이러스는 다른 삶에서라면 모델이 되고도 남았을 사람이다. 주목받는 위치의 사람이 눈요기까지 되다니, 나쁠 리 없는 일이다.

샘은 체육관에 다녀야겠다고 다짐한다.

"…그리고 당신의 능력이 특별히 강한 편은 아니기 때문에, 주력팀에 들어갈 필요는 없으리라 생각합니다." 사이러스가 말한다.

샘은 몸을 바로 세운다. "네? 그럼 저는 뭘 하는데요?"

"우리 회계사 일을 맡아주십시오."

"아." 샘은 숨을 깊이 들이쉰다. 그래도 숲속 외딴 오두막집에 사는 건 아니라고, 그는 자신을 타이른다. 아니, 이런 능력이라면 빙산 위 외딴 이글루에 살아야겠지만.

"기대하던 바와는 다르겠지요?" 사이러스가 부드럽게 묻는다.

"그게…" 그래, 다르다. 예전에 하던 재무 분석 일이 싫었던 것은 아니다. 그저 돌아가고 싶지 않을 뿐이다.

"그래요, 그럼 뭘 하고 싶으십니까?" 사이러스가 묻는다.

샘은 마티니를 한 잔 비우고 침대로 돌아가고 싶다. 아파트에 진품 가구도 들여놓고 싶고, 머리에 머리카락도 기르고 싶고, 사람들이 자신의 '특수 능력'을 두려워하는 일을 멈춰주기도 바란다. 스스로를 두려워하는 일도 멈추고 싶다. 샘이 자신의 이야기를 해설하는 역을 맡을 수 있다면, 뉴스에 나오는 초인들처럼 '이제 샘이 위기를 해결하는 모습을 보시죠'로 시작하고 싶다. 아니면 '샘이 사람들을 위해 자신의 능력을 사용하는 모습을 보시죠'라든가. 아니면 '초인 샘이 친구와 사랑하는 이들과 화해하는 것을 보시죠'도 좋고.

그저 타오르는 샘만 보는 것보다야 뭐든 나을 것이다.

"사람들을 구하고 싶어요." 샘이 말한다.

뒤편에서 번쩍하며 폭발음과 함께 뭔가 깨지는 소리가 난다. 샘이 몸을 돌려보니 보라색 탱크톱 차림의 여성이 유리잔 조각을 손에 쥐고 있다. 떨리는 손가락 사이로 물이 흘러내린다.

"미안해요." 그녀는 당황해 달아오르는 얼굴로 중얼거린다. "일을 치지 않으려고 애쓰고는 있는데."

"괜찮소." 유리 조각을 쓸어서 행주 위로 떨구며, 바텐더가 말한다. "유리잔은 항상 대량 주문해 놓으니까."

샘은 입술을 깨문 채 자신의 김빠진 맥주를 바라본다. 대부분의 술집에서 초인을 받아주지 않는 데는 이유가 있다. '위험한' 초인을 외딴 지역으로 이주시키는 국가 계획이나, 그것을 원하는 사회적 압력이 존재하는 데도 이유가 있다. 직업을 얻을 수 있는 것만으로도 감사해야 한다.

“사람들을 구하고 싶습니다.” 샘은 다시 말한다. 천천히, 조심스레, 사이러스와 눈을 마주치지 않으며.

“그런 일을 하게 될 겁니다.” 사이러스는 의자에 몸을 기댄다. “성공적인 초인 집단의 이면에서 얼마나 많은 작업이 필요한지 깨닫는 사람은 극히 드물지요. 당신은 꼭 필요한 인재가 될 겁니다.” 어디선가 경쾌한 전화벨이 울리고, 사이러스는 자신의 전화를 꺼내 메시지를 힐끔거린다. 그의 얼굴이 어두워진다. “우리에겐 가능한 한 모든 도움이 필요하니 말입니다. 토야, 이거 봤나?”

보라색 탱크톱의 여자는 자신의 전화를 바라보고 있다가, 고개를 끄덕이고 자리에서 일어선다. “그럼.” 그녀는 이렇게 말하고 문간으로 걸음을 옮긴다.

“무슨 일 났나요?” 샘이 묻는다.

“젠장. 더는 안 돼.” 사이러스는 이렇게 말하며, 손가락으로 스크롤을 내리며 중얼거린다. 샘의 말을 안 듣고 있는 것이 분명하다. “실례지만 좀 서둘러야겠습니다. 서류 확인해 보고, 질문 생기면 맥한테 물어보세요.”

샘은 입을 열고 ‘대체 맥이 누군데요?’라고 물으려 한다. 그러나 회색 옷의 남자는 이미 자리에서 일어나 움직이고 있다. 그는 술집을 나가서 어둑해지는 거리로 걸음을 옮긴다. 처음에는 샘도 남자의 피부가 반짝인다는 사실을 알아차리지 못한다. 아니, 반짝이는 게 아니다.

빛을 발하기 시작한다.

갑자기 모든 것이 맞아떨어진다. 샘은 사이러스가 낯익어 보였던 이유를 깨닫는다.

미스터 선샤인.

그는 보도블록 모퉁이에 서서, 가로등만큼 밝게 빛나면서 걸음을 멈춘다. 마치 다음 수를 궁리하는 것처럼. 다음 순간 샘은 눈을 깜빡인다. 세상이 어둑해지며 미스터 선샤인은 사라져 버린다. 그의 망막에 밝게 빛나는 흔적만을 남긴 채로.

그리고 지난 두 시간 동안 두 번째로, 샘은 뒤에 홀로 남겨져 버렸다.

알 게 뭐람.

"흔히 있는 일이지." 잠시 후 바텐더가 입을 연다. "나는 맥일세. '돌이킬 수 없는 지점'에 온 것을 환영하네."

"뭐라고요?"

"내가 이 작은 가게를 부르는 이름이지."

"그 뭐랄까, 조금, 음, 꺼려지는 이름인데요." 샘은 카운터 위의 서류 뭉치를 한쪽으로 옮기며 자리에 앉는다.

"그렇긴 하지. 하지만 우리 고객들은 어차피 달리 갈 곳도 없거든. 한 잔 더?" 그는 웃으며 샘의 반쯤 비운 맥주잔 쪽으로 고갯짓을 한다.

"아뇨, 됐습니다." 샘은 맥 뒤쪽에 늘어선 진 병을 갈망하는 눈길로 바라본다. "언젠가는 마티니를 다시 마실 수 있을 정도로 자신을 믿게 되겠죠."

맥은 상황을 짐작하는 듯 동정어린 눈길을 보낸다. "맞는 말일세." 그는 커다란 유리잔 두 개에 물을 채우고는 하나를 샘 쪽으로 밀어 보낸다.

샘은 갑자기 밀려오는 피로를 느끼며, 카운터에 팔을 기댄다. 그리고 팔꿈치께에 놓인 서류 뭉치를 잠깐 힐긋거렸다가, 갑자기 몸을 움직여 맨 윗장의 양식에 서명한다. 조건? 알 게 뭐람. 이글루에 사는 불타는 인간으로 남는 것보다는 초인이 되는 편이 낫다.

맥은 한쪽 눈썹을 치켜올린다. "그래, 무슨 일이 있었던 건가?"

"글쎄요…" 샘은 맥의 고요한 눈길을 마주하지 못한 채 머뭇거린다. "바 뒤편에 있으니 제 하소연을 들어주셔야 한다든가, 뭐 그런 건가요?"

"보통은 그렇지." 맥은 어깨를 으쓱한다. "신입이 여기까지 올 즈음에는 누구든 붙들고 말하고 싶어지거든."

샘은 조금 미심쩍은 눈빛으로 맥을 관찰한다. 바텐더의 표정은 진실되고, 눈빛은 친절하다. 그러나 그의 자세에서는 피로와 깊은 슬픔이 엿보인다. 신입 초인이나 깨진 유리잔과는 아무 관련도 없는 감정이다.

"빌어먹을, 됐어요." 샘이 말한다.

환한 웃음이 맥의 얼굴을 밝힌다. "뭐, 그렇다면야. 팀에 들어온 것을 환영하네, 샘."

두 사람은 잔을 부딪치고 부드러운 침묵 속에서 물잔을 비운다.

에피소드 3: 정보의 연옥에 잘 오셨습니다

아니, 실수한 것이 아니다. 샘은 정확히 예정된 장소에 도착했다.

적어도 속으로 계속 그렇다고 되뇌고 있기는 하다. 그의 새 사무실은 정말로 제법 널찍하고 괜찮은 편이다. 아니, 바닥에 상자와 문서철이 가득하지 않았다면 괜찮았을 것이다. 또는 이 장소에 컴퓨터 따위는 들어온 적도 없으며, 사용하지 않은 방의 먼지 냄새만 가득하지 않았더라면. 또는 위치가 옛 시민 회관의 지하실이 아니었더라면.

평소라면 샘은 즉시 사표를 던졌을 것이다. 그리고 가장 가까운 식당으로 걸음을 옮겨 아침이나 먹자고 레브를 불러냈을 것이다. 두 사람은 블랙커피에, 아마 해시 브라운 몇 조각 정도를 주문했을 것이다. 함께 웃음을 터트리고, 레브가 그의 새 장갑과 모자를 비웃으면 샘은 상처받은 척했을 것이다. 그래, 직접 만들어서 끔찍한 몰골이기는 했지만, *뭐든* 시도해 봐야 했다고 말했을 것이다. 하필이면 몸을 가렵게 하는 물질로 방화 담요를 만드는 이유를 도저히 짐작할 수조차 없다고 투덜거렸을 것이다.

그러나 지금 상황은 평소와는 너무도 다르다. 이제 샘은 초인이 되었고, 레브는 그의 전화를 받아주지 않는다. 이곳에서 수많은 서류와 가연성 물질 사이에 서 있자니, 샘은 자신이 모두가 생각하는 그런 예측 불가능한 불덩어리가 된 듯한 느낌을 받는다.

"젠장." 샘이 말한다.

"당신도 좋은 아침."

샘이 화들짝 놀라는 모습을 보라.

뒤를 돌아보니, 에메랄드빛 블레이저를 입고 초인 배지를 달고 있는 여성이 혼돈의 가장자리에 파일 하나를 들고 서 있다. 가늘고 거친 흉터가 얼굴 왼쪽을 얼기설기 가로지르고 있다. 그녀가 웃음을 지으며 입을 열자 흉터가 물결친다. "당신이 회계사 샘이겠군."

아니, 초인 샘이다. "그렇습니다." 그러나 아직은 말꼬리를 잡을 만큼 확신이 없다.

"좋아, 나는 미란다야." 그녀는 손을 내민다. 샘은 악수한다.

"당신이 우리 팀의 관리자인가요?"

"관리자 겸 홍보 담당자 겸 인사 담당자 겸 사무 관리자지. 기본적으로 따로 담당이 없는 모든 일은 내 앞으로 떨어져. 하지만 젠장, 이제 회계 일은 안 해도 되겠네. 참, 저게 당신 책상이야." 그녀는 비교적 깔끔한 책상을 가리키며 말한다.

"음, 그게요, 이게 좋은 생각인지 확신을 못 하겠는데요." 샘은 자신의 못생기고 가려운 모자를 귀 위로 덮어쓰며 말한다. 그래, 물론 한 달이 넘게 연습을 해서 자신의 '특수 능력'을 *어느 정도* 통제할 수 있기는 하다. 그러나 편안한 기분이 들 정도는 아니다.

"왜? 예전에도 재무 계획과 세금 납부 준비는 해보지 않았어?" 미란다가 묻는다.

"그렇죠. 하지만…"

"도전할 준비가 안 됐으려나?"

"그런 게 아니에요. 저는…" 샘은 입술을 깨문다. 그는 아직도 자신의 새 '능력'을 어떻게 꺼내야 할지 알지 못한다.

미란다가 눈을 가늘게 뜬다. "그럼 내가 마음에 안 든다는 걸까?"

"아뇨!"

"그럼 아무 문제도 없네."

"아니, 모르셔서 그러는 겁니다. 저는 이런 장소에서는 위험한 존재예요." 샘은 침착하게 말하려 애쓴다. 그리고 실패한다.

미란다가 웃음을 머금는다. "있잖아, 이 장소를 통째로 불태우지 않겠다고 약속하면 머리에 맥주를 쏟지는 않아줄 테니까."

그는 뻣뻣하게 굳는다. "그걸 아는 건가요?"

"뭐, 동영상이 제법 퍼졌으니까. 게다가 당신한테 초인 신청서를 보낸 사람이 대체 누구라고 생각하는 거야?"

미란다는 다시 웃음을 머금고, 샘은 얼굴이 달아오르는 것을 느낀다.

"저기, 당신 면접도 봤거든." 미란다는 얼굴에서 웃음기를 지우며 진지하게 말했다. "겁먹는 것도 이해는 가지만, 기초적인 제어는 충분히 익혔잖아. 그리고 이 *끔찍한 곳을*…" 그녀는 팔을 휘둘러 방 안 사방을 가리켰다. "디지털 시대로 끌고 오려면 당신 도움이 필요해. 당신이 걸어가는 곳마다 불을 지르고 다니는 것도 아니잖아."

샘은 갑자기 울컥 솟아오르는 감정을 억누르려 애쓰며 장갑을 만지작거린다. 누군가 그를 믿어준 것 자체가 한 달 만에 처음 있는 일이었다. 자신도 그만큼 스스로를 믿을 수 있었다면 좋았으련만. 아니면 자신의 옛 고용주가 그래줬더라면.

"그래서, 오늘 하루는 분류 작업에 쓸 생각이야." 미란다는 검은 머리를 포니테일로 묶으며 말을 잇는다. "당신 능력을 시험해 보기에도 딱 좋고, 여기 쓰레기를 좀 처리하기에도 괜찮은 핑계가 될 테니까." 그녀는 가장 가까운 상자를 거칠게 걷어차며 말한다. "준비됐지?"

"아니라고 말하고 싶지만, 그래도 당신은 멈추지 않겠죠?" 샘은 한숨을 쉬며 말한다.

미란다는 웃음을 짓는다. "배우는 게 빠른데."

엄청난 양의 서류 무더기를 뒤적이면서도, 미란다는 쉴 새 없이 지껄인다. 초인 집단에 어울리는 비공식 제복을 갖추는 일부터 (자기 색 배합을 선택해야 한다는 이야기다) 초인 집단 내부의 알력 다툼이나 이렇게 서류가 많은 이유에 이르기까지. 보아하니 미란다의 전임자가 가끔 무작위로 전류를 방출하는 사람이어서, 컴퓨터가 오래 버티지 못하니 모든 문건을 출력해야 했던 모양이었다.

"게다가 병적으로 물건을 모아들이는 사람이기도 했지." 그녀는 《모던 도그》 잡지 다발을 재활용품 통에 던지며 덧붙인다.

때론 샘도 질문을 던지지만, 대부분은 작업하며 듣기만 하면서 통제력을 잃지 않으려 애쓴다. 미란다의 경쾌하고 자신감 넘치는 태도 덕분인지 마음이 편해지는 듯하다. 여전히 불을 낼까 두려운 와중에도 혼자가 아니라 다행이라는 생각이 든다. 거의 한 달 만에 처음으로 하는 생각이다.

온종일 일했는데도 영수증과 세금 자료와 영문 모를 메뉴판 컬렉션은 아직 잔뜩 남았다. 그래도 사무실이 더 널찍해진 느낌이 든다.

"그래서, 어쩔 생각이야? 관료주의 지옥의 일원이 될 준비가 끝났으려나?" 미란다는 자기 책상 의자에 걸터앉으며 묻는다.

샘은 사무실 안을 훑어본다. 정보의 산, 무한한 청구서 목록, 끝없는 영수증. 직업 안정성은 최고라 할 법했다.

"주력 팀으로 부서를 옮기고 싶어요." 샘이 말한다.

미란다는 눈알을 굴린다. "그거 안 좋은 생각인데. 내 말 믿어."

"왜죠? 다들 그 사람들을 좋아하잖아요. 항상 뉴스에도 나오고요."

그녀는 눈을 가늘게 뜨면서 팔짱을 낀다. "가족에게 잘 보이고 싶어서 그러는 건 아니겠지?"

"네? 아니에요!" 샘의 가족은 나라 반대편에 사는 누나 한 명뿐이다. 누나는 아직 그와 대화를 해주기는 한다. 한층 경직된 느낌이 들기는 하지만.

아니, 샘은 친구와 동료들 때문에 이곳에 있는 것이다. 술집의 그날 밤 이후로 아예 전화도 걸어오지 않은 사람들. 아파트를 떠나기가 너무 무서워 틀어박혀 있던 1개월 동안, 잠시 들르지도, 이메일 한 통도 보내지도 않은 사람들. 샘이 초인 집단에 들어온 이유는, 거울을 다시 마주하고 자신이 잃은 것 이상의 뭔가를 찾아내고 싶어서였다.

"사람들을 구하고 싶을 뿐이에요. 진심으로." 샘이 말한다.

미란다는 생각을 곱씹는 얼굴로 한참을 쳐다본다.

"헛소리." 그녀는 양발을 책상에 올리며 말한다. "물론 대중의 편견을 바꾸려고 노력할 수도 있지. 하지만 우리가 확실히 바꿀 수 있는 건 하나뿐이야."

"그게 뭔데요?" 샘도 자신의 의자에 주저앉으며 묻는다.

"우리가 스스로를 보는 방법."

누군가 뒤쪽에서 크게 헛기침을 한다. 샘은 모자챙을 붙든 채로 펄쩍 자리에서 일어난다. 문간에 작고 쪼글쪼글한 여성이 서 있다. 색이 바랜 옷에 작업용 장갑을 낀 채로, 미심쩍은 눈길로 샘을 훑어본다.

"음, 안녕하세요. 도와드릴 일이라도?" 샘이 말한다.

"샘, 이쪽은 대니엘이야. 건물 관리인이자 수리 담당이고, 우리가 제정신인지 점검해 주기도 하지." 미란다는 이렇게 말하며 손을 움직여 수화로 말한다. "대니엘, 이쪽은 샘이에요. 저번에 말했던 사람

있죠."

대니엘은 한쪽 눈썹을 들어 올린다. 그리고 빠르게 수화로 대답한다.

미란다는 나직하게 말한다. "당신이 불을 지를 거냐고 묻네." 얼굴의 흉터를 문지르며 샘의 눈을 피하고 있지만, 샘은 미란다가 솔직하게 말해줘서 고맙다고 생각한다.

그는 주변에 가득한 서류철을 멍하니 둘러보면서, 지금까지 수도 없이 상상했던 장면을 다시 떠올린다. 자신의 실수로 이글거리는 화염이 모든 것을 태워버리는 광경을.

"오늘은 생각 없습니다." 그는 말한다. 미란다는 그를 안심시키듯 미소를 짓고는 다시 수화를 시작한다. 그러나 샘은 속으로 생각한다. *어차피 시간문제겠지만요.*

에피소드 4: 플랜 B 있는 사람?

샘이 처음으로 영웅 노릇을 하는 날이다.

사실은 처음으로 주력 팀의 활동을 지원하는 날이라고 해야겠지만. 대충 그런 느낌이다. 아니, 사실은 관객에 가깝다. 보도블록 위에서 기다리면서 할 수 있는 일에는 한계가 있으니까.

알 게 뭐람.

"이게 도움이 돼야 할 텐데." 미란다는 마지막 남은 임시 방벽을 설치하며 말한다. 샘은 고개를 끄덕인다. 뭐든 처음인 샘에게는 차라리 연구 활동에 가깝다.

그들은 인도 끄트머리에 서서, 호기심 많은 구경꾼 무리의 안전거리를 유지하려 애쓰고 있다. 그러나 대부분은 이미 휴대폰을 꺼내 들고 방벽 너머로 몸을 내밀어서 사진 각도를 확보하려 애쓰고 있다. 거리 맞은편에는 지상층에 세련된 이탈리안 음식점이 있는 4층 건물이 있다. 옥상에서 레이저 쇼가 벌어지는 것처럼 보이는데, 팀의 그룹 대화방에 올라오는 메시지에 따르면 건물이 부분 부분 현실 공간을 벗어났다 돌아오는 중이라서 그런 거라고 한다. 샘도 자세히 살펴보면 옥상 끄트머리에 서 있는 두 사람을 볼 수 있다. 거리가 제법 되는데도 그들의 공포가, 깊어져 가는 공황이 느껴진다.

"우연히 일어난 사건이에요, 아니면 초인이 일으킨 거예요?" 샘이 묻는다.

미란다는 어깨를 으쓱한다. "누가 알겠어."

20대 중후반의 사람들이 기묘한 능력을 발현하기 시작했을 때, 우연한 사건 또한 발생하기 시작했다. 대부분의 초인 집단은 봉사 또는 지원 활동에 집중하므로, 이 도시에서 이런 기묘한 사건이 일어나면 전부 샘의 집단이 맡게 된다. 진정으로 세상에 도움이 되는 것은 이들뿐이다.

샘도 머지않아 그런 일을 하기를 원한다. 아니, 반드시 하게 될 것이다.

"아무도 방벽 못 넘어오게 해!" 누군가 소리친다.

대여섯 명의 초인이 사람들을 지키며 건물을 빠져나오고 있다. 샘은 토야를 알아본다. 맥의 술집에 있던 보라색 옷의 여성이다. 의식을 잃은 웨이터를 어린아이처럼 안아 들고 있다. 경찰차와 구급차가 한 대씩 현장에 도착하지만, 방벽을 넘어가지는 않는다.

건물의 번쩍임이 한층 밝고 가까워진다.

옥상의 두 사람은 절망에 빠져 비명을 지르며 바로 아래의 좁은 난간으로 뛰어내린다. 이제 샘에게도 그들의 모습이 똑똑히 보인다. 웨이터 앞치마를 두른 젊은 남자 하나와 캐주얼한 업무 복장을 걸친 키 작은 여자다. 완전히 겁에 질려서 건물 벽에 등을 바싹 붙이고 서 있다.

"제발! 움직이지 마십시오! 바로 가겠습니다!" 번쩍이는 불빛과 혼란을 뚫고 사이러스의 목소리가 울린다.

샘이 눈 깜빡이는 사이 미스터 선샤인이 옥상 끄트머리에 모습을 드러낸다. 현실에 생긴 틈새보다도 밝게 빛나고 있다.

그는 한쪽 팔로 여성을 끌어당겨 숙련된 운반 자세로 어깨에 걸쳐 멘다. "금방 돌아오겠습니다." 그는 뒤에 남기고 가는 웨이터에게 이렇게 말한다. "꽉 붙들고 있어요." 사이러스는 사라지고, 난간에 남은 남자는 충격받은 표정이 된다.

웨이터가 기댄 곳에서 몇 센티미터 떨어진 지점에 눈부신 폭발이 일어난다. 벽돌 장식 벽의 존재가 소멸되며 완벽한 원형의 공허를 남긴다. 샘이 처음으로 목격하는 비현실의 모습이다.

바닥없는 우물 같다. 그 어떤 빛도, 온기도, 시간도 살아남지 못하는.

현실 결절이란 게 저런 모습이란 말이지? 샘은 이렇게 생각한다. 그리고 계속 모르고 있었으면 좋았으리라 생각한다.

"젠장." 난간의 웨이터는 공포에 눈을 홉뜨고 있다. 그는 구멍에서 물러나려고 비척비척 걸음을 옮긴다.

그리고 떨어진다.

처참한 교통사고의 생존자들은 충돌 직전에 시간이 느려지는 경험을 한다. 샘은 그렇게 읽은 적이 있었다. 죽음을 향한 궤적이, 파멸을 향한 질주가 보인다는 것이다. 피할 수 없는 순간이 다가오는데도, 그저 무력하게 지켜볼 수밖에 없다는 것이다.

샘이 지켜보는 것을 보라. 웨이터가 추락하면 어떻게 될지는 뻔히 알고 있다. 그런데도 시선을 돌릴 수가 없다.

그러나 4층 높이에서 절반쯤 떨어졌을 때, 그는 아래로 떨어지기를 멈춘다. 그리고 위로 떨어지기 시작한다. 몇 초 후, 웨이터는 허공에 둥실 뜬 채로 움직임을 멈춘다.

샘은 떠 있는 사람이 웨이터 하나만은 아니라는 사실을 뒤늦게 깨닫는다. 고정되지 않은 모든 존재가 허공에 붙들려 있다. 같은 높이는 아니지만. 건물에 가까운 자동차나 쓰레기나 사람들이 멀리 있는 이들보다 더 높이 떠올라 있다. 마치 서커스의 대형 천막이나 반중력 우물처럼 보인다. 그리고 그 꼭대기에는 자홍색 옷의 여성이 둥실 떠올라 있다. 머리카락이 남김없이 허공으로 솟은 채로.

샘은 깜짝 놀란다. 그러나 사실 놀라서는 안 되는 일이다. 그녀가 중력을 정복했다는 뉴스를 분명 봤으니까.

"이런 세상에." 미란다는 이렇게 말하며 전화를 떨어트리지만, 콘크리트에 부딪치는 소리는 들리지 않는다. 문득 샘은 자기들도 보도블록에서 2센티미터 정도 떠올라 있다는 사실을 깨닫는다.

그렇게 떠오른 상태로 시간이 흐른다. 1분인지, 10분인지, 15초인지, 샘은 짐작도 못 한다. 스트레스로 가득한 상황에서는 시간 감각이 망가지니까. 그러나 적어도 옥상의 불빛이 잦아들 때까지는 지상에서 2센티미터 떠오른 상태로 있었다는 것이 분명하다. 천천히 모든 비현실의 조각이 사라지며, 오직 현실만이 그 자리에 남는다.

"다 끝났네, 라나. 이제 내려줄 수 있겠나? *제발?*" 누군가 소리친다. 사이러스처럼 들리지만 겁먹은 목소리다.

모든 것이 천천히 대지로 내려앉기 시작한다. 동시에 내려오는 것은 아니다. 방향이 제대로 된 것도 아니다. 웨이터는 머리부터 부드럽게 천천히 내려오지만, 보도에 닿은 순간 세상에서 가장 어색한 공중제비를 성공한다. 그 모든 과정이 환희처럼 보인다. 혼란으로 가득한 시간표 속의 부드러운 한순간만 같다.

샘의 마음속을 안도가 가득 채운다. 곁에서 미란다가 한숨을 내쉰다.

그러다 건물 근처의 누군가가 비명을 지르기 시작한다.

샘과 다른 모든 사람은 그제야 아이 하나가 자동차 아래 짓눌려 있다는 사실을 깨닫는다. 열여섯이나 열일곱 정도 되어 보인다. 몇 미터 떨어진 보도블록 위에 깨진 휴대폰이 놓여 있지만, 녹화는 아직도 계속되고 있다. 그는 비명을 지르고 지르고 또 질러댄다.

땅으로 떨어진 초인들이 먼저 자리에서 일어난다. 그들은 사람들을 몰아내고, 의무병을 부르고, 아이 쪽으로 달려간다. 그러나 샘은 움직일 수가 없다. 저 비명이, 저 고통이, 충격에 멈춘 그의 정신 속에서 계속해서 울려 퍼진다.

"젠장, 아무도 방벽 못 넘어오게 하라고 말했을 텐데." 샘이 몸을 돌려보니, 푸른 티셔츠와 안경을 착용한 남자가 옆에 서 있다. 면접장에서 그의 합류를 원치 않던 초인이다. 이제 셔츠에 적힌 바랜 글자도 읽을 수 있다. '더 후.'

샘은 제대로 된 생각을 할 만한 상태가 아니지만, *이 사람 대체 어*

디서 온 거야? 하는 의문이 충격 사이로 비집고 나온다.

"때론 우리가 고통을 줄이지 못한다는 생각이 들더군. 그냥 재분배할 뿐이지." 그는 한숨을 쉬며 샘을 붙들고는, 숨을 삼키고 중얼대는 사람들로 붐비는 방벽에서 몇 미터 끌고 나온다. "저 사람의 에피소드는 곧 끝날 거다." 그는 미란다에게 이렇게 말한다.

"그게 대체 무슨 소리예요?" 그녀가 말한다.

그러나 푸른 옷의 남자는 이미 거리를 가로질러 아이에게 달려가고 있다. 샘은 주먹을 아프도록 꾹 쥔 채로 자리에 서서 멍하니 지켜보기만 할 뿐이다.

우리는 고통을 줄이는 게 아니야.

신이시여, 모든 구조 임무는 이렇게 끝나는 겁니까? 고통과 공포와 처음 시작했을 때보다 더 큰 재난으로요?

우리는 고통을 재분배하는 거야.

순간 샘은 자신이 어떤 부류의 초인이 될지 깨닫는다. 그는 시도하고 시도하고 또 시도하는 초인이다.

그리고 실패하는 초인이다.

그리고 상황을 악화시키는 초인이다.

빌어먹을. 샘은 주력 팀에 들어가고 싶지 않다. 이젠 아니다.

샘은 주변이 얼마나 잠잠해졌는지 깨닫지 못한다. 주변 사람들이 움직이지도 못하고 그를 바라보고 있다는 것도. 미란다가 그에게서 멀어졌다는 것도.

"샘." 그녀가 나직하게 말한다. "당신 불타고 있어."

그는 아래를 내려다본다. 그렇다. 방화 장갑을 낀 것이 무색하게,

그의 손은 불길에 휩싸여 있다. 그리고 굳이 시선을 들지 않아도 알 수 있다. 머리도 타고 있는 것이 분명하다.

기다리기라도 한 것처럼, 방벽 너머의 구경꾼 한 명이 휴대폰을 든다.

"다시는 안 돼." 샘은 중얼거린다. 그러나 막을 방법이 없다. 초인이라 해도 그 점은 변하지 않는다.

샘이 타오르며 그런 자신을 혐오하는 모습을 보라.

에피소드 5: 잘못된 뒤끝

아니. 샘은 그 이야기를 하고 싶지 않다.

"샘, 이제 괜찮아. 늘 벌어지는 일이야. 어차피 거기 있던 사람은 거의 다 초인이었잖아." 미란다가 말한다.

거리를 따라 반쯤 내려왔을 때, 순찰차 한 대가 경적을 울리며 그들을 지나친다. 음식점의 사고 현장으로 가는 중이다. 샘은 몸을 부르르 떨면서 보폭을 넓힌다.

"세상에, 좀 천천히 걸어!"

그러나 그는 속도를 늦추지 않는다. 대신 그는 자신의 불타는 동영상이 다시 업로드되었을지를 생각한다. 그 제목이 '이번에도 자연 발화해 버린 남자'일지를 생각한다. 레브가 그걸 보고 저번처럼 공포에 질릴지를 생각한다. 이번에는 함께 있지 않는데도.

"지금 어딜 가는 거야?" 샘이 갑자기 오른쪽으로 방향을 틀자, 미란다가 묻는다.

샘이 알 리가 있나. 그저 발 닿는 대로 움직이고 있을 뿐이다.

"샘, 속상한 것도 당연한 일이야. 그렇게 난장판이 됐는데 누가 안 그렇겠어?" 물론 그녀의 말이 옳다. 그녀의 목소리에서도 떨림이 느껴진다. "하지만 이번에는 내 말을 믿어. 지금 가장 좋은 해결책은 '돌이킬 수 없는 지점'으로 가서 충격받은 다른 열 몇 명과 함께 술에 취하는 거야." 그녀는 그의 어깨를 붙들어 세운다. "자, 얼른. 첫 잔은 내가 살게."

어쩌면 그녀의 말이 옳을지도 모른다. 자신의 이름을 부르는 마티니의 목소리가 들리는 것만 같다. 젠장, 칵테일의 합창단이 그에게 굴복하라고 종용하고 있다. 스스로 한 약속도 내팽개치라고, 힘겹게 얻었으나 여전히 부족한 통제력도 포기하라고.

멀리서 다른 순찰차의 경적이 길게 울린다.

공황이 그의 가슴을, 숨통을 졸라온다. 아니, 돌아갈 수는 없다. 지금 당장은 다른 사람을 만나는 일 자체를 견딜 수가 없다. 샘은 한층 빨라진 걸음으로 다시 거리를 따라 걸음을 옮긴다. 뒤편에서 미란다가 욕설을 내뱉더니 순식간에 보폭을 맞추어 그의 옆으로 따라붙는다.

그들은 한참을 그렇게 걷는다.

"있잖아, 우리는 다들 끔찍한 상황에 빠져." 결국 미란다가 먼저 입을 연다. "능력 때문에 겪은 온갖 에피소드가 있기 마련이거든. 우리 팀에서는 아무도 당신 탓을 하지 않을 거야."

그들은 어느 뒷골목을 배회한다. 초저녁 하늘빛과 뒤편 출구 쪽에서 껌뻑이는 지저분한 가로등 불빛을 받으며. 포석 위에는 쓰레기가 가득하다. 근처 쓰레기통에서 풍기는 끔찍한 냄새에 샘은 샤워가 하고 싶어진다.

“당신도 거기서 나한테서 물러났잖아요.” 샘이 말한다.

“그랬지. 옆 사람이 불타고 있는데 내 머리카락이 너무 가까웠거든.”

샘은 자신의 대머리를 손으로 쓸어본다. 머리카락. 머리카락이 있던 시절이 그리웠다.

뒤편에서 문이 벌컥 열린다. 샘과 미란다가 돌아보자, 지저분한 앞치마를 걸친 덩치 큰 남자가 문을 열고 나오는 모습이 보인다.

“젠장. 그 많은 뒷골목 중에서도 하필이면.” 미란다가 작게 내뱉는다. “얼른 뜨자.”

몸을 돌리려던 샘은 남자가 담배 한 개비를 손가락으로 짜부라뜨리는 모습을 얼핏 목격한다. 분노에 뻣뻣하게 굳은 얼굴이다.

“*너.*” 남자가 으르렁거린다.

“젠장. 진짜로? 이거 확률적으로 말이 안 되잖아?” 미란다가 말한다.

“너. 위생국에 신고한 그 초인이지.”

미란다는 앞쪽에 시선을 고정한 채로 계속 걸음을 옮긴다. “언젠가 저 개자식이 나하고 내 여친을 안 받겠다고 거절한 적이 있어.” 그녀는 팔짱을 낀 채로, 낮은 목소리로 말한다. “자기네 식당은 제대로 된 곳이라서 우리 같은 괴물은 받지 않겠다더군. 그래서 민원을 넣었지.”

“어이, 너!”

“그 정도로 민원을 넣을 수는 없잖아요.” 샘이 말한다.

“제대로 된 이유가 있었어. 아키라가 온라인에 악성 후기를 남기러 갔다가, 그 가게에서 일하던 주방장이 남긴 후기를 본 거야. 우리가 간신히 식중독을 피한 모양이더라고."

"어이, 너! 지금 내 말 안 들려!"

"왜 이런 일을 당하게 된 거죠." 샘은 뒤를 힐끔거린다. 남자는 이제 대놓고 그들을 따라오고 있다. "내가 원해서 초인이 된 것도 아닌데."

"있잖아, 샘. 이젠 이게 네 삶이야. 우리가 원해서 선택한 삶이 아니라는 점을 많은 사람이 간과하지만, 그래도 사람들에게 알리려고 애쓰고는 있어. 우리 팀이 존재하는 이유도 그거지."

"너하고 네 빌어먹을 창녀 친구를 흠씬 두들겨 줄 테다. 네 애인 놈도."

미란다는 걸음을 멈춘다. "하지만 때론 선을 넘을 때가 있다니까. 움직이지 마."

샘이 대답도 하기 전에, 그녀는 빙글 몸을 돌리며 주먹을 쥔다. 멀리 어디선가 유리병이나 접시가 깨지는 소리가 들린다.

"뭐야? 그런다고 겁먹을 줄 알고?" 남자가 말한다. 그러나 스무 발짝 정도 거리를 두고 발을 멈춘다.

"아니, 아직은 아니겠지." 미란다가 나직하게 말한다. 너무 작아서 샘조차 거의 알아듣지 못할 뻔한다.

처음에는 남자도 눈치채지 못한다. 발치의 깨진 유리 조각이 그를 향해 움찔거리며 거리를 좁히고 있다는 사실을. 뒤이어 대형 쓰레기통이 벌컥 열리며 깨진 유리병 10여 개가 자신을 향해 날아오는 것을 보고 나서야, 남자는 허겁지겁 뒤로 물러선다.

"이런 젠장." 남자가 말한다. 그러나 이미 너무 늦었다.

샘은 진짜 토네이도를 본 적은 없지만, 허공에서 토네이도가 생성되는 모습은 텔레비전 다큐멘터리에서 본 적이 있다. 바람이 휘몰아치며 어둑한 고리가 맺히고, 몇 초 만에 앞길의 모든 것을 휩쓸어 삼키기 시작한다.

뒷골목에 토네이도가 찾아온다. 바람과 먼지가 아니라, 유리로 만들어진 토네이도가. 유리병과 유리그릇, 큼지막한 파편에서 부스러기에 이르는 온갖 유리가. 그리고 매 순간이 지나갈 때마다 재활용품 수거함과 쓰레기통에서 추가로 날아든 유리가 회오리 속으로 합류한다. 샘의 머리 위에서 건물의 유리창이 덜컹거리며 울리는 소리가 들린다. 자신도 함께하게 해달라고 애원하는 소리다.

젠장, 유리를 조종하는 거잖아. 샘은 생각한다.

"미란다!" 그는 소리쳤지만, 미란다는 그를 무시한다.

샘이 완전히 무력감에 사로잡히는 모습을 보라.

그러다 그녀는 주먹을 편다. 유리의 토네이도는 천천히 속도를 늦추며 풀려나가기 시작한다. 유리 파편이 하나씩 땅바닥에 떨어지며, 보도에 주저앉은 남자 주변에서 깨져나간다.

다친 곳은 없는 듯하다. 폭풍의 눈에 들어앉은 채로 치명적인 소용돌이가 자신을 휘감는 모습을 지켜보고 있던 모양이다. 다행스러운 일이다. 오늘의 샘은 더 이상의 고통을 견디기 힘들 것이 분명했으니까.

미란다가 세 발짝 걸음을 옮겨 남자 앞으로 다가서고, 한 줌의 파편이 바닥에서 떠올라 미란다 뒤편에서 날개 형상을 갖춘다. 미란다는 남자의 멱살을 붙든다. "내. 친구를. 절대. 위협하지. 마. 알아듣겠어?" 그녀는 단어 하나마다 남자의 몸을 흔든다. 그때마다 그녀 주변의 유리가 움찔거린다.

남자는 고개를 끄덕이려 애쓰지만, 온몸이 떨리기만 할 뿐이다.

"꺼져." 그녀는 거칠게 남자를 밀친다. 비틀거리며 멀어지는 남자의 얼굴에 비할 데 없는 안도의 표정이 스쳐 지나간다.

미란다는 그 뒷모습을 노려보며, 손을 쥐었다 폈다를 반복한다. 그러나 이번에는 그들 주변의 유리 파편은 꿈쩍도 하지 않는다. "대체 말이야. 초인 배지를 단 사람을 공격하는 멍청이가 왜 이리 많은 거야?"

"방금 그거… 어떻게 한 거예요?"

"완벽하게 제어하면 돼." 그녀가 대답한다.

"원래부터 할 줄 알았던 건가요?" 그는 반쯤은 질투하듯, 반쯤은 놀리듯, 이렇게 묻는다.

"이건 왜 생긴 거라고 생각하는데?" 그녀는 얼굴을 가로지르는 수많은 흉터를 가리킨다.

"아. 죄송해요." 샘이 얼굴을 잔뜩 붉히는 모습을 보라.

미란다는 고개를 젓는다. "당신도 시작은 괜찮았어. 나머지는 내가 가르쳐 줄 수 있겠는데."

샘은 입을 벌린다. 그리고 다문다. 그리고 마침내 다시 연다. "현실의 공백을 제 눈으로 본 건 오늘이 처음이에요. 그런 건 제가 어떻게 해야 하나요?"

"안에다 대고 비명을 질러. 그리고 지나쳐 가면 되지." 미란다가 대꾸한다.

샘은 발치에 흩뿌려진 유리 파편을 바라보다, 이윽고 자신의 친구에게 시선을 돌린다. 그녀의 얼굴에는 가벼운 미소가 떠올라 있다.

"좋아요, 수업은 언제 시작하죠?" 샘이 말한다.

에피소드 6: 초인의 삶 1부

평소에는 초인의 삶도 그리 나쁘지만은 않다.

샘은 정확하게 오전 7시 35분에 기상해서, 샤워와 면도와 착의를 순식간에 끝낸 다음, 길모퉁이의 빵집까지 달려가서 커피와 머핀을 사 온다. 오전 8시면 미란다가 그의 아파트에 등장하며, 그녀는 아침을 먹으면 훨씬 자비로운 선생이 된다는 점을 학습했기 때문이다. 둘은 그의 아파트가 개인 연습에 가장 적합한 장소라는 결정을 내렸다. 아직 제대로 된 가구랄 것이 없기 때문이었다. 두 사람은 함께 호흡법을 연습하고, 어떤 자극이 샘의 능력을 유발하는지, 어떤 전조를 보이는지를 확인한다. 손만 불타게 하는 법, 왼손바닥만 불타게 하는 법, 엄지만 불타게 하는 법을 연습한다.

"당신 능력을 겁내지 마." 미란다는 이 말을 계속 반복한다. "능력도 당신의 일부니까."

샘도 머리로는 그 사실을 안다. 그러나 손이 불길에 휩싸인 모습을 보면 아직도 속이 메스꺼워진다.

그들은 출근하기 전 아침마다 한 시간씩 연습한다. 처음에는 성공하는 일이 드물어서 아파트 내부에 탄내가 끊이지 않았고, 샘은 화재 감지기의 건전지를 빼놓아야 했다. 창문도 열고, 난방도 끄고.

때론 진전이 있기는 한지 의심이 들기도 한다.

알 게 뭐람. 샘은 이제 화제의 중심이 되는 일에는 관심이 없다. 그래, 물론 영웅이 되는 꿈은 여전히 품고 있다. 사실 그 꿈은 그의 존재에서 상당히 큰 부분을 차지한다. 그러나 그가 새로 세운 규칙에는 어긋나는 일이다. 이를테면 주력 팀과 관련된 문자 메시지를 무시해야 한다는 규칙이라든가. 무슨 일이 있어도 구출 작전에서는 빠지고, 절대 나중에도 질문을 던지지 않는다는 규칙이라든가.

아직도 차에 깔린 아이가 지르던 비명이 귓가에 울린다.

그러나 초인의 삶도 그리 나쁘지만은 않다. 비공식 초인 제복도 결정했다. 검은색 버튼 업 셔츠에 주황색과 노란색 음영이 들어간 스카프다. 새로 지급받은 초인 배지를 가슴 주머니에 달 때마다 작지만 따스한 자부심이 차오른다. 용기를 내서 초인이 되기 전 시절의 친구 몇 명에게 안부 인사를 보내기도 했고, 이제는 사이러스와도 문자를 주고받는다. 언제 한번 커피라도 같이 하자고 약속은 했는데, 도시 곳곳에 초소형 웜홀이 계속 등장하는 덕에 계속 미루고만 있다.

"계속 연습하는 거야, 샘." 오른손 새끼손가락만 불타게 하려고 시도하는 샘 옆에서, 미란다가 말한다.

샘이 가장 좋아하는 일은 사무 작업이다. 물론 근무 시간이 길고, 짜증 날 정도로 혼란스럽고, 급여도 처참하기는 하지만, 적어도 애초부터 원하지도 않았던 '재능' 덕분에 일자리를 잃을까 걱정할 필요는 없다. 그는 매일 오전마다 몇 시간씩 새로운 서류 뭉치를 정리하며, 잘못 철해진 경비 보고서와 미납된 청구서와 급여 명단을 이용해 천천히 숫자의 이야기를 구축해 낸다. 때론 흥미로운 것을 발견하기도 한다. 이를테면 초인 집단의 지불 능력이 단편적이며 예측할 수 없고,

대중의 인기와 직접적으로 비례하지만, 그래도 꾸준히 살아남았다는 것처럼 말이다. 현실 결절이 발생할 때마다 초인들이 먼저 해결해 주는 상황을 경찰과 소방서 쪽에서 달갑게 여기기 때문이었다. 그리고 가입 면접이 그저 요식 행위에 지나지 않는다는 것도.

"나도 아무한테나 초인 가입 신청서를 보내는 게 아니거든. 초인 능력과 공인 회계사 자격증을 동시에 갖춘 사람이 얼마나 찾기 힘든지 알아?"

"하지만 사이러스는…"

"나하고 말다툼을 하지 않을 정도로는 현명하지."

샘은 의문에 빠진다. 그러면 왜 다들 그가 가입하는 것을 말리려고 한 걸까?

알 게 뭐람.

그는 또한 팀의 거의 모든 사람과 친분을 쌓았다. 심지어 미란다와 샘이 너무 늦게까지 일한다고 생각하면 바로 사무실 전원을 내려버리는 대니엘하고도 친해졌다. 처음에는 삐걱거리는 관계였지만, 두 사람에게는 재즈 피아노라는 공통 관심사가 있었고, 기교와 연주자들에 대해 길고 긴 문자 대화를 나누곤 했다. 샘은 심지어 미국 수화의 단어를 몇 개 익히기도 했다.

"잘했어. 그러면 손이 불길에 휩싸인 상태에서도 할 수 있겠어?" 미란다는 복식 호흡을 연습하는 그의 옆에서 이렇게 묻는다. 다시 한번.

그러나 천천히, 샘은 미래의 계획을 세우기 시작한다. 팀의 미래 말이다. 적어도 재정 측면으로는. 그는 투자 계좌를 만들고 미납된 청구서를 추적하기 시작한다. 심지어 미란다와 함께 블로그를 꾸려서, 초인들에게 재정적 조언을 제공하고 눈에 덜 띄는 '특수 능력'을 가진 사람들을 면담하기도 한다. 아무리 괴상한 능력이라도 상관없었다. 최근에는 메뚜기로 변신하는 능력을 가진 여성을 만나기도 했다. 상반신만 변하는 것이 문제였지만.

업무량은 터무니없이 많다. 그러나 모든 일이 초인을 보는 대중의 시선을 바꾸겠다는, 팀의 변치 않는 목표에 부합하는 것들이다.

"불가능한 일이라면 어쩌죠?" 1초 간격으로 불타는 연습에 실패한 어느 날, 샘은 이렇게 물었다.

"그러면 죽을 때까지 노력해야지." 미란다가 대답한다.

초인의 삶은 이런 것이다.

에피소드 7: 초인의 삶 2부

샘이 타오르지 않는 모습을 보라.

미란다는 자랑스러울 것이다. 수업이 결과를 내고 있으니까. 그러나 샘은 미란다 생각을 하고 있지 않다. 식품점을 잿더미로 만들지 않으려고 너무 애쓰고 있기 때문이다.

그가 원했던 것은 우유 조금뿐이었다. 단백질 바하고. 사과도 약간. 그러나 그런 것들은 결국 하나도 얻지 못하게 될 듯하다. 식품점 전체가 움직임을 멈추었고 계산대의 여성은 *여전히* 그를 무시하는 중이다.

샘은 목청을 가다듬는다. "실례합니다만, 여기 계산 좀 하고 싶은데요." 그러나 우유에 대고 말하는 것이나 진배없는 상황이다.

샘이 점원을 내려다보고 점원은 그의 스카프와 초인 배지를 노려보면서, 잠깐의 시간이 흘러간다.

"네놈들 부류는 취급 안 해." 그녀가 내뱉는다. "전부 추방해 버려야 하는데."

물끄러미 바라보는 샘을 보라. 초인들이 사람을 구하려고 얼마나 노력했는데. 자원봉사로. 말도 안 되는 뉴스 인터뷰와 잡지 기사를 감내하며, 고향 땅에서 따돌림 당하는 사람들에게 힘을 주려고 얼마나 애썼는데. 단지 초인의 삶이 그들 스스로가 선택한 것이 아니라는 것을 이해시키려고. 수치스럽게 여기지 않아도 된다는 것을 알리려고.

진전이 있다고 생각했는데.

샘은 화재경보기를 발동시키는 가장 효율적인 방법을 잠시 고민한다. 홍보에 나쁘다는 사실은 잘 알고 있지만, 삶이 쓸모없는 능력을 건네면 때론 그걸로 쓰디쓴 레모네이드가 쏟아지게 만들고 싶은 법이다.

아니. 샘은 제어할 수 있다. 샘이 타오르지 *않는* 모습을 보라.

대신 그는 이렇게 말한다. "그런 말을 듣게 되어 유감입니다, 부인. 도움이 필요한 상황에 처하지 않으시기를 빌지요."

출구를 향해 걸음을 옮기며, 그는 목록에 새로운 규칙을 더한다. 셀프 계산대가 있는 가게에서만 물건을 살 것.

바깥에는 비가 내리고, 도시는 다양한 색조의 잿빛으로 물들어 있다. 몇몇 행인의 시선이 그에게 머물지만, 눈을 마주친 사람은 얼른 고개를 돌린다. 초인 집단에 가입하기 이전의 샘은 전혀 눈길을 끌지 못하는 사람이었다. 머리카락이 있어도 그리 볼품 있는 외모는 아니었으니까. 그러나 퇴근길에 배지를 떼는 것을 잊었다는 이유만으로, 그는 모두의 이목을 끄는 사람이 되었다.

샘은 모두와 달라지는 것 자체는 개의치 않는다. 그로 인해 찾아오는 온갖 헛수작이 괴로울 뿐이다.

그는 몸을 떨고 있다. 젖었기 때문도, 오한 때문도 아니다. 손가락과 두피가 용서 없이 간질거리기 시작한다. 불타오르게 해달라고 애원하고 있다. *아니, 여기서는 안 돼. 아직 아냐.* 샘은 이렇게 생각하며 아파트로 달려가기 시작한다. 뒷골목에 들어와서 냄새나는 쓰레기통 옆에 발을 멈추고 나서야, 샘은 고개를 들어 무자비한 하늘을 바라본다. 그런 다음에야 미란다가 가르쳐 준 대로 숨을 내쉬며 불길이 그를 휘감도록 허용한다.

샘이 불타고 불타고 또 불타는 모습을 보라.

에피소드 8: 그래도 혼자 마시는 것보다는 낫잖아

당연하게도, 인류가 목격한 가장 큰 웜홀을 닫는 법을 알아낸 것은 축하할 만한 일이다. 그러나 샘에게는 아니다.

그에게 오늘 하루는 악몽 같았다. 난데없이 추가된 세무 신고를 처리하고, 수수께끼 같은 금융 정보를 해독하고, 정체 모를 영수증을 추적해야 했다. 시공간의 연속성은 정상으로 돌아왔을지도 모르지만, 그에 뒤따르는 서류 더미는 누가 처리해 준단 말인가?

"허풍 떨지 마." 아키라는 이렇게 말하면서도 웃고 있다. 바 뒤편에서 있는 맥도 마찬가지다.

'지점'은 온몸에 생채기가 가득하고 옷도 찢어져 있지만 웃고 술 마시고 팔씨름을 하는 초인들로 가득하다. 땀과 담배와 싸구려 맥주 냄새가 가득하고, 안도하는 이들의 즐거움이 허공을 가득 메운다.

"듣고 싶지 않다니까." 미란다는 샘의 가슴팍을 꾹꾹 찌른다. 팔찌가 찰랑이고 마티니가 위험스럽게 출렁거린다. "네가 그 게으른 엉덩이도 안 떼고 거기 앉아 있는 동안, 나는 PD한테 전화로 한 시간 동안 세세한 내용을 설명하고 있었다고. 다음에는 기자들을 상대했고. 그런 다음에는 병원에 연락해서 뭔가 제대로 아는 간호사가 나올 때까지 한 시간을 헤맸고…"

샘은 자신의 탄산음료를 바라보고만 있고, 주변 사람들의 웃음도 천천히 사그라든다. 모두가 생채기 정도만 입고 빠져나온 것은 아니기 때문이다.

"사이러스는 좀 어때?" 맥이 나직하게 묻는다.

"상당히 엉망이죠." 미란다가 한숨과 함께 대답한다. "내장 손상이 심하고 뼈도 부러졌어요. 그래도 조만간 나을 거예요."

샘은 손에 든 유리잔을 꾹 붙든다. 그 소식을 들은 후로 내내 가슴이 쓰라려 왔다. 그는 언제나 사이러스가 무적이라 생각했다. 그도 병원에 전화를 걸었고, 가족 이외의 방문객은 한참 후에나 출입할 수 있다는 소리에 억장이 무너졌다.

"좋아, 다들 아주 훌륭했지만, 나는 내일도 일해야 해서." 미란다는 마티니를 단번에 넘긴다. 그리고 핸드백을 들고는 지갑을 찾아 안을 뒤적인다.

"넣어둬요, 미란다." 샘은 20달러 지폐 한 장을 꺼낸다. "내가 낼 테니까. 당신 것도요, 아키라."

미란다는 자기 허리에 손을 올린다. "좋아, 기사님 흉내가 아주 귀엽긴 한데…"

"대신 내일은 오전 10시까지 이 게으른 엉덩이는 출근하지 않을 거예요." 미란다는 얼굴을 찌푸리지만 별다른 말은 하지 않고, 샘은 그 모습에 웃음 짓는다. 마음에 드는 모습이다. 초인이 된 지 석 달밖에 지나지 않았기 때문인지, 공모자에게 술을 대접하는 스릴을 아직 잊지 못했기 때문이다.

"고마워, 샘." 아키라는 얼른 그를 꼭 끌어안는다. 그리고 미란다에게 다 안다는 투로 미소를 던진 다음, 손을 잡고 술집을 나선다.

샘은 가게를 나가는 두 사람을 보며 미소를 머금는다. 끔찍한 날이기는 했지만, 함께할 사람이 없었더라면 아예 견디기도 힘들었을 것이다.

"미란다는 너무 일이 많아." 샘의 바로 옆에서 목소리가 울린다. 고개를 돌리니 '더 후'라고 적힌 푸른 티셔츠를 입은 남자가 그의 옆자리 의자 위에 등장해 있다. 샘은 초인 집단의 다른 모든 사람과 친하지만, 푸른색 옷의 남자만은 예외다. 사실 이렇게 난데없이 옆자리에 등장하지 않으면 얼굴조차 보기 힘든 사람이기도 하다.

적어도 이번에는 샘도 펄쩍 뛸 정도로 놀라지는 않는다.

"저도 알아요." 샘이 말한다. 이제는 급여 명세서에서 이 남자의 이름이 랜스라는 것도 확인해 알고 있다.

랜스는 잠시 눈살을 찌푸린다. 그리고 얼굴을 편다. "그래, 미란다는 친구를 늘려야 하지." 그러고는 맥과 눈빛을 마주한다. "평소 마시던 걸로."

"물론이지." 맥은 깜짝 놀라 말하고는 서둘러 자리를 뜬다.

"어떻게 그렇게 아무도 모르게 다가오는 거예요?"

"타이밍 문제야. 자네는 앞으로 1분 정도는 돌아보지 않을 예정이었거든."

"무슨 뜻이죠? 당신 미래를 읽는 건가요?" 샘이 농담을 건넨다.

"최악의 결과만 보이지만." 랜스가 말한다. "사실은 장면 하나를 엿보는 쪽에 가까워."

샘이 입을 떡 벌리는 모습을 보라.

"미래의 장면을 본다고요?" 예언 능력이라니. 샘은 그런 것들이 죄다 교활한 금융 전문가가 지어낸 거짓말인 줄만 알고 있었다.

"그래, 뭐. 친구를 사귀기에 유리한 재능이라고는 할 수 없지." 랜스는 이렇게 말하며, 맥이 자기 앞에 놓은 맥주잔을 손에 든다. 그리고 크게 한 모금 넘긴다. "게다가 최악의 결과는 보통 실제로 일어나지는 않거든. 예측하는 것만으로도 상당히 많은 부분을 막을 수 있고."

"옥상에 비현실이 생겼을 때 행인들이 다가오지 못하게 하라고 시켰던 것도 그 때문인 건가요?" 샘이 묻는다.

랜스는 고개를 끄덕인다. "민간인 보호는 내 업무거든."

"자동차에 깔렸던 아이는…"

"일어날 수 있는 최악의 사태는 아니었지."

"최악은 뭐였는데요?"

랜스는 다시 한 모금을 넘기고는 정면의 허공을 바라본다. 카운터 위의 주먹이 희게 질려 있다. "알 필요 없어."

샘은 여기에 어떻게 대꾸해야 할지 알지 못한다. 그저 탄산음료를 홀짝이며 2분 전에 느꼈던 따스한 우정에 집중하려 애쓸 뿐이다. 효과가 있다. 한 30초 정도는. 그의 생각은 스스로를 배신하고 다시 사이러스 쪽으로 흘러가 버린다.

"우리가 무슨 수로 웜홀을 닫았는지는 물어보지 않을 건가?" 갑자기 랜스가 묻는다.

"아뇨. 모르는 편이 마음이 편할 것 같아요."

랜스가 처음으로 그에게 슬쩍 미소를 짓는다. "좋아. 그럼 무슨 걱정을 그렇게 하는 건가?"

"사이러스요."

랜스의 작은 미소가 사라진다. "괜찮을 거야." 샘은 입을 열고 '어떻게요?'라고 물으려 하지만, 랜스는 날카로운 눈빛으로 그 말을 막는다. "나는 그렇게 믿어야 해, 샘. 내가 뭘 보든 상관없어."

샘은 고개를 끄덕인다. 이해가 간다. 그 또한 지난 석 달 동안 한 줄기 희망에 매달려 *버텨왔으니까.*

"우리 셋이서 이 팀을 처음 시작했다는 거, 알고 있나?" 랜스가 묻는다. 샘은 고개를 젓는다. "나하고 사이러스하고 라나였지. 우리는 본보기가 되어 세상에 가르쳐 주고 싶었어. 우리도 인간이고 이곳에서 살아갈 수 있다고 증명하고 싶었지." 그의 어깨가 처진다. "때론 우리가 뭐든 해내고 있기는 한지 의문이 들어."

"저는 그렇다고 생각해요." 샘이 말한다. "아니라고 해도, 우리 눈앞에 다른 방법이 있는 것도 아니잖아요?" 미란다가 스트레스에 사로잡힐 때 그가 해주는 말이기도 하다. 근심이 그를 갉아먹을 때 스스로 되뇌는 말이기도 하다.

“그렇지. 하지만…”

“그러니까 오늘 저녁은 즐기는 것도 괜찮겠죠.” 샘은 자기 잔을 들어 올린다. 랜스는 잠시 주저하다가, 결국 맥주잔을 들어 부딪친다.

그들은 거의 안락한 침묵 속에 앉아서 함께 술을 마신다. 10분일까, 한 시간일까, 두 시간일까. 몇 달 동안 스트레스에 파묻히고 과로에 시달리면 시간이라는 개념이 흐릿해지게 마련이다. 두 사람이 미처 깨닫기도 전에, 술집의 분위기가 어느새 바뀌어 있다. 행복한 축하 파티가 감상적인 술자리로 변하는 지점을 통과한 것이다.

랜스는 비척대며 자리에서 일어선다. “샘, 여기서 나가세. 지금 당장.” 그가 속삭인다. 주변 초인들의 얼굴에는 날것 그대로의 감정이 떠올라 있다. 판단력 상실의 전조라고 할 수 있다.

샘은 두 번 말하지 않아도 그 뜻을 알아차린다. 그는 랜스에게 팔을 둘러 몸을 부축해 주고는, 함께 비틀거리며 문가로 걸음을 옮긴다.

밖으로 나오니 춥기는 해도 홀가분한 기분이 든다. 랜스는 눈에 띄게 안도하면서 거리 한쪽을 가리킨다. “우리 집은 저쪽일세. 부탁해도 되겠나?”

“물론이죠.” 샘은 주력 팀의 영웅이 아니니, 적어도 이 정도는 해줄 수 있다.

두 사람은 한동안 아무 말 없이 걸음을 재촉한다. 때론 그들이 지나갈 때마다 가로등이 깜빡이며 꺼진다. 때론 전혀 변하지 않는다.

“자네는 아직 그걸 원하는 거지? 모두가 틀렸다고 증명하고 싶은 거야.” 다른 비좁은 집들 사이에 낀 랜스의 비좁은 집이 가까워져 오자, 그는 문득 이렇게 묻는다.

샘은 이 질문에 움찔한다. 아무리 최선을 다하려 해도, 아무리 자신과 약속을 해도, 삶을 견디기 위해 자신을 속이려고 애써도, 그는 여전히 처음 초인 집단에 합류했을 때 상상했던 그런 영웅이 되고 싶기 때문이다. 사실을 말하자면, 이렇게 시간이 흘렀어도, 재즈 바 한가운데에서 자각 없이 타오르기 시작한 어떤 남자와 그를 보며 공포에 질린 남자 친구를 찍은 동영상이 여전히 그의 마음속을 돌아다니기 때문이기도 하다. 동영상의 댓글 칸보다 더 고통스러운 것은 그 순간 레브가 지은 표정뿐이었다.

"독심술도 하시는 건가요?" 샘은 가벼운 투로 대꾸하려 시도한다. 그리고 실패한다.

"그럴 필요도 없지. 우리 팀은 다들 똑같으니까. 맥도 마찬가지야."

"하지만… 맥은 초인이 아니지 않나요…?"

"그렇지. 하지만 조카딸이 초인이야. 겁에 질려서 시골의 조그마한 트레일러에 틀어박혀 살면서 밖으로 나오지도 못해. 맥은 우리 같은 초인 집단이 언젠가 그 아이의 마음을 바꾸리라 기대하고 있어."

샘은 랜스를 물끄러미 바라본다. "하지만 팀에 있으면… 언젠가는 상황이 호전될 거예요."

"이봐, 친구. 나는 그게 불가능하다고 생각해." 랜스는 샘의 어깨에 손을 얹는다. "면접장에서는 미안하게 됐어. 자네한테 경고하려 했던 거야."

샘은 머뭇거린다. 머뭇거리다, 결국.

샘이 저녁 내내 피해오던 질문을 입 밖에 내는 모습을 보라.

“제가… 만약 제가 초인 집단에 계속 머무른다면, 제 미래의 장면은 어떻게 보이나요?”

랜스는 그를 물끄러미 바라본다. 이윽고 그는 고통스러운 표정을 짓다가, 두 손에 얼굴을 묻는다. “모르는 편이 좋을 거야, 샘.”

그러나 대답은 이미 들은 것이나 다름없다. *우리는 고통을 줄이지는 못해. 그저 재분배할 뿐이지.*

그는 모든 것을 깨닫는다. 랜스의 얼굴에 떠오른 고통이 무슨 의미였는지. 그날 밤 재즈 바에서의 사건 이후에 가슴팍에 구멍이 뚫린 느낌이 드는 이유가 무엇인지. 왜 그 느낌이 사라지지 않는지.

다 집어치워. 샘은 초인이 되고 싶지 않다. 더는 아니다.

에피소드 9: 나한테 연락하고 싶으면 북극점으로 전화해요

한 시간 후, 짐 꾸리는 일이 끝난다. 음영이 들어간 스카프와 초인 배지는 침대 끄트머리에 깔끔히 놓여 있다. 샘은 묘한 기분에 사로잡힌다. 어느새 비공식 제복이 마음에 들었기 때문이다. 그러나 샘은 자진해서 떠나가는 게 나은 선택이라고 되뇐다. 여기 머문다 해도 아무것도 바뀌지 않을 것이다.

이미 재정착 프로그램 목록은 뽑아놓았다. 아침에 전화해서 신청할 것이다.

그래도 이대로 떠날 수는 없다. 직접 작별 인사를 건넬 용기는 없지만, 아침에 출근한 미란다가 발견할 수 있도록 사무실에 쪽지 정도는 남길 생각이다. 적어도 그럴 만큼은 신세를 졌으니까. 아마 그 이상일 테고.

그러나 초인으로 산다고 해서 샘의 문제가 해결되는 건 아니다.

애초에 그런 생각을 한 자신이 머저리였다.

에피소드 10: 모두 타오르라

밖에서 보니 옛 시민 회관 건물은 적막하다. 그러나 대니엘은 아직 저 안에 있을 것이다. 늦게까지 일하는 사람이니, 확신할 수 있다. 오늘은 창문을 수리하려 애쓰고 있었다. 창문이 제대로 열려야 눅눅하고 퀴퀴한 공기를 빼낼 수 있을 테니까. 안에는 여전히 불이 켜져 있다.

거리 건너편에서, 미란다에게 보낼 쪽지를 주머니에 넣은 채로, 샘은 자기 전화를 꺼낸다.

아직 일하고 있어요? 그는 대니엘에게 문자를 보낸다.

희미하게 스치고 지나가는 소리나, 멀리서 울리는 쿵 하는 소리에는 별로 신경 쓰지 않는다. 도시에서는 흔한 소음이니까. 유배지에 가면 그리워지겠지.

문제는 흐릿한 불빛이 얼핏 비쳤다는 것이다. 불꽃이다. 건물 입구에서 새어 나오고 있다. 잠시 후, 여자 한 명이 시민 회관 입구에서 걸어 나온다.

거리 맞은편인데도 그 눈빛과 자세에서 광기가 엿보인다. 팔을 쭉 뻗은 채로 휴대폰을 들고 있다. 카메라로는 자신을 잡은 채로.

"초인 집단에게 보내는 선물이라고. 자기네가 우리보다 우월하다 여기는 괴물들 말이야." 그녀가 말한다. 그러다 샘을 발견하고 휴대폰을 거꾸로 돌린다. 샘은 움찔한다.

“초인 놈들이 이걸 안 볼지도 모르니까, 당신이 전해줄래?” 그녀가 말한다.

“나도 초인인데요.” 그는 과거형을 사용하는 것을 잊은 채 이렇게 말한다. 동시에 여자의 다른 손에 빈 가스통이 들려 있다는 사실을 깨닫는다. 그리고 연기 냄새를 맡는다.

대니엘.

이런 젠장.

여자의 웃음소리가 시민 회관으로 달려 들어가는 그의 뒤를 쫓아온다.

이미 화염이 거세게 타오르고 있다. 낡은 시민 회관 건물 전체가 성냥불이 닿기만을 기다리고 있었던 듯한 느낌이다. 불꽃 하나만 있으면 된다고. 당연하게도 스프링클러는 작동하지 않는다.

샘은 지하실 계단 쪽으로 달려간다. 사방이 거북할 정도로 뜨끈해졌다는 사실은 아주 잘 알고 있다. 매캐한 연기 냄새가 모든 것을 압도하고 있다는 사실도.

샘이 달리는 모습을 보라.

그는 서류철 무더기 사이를 헤집고 들어가, 복도를 따라 달려가서, 모퉁이를 돌아 대니엘의 사무실에 도착한다. 그리고 문을 한 번, 두 번, 두드렸다가 그대로 비틀어 연다.

그러나 방은 비어 있다.

불도 꺼져 있고, 도구함도 얌전히 구석에 놓여 있다. 코트와 모자와 스카프도 보이지 않는다. 마치 그에 맞추기라도 한 듯이, 들고 있다는 것조차 잊었던 샘의 휴대폰이 웅웅거린다. 대니엘이 보낸 문자다. *아니, 집에 왔어. 인생을 즐기는 중인데. 당신은 어디야?*

샘이 다시 달리는 모습을 보라. 그러나 몇 발짝 전진하지도 못하고 그대로 공기를 찾아 바닥으로 엎드린다. 이제 연기를 피할 길이 없다. 모든 것이 불타는 냄새로 가득하다. 사방에서 열기가 그를 포위한다. 마침내 불길이 수많은 청구서와 고지서와 온갖 잡지들을 발견한 모양이다. 사방에서 수년간 쌓인 공무 기록이 잿더미로 변하고 있다.

샘이 최대한 빠르게 기어 나가는 모습을 보라.

게다가 거의 성공할 뻔한다. 그러나 그 순간, 불타는 서류 무더기가 무너져 내리며 샘을 불길 속에 가두어 버린다. 눈이 멀어버릴 듯 게걸스럽게 타오르는 불길이다. 제어할 수 없는 불길이다. 더 많은 것을 원하듯 타오르는 불길이다.

그런데도… 그리 나쁜 느낌이 아니다.

심지어 그렇게 뜨겁지도 않다.

샘이 불타지 않는 모습을 보라.

에피소드 11 : 최후의 결단

샘은 불타지 않을지 몰라도, 옷에는 여전히 불이 붙는다. 이제 그는 울려대는 경적과 무뚝뚝한 얼굴의 소방관들에 둘러싸여서, 벌거벗은 채 추위에 떨고 있다.

이내 그들 중 하나가 동정심을 느꼈는지 방화 담요를 건네준다. 거친 면직물이 이렇게 기분 좋게 느껴지는 것도 처음이다. 그는 인도에 주저앉는다. 맨살에 닿는 시멘트가 사포처럼 꺼끌거리지만, 왠지 몰라도 이조차 기분 좋은 느낌이다.

미란다는 이런 몰골의 샘을 발견한다. 그녀는 조금도 개의치 않고 욕설을 내뱉는다. 충분히 시간을 들여 그를 꾸짖으면서, 그가 얼마나 빌어먹게 한심한 머저리이며 그가 불타 죽었더라면 자신에게 얼마나 많은 업무가 돌아왔을지를 철저하게 일깨워 준다. "랜스가 당신이 연기에 질식해 죽을 거라고 알려줬단 말이야!" 그녀는 소리친다.

그러나 샘은 개의치 않는다. 미란다는 혼란 속의 유일한 고정점이니까. 닻이자 초점이니까. 그녀는 할 말이 떨어지자 온몸을 떨기 시작한다. 샘은 그녀에게 줄 담요가 한 장 더 있었으면 하는 생각을 한다.

"이게 위로가 될지는 모르겠는데, 랜스가 나한테도 같은 힌트를 줬어요." 그는 그녀에게 말한다.

"잊고 있었어." 그녀는 샘의 옆자리에 앉으며 말한다. "우리 팀의 불안 담당자를 항상 믿을 수는 없다는 걸 말이야." 그녀는 몸을 수그리며 두 손에 얼굴을 묻는다. "당신이 사람 구하는 일을 포기했다고만 생각했어, 샘."

솔직히 말하자면, 한 시간 전까지만 해도, 샘은 남은 평생을 영웅이 아니라 이기적인 인간으로 살 생각이었다. 불길로 뛰쳐 들어간 것은 지금껏 해본 적 없는 무모한 행동이었지만, 그래도 그는 불길 속에서 새로운 것을 깨달았다.

"친구는 예외잖아요." 그가 말한다.

미란다는 그를 한참 뚫어져라 바라본다. 그리고 마침내 대답한다. "맞아. 그렇지."

나란히 앉아 있는 두 사람의 시선이 한 기자와 카메라맨에게로 옮겨간다. 몇 미터 떨어진 곳의 소방수와 대화를 나누고 있다. 세 명 모두 샘을 바라보고 있다.

"실례합니다만, 선생님이 건물로 뛰어 들어가신 초인이신가요?" 기자가 샘에게 접근하며 묻지만, 분명 마이크에 대고 말하고 있다. 샘은 자신을 겨누고 있는 카메라를 거북한 눈으로 힐긋거리고는 담요를 더욱 단단히 여민다.

"맞아요." 샘이 미처 반응하기도 전에, 미란다가 대답한다. "우리 팀에서도 가장 중요한 일원 중 하나지요."

내가요? 샘은 이렇게 물으려 한다. 그러다 문득 미란다의 표정이 그의 눈에 들어온다. 그리고 그녀가 자신을 잃을까 정말로 두려워했다는 사실을 그 안에서 읽어낸다.

샘은 고개를 끄덕인다.

"그래요… 이것도 길고 괴로운 초인 집단의 역사 속에서 하나의 에피소드로 남겠지요?"

에피소드라, 그렇지. 샘은 웃음을 터트리고 싶다. 벌거벗은 채로 재와 연기 냄새를 풍기며 앉아 있자니, 이제 초인의 에피소드를 피할 수 없다는 점이 너무나 명백해 보인다. 사건이 끝나고 어떻게 자신을 추스르느냐에 따라 모든 것이 달라질 뿐이다.

"그렇죠." 그가 말한다.

이제 주변 이웃들이 거의 모두 밖으로 나와서 잡혀가는 화염을 구경하고, 기자 주변에 모여서 저마다 자신만의 동영상을 촬영하고 있다.

"그러면 초인 집단에서 정확히 무슨 일을 맡으시는지 설명해 주실 수 있을까요?" 기자가 묻는다.

"우리 사진발 잘 받는 친구들이 계속 활동해서 기자 여러분을 바쁘게 만들 수 있도록, 온갖 별 볼 일 없는 뒤치다꺼리를 하지요." 샘은 대답한다. 옆에서 미란다가 웃음을 터트린다.

기자의 귀가 슬쩍 벌게진다. "그렇다면 선생의 재능을 우리 앞에서 보여주실 수 있을까요? 미스터…"

"샘 웰스입니다. 초인이죠."

사방에서 구경꾼들이 그를 굽어본다. 기대에 숨죽인 채로.

샘은 따끔거리는 두피 위로 한쪽 손을 올린다. 지금이야말로 그가 스포트라이트 한복판에 설 때다. 물론 그도 알고 있다. 일주일만 지나면, 그는 다시 새로운 에피소드와 골칫거리를 껴안은 회계사로 돌아가게 되리라는 것을. 같은 것을, 변치 않는 권리를 위해 싸우러 돌아가게 되리라는 것을.

그래서 정말로 오랜만에 처음으로, 샘은 당당히 어깨를 펴고 카메라를 정면으로 응시한다.

샘이 타오르는 모습을 보라.

안 타고 있을지도 모르지만.

어느 쪽이든, 샘이 관객들 앞에서 웃음 짓는 모습을 보라.

그들의 눈에 무엇이 비치든, 개의치 않는 모습을.

Rebecca Campbell

An Important Failure

소중한 실패

리베카 캠벨

조호근 옮김

리베카 캠벨은 캐나다 출신의 작가 겸 교사다. 《클라크스월드》, 《판타지 앤드 사이언스 픽션》, '토르닷컴' 등 다양한 정기 간행물에 작품이 수록되었다. 첫 장편 소설인 『파라다이스 엔진The Paradise Engine』이 2013년 NeWest 출판사에서 출간되었다.

홈페이지 주소: whereishere.ca

SF-Fan

Rebecca Campbell

An Important Failure

(일부 역법에 따르면) 1607년, 알 마문이 바그다드에 '지혜의 집'을 세운 그해, 어느 늙은 시트카가문비나무Pinaceae sitchensis에서 떨어진 솔방울이 발아목 토막의 썩어가는 껍질 위에서 싹을 틔웠다. 북태평양의 이 섬에는 그해 유난히 추운 날씨가 찾아왔고, 떨어진 솔방울 근처에 있는 카트차라는 거대한 호수도 두껍게 얼어붙었다. 호수 남동쪽의 마을에서 얼음을 타고 걸어 나오면, 발밑에서 반짝이며 헤엄치는 컷스로트송어의 모습을 볼 수 있을 정도였다. 지구 반대편의 템스강 또한 얼어붙었고, 씩씩한 겨울철의 아이들이 저지대 화가들의 화폭 위에서 활기차게 뛰놀았다. 백색으로 물든 북유럽의 풍경은 이 화가들의 유화 물감 속에 깃들어 보존되었다. 그리고 '노래의 계곡', 현악기 제작자들이 나무줄기 안에 숨은 바이올린을 찾으러 들어간다는 노래의 숲인 알프스 중턱 크레모나주의 보스코 체 수오나에서는, 바로 그 혹독한 겨울이 유럽가문비나무Pinaceae abies의 생장을 늦추어 나이테

가 보이지 않을 정도로 촘촘히 모여들었다. 그 이전에도 이후에도 찾아볼 수 없는 훌륭한 악기용 목재의 탄생이었다.

카트차 호수 근처에서 솔방울이 떨어지고 90년이 지난 어느 날, 안토니오 스트라디바리가 크레모나에서 보스코 체 수오나로 이어지는 옛길에 발을 들였다. 자기 공방에서 사용할 목재를 찾기 위해서였다. 그는 나무에 머리를 기대고 그 안에 깃든 차가운 역사에 귀 기울였다. 가문비나무의 나이테에 새겨진 소빙하기가 귓가에 울렸다. 마치 바이올린과 흡사한 소리로.

제이콥은 자정이 넘어 메이슨을 깨웠다. 10분 후, 두 사람은 만일을 대비해 미리 연료를 가득 채운 낡은 트럭에 올랐다. 차내는 수 세대에 걸친 체취로 퀴퀴했다. 제이크 이전에는 그들의 할아버지가 타던 물건이니 어찌 보면 당연한 일이었다. 공기는 후끈하고 텁텁했지만, 소피아가 키우는 작물이 조금이나마 고통을 덜어주었다. 한련화, 나무장미. 그녀의 환금 작물 중에는 칸나비디올 성분이 풍부한 인디카 계열의 대마도 있었다. 수년 동안 재배해 온 '네펜테'라는 품종이었다. 두 사람은 트럭을 몰고 녹색으로 깊이 물든 호숫가를 떠났고, 적막한 도로를 따라 과거 방화대였던 지역에 들어섰다. 20년 전에 나무를 뽑아내 바위와 흙만 남은 곳이었다. 무너져 가는 벌목로는 옛 화재 현장으로 통했다. 불길에 그을린 자국이 메이슨의 눈에 들어왔다. 어릴 적에는 휴대폰도 터지지 않는 이곳의 비밀 개울과 야영장으로 둘이서 소풍을 나오곤 했었는데.

제이콥은 아무 말 없이 차를 몰았다. 메이슨은 창밖의 앙상한 숲을 내다보고 있었다. 두 번쯤 차에서 내려 장애물을 치워야 했는데, 그때마다 메이슨은 낮은 덤불을 살폈다. 그을렸지만 여전히 우뚝 솟은 더글러스 소나무 아래로 블랙베리와 오리나무가 자라나고 있었다. 회복기 식물이다. 지난 산불로 텅 빈 자리를 차지한, 빠르게 생장하는 기회 생장 식물들이었다.

"퓨마가 있어?" 그가 물었다.

"최근 많아졌지." 제이콥이 대답했다. "사슴을 쫓아 온 거야. 좋은 소식이지. 덕분에 야간작업에 조금 스릴이 생기기는 했지만."

문득 머리 위의 어둠 속에서 퓨마의 그림자를 목격한 것 같았다. 그는 퓨마의 눈에 무엇이 비쳤을지를 생각했다. 눈부신 전조등 불빛 속에 서 있는 우리는, 경쟁자일까 아니면 먹잇감일까. 수리도 돌아와서 앙상한 나무에 둥지를 틀기 시작했다. 검은꼬리사슴과 북미울새도 돌아왔다. 그러나 숲이 천천히 재생하는 동안에도 이 지역의 기후는 변화를 멈추지 않았고, 100년 후 이곳의 해안 지대에 펼쳐질 풍경의 전조가 조금씩 보이기 시작했다. 마드론나무는 원래 자생지를 벗어나 내륙으로 뻗어나갔다. 해안 지대가 말라붙으며 오리건흰떡갈나무는 서쪽과 북쪽으로 이동했다. 1,000년 후에는 완전히 다른 형태의 숲이 이곳에 들어설 것이다. 그때까지 이 땅이 남아 있다면 말이지만.

두 시간 후, 그들은 살아남은 한대 우림의 가장자리에 도착했다. 섬의 산지를 기준으로 서쪽에 있어서, 지난 20년 동안 다른 모든 것을 파괴한 산불을 피해 살아남은 곳이었다. 바큇자국투성이인 산길을 따라 20분을 더 달린 후, 그들은 차를 멈추고 한 남자와 만났다. 남자는 말없이 제이콥에게 고개를 끄덕이고 운전석에 오르더니, 그들을 이끌고 더 좁은 흙길로 접어들었다.

"이쪽은 크리스요."

크리스가 된 메이슨은 가볍게 묵례했다. 남자도 같은 식으로 인사했다.

나무까지는 금방이었다. 원칙적으로는 아직 주립 공원인 땅이었지만, 산길은 이제 거의 관리 없이 방치된 상태였다. 지금 보이는 발자국도 다른 불법 벌목꾼들 것일 테다. 눈앞의 나무는, 지금까지 살아남은 세계에서 가장 큰 시트카가문비나무였다. 어쩌면 아직도 이걸 보고 싶은 사람들이 있을지도 모른다. 버스에 가득한 학생 무리는 이제 드물어졌고, 뱀필드의 해양 생물학 연구소는 문을 닫은 지 몇 년이 지났지만.

남자 세 명이 추가로 그들을 기다리고 있었다. 그들은 몇 번의 손짓으로 쓰러트릴 방향을 정하고, 필요한 시간을 가늠했다. 메이슨(크리스)은 뒤로 물러서서, 여윈 근육질의 늙은 벌목꾼이 전기톱을 옆에 두고 헬멧을 착용하는 모습을 지켜보았다. 그들은 바람이 잦아들 때까지 기다렸다. 밴쿠버에서는 한 번도 느껴보지 못한 부류의 적막이 흘렀다. 물론 지금도 사람들이, 또는 퓨마가 부스럭거릴 때마다 깨지는 적막이었지만. 뒤이어 전기톱 소리가 거친 물결처럼 그들을 휩쓸었고, 나무를 파고드는 톱날의 신음을 제외한 모든 소리가 사라졌다. 이 나무는 이탈리아 알프스의 '노래의 계곡', 라 피메의 나무들과 친척 사이였다. 숙련된 벌목꾼이라면 그 나무 속에 숨은 바이올린의 소리를 들을 수 있다고 하던데.

키티마트에 나이 많은 시트카가문비나무가 한 그루 더 있을지도 모른다는 소문이 돌기는 했다. 하지만 해묵은 악기용 목재라는 귀중한 물건이 목적이라도, 여행하기에는 너무 먼 곳이었다. 반면 이 나무는 어린 시절에 방문했던 기억이 또렷했다. 그 크기도, 200년에 걸친 벌목과 화재를 견디고 살아남았다는 믿을 수 없는 사실도, 의심할 여지가 없었다.

그리 오래 걸리지는 않았다. 근처 도로 방향에 맞춰 나무줄기 양쪽으로 홈이 파였다. 아마 맞은편 도로에는 대형 트럭이 대기하고 있겠지. 이어 쐐기가 박혔다. 높고 달콤한 망치 소리가 울렸다. 그리고 기다렸다. 또 기다렸다. 마침내 내부의 뭔가가 찢어졌고, 나무는 그대로 넘어지며 땅에 한 번 튕겼다. 무수한 나뭇가지들이 바다 생물의 촉수처럼, 파도처럼, 머리카락처럼, 경련하는 시체처럼 사방을 휩쓸었다. 그리고 잠잠해졌다. 정적이 조금 더 이어진 후, 사람들은 가지를 치고 통나무를 잘라내는 작업에 착수했다.

메이슨(크리스)은 마른 체구의 불법 벌목꾼들을 지켜보았다. 어디서부터 온 걸까? 포트 알버니? 아니면 전담 경관이나 기마경찰대가 눈감아 준 임시 야영지에 머물고 있을지도 모른다. 그들도 샤워 시설과 낡은 트럭 타이어로 만든 정화조까지 갖추고 있는 5년 된 야영지를 불태울 정도로 야멸차지는 못하니까. 적어도 외지인들이 아편이나 밀수 같은 문젯거리를 마을로 끌고 들어오지 않는 이상은 말이다.

"둥치를 처리해." 제이콥이 말했다.

메이슨(크리스)이 무슨 뜻인지 알아듣지 못하자, 그는 다시 입을 열었다. "나무둥치. 바닥에 있는 것들 주워서 제대로 가려."

"그럴 필요가 있어? 꽤 깊이 들어왔잖아."

"아직도 드론을 여기까지 보낸다고."

"대체 왜 그딴… 어쨌든 나는 지금…"

"…때가 되면 불러줄 테니까."

그들 뒤편의 어둠 속에는, 나무 밑동의 희멀건 모습이 드러나 있었다. 향긋한 수액 냄새가 풍겼다. 그는 직경 3미터의 드러난 상처 위에 나뭇가지를 뿌리며 경이로운 눈으로 그 목심을 관찰했다. 놀랍게도 딱정벌레가 파고들거나 균류에 감염된 흔적조차 찾아볼 수 없었다. 뒤편 나무는 계속해서 단순한 형태로 변해가고 있었다. 가지를 쳐내자 400년이 넘은 곧고 잘생긴 줄기만이 남았다. 물론 오래 묵은 나무들에 비하면 아직 어린 나무이긴 했다. 거의 1만 년을 살아온 캘리포니아전나무나 노르웨이가문비나무도 있으니까. 그러나 그는 캘리포니아전나무의 소리를 모른다. 반면 시트카가문비나무는 그가 늘 듣고 사랑했던 소리를 낸다.

"…크리스."

크레모나로 가서 알도의 도제로 들어갈 것이다. 에디와 아는 사이니까 추천장을 받을 수 있겠지. '노래의 계곡'을 방문해서 살아남은 유럽가문비나무를 둘러볼 것이다. 숙련된 악기 장인들에게 주립 공원에 숨어들어 해묵은 나무를 불법 벌채했던 이야기를 들려줄 것이다. 그러면 그들은 큰 소리로 웃으며 내 등짝을 때리고…

"…크리스. 얼른 와."

그는 크레모나를 찾아가는 계획에서 끌려 나와 완벽한 바이올린에 필요한 묵은 목재를 찾는 일로 돌아갔다. 지치고 땀투성이인 남자들이 어둠 속에서 휴대폰과 헬멧 불빛에 의지해 장구를 벗는 모습이 보였다. 정확히 무얼 찾는지조차 모르면서도, 그는 밑동 가까운 쪽의 길고 곧은 부위를 훑어보기 시작했다. 휴대폰 불빛 속에서 거친 껍질을 손으로 쓰다듬으며 그 안에 깃든 모양을 가늠하려 애썼다.

"이거야, 제이크." 생각 없이 제이크의 이름을 입에 담았지만, 다른 사람들은 못 들은 척 입을 다물고만 있었다. "바로 이거라고."

나머지 남자들이 어둠 속으로 사라졌다. 이제 해 뜰 시간이 가까워졌다. 숲의 맨 아랫단은 아직 어두웠지만, 구름이 별들을 뒤덮은 이후 처음으로 메이슨의 눈앞에 하늘이 펼쳐졌다.

제이크는 그가 고른 통나무 앞에 쭈그려 앉았다.

"확실한 거지?" 그가 물었다.

메이슨은 귀를 기울이려 애썼다. 나무가 쓰러지기 전에는 주변의 모든 세계와 함께 살아 있는 기분이 들었다. 바스락거리는 나뭇잎 소리, 퓨마의 희미하고 부드러운 발소리까지. 그러나 이제 숲은 먹먹했다. 그가 들었다고 생각했던 소리는, 아직 만들지 않은 바이올린의 가늘고 높은 음률은, 완전히 증발해 버렸다.

"그래. 이게 분명해." 그는 말했다.

통나무를 트럭에 싣는 데 두 시간이 걸렸다. 집까지 나르는 데는 세 시간이 더 걸렸다.

"나머지 목재는 어떻게 되는 거야?" 메이슨이 물었다.

"작년 겨울에는 땔감 한 묶음이 1,000달러였어. 저 나무는 많은 사람의 몸을 녹여주겠지. 그리고 펄프도 있고. 펄프 공장에서는 별로 캐묻지 않고 나무를 사주거든. 돈은 그만큼 받지 못해도 더 안전하고 작업량도 적지. 알겠지만 약물도 있고. 펜타닐이나, 옥시 같은 거."

짐칸에 실린 묵은 가문비나무의 반의반 토막은 조용하기만 했다. 그 엄청난 무게에 가끔 트럭이 신음하는 소리만 들릴 뿐이었다.

"몇 년만 있으면 온 세상의 악기 장인들이 그 목재를 손에 넣으려고 뭐든 바치려 들 텐데."

"물론 그렇겠지. 아니면 바로 이번 겨울에 누군가의 집을 따뜻하게 해줄 수도 있고."

두 사람은 늦은 오전이 되어서야 집에 도착했다. 눈가에 피로가 덕지덕지 붙어 있었다. 제이크는 운전석에 한참을 앉아 있다가 입을 열었다. "나는 수영이나 잠깐 한 다음에 온실에 가서 일할 거야."

자신도 도와야 한다는 것을 알고 있었지만, 메이슨의 몸은 옛날처럼 저절로 집 안을 가로질렀다. 그가 아직도 자기 침실이라 생각하는 방을 향해서. 어둑한 부엌의 마늘 다발과, 20세기의 《내셔널 지오그래픽》지가 가득 쌓인 거실 책꽂이를 지나쳤다. 창틀에는 할머니의 소지품이 여전히 줄지어 놓여 있었다. 투명한 조약돌과 마노석. 온갖 종류의 깃털. 수풀에 가린 창문 안쪽에 있어서, 빛이라고는 조금도 머금을 수 없는 스테인드글라스 조각.

그는 퀴퀴하고 서늘한 방에 누웠다. 40년 전에 벽을 타고 스며들었던 물 때문에 색이 바랜 양탄자가 눈에 들어왔다. 열 살 시절의 냄새, 여름의 냄새, 어머니의 냄새가 코끝을 간지럽혔다. 그의 가족들이 이곳 판자벽 사이를 오갈 때마다, 창문 앞에서 남쪽 카위천 호수를 바라볼 때마다, 다음에 벌어질 일을 궁금해하며 보낸 수천 번의 밤마다 맡았던 냄새였다. 호수. 소피는 함께 밴드를 꾸렸던 동네 친구들을 따라서 카트차 호수라고 불렀었지.

소빙하기 동안 지구의 기온은 평균 1℃ 가량 하락했다. 이런 비정상적인 겨울이 찾아온 이유에 대해서 여러 논의가 있었다. 어쩌면 남북 아메리카에서 벌어진 인간의 대량 사망이 그 원인 중 하나였을지도 모른다. 어떤 이들은 유럽인과의 접촉 후 90퍼센트의 인구가 사멸했으리라 추산한다.

언어와 도시가 사라졌다. 갓난아기와 대조모와 잘생긴 젊은이와 꿈꾸는 소녀들이 사라졌다. 마을과 교역로와 즐겨 말하던 농담이 사라졌다. 그 많은 죽음에 뒤따르듯 프랑스 정도 면적의 농경지가 숲으로 돌아갔다. 되돌아온 녹색이 산업 시대 이전의 대기에서 엄청난 양의 탄소를 고정시켰고, 덕분에 소빙하기에 저하된 기온은 이후 몇백 년에 걸쳐 오늘날에 이르기까지 천천히 상승해 왔다. 훗날의 모험가들이 발견한 거칠고 텅 빈 땅은 일종의 무덤이었다. 그 끔찍한 상실을 증언하는 이야기로 가득한, 아무도 말할 수 없는 언어로 새긴 기념물이었다.

1억 명의 죽음으로 인한 추위와 어둠에서 시작하여, '노래의 계곡'의 쌀쌀맞은 벌목꾼을 거쳐, 일 카노네 구아르네리우스를 연주하는 파가니니에 이르기까지, 길고 끔찍한 역사가 이어져 왔다.

이런 기후 변화에도 불구하고 카트차에서 재앙은 느릿하게 진행되었다. 훗날 해안 지대를 초토화시킬 천연두가 아직 도래하지 않았기 때문이었다. 태평양 연안에서 세일리시해에 이르는 넓은 바다와 숲에서, 사람들은 저마다 생업을 꾸려나갔다. 아이들이 태어났다. 노랫가락이 생겨났다. 솔방울의 토대가 된 발아목이 부서져 나갔다. 그곳에 뿌리 내린 작은 가문비나무는 태양을 향해 치솟았다. 대재앙으로 벼

려낸 단단한 심목을 품은 채로.

제이크와 소피는 네펜테 외에도 THC* 함유량이 높은 사티바 품종의 대마도 재배했다. 메이슨은 그런 식물을 가꾸는 일을 두려워하고 싫어했지만, 대마는 멀리 시애틀까지도 꾸준히 팔려나갔고, 제이크의 표현을 빌리자면 그들의 낡은 농장을 유지해 나갈 수 있는 원동력이 되어주었다. 소피는 할아버지의 낡은 작업장에서 수경 재배로 사티바를 재배했다. 반면 네펜테는 호수 옆의 텃밭에서, 햇빛으로 달구어진 남향 벽돌벽의 열기에 힘입어 복숭아나 레몬그라스와 나란히 서서 자라났다.

그날 오후, 메이슨은 작업장 한쪽 구석 방수포 아래 모아둔 재료를 살펴보러 갔다. 메이슨이 탐욕스럽게 모아들인 덕분에, 여기 있는 목재만으로도 바이올린을 스무 개도 넘게 제작할 수 있을 듯했다. 물론 그중에서 그가 원하는 나무토막을 찾을 수 있다면 말이지만. 메이슨은 마지막으로 에디와 함께 단풍나무와 버드나무와 가문비나무를 합법적으로 구하려고 제재소를 순회했을 때를 떠올리려 애썼다. 그때 에디가 어떻게 했더라. 에디는 오리건단풍나무 토막에서 바이올린 소리를 들을 줄 알았다. 손으로 버드나무의 탄성을 확인하면서 소리의 위치 관계를 느낄 줄 알았다. 에디가 이곳에 있었더라면 이 반의반 토막의 가문비나무도 입을 열었을 것이다. 메이슨이 그렇게 귀 기울이고 있을 때, 소피가 어깨로 문을 밀치고 들어왔다. 커다란 살수통을 양손으로 들고 있었다.

* 테트라하이드로칸나비놀. 대마초에 함유된 강력한 환각 성분이다.

“아직 두 개 더 있어.” 그녀는 문 쪽으로 손짓하며 이렇게 말했다.

그는 햇볕으로 뜨끈해진 물통을 붙들었다. 두 사람은 함께 텃밭에 물을 주었다. 감자와 토마토. 고추와 박하. 그리고 오후의 열기 속으로 못생긴 잎을 번쩍 들어올리고 있는 네펜테에도. 메이슨은 이곳에 들를 때마다 대마유를 얻어 가곤 했다. 수지樹脂 때문에 피부염이 심해질 때마다 혀에 한 방울씩 떨어트리고, 오른 손목의 힘줄이 쑤실 때마다 연고처럼 바르는 용도였다. 그가 합법적으로 구할 수 있는 그 어떤 물건보다도 효과가 좋았다.

“합법 재배자 인증을 받을 생각은 없어?”

소피는 어깨를 으쓱했다. “아직도 안 됐으면 앞으로도 무리겠지. 작년에도 다시 지원했는데 아예 소식이 없거든. 제이콥이 그러는데 필요한 걸 얻었다며?”

메이슨은 고개를 끄덕였다. 나무가 다시 한번 그의 마음을 헤치며 쓰러졌다. “지금은 이웃집 장작 패는 일을 돕고 있어. 시간 있을 때 자놓으라고 하던데. 어쨌든 저 나무를 얼마나 오래 가지고 있어야 하는 거야?”

“여물어야 해. 아마 10년 정도. 1세기 정도가 이상적이겠지만, 그건 무리겠지.”

그녀는 고개를 끄덕인 다음, 꺾꽂이한 제라늄 가지와 토마토로 가득한 수경 재배 온실 쪽으로 그를 이끌었다. “할 일이 많아, 메이슨. 이쪽도 마저 물 줘.”

21세기의 세 번째 10년대에, 서리 기념 병원에서 여자아이 한 명이 태어난다. 분만에는 여섯 시간이 걸린다. 마사미 루크레치아 델가도라는 화려한 이름이 붙은 갓난아이는 작고 끝이 가는 손가락과 악력이 강하고 움직임이 정밀한 손을 가지고 태어난다. 마치 태어난 순간부터 바이올린의 지판에 올라가기만을 기다리는 것 같은 손이다. 마사미가 세 살이 됐을 때, 보고 있던 만화가 중단되며 광고가 떠오른다. 마사미는 스킵 버튼이 나와야 하지만 나오지 않는 곳을 손가락으로 꾹꾹 찔러댄다. 처음에는 짜증이 나서, 나중에는 황홀해져서. 마사미를 사로잡은 것은 무지개와 유니콘에 대한 노래를 부르는 만화풍 구름이 아니라 어느 생명 보험 회사의 광고다. 마치 거울에 비친 모습이나 쌍둥이처럼 마사미와 꼭 닮은, 윤기가 흐르는 검은 머리카락과 호기심 가득한 갈색 눈을 지닌 작은 소녀가 등장한다. 소녀는 (다른 마사미는) 바이올린을 턱에 대고 연주를 시작하고, 그 음악을 들은 마사미는 가슴 속 심장이 튀어 오르는 느낌을 받는다. 무지개를 넘어 하늘 높이 솟아오르는 한 조각 흰 구름처럼.

마사미는 방금 들은 것에 이름을 붙이기에는 너무 어리고, 마음속에 영구적인 흔적을 새긴 그 운명과의 조우마저도 금세 잊어버린다. 그러나 그 일부는 마음속에 남아 있던 것이 분명하다. 1년 후 바이올린의 소리를 듣고 어머니에게 이렇게 묻기 때문이다. 저거, 저거, 저게 그거예요?

그녀는 네 살이다. 아버지가 바이올린 동영상을 틀어준다. 바깥 공기는 북쪽 해안의 화재로 뿌옇다. 버라드인렛의 대저택들이 철저하게 파괴되는 중이다. 버나비까지 이어지는 송유관이 내륙 지방 어느 곳에선가 다시 파손되고, 2,000배럴의 희석 역청유가 어느 호수로 흘러 들어간다. 그러나 마사미는 그런 것을 이해하기에는 너무 어리다. 매거릿 펠이 연주한 옛 카지나코 바이올린 소리가 그녀의 귓가로 흘러든다. 1780년 밀라노에서 구아다니니가 만든 네 벌의 명품 바이올린 중 하나다. 순간 그녀는 어딘가로 여행을 떠나고, 그녀의 영혼 중 일부는 그 여행에서 영영 돌아오지 못한다. 그와 동시에 그녀의 미래가 결정된다. 그녀의 고사리손은 바이올린과 하나가 될 것이다. 그 악기는 외부의 이물질이 아니라 그녀 육체의 연장이 될 것이다. 바이올린은 신경으로, 감정으로, 심리적으로, 그녀 존재의 일부가 될 것이다. 그녀의 마음속에, 근육 기억에 바이올린이 존재할 것이다. 마사미는 열네 살이 되면 팔꿈치 터널 증후군을 보일 것이다. 신경 압박 증세를 해소하려고 주기적으로 물리 치료를 받게 될 것이다. 마치 발아목 토막을 휘감고 자라나는 나무처럼, 그녀의 육신은 바이올린을 휘감고 자라난다.

메이슨은 마사미 델가도 때문에 마지막 남은 시트카가문비나무를 불법으로 벌목했다. 그러나 그녀에게 책임을 돌릴 수는 없는 일이었다.

어쩌면 에디가 언급한 악기용 목재 공급에 대한 허튼소리가 모든 것의 근원이었을지도 모른다. 그때 에디는 낡은 청바지를 걸치고, 연필과 양각기와 손가락 대패 때문에 축 늘어진 주머니를 덜렁거리며 작업장을 어슬렁거리고 있었다. 그는 문득 메이슨의 작업대 앞에서 걸음을 멈췄다. 메이슨은 도시를 떠나는 사람에게서 싸게 입수한 바이올린을 수선하는 중이었다. 에디가 악기를 만지도록 허락해 줬다는 사실에 아직도 조금 놀란 채였다. 그는 아주 오랫동안 가게 바닥을 쓸고, 밴을 몰고, 아교 냄비를 다루는 일만 해왔다. 물론 그런 업무에서 해방된 것은 아니었지만, 추가로 학생용 바이올린의 갈라진 조율용 꼭지를 교체하는 일도 할 수 있게 되었다. 바이올린을 손에 들 때마다, 몸체의 얇은 껍질을 손으로 느끼고 "자, 우리 꼬마 친구, 널 고쳐 줄게"라고 속삭일 때마다, 기분이 좋아지곤 했다.

"절대 같은 소리는 안 날 게야." 에디가 말했다.

메이슨은 길게 활을 켜면서 소리에 귀를 기울였다. "그렇죠. 대단한 소리는 아니네요. 그래도 학생용 바이올린치고는 나쁘지는…"

"아니." 에디가 갑자기 말을 잘랐다. 메이슨은 이럴 때마다 자신이 뭔가 어리석은 소리를 한 듯한 느낌에 사로잡히곤 했다. "아니야. 나무가 문제라는 소리다."

그는 밝은색 가문비나무 목재의 표면을 손가락으로 쓸었다. "이건 꽤 젊은 나무지. 대기 중에 탄소가 많으면 목재의 밀도가 변해. 숲이 회복되더라도, 우리는 결코 옛날과 같은 목재를 손에 넣지 못할 게야. G 스트링 내려라."

메이슨은 귀를 기울였다. 에디의 말이 옳았다.

그날 밤, 에디는 메이슨을 데리고 찬 센터로 가서 델가도의 연주를 들려주었다. 드문 호의였다. 도제가 된 초기에 에디를 따라서, 음울한 향수를 품은 1805년 옛 노퍽 바이올린을 쓰는 알루 빌라의 바흐 연주를 들으러 갔던 때와 흡사했다. 델가도는 캐나다 예술 자문 위원회에서 1689년 제작 플레지르 바이올린을 3년 계약으로 임대받은 직후였고, 그녀의 첫 콘서트를 축하하려고 에디를 무대 뒤편으로 초대했다. 세계적으로 명성 높은 현악기 제작자인 에디는, 예술 자문 위원회의 대리인 자격으로 델가도가 임대한 3년 동안 바이올린의 관리를 맡았다. 그녀는 열세 살이었다. 그날은 크로이처 소나타를 연주했다.

"끝 보호대를 확인해야겠다." 에디는 막간 도중에 이렇게 말했다.

"왜요?"

에디는 어깨를 으쓱했고, 이윽고 막간이 끝나며 조명이 잦아들었다.

무대 뒤편에서, 델가도의 부모가 초조하게 그들의 모습을 지켜봤다. 그날 저녁 공연의 충격에서 벗어나지 못한 메이슨은 차마 입을 열지도 못했다.

"봐도 되겠니?" 에디가 물었다. 그녀는 고개를 끄덕였다. 눈길은 바이올린에서 떼지도 못하는 채로.

메이슨은 용기를 그러모았다. "3년 동안 가지고 있는 거지?" 그녀는 고개를 끄덕였다. "그리고 그걸로 끝이고?"

그녀의 어머니가 대신 대답했다. "두 번은 대여해 주지 않아요."

그토록 완벽하게 그녀의 어깨에 맞아 들어가는 물건을 영원히 잃게 된다는 사실에, 메이슨은 충격을 받았다. 남은 평생 가지고 다녀야 하는데. 해외 투어길에 오를 때도, 녹음 스튜디오에 들어갈 때도. 천재에게 주어지는 권리로서 그녀의 것이 되어야 하는데.

"영원히 가질 수 있으면 좋겠구나." 메이슨은 이렇게 말문을 열었지만, 그 순간 에디가 작업을 끝마쳤다. 델가도의 부모는 그녀를 데리고 가버렸고, 메이슨은 그녀의 목소리를 단 한 번도 듣지 못했다는 사실을 깨달았다.

우버 택시를 기다리면서, 에디는 입을 열었다. "못 버틸 거다." 북쪽 해안을 태우는 산불 때문에 석양은 성난 물감 자국처럼 보였다. 메이슨은 죽어가는 나무들을, 이 세상을 떠나는 나이든 목재에 깃든 소리를 떠올렸다.

"그럼 어떻게 해야 하나요?"

"아무것도 못 한다. 수십 년 동안 끝 보호대가 눈에 띄게 마모되어 왔어. 지난번 CT 스캔에서는 아무것도 안 보였지만, 결이 갈라지고 있는 걸지도 모른다. 앞으로 20년 안에 보일지도 모르지. 그보다 오래 버틸 수도 있고. 나도 모르겠다."

"교체할 수는 없나요?"

"할 수 있지. 하지만 하지 않을 거다. 바이올린은 영원한 물건이 아니야. 언젠가는 연주할 수 없게 될 테고, 그러면 그대로 잠드는 거다."

그날 밤, 메이슨은 그랜빌가를 따라서, 한때 음악으로 가득했으나 이제는 문을 닫은 극장들을 지나쳐 걸음을 옮겼다. 그는 길을 빙 둘러 헤이스팅스가로 돌아온 다음, 고어가의 어느 건물에 있는, 그가 아슬아슬하게 월세를 내고 있는 작은 방으로 돌아갔다. 그리고 그는 에디의 데이터베이스를 뒤져서 플레지르 바이올린의 탁월한 구성도를 끄집어냈다. 17세기에서 찾아온 전령, 크레모나 공방의 악기 장인들이 마치 짜 맞춘 것이 아니라 길러낸 것처럼 완벽한 물건을 만들던 그 시대의 유품을. 다른 세계의 조개껍질 같았다. 기묘한 꽃의 씨앗 꼬투리 같았다. 오늘 그는 그런 바이올린을 하나 만졌다. 손바닥에 놓인 가벼움을, 수 세기 동안 수많은 손과 얼굴에서 흘러나온 땀과 기름에 절어 생긴 녹청을, 그 안에 가득한 생명을 느꼈다. 나무와 기후와 재능과 세월이 모여 만들어 낸 연금술의 걸작이었다. 그녀는 그것을 3년 동안 소유할 것이다. 그리고 그 끝 보호대는 언젠가 갈라질 테고, 그와 동시에 기적 또한 영원히 사라질 것이다.

바로 그날 그는 계획을 세웠다. 최대한 순수하고 끈기 있게 바이올린을 하나 만들기로. 에디를 통해 그에게까지 전해 내려온, 먼 옛날 사망한 수많은 악기 제작자들의 인도를 받아서. 그리고 그 악기가 완성되면, 포 계곡의 크레모나 국제 바이올린 제작자 양성소에 들어가서, 한 무리의 늙은 이탈리아 명장들을 앉혀놓고 자신의 업적을 털어놓겠다고.

그러나 그가 필요로 하는 재료는 단순히 비싼 정도가 아니라 아예 존재하지도 않았다. 500ppm의 탄소 농도 속에서 자라난 현대의 나무로는 어림도 없었다. 늙은 나무가 필요했다. 마지막 극소기에, 카트차 호수가 얼어붙고 그린란드의 마지막 바이킹 정착지가 얼음 아래로 사라졌을 때 자라난 나무의 심목이 필요했다. 그리고 멸종 직전의 가분 흑단도 필요했다. 이제는 나이지리아나 카메룬에서 밀수해 와야 하는 물건이었다.

다음 날 그는 에디에게 털어놓았다. "제 능력으로 조달할 수 있는 재료는 처참하더군요." 말하지 않은 뜻이 숨어 있었다. 오늘날의 세상이 제공할 수 있는 것보다 더 많은 것을 받아 마땅한 델가도에게 건네기에는, 너무도 처참하다고.

"처참한 게 아니다." 에디가 대답했다. "다를 뿐이야. 처참하지는 않다." 그는 메이슨이 만든 바이올린을 손에 들었다. 에디가 버린 재료를 짜 맞춰 만든 물건이었다. 그리고 그는 잠시 생각하는 듯하더니, 이윽고 입을 열었다. "네게 보여줄 게 있다." 그리고 그는 계단을 올라 가게로 들어갔다가, 메이슨이 종종 살펴보곤 하던 깽깽이 하나를 들고 돌아왔다. 거칠고 낡은, 악기보다는 수집품에 가까운 물건이었다.

"150년쯤 전에, 어떤 사람이 롱하우스의 기둥으로 만든 물건이다. 이런 일이 가능하다면 너도 뭔가 떠올릴 수 있겠지."

사우스웨스트 마린 드라이브를 따라 한참 내려간 곳, 먼 옛날에 소멸된 머스키엄 부족의 마을에 서 있던 롱하우스였다. 전면은 삼나무고 목은 단풍나무에, 후면은 에디의 주장으로는 쌓여 있던 땔감으로 만들었다고 했다. 연대 측정 학자에게 맡긴 결과 사용된 나무가 1700년대 것이라는 걸 알아내기도 했다. 어쩌면 어떤 악사가 대륙을 횡단하다 자기 깽깽이를 잃어버렸거나, 노래에 나오는 것처럼 도박판에서 뜯긴 걸지도 모른다. 그는 아무것도 없는 땅의 반대편 끝자락에 도착한 후 자신이 찾아낸 물건으로 새 깽깽이를 만들었다. 어딜 봐도 잘 만든 물건은 아니었다. 그러나 늘어지는 소리 속에는 분명 깊은 음색이 영글어 있었다. 메이슨은 한 번 활을 그은 것만으로도 확신할 수 있었다. 델가도의 손에 쥐어지면 어떤 소리가 날지가 궁금해졌다. 사라사테의 작품이라면. 바흐의 바이올린 협주곡이라면. 아니면 춤곡이라면 어떨까. 밴쿠버가 아직 도시도 아니던 시절에, 빗방울 소리에 맞추어 좁은 거실에서 연주하던, 이 깽깽이에 깃들어 있던 노래가 그녀의 손가락 놀림에 따라서 흘러나온다면. 아니, 어쩌면 더 이전 시대의 소리일지도 모른다. 예전에도 똑같았던 비 내리는 밤의 소리, 자신이 밴쿠버가 될 것이라고는 상상도 못 하며 강둑을 굽어보던 남쪽 비탈의 소리, 그곳에 서 있던 롱하우스의 소리. 목소리. 웃음. 그가 모르는 언어가, 단 하나의 순간이, 나무 그 자체의 울림결 속에 그대로 간직되어 있을지도 모른다.

거대한 가문비나무를 벌목하고 돌아온 지 몇 주가 지나고, 바이올린에 필요한 다른 재료를 모으기 시작하던 어느 날, 불길이 프레이저 계곡과 북쪽 해안을 휩쓸었다. 연기 냄새가 그의 눈가에 사랑과 두려움으로 들러붙었고, 메이슨은 그저 확인하기 위해서라도 두 사람에게 전화를 걸 수밖에 없었다.

"아직 집에 있지. 넌 괜찮아?" 제이크가 말했다.

메이슨은 대답할 수 없었다. 괜찮은 사람이 있기는 한가? 아무도 괜찮지 않았다. 대놓고 말하는 사람은 별로 없지만. "여기서도 연기 냄새가 나. 에디는 폐쇄성 폐질환 때문에 별로 안 좋은 상태고."

"그래?"

그와 엄마가 도착했을 때도 온 세상에서는 이런 냄새가 났었다. 고속도로가 다시 열려서 집으로 돌아갈 수 있기를 기다리며 나나이모 해안의 임시 야영지에서 두 달을 보낸 후라, 양쪽 모두 꾀죄죄한 모습이었다. 엄마는 그에게 매일 밤 그런 말을 했었다. 곧 집으로 돌아갈 수 있을 거라고. 이제는 사라진 코블 힐의 집이 아니라, 호수로 갈 거라고. 할머니가 사는 곳으로.

"소피는 방화대 반대편의 북미사시나무 숲도 벌목해서 불길을 늦추자고 하는데…" 제이크는 하류 쪽의 지사에서 땅을 빌리는 계획에 대해 길게 설명하고 있었다. 메이슨은 그의 말에 제대로 집중하기 힘들었지만, 목소리를 들을 수 있다는 것만으로도 충분했다. 제이크의 집 주변에 어둠이 깔리고 있으며, 운이 좋으면 근처에 둥지를 튼 가면올빼미의 밤 울음소리를 들을 수 있다는 것만으로도. 소피가 여전히 정원에서 일하며 외바퀴 손수레로 퇴비를 쌓고 있다는 사실을 아는 것만으로도. 연기로 자욱한 방 안에서, 메이슨의 눈이 욱신거리기 시작했다. 마침내 그는 눈물을 흘렸다.

어느 순간 갑작스럽게 델가도는 열다섯이 되었다. 진한 검은색 아이라이너를 칠하고 여름에는 컴뱃 부츠를 신는 격렬하고 조용한 10대의 모습이었다. 줄을 바꾸러 찾아올 때도 거의 입을 열지 않았다. 어느새 열여섯이 된 그녀가 플레지르와 보낼 시간은 거의 끝나가게 되었고, 그녀의 부모는 그 모든 것에 얼마나 많은 걸 바쳤는지에 대해 날선 농담을 주고받곤 했다. 여행비, 추가 교습비, 시간까지도.

그러는 동안 메이슨은 수거한 가문비나무와 단풍나무로 바이올린을 만들었다. 돈이 필요해서 낮 동안 막노동을 했던 이스트 10번가의 단층집 철거 현장에서 가져온 목재였다. 저녁이면 그는 일터에서 빼돌린 나뭇조각을 손등으로 톡톡 때리며 소리에 귀를 기울였다. 그 강도와 기원에 대해 생각해 보는 것이었다. 굿윌스토어에서 가져온 서랍장 하나를 분해해 보기도 했다. 페인트를 긁어내자 플레임 메이플 무늬가 드러났다. 수십 년 동안 더께가 앉은 떡갈나무 바닥 널도 보였다. 깊이 상처가 난 버드나무 크리켓 방망이에서 필요한 목재를 얻으려 시도하기도 했지만, 애석하게도 중심부까지 전부 벌레 먹은 상태였다.

그는 스탠리 파크를 돌아다니다 비버 호수 근처에서 보기 드물게 줄기가 곧은 갯버들 한 그루를 발견했다. 옛 크레모나의 현악기 제작자들이 사용하던 흰갯버들은 아니었지만, 비슷하게 깎아내기 쉽고, 충분한 길이의 곧은 줄기를 적절히 여물게 한다면 안정성도 충분한 재료였다. 그는 줄기에 머리를 대고 다시 한번 그 안의 바이올린에 귀 기울였다. 그의 심장 박동에, 껍질에 댄 손길에 반응하는 음질을 찾아서.

그는 1월의 어느 비 내리는 겨울밤에 홀로 그곳에 돌아왔다. 축축이 젖은 배낭은 온갖 장비로 묵직했다. 쇠톱. 밧줄. 세상의 다른 누구보다도 제이콥이 그리웠다. 산불과 전염병으로 함께 고아가 되었던 어린 시절부터, 제이콥은 그보다 영리하고 힘센 아이였으니까.

이 나무의 윗줄기를 쳐내야 한다. 터무니없는 노동이었다. 제이크의 웃음소리가, 할아버지의 코웃음 소리가 들리는 것 같았다. '하지 마라, 꼬맹아'라는 뜻이겠지. 코웃음 소리에도 불구하고 메이슨은 물러서지 않았다. 버드나무는 반드시 필요했다. 공터에 덫을 놓아 잡은 토끼의 가죽을 벗겨 아교를 만들었듯이, 버드나무를 타고 올라 줄기를 잘라내는 일도 충분히 할 수 있을 것이다. 그런 다음 도시를 가로질러 에디의 가게로 돌아가서, 그 나무가 쓸 만한 물건으로 탈바꿈할 때까지 기다리기만 하면 된다.

어릴 적에는 자주 나무를 탔었다. 팔다리는 길어도 높은 곳을 두려워하는 제이크보다도 더 높이 올랐다. 할머니는 그걸로 두 사람이 대등해진다고 말씀하시곤 하셨다. 그와 엄마가 나나이모의 임시 야영지를 떠나서, 해안 지방의 불길을 잠시 누그러뜨린 10월의 비를 뚫고 할머니네 집에 도착했을 때, 제이크는 이미 그곳에 있었다. 프린스턴 외곽의 불길을 잡으러 내륙 지방으로 나간 아빠를 기다리는 중이었다. 무더운 어느 오후에, 죽은 소나무들이 성냥처럼 타오르기 시작했기 때문이었다. 그러나 그의 아빠는 꽉 막힌 도로 한쪽에서 다른 100여 명의 사람들과 함께 연기에 질식사했고, 제이크는 그대로 머물게 되었다. 그리고 제이크의 엄마가 일거리를 찾으러 나갔다가 독감에 걸려 목숨을 잃은 후로, 두 아이는 마치 형제처럼 자라났다.

제이크는 그 이야기를 꺼내는 일이 없었다. 마찬가지로 메이슨도 신종 유행병 사태의 3차 대유행에서 목숨을 잃은 엄마 이야기를 꺼내지 않았다. 두 사람이 농장에 돌아오고 몇 년이 지나, 메이슨이 일곱 살이던 때의 일이었다. 그들은 작업장의 수경 재배 농장과 호수를 굽어보는 남쪽 비탈의 텃밭에서 함께 일했다. 당시 이 지역에서는 대마가 합법이었지만, 카위천 계곡의 대마 생산은 (보수적으로 추산해도) 절반 이상이 음성적이었고, 대부분 할머니가 그러셨듯이 작은 농원에서 이루어졌다. 메이슨과 제이크가 고아가 되어 성장하는 동안, 소피는 그들보다 남쪽의 랭포드에서 할아버지에게 정원 일을 배우고 있었다. 에디는 이탈리아에서 알도의 문하생으로 수업을 마치고 밴쿠버로 돌아와 막 가게를 내려는 중이었다. 소피는 본토에서 원예학을 전공하고 랭포드로 돌아왔으나, 얻어 온 지식을 사용할 곳을 찾을 수 없었다. 제이크는 수크의 어느 해변에서 그녀와 만났다. 에디는 전미 바이올린 협회에서 금상을 두 번 수상했다. 메이슨은 학교를 일찍 그만두고 수납장 장인의 도제로 들어갔다. 그러나 어느 축제에서 그는 미완성 상태의 깽깽이 동체를 손에 쥐게 되었다. 가문비나무, 단풍나무, 버드나무. 그리고 자신이 세상에 태어난 이유를 깨닫게 되었다.

그 모든 사람이, 그 모든 우연이, 그를 이곳으로 이끌었다. 자정이 넘은 시각, 시리게 젖은 11월의 우림 공원으로, 인정하고 싶은 것 이상으로 나이를 먹은 채로. 메이슨은 가장 낮은 가지를 붙들고 몸을 끌어 올린 다음, 붙들고 디딜 곳을 찾아 허우적대며 충분한 높이까지 올라갔다. 마침내 익숙하고 괴로운 쿵 소리와 함께 보기 드물게 곧은 가운데 줄기가 땅으로 떨어졌고, 그는 안도의 한숨을 내쉬었다. 떨어져 나간 무게에 반응하듯 나무가 휘청했다. 그는 나무에서 내려와 잔가지를 치고, 줄기를 적절한 크기로 자른 다음, 다섯 도막을 골라 트럭에 실었다. 그리고 문득 위를 올려다보니 자기가 자른 위치 바로 아래에서 뻗어 나온 곧은 가지가 보였다. 저항하기 힘든 유혹이었다. 나무에 너무 높이 올랐을 때 제이크가 오만상을 찌푸리며 경고하던 것이 떠올랐다. "무슨 일이 생길 줄 알고?"

"나도 안다고." 메이슨은 이렇게 말하고 다시 버드나무를 올랐다. 몇 미터쯤 올라갔을 때 그가 딛고 서 있던 가지가 뚝 하고 부러졌다. 팔 한쪽을 뒤로 돌려 톱을 쥐려던 참이었다. 버드나무는 잘 부러지고 빠르게 자라는 수종이다. 어린 나무는 탄탄하지만 순식간에 노쇠해진다. 50년이 넘게 살아온 이 나무는, 성인 남성의 몸무게를 하룻밤에 두 번은 지탱하지 못했다.

빙빙 도는 젖은 땅바닥에 널브러진 채로, 그는 마치 누군가 들어주기라도 할 듯이 "도와줘요, 도와줘" 하고 중얼거렸다. 문득 어머니가 떠올랐다. 바로 뒤에 서 있다가 그의 말에 응답해서, 그를 안아 들어 집으로 데려다줄 것만 같았다. 그러나 물론 그런 일은 없었고, 그는 땅바닥이 움직임을 멈출 때까지 그대로 누워 있었다. 이윽고 고통이 일정해졌다. 잦아들었다는 뜻이 아니라, 크레센도로 상승하기를 멈추었다는 뜻이다. 발가락은 아직 움직였다. 이윽고 그는 일어설 수 있다는 것을 깨달았다. 왼쪽 어깨가 비명을 지르기는 해도 왼손 손가락은 움직일 수 있었다. 그는 몸을 끌고 50미터를 걸어서 파이프라인 로드까지 나온 다음 우버를 불렀다. 집까지 가는 데 거의 일주일 주급이 통째로 들어갔다.

그의 어깨는 온전히 낫지 못했다. 병원에서 신종 메티실린 내성 황색포도상구균에 감염된 것이다. 시트에 묻어 온 이름 없는 균이었다. 이틀 만에 사람을 죽이는 그런 부류가 아니라, 피부 아래에 끈덕지게 숨어 도사리는 부류였다. 뼈가 파열된 지점 바로 위쪽, 어깨의 바깥쪽 가장자리의 정맥동은 개방된 채로 남았다. 다시 일할 수 있게 되기까지는 석 달이 걸렸지만, 에디는 그의 자리를 남겨주었고, 긴급 장애 보조금 덕분에 그 기간을 버틸 수 있었다. 저축이 동난 후로는 식사량을 줄이긴 했지만.

그는 제이크에게 농담 삼아 이 이야기를 꺼냈다. 내가 뭘 했는지 알아, 할아버지라면 뭐라고 하셨을까, 대충 이런 식으로. 그러자 소피가 당장 와서 몸을 돌보라고 협박을 시작했고, 그가 끝끝내 거절하자 네펜테를 보내주었다. 퇴원 후 몇 주가 지나자 혼자 옷을 입을 정도로 왼팔을 움직일 수 있게 되었고, 에디가 왼쪽 어깨에 소피의 연고를 바르는 일을 도와주었다. 때로는 지하실의 자기 작업대 앞에서 네펜테를 담배로 피우기도 했다. 깊고 느리게 연기를 들이쉬면 구부정해진 어깨에 힘이 빠졌고, 이윽고 거의 괜찮다는 기분이 들기 시작했다. 그때쯤 이미 델가도의 플레지르 임대 기간은 만료된 후였다. 그녀는 찬 센터에서 영광된 3년을 축하하는 마지막 연주회를 가졌다. 메이슨에게도 표가 있었지만, 병원에 있느라 가볼 수 없었다.

"걱정 마라. 녹음본이 있으니까." 에디가 말했다.

"제 말뜻을 아시잖아요."

"프리폰테인에게 갈 거다. 새스커툰에 사는 꼬맹이지. 실력이 괜찮더구나."

"그럼 그 아이는 뭘 연주하는데요?"

에디는 어깨를 으쓱했다. "아름다운 바이올린은 제법 많으니까."

"아뇨." 메이슨이 반대 의견을 표하는 것은 흔치 않은 일이었다. "많지 않아요."

한번은 길거리에서 델가도의 부친을 만난 적이 있었다. "이제 바이올린은 건드리지도 않습니다. 여섯 달이나 됐어요."

"따님도 아마…"

"게임만 합니다. 외박도 늘었고요. 항상 화가 나 있어요."

그는 계속 말을 이어가다, 이내 가야 할 곳이 있다며 메이슨을 보도에 남겨두고 자리를 떴다. 메이슨은 한동안 통행을 막은 채 그렇게 서서, 좌절한 목소리로 세상의 온갖 실패한 혁명과 좁아져 가는 자신의 기회에 대해 길게 읊조리는 델가도를 떠올렸다. 그는 그녀에게 말해주고 싶었다. 조금만 더 기다려. 내가 금방 완성할 테니까.

1년 후, 그녀는 익명의 기부자에게서 놀랍도록 훌륭한 옛 밍장주 바이올린 하나를 받았다. 메이슨은 그녀와 밴쿠버 필하모닉 협연의 바흐 연주를 들으러 오르페움 극장으로 갔다. 그녀는 열여덟 살이었다. 그녀는 가게로 들어오며 짙은 아이라이너 아래로 웃음 지어 보였고, 그는 물었다. "다음에는 어디야? 부에노스아이레스?"

"몇 주 동안 못 뵈었네요. 어깨는 어떻게 된 거예요?"

"좀 안 좋게 넘어졌어. 부에노스아이레스는 아니야? 그럼 싱가포르?"

"아. 그게, 일거리가 많지 않으면 경비를 대기가 힘들거든요. 내년쯤 토론토에서 공연을 할지도 몰라요. 시애틀에 좀 내려갔다 왔고."

"그럼 취입을 하니?"

"그럴지도요. 지금은 유아 교육 쪽으로 공부하고 있어요."

"아." 그는 깜짝 놀라 말했다. "아, 대단하구나."

"음악 치료 쪽으로도 넘어갈 거예요. 엄마 아빠 주머니에서 나온 교습비를 조금이라도 메꿔야죠."

그 말을 들으니 가슴이 아팠다. 그녀가 느꼈으나 입 밖으로 내지 못했던 고통인지, 아니면 깨질까 두려워 인정하지 않던 메이슨 자신의 희망인지는 알 수가 없었지만. 그녀가 다시 플레지르를 대여할 수 있으리라는 희망. 그리고 이번 대여가 끝나면, 자신의 창조물을 제공할 수 있으리라는 희망. 그녀의 연주에 맞추어 바이올린의 소리가 열리며 완전히 새로운 악기가 되고, 그녀의 커리어 또한 변모하리라는 희망. 교실의 밝은 오렌지색 양탄자 위에 둥글게 둘러앉은 어린이들 앞에서 〈뽕! 족제비가 가는구나〉를 연주하는 그녀의 모습은 상상해 본 적도 없었다. 그러나 생각해 보면, 자신이 어른이 되어서까지 지금처럼 에디 밑에서 일하리라 상상해 본 적도 없기는 마찬가지였다.

나무에서 떨어진 후로 몇 년 동안, 그는 새로운 것은 아무것도 만들지 않았다. 그저 가게를 운영하고, 아교 냄비를 젓고, 에디가 약을 잘 먹고 병원을 제때 방문하는지 확인할 뿐이었다. 그러나 팔이 어느 정도 회복되고 나무에서 떨어지는 꿈도 잦아들자, 그는 다시 버드나무 도막을 마주할 수 있게 되었다. 심지어 이제는 창고 한쪽 구석의 낡은 잭 대니얼스 상자도 마주할 수 있었다. 바이올린의 재료를 넣어놓은 상자였다. 모르고 보면 불쏘시개 통으로 보이겠지만.

상자를 열고 형태를 잡기 시작하기까지는 그 후로도 3년이 걸렸다. 왼쪽 어깨에는 여전히 힘이 들어가지 않고 왼손이 삐끗하는 일도 잦아졌기 때문에, 작업 속도는 지독하게 느렸다. 그러나 날이 저물면, 때론 한 시간씩이라도, 그는 한밤중의 지하실 작업장에서 버드나무 가지와 토막을 깎곤 했다. 어차피 에디가 도움이 필요할지도 몰라서 그곳의 간이침대에서 밤을 보내기도 했으니까.

이후 5년 동안 허리띠를 졸라맨 끝에, 그는 암시장에서 나이지리아산 가분 흑단을 구입할 돈을 모을 수 있었다. 돈을 모으기 전에 나무가 멸종해 버릴까 계속 전전긍긍하던 나날이었다. 결국 크레모나로 떠날 비용을 모으던 통장을 탈탈 털어버린 끝에야, 그는 지판, 줄걸이판 끝 보호대를 만들 목재를 손에 넣을 수 있었다. 그래도 현 감개에 쓸 돈은 아낄 수 있었다. 퀸 엘리자베스 파크에서 몰래 베어 온 회양목으로 만들어서 깔끔하게 검은색으로 칠했으니까.

이때쯤 메이슨은 아예 가게로 이사해 들어왔다. 서로 임시 조치라고 말하기는 했지만, 이제 노인이 된 에디를 지켜볼 사람이 필요했기 때문이었다. 물론 메이슨의 마음속에서 에디는 항상 늙은이였다. 처음 스물둘의 나이로 가게에 들어왔을 때 메이슨은 벌써 쉰 살이었다. 그러나 그때는 진짜로 늙은 것은 아니었다. 에디는 매년 말라갔고, 그에 따라 작업장 안을 돌아다니는 발소리도 잦아들어 갔다. 머지않아 계단 때문에 지하실로 내려가는 일도 그만두게 되었다. 메이슨은 아예 식당이었던 공간에 자신의 작업대를 옮겨다 놓았다. 에디도 아직 계산대를 보는 정도는 할 수 있었지만, 고객에게 말을 거는 일은 드물어졌고, 작업대에 앉아 세심한 작업을 할 때가 가장 행복해 보였다. 잠옷을 입은 채로, 부엌 조리대에 올려놓은 지직거리는 스피커에 귀를 기울이며.

한번은 커피를 마시던 도중에, 에디가 숟가락을 찾아 탁자 건너편으로 손을 뻗은 적이 있었다. 너덜너덜한 후드티 소매 아래로 그의 손목이 드러나 보였다. 메이슨은 에디의 손목에서 눈을 뗄 수가 없었다. 얼마나 가늘어 보이는지. 피부에는 얼마나 잔주름이 잡히고 검버섯이 피었는지. 모든 행동에 계산이 필요한 것처럼, 조심스레 숟가락을 집는 모습이 새삼 눈에 밟혔다.

"연세가 얼마나 되셨죠? 일흔?" 별생각 없이 던진 말이었다.

"녀석. 이제 일흔여섯이야."

"아." 메이슨은 이렇게 말하고, 이번에는 생각을 했다. "그럼 제 나이는… 젠장."

에디는 웃음을 터트렸지만, 이내 기침으로 변했다. "그래. 그렇지."

1월이 되어 골동품 화장대에서 빼낸 오리건단풍나무를 다듬어 바이올린의 목을 만들기 시작했을 즈음, 높은 밀물이 들어 병원과 과학센터 옆의 저지대를 휩쓸었다. 폴스 크리크 하구에 갑문을 만드는 논의가 다시 시작되었고, 원래의 해안선을 얼마나 보존해야 할지를 놓고 격론이 이어졌다. 이제 옛 해안선이 전부 물에 잠겨서 플라네타리움 바로 아래의 잔디밭까지 물이 들어차고 있었다. 메이슨은 콘크리트 길을 가로질러 폴스 크리크로 뛰어드는 수달 한 마리를 본 적도 있었다. 새집으로 이사했어도 조금도 개의치 않는 듯 보였다. 갈매기나

오리와 마찬가지로.

그는 홍수로 넘친 물이 마치 전조처럼 중심가를 쓸어 내리고 있다는 이야기를 에디에게 들려주려고 가게로 향했다. 예측한 대로 수면은 50센티미터가량 상승했고, 조차가 가장 클 때의 만조에는 추가로 50센티미터가 상승했다. 마침내 미래에 당도한 셈이었다. 한때 부유한 예일타운 주민들의 공원 벤치에 그늘을 드리우던 기둥 아래에서 홍합이 자라나는 미래였다. 과거 폴스 크리크를 가두고 있던 벽에게 물을 다시 가져가라고 소리치고 싶었다.

가게로 돌아와 보니, 에디는 멜키오르가 부르봉 비올라로 연주한 바흐 연습곡을 듣고 있었다. 메이슨은 가져온 나무토막을 지하실 작업장에 가져다 놓았다. 그러는 동안에도 위층에서는 계속 멜키오르의 연주가 들려왔다. 평소보다 훨씬 크게 틀어놓았는지, 저음을 연주할 때마다 작업장 문이 떨리는 것이 느껴졌다.

메이슨은 위층으로 올라가서 문간에 멈췄다. 아직도 도시 중심가를 집어삼키는 밀물의 모습이 눈에 선연하면서도. 그리고 소식을 꺼내기 전에 먼저 물었다. "왜 그러세요?"

포 계곡에 산불이 일어났다. 5년 동안 이어진 가뭄에 바싹 말라버린 농장과 숲이 전부 불타버렸다. 크레모나는 화마에 휩싸였고, 최소 1,000명의 사람이 목숨을 잃었다. 비올리노 박물관, 피에타 한 점, 어느 작은 마을에 있던 성 세바스티아노의 초상화가 소실됐다. 토리노에 보관되어 있던 제단화 하나와 무수히 많은 훌륭한 악기들도.

"크레모나가 사라졌다." 에디가 말했다. "지난주에 알도에게 물어볼 것이 있었는데…"

멜키오르의 연주가 기력을 잃은 침묵 속을 채웠다.

"즐겼어야 하는데." 방구석의 안감이 뭉친 낡은 안락의자에서 밤새 기침을 하며 보낸 사람의 갈라진 목소리였다. 지난 40년 동안 손을 두었던 팔걸이에 거무스레한 자국이 남아 있었다. "그 모든 것을 더욱 즐겼더라면 좋았을 것 같구나."

"무슨 말씀이신지…"

"…그래, 물론 제대로 된 개혁가든 뭐든 열심히 흉내 내면서, 세상을 바꾸기 위해 노력했어야 한다는 것도 맞는 말이지. 하지만 솔직히 말하자면, 그쪽으로는 덜 생각하고 차라리… 커피가 그립구나. 커피숍에서 마시는 진짜 좋은 커피 말이다. 언제든 비행기를 타고 크레모나로 가서 알도를 볼 수 있었던 때가, 그저 그를 만나러 갈 수 있던 때가 그립다. 그 모든 것을 충분히 즐기지 못한 것 같아. 이제는 이렇게 됐구나. 너무 늦어버렸어."

"아직 너무 늦지는 않았어요." 메이슨이 말했다.

"이제는 코끼리도 없지. 흑단목도 없어. 크레모나도 사라졌다. 알도도 없어."

"안 늦었어요." 그는 전기톱 소리가 잦아든 이후의 적막을, 가문비나무가 쓰러지기를 기다리던 사람들을, 주변의 불탄 숲을 소리 없이 오가던 퓨마들을 떠올렸다. 무수한 나뭇가지가 폭풍처럼 땅을 때리던 소리를, 자신의 발치에서 몸을 떨던 느낌을, 그리고 자신이 어떻게 그 안에서 바이올린의 심목이 될 가장 중요한 부품을 찾았는지도 떠올렸다. 17세기부터 살아오며 지금까지 어느 언덕 비탈에서 기다리고 있던 그 나무를 생각했다.

에디가 먼저 웃음을 터트렸다. "아, 녀석." 그는 이렇게 말하고 기침을 시작했다.

메이슨은 성한 팔로 노인의 등을 두드려 주며, 계속 말했다. "안 늦었어요."

설명할 수는 없었다. 그 바이올린에 대해서도, 그걸 만들려고 그가 저지른 짓들에 대해서도, 서로 침묵을 지키기로 암묵적인 약속을 나누었으니까. 설명할 수는 없었지만 너무 늦지는 않았다. 호수와 불탄 숲 사이의 작은 땅뙈기에, 어느 헛간의 방수포 아래에, 그 가문비나무가 15년 동안 여물어 오고 있었으니까. 그의 작업대 아래 상자에는 마지막으로 나이지리아에서 밀수한 물건인 지판용 가분 흑단이 들어 있었으니까. 입자도 훌륭하고, 밀도도 높고, 진한 검은색이 아름다운 흑단이었다. 밤마다 덫을 놓아 잡은 토끼 가죽으로 만든 아교도 있었다. 200년 묵은 오리건단풍나무 목재로 기하학적으로 완벽한 목 형태도 깎아놓았다. 이제 조금만, 조금만 더 기다리면, 그 모든 것들을 한데 모아 기적을 만들어 낼 수 있을 것이다.

서둘러야겠지만. 그는 노인을 내려다보았다. 지난번 발작에서 뱉은 가래로 입술과 뺨이 번들거렸다.

"너 완전 너네 아빠 됐는데." 사흘의 여행 끝에 숨을 헐떡이며 떡진 머리의 너저분한 행색으로 호숫가 집에 도착하자마자, 제이콥이 던진 말이었다. 한때는 몇 시간이면 충분한 여정이었다. 왕복에도 하루면 충분했다. 그리고 마지막으로 방문한 지도 15년이 흘렀다. 배낭의 무게 때문에 먹먹해진 어깨 관절이 이미 퍼석하게 부어오른 채로 움찔거렸다. 문 앞에 도착했을 때쯤에는 다리도 절고 있었다.

"갑자기 늙어버린 기분이야. 소피는 잘 지내?"

"잘 지내지." 그녀의 대답에 메이슨은 깜짝 놀랐다. 지쳤기 때문인지, 문간에 나와 있던 곱슬머리가 소피라는 것을 알아채지 못했던 것이다. 초록색을 띤 등불의 불빛이 그녀의 얼굴에 거친 그림자와 주름을 새겼다. "그래, 세월의 물살을 거칠게 맞았지. 하지만 요즘은 다들 그렇잖아. 어깨는 아직 아픈 모양이네. 내가 봐줄게."

두 사람은 그의 배낭을 들어준 다음, 셔츠를 벗는 것을 도왔다. 그는 소피의 달콤한 식물 향기와 손가락에 자기 몸을 맡겼다. 그녀는 뜨거운 물수건으로 어깨의 상처에서 흘러나와 말라붙은 체액을 훔쳐냈다.

"제대로 곪았잖아." 그녀가 말했다. "그 정도는 너도 알고 있겠지만. 의사를 보기는 해? 그쪽에서 약 같은 건 안 줘? 냄새가 마음에 안 드는데."

이제 의사를 볼 수는 없었지만, 그래도 진료소 사람이 가끔 도와주기는 했다. "수술 말고는 방도가 없대."

순간 네펜테의 강렬하고 눅진한 냄새가 상처를 감쌌다. 무더운 날 할머니의 텃밭을 떠올리게 하는 향기였다. 박하와 레몬밤 아래에 깔린, 스며들듯 톡 쏘는 냄새였다.

"이 냄새는 꼭…" 저 멀리 어디선가 울리는 듯한 목소리가 흘러나왔다. 그러나 정확히 어떤 냄새인지는 짚어낼 수 없었다. 고향집 같은 냄새일까. 살아계셨던 시절의 어머니 같은 냄새일까. 두 사람은 메이슨을 부축해 옛날에 쓰던 뒷방 침대 위로 데려갔다. 이후로는 아무것도 기억나지 않았다.

정오가 거의 다 되어 일어나 보니, 소피는 안 보였지만 제이크는 부엌 쪽 베란다에 앉아 있었다. 보리를 볶아 만든 커피 비슷한 음료를 마시는 중이었다.

"소피는 요새 빅토리아 대학교 산림 연구소에서 나무 쪽 연구를 돕고 있어. 대학원 때 알던 사람한테 붙들려서 협업 중이지. 유전자 변형 있잖아. 생장 촉진에, 탄소 흡수력에, 가뭄에도 강하게. 유망해 보이더라고."

오랜만에 처음 듣는 좋은 소식이었다. 두 사람은 소피가 옛 마을터에 만들고 있는 농장 자리까지 함께 걸음을 옮겼다. 남은 노란 페인트 자국을 눈으로 좇으면 아직도 아스팔트의 흔적을 알아볼 수 있었다. 눈은 발밑에만 두고, 귀로는 제이콥의 목소리만 듣고, 온몸으로 호숫가의 산들바람만 느끼는 동안에는, 이 마을도 어린 시절과 별로 다를 것이 없는 듯했다. 아마도. 화재가 일어나기 전 그의 어머니가 이곳에 살던 시절과도. 또는 그 이전, 그들의 조부모가 공터 가장자리에 농장을 꾸리고 추바세트 민족 아이들이 호수에서 물놀이하던 시절과도.

그러나 추바세트 아이들은 여전히 호수에서 물놀이를 즐기고 있었다. 백인 아이들도, 시크교 사원을 중심으로 되살아난 마을에 돌아온 시크교 아이들도 보였다. 아이들이 옛 불길의 흔적 위로 자라난 오리나무를 타고 오르고, 신세계의 열기를 담뿍 머금은 블랙베리를 따며 놀았다. 아이들이 낚시를 즐기고 무너진 집터의 정원에서 잡초를 뽑았다. 아이들이 그가 알지 못하는 노래를 불렀다.

제이콥도 이제 다리를 조금 절고 있었다. 두 사람은 물가의 어느 정원 한복판에 서 있는 소피를 발견하고 걸음을 멈췄다. 회색 곱슬머리가 햇빛에 반짝였다. 근처에는 두세 명의 소년 소녀가 녹색 풀 더미를 한 아름 안고 서 있었다. 소피의 손은 팔꿈치께까지 흙투성이였다. 두 사람이 다가오는 것을 보자, 그녀는 손에 든 당근 이파리를 흔들었다.

"라진드라가 섬 북쪽에서 저지 젖소를 데려왔어. 소들이 당근 꼭다리를 좋아하거든. 이번에 나올 송아지 두 마리는 우리 거야. 버터가 진짜 빌어먹게 끝내준다니까."

그날 저녁, 세 사람은 라진드라의 소 떼가 생산한 부드러운 농장 치즈를 먹었다. 소피는 나무와 옛 마을터에 만든 농장과 추바세트의 땅에 앞으로 펼칠 계획을 이야기했다. 아이들 한 무리가 20년 전에 불타버린 땅에서 구역을 나누어 나무를 심고 있다고 했다. 이제 몇몇 장소에서는 옛 도로를 보기조차 힘들어졌다고 했다. 전부 사라진 것만 같다고.

"어디서 그런 걸 하는데?"

"사방에서." 그녀가 대답했다. "녹색을 돌려주는 거야. 나무의 90퍼센트가 본토로 유출됐다고 하잖아? 그러니 전부 돌려줘도 괜찮겠지? 카위천 아이들이 해안 근처에서 먼저 시작했어. 지난겨울부터 빈집에다 불을 질렀거든. 200년 정도만 있으면, 사람들이 우리가 심은 나무로 바이올린을 만들게 될 거야."

이 말은 하고 싶지 않았다. 그러나 도로도 집도 없는 새롭고 거친 세계를 떠올리자, 형용할 수 없는 끔찍한 씁쓸함이 그의 마음속에서 흘러넘쳤다. "소리가 다를 거야."

"물론." 제이콥이 말했다. "같을 리가 없지."

그날 밤 메이슨은 고통과 진통제 기운 사이에서 반쯤 잠든 채로 한참을 누워 있었다. 저녁에 받은 소피의 치료 때문에 어깨가 먹먹했다. 늙은 시트카가문비나무가 땅을 때리던 순간, 500년 동안 하늘로 치솟던 존재가 무너지며 중력에 굴복하는 기억에서 도망칠 수가 없었다. 15년 전에 제이크에게 그 나무의 이야기를 하지 않았더라면 아직도 우뚝 솟아 있었을까. 당시 그는 훗날 모스크바와 바르셀로나와 싱가포르에서 연주할 델가도를 위한 야망에 가득찬 채, 묵은 가문비나무를 찾아 한밤중의 철거 현장으로 들어가던 중이었다. 전화기 맞은편의 제이크는 그 나무의 위치를 물었다. 거기까지 어떻게 가는지 기억해? 지도에 찍어줄 수 있어?

메이슨은 기억하고 있었다. 그리고 대답했다. 거기 가고 싶어. 나무의 소리를 듣고 싶어. 두 달 후, 제이크가 다시 나무 이야기를 꺼냈다. 그리하여 모두가 여기까지 오게 된 것이라고, 메이슨은 생각했다. 네펜테를 바른 반대쪽의 어깨가 무지근하게 욱신거렸다.

메이슨이 섬에서 돌아온 바로 그날, 에디가 자정 직전에 그를 깨웠다. 여전히 무덥고 갑갑한 날씨였다.

"들어, 가야, 겠다." 그가 말했다.

"어딜요?" 메이슨은 멍하니 되묻고는, 이내 에디의 말뜻을 깨달았다. 그리고 신발을 찾아 신고 에디를 도와 인도까지 내려와서 우버를 부른 다음, 병원으로 이동해 내리 일곱 시간을 기다렸다. 에디는 아무 말 없이 숨을 힘겹게 들이쉬고 거칠게 내쉬기를 반복할 뿐이었다. 주변에는 다른 환자들이 서성거리거나 때론 고함을 질렀고, 머리 위 형광등은 깜빡이며 새된 소리를 흘렸다.

병원에서는 에디를 이틀 동안 입원시켰다. 메이슨이 개인 사물(에디의 태블릿, 스웨터, 검사해야 하는 새로 만든 바이올린)을 가지고 돌아와 보니, 그는 쪼그라든 짜증투성이 노인이 되어서, 작고 심술궂은 목소리로 간호사에게 불만을 토하고 있었다. 너무 덥잖나. 이거 어떻게 처리할 방법이 없나? 열기 말이야.

메이슨은 그가 식사하는 동안 곁에 앉아 있다가, 한 시간을 걸어서 가게로 돌아왔다. 이제는 지하실에 침대를 두고 있었다. 거의 서늘한 공기 속에 톱밥과 수지와 아교 냄새가 풍겼다. 편안한 기분이었다. 반도 건너편에 있는 에디는 매번 호흡할 때마다 힘겹게 싸우고 있는데도, 이곳은 거의 고요했다. 메이슨에게 남은 마지막 문제, 버팀 막대를 마주할 수 있을 정도로. 제대로 만들려면 앞판처럼 가문비나무로 만들어야 할 것이다. 그러나 그는 15년보다는 오래 여문 목재를 사용하고 싶었다. 숨길 수 있는 소중한 재료를, 오직 그만이 알 수 있는 무언가를 남기고 싶었다.

낡은 깽깽이. 어느 개척민이 개스타운을 굴러다니던 침목과 롱하우스의 기둥으로 만든 깽깽이가 떠올랐다. 델가도를 만나고 얼마 지나지 않아, 그녀가 줄을 주문하러 가게에 왔을 때 에디가 그 깽깽이를 꺼내놓은 적이 있었다. 그녀는 〈저 강은 어디로 흘러가나요?〉를 연주했고 에디는 웃음을 터트렸다. 그리고 뭔가 더 연주해 달라고 부탁했다. 그 깽깽이를 깨우고 조금 더 오래 살아 있게 하기 위해서. 그녀는 아주 너그럽게 한참을 연주해 주었다. 옛 시절의 달콤한 왈츠곡. 퀘벡의 〈나폴레옹 춤곡〉. 케이프브레턴의 비가.

메이슨은 흥얼거리며 계단을 올랐다. 그리고 가게로 들어가 낡은 깽깽이가 들어 있는 장식장을 열었다.

이번에도 범죄였다. 그러나 그는 깽깽이를 들고 작업대로 향했다. 지나치게 깊게 생각하고 싶지 않았으므로 빠르게 손을 놀렸다. 낡은 버팀 막대를 빼내고 새로운 버팀 막대를 심은 다음, 깽깽이를 가게의 진열장에 돌려놓았다. 다시 지하실로 돌아와서, 그는 손가락으로 낡은 나무못 조각을 거칠게 훑었다. 삼나무였다. 어쩌면 이것도 프레이저의 롱하우스 기둥에서 나온 걸지도 모른다. 가볍고 오래되었으며 원래 악기 제작자의 거친 나이프 자국이 남아 있었다. 그의 손에서 전달된 온기에 나무 속 향기가 살아났다. 진한 나무 향이 아니라, 깊고 은은한 먼지 냄새가.

그리고 그는 버팀 막대를 끼웠다. 그의 바이올린에 너무 완벽하게 맞았다. 어쩌면 아무도 그가 저지른 끔찍한 행위를 알아차리지 못할지도 모른다. 그의 바이올린을 구성하는 다른 모든 숨겨진 역사처럼, 그는 이번에도 숨겨진 역사 하나를 훔쳤다. 그러나 그만은 모든 것을 알고 있었다. 이 바이올린의 온갖 재료가 어떤 경로로 이곳에 도착했는지를. 나이지리아에서, 밴쿠버섬에서, 밴쿠버 동부의 철거한 단층집에서, 공터의 토끼들에게서, 그리고 스탠리 파크에서.

침대에 누워 산소 줄을 달고 있는데도, 에디는 메이슨이 위층으로 가져온 그 물건을 날카로운 눈으로 살폈다. 단안경을 끼고 꼼꼼히 살핀 끝에, 마침내 에디는 그 물건이 지금껏 본 여러 바이올린처럼 자신만의 훌륭한 소리를 품고 있다고 인정했다. 심지어 그가 몸이 괜찮을 때 작업에 사용하기 시작했던 코린 지판이나 탄소 섬유보다도 훌륭하다고.

“물건을 만들어 냈구나, 꼬맹이 녀석.” 누군가 그를 꼬맹이라고 부른 것은 정말로 오랜만의 일이었다. 심지어 에디조차도. “이름은 붙였고?”

“꼭 필요할까요?” 굳이 필요하다면 우아하고 울림이 좋은 이름을 원했다. 키드크야스라든가. “글쎄요. 밴쿠버 바이올린이라고 부를까요.”

“그걸로는 부족해.”

에디는 바이올린을 연주하지 않았다. 메이슨도 마찬가지였다. 델가도는 직장에서 정신없이 바쁜 데다 이제 아기까지 딸려 있었다. 그래서 바이올린(스프루스 구스라고 부를까?)은 9월에 마무리되었지만, 새해가 오기 전까지는 소리를 들을 수 없었다.

그녀는 늦게 도착했다. 상관없는 일이었다. 아기를 데려온 것은 조금 거슬렸지만, 이제는 거의 작업장으로만 쓰는 쓰레기장 같은 거주 공간에만 못 들어가게 하면 충분할 것 같았다. 그리고 부엌 찬장 뒤쪽에서 아기에게 줄 말라붙은 쿠키 조각을 찾아내기도 했다.

“애는 집에 두고 오려고 했는데, 나오기 직전에 남편 근무 시간이 바뀌어서요…”

“걱정 마라.” 에디는 나직하게 말했다. 이제는 나직하게밖에 말할 수 없기 때문이었다. “우리는 너를 보는 것만으로도 충분히 기쁘니까.”

“이거예요?”

메이슨은 어찌할 수 없을 정도로 목이 메었기 때문에, 그저 손만을 움직였다. 델가도는 벨린다를 다른 쪽 팔로 고쳐 안으며 입을 열었다.
"아. 세상에."

"엄마?" 벨린다가 졸음에 겨운 목소리로 웅얼거렸다.

"우리 아가. 잠깐만 내려놓을게."

그녀는 청바지에 손을 문질렀다. 벨린다는 그녀 발치에 쪼그려 앉은 채로 무릎에 몸을 기댔다.

"아." 그녀가 말했다. 떨림이 보이는 듯했다. 고개를 푹 수그리자 머리카락이 앞으로 흘러내렸다. 열네 살 때 베를린에서 특별 주문한 바이올린 줄을 찾으러 가게로 들어왔던, 바흐 이야기를 했던 그때와 똑같은 모습이었다.

활이 움직이며 오픈 E를 연주했다. 달콤하고 깊은, 선명하고 또렷한 잔향이 그의 귓가에 울렸다. 델가도는 거칠고 짧은 웃음을 터트리더니 음계 하나를, 다른 음계를, 연결된 아르페지오를 연주했다. 셰프치크였다.

그의 발치에서는 벨린다가 조그만 파란 곰 인형에게 말을 걸며 너덜너덜한 귀를 다독이고 있었다.

델가도는 바이올린을 어깨에서 내리더니 꼭 끌어안았다. 눈은 눈물이 차오른 것처럼 반짝였지만 목소리는 따뜻했다.

"이건… 아, 메이슨!"

"뭔가 연주해 주겠니?"

그녀는 베토벤을, 크로이처 소나타를 연주했다. 마치 메이슨의 가슴속에 깊이 새겨진 그날 밤을, 찬 센터와 플레지르 바이올린과 델가도의 밤을 기억하는 것처럼. 에디는 눈을 감은 채 휠체어 왼쪽으로 몸을 기댔다. 산소통이 작은 소리로 쉭쉭거렸다. 창가에서는 사람 소리가 들리고, 벨린다는 계속 곰 인형에게 웅얼거렸다. 이런 온갖 잡음은 짜증을 유발해야 마땅했지만, 그렇지 않았다. 도리어 방을 가득 메운 연약한 마법이 그런 모든 소리와 더불어 완성되는 느낌이었다.

연주를 마친 그녀는 남은 의자에 털썩 주저앉았다.

"얼마나 오랫동안 만든 거예요?"

"좀 됐지." 대답하는 메이슨의 눈에는 과거의 그녀 모습이 비쳤다. 총명한 열다섯 살, 파리에 이르는 찬란한 미래가 눈앞에 뻗어 있던 그녀의 모습이. 한때는 음향 시설이 완비된 오페라 하우스에서 듣게 되리라 생각했던 연주였다. 그때까지는 세계도 회복되리라 여겼기에. 이제는 어리석은 생각일 뿐이라는 것을 알면서도, 델가도가 저 바이올린을 들고 이 변방의 한 귀퉁이를 떠날 일이 없으리라는 생각을 할 때마다 여전히 가슴이 쓰라렸다.

"이제 이건 어떻게 할 건가요?" 그녀가 물었다. 목소리가 조금 떨리고 있었다. 갈망의 화음이었다. "누가 연주할 거죠?"

메이슨에게는 그녀가 그런 질문을 한다는 것 자체가 이상하게 느껴졌다.

"아냐." 이윽고 모든 것을 이해한 그녀는 다시 입을 열었다. "아니, 안 돼요. 아냐."

곰이랑 놀던 벨린다가 고개를 들었다. "엄마. 엄마?"

"음악 교실에서 쓸 수 있잖니? 괜찮게 여물 것 같구나. 소리가 열릴 거야."

그녀는 잠시 대답하지 않은 채, 곰 인형과 함께 앉은 벨린다 쪽으로 허리를 숙였다. 아이는 엄마 걱정에 눈살을 찌푸리고 있었다. 문득 그녀는 다시 일어나더니 물었다. "이 악기에 이름이 있나요?"

"내 말이 맞지? 이름이 필요하다니까." 에디가 말했다.

메이슨은 대양의 파도가 부서지듯 쓰러지던 가문비나무의 소리를 떠올렸다. 스탠리 파크의 버드나무 아래 흙바닥에 떨어지던 순간 자신의 비명도 떠올렸다. 숲속 텃밭과 농장, 호수, 버려진 마을과 수풀 아래 여전히 보이는 불탄 자국, 앙상해진 숲, 이제는 드문드문 검은 자국으로 변한 먼 옛날의 우림을 떠올렸다. 그리고 그 숲속에서 제이콥은 여전히 나무를 베고, 짬이 날 때마다 기계를 만지고, 낚시와 사냥을 했다. 소피는 여전히 온실과 텃밭을 오가며, 새로운 오리건흰떡갈나무와 유전자를 변형시킨 마드론나무를, 병충해 저항성을 가진 가문비나무를 곳곳에 심었다. 절대, 무슨 일이 있어도, 그가 원하는 부류의 악기가 될 수 없는 나무들을. 방화대에는 북미사시나무가 자라고, 퓨마도 돌아왔다. 인간이 남긴 형체는 천천히 마모되어 간다. 건물 지반과 도로는 모두 성장하는 숲에 파묻혀 사라졌다.

"네펜테?"

말하면서도 무슨 의미인지 확신할 수가 없었다. 종말을 편히 맞이하도록 해주는 수면제일까, 아니면 치료용 고약일까.

"네펜테라. 괜찮구나." 에디가 말했다.

그를 배웅하며, 소피는 이렇게 말했었다. "잊지 마. 여기로 돌아와 정착하는 거야. 그래도 너희 집이잖아."

말하지 않은 다른 뜻도 있었다. 에디가 죽고, 세계를 향한 꿈을 포기할 준비가 되면 돌아오라고. 이 낡은 미래 속에서 여생을 어떻게 보낼지를 생각하라고.

그는 그저 고개만 끄덕일 뿐이었다. 이미 수십 년 동안 그와 함께해온 상실의 고통을 헤치면서. 그러나 그의 아주 작은 일부는, 지쳐버린 한 조각은, 그 상상을 조금이나마 달갑게 여기는 것 같았다. 텃밭 일로 돌아가고 싶었다. 옛 세상을 뒤덮고 있는 새로운 숲이 될 묘목을 가꾸고, 아이들이 풀숲 속으로 사라지는 모습을 지켜보고 싶어졌다. 벌써부터.

마사미 루크레치아 델가도는 이후 45년 동안 매일 네펜테 바이올린을 연주한다. 일터에서 돌아오고 단 10분이라도, 아이들이 침실 밖에서 시끄럽게 노는 동안에도. 이윽고 5분만 연주해도 모두가 잠에서 깨어나고, 열네 살이 된 벨린다가 엄마 진짜 그거 지금 켜야 해요? 하고 말하는 때가 찾아온다. 폴스 크리크 하구의 방조제가 무너져 아파트를 떠나게 되는 날에도 그녀는 그 바이올린을 연주한다. 내륙으로 향하는 차의 뒷좌석에서도, 이후 그들이 5년을 머물게 될 임시 주택으로 향하는 동안에도 그 바이올린을 연주한다. 네펜테는 프레이저 강변의 가건물에 마련한, 처음에는 임시였지만 같은 가건물을 계속 쓰게 된 학교의 붙박이 세간이 된다. 그녀와 네펜테는 함께 벨린다의 결혼식에 참석하고, 마사미의 손자와 손녀들은 그 현에서 울리는 자장가 소리에 잠든다. 매일 연습해도 그녀는 결국 네펜테의 온전한 소리를 듣지 못할 것이다. 바이올린이란 그 제작자가 죽고도 한참이 지나야 최고의 소리로 여무는 악기니까. 그 악기를 처음 연주했던 손은 어느덧 관절염에 곱아들어 신음 소리 정도밖에 내지 못하게 된다. 그러나 그녀는 힘이 닿는 한은 계속 네펜테를 연주할 것이다. 바이올린은 절대 잠들어서는 안 되니까. 그녀가 오래 연주할수록, 수지와 아교와 나무 세포의 반향음이 엮어내는 소리의 연금술이 악기 자체를 변화시켜, 언젠가 찾아올 진정한 연주자를 맞이할 준비를 시켜줄 테니까. 어쩌면 자식 중에서 가장 음악에 소질이 있는 막내딸이나, 그녀의 손녀가, 이 바이올린이 열리며 내는 가장 풍요롭고 온전한 소리를 듣게 될지도 모른다. 어쩌면 100년 후의 누군가일지도, 우리와는 전혀 다른 세상을 살아가는 사람일지도 모른다. 그가 악기를 들고 현을 긋는 순간, 그 안에 깃든 수천수만 가지의 범죄와 우연의 반향음이, 온전한 음악으로 여물어 허공을 가득 메울 것이다.

Jonathan Strahan

Year In Review: 2020

2020년을 되돌아보며

조너선 스트라한

장성주 옮김

1964년 북아일랜드의 벨파스트에서 태어나 오스트레일리아로 이주했다. 1990년 지인들과 함께 오스트레일리아의 SF 전문 잡지인 《에이돌론Eidolon》을 창간하고 편집을 맡았으며, 1997년 미국으로 이주해 SF 전문 잡지 《로커스Locus》의 편집자로 일했다. 지금껏 50종이 넘는 SF 단편 소설 선집과 단일 작가의 단편 소설집 20종을 편집하며 2010년 세계 환상 문학상의 잡지 및 선집 편집 부문상을 수상했고, 휴고상 후보 명단에는 15회나 이름을 올렸다. 지금은 오스트레일리아 서부에 살며 단편 소설집 및 선집 전문 프리랜서 편집자로 일하고 있다.

홈페이지 주소: jonathanstrahan.com.au

SF-Mania

Jonathan Strahan

Year in Review: 2020

〈에스에프널SFnal: 올해의 SF 걸작선〉 시리즈의 두 번째 판을 펼쳐 든 독자 여러분, 환영한다. 2년 전 이 시리즈를 출범할 당시에는 모든 것이 단조롭고 안전하고 예측하기 쉬워 보였다. 2020년 1월 중순에 이 시리즈의 첫 번째 책이 될 원고를 편집자에게 보내면서, 나는 2020년에 벌어질 일이라고 해봐야 새로 나오는 책이 화젯거리가 되고, 신인 작가들이 열광을 일으키고, SF 대회가 열리고, 여러 수상작에 찬사가 쏟아지는 정도, 즉 우리가 익히 기대하는 일들이 계절의 순환에 맞추어 거의 그대로 되풀이될 거라 여겼다. 뭐, 적어도 계절이 바뀌는 것 하나는 그대로였다. 왜냐하면 그 밖의 모든 것이 예상을 벗어났으므로.

그런데 너무 성급하게 이야기를 시작하기 전에, 혹시 당신이 〈에스에프널〉 시리즈를 생전 처음 읽는 독자인지도 모르므로, 우선은 당신이 손에 든 이 책이 어떤 책인지부터 설명해야겠다. 〈에스에프널〉은 내가 한 해 동안 출판된 SF 단편 소설 가운데 최고 수준의 작품들을 책 한 권에 모으려고 애쓴 결과물이다. 내가 지표로 삼는 과학 소설의 정의는 SF 작가 데이먼 나이트에게서 배운 것으로, 그는 다음과 같은 취지의 글을 적은 바 있다. "과학 소설이란 우리가 과학 소설이라고 말하면서 가리키는 것이다(또는 그것을 의미한다)." 나는 다른 방식의 정의도 여럿 들어봤지만, 지금 이 책이 포함된 〈에스에프널〉 시리즈에서는 앞서 소개한 정의 정도면 충분할 듯싶다. 이에 덧붙여 가드너 도즈와가 엮은 〈올해의 SF 걸작선The Year's Best Science Fiction〉 시리즈를 내가 몹시 좋아했고 거기서 영감을 얻기도 했지만, 이 책이 그 시리즈를 잇는 것은 아니라는 말 또한 확실히 해둬야겠다. 그 대신 이 책은 내가 2020년 최고의 작품으로 꼽는 SF 단편 소설들을 모은 선집으로서, 분량이 제약된 탓에 경장편 소설novella* 길이의 작품은 사실상 배제했다(이 시리즈는 도즈와의 책들보다 각 권의 분량이 짧다). 다만 이 시리즈와 도즈와의 책들 사이에는 분명히 한 가지 공통점이 존재한다. 바로 지금 SF계에 무엇이 존재하는지, 무슨 일이 일어나는지, SF계의 지난 1년이 실제로 어떠했는지 독자들에게 대략이나마 보여주고자 하는 노력의 산물이라는 점이다.

그리고 2020년은 실로 기묘한 한 해였다. 범유행성 감염병pandemic의 해, 코로나19가 모든 것을 바꿔버렸거나 바꾼 것처럼 보인 한 해였기 때문이다. 거시적 차원에서 보면 2020년은 출판계가 자못 호황을 누린 해 같지만, 지독한 실업 사태와 애석하기 그지없는 여러 서점의

* 경장편 소설로 옮긴 'novella'는 영어로 1만 5,000단어에서 4만 단어 분량의 글을 가리키는데, 200자 원고지로 약 300매에서 700매에 해당한다.

폐업 소식을 무시하기는 힘들다. 우선 미국 최대 규모의 인쇄 회사인 엘에스시 커뮤니케이션스LSC Communications가 2020년 4월에 회생 목적의 법인 파산 신청을 법원에 제출하면서 미국 내의 도서 인쇄 및 공급이 어려움을 겪었다. 택배 업체와 우체국, 항공사 등이 갑작스레 혼돈에 처하면서 출판계의 도소매 업체 및 구매자에게 책을 전달하는 데도 지장이 생겼다. 서점은 공중 보건이라는 명목하에 강제로 문을 닫아야 했고, 이 때문에 독자에게 직접 책을 팔기가 힘들어졌다. 출판사는 사무실을 폐쇄하고 직원들에게 오랜 기간 재택근무를 하라고 요구했는데 이런 기업들 중에는 아직 예전으로 돌아가지 못한 곳이 많을 뿐더러, 조만간 그렇게 될 전망 또한 전혀 보이지 않는다. 독자들 역시 강제로 집 안에 머무는 처지가 되면서 삶이 통째로 뒤집히고 말았다. 그러나 책의 *판매량*만 보면 꽤나 호황이었다. 장르 소설, 즉 SF나 판타지, 범죄, 로맨스 소설의 경우에는 기분 전환 삼아 구매하는 독자가 늘었는데, 이들이 구매한 도서 가운데 오디오 북은 판매량이 기록적으로 증가했고, 종이책 판매 부수와 전자책 판매량 또한 증가했으며, 온라인 서점의 구매 건수 역시 전에 없이 늘었다. 사실 지난 10년 정도의 추세를 돌아보면, 2020년은 출판업계가 음반업계의 뒤를 이어 어쩔 수 없이 온라인 소매업에 더 크게 의존하는 추세를 보여준 한 해로 봐도 좋을 것이다.

내가 보기에 이 같은 추세는 장차 지금보다 더 적은 출판사들이 지금보다 더 적은 판매 채널을 통해 책을 판매하는 세상이 온다는 뜻이자, 그 채널들은 몇 안 되는 온라인 소매업체에 점점 더 크게 의존할 거라는 뜻이 아닐까 의심스럽다. 여기에 수반되는 위험은 독자들에게 제공되는 책의 범위가 천편일률적이리라는 것, 서점에 진열해 놓고 직원이 직접 판매해야 하는 성질의 책은 출판이 성사되기가 전에 없이 힘들어지리라는 것, 규모와 상관없이 모든 출판업자가 평범한 도서 판매업자의 수준에서는 불가능한 특정 분야의 능력들, 예컨대 독자가 온라인으로 책을 직접 볼 수 있도록 메타 데이터를 가공하는 능력 등을 갈고닦아야 하리라는 것 등이다.

그러니 대형 출판사가 매각되고, 대형 출판 그룹 내의 임프린트가 폐업하고, 서점이 휴업하고, 프랜차이즈 서점이 규모를 줄이고, 쇼핑몰 및 중심 상점가의 목 좋은 영업 공간에서 서점들이 사라지고, 그 결과 우리 삶에서 책이라는 실체가 점점 더 보기 힘들어졌다면, 그러한 책 속에 인쇄되는 글은 과연 어떤 일을 겪었을까? 과학 소설 자체의 사정은 어땠을까? 실은, 꽤 활기찼다. 신나는 우주 활극 이야기처럼 오락성이 강한 읽을거리들도 여느 해와 다름없이 많이 출판되었지만, 최근 몇 년 동안 SF계를 장악한 주제와 경향은 수준과 규모를 가리지 않고 전반적으로 이어졌다.

그렇다면 2020년에 우리는 무엇에 관심을 가졌을까? 우선 기후 위기, 인종 차별, 성별 불평등, 소득 격차, 사생활 보호 등이 큰 주제였던 것으로 보이며, 한 해 동안 내내 이러한 주제들을 망라한 획기적인 책들이 연이어 등장했다. 2020년에 가장 크게 화제가 된 책들이 이를 반영하는데 그런 책은 한두 종이 아니다. 1월에 출간되어 그 시작을 알린 토치 오녜부치의 놀라운 경장편 소설 『폭동의 아기Riot Baby』(토르닷컴 펴냄)는 인종 차별이 미국에 미친 영향, 특히 미국의 교정 제도에 미친 영향을 신랄하게 보여준다. 등장인물 엘라는 초능력을 지닌 흑인 여성이다. 작가인 오네부치의 표현에 따르면, 엘라에게는 '뭔가' 있다. 엘라의 오빠 케브는 사실상 미국에서 흑인으로 산다는 죄 때문에 교도소에 수감된 처지인데, 엘라는 '뭔가' 덕분에 케브를 만나는 일이 가능하다. 또한 이 힘 덕분에 현실을 바꾸는 일도 가능해지지만, 그러려면 십중팔구 끔찍한 대가를 치러야 한다. 분노가 몰아치는 이 책에서 주목할 만한 점은 이야기가 너무도 부드럽고 사랑스럽다는 사실이다. 이 책은 정의를 소리 높여 외치는 데 그치지 않고 불의에 의해 망가진 사람들을 사려 깊은 눈길로 돌아본다. 이 책과 더불어 마치 2020년의 시작과 끝을 장식하듯이 그해 12월에 출간된 경장편 소설이 또 한 편 있으니, 바로 놀랍기로 치면 결코 뒤지지 않을 P. 젤리 클라크의 『윤무가Ring Shout』다. 이 능청맞고 어둡고 우스꽝스러운 책은 주술과 흑마법, D. W. 그리피스의 영화 〈국가의 탄생〉, 백인 우월주의 비밀 결사 큐클럭스클랜Ku Klux Klan 같은 요소들을 이용해 평범한 이들이 괴물 같은 짓을 저지르는 까닭이 무엇인지, 또 이러한 행위가 미국의 인종 차별 문제에 어떤 영향을 미쳤는지를 탐구한다. N. K. 제미신의 어번 판타지 소설 『우리는 도시가 된다The City We Became』(한국어판 황금가지 펴냄) 또한 2020년 한 해 동안 커다란 관심을 받았다. 『우리는 도시가 된다』는 판타지 소설이다 보니 내가 이 책에서 다루는 영역에는 거의 해당하지 않지만, 책 자체에 쏟아진 관심의 양만으로도 언급할 가치는 충분하다. 소설의 앞쪽 3분의 2는 작가 제미신이 뉴욕을 구성하는 다섯 개 자치구의 혼을 제각각 개성 있는 등장인물 다섯 명으로 구현해 펼쳐 보이는 환상적인 내용이지만, 나로서는 이야기가 결말에 이르는 방식이 앞쪽보다 덜 흥미로웠던 것 같다. 그럼에도 책 자체는

'2020년 올해의 책' 가운데 한 권이라는 극찬을 받았다.

전반적으로 SF계가 흥미로웠던 2020년, 내가 생각하는 '본격 SF'에 가장 가까운 책 세 종이 모두의 머릿속을 가득 채웠다. 2020년 초에 윌리엄 깁슨이 발표한 『에이전시Agency』(버클리 펴냄)는 그가 2014년에 발표한 장편 소설 『주변 장치The Peripheral』의 줄거리를 이어받은 작품으로, 주인공 베리티는 신형 인공 지능 프로그램의 시험 작동을 담당하는 '앱 조련사'다. 『에이전시』의 결말에는 사생활 보호, 불법 감청, 첨단 기술이 우리 삶에 영향을 미치는 방식 등에 대한 날카로운 통찰이 담겨 있다. 하지만 정작 2020년에 가장 돋보인 SF 장편 소설은 킴 스탠리 로빈슨의 손에서 태어났다. 로빈슨의 스무 번째 장편 소설 『미래 보장부The Ministry for the Future』(오빗 펴냄)는 작가 본인에게 금자탑 같은 작품으로, 엄정하고 실용적이면서도 철저히 낙관적인 관점에서 기후 위기를 조망하는 데 성공한 책이다. 책의 도입부는 로빈슨의 기나긴 작품 목록에서도 가장 섬뜩하지만, 결말에 이를 즈음이면 독자들의 마음속에는 희망이 깃들 자리가 생겨난다. 이는 실로 놀라운 일이다. 2020년에 주목받은 또 하나의 SF 장편 소설은 마샤 웰스의 〈머더봇 다이어리〉 연작(한국어판 알마 펴냄) 가운데 최초의 장편 분량 소설인 『네트워크 효과Network Effect』(토르닷컴 펴냄)로서, 엄청나게 유쾌하고 신랄한 이 책은 어쩌면 2021년에 휴고상을 받을지도 모르겠다.*

앞서 SF보다 판타지 쪽에 더 가까운 책을 한두 종 살펴본 까닭은

* 마샤 웰스의 『네트워크 효과』는 2021년 휴고상 최우수 장편 소설상을 수상했다.

이들이 2020년에 크게 관심을 받은 책들이기 때문이고, 지금은 SF와 판타지가 예전만큼 분리된 장르가 아니기 때문이며, 장르 소설계를 장악한 최신 유행이 그 책들에 잘 드러나기 때문이기도 하다. 이러한 범주에 속하는 또 하나의 책이 바로 앨릭스 E. 해로의 두 번째 장편 소설이자 여성 참정권 운동에 뛰어든 마녀들의 공감과 분노와 흡인력이 넘치는 이야기, 바로 『영원의 마녀들The Once and Future Witches』(레드후크 펴냄)이다. 대체 역사 속의 세일럼*에 흑마법을 되살리려 하는 세 자매의 이야기를 담은 이 책은 흡인력이 엄청난 소설로서, 내가 개인적으로 2020년에 가장 즐겁게 읽은 책이기도 하다.

자, 지금까지 살펴본 책들이 2020년에 화제를 모은 장편 소설이었다면(2020년은 장편 소설의 풍년이었으므로 더 많이 소개할 수도 있었지만), 책을 실제로 펴내는 현장에서는 어떤 일들이 벌어졌을까? 출판계의 자세한 사정은 과연 어떠했을까?

지난해에 『에스에프널 2021』에서도 언급했다시피 나는 전문 출판 평론가가 아니기 때문에, 기껏해야 2020년의 미국 출판업계 사정 가운데 일부만을 대략적으로 보여주는 것이 고작이다. 2020년에는 정말로 많은 일이 일어났고, 그렇다 보니 솔직히 그 일들이 앞으로 몇 년 동안 SF 출판에, 또는 출판업계 전반에 어떤 영향을 미칠지 예측하기는 아직 너무 이르다. 즉, 그저 앞으로는 사정이 전과 같지 않을 거라는 얘기밖에는 할 말이 없다는 뜻이다. 실력 있는 편집자 여럿이 직장

---

* 미국 매사추세츠주의 세일럼은 17세기 말 마녀사냥 및 마녀재판이 기승을 부린 곳이다.

을 잃었고 많은 임프린트가 문을 닫았으며, 통째로 매각되거나 매물로 나온 출판사들도 있다.

미국 출판계에 뜻밖의 해였던 2020년에 가장 뜻밖이었던 사건은 종이책의 전체 판매액이 증가한 일이다. 그해 3월 들어 '긴급 이동 중지 명령'이 발동되며 온 미국이 서서히 멈춰가던 무렵에는 많은 이들이 장차 도서 판매량이 곤두박질치리라 예상했지만, 출판업계의 유력한 정보지인《퍼블리셔스 위클리Publisher's Weekly》에 따르면 2020년 미국 내 종이책 판매액은 전년도인 2019년보다 7.8퍼센트 늘었으며, 오디오 북 판매가 크게 증가한 가운데 전자책 판매 또한 꾸준한 기세를 유지했다. 이 같은 증가분의 일부는 부모가 강제로 재택 학습을 해야 하는 자녀에게 논픽션 도서를 사주었기 때문에 발생했겠지만, 그 밖의 다른 요인도 많이 있다. 2020년의 주요 시사 문제를 다룬 책들은 주제가 코로나19든 '흑인의 생명도 소중하다Black Lives Matter' 운동이든 아니면 다른 문제든 모두 잘 팔렸다. 장르 소설 또한 잘 팔리기는 마찬가지여서, 몇몇 책은 주요 베스트셀러 목록의 수위에 오르기도 했다. 심지어는 서점들조차 코로나19라는 시련을 생각보다 더 잘 견뎌냈는데, 여기에는 독립 서점들이 인터넷에서 더 실속 있게 경쟁하도록 돕는 '북스토어닷오알지bookstor.org' 같은 운동 단체 또한 한몫을 했다.

2020년 미국 출판업계의 가장 큰 변화는 경영 부문의 최고위층에서 일어났으며, 이러한 변화는 장차 SF계에만 영향을 미치지는 않을 것이다. 맥밀런 출판 그룹의 경우 최고 경영자 존 사전트가 그해 9월 "맥밀런의 출판 지향에 관한 이견"을 사유로 회사를 떠났다. 그 후폭

풍은 아직 한눈에 보일 정도는 아니지만 장차 큰 영향을 미칠지도 모른다. 사이먼앤드슈스터 출판 그룹에서는 2008년부터 그룹을 이끌었던 최고 경영자 캐럴린 라이디가 안타깝게도 2020년 초에 심장 마비로 세상을 떴고, 조너선 카프가 대표 이사 겸 최고 경영자로 지명되었다. 사이먼앤드슈스터는 같은 해 11월 펭귄랜덤하우스 출판 그룹이 거대 미디어 그룹인 비아콤 CBS로부터 21억 7,500만 달러에 인수하겠다고 발표하면서 그해 미국 출판계의 가장 떠들썩한 뉴스에 다시금 등장했다. 《뉴욕 타임스》에 따르면 그 결과로 생겨날 출판 기업은 역사상 최초의 '초거대 출판사megapublisher'라고 한다. 이 계획은 그해 초 펭귄랜덤하우스의 모회사인 베르텔스만이 피어슨 출판 그룹으로부터 펭귄랜덤하우스의 지분 25퍼센트를 인수해 소유권을 완전히 장악한 일에 뒤이어 발표되었다. 이 인수 합병 건은 2021년 하반기가 되어야 비로소 마무리될 것으로 보인다.*

또 다른 대형 출판 그룹인 호튼 미플린 하코트HMH에도 변화가 일어났다. 2020년 10월, HMH는 2016년에 출범한 SF 판타지 전문 임프린트인 존 조지프 애덤스 북스의 폐업을 발표했다. 편집장인 애덤스는 HMH에서 일하는 동안 몇 가지 흥미로운 결과물을 내놓았기 때문에 이는 비보라고 할 만하다. 이 소식에 뒤이어 HMH의 직원 가운데 5퍼센트(166명)가 장려금 지급 조건의 희망퇴직 프로그램에 자원했다는 소식이 전해졌다. 같은 해 8월에는 디시DC 코믹스가 대규모 정리 해고를 발표했는데 이는 모기업인 워너미디어가 에이티앤티

* 이 인수 합병 건은 미 법무부가 두 회사의 모기업을 상대로 반독점 소송을 제기하면서 2022년 4월 현재까지 완료되지 않은 상태로 남아 있다.

AT&T에 인수된 후에 이뤄진 구조 조정의 결과로서, 워너미디어에서는 약 600명이 일자리를 잃었고 디시 코믹스의 다른 부문에서도 상당히 많은 일자리가 사라졌다.

2019년이 저물 무렵 우리 곁에 있었던 많은 SF 전문 임프린트와 편집 인력이 1년이 지난 현재 시점에도 여전히 자리를 지키고 있기는 하지만, 바뀐 구석이 아예 없는 것은 아니다. 2020년 2월에는 영국 오라이언 출판 그룹 산하 SF 판타지 전문 임프린트인 골란츠 출판사의 발행인이었던 앤 클라크가 회사를 떠나면서 마커스 깁스가 출판 본부장으로 승진했고, 같은 해 하반기에는 토르북스 및 톰 도허티 어소시에이츠 출판 그룹에서 36년 동안 일한 선임 편집인 베스 미첨이 토르북스에서 일어난 전면적 구조 조정의 여파로 2020년 말에 퇴직한다는 소식이 알려졌다. 이 출판 그룹에서는 장르 전문 임프린트 몇 곳이 새로 출범하는 등 임프린트 수준의 변화 또한 일어났다. 영국의 장르 소설 전문 출판사인 헤드오브제우스는 새 임프린트인 아드아스트라를 출범하며 "기발한 설정으로 독자를 매료시키는 세계 최고의 SF 판타지"만을 선보이겠다고 발표했다. 골드스미스 프레스 출판사는 새 임프린트인 골드 SF를 통해 "교차성 페미니즘 SF"를 펴낼 것이며, 작가이자 문학 연구자인 우나 매코맥이 대표 편집 위원이 될 것이라고 발표했다. 랜덤하우스 출판 그룹의 어린이 책 부문인 랜덤하우스 칠드런스북스가 설립한 새 임프린트 라비린스로드는 8세에서 12세 사이 연령대(이른바 미들 그레이드)와 12세에서 18세 사이 연령대(영 어덜트)를 대상으로 현대 배경 판타지 및 사실주의 순문학 소설을 주로 출간한다. 영국의 장르 소설 전문 출판사인 PS 퍼블리싱은 새 임프린트

압생트북스를 설립했는데 메리 오리건이 편집 이사를 맡아 새로 합류한 작가들의 작품을 펴내는 데 집중할 예정이다. 아셰트 북 그룹이 설립하겠다고 발표한 새 임프린트 레거시릿은 "유색 인종 작가가 같은 독자들을 대상으로 쓴 작품을 전문적으로" 펴내는 것이 목표라고 한다. 와히다 클라크 프레젠츠 퍼블리싱WCP 출판사* 또한 새 임프린트 '사이파이 판타지 포 더 컬처'를 출범했다. 하퍼콜린스 출판 그룹의 어린이 책 부문인 하퍼 칠드런스북스 역시 앞으로 산하 임프린트인 하퍼 출판사에 변화가 일어날 거라 예고했는데 출판 본부장 겸 부사장인 리치 토머스가 총괄 지휘를 맡고, 8세에서 12세 및 10대 독자 대상 도서와 영상물 소설화 작품 등은 에리카 서스먼이, 그림책 부문은 낸시 인텔리가 이끌 예정이다.

코로나19 대유행은 출판 산업의 기준을 뒤엎었고, 판매 및 유통을 뒤흔들었고, 궁극적으로는 작가가 쓰고 독자가 읽는 것의 내용 자체에까지 영향을 미쳤다. 그것은 더 나아가 우리가 서로 소통하는 방식마저도 바꾸어 놓았다. 대면 참가형 행사는 궤멸적인 영향을 받았다. 런던 국제 도서전이든 록 밴드 키스의 고별 기념 순회공연이든, 거의 모든 행사가 연기되거나 취소됐다. 그러나 시간이 흐르면서 행사 주최자들은 최선을 다해 신속하고 실용적으로 현실에 적응했고, 이로써 몇몇 행사는 취소된 반면 일정이 조정되거나 온라인으로 열린 행사도 있었다. SF 판타지계의 주요 행사 가운데 온라인으로 자리를 옮

* 교도소에서 복역하는 동안 소설을 발표해 베스트셀러 작가가 된 아프리카계 미국인 작가 와히다 클라크가 설립한 출판사다. 발행인인 클라크가 명명한 '악당 로맨스 소설Thug Love fiction' 계열의 작품들을 주로 펴낸다.

겨 성공리에 치른 첫 번째 사례는 2020년 5월 28일부터 31일까지 열린 네뷸러 대회Nebula Conference로서, 능숙한 진행과 포용적인 연사 선정 방식 등의 이유로 널리 찬사를 받았다. 사실 2020년에 치러진 온라인 행사의 가장 큰 장점은 갖가지 이유로 행사에 직접 참가하지 못하던 세계 곳곳의 사람들을 이전에는 거의 불가능했던 방식으로 참가하게끔 했다는 것이다. 2020년 6월 26일부터 28일까지 열린 로커스상 시상식 행사 또한 성공적으로 치러졌다. 당연한 이야기지만, 큰 행사일수록 더 큰 도전에 직면했다. 콘질랜드CoNZealand라는 별명이 붙은 제78회 세계 SF 대회는 2020년 7월 29일부터 8월 2일까지 뉴질랜드의 웰링턴에서 열릴 예정이었지만, 현실에서 열리지는 않고 그 대신 사상 최초의 '가상 공간' 세계 SF대회가 되었다. 이 대회의 자원봉사자들은 행사가 차질 없이 진행되도록 최선을 다했지만, 세계 각지의 수많은 사람이 참가하다 보니 문제가 생기는 것을 피하지는 못했다. 무엇보다 실망스러웠던 점은 대회 마지막의 휴고상 시상식에서 접속 문제를 비롯한 몇 가지 문제*가 발생해 크게 비판받았다는 사실이다. 그럼에도 긍정적인 면을 보자면 전 세계 SF 팬들이 참여했다는 점, 공식 행사가 중계되지 않는 동안에도 여러 팬 모임이 자발적으로 조직한 비공식 행사인 콘질랜드 프린지CoNZealand Fringe는 훌륭하게 진행되었다는 점 등을 꼽을 수 있겠다. 2020년 10월 29일부터 11월 1일까지 미국 유타주의 솔트레이크시티에서 열릴 예정이었지만 온라인 개

* 시상식 진행을 맡은 작가 조지 R. R. 마틴이 비판을 받았다. 최근 SF계의 동향과 무관한 과거 이야기로 장황한 연설을 이어가는 바람에 시상식이 무려 세 시간을 훌쩍 넘겨 끝난 점, (후보들이 자기 이름을 어떻게 발음하는지 직접 녹음해 주최 측에 미리 전달했는데도) 최종 후보 여럿의 이름을 틀리게 발음한 일 등이 큰 문제가 되었다.

최로 변경된 세계 판타지 대회World Fantasy Convention 또한 몇몇 문제*를 겪었다. 아무쪼록 이 같은 문제들이 몇 년 안에 해결되기를 바라는 바다. 업계 전문지인 《로커스》의 보도에 따르면 2020년에 열릴 예정이었다가 취소되거나 연기되거나 온라인으로 치러진 행사는 다음과 같다. 워싱턴주 시애틀에서 열리는 에메랄드 시티 코믹콘ECCC, 제41회 환상 예술 국제회의International Conference on the Fantastic in the Art, 스펙트럼상 시상식, 테네시주 멤피스에서 열리는 연례 SF 대회인 미드사우스콘MidSouthCon의 제38회 대회, 텍사스주 도서관 협회 연례 회의, 호러 전문가들이 패널 토론을 벌일 예정이었던 아우터 다크 심포지엄, 볼로냐 국제 어린이 도서전, 잭 윌리엄슨 기념 연례 강연회, 워싱턴주 시택에서 열릴 예정이던 제43회 노웨스콘Norwescon, 미네소타주 미니애폴리스의 제55회 미니콘Minicon, 제36회 L. 론 허버드 기념 미래 작가 및 일러스트레이터 워크숍과 시상식 관련 행사, 네브래스카주 링컨의 제11회 콘스텔레이션ConStellation, 오스트레일리아 웨스턴오스트레일리아주의 제45회 스완콘Swancon, 버지니아주 리치먼드의 제15회 레이븐콘Ravencon, 에드거상 시상식 축하연 및 심포지엄, 맬리스 도메스틱 범죄 소설 대회, 샌프란시스코의 베이 에어리어 북 페스티벌, 크리에이티브 잉크 페스티벌, 영국 도서상 시상식, 릿페스트 패서디나, 샌프란시스코 베이 에어리어의 베이콘BayCon 2020, 메릴랜드주 볼티모어의 제54회 볼티콘Balticon, 페미니즘 SF 판타지를 전문적으로 다

* 패널 토론 및 각종 프로그램의 설명 문구가 인종과 성 정체성 등을 고려하지 않은 채 백인 이성애자 중심 관점에서 작성되었다는 비판이 쏟아졌다. 이에 작가 제프 밴더미어와 편집자 조너선 스트라한을 비롯한 여러 토론자가 불참을 선언했고, 대회 운영 위원회가 공식 사과 성명을 발표했다.

루는 위스콘Wiscon의 제44회 대회, 뉴욕에서 열리는 북 엑스포 아메리카, 미국 SF 판타지 작가 협회SFWA가 주관하는 네뷸러 대회, 제32회 람다 문학상 연례 시상식, 클라리온 워크숍 및 클라리온 웨스트 워크숍, 미국 도서관 협회ALA 연례 회의 및 전시회, 로커스상 시상식, 워싱턴주 시애틀의 제73회 웨스터콘Westercon, 2020년도 동북부 SF 판타지 포크송 대회NEFilk, 매사추세츠주 보스턴의 제31회 리더콘Readercon, 샌디에이고 국제 코믹콘, 콘질랜드(제78회 세계 SF 대회), 미국 로맨스 소설 작가 협회 연례 회의, 론치패드 천문학 워크숍, 펜실베이니아주 피츠버그의 도서 축제인 펄프페스트Pulpfest 2020, 뛰어난 호러 장르 창작물이 대상인 브램 스토커상 시상식을 겸한 영국 스토커콘* 2020, 텍사스주 오스틴의 제42회 아르마딜로콘ArmadilloCon, 오하이오주 콜럼버스에서 개최할 예정이었던 2020년도 북아메리카 SF 대회NASFiC, 뉴멕시코주 앨버커키의 뷰보니콘Bubonicon 2020, 조지아주 애틀랜타의 드래곤콘DragonCon 2020, 뉴욕주 올버니의 앨버콘Albacon 2020, 영국 판타지 협회가 여는 판타지콘FantasyCon 2020, 콜로라도주 덴버의 마일하이콘MileHiCon 2020, 스웨덴 스톡홀름의 판타스티카Fantastika 2020, 세계 판타지 대회, 제10회 뉴올리언스 SF 판타지 문학 축제CONtraflow, 히스파콘Hispacón, 미국 오리건주의 제42회 오리콘OryCon, 펜실베이니아주 필라델피아의 필콘Philcon 2020.

나는, 2020년에 고난을 겪었고 2021년에도 마찬가지였던 모든 행사의 주최자 및 참가자에게 연민을 느끼지만, 한편으로는 미래에 대

* 2020년 7월부로 칠러콘으로 이름이 바뀌었다.

해 낙관적이기도 하다. 행사 방식은 현실에 맞춰 변화했고, 전에는 온갖 사유로 행사에 참가하기 어려웠던 세계 곳곳의 사람들이 새로 열린 소통 경로 덕분에 이제는 참가할 수 있게 되었다. 이는 분명 좋은 일이다. 그렇다고 해서 그 일이 쉽게 끝났다는 뜻은 아니며, 어쩌면 이것이야말로 2020년의 진정한 테마일 것이다.

해마다 얼마나 많은 SF 단편 소설이 발행되는지 정확히 알려주는 정보는 존재하지 않는다. 인터넷 사변 소설 데이터베이스(웹사이트: www.isfdb.org)는 2020년 한 해 동안 영어로 발행된 SF 단편 소설을 5,594편으로 집계하는데, 이는 SF 전문 잡지인 《로커스》(웹사이트: www.locusmag.com)가 추정한 3,000편보다 더 많다. 여러 작가가 참여한 선집, 한 작가의 작품을 모은 단편 소설집, 종이 및 디지털 잡지, 페이트리언Patreon을 비롯한 크라우드 펀딩 플랫폼의 후원 프로젝트, 정기 소식지, 연구 기관의 프로젝트, 온라인으로 판매하는 개인 창작물, 그 외에도 온갖 형태로 발행되는 SF 단편 소설들을 감안하면, 앞서 언급한 두 추정치는 모두 적게 잡은 것으로 보인다. 내가 개인적으로 느끼기에 2020년에 발행된 SF 단편 소설의 전체 편 수는 최근 몇 해의 연간 집계치와 거의 비슷하지만, 내 말이 틀릴 가능성도 있다는 것을 감안해서 받아들이기 바란다. 최근 들어 SFWA는 어떤 장르든 사변 소설을 전문적으로 발행하는 단편 소설 구매처가 2019년에 비해 두 곳이 늘어난 42곳이라고 공인한 반면, 《로커스》는 70곳으로 파악했다. 인터넷 사변 소설 데이터베이스는 장르를 막론하고 2020년 한 해 동안 발행된 단편 소설 잡지의 종수를 741종으로 집계했는데, 이는 미국 이외 지역에서 발행된 잡지 또는 영어 이외의 언어로 발행된 잡지를 거의 모두 제외한 수치다. 여기에 관해서는 해마다 세계 각지에서 발행되는 단편 소설이 셀 수조차 없이 많다고만 말해둬도 충분할 듯싶다.

다른 모든 분야가 그러했듯이, 2020년은 미국 잡지 시장에도 힘들고 험난한 한 해였다. 긍정적인 조짐도 얼마간 보이는 한편으로 내가 몇 년 전부터 감지한 문제점들(인쇄 및 유통, 판매 장소의 접근성, 광고 수입 등등)은 2021년에도 여전히 존재했고, 아마도 향후 몇 년 동안 적잖은 파장을 미칠 것으로 보인다. 2020년에 공표된 편집 부문의 변화 또한 의심할 바 없이 앞으로 한동안 단편 소설 시장에 영향을 끼칠 것이다. 그러한 변화는 2020년 초에 SF 전문 편집자 레즐리 로빈이 전해에 사망한 마이크 레스닉의 뒤를 이어 《갤럭시스 에지Galaxy's Edge》의 편집장으로 취임하면서 시작되었다. 뒤이어 3월에는 다크 판타지 및 호러 전문 잡지인 《더 다크The Dark》의 마이클 켈리와 실비아 모레노 가르시아가 각각 작품 재수록 담당 편집자와 공동 편집인 자리에서 물러났는데, 발행인이자 편집인인 숀 월리스는 "새 공동 편집인을 당장 구할 계획은 없는 채로" 잡지 편집을 계속하겠다고 밝혔다. 호러계 소식을 하나 더 꼽자면 존 조지프 애덤스 역시 호러 전문 잡지 《나이트메어Nightmare》의 편집인 자리에서 물러났고, 2021년 1월부터 작가 겸 편집자인 웬디 N. 와그너가 그 후임이 되었다. 애덤스는 《라이트스피드 매거진Lightspeed Magazine》(이하 《라이트스피드》)의 편집인 및 《라이트스피드》와 《나이트메어》, 《판타지 매거진Fantasy Magazine》의 발행인 직함은 그대로 유지하고 있다(직함은 조만간 더 추가될지도 모르겠다). 캐나다의 사변 소설 잡지 《오거Augur》는 편집장 알렉스 드폼파가 2020년 연말에 자리에서 물러날 것이며, 후임으로는 당시 시 부문 편집자였던 터리즈 메이슨 피에르와 편집 이사 로런스 스투언이 공동 편집장을 맡는다고 발표했다. 그런데 SF 편집 분야의 가장 큰 변화는 정작 그해 연말에 일어났다. 《매거진 오브 판타지 앤드 사이언스 픽션The Magazine of Fantasy&Science Fiction》(이하 《판타지 앤드 사이언스 픽션》)의 발행인인 고든 밴겔더가 이 잡지의 열 번째 편집장으로 시리 르네 토머스가 취임한다고 발표했던 것이다. 토머스는 이 잡지의 71년 역사상 최초의 유색 인종 편집장이자 두 번째 여성 편집장이다. 전임자인 C. C. 핀레이는 6년 동안 편집장 업무를 수행한 이후 자기 글을 쓰는 데 더 시간을 쏟고자 자리에서 물러났다. 토머스가 편집장으로 선보인 첫 번째 잡지는 2021년 3·4월호였다. 한편 파이어사이드 출판사는 《파이어사이드 매거진Fireside Magazine》의 편집인이었던 파블로 디펜디니가 적잖은 논쟁 끝에 잡지 및 단행본 편집 업무에서 손을 뗄 것이며, 당분간 브라이언 J. 화이트가 임시 편집장을 맡는다고 발표했다. 디펜디니는 경영 인력으로서 회사에 여전히 남아 있다. 2020년 12월에는 잡지 《어메이징 스토리스Amazing Stories》가 편집장 아이라 네이먼이 사퇴할 것이며 신임 편집장이 그의 자리를 메꿀 예정이라고 발표했다. 그리고 마지막으로 2021년 초, PS 퍼블리싱이 영국의 유서 깊은 SF 전문지 《인터존Interzone》을 인수해 발행할 것이며 기존 편집장 앤디 콕스의 뒤를 이어 이언 웨이츠가 편집장이 될 것이라고 발표했다. 이 잡지는 1982년에 창간되었으나 편집장은 웨이츠가 고작 세 번째다.

이러한 편집 부문의 변화가 어떤 충격을 던지는지는 2021년을 넘어 시간이 한참 흐른 후에야 비로소 알게 되겠지만, 한편으로는 몇몇 잡지가 창간하거나 재간된다는 좋은 소식도 가끔 들려왔다. 작가이자 편집자인 제이슨 사이즈모어는 SF 잡지 《에이펙스Apex》를 2021년 1월부로 재창간할 것이며 새 잡지의 발행 형태는 연간 총 6호가 목표인 격월간지라고 발표했다. 이는 사이즈모어가 건강 문제 때문에 《에이펙스》를 한동안 발행하지 못하다가 내린 결정이다. 라틴아메리카계 미국 작가인 코럴 알레한드라 무어와 파라과이 작가 엘리아나 곤잘레스 우가르테는 "2개 언어를 사용하는 사변 소설 잡지"를 기치로 《콘스텔라시온 매거진Constelación Magazine》을 창간해 둘이서 함께 편집을 맡고 있다. 무척 바쁜 한 해를 보낸 존 조지프 애덤스는 2020년 11월에 《판타지 매거진》을 재창간해 통권 61호를 발행했다. 이 잡지의 편집인은 크리스티 얀트와 알리 조그가, 발행인은 애덤스와 얀트가 각각 공동으로 맡고 있다. 또한 2020년 막바지에는 드림 타워 미디어가 로버트 졸탄을 편집장으로 삼아 2021년 1월 1일 새 월간지 《섹시 판타스틱Sexy Fantastic》을 창간한다는 발표가 나왔다.

주요 SF 잡지들은 2020년을 알차게 보낸 것처럼 보이며, 이들 가운데 구독자 수나 유통 범위 등에서 중대한 변화를 보인 잡지는 한 곳도 없었다. 《아시모프스 사이언스 픽션Asimov's Science Fiction》(이하 《아시모프스》)과 《아날로그 사이언스 픽션 앤드 팩트Analog Science Fiction and Fact》(이하 《아날로그》), 《판타지 앤드 사이언스 픽션》, 《토르닷컴Tor.com》, 《클라크스월드Clarkesworld》, 《라이트스피드》, 《언캐니Uncanny Magazine》는 모두 번창한 것처럼 보이며, 그중 《클라크스월드》와 《토르닷컴》은 유독 내실 있는 한 해를 보냈다.

《판타지 앤드 사이언스 픽션》은 창간 71주년을 맞은 2020년 한 해 동안 편집장 찰스 콜먼 핀레이의 지휘하에 잡지 여섯 종을 펴내며 나디아 아피피와 레이 네일러, 라티 메흐로트라, 이언 트레길리스, 레아 사이페스를 비롯한 여러 작가의 걸출한 작품들을 수록했다. 델 매거진스 출판사가 발행하는 두 잡지, 즉《아시모프스》와《아날로그》또한 2020년을 알차게 보냈다.《아시모프스》는 1977년에 창간한 잡지로서 오랜 세월 동안 편집장을 맡아온 실라 윌리엄스가 이끌고 있다. 2020년에 총 6호를 펴낸 이 잡지는 티몬스 이사이아스와 레이 네일러, 머큐리오 D. 리베라, 이언 R. 매클라우드, 코니 윌리스, 낸시 크레스를 비롯한 여러 작가가 쓴 최고 수준의 SF 단편 소설들을 수록했다. 2020년에 창간 90주년을 맞은《아날로그》는 새로 디자인한 특별판 표지와 고전 과월호 재간행, 특집 기사 등으로 역사적인 한 해를 기념했다. 이 잡지는 2020년 한 해 동안 앤디 듀닥과 알렉 네발라리의 일급 SF 단편 소설과 함께 A. T. 세이어를 비롯한 작가들의 힘 있는 작품을 여럿 수록했다. 그 밖의 주요한 종이 SF 잡지로는 앤디 콕스가 편집을 맡은 영국의《인터존》이 있는데, 앞서 언급했다시피 PS 퍼블리싱에 인수됐으며 2021년부터는 이언 웨이츠가 편집장을 맡고 있다. 1982년에 창간된 이후 새롭고 실험적인 작품에 늘 개방적이었던 이 잡지는 2020년에도 앤디 듀닥과 에브예니아 트리안타필루, 제임스 샐리스 같은 작가들의 흥미로운 단편 소설들을 발행했다.

닐 클라크가 발행하는《클라크스월드》와 존 조지프 애덤스의《라이트스피드》, 린 토머스와 마이클 데이미언 토머스 부부가 발행하는

《언캐니 매거진》, 토르북스 출판사가 설립한 웹진 겸 단행본 발행처인 《토르닷컴》은 반드시 살펴봐야 할 중요한 잡지로서, 이들은 간행물의 전부 또는 대부분을 온라인으로 펴낸다. 2006년에 창간해 매월 간행하는 《클라크스월드》는 2020년 한 해를 멋지게 보낸 곳으로서, 만약 SF 잡지들 가운데 한 곳만 꼽아야 한다면 십중팔구는 이 잡지를 택할 것이다. 다만 《클라크스월드》의 2020년은 논란 속에서 시작되었다. 작가 이사벨 폴이 익명으로 발표한 데뷔작 단편 소설이 잡지에 실렸는데, 이 소설에 악의적인 트랜스젠더 혐오 밈meme이 변형된 형태로 사용되었던 것이다. 글 자체는 비판과 찬사를 함께 받았으나 작가 개인이 협박을 받기에 이르자 잡지 발행인은 게재를 철회했다. 더 밝은 면으로 눈을 돌리자면, 《클라크스월드》는 늘 번역 SF 출간의 선도자로서 천추판이나 왕콴유, 바오수 같은 중국 작가들의 작품과 한국 및 일본 작가들의 작품을 번역해 게재해 왔다. 2020년에도 이 잡지는 리베카 캠벨과 사밈 시디퀴, A. C. 와이즈, M. L. 클라크를 비롯한 여러 작가가 쓴 그해 최고 수준의 작품들을 여럿 게재했다. 2010년에 창간해 매월 간행하는 《라이트스피드》는 2020년에 진 두셋와 KT 브리스키, 라티 메흐로트라 같은 작가들의 탄탄한 SF 단편 소설과 실레스트 리타 베이커, 크리스티나 텐 같은 작가들의 멋진 판타지 단편 소설을 여러 편 게재했다. 그 가운데 베이커와 텐은 클라리온 웨스트 창작 워크숍에서 내가 지도한 작가들이다 보니, 성공했다는 소식이 각별히 기쁘다. 2014년에 창간한 이후 SF와 판타지의 경계를 넘나드는 작품들을 매월 발행해 온 《언캐니》는 2020년에도 우수한 단편 소설들, 즉 이 책에 수록한 A. T. 그린블랫과 켄 리우의 작품 두 편을 비롯해 알리에트 드 보다르, 에브에니아 트리안타필루, 앨릭스 E. 해로, 레이 카슨, 메그 엘리슨 같은 작가들이 쓴 최고 수준의 작품들을 발행했다. 2008년에 설립해 정해진 발행 주기 없이 사변 소설을 발행하는《토르닷컴》은 내가 편집자로서 보기에 2020년 한 해 동안《클라크스월드》와 비겼다고 해도 좋을 만큼 뛰어난 단편 소설들을 발행했다. 이 웹진에 실리는 작품들은 성향이 제각각인 여러 편집자가 계약하는데 그중에는 나 자신 또한 포함된다. 이처럼 사적인 이해관계가 얽힌 점을 감안해,《토르닷컴》의 경우에는 찰리 제인 앤더스와 리치 라슨, 모린 맥휴를 비롯한 많은 작가들과 함께 상을 받아도 손색없는 작품들을 여럿 발행하며 2020년을 무척이나 내실 있게 보냈다고만 해두겠다.

앞서 살펴본 잡지들은 SF계의 주요 '상업지'인 반면, 인쇄 부수가 적다거나 원고료 요율이 낮다거나 무급 직원에 의지해 운영한다는 이유로 '준準상업지'로 분류되는 잡지들이 있다. 전통을 자랑하는 이들 준상업지는 매우 수준 높은 단편 소설을 발행하며 주요 게재처로 여겨진다. 앞서 언급한《언캐니》도 여기에 속한다. 명망 높은 준상업지《스트레인지 호라이즌스Strange Horizons》는 소설과 서평, 비평뿐 아니라 번역 SF를 다루는 계간지《사모바르Samovar》까지 펴내며 2020년을 만족스럽게 보냈다. 캐서린 M. 밸런트와 저스틴 C. 키, 에이다 호프먼을 비롯한 여러 작가의 탄탄한 작품들이 한 해 동안 이 잡지를 통해 발행되었다. 아프리카계 미국 작가의 사변 소설을 전문적으로 펴내는 잡지인《파이야: 매거진 오브 블랙 스페큘러티브 픽션Fiyah: The Magazine of Black Speculative Fiction》도 2020년 한 해 동안 내실 있는 잡지를 총 4호 간행하며 그해 최고 수준의 작품들을 펴냈는데, 여기에는 오지 M. 가트

렐과 제이브 벤트 같은 작가들의 단편 소설이 포함된다.

이 지면은 SF를 개관하는 자리이므로 판타지와 다크 판타지 및 호러에 주력하는 잡지는 길게 다루지 않겠지만, 그래도 빛나는 수상 경력이 눈에 띄는 스콧 H. 앤드루스의 《비니스 시즐리스 스카이스Beneath Ceaseless Skies》(판타지 장르에서 내가 최고로 꼽는 웹진이다), 숀 월리스의 《더 다크》, 존 조지프 애덤스의 《나이트메어》, 라숀 M. 워낵의 《기가노토소러스GigaNotoSaurus》, 앤디 콕스의 《블랙 스테이틱Black Static》은 추천하고 싶다.

위에 언급한 잡지들은 모두 읽는 보람이 가득한 단편 소설과 비소설 기사를 발행하므로 유료로 구독하기에 손색이 없다.

나는 평소 단편 소설 읽기에 긴 시간을 들이다 보니 장편 소설 길이의 작품들을 읽고 경향을 파악할 시간이 부족한 편이다. 그러한 까닭에 여기서는 오로지 내가 2020년 한 해 동안 직접 읽은 책들과 더불어 다른 여러 지면에서 화제가 된 책들만 소개하기로 한다. 출간 일정상의 온갖 혼란과 변경에도 불구하고, 이 책에서 다루는 SF의 관점에서 보면 2020년은 또 한 번의 풍년이었다. 진지하고 의미 깊은 읽을거리를 원하든 아니면 그저 기분 전환용 읽을거리를 원하든 간에, 독자는 자신이 원하는 책을 쉽게 찾을 수 있었다. 앞에서도 언급했다시피, 내가 보기에 2020년 최고의 SF 장편 소설로 꼽을 만한 책은 기후 낙관론을 다룬 킴 스탠리 로빈슨의 묵직한 작품 『미래 보장부』다. 만약 2020년에 꼭 필요했던 도전적이고 혁신적인 책을 꼽으라면 『미래 보장부』와 함께 M. 존 해리슨의 난해하고 암시적인 장편 소설 『가라앉은 땅이 다시 솟아오를지니The Sunken Land Begins to Rise Again』(골란츠 펴냄)를 들 텐데, 두 작품 모두 필독서라고 할 만하다. 한편 2020년의 가장 순도 높은 SF 장편 소설은 아마도 먼 미래가 배경인 폴 매콜리의 대하 사무라이 서부 소설 『지도 전쟁War of the Maps』(골란츠 펴냄)일 것이다. 윌리엄 깁슨은 『뉴로맨서』(한국어판 황금가지 펴냄)를 발표한 이후 오랜 세월에 걸쳐 자신이 그리는 미래를 하나의 매끈한 상像으로 천천히 연마해 왔는데, 그런 그가 2020년에 발표한 영리하면서도 진중한 장편 소설 『에이전시Agency』(버클리 펴냄)는 그 미래의 진일보한 모습을 보여주는 동시에 인과율과 우리가 사는 세상에 대해 이런저런 질문을 던진다.

2020년의 가장 빼어난 SF 장편 소설들을 보면 기후와 인종, 젠더 문제가 최전선에 있는 것을 알 수 있다. 제임스 브래들리의 『유령종Ghost Species』(펭귄오스트레일리아 펴냄)은 우리로 하여금 인간성이라는 것을 더 자세히 들여다보게 하는 소설로서, 더 많이 읽혀 마땅한 책이다. 크리스토퍼 브라운의 『실패한 국가Failed State』(하퍼보이저 펴냄)와 린다 나가타의 기후 재난 소설 『태평양의 폭풍Pacific Storm』, 기후 재난 때문에 황폐해진 유럽이 배경인 앤 차노크의 세련된 디스토피아 소설 『108번 다리Bridge 108』도 내게는 인상 깊은 책이었다. 알렉스 어빈의 『인류세 래그타임Anthropocene Rag』(토르닷컴 펴냄)은 어찌 보면 앞서 말한 모든 주제를 압축해 담은 책으로서, 이 짧고 별난 소설에 그려진 미래의 미국은 나노 기술에 힘입어 잔뜩 들떠 있는 한편으로, 지난 2020년 말의 분위기와 묘하게 어울리는 아메리칸드림에 도취된 곳이다. 행운의 기회를 얻은 오합지졸 등장인물들이 미국의 실체를 찾아가는 이야기를 다룬 이 소설은 내가 2020년에 가장 재미있게 읽은 작품이기는 하지만, 솔직히 말하면 출판 계약을 따내고 편집까지 맡은 장본인이 바로 나이기 때문에 여기 적힌 말은 적당히 가감해서 들으시기 바란다.

SF라는 장르는 언제까지나 스페이스 오페라와 우주 모험담의 본산일 텐데, 2020년에 잇달아 발표된 탄탄한 SF 장편 소설들은 이러한 장르의 진수가 점점 더 개방적이고 포용적으로 변해가는 최근의 추세를 보여준다. 그중 단연 눈에 띄는 작품은 알렉산드로스 대왕 이야기를 가져다가 성별을 바꾸어 스페이스 오페라로 다시 쓴 케이트 엘리엇의 『불굴의 태양Unconquerable Sun』(토르북스 펴냄)이며, 마샤 웰스의 〈머더봇 다이어리〉 연작 가운데 최신작인 『네트워크 효과』도 함께 꼽을 만하다. 2019년에 장편 소설 『태고의 밤Ancestral Night』(사가 프레스 펴냄)을 선보인 엘리자베스 베어는 2020년에 후속작 『기계Machine』를 발표했는데, 나는 전작보다 이 작품이 더 좋았다. 존 스칼지는 『마지막 황제The Last Emperor』(토르북스 펴냄)로 베스트셀러 시리즈인 〈상호의존성단〉 연작(한국어판 구픽 펴냄)을 마무리 지었고, 앨러스테어 레이놀즈는 『뼈의 침묵Bone Silence』(골란츠 펴냄)으로 〈복수자Revenger〉 3부작을 멋지게 완결했으며, 월터 존 윌리엄스는 〈프락시스Praxis 제국〉 연작의 최신작 『함대 전투 편대Fleet Elements』(하퍼보이저 펴냄)를 통해 주인공 캐롤라인 술라의 모험을 이어갔다. 위에 언급한 작품들은 모두 스페이스 오페라 애독자를 위한 추천작이다.

몇 해 전부터 영미권 SF계는 자신들의 권역 너머로 점차 시야를 넓혀왔는데, 2020년에는 인도와 파키스탄, 방글라데시에서 멋진 작품을 몇 종 찾아냈다. 그중 최고는 아마도 가우탐 바티아의 탄탄한 데뷔작인 디스토피아 장편 소설 『장벽The Wall』(하퍼콜린스인디아 펴냄)일 테지만, 감시와 사회 관계망 서비스로 인한 분열을 매력 있게 그린 사미트 바수의 반反디스토피아 근미래 소설 『선택받은 정령들Chosen Spirits』(사이먼앤드슈스터인디아 펴냄), 유드한자야 위제라트네의 복고풍 액션 SF 『인양선 선원The Salvage Crew』(에이시언 펴냄)도 그에 못지않게 훌륭하다. 위에 소개한 책들 모두 SF계의 반가운 신작들이며 더 많은 독자들에게 알려져야 마땅하다.

신인 작가는 SF계의 생명선 같은 존재로서, 2020년에도 여러 작가가 걸출한 데뷔작을 선보였다. 내가 특히 인상 깊게 읽은 작품은 사이먼 히메네스의 스페이스 오페라 『사라진 새들The Vanished Birds』(랜덤하우스 펴냄)과 하오징팡의 『방랑자들The Vagabonds』(사가 프레스 펴냄), 미카이아 존슨의 차원 도약 SF 『우주 사이의 공간The Space Between Worlds』(델레이 펴냄), 프레미 모하메드의 힘이 넘치는 소설 『일어서는 신들 아래에Beneath the Rising』(리벨리언퍼블리싱 펴냄)로서, 모두 SF 문학상 후보감으로 손색이 없다. 소피 워드의 『사랑을 비롯한 사고 실험들Love and Other Thought Experiments』(커세어북스 펴냄)과 캐런 오즈번의 『기억 설계자들Architects of Memory』(토르북스 펴냄), 조남주의 『82년생 김지영』(한국어판 원서 민음사 펴냄), 코리 J. 화이트의 『가상 회수업자Repo Virtual』(토르북스 펴냄)도 인상적이었다.

2020년에 주목받은 장편 소설을 더 꼽아보자면 데릭 퀸스켄의 『스틱스 가문The House of Styx』(리벨리언퍼블리싱 펴냄), 애덤 러바인의 『풍선껌Bubblegum』(더블데이 펴냄), 에이드리언 차이콥스키의 『에덴의 문The

Doors of Eden』(오빗북스 펴냄), C. J. 체리의 〈이방인Foreigner〉 연작 가운데 『확산Divergence』과 『부활Resurgence』(모두 DAW북스 펴냄), 크리스 베킷의 『두 종족Two Tribes』(코버스북스 펴냄), 코리 닥터로의 『공격 지면Attack Surface』(토르북스 펴냄), 데이비드 웡의 『조이, 미래의 급소를 때리다Zoey Punches the Future in the Dick』(세인트마틴스 프레스 펴냄), 잭슨 포드의 『X 같은 것들이 하늘에서 무차별로 쏟아져Random Sh*t Flying Through the Air』(오빗북스 펴냄), 닉 우드의 『물은 흘러내려야 한다Water Must Fall』(뉴콘 프레스 펴냄)이 있다.

해마다 얼마나 많은 SF 단편 소설이 발행되고 활발하게 책을 펴내는 독립 출판사 및 소형 출판사는 또 얼마나 많은지를 감안하면, 단편 소설집 분야에 흉년이 들기란 거의 불가능하다. 따라서 2020년에 매우 알찬 단편 소설집이 몇 종이나 출간된 것은 전혀 놀랄 일이 아니다. 그중 딱히 대중적으로 가장 호평받은 책은 아니라 하더라도 내가 보기에 가장 빼어난 책을 세 종 꼽자면, 로버트 셔먼의 놀라운 단편 소설집 『누구나 어둠 속에서 이야기를 듣는다We All Hear Stories in the Dark』(PS 퍼블리싱 펴냄)와 메그 엘리슨의 『뚱뚱한 여자 더하기…Big Girl Plus…』(PM 프레스 펴냄), 라바니아 라크시미나라얀의 『아날로그·가상: 그리고 당신 미래의 다른 시뮬레이션들Analog/Virtual: And Other Simulations of Your Future』(아셰트인디아 펴냄)이다. 단편 소설 101편을 모아 세 권 분량으로 펴낸 셔먼의 소설집은 현대판 『천일야화』를 만들려는 시도로서 다정하고, 유쾌하고, 기발하고, 압도적이다. 엘리슨의 단편 소설집 『뚱뚱한 여자 더하기…』는 PM 프레스 출판사가 펴내는 〈거침없는 작가들Outspoken Authors〉 시리즈의 스물다섯 번째 책으로서, 재기와 패기를 겸비한 수록 작품 여섯 편 가운데 지금 이 책에도 실려 있는 「알약The Pill」은 문학성을 받아 마땅한 작품이다.* 라크시미나라얀의 『아날로그·가상』은 어슐러 K. 르 귄식으로 말하면 '단편 모음곡story suite'** 에 해당하는 책으로서, 같은 배경과 주제로 쓴 단편 소설 여러 편이 서로 이어지는 형식으로 실려 있다. 이 책은 최고 수준의 디스토피아 SF이자, 바라건대 앞으로 더 자주 듣게 될 새로운 목소리가 우리 앞에 도착했다고 알리는 신호이기도 하다.

제78회 월드콘(세계 SF 대회), 일명 '콘질랜드'는 원래 뉴질랜드의 웰링턴에서 열릴 예정이었으나 2020년 7월 29일부터 8월 2일까지 인터넷으로 개최되었으며, 이 때문에 현실에서는 참석한 사람이 한 명도 없다. 이 대회에서 발표된 2020년도 휴고상 수상작 및 작가 명단은 다음과 같다. 최우수 장편 소설상에 아케이디 마틴의 『제국이라는 이름의 기억A Memory Called Empire』. 최우수 경장편 소설상, 아말 엘모흐타르와 맥스 글래드스턴의 『당신들은 이렇게 시간 전쟁에서 패배한다』(한국어판 황금가지 펴냄). 최우수 중편 소설상, N. K. 제미신의 「비상용 피부」(한국어판 『에스에프널 2021 Vol.2』에 수록, 허블 펴냄). 최우수 단편 소설상, S. L. 황의 「내 마지막 기억 삼아」(한국어판 『에스에프널 2021 Vol.1』에 수록). 최우수 시리즈상, 제임스 S. A. 코리의 〈익스팬스〉 시리즈(한국어판 아작 펴냄). 최우수 연관 작업상, 지닛 잉의 「2019년 존 W. 캠벨 기념 최우수 신인 작가상 수상 소감」. 최우수 만화상,

* 실제로 2021년 로커스상 최우수 중편 소설상을 받았다.

** 르 귄이 제창한 형식으로서, 단편 소설 여러 편이 책 한 권에 모여 장편 소설 이상의 의미를 전달하기도 한다는 생각에서 출발했다. 르 귄이 밝힌 바에 따르면 바흐의 〈무반주 첼로 모음곡〉에서 영감을 얻었으며, 『용서로 가는 네 가지 길』(한국어판 시공사 펴냄)이 대표적인 단편 모음곡이다.

은네디 오코라포르(글)와 타나 포드 및 제임스 데블린(그림)의 『라과디아LaGuardia』. 최우수 영상화상 장편 부문, 드라마 〈멋진 징조들Good Omens〉. 최우수 영상화상 단편 부문, 드라마 〈굿 플레이스〉 시즌4 9화 「대답」. 최우수 편집상 단편 부문, 엘렌 대틀로. 최우수 편집상 장편 부문, 나바 울프. 최우수 전문 미술가상, 존 피카치오. 최우수 준상업지상, 《언캐니》. 최우수 동인지상, 《더 북 스머글러스The Book Smugglers》. 최우수 팬 방송상, 애널리 뉴이츠와 찰리 제인 앤더스의 〈우리가 제대로 봤다니까요Our Opinions Are Correct〉. 최우수 팬 작가상, 보기 타카치. 최우수 팬 미술가상, 엘리스 매티슨.

2020년도 네뷸러상 시상식은 그해 5월 30일 미국 캘리포니아주의 우드랜드힐스에서 촬영해 인터넷으로 실시간 전송되었다. 이때 발표된 수상작 및 작가 명단은 다음과 같다. 최우수 장편 소설상에 세라 핀스커의 『새날을 위한 노래A Song for a New Day』. 최우수 경장편 소설상, 아말 엘모흐타르와 맥스 글래드스턴의 『당신들은 이렇게 시간 전쟁에서 패배한다』. 최우수 중편 소설상, 캣 람보의 「광채를 잡을지어다Carpe Glitter」. 최우수 단편 소설상, A. T. 그린블랫의 「가족에게 내 사랑을 전해주오Give the Family My Love」. 최우수 게임 평론상, 레너드 보야스키와 메건 스타크스, 케이트 달러하이드, 크리스 레투알의 「아우터 월드」. 레이 브래드버리 기념상, 드라마 〈멋진 징조들〉 3화 「어려운 시절」의 극본을 쓴 닐 게이먼. 안드레 노튼 기념상, 프랜 와일드의 『리버랜드Riverland』. SFWA 데이먼 나이트 기념 그랜드 마스터상, 로이스 맥마스터 부졸드.

2020년도 세계 환상 문학상은 그해 11월 1일 미국 유타주의 솔트레이크시티에서 열린 제47회 세계 판타지 대회에서 인터넷을 통해 발표되었으며, 수상작 및 작가 명단은 다음과 같다. 최우수 장편 소설상에 케이슨 캘린더의 『정복당한 자들의 제왕Queen of the Conquered』. 최우수 경장편 소설상, 에밀리 테시의 『숲속의 실버Silver in the Wood』. 최우수 단편 소설상, 마리아 다바나 헤들리의 「불태운 후에 읽을 것Read After Burning」. 최우수 선집상, 니시 숄이 엮은 『새로운 태양들: 유색 인종 작가들의 독창적인 사변 소설New Suns: Original Speculative Fiction by People of Color』. 최우수 단편 소설집상, 브라이언 에번슨의 『허물어지는 세계를 위한 노래Song for the Unraveling of the World』. 최우수 미술상, 캐슬린 제닝스. 상업 작가 부문 특별상, 에보니 엘리자베스 토머스의 『어두운 환상: 해리 포터에서 헝거 게임에 걸쳐 나타난 인종과 상상』. 비상업 작가 부문 특별상, 보디사트바 샤토파디에이, 로라 E. 구딘, 에스코 수오란타의 《파흐니르: 북유럽 SF 판타지 연구 저널Fahnir: Nordic Journal of Science Fiction and Fantasy Research》. 평생 공로상, 캐런 조이 파울러와 로웨나 모릴.

2020년도 존 W. 캠벨 기념 최우수 과학 소설상은 수상자를 발표하지 않았다. 시어도어 스터전 기념상은 「흘수선Waterlines」의 수전 파머, 아서 C. 클라크상은 『식민 기지 올드 드리프트The Old Drift』의 남왈리 서펠이 수상했다. 위에서 살펴본 여러 상과 다른 SF상에 관해 더 알고 싶다면 '과학 소설상 데이터베이스www.sfadb.com'라는 훌륭한 웹 사이트가 있으니 참고하기 바란다.

안타깝게도 해마다 너무나 많은 인기 창작자들이 우리 곁을 떠난

다. 2020년에 별세한 이들은 다음과 같다. 일찍이 단편 소설 및 시를 발표하고 SF 작가 케빈 J. 앤더슨과 함께 〈시계태엽 천사Clockwork Angels〉 시리즈를 집필하기도 한 캐나다 록 밴드 러시의 드러머 **닐 피어트**. 『키리냐가』(한국어판 열린책들 펴냄)와 『산티아고Santiago』, 『아이보리Ivory』를 비롯한 70종이 넘는 장편 소설과 25종이 넘는 단편 소설집을 쓰고 수없이 많은 선집을 엮었으며 《갤럭시스 에지》 편집장으로도 활동한, 네뷸러상 1회, 휴고상 5회 수상에 빛나는 SF 작가 **마이크 레스닉**. 〈환상특급The Twilight Zone〉으로 유명한 극본가 로드 설링의 아내로서 《트와일라이트 존 매거진The Twilight Zone Magazine》을 창간하고 1980년대에 편집장으로 일한 **캐럴 설링**. 『1900년 이전의 과학 소설: 상상력이 기술을 발견하다Science Fiction Before 1900: Imagination Discovers Technology』와 『유토피아의 변용: 완벽한 사회라는 관념의 변화 과정Transformations of Utopia: Changing Views of the Perfect Society』을 쓴 SF 연구자 **폴 K. 앨콘**. 『실마릴리온』(한국어판 씨앗을뿌리는사람 펴냄)과 『끝나지 않은 이야기들Unfinished Tales』, 여러 권으로 이루어진 『가운데땅 이야기 세트The History of Middle Earth』(한국어판 씨앗을뿌리는사람 펴냄)를 비롯해 아버지인 J. R. R. 톨킨의 여러 작품을 엮은 편집자이자 작가 **크리스토퍼 톨킨**. SF 작가 더글러스 애덤스가 제작에 참여한 컴퓨터 게임 〈우주선 타이타닉호Starship Titanic〉의 소설판을 집필한 희극 배우 **테리 존스**. 밸런타인북스 출판사가 펴낸 미국판 『반지의 제왕』 초판 표지 및 판타지 작가 E. R. 에디슨의 책 표지에 그림을 그린 일러스트레이터 **바버라 레밍턴**. 서스펜스 소설의 거장으로 가장 잘 알려진 소설가 **메리 히긴스 클라크**. 조 디버와 함께 ('존 그랜트'라는 필명으로) 게임 소설 〈외톨이 늑대Lone Wolf〉 시리즈를 집필하고 자신만의 장편 소설도 몇 편이나 발표했으며 존 클루트와 『판타지 백과사전The Encyclopedia of Fantasy』을 공동 편집한 바 있는 휴고상 2회 수상 작가 **폴 바넷**. 1961년 세계 SF 대회의 회장을 맡는 등 SF 팬덤 활동에 적극적으로 참여하면서 『공식 행사 기록: 시콘 3, 제20회 세계 SF 대회, 1962년 시카고The Proceedings: Chicon III.; The 20th World Science Fiction Convention. Chicago, 1962』를 편집한 SF 팬이자 작가 **얼 켐프**. 서부 소설 『트루 그릿』(한국어판 문학수첩 펴냄)으로 가장 잘 알려졌으나 1985년에는 SF 소설 『아틀란티스의 주인들Masters of Atlantis』을 발표하기도 한 소설가 **찰스 포티스**. 〈마법사 노나 할머니Strega Nona〉 시리즈의 그림을 그리고 글까지 쓴 작가로서 칼데콧 아너상과 뉴베리 아너상을 수상한 화가 겸 소설가 **토미 드 파올라**. 수많은 책과 단편 소설을 발표하고 「베스 없이Without Beth」나 『오래전 황금 사과에서Once Upon a Golden Apple』처럼 장르 소설의 요소가 강한 작품도 몇 편 썼던 캐나다의 아동 문학 작가 **진 리틀**. 1952년에 만들어진 멜버른 SF 그룹의 설립자 가운데 한 명으로서 스페이스에이지북스 출판사를 세우고 《오스트레일리안 사이언스 픽션 뉴스Australian Science Fiction News》를 발행한 오스트레일리아의 SF 팬이자 서점주 **머브 빈스**. 『미래 시민 H. G. 웰스H. G. Wells: Citizen of the Future』의 저자로서 훗날 과학 및 SF 잡지 《옴니OMNI》의 편집장을 맡은 편집자 **키스 페럴**. 『암울 필경사의 꼭두각시The Grimscribe's Puppets』와 『카실다의 노래: 로버트 W. 체임버스의 '노란 옷의 왕' 세계관에 영감을 받은 이야기들Cassilda's Songs: Tales Inspired by Robert W. Chambers' King in Yellow Mythos』 같은 선집을 엮은 작가 겸 편집자 **조지프 S. 풀버 시니어**. 미국 켄터키

주 루이빌 대학교에 '에드거 라이스 버로스 기념 컬렉션'을 마련하고 큐레이터로 활동했을 뿐 아니라 버로스 팬덤의 소식지인 《버로스 불레틴The Burroughs Bulletin》과 《그리들리 웨이브The Gridley Wave》도 발행한 희귀 도서 전문가 **조지 맥호터**. 얼음으로 뒤덮인 먼 미래의 지구를 거대 철도 회사들이 지배한다는 설정의 〈얼음 회사La Compagnie des glaces〉 시리즈를 썼으며 아폴로상과 미스테르상, 파리 경찰청상을 수상한 프랑스 작가 **조르주 장 아르노**. SF 드라마 〈닥터 후〉 시리즈에 작가로 참여하다가 「궁극의 악The Ultimate Evil」 에피소드의 촬영이 취소되자 해당 회차의 시나리오를 장편 소설로 개작한 극작가 겸 시나리오 작가 **월리 K. 데일리**. 1978년에 『샤오링퉁 미래 유람기小灵通漫游未来』로 SF를 발표하기 시작해 중국에서 가장 유명한 과학 대중화 운동가가 된 중국 작가 **예융례**. '고등 교육계의 SF 교사 모임Instructors of Science Fiction in Higher Education'을 설립하고 『SF 판타지 전문 출판사 및 서점 편람A Directory of Science Fiction and Fantasy Publishing Houses and Book Dealers』과 『교사를 위한 과학 소설 안내서The Teacher's Guide to Science Fiction』, 『환상 찬가The Celebration of the Fantastic』를 비롯한 수많은 학술 저작을 발표한 SF 연구자 **마셜 B. 팀**. 검과 마법이 등장하는 판타지 소설 〈이마로Imaro〉 시리즈 및 〈도소예Dossouye〉 시리즈와 더불어 수많은 단편 소설을 발표하고 1970년대 후반에서 1980년대 초반에 걸쳐 (판타지 작가 찰스 드린트와 함께) 잡지 《드래곤필즈Dragonfields》를 편집, 발로그상(2회)과 세계 환상 문학상, 오로라상 후보에 오른 미국 출신 캐나다 작가 **찰스 R. 손더스**. 『다섯쌍둥이의 누나Sister of the Quints』와 『나만 빼고 다들 달빛에 탄 거야?Is Everyone Moonburned But Me?』 같은 책을 쓴 아동 문학 작가 **스텔라**

페브스너. 백인 우월주의 운동 진영이 옹호한 반反이민 소설 『성자들의 진지Le camp des saints』와 프랑스 군주정의 부활을 그린 『폐하Sire』 같은 소설을 쓴 프랑스 작가 **장 라스파유**. 『바람의 그림자』(한국어판 문학동네 펴냄)를 비롯한 장편 소설 아홉 종을 쓴 에스파냐 작가 **카를로스 루이스 사폰**. 1955년에 첫 단편 소설을, 1979년에는 장편 데뷔작 『부드러운 표적Soft Targets』을 발표하고 SF 작가 맥 레이놀즈가 타계한 후에는 그의 유고 다섯 편을 이어받아 완성했으며, 휴고상과 네뷸러상 후보에도 오른 작가 **딘 잉**. 영국에서 문해력 계발 프로그램을 다수 설립하고 『지구에 온 외계인Aliens to Earth』과 『괴상하고 멋진 것들Weird and Wonderful』을 비롯한 〈어린이를 위한 염가 도서 세트Quids for Kids〉 시리즈의 여러 소설을 집필한 작가 **웬디 쿨링**. 1991년 발표한 『엄청 역겨운 마법Double-Yuck Magic』을 필두로 〈유니콘의 비밀Unicorn's Secret〉 시리즈와 〈요정의 약속Faeries' Promise〉 시리즈 같은 청소년 대상 소설을 여러 편 쓰고 〈마법의 부활Resurrection of Magic〉 시리즈 가운데 한 편을 통해 전미 도서상 후보에도 오른 청소년 문학 작가 **캐슬린 듀이**. 롤플레잉 게임 제작사 티에스아르TSR가 발행하는 〈던전스 앤드 드래곤스Dungeons and Dragons〉 시리즈의 삽화를 비롯하여 여러 게임의 표지 그림을 그린 화가 **짐 홀로웨이**. 영미권 과학 소설 여러 편을 프랑스어로 번역하고 **장피에르 무몽**이라는 필명으로 SF 동인잡지 《안타레스Antares》를 편집·발행한 프랑스 작가 **장피에르 레글**. 자신의 만화책과 그래픽 노블, 단편 소설 선집을 수십 종이나 자비 출간한 만화가 겸 작가 **커트 미첼**. 단편 소설 「물의 개: 유령 이야기Water Dog: A Ghost Story」를 비롯한 장르 단편 소설들과 소설집 『개 인간의 마지막 나날Last Days of the Dog-Men: Stories』 등을 발표한 작가 **브래드 왓슨**. 고딕 프레스 출판사를 설립하고 고딕 소설 연구지 《고딕Gothic》을 발행했으며 『램지 캠벨: 현대 호러의 거장에 관한 비평집Ramsey Campbell: Critical Essays on the Modern Master of Horror』과 『J. 셰리든 르파뉴: 자서전적 저작 목록J. Sheridan Le Fanu: A Bio-Bibliography』, 『로버트 에이크먼 입문Robert Aickman: An Introduction』 같은 논픽션 저작과 함께 단편 소설도 여러 편 발표한 평론가 **게리 윌리엄 크로퍼드**. 〈과학 탐험대 신기한 스쿨버스〉 시리즈(한국어판 비룡소 펴냄)를 쓴 아동 문학 작가 **조애너 콜**. 〈스타 트렉〉의 팬 픽션으로 글쓰기를 시작해 로맨스 및 초자연 판타지 소설을 썼으며 캐나다 드라마 〈뱀파이어 형사Forever Knight〉의 소설판을 집필하기도 한 작가 **수전 사이즈모어**. 『특이점 스테이션Singularity Station』과 『밤의 부대들The Regiments of Night』, 『독 있는 뱀The Venomous Serpent』 같은 장편 소설과 더불어 〈타임피스Timepiece〉 시리즈 등을 쓴 작가 **브라이언 N. 볼**. 『명판석The Plaque Stone』과 『부정 탄 땅Unhallowed Ground』, 『새끼 까마귀The Crow Biddy』, 『암흑의 베일Veil of Darkness』 등 글쓰기 경력 초기부터 장르적 성격이 짙은 소설을 쓴 영국 작가 **길리언 화이트**. 장편 소설 『영원 Forever』과 『8월의 눈Snow in August』, 단편 소설 「호수로부터From the Lake」 등 판타지 요소가 포함된 작품을 쓴 작가 **피트 해밀**. 〈스타 코만도Star Commandos〉 시리즈 열두 권을 비롯해 『코니스 공방전Stand at Cornith』과 『엘프 왕The Elven King』, SF 판타지 작가 안드레 노튼이 기획한 〈마녀 세계Witch World〉 프로젝트의 장편 소설 두 편 등을 쓴 작가 **P. M. 그리핀**. 에르미타주 출판사를 설립하고 이곳을 통해 『심판의 날 기록 보관소The Judgment Day Archives』 같은 SF 소설을 펴낸 러시아 출신 미국 작가 **안드레이 모스코비트**.* 토드 캐머런 해밀턴과 함께 장편 소설 『호위 무사The Guardsman』를 비롯해 단편 소설 몇 편을 공동 창작한 시카고의 소설가 **P. J. 비스**.** 아동 문학 전문가이자 서평가, 소설가로서 매들린 렝글의 청소년 소설 『시간의 주름』(한국어판 문학과지성사 펴냄)의 서문을 쓰고 『걸리버 여행기』를 아이들 눈높이에 맞게 고쳐쓰기도 한 작가 **일레인 모스**. 1975년 세계 SF 대회를 오스트레일리아에서 유치하는 데 큰 힘을 보태고 그해 휴고상 시상식 사회를 맡았으며 '오스트레일리아 및 뉴질랜드 아마추어 출판사 연합회ANZAPA'를 설립, 《오스트레일리안 사이언스 픽션 리뷰Australian Science Fiction Review》를 발행한 오스트레일리아의 SF 동호인 **존 뱅선드**. 만화 〈리크 오셰Ric Hochet〉 시리즈의 글을 담당하고 SF 소설 〈한스Hans〉 시리즈를 쓴 벨기에 작가 **안드레폴 뒤샤토**. 아이작 아시모프, 클리퍼드 시맥, A. E. 밴 보그트를 비롯한 여러 SF 작가의 작품을 프랑스어로 옮겨 펴낸 프랑스 출판인 **장 로젠탈**. 몇 권은 텔레비전 프로그램으로 만들어지기도 한 어린이 책 〈공룡 데즈먼드Desmond the Dinosaur〉 시리즈로 가장 잘 알려진 영국의 소설가이자 일러스트레이터 **앨시어 브레이스웨이트**. 『정령들 찾아오다A Visitation of Spirits』 같은 장편 소설을 쓰면서 초자연적 요소를 즐겨 사용한 미국 작가 **랜들 키넌**. 1961년에 (미케 파르넬이라는 필명으로) 첫 SF 장편 소설 『황혼 주식회사Unternehmen Dämmerung』를 발표하고 (롤프 W. 리에르쉬와 함께) 〈테라노트The Terranauts〉 시리즈를 집

---

* 본명은 이고르 마르코비치 에피모프. 1978년 미국으로 이주한 소련 출신 출판인, 철학자, 역사학자, 작가다.

** 비스와 해밀턴은 『호위 무사』로 1989년 휴고상 최우수 장편 소설상 후보에 올랐으나, 자신들을 표적으로 한 투표 방해의 정황이 드러나자 후보에서 스스로 물러난 일이 있다.

필한 독일 작가 **토마스 R. P. 밀케**. 주류 문단 작가이면서도 『검은 장벽Den Svarta väggen』이나 『다음번 꿈에서 다시 만나요Vi ses igen i nästa dröm』 같은 장편 소설에 SF적 장치를 도입한 스웨덴 작가 **칼헤닝 비크마르크**. 〈진실의 검The Sword of Truth〉 시리즈를 집필하고 최근에는 〈앤절라 콘스탄틴Angela Constantine〉 시리즈의 중편 소설 몇 편을 발표한 미국 소설가 **테리 굿카인드**. 작가 게리 K. 울프와 함께 장편 소설 『우주 약탈자Space Vulture』를 발표할 때에는 실제 직위와 이름을, 다른 단편 소설을 발표할 때에는 현직 대주교가 쓴 SF 소설을 로마 교황청이 어떻게 볼지 확신이 서지 않는다는 이유로 '저헤인 밥티스트'라는 필명을 사용한 미국의 가톨릭 성직자이자 작가 **존 J. 마이어스**. 해마다 가장 뛰어난 흡혈귀 문학 연구서에 수여하는 리븐경 기념상을 수상한 『브램 스토커의 드라큘라 원고 메모: 영인본Bram Stoker's Notes for Dracula: A Facsimile Edition』을 엘리자베스 밀러와 함께 편집했으며 그 외에도 흡혈귀 문학 연구서 몇 종을 엮은 캐나다의 연구자 **로버트 에이틴비생**. 사이먼앤드슈스터 출판 그룹의 아동 도서 부문 편집 책임자로 25년 동안 일하며 토니 디터리지, 마거릿 피터슨 해딕스, 게리 폴슨 같은 장르 작가들과 함께 일한 미국의 편집자 **데이비드 게일**. 조너선케이프 출판사의 문예 부문 책임자이자 회장으로서 가브리엘 가르시아 마르케스, 필립 로스, 마틴 에이미스, J. G. 밸러드를 비롯한 여러 작가의 책이 출간되도록 지휘한 영국의 출판인 **톰 매슐러**. 『우연의 아이A Chance Child』나 『횃불Torch』 같은 장편 소설과 함께 장르적 성격이 강한 단편 소설도 몇 편 발표한 소설가이자 아동 문학 작가 **질 페이턴 월시**. 『극점을 일주하라!Circumpolar!』와 그 후속작 및 단독 작품인 장편

소설을 몇 편 발표하고 수많은 단편 소설을 썼으며 《제로Zero》로 휴고상 최우수 동인지상을 수상, 네뷸러상 후보에 세 번 오르고 휴고상 후보에 다섯 번 오른 미국 작가 **리처드 A. 루포프**. 스스로도 SF 소설 몇 편을 썼을 뿐 아니라 1940년대의 SF 잡지 《쥘 베른 마가시네트Jules VerneMagasinet》의 수록 작품을 선집으로 엮어 펴냈으며, 이따금 SF 성격이 짙은 책의 서평을 쓰기도 한 스웨덴 작가 **얀 뮈르달**. 연작 청소년 소설인 〈대도서관The Great Library〉 시리즈와 〈모건빌의 흡혈귀들Morganville Vampires〉 시리즈(몇 편은 영화화되었다)를 썼으며 앤 아기레와 함께 청소년 소설 『도둑들 사이의 의리Honor Among Thieves』와 『의리의 약속Honor Bound』, 『잃어버린 의리Honor Lost』를 쓴 작가 **록산 롱스트리트 콘래드**(필명인 **레이철 케인**으로 잘 알려졌으며 록산 콘래드, 록산 롱스트리트, 줄리 포천 등의 이름으로도 활동했다). 〈마법사의 제자The Wizard Apprentice〉 시리즈와 〈나쁜 피Bad Blood〉 3부작, 〈마법 세계Mageworld〉 시리즈, 2부작 대체 역사 소설 시리즈 등, 남편인 짐 맥도널드와 함께 여러 작품을 발표한 작가 **데브러 도일**. 『시간을 벗어난 나폴레옹Napoleon Disentimed』과 『열세 번째 마법 재판관The Thirteenth Magestral』 같은 장편 소설을 썼으며 1975년작 「우편 우월주의Mail Supremacy」를 필두로 《아날로그》에 익살스러운 단편 소설을 여러 편 기고한 작가 **헤이퍼드 피어스**. 단편 소설 「바다를 보는 사람海を見る人」으로 1998년 SF매거진 독자상(국내 부문)을 수상하고 세이운상 최우수 장편 소설상(국내 부문)을 두 차례 수상한 일본 작가 **고바야시 야스미**.* 휴고상을 여섯 차례 수

* 우리나라에서는 『앨리스 죽이기』와 『클라라 죽이기』, 『도로시 죽이기』, 『팅커벨 죽이기』로 이어지는 이른바 〈죽이기〉 시리즈(검은숲 펴냄)가 출간되어 인기를 모았다.

상하고 존 W. 캠벨 사후 《아날로그》의 편집장을 역임, 훗날 《옴니》의 편집 책임자를 맡아 수많은 하드 SF 소설(우리 태양계의 여러 행성을 돌아보는 26권짜리 〈행성 순람Grand Tour〉 시리즈와 불멸의 영웅이 주인공인 〈오리온Orion〉 시리즈가 유명하다)을 출간했으며, SFWA 회장을 두 차례 맡고 미국 우주 학회National Space Society 명예 회장에 오른 작가 **벤 보바**. '위스콘신 대학교 톨킨 학회'가 설립되도록 힘을 보태고 훗날 『톨킨 비평: 주석 달린 서지 목록Tolkien Criticism: An Annotated Checklist』을 엮은 톨킨 연구자 **리처드 C. 웨스트**. 1971년 남편과 함께 쓴 단편 소설로 작가 경력을 시작했으나 얼마 지나지 않아 단독 저서를 발표하며 휴고상 후보에 두 번, 네뷸러상 후보에 세 번 오른 미국 작가 **필리스 아인슈타인**. 오스트레일리아 동남부의 빅토리아주에서 아내 페니와 함께 '사이버북스 서점'을 경영하며 SF 대회에서 자주 책을 판매한 서점주 **데이비드 사이버**. 주로 〈스타 트렉〉 시리즈의 세계관이 배경인 작품을 여럿 발표하고 그레그 브로더와 자주 협업해 글을 쓴 미국 작가 **데이브 걸랜터**. 1949년 (에드윈 제임스라는 필명으로) 첫 단편 소설 「소통Communications」을 발표하고 1955년에는 첫 장편 소설 『별 다리Star Bridge』를 발표, 1973년 중편 소설 「듣는 이들The Listeners」로 네뷸러상 후보에 오르고 1983년 『아이작 아시모프: 과학 소설의 반석Isaac Asimov: The Foundations of Science Fiction』으로 휴고상을 수상했으며, 캔자스 대학교 SF 연구 센터 및 캠벨 학회(지금은 건 센터 학회)를 설립, 2015년 SF 명예의 전당에 이름이 오르고 2016년에는 세계 SF 대회 주빈으로 초청받은, SFWA가 선정한 '데이먼 나이트 기념 그랜드 마스터'인 미국 작가 **제임스 E. 건**. 1974년 첫 호러 소설 『달빛 속의 늑대 인간Werewolf by Moonlight』을 발표한 이후 후속작인 『게 떼의 밤Night of the Crabs』과 〈사바트Sabat〉 시리즈, 〈조종弔鐘, Deathbell〉 시리즈 등을 쓴 영국 작가 **가이 N. 스미스**. 동인지 작가로 시작한 이후 만화 〈로드 호러Lord Horror〉 시리즈의 글을 쓰고 맨체스터에 있는 '하우스 온 더 보더랜드' 서점을 경영했으며, 사보이북스 출판사의 공동 설립자 가운데 한 명이기도 한 영국 작가 **데이비드 브리턴**. 2008년 발표한 『내게는 죽은 사람Dead to Me』을 필두로 〈사이먼 캔더러스Simon Canderous〉 시리즈를 썼으며 〈원스 앤드 퓨처 팟캐스트Once & Future Podcast〉의 진행자이기도 했던 미국 작가 **앤턴 스트라우트**.

여기까지가 2020년, (느낌상으로는) 절대로 끝나지 않을 것 같았던 그 한 해의 이모저모였다. 지난해에 나온 『에스에프널 2021』을 구입하고 읽어준 이들, 또 그 책이 만들어지기까지 애써준 모든 이들에게 감사의 말을 전하고 싶다. 그 책은 기묘한 해에 출간되었고, 2021년 역시 그 전해 못지않게 기묘하고 뒤숭숭한 한 해가 되리라는 것은 벌써부터 자명한 사실이지만, 그래도 여러분이 이 글을 읽을 무렵에는 아무쪼록 세상이 조금은 더 평온하기를 바란다. 나는 장차 세상이 어떻게 될지, 또 우리가 이 지면에서 다시 만날지 못 만날지에 관해서는 전혀 알지 못하지만, 적어도 이것 하나는 분명히 안다. 사람들은 지금 이 순간에도 이야기를 짓고 또 펴내는 중이다. 멋진 이야기들, 당장 읽혀야 하는 이야기들을. 지난해 이 지면에서 나는 오늘날이 '세계뿐 아니라 SF에도 흥미로운 시대'라고 적었는데, 비록 얼마나 흥미로운지까지는 파악하지 못했지만, 그래도 내 말은 틀리지 않았다. 지금 나는 혹시라도 세상이 정상으로 돌아갈 경우에 대비해 내년에 나올 책을 준비하는 중이며, 내가 이미 발견한 놀라운 작품들을 여러분과 조금이라도 더 일찍 나누고 싶어서 안달이 날 지경이다. 하지만 당장은 여러분이 눈앞의 이 책에 담긴 이야기들을 내가 그랬던 만큼이나 즐겁게 읽어주기를, 또한 내년에 이 지면을 통해 다시 만나기를 바랄 따름이다.

2021년 1월

오스트레일리아 서부 퍼스에서

조너선 스트라한

옮긴이 소개

장성주

출판 편집자를 거쳐 번역자 및 기획자로 일하고 있다. 우리말로 옮긴 책에 스티븐 킹의 『별도 없는 한밤에』, 『언더 더 돔』, 〈다크 타워〉 시리즈, 켄 리우의 『종이 동물원』, 『제왕의 위엄』, 『어딘가 상상도 못 할 곳에, 수많은 순록 떼가』, 윌리엄 깁슨의 『모나 리자 오버드라이브』, 레이 브래드버리의 『일러스트레이티드 맨』, 데즈카 오사무의 『아돌프에게 고한다』, 우메즈 가즈오의 『표류 교실』 등이 있다. 2019년 『종이 동물원』으로 제13회 유영번역상을 수상했다.

김승욱

성균관대학교 영문학과를 졸업하고 뉴욕시립대학교에서 여성학을 공부했다. 동아일보 문화부 기자로 근무했으며, 현재 전문 번역가로 활동하고 있다. 옮긴 책으로는 조지 오웰의 『동물농장』, 도리스 레싱의 『19호실로 가다』, 『사랑하는 습관』, 『고양이에 대하여』, 루크 라인하트의 『침략자들』, 존 윌리엄스의 『스토너』, 프랭크 허버트의 『듄』, 콜슨 화이트헤드의 『니클의 소년들』, 존 르 카레의 『완벽한 스파이』, 에이모 토울스의 『우아한 연인』, 리처드 플래너건의 『먼 북으로 가는 좁은 길』, 올리퍼 푀치의 『사형집행인의 딸』(시리즈), 데니스 루헤인의 『살인자들의 섬』, 주제 사라마구의 『히카르두 헤이스가 죽은 해』, 『도플갱어』, 패트릭 매케이브의 『푸줏간 소년』, 존 스타인벡의 『분노의 포도』 등 다수의 문학작품이 있다. 이외에도 『날카롭게 살겠다, 내 글이 곧 내 이름이 될 때까지』, 『관계우선의 법칙』, 『유발 하라리의 르네상스 전쟁 회고록』, 『나보코프 문학 강의』, 『신 없는 사회』 등 다양한 분야의 책을 옮겨 국내에 소개했다.

조호근

서울대학교 생명과학부를 졸업했다. 과학서와 SF, 판타지, 호러 등의 장르 소설을 주로 번역했다. 옮긴 책으로 J. G. 밸러드의 『제임스 그레이엄 밸러드』, 『헬로 아메리카』를 비롯하여, 『화성 연대기』, 『레이 브래드버리』, 『도매가로 기억을 팝니다』, 『마이너리티 리포트』 『와일드 시드』, 『더블 스타』, 『하인라인 판타지』, 『아마겟돈』, 『컴퓨터 커넥션』, 『타임십』, 『소용돌이에 다가가지 말 것』, 『물리는 어떻게 진화했는가』, 『나인폭스 갬빗 3부작』 등이 있다.

에스에프널 SFnal 2022 Vol. 1

초판 1쇄 찍은날 2022년 5월 3일
초판 1쇄 펴낸날 2022년 5월 17일

지은이 켄 리우 · 이윤하 · 비나 지에민 프라사드 · 수전 파머 · 칼 슈뢰더 · 닉 울븐 · 맥스 배리 · 사밈 시디퀴 · 우스만 T. 말릭 · 니언 양 · 레이 네일러 · A. T. 그린블랫 · 리베카 캠벨 · 조너선 스트라한
펴낸이 한성봉
편집 김학제 · 신소윤 · 권지연
콘텐츠제작 안상준
디자인 정명희
마케팅 박신용 · 오주형 · 강은혜 · 박민지
경영지원 국지연 · 강지선
펴낸곳 허블
등록 2017년 4월 24일 제2017-000050호
주소 서울시 중구 퇴계로30길 15-8 [필동1가 26]
페이스북 www.facebook.com/dongasiabooks
인스타그램 www.instagram.com/dongasiabook
트위터 twitter.com/in_hubble
전자우편 dongasiabook@naver.com
블로그 blog.naver.com/dongasiabook
전화 02) 757-9724, 5
팩스 02) 757-9726

ISBN 979-11-90090-60-5 03840

※ 허블은 동아시아 출판사의 SF 브랜드입니다.

만든 사람들

책임편집 신소윤
교정 김소라
디자인 김지형
본문조판 김경주

SFnal
별책부록

Day

&

Night

허블

들어가기에 앞서

『데이 & 나이트』는 국내에서 가장 빨리 세계 최고의 신작 SF를 선보이는 연간 선집 시리즈 〈에스에프널SFnal〉의 별책이며, 시리즈의 첫 책 『에스에프널 2021』을 토대로 김겨울·이다혜 작가가 함께한 '대담'과 〈에스에프널〉의 원 시리즈인 〈올해의 SF 걸작선The Year's Best Science Fiction〉을 기획한 조너선 스트라한 편집자의 '인터뷰' 내용이 수록돼 있다.

"SF는 변화하는 세계를 담는 그릇"이라는 테드 창의 말에 입각하여, 허블은 〈에스에프널〉 시리즈라는 그릇을 만들었다. 외국의 신작 SF를 단행본으로 묶일 때까지 기다리지 않고, 바로 번역하여 독자와 만나게 한 것이다. 그 결과, 우리는 이제 세계적 작가들이 세상에 던지는 SF적 질문을, 세계가 주목하는 최신 이슈에 대한 SF적 대답을 2년 내에 읽을 수 있게 됐다.

허블은 여기서 멈추지 않았다. 외국 SF를 국내에 소개하는 단향방 통신을 넘어, 그 작품들에 대한 국내 반응과 그 국내 반응에 대한 세계의 반응을 교차하는 쌍방향 통신을 이뤄내고 싶었다. 그릇을 가만히 놔두면 앙금이 생기는 법. 내용물이 잘 섞이려면 그릇을 흔들든 국자로 휘젓든 후속 조치가 필요하다. 『데이 & 나이트』가 바로 그 후속 조치다. 허블은 세계 SF를 섭취하는 것뿐만 아니라 소화하는 것까지 독자와 함께하고자 한다.

『데이 & 나이트』의 제목은 '시차'를 염두에 두고 지었다. 한국과 세계 사이에는 시차가 있다. 우리는 '낮과 밤'이라는 이 극명한 차이를 무시할 수 없으며, 차이를 좁히는 시도만이 가능할 따름이다. 그렇다면 어떻게 그 시차의 한계를 깨부실 수 있을까?

각국의 시차는 표준 규격이 있어야 환산이 가능하다. 표준 규격이란 각국이 단기간 왕래 및 통신이 가능해야만 생겨나므로, 시차는 역설적이게도 각국 간 간극이 좁혀졌음을 뜻하기도 한다. 차이를 투명히 드러냄으로써 그 간극을 좁히는 것. 그리하여 허블은 세계 SF의 표준 규격의 필요성을 느꼈고, 그 결과물이 바로 이 책이다. 한국 독자와 미국 편집자의 반응을 투명하게 선보임으로써, 이 책이 한국과 세계 간의 SF적 시간과 시각의 차이를 좁히리라 기대한다.

이 지면을 빌려, 한국과 세계 간 관점 차이를 줄이는 시도에 동참해 준 김겨울·이다혜 작가와 조너선 스트라한 편집자를 소개하고자 한다.

김겨울은 유튜브 채널 〈겨울서점〉을 운영하는 영상 크리에이터이자 『아무튼, 피아노』와 『책의 말들』 등의 책을 쓴 작가다. 그의 수많은 직업은 '애서가'라는 이름으로 묶을 수 있는데, 그는 현재 애서가들의 애서가로 불린다. 또한 SF 골수팬으로, 〈겨울서점〉에 심심찮게 SF 관련 영상을 업로드하면서, SF와 독자 사이를 이어주는 징검다리 역할을 해오고 있다.

이다혜는《씨네 21》기자이자 『내일을 위한 내 일』과 『출근길의 주문』 등의 책을 쓴 작가다. 그 또한 애서가들의 애서가이며, 아울러 SF 골수팬이다. SF 출판 관계자로서 여러 일을 해왔는데, 2007년 장르 문화 전문지《판타스틱》편집진으로 시작해, SF 무크지《오늘의 SF》집필진, 나아가 현재는〈문윤성 SF 문학상〉의 심사위원을 맡고 있다.

조너선 스트라한은 2021 휴고상 편집자 부문을 포함해 휴고상에서만 16회 이상 호명된 세계적인 편집자다. 1984년부터 2018년까지 34년 동안 이어졌다가 중단되었던 세계적인 SF 시리즈〈올해의 SF 걸작선〉을 재개시킨 장본인이기도 하다. 편집자 서문을 통해 밝혔듯이 그는 아시아 SF에 관심이 많으며, 특히 한국 SF에 대한 애정을 가지고 있다.

『데이 & 나이트』에서 '데이'에 해당하는 김겨울·이다혜 작가의 대담은 현장에서 영상 촬영을 했으며, 그 녹화본은 2022년 5월 3일 화요일〈겨울서점〉을 통해 송출될 예정이다. 그리고 '나이트'에 해당하는 조너선 스트라한의 인터뷰는〈2022 서울국제도서전〉에서 구현할 계획이었지만, 조너선 스트라한이 예기치 못한 사고로 부상을 당해 무산되었다. 그가 허블을 통해 남겼던 "정말 아쉽지만, 이렇게라도 연락이 닿아 행복했다. 내년엔 꼭 만나자"라는 말을 끝으로 이만 마친다.

허블 편집팀장

Talk

김겨울 + 이다혜

김겨울

이다혜

김겨울 안녕하세요, 저는 유튜브 채널 〈겨울서점〉 주인장이자 작가 김겨울입니다. 아주 특별한 분과 함께 SF에 대해서, 특히 해외 SF에 대해서 이야기를 나눠보려고 하는데요. 《씨네 21》 기자이자 에세이스트이신 이다혜 작가님 모셨습니다. 안녕하세요?

이다혜 안녕하세요. 〈겨울서점〉에서 SF를 워낙 잘 다뤄주셔서 굉장히 재미있게 보고 있습니다. 〈겨울서점〉 영상을 통해 SF에 입덕하신 분이 많이 계시더라고요.

김겨울 〈에스에프널〉 시리즈를 기획하신 편집자님도 겨울서점에서 소개한 〈싸이팬SciFan〉이라는 시리즈로 SF에 입덕했다고 하시더라고요.

이다혜 『에스에프널SFnal 2021』(이하 『에스에프널』)의 1권 이름 "FOR SF FAN"도 〈겨울서점〉의 "SciFan"에서 따왔다고 하시던데요. SF에 최근 관심을 갖게 되신 분들을 위해 소개해 드리면 좋겠단 생각을 했습니다. SF는 아무리 열심히 읽어도 나오는 작품을 전부 따라가기 어려운 장르이긴 하지만요.

김겨울 정말 SF는 아무리 읽어도 부족하다는 느낌을 받는 장르인 것 같아요. 계속 읽어도 읽지 못한 SF 고전들이 남아 있고, SF 신작들도 쏟아져 나오니까. 내가 어느 정도를 읽어야 'SF 팬'이라고 말할 수 있는 건가 하는 생각이 든단 말이죠.

이다혜 저도 그 생각을 항상 해왔어요. SF에 대해 이야기를 한다고 하지만, 제가 SF 전문가라든가 SF를 엄청나게 많이 읽고 있다고 자신할 수 있다든가 이런 건 아니에요. 정말 전문가분들은 지금 현장에서 책을 만들고 계시는 번역자분들, 편집자분들이죠. 저는 SF를 오랫동안 꾸준하게 읽어온 사람으로서 이야기하고자 해요.

김겨울 네, 그럼 본격적으로 『에스에프널』에 들어가 볼 텐데요. 그 전에 정말 어려운 주제이기는 합니다만, 책의 서문에도 나오듯이, SF의 정의에 대해서 얘기해 보면 좋을 것 같아요. 우리는 무엇을 SF라고 부르느냐?

이다혜 이 질문은 SF 작가와 인터뷰를 할 때 제가 종종 하는 질문이거든요. 그러면 작가님이 "당신은 이 질문을 하는 5,896명째 사람이고, 왜 이런 초보적인 것부터 이야기를 해야 하느냐"라고 하시는데, 그렇다고 또 명확하게 말씀해 주시지도 않아요. 그만큼 정의하기가 어려운 문제가 아닌가 생각해요.
서문에서 편집자 '조너선 스트라한'은 "SF를 읽고 쓰는 사람들이 SF라고 부르는 게 SF"라는 식으로 정의하고 있거든요. 이게 1950년대에 이미 있던 정의라고 해요. 사실 거의 모든 장르가 마찬가지라고 생각하는데, 맨 처음 장르에 이름을 붙일 때는 굉장히 협소한 방식으로 그 장르의 정의가 시작되죠. 그런데 작품이 점점 늘어나고 장르의 외연도 넓어져서 결국은 처음의 정의로는 부족해지죠. 기존 장르 법칙에 부합하지 않는 작품은 계속 늘어나는데, 그 법칙을 깨는 작품은 전부 그 장르에 속하지 않는다고 말할 수 있는가? 그런 게 아니거든요.

예를 들어, 영화 〈그래비티〉는 우주에서 벌어지는 일을 그리고 있습니다만, 그 작품을 SF라고 부를 수 있는지 질문해 볼 수 있겠는데요.

김겨울 〈그래비티〉는 산재 영화가 아닌가? (일동 웃음)

이다혜 그렇죠. 바로 그런 질문과 대답입니다. "단순히 우주에 가 있다고 해서 SF가 될 수 있느냐?" "우주가 배경이면 다 SF 아니야?" 아니면 "영화 〈매트릭스〉같이 메타버스 세계관이 나오면 일단 SF라고 분류해야 되는 거 아닌가?"

그런데 문제는 현실의 외연이 계속 넓어지고 있다는 거예요. 그래서 SF는 자신의 범주를 좁히는 게 아니라 넓히는 과정에 있다고 보여요. 『에스에프널』에서 인용한 SF의 정의가 모호한 것도 그런 이유인 것 같고요.

김겨울 맞아요. 조너선 스트라한은 "외연이 넓어지고 경계가 희미해지는 것 자체가 SF의 특성이다"라고도 하죠.

이런 SF의 특성을 설명하기 위한 정말 다양한 시도들이 있었잖아요. 예를 들어서 SF를 쓰고 있는 사람들을 주체에 놓는 식의 정의도 있고, 아니면 정말 협소하고 보수적으로 접근하는 그런 방식도 있죠. 사실 무엇을 SF라고 부르느냐는 많은 작가들이 지겨워하기도 하고 그만큼 어렵거나 혹은 논쟁적이거나 혹은 현재 진행 중인 어떤 주제라는 생각이 들어요. 그래서 결국 열린 마음으로 SF를 읽는 게 중요하지 않나 하는 생각을 하게 됩니다.

이다혜 SF를 "과학소설"이라고 하잖아요. 예전에는 과학을 정통으로 다루는 작품, 약간 SF 근본주의 같은 식으로, 예전에는 "하드 SF 아니면 SF가 아니다"라고 하시는 분들도 만났거든요. 그런 생각도 분명 여러 의견 중의 하나일 텐데, 지금의 SF는 그보다는 넓은 영토가 된 것 같아요.

김겨울 네, 이렇게 SF의 정의에 대해서 얘기를 해봤는데요. 이제 『에스에프널』에 수록된 작품에 대해서 이야기해 보도록 하겠습니다. 『에스에프널』은 총 두 권으로, 27명의 작가가 쓴 27편의 작품으로 구성되어 있고요. 1권 같은 경우에는 조금은 더 소프트하달까요? 조금 더 입문하기 좋은 작품들이 많이 수록되어 있고, 2권 같은 경우에는 약간 더 SF 장르에 익숙하신 분들이 즐길 수 있을 듯한 작품으로 구성되어 있습니다.
이 작품 중에서 저희가 작품을 선정해 얘기해 보고자 합니다. 각자 총 4편씩 골랐는데요. 4편만 고르기에는 아쉬움이 컸어요. 재미있는 작품들이 굉장히 많았거든요.

이다혜 『에스에프널』은 그해에 발표된 SF 작품 중에서 상을 받았거나 최종심에 올랐거나 꼭 같이 언급했으면 좋겠다고 생각하는 작품들을 묶은 것이기 때문에, 요즘 해외에선 어떤 사안에 주목하는지, 또 SF는 어떤 이야기에 주목하는지 그 트렌드를 보시고 싶으신 분께는 정말 좋은 책이라고 생각했어요. 지금의 SF 작가들은 어떤 얘기를 하고 싶어 하는가, 그리고 요즘 독자들이 어떤 SF를 읽고 싶어 하는가를 굉장히 예민하게 캐치하는 책이라고 생각합니다.

김겨울 맞아요. SF라는 장르가 기본적으로 사회 문제와 함께 가는 특성이 있잖아요. 예를 들어, '흑인 인권 운동'이나 '페미니즘 운동'이 시작이 되고 물결이 생길 때, '옥타비아 E. 버틀러'의 『킨』이나 '마거릿 애트우드'의 『시녀 이야기』 같은 작품이 나오는 것처럼 기본적으로 냉전 시대면 냉전 시대, 인권 운동이면 인권 운동 식으로 사회 문제를 반영할 수밖에 없죠. 그렇기 때문에 지금 우리 사회의 모습을 반영하는 그런 SF 작품들이 『에스에프널』에 많이 수록되어 있습니다.

그리고 굉장히 유명한 작가들도 많이 수록되어 있어요. 제가 좋아하는 하는 '테드 창'부터 시작해서 '그렉 이건' 같 큰 이름들이 있는가 하면 신인들도 많아요. 신인 작가의 작품 같은 경우는 2권에 더 많이 수록되어 있는데, 아직 한국에 번역되지 않은 새로운 이름들을 만나볼 수 있습니다.

그리고 속표지마다 작가 소개 글이 붙어 있는데 재미있는 게 많아요. 다들 이력도 정말 다양하시고, 각자의 상황이 재밌게 그려지는 부분들이 있어서 작가 소개와 함께 작품을 읽는 것도 굉장한 재미였습니다.

vs. 대결

1. 소프트 SF

김겨울 이제부터 선정 작품들에 대해서 'vs대결' 형식으로 이야기해 보겠습니다. 첫 번째 주제는 '소프트 SF'인데 이다혜 작가님이 고르신 소프트 SF는 1권의 첫 번째 작품입니다.

이다혜 「마지막 기억 삼아」라는 제목의 작품이에요. 눈길을 끄는 이야기라서, 처음 읽고 나서 "음, 나머지 작품도 열심히 읽어봐야겠군"이라고 생각했던 게 기억납니다.

김겨울 간략하게 줄거리를 설명해 주시면 좋을 것 같아요.

이다혜 작가 이름은 'S. L. 황'이고, 작품 속 세계는 아마 많은 것이 몰락하거나 멸망한 미래인 것으로 보이는데 작중에서도 전쟁이 한창 벌어지고 있습니다. 가장 절박한 순간은 전쟁 무기를 사용하고자 대통령이 종교 집단에서 뽑혀 온 한 아이의 심장을 가르는 의식을 하는 장면이에요. 심장에 무기를 사용할 수 있는 암호가 있어서인데요. 생각해 보시면 옛날 마야라든가 잉카 문명사를 보면 종종 등장하는 이야기인 거죠.
초반부는 의식의 제물로 선택된 아이가 하나 있고 그 아이를 맞아들이는 대통령이 있는 상황에서 진행됩니다. 두 사람이 중심에 있지만 역시 주인공을 한 명 뽑으라면 이 열 살짜리 아이 "나이마"겠죠. 주인공 나이마는 시를 써요. 자기가 지금 보고 있는 세계의 폭력적인 현실에 시로만 표현할 수 있는 무언가가 있다고 믿는 사람이에요. 그런데 문제는 대통령이 그 시를 보게 된 거죠. 자기가 죽여야 할 아이이기 때문에 정서적 교감을 한다는 거 자체가 위험할 수 있습니다. 그런 위험을 무릅쓰고 아이를 알아가려 하고, 그렇게 보게 된 아이의 시를 사람들한테 알리고 싶다는 생각을 하게 돼요. 대통령도 되게 인간적인 사람인 거죠.

그런데 시가 알려지고 사람들이 주목할수록 정작 이 아이는 자기가 내보내는 언어들에 의해 소외되는 기묘한 경험을 하게 됩니다. 점점 더 상황이 안 좋아지면서 결국 대통령이 칼을 들어야 하는 순간이 옵니다. 이후 어떻게 될지는 직접 읽어보시면 좋겠어요.

저는 이 작품이 너무 재미있었던 게, 제가 종교, 정치, 사회를 연결 짓는 SF가 보여주는 세계를 굉장히 좋아해요. 이 작품에선 옛 고대 문명처럼 단순히 제물을 바치는 게 아니라 대통령이 직접 칼을 들게 되어 있잖아요. 사실 이런 식이라면 사형제도 같은 것도 유지되기 굉장히 어려울 수 있는 거죠.

이야기가 진행되면서 여러 가지 딜레마들이 같이 벌어지는데요. 아이는 의식의 제물로 선택된 이후로 차츰 성장해 열세 살쯤 되고 보니 내가 죽는다고 이 문제가 해결될 것인가, 과연 전쟁이 끝날까 하는 의문을 갖게 됩니다. 사실상 아이를 죽이는 행위가 뭔가를 해결해 준다는 것에 대한 확신이 전혀 없는 상태에서 이뤄지고 있다는 걸 깨닫게 되죠. 하지만 대통령도 칼을 들지 않을 수 없는 상황에 빠지게 된 거예요. 작중에 시위대가 등장합니다. 시위대는 "아이를 이용하지 말라", "낡은 무기를 없애라"라는 식의 구호로 시위를 해요. 그런데 그 시위를 보면서 나이마가 무슨 생각을 하느냐면 "두려움을 이겨내자", "이 시대를 바꿔보자", "아이들을 웃게 하자"라는 말도 있는데 왜 그런 말로는 구호를 외치지 않는가 하고 생각하는 장면이 나오거든요. 이러한 대목은 사실 완벽히 현실을 반영한 것이죠. 지구가 멸망하거나 완전히 폐허가 된 이후의 세계에서만 등장할 수 있는 문제가 아니라 지금도 똑같이 얘기할 수 있는 문제들이요. 마치 세계의 구원이 어린아이에게 있는 것처럼 이야기하지만 정작 어린아이를 위한 것은 아무것도 존재하지 않는 세상이에요. 아이가 쓴 시가 시위대에 의해 굉장히 추켜올려지지만 아이는 죽을 운명에서 벗어날 수가 없죠.

이런 여러 가지 복잡한 사정을 잘 엮어 만든 하나의 이야기를 쭉 따라가다 보면 "이런 사람들이 어딘가에 존재할 수도 있겠구나"라는 생각이 들게 해요. 그렇게 잘 그려냈기 때문에 저는 이 작품을 굉장히 좋아하고요. 마지막까지 읽은 뒤에는, 다음에 어떻게 될까에 대해서도 많은 생각을 할 수밖에 없는 작품이에요.

이런 딜레마 상황을 제시하는 작품들의 특징 중 하나가 우리에게도 질문을 던지잖아요. 만약 내가 대통령의 입장이라면 어떻게 할 것인가, 내가 이 아이의 입장이라면 어떻게 할 것인가, 제사장의 입장이라면 어떻게 할 것인가 같은 식으로 우리 자신을 대입해 생각하면 훨씬 더 복잡해지죠. 그런 복잡함이, 또 우리 사회에 대한 메타포로서 굉장히 인상적인 작품이어서 좋아합니다. 등장인물들도 다 너무 좋았고요.

김겨울 주인공 여자아이에게 정말 마음이 많이 가죠.

이다혜 네, 나이마는 많은 것에 마음을 주고, 쓸데없이 용감하게 굴려 하지 않고, 자기가 가지고 있는 두려움을 다 인정하죠. 아마 그렇기 때문에 시를 쓸 수 있는 게 아니었을까 하는 생각이 들었습니다.

김겨울 맞아요. 대통령이 직접 심장을 갈라야 하는 이유를 좀 더 자세히 설명하자면, 예를 들면 핵미사일 같은 무기의 비밀번호가 그 어린아이의 심장에 묻혀 있기 때문이죠. 아이의 심장을 갈라야만 이 전쟁에서 승리할 가능성이 높아진다는 어떤 명분이 생기는 거예요.
이런 식으로 "한 아이를 희생해서 사회 전체를 구원할 것이냐"라는 이야기는 오래 전부터 아주 많이 변주돼 왔죠. 예를 들어 「오멜라스를 떠나는 사람들」에서 행성 전체가 아이 하나를 희생시켜서 행성이 유지되는 어떤 이야기라든지, 아니면 영화 〈설국열차〉에서 바닥을 기어 다니며 아이가 열심히 기계를 돌리고 있는 모습이라든지. 그런데 이 소설에 약간 다른 점이 있다면 "과연 정말 이 심장을 갈라야만 전쟁에서 승리할 수 있느냐?", "다른 방법이 있지는 않을까?"라는 질문을 하게 만든다는 거죠. 실제로도 그럴 수 있을 것 같기도 해서 저도 굉장히 재미있게 읽었습니다.

제가 고른 소프트 SF는 「추모와 기도」라는, 『종이동물원』을 쓴 '켄 리우'의 소설이고, 이다혜 작가님이 골라주신 「내 마지막 기억 삼아」 바로 다음 소설이에요.

"배치를 일부러 이렇게 한 게 아닐까?" 싶을 정도로 앞에 있는 소설들은 문턱이 낮을 뿐만 아니라 굉장히 강력한 흡인력을 가지고 있어요. 특히, 「추모와 기도」는 로커스상 최종 후보작에도 올랐다고 하는데요. 사실 켄 리우는 지금 SF계에서 워낙 중요한 인물이고, 여러 SF 문학상의 심사위원을 맡고도 있죠. 켄 리우의 새 작품이라는 점에서 많이 기대하면서 읽었는데 참 재미있었어요.

이 소설은 어떻게 보면 우리가 지금 사는 세계와 거의 비슷한 세계관을, 향후 5년에서 10년 안에 이런 일이 실제로 벌어질 수 있을 것 같은 이야기를 다루고 있어요. 전체적인 얼개는 이런 거죠. 한 가족의 큰딸이 죽어요. 그런데 이 죽음을 애도하고 추모하는 과정에서 딸의 어머니가 이 죽음을 헛되이 만들어서는 안 된다는 자연스러운 생각을 하게 돼요. 실제로 사회 제도나 이런 거를 바꿀 때 죽음이 도화선이 되는 경우가 많잖아요. 다른 사람은 이런 희생을 당해서는 안 된다는 생각으로 어떤 캠페인을 하거나 제안을 하게 되는 경우가 많은데, 그런 상황이 일어나는 거죠.

그래서 이 어머니가 너무나 큰 슬픔과 분노, 그리고 세상을 바꿔야 한다는 마음으로 딸의 죽음을 어떻게 하면 사람들에게 좀 더 공감이 가게 할 수 있을까, 사람들이 진심으로 캠페인을 지지하게 할 수 있을까 하는 생각을 하게 되죠.

마침 그때 이 어머니에게 한 회사가 접근을 해요. 그 회사에서는 인공지능 알고리즘을 통해서 가상현실 안에 딸의 모습을 실제로 보고 느낄 수 있게 만들 수 있다고 말해요. 딸의 여러 사진과 목소리를 가지고서 우리가 잘 아는 딥페이크를 만드는 거죠. 사람들이 딸에게 공감과 연민을 느껴서 결국엔 캠페인에 참여하도록 하는 프로그램이 자기들한테 있다고 설득하고, 어머니가 결국 동의를 해서 그 딥페이크를 만들게 되는데, 거기서부터 비극의 시작이었던 거죠.

우리도 이미 잘 알고 있지만, 인터넷에는 그렇게 마음이 좋은 사람들만 있는 게 아니죠. 사람들이 딸의 얼굴을 해킹해서 굉장히 안 좋은 방식으로 가짜 동영상을, 음모론을 만들어요. "사실은 죽지 않았다", "이게 알고 보니까 조작된 거다", "돈을 받았다" 이런 식의 음모론이 나오는 거죠.

그러니까 처음에는 긍정적인 캠페인이 확 불타올랐다가 그다음엔 너무나 잔인하고 감당할 수 없는 어떤 과정들이 이어지게 돼요. 그 와중에 딸의 이모가 인터넷 트롤들로부터 보호할 수 있는 프로그램을 개발하는 사람이어서 그 프로그램을 가지고 이 어머니가 그런 끔찍한 것들을 보지 않을 수 있도록 도와줘요. 그런데 이거는 블록만 될 뿐이지 어쨌든 인터넷에 그 가짜 자료가 계속 있단 말이죠. 그 웹상에.

그런 와중에 이 죽은 딸은 한편으로는 너무나 정치적인 캠페인 안에서 끝없이 미화되고, 또 한편으로는 너무나 끝없이 악마적인 이미지로 만들어져요. 이를 지켜보는 둘째 딸이 있어요. 둘째 딸의 기억엔 언니는 굉장히 좋은 면도 있고, 안 좋은 면도 있어요. 한쪽으로만 납작한 사람이 어디에 있겠어요? 둘째 딸은 그런 캠페인들 속에서 자기 언니가 더 이상 한 명의 인간으로서 대접받는 게 아닌 갈기갈기 찢어지는 모습을 목격하게 되죠. 아빠도 마찬가지고요. 가족들이 굉장히 괴로워하죠. "추모와 기도"라는 제목을 달고 있는데, 정말 이게 당장이라도 일어날 수 있을 법한, 어떤 측면에서는 이미 일어나고 있는 일인데, 그거를 약간 앞선 기술을 가지고 서술하는 거잖아요. 저는 유튜버이기도 하니까 인터넷상에서 너무 많은 반응을 보게 되는데, 그런 점에서 사실적으로 다가오는 부분이 많았고, 아프게 와닿는 부분들도 있어서, 이 작품을 가져왔습니다.

이다혜 우리는 보통 인터넷에서 안 좋은 글을 쓰거나 아니면 문제가 있는 영상 또는 이미지를 만드는 사람들만 문제라고 생각하죠. 하지만 「추모와 기도」는 이 모든 문제를 가장 선량하고 가장 슬픈 사람이 가지고 있었던 진정성에서 출발시키고, 그 점이 읽는 사람을 진짜 미치게 하는 부분이거든요.

그러니까 진짜 문제는 나쁜 의도가 나쁜 것을 만들어 내는 것만이 아니라, 선한 의도도 제대로 끝까지 선하게 갈 수 없는 세상에 우리가 살고 있다는 거예요. 아무리 내가 순수하게 좋은 마음으로 어떤 일을 시작했다 하더라도, 그게 한 다리

두 다리 걸치다 보면 내가 전혀 통제할 수 없는 상황으로 가게 되죠. 항상 안 좋은 것을 증폭시키는 방식으로 장난을 치는 사람들이 지금은 항상 어디에나 상존하고 있다는 거예요. 아까 김겨울 작가님이 말씀해 주신 블록 기술은 지금도 있어요. 광고 보기 싫어서 차단하면 뻥뻥 하얗게 구멍 뚫려 나오는 식으로 나타나죠. 그런데 이게 방패를 만들면 상대방에서 그에 맞춰 더 날카로운 창을 만들어 내요. 처음에는 통하는데 조금 지나다 보니까 다시 뚫고 들어오는 무언가가 계속 생기는 거죠. 그러다 어느 순간이 되면 이 어머니는 자기 딸을 추모하는 것도 볼 수가 없고, 욕하는 것도 볼 수가 없어요. 왜냐하면 다 막아버렸으니까. 어떤 게 어떻게 숨어서 들어올지 모르니까 다 막아야 되는 상황이 되는 거죠.

김겨울 추모인 척하고 들어왔는데 알고 보니 트롤링인 경우가 있기 때문이죠.

이다혜 그러니까 결국은 전부 없어지는 거예요. 자기가 추억하고 싶은 것도 없고, 그렇지 않은 것도 없고. 심지어 마지막 순간에는 안 좋은, 더러운 이미지들이 덧씌워지지 않은 순수한 상태의 자기 딸의 이미지 자체가 없어져요.

김겨울 기억이 안 나는 거죠.

이다혜 맞아요. 기억조차 안 나는 상황이 되는 거죠. 너무 절박한 이야기인데, 사실은 김겨울 작가님이 말씀하신 것처럼 이미 도래해 있는 상황이죠. "이게 점점 더 심해지겠구나"라는 생각을 항상 하잖아요. 그렇게 심해진 상황에서 우리가 잃어버리는 것은 무엇일까에 대해서 켄 리우 작가가 굉장히 잘 쓴 작품이에요. 읽기가 괴로울 정도로.

김겨울 맞아요. 정말 그럴 법한 이야기죠.

이다혜 너무도 괴로운 장면들이 많이 등장하죠. 그 시작은 가장 선량하고 진정성 있는 시도였다는 게 가장 마음 아픈 부분이고요. 다만, 어디서부터 시작했는가는 상관없이 이런 상황을 피할 수 있는 사람은 아무도 없다는 거죠. 이를테면 "딸의 어머니가 만약 그런 추모 작업을 하지 않았다면 이런 일이 벌어지지 않았을까?"라고 생각하는 것은 진짜 나이브한 거예요. 만약 가만히 있었어도 이 상황을 피할 수 있는 방법은 없었을 거라는 거죠. 그런 점에서 이 이야기가 더 값어치 있는 게 아닐까 하는 생각을 했습니다.

김겨울 『에스에프널』엔 인터넷 트롤을 다루는 다른 소설들도 있잖아요. 그중 하나가 제가 재미있다고 생각했던 게 직접 칼을 들고 싸우는 소설인 '인드라프라미트 다스'의 「칼리_Na」가 있죠.

이다혜 저는 다른 작품을 생각했는데요. '폰다 리'의 「딥페이크 여자 친구 만들었더니 부모님이 나 결혼하는 줄 알더라(28세 남)」.

김겨울 "딥페이크 여자 친구 만들었더니 부모님이 나 결혼하는 줄 알더라(28세 남)"가 진짜 소설 제목이에요. 내용도 진짜 인터넷 썰, 약간 '레딧' 글처럼.

이다혜 심지어 형식도 그렇게 만들었죠. 사실상 이거 '네이트 판' 사연 글이잖아요.

김겨울 실제로 작품 중에 "앞에 달아준 댓글 잘 읽었어"라고 쓴 부분이 있고요.

이다혜 진짜 웃기는 이야기죠, 같이 읽어보시면 느껴질 텐데, 우리가 인터넷 공간에서 '유튜브'도 그렇고 '트위터'도 마찬가지인데요, 그 똑같은 공간에서 어떤 날은 많이 위로받고, 또 어떤 날은 정말 너무 상처받아서 잠도 못 잘 정도로 어려움을 겪기도 하잖아요. 그런 일이 『에스에프널』 안에서 벌어지는 거예요. 그리고 이 딥페이크 여자 친구 만난다는 얘기는 정말 한번 보셔야 돼요. 웃기기도 되게 웃겨요.

김겨울 그리고 무척 그럴듯한 얘기고요.

이다혜 작품 주인공을 보면서 "앞으로도 넌 살기 힘들겠다"라는 생각을 많이 했죠.

김겨울 마지막 결말도 참 한숨 나오게 하고요.

이다혜 켄 리우 작품은 "이 세상은 다 끝났어"라는 생각을 들게 하고, 이 작품에선 갑자기 황당무계한 전개를 통해 웃게 하죠.

김겨울 맞아요. 되게 웃으면서 볼 수 있는 그런 인터넷 썰 같은 소설이에요. 제가 생각했던 「칼리_Na」는 굉장히 특이한 소설인데요. 인터넷 트롤링과 종교, 그리고 AI를 결합해 놓은 작품이에요. 가상세계 안에서 AI로 구현한 신이 인터넷 트롤들과 무기로 싸우는 이야기를 다루고 있거든요. 굉장히 재미있게 읽은 소설이었고, 같이 읽어보시면 좋을 것 같습니다.

이다혜 앞서 『에스에프널』이 지금 한참 읽히고 쓰이는 SF를 총망라했다고 말씀드렸는데, 바로 이런 지점을 말씀드린 거였어요. 똑같은 소재라고 해서 비슷한 이야기일 것이라고 상상하시는 것은 SF를 전혀 즐길 수 없게 만들어요. 예를 들어 "딥페이크 얘기는 이미 누가 쓰지 않았어?", "추모 얘기 누가 쓰지 않았어?"라고 생각하는 거죠.

똑같은 소재와 실마리를 가지고도 완전히 다른 이야기가 나오기 때문에, 어떤 작품은 유머가 되고, 또 어떤 작품은 처참하고 비극적인 드라마가 돼요. 그러니 골고루 읽어보시면서 하나의 이슈가 이렇게 다른 이야기로도 발전할 수 있다는 것을 보시면 좋을 것 같아요.

vs. 대결
2. 하드 SF

김겨울 자, 그럼 다음으로 넘어가 보겠습니다. 다음 주제는 하드 SF를 가지고 골라봤는데요. 고르신 하드 SF는 어떤 작품이죠?

이다혜 '피터 와츠'의 「사이클롭테러스」라는 작품입니다. 이 작품 엄청 좋아하는데요. 우리가 우주로 가는 SF들을 많이 생각하잖아요. 이 작품은 바다로 들어갑니다. 바닷속에서 벌어지는 이야기죠. 저는 하드보일드 느낌도 받았어요.

김겨울 맞아요. 하드보일드 추리소설 느낌.

이다혜 그런 분위기에서 심해 오징어까지 나오죠. 생물이라기보다는 로봇 느낌인데요.

김겨울 피터 와츠 작가가 전직 해양 생물학자여서 좀 더 생생하게 느껴졌어요.

이다혜 앞서 저희가 작가 소개 글이 되게 재미있다고 그랬잖아요. 이 작품이 그러한 재미의 절정이에요. 소개 글에서 "피터 와츠는 전직 해양 생물학자이자 괴사성 근막염 생존자, 범죄자로서, 그가 쓴 소설들은 우주 뱀파이어에 병적으로 집착한다" 라고 나와 있어요. 하지만 철학부터 신경정신의학에 이르는 다양한 대학 과정에서 필수도서로 지정됐다고도 하네요.

김겨울 소개 글의 뒷부분도 너무 좋지 않아요? "그는 토론토에서 판타지 소설 작가인 케이틀린 스윗과 고양이 네 마리, 복싱 좋아하는 토끼 한 마리, 스쿨버스만 한 크기의 플래코스토무스 한 마리, 그리고 매년 여름이 되면 포츠에 나와 있는 그의 바짓가랑이를 붙들며 건조 개 사료를 달라고 조르는 사나운 라쿤들 한 마리와 함께 살고 있다. 그는 지금껏 만났던 대부분 인간보다 그들을 훨씬 좋아한다." 이렇게 적혀 있습니다.

이다혜 대부분 인간에 아내가 들어갈까요?

김겨울 잘 모르겠네요. (웃음) 소설 줄거리를 좀 요약해 주시죠.

이다혜 이 작품은 줄거리 요약이 어려워요. 사실 그 점이 하드 SF의 특징이라고 생각하는데요. 어쨌든 요약해 보자면, "겔릭"이라는 주인공이 "모레노"라는 인물을 만나서 잠수정 같은 것을 타고 바닷속으로 들어갑니다.

그런데 여기에서 두 사람 사이에 어떤 갈등이 있는지가 어렴풋하게 드러나는데요. 작중 배경은 심해이지만 아마 바다 위쪽 세상에서는 여러 가지 문제가 발생하여 거의 멸망에 가까운 상태, 환경 문제로 굉장히 궤멸적인 상황에 처해 있는 것으로 보입니다.

이 작품의 진짜 재미있는 포인트는 처음에 시작할 때 겔릭을 먼저 등장시켜서 이 이야기를 끌고 가게 해요. 그러면 우리는 보통 "겔릭"의 입장에서 이야기를 따라간단 말이에요. "겔릭이 어떤 사람을 만나서 점점 심해로 내려가고 있고, 지금 지상은 어떤 상황이구나"라는 식으로 이야기를 판단하게 되는데, 이 이야기가 후반부에 가면 완전히 뒤바뀌어요.

김겨울 그렇죠.

이다혜 그게 진짜 재미있는 포인트인데, 처음에는 "이게 도대체 무슨 얘긴가", "무슨 얘기를 하려고 이렇게 흘러가는 건가"라고 생각할 정도로 계속 바닷속으로 내려가기만 합니다. 잠수에 대한 기술적인 문제에 대해서만 얘기를 해요. 그 얘기는 그렇게까지 흥미롭지 않습니다.

그러다 갑자기 엄청 거대한 심해 오징어가 등장하는데, 오징어 눈이 이상한 거죠. 신경 섬유 같은 기계 장치와 LED 조명 같은 것으로 대체된, 그런 눈을 장착한 오징어인 거예요. "대체 이건 뭐야?"라고 하다가, 후반부에 가서 이 짧은 이야기가 갑자기 가속을 밟기 시작하고, 마지막에 가면 "이게 사실 이런 이야기였어?" 하고 전말을 알게 됩니다.

처음엔 평온하고 약간 지루해요. 바닷속에서 태풍 같은 돌발 상황이 벌어졌기 때문에 평소와는 다른 방식으로밖에 항해할 수 없어서, 결국 다른 사람의 잠수정을 얻어 타서 바닷속을 내려가는 이야기인 줄 알았어요. “이런 상황에서 뭘 보는 거지?” “대체 무슨 모험을 하는 거지?”라고 생각했다가 그런 유의 작품이 아니라는 걸 알게 되고, 후반부까지 가면 아까 소개해 드린 「내 마지막 기억 삼아」와 약간 비슷하게 흘러가게 되죠. 그런 점에서 여러 장르가 혼합된 작품이고요. 전체적으로 SF이지만 하드보일드에 등장할 법한 인물이 나오기도 하는데, 그 인물은 영웅적인 캐릭터라기보다는 오히려 반영웅적인 캐릭터에 가깝습니다. 그런 인물이 애당초 어떤 목적을 가지고 있었는지를 후반부에 알게 되는 대목이 굉장히 재미있고, “이런 맛이지, 이런 맛에 읽는 거지”라는 생각을 진짜 많이 한 작품이에요.

김겨울 맞아요. 소설은 진짜 끝까지 읽어야 한다.

이다혜 그리고 정말 단편일수록 더욱 꼼꼼하게 봐야 한다는 것을 새삼 깨닫게 해주는 작품이기도 해요. 저는 끝까지 다 본 다음에 다시 앞으로 가서 처음부터 끝까지 다시 읽었습니다.

김겨울 저도 굉장히 재미있게 읽은 소설인데요. 말씀하신 것처럼 정말 재미있는 이야기여서 추천해 드릴 만한 작품이에요.
이 작품과 매칭해서 제가 고른 하드 SF는 ‘그렉 이건’의 「고향으로 돌아가는 길」이라는 작품입니다. 이 작품은 1권에 수록되어 있는데요. 제목 그대로 고향으로 돌아가는 여정에 대한 소설인데, “어디에서 고향으로 돌아가느냐?”, “어떻게 고향으로 돌아가느냐?" "누구와 고향으로 돌아가느냐"가 문제겠죠. 「고향으로 돌아가는 길」의 고향은 지구인데요. 지구로 돌아가는 서사는 SF에서 흔하죠. 우리가 잘 알고 있는 영화 〈마션〉을 비롯해서 영화 〈더 문〉 같은 것도 그렇고요. 결국 돌아가는 과정에서 어떤 일이 벌어지느냐를 보는 셈이기 때문에 전형적이기도 하죠.

주인공은 허니문, 신혼여행을 달 기지로 가게 됩니다. 거기서 우주 대원들하고 잘 지내고 있는데 어느 날 교신이 끊어져요. 금방 복구되겠지 했는데 복구가 안 됩니다. 왜 복구가 안 되지? 날짜는 하루하루 지나고 있고 돌아갈 날이 다가오고 있는데 낌새가 이상한 거죠.

교신이 안 되는 게 불안한 와중에 갑자기 달 기지 대원들이 본인들만 지구로 돌아가는 계획을 세웁니다. 그리고 정말 본인들만 떠나요. 왜냐하면 연구원들을 위한 비상 우주선은 자리가 한정돼 있기 때문이죠. 이 허니문 부부를 위한 자리가 없는 거예요. 그래서 본인들끼리만 가요.

그런데 이 기지에 누가 남아 있느냐면 망연자실한 부부와 연구원 중 안 가고 남아 있는 한 명입니다. 그런데 다른 대원들이 떠나려고 할 때 이 허니문 부부의 남편이 "설마 그럴 리가 없다"라고 하면서 쫓아가요. 온몸으로 우주선을 막으려고 하는데 우주선은 안 멈춰요. 우주선이 떠날 때 발생한 굉장한 고열과 에너지 때문에 남편은 숨을 거둡니다. 부인이랑 연구원이랑 두 여자만 남은 거예요. 교신은 안 되고 어떻게 돌아갈 것이냐? 그 내용은 직접 읽어보시면 좋겠어요.

어떻게 보면 전형적인 서사이기는 하지만 그 과정이 굉장히 흥미로워서 저는 되게 재미있게 읽었어요.

이다혜 저한테도 무척 재미있는 포인트가 몇 개 있었는데, 그중의 하나는 달 기지 직원들이 도망가는 대목이에요. 직원들이 도망갈 때 뭐라고 하느냐면, 허니문 부부가 "우리는 어떻게 하라고 당신들만 가느냐?"라고 얘기를 하니까, 그 직원들이 "당신들은 지금 이벤트 때문에 와 있는 고객이라서 분명 회사에서 회사 이미지를 위해서라도 당신들을 구하러 올 것이다. 하지만 우리는 직원이라서 구하러 오지 않을 테니 우리가 먼저 가는 게 맞다"라고 얘기를 합니다. 그 말 들으니까 또 혹하잖아요. 우리가 여기 와 있는 거 다 아는데 설마 고객인 우리를 버릴까 하고 생각하게 되는 거죠.
또 한 가지는, 아까 김겨울 작가님께서 남편이 떠나려는 우주선을 막으려다가 결국 죽음을 맞이한다고 설명을 해주셨는데요. 남편은 왜 굳이 죽을 위험을 무릅쓰느냐면 그 이유도 재미있어요. 주인공이 가지 말라고 남편을 말립니다. "우주선 출발하면 위험하니까 가지 마"라고 얘기하니, 남편은 자동차로 따지면 "설마 내가 여기 앞에 서 있는데 액셀을 밟겠어?"라고 생각하는 거예요. 그런 식으로 아내에게 얘기를 하는 거죠. 그런데 실제로 액셀을 밟아버려요.
그런 몇 개의 재미있는 포인트를 지나서, 결국은 남아 있는 사람들에 대한 이야기로 흘러가게 됩니다.
저는 『마션』을 되게 좋아하는데 일단 '앤디 위어' 작가를 엄청 좋아해요. 작품들이 무척 재미있고 유쾌하거든요. SF라고 하면 일단 어둡고 무거운 느낌이 드는데, 그와 완전 반대로 "유쾌하고 낙관적인 이야기를 무대로 만들 수 있구나"라는 것을 보여줘서 참 매력적입니다. 하지만 항상 갖고 있었던 궁금증 중 하나가 "우주선 조난자들은 과연 살고 싶어 할까?"라는 거였어요. 내가 지금 달에 있는데 두세 명의 생존자 중 하나라면, 100명쯤 되면 또 다르겠지만, 이런 극소수의 생존자 중의 하나라면, 과연 살아 있고 싶을까 하는 게 항상 큰 의문이었거든요. 그리고 탈출하려는 시도가 사실상 자살 시도와 무엇이 다른가 하는 것도. 왜냐하면 우리가 어디를 갈 때, 예를 들면 조각배를 타고 망망대해를 건너는 것과 지하철을 타고 을지로 3가까지 가는 것은 완전 다른 일이라는 거예요.

김겨울 심지어 달에서 지구로 가거나 화성에서 지구로 가는 일은 너무하잖아요.

이다혜 맞아요. 그래서 이거는 자살 시도랑 똑같은 거예요. 과연 내가 살고자 하는 시도라고 볼 수 있는가 하는 생각이 들 정도로 너무 리스크가 큰 거죠. 그런데 이 작품에선 살려고 하는 것과 죽으려고 하는 것이 딱 붙어 있는 거예요. 그래서 마지막으로 탈출을 시도하는 장면은 어떤 절박함이 있는데, 그런 복합적인 요소를 보여주고 있기 때문에 다 읽은 다음에도 오랫동안 기억에 남았습니다.

vs. 대결
3. 편집자

김겨울 다음 작품을 얘기해 볼 텐데요. 이다혜 작가님이 다음 작품으로 소설이 아닌 조너선 스트라한 편집자의 말을 가져오셨어요.

이다혜 「새로운 출발점에 서서」라는 편집자 서문이고요. 이 책을 엮은 사람이 쓴 소회의 글입니다. 이 글도 재미있었어요. 이 글 도입부를 잠깐 읽어드릴게요.

"달력 원리주의자들은 10년이나 100년 또는 1000년이 정확히 언제 시작하는지를 놓고 논쟁을 벌일지도 모르지만, 일단 숫자가 바뀌면 새로운 시작점이자 새로운 출발점이라는, 또 이때껏 지나온 길을 되돌아볼 시간이 왔다는 느낌이 든다"라며 시작하는데요. 이 글은 엄청 술술 잘 읽히는 SF에 대한 에세이는 아니지만, "2020년에 이르러 SF는 어떻게 되어가고 있나?"라는 얘기를 하는 일종의 SF 현황 보고입니다.

그래서 정말 빽빽하게 책 제목하고 작가 이름들이 계속 등장하고, 그중 제가 모르는 작품이 태반입니다. 그래도 과거 유명했던 작품을 꼽는 거는 최소한 제목은 알잖아요. 그런데 이거는 지금 막 발표되는 작품들에 대한 이야기이기 때문에 낯선 작품들이 굉장히 많습니다.

제가 이거를 꼽은 이유는, 지금부터 SF를 열심히 읽어야겠다는 생각이 들게 하는 글이기 때문이에요. 이걸 다 읽잖아요? 그러면 이 작품은 뭐지, 이거는 뭐지 하면서 읽고 싶은 마음이 들게 돼요. 정말 많은 재능이 지금 SF에 몰려들고 있다는 게 보이니까요. 작품들의 풀이 다양해지고 있다는 게 중요하거든요. 이를테면 예전엔 SF라고 하면 영미권 국가들이 헤게모니를 완전히 쥐고 있는 것처럼 이야기를 했지만 지금은 그렇지 않죠. 비단 그런 영미권의 백인 작가들을 중심으로 SF 판이 돌아가는 게 아니라는 걸 알 수 있어요. 인도 작가도 그렇고, 한국 작가들은 말할 것도 없죠.

이처럼 조너선 스트라한은 현황 보고를 하는 것뿐인데도, 정말 많은 국가에서 자기네 문화와 결부된 SF를 쓰고 있다는 것을, SF는 정말이지 이제 막 개척이 한창인 땅이라는 것을 알 수 있어요. 아마 '일론 머스크'가 언제 화성에 갈지는 모르겠는데요. 이 현황 보고를 보고 있으면, '스페이스 X'와 관련된 뉴스를 보고 있는 느낌이 좀 들어요. 진짜 많이들 쓰고 있고, 또 많이 발달하고 있고, 과거의 영광을 재현하는 게 다가 아닌 곳이라는 것을, SF 판은 지금 막 새로 쓰고 있는 작가들과 꾸준하게 써온 작가들이 같이 모여서 성장해 가는 곳이라는 것을 알 수 있는 글이어서 좋았습니다.

특히 초반부 10페이지를 읽어보시면 "요즘 SF는 이런 분위기구나" 하고 느끼실 수 있습니다. 저희가 SF 정의에 대해 얘기할 때 언급했던 '데이먼 나이트'의 "과학소설이란 우리가 과학소설이라고 말할 때 가리키는 것이다"라는 정의도 여기서 나오고요. 그런데 그 10페이지를 지나가면 뭐가 나오느냐? 제목들…

김겨울 말씀대로 작품 목록과 작가 이름들이 쏟아져 나오는데요. 정말 많은 사람이 SF를 쓰고 있다는 걸 알 수 있게 되죠. 그렇게 넘기다 중간에 한국 이름 나오면 잠깐 반가웠다가 다시 우르르 이름과 작품이 쏟아지고 그런… '박성환'의 「레디이드 보살」, '정소연'의 「우주류」가 언급돼 있어서 좋았기도 했고요.

이다혜 재밌어요. 이른바 '국뽕' 차는 느낌 있잖아요. '세계 속의 한국' 같은 느낌으로 읽을 수 있어 재밌어요.
조너선 스트라한 같은 SF 편집자들에 대해서, 예를 들면 '아서 C. 클라크'라든가 '필립 K. 딕' 같은 거대한 이름들의 레거시를 지키는 동시에 지금 막 새로 등장한 작가들이 자기 자리를 차지할 수 있도록 노력들을 많이 하고 있다는 걸 알게 돼서, 소설 읽는 것과는 완전 다른 재미를 느낄 수 있었습니다.

김겨울 이다혜 작가님이 골라주신 작품이 편집자인 조너선 스트라한의 글이어서 저도 편집자의 역할 혹은 의미 같은 것을 말하는 소설을 골라 왔는데요. '소피아 레이'의 「문에 얽힌 비밀 이야기」라는 소설이고요. 저는 이 소설을 읽으면서 다시 한 번 느꼈습니다. 나는 보르헤스를 진짜 좋아하는구나.

이다혜 그러니까요. 완전히 보르헤스죠.

김겨울 완전히 보르헤스풍의 소설인데, 아주 깨알 같은 재미들이 있는 그런 소설이에요.

"문에 얽힌 비밀 이야기"라는 제목의 가짜 옛날 고문서를 만드는 어떤 역사 편집자, 기록 관리자의 이야기예요. 작품 속 세계관은 마치 『1984』의 세계관처럼 세계 정부가 있고, 그 와중에서 바르셀로나라는 도시는 지식을 관리하는 도시로 지명되었는데, 주인공은 그곳에서 역사 지식을 담당하는 사람인 거죠. 몰래몰래 어떤 수녀가 쓴 어떤 글이 있다는 식으로 가짜 기록을 만들어서 기록 서가에 꽂아 넣는 게 주인공의 일상인데, 그 과정에서 마치 『1984』에 나올 법한 어떤 감시가 이루어져요. 그래서 몰래몰래 그 일을 하다가 어느 날 갑자기 아침에 출근하려고 하는데 문 밑으로 쪽지가 쓱 들어오죠. 어디로 와라. 그 쪽지를 보고 잡힐까 봐 불안해하면서도 주인공은 홀린 듯이 그리로 가요.

처음 보는 장소에 도착한 주인공은 자기처럼 그런 식으로 옛날 기록을 만들어 내고 있는 사람들을 만나게 돼요. 다들 신나게 소설을 쓰고 있는 거죠. 심지어 거기서 자기가 낮에 만났던 관리자를 만납니다. 뒷 내용을 말씀드리고 싶지만 결말을 말씀드리면 안 될 것 같아서… 책을 좋아하시는 분들이라면 너무너무 즐겁게 읽을 만한 패러디들이 뒤에 나와요.

이다혜 책들이 많이 나오죠. 다만, 고유명사는 맞는데 그 해설이 다

다르고요.

김겨울 그렇죠. 구체적으로 말씀드리기는 그렇지만 '허버트 조지 웰스'랑 '오손 웰스'가 등장하고요, 심지어 오손 웰스가 쓴 『시민 케인』도 등장해요. 그리고 'G. K. 체스터턴'도 등장합니다. 그러니까 이 이름들을 알고 계시고 또 그 사람들의 작품을 읽었거나 본 사람들이라면, 너무나도 재미있는 소설이에요. 이런 식의 실제 작가들을 가져와서 소설 속 세계에서 변형을 시키는 기법 자체도 굉장히 보르헤스스러운데요. 결말부는 정말 보르헤스스럽죠.
그리고 이 「문에 얽힌 비밀 이야기」라는 이야기 자체가 작중 주인공이 쓰고 있는 이야기 그 자체라는 점에서 또 하나의 중첩된 레이어가 들어가 있죠. 이렇듯 소설의 전반적인 구성 같은 것들이 굉장히 보르헤스스러운 측면이 있어서 저 같은 사람이 너무나 좋아할 수밖에 없는 소설이었어요.

이다혜 김겨울 작가님 말씀처럼 너무도 익숙한 사람들이 등장하는데 여기서 해설을 해주는 게 다 달라요. 예를 들면 오손 웰스가 실제 역사에서 허버트 조지 웰스의 『우주전쟁』을 가지고서 라디오 드라마를 만들어서 방송했었는데요. 실제로 사람들이 드라마가 아닌 실제 상황인 줄 알고 공포에 질렸었어요. "우주인이 침공했다, 탈출하라" 이런 식의 방송이 너무 리얼하기도 했고, 게다가 실제로도 전쟁이 끝난 지 얼마 되지 않은 시기였거든요. 그런데 이 소설에서는 실제 에피소드를 완전 다르게 해설하고 있어요. 이런 대목이 굉장히 재미있죠.

또 한 가지 재미있는 대목은, 소설 속 세계관에서는 소설 창작이라는 게 전혀 이루어지지 않는 것처럼 보입니다. 소설이라고 하는 것 자체가 과거의 유물이고, 그리운 무언가인 셈이죠. 그런 상황에서 사람들이 소설이라는 것을, 창작하는 이야기라는 것을 버리지를 못하고 비밀리에 해나가는 모습을 보여주죠. 사람들이 얼마나 이야기를 좋아하는가, 얼마나 만들어 내는 이야기에 미쳐 있는가에 대해서 생각을 해보게 만들어서 저도 굉장히 좋아하는 소설입니다.

김겨울 허버트 조지 웰스 얘기부터 큭큭 대면서 보기 시작했는데요. 허버트 조지 웰스가 『타임머신』 등의 작품을 쓴 SF의 조상님 같은 작가란 말이에요. 거기서부터 약간 웃기 시작했는데 오손 웰스가 '케인'이라는 가명으로 활동했다는 데서 너무 빵 터진 거예요. 이렇듯 《시민 케인》을 패러디 한 부분처럼, 책과 영화를 좋아하시는 분들이라면 굉장히 흥미롭게 읽힐 만한 이야기여서 추천해 드리고 싶었습니다.

vs. 대결
4. 입문작

김겨울 마지막 주제는 입문작입니다. 여러분을 위한 입문작을 각자 골라봤는데요.

이다혜 저는 'E. 릴리 유'의 「녹색 유리구슬: 어떤 사랑 이야기」라는 작품이고요.

김겨울 저는 'N. K. 제미신'의 「비상용 피부」를 골라봤는데요. 먼저 소개를 해주시죠.

이다혜 제목처럼 사랑 이야기인데요. 아, 이 책엔 사랑 이야기가 꽤 있습니다. 그리고 아까 소개해 주신 작품 중에서도 「고향으로 돌아가는 길」도 일종의 사랑 이야기라고 볼 수 있죠.

이 작품은 결혼하기까지의 이야기라고 보시면 되는데요. 그래서 사실 지금 우리가 사는 현실과 다른 어떤 세계에 살고 있을 뿐이지, 보통의 연인들이 만나고 헤어지기를 반복하는 이야기와 되게 비슷해요.

저는 두 주인공, 여자 주인공과 남자 주인공이 만나서 결국 결혼까지 하는 과정이 되게 영화 〈해리가 샐리를 만났을 때〉와 비슷하다고 느껴졌어요. 첫눈에 빠진 사랑이 아니라 몇 번 만났다 헤어졌다 하는 과정에서 각자 성장해 나가고 그러다가 어느 순간 결혼을 하는 과정을 거치게 되죠. 그런데 결혼을 하면서 굉장히 중요해지는 것이 어떤 계급적인 선택들이에요. 미래 세계에서 계급이라는 것은 무엇을 상징하는가 생각하게 되죠.

이 소설은 '진짜의 세계'에 대한 이야기이기도 해요. SF에서 자주 나오죠. 예를 들면, "진짜 고양이를 키우는 사람은 엄청난 부자다"라는 식으로요.

김겨울 그 유명한 영화 〈블레이드 러너〉의 원작, 「안드로이드는 전기 양의 꿈을 꾸는가?」에서도 전기 양과 진짜 양 이야기가 나오죠.

이다혜 지금 우리에게는 아무것도 아니지만 미래에는 굉장히 귀해지는 어떤 것들이 생겨나는 세계이고, 그런 세계에 맞춰 인간도 약간 퇴화를 하게 되는 거죠. 인간의 몸은 더 이상 우유 성분을 제대로 소화할 수 없게 되어서, 진짜 우유로 케이크를 만들면 먹을 수가 없는 상황이 생기는 거예요. 그렇게 불가능해지면 어떻게 되겠습니까? 못 하니까 더 하고 싶어지는 거죠.

결혼을 하는 과정에서 누구나 자기가 평소에 하지 않던 것을 최대한으로 하고 싶어지기 마련이겠죠. 그런데 그런 행동이 이 SF 세계관에서는 어떻게 벌어지는가? 그리고 결국은 미래의 결혼이라고 해서 현재의 결혼과 다를 것인가? 그런 생각을 진짜 많이 하게 되고요.

저는 소설의 부제를 보면서, '탄소세 시대의 가족 계획'을 생각했어요. 환경 문제가 굉장히 심각해지면 우리는 어떤 것들을 고려하게 될까? 결혼할 때, 예를 들면, 그런 환경 문제가 심각한 미래엔 케이크를 어떤 재료로 만들까 고민하는 게 지금하고 전혀 다른 고민이 되는 것처럼, 아이를 낳는 것도 마찬가지일 테죠. 아이를 낳으면 세금을 더 내야 한다든가. 이런 것들을 어디까지 생각해야 할까?

결혼이라는 아주 평범해 보이는 이벤트 과정을 보여주는 것만으로, 환경 문제가 굉장히 극단에 치달았을 때 우리는 어떤 세상에서 어떤 결정들을 하게 될지를 아주 유머러스하게 보여주는 소설이에요.

김겨울 이 소설에서 재미있는 부분 중 하나가 두 주인공이 결혼을 열심히 준비하는 과정을 설명하던 중 슬쩍슬쩍 나오는 진술이에요. "과연 이 남자는 어떻게 변할까요?"

예를 들면 이런 거예요. 약혼을 할 때는 "탄소세를 고려해서 나중에 아이를 한두 명 정도 낳고서 살자"라는 얘기를 했는데, 나중에 결혼 맹세를 할 때는 "서너 명을 낳고 살자"라고 말하면서 남자가 말 바꾸기를 은근슬쩍 하는데요. 결혼식이 한창 진행 중인데 거기서 대놓고 "뭐? 한두 명이라고 했잖아?"라고 할 수는 없으니까 "뭐지?" 하면서 맹세를 합니다. 이처럼 두 사람의 관계가 결국 어떻게 변해갈까 궁금하게 하는 양념 같은 부분이 너무 재미있었어요.

이다혜 가볍고 유머러스하고 어렵지 않은 작품이에요. 현재 세계와 조응하면서 시사점도 주는 작품이기에 입문작으로 추천합니다.

김겨울 제가 고른 N. K. 제미신의 「비상용 피부」 내용은 이렇습니다. 어떤 한 행성에 임무를 띤 사람을 한 명씩 파견 보내요. 그 임무가 뭐냐면 아주 중요한 약물 같은 것을 구해 오는 일이거든요.

그 사람들이 도착하고 보니 파견된 곳이 지구에요. 그런데 파견되기 전에 자기 행성에서 뭐라고 들었느냐면, 지구는 구제불능 상태이고, 다 망했고, 아무런 생명 활동도 없는 죽은 행성이라고 들었거든요. 그런데 막상 가서 보는데 사람이 되게 많고, 뭔가 기술도 발달해 있고, 자연도 복구가 되어 있는 거죠. 예전에 있었던 아포칼립스 때문에 죽은 행성이라고 알고 있었는데 실상은 그렇지가 않았던 거죠.

그런데 그뿐만 아니라 수많은 비밀이 드러나면서, 원래 이 사람이 있던 행성이 지구로부터 어떤 모종의 이유로 분리되어 나온 사람들만 살고 있는 곳이란 것도 드러나게 돼요. 그뿐만 아니라 사실은 파견된 사람들도 한 번 쓰고 버리는 용도로 파견됐다는 것을 알게 되죠. 구체적인 얘기는 하지 않겠습니다. 다만, 제목이 "비상용 피부"인 게, 이 사람이 지구로 파견될 때 피부가 없는 상태인 것으로 보여요. 그 파견한 행성에선 아주 극소수의 상류층만 피부를 가지고 있고, 사실상 노예 상태에 있는 사람들은 피부 없이 살아가는 것으로 보이죠. 그래서 지구로 갔을 때 지구인들이 놀라지 않게끔,

자연스럽게 그 사이에 섞일 수 있게끔 비상용 피부가 준비돼 있죠.
이 소설이 서술에 있어서 재미있는 점은 이 파견된 사람의 머릿속에서 계속 파견한 행성에서 지시를 내린 사람들의 목소리가 들리는 거예요. 인공지능 같은 것을 이용해 계속 말을 거는 거죠. 그래서 지구에서 누구를 만났는데 그 사람이 뭔가 친절을 베풀면 머릿속에서 그 지시를 내린 사람이 "그거는 다 거짓이다, 믿지 마라. 너는 신성한 임무를 띠고 이곳에 왔다. 해야 할 일을 해라"라고 계속 말하는 거예요.
그래서 이 파견된 사람이 머릿속에 들리는 목소리에 따라 지구인에게 말하면, 그 지구인이 듣고 "허허, 너도 그렇구나. 지난번에 왔던 걔도 그랬어"라고 말하고, 파견된 사람은 당황하게 되죠. "제가 처음이 아닌가요?" 그러면서 또 새로운 진실을 알게 되고요. 머릿속의 목소리들이 소설 속에 계속 등장하게 되는데요. 그 머릿속 목소리와 지구에 있는 사람들이 나누는 대화를 보는 재미가 있어요.
그 내용이 어렵지는 않고, 뭐라고 해야 할까요? 어떤 계급 문제를 우리가 직관적으로 이해할 수 있게 하는 부분이 있어요. 그런 점에서 어렵지 않으면서도 흥미진진하게 읽을 수 있는 작품이에요. 원래 가려진 진실이 드러나는 얘기가 동력이 있으니 더 흥미진진하잖아요.
그런 점에서 입문작으로 재미있게 읽으실 수 있지 않을까 싶어 추천했습니다. 2권의 첫 번째 수록작입니다.

이다혜 비밀이 드러나는 이야기들이 가진 특유의 재미가 있죠. 비밀이 드러나는 과정에서도 마지막까지 컨트롤하려는 목소리가 있잖아요. 그 목소리가 어떻게 보면 요즘 흔히 얘기하는 '가스라이팅'하고 되게 비슷해요.

자기가 눈으로 보고 대화를 통해서 얻은 지식만 가지고선 이미 모든 판단이 끝났는데, 그렇게 자신이 경험한 것을 신뢰하는 게 아니라 머릿속에서 들리는 목소리에 따라 전부 거짓으로 치부해 버리는 거죠.

그 사이의 갭을 어떻게 해결할 것인가? 나에게 명령하는 목소리에 따를 것인가 아니면 내가 경험한 지금 이 세계의 상황을 따라갈 것인가? 양립하기 어려운 두 가지 가치 속에서 혼란을 겪다가 이야기가 마무리됩니다. 마무리가 굉장히 경쾌하고 확실해요. 그래서 처음에 읽기에 좋은, 명쾌하면서 재미있는 이야기라고 생각해요. 저도 굉장히 재미있게 읽은 작품이고요. 그리고 N. K. 제미신은 요즘 가장 인기 있는 작가 중 한 사람이죠.

제미신의 다른 작품을 읽기 전 입문작으로도 좋은 작품이 아닐까 싶습니다.

김겨울 전부 재미있는 작품들이니까 한번 읽어보시면 좋을 것 같아요. 사실 얘기하지 못한 작품 중에도 재미있는 작품들이 진짜 많아요.

이렇게 해서 저희 둘이서 SF에 대한 열렬한 덕심으로 여러 가지 이야기를 나눠봤습니다. SF 좋아하는 사람이랑 SF 얘기하니까 너무 좋네요.

이다혜 정말 좋았습니다. (웃음)

김겨울 그럼 이렇게 마무리하도록 하겠습니다. SF에 한번 관심 가져 보시고, 『에스에프널』도 읽어보시면 좋을 것 같습니다. 감사합니다.

Interview

조너선 스트라한

Jonathan Strahan

안녕하세요? 인터뷰에 응해주셔서 감사합니다. 우선, 국내 독자분들께 자기소개부터 부탁드립니다.

안녕하세요, 〈에스에프널〉의 원 시리즈인 〈올해의 SF 걸작선〉의 편집자, 조너선 스트라한입니다. 한국에 계신 모든 독자분들께 인사드립니다. 이 책을 통해 전 세계 SF가 어떻게 움직이고 있는지 확인하실 수 있을 것이라고 기대합니다. 그리고 언젠가 한국 독자들을 꼭 만날 수 있길 바라봅니다.

『에스에프널 2021』에 수록된 작품들이 SF 문학상을 받고, 그 밖의 SF 트렌드, 팬덤, 평단 사이에서 화제가 될 것이라고 예상하셨나요?

네, 솔직히 예상했습니다. 수록된 작품들이 휴고상·네뷸러상·로커스상 수상작과 후보작이 될 것이라고도 예상했죠. 제가 편집한 이 책에는 27편의 작품이 수록돼 있고, 몇몇 작품들은 세계 최고의 작가들이 쓴 것입니다. 아주 재밌고, 흥미롭고, 매력적이고, 시기적절한 이야기들이죠.

주요 문학상을 수상하여 피터 와츠, 테건 무어, 엘리자베스 베어, N. K. 제미신처럼 세상을 놀라게 한 작가들의 작품도 있습니다. 바로 독자들이 기대하는 것이죠. 아마 작품을 읽어보시면, 왜 기대할 만했는지 아실 것이라 생각합니다.

트렌드, 평단, 팬덤에 관해 말씀하셨는데요. 저는 팬덤 활동 같은 것을 하지는 않지만, 다른 관점을 포용하며 흥미를 갖는 긍정적인 트렌드에는 언제나 관심을 가지고 있습니다. 다른 세계의 리뷰어, 평단도 관심 있게 보고 있고요. 여기서 다른 세계란 기본적으로 영미권이 아닌 세계를 의미합니다. 그들이 가진 흥미롭고 다양한 종류의 스토리텔링 전통에 관심이 많습니다. 그들 스스로의 영향력에 대해서도 많은 관심을 가지고 있죠. 아주 오랫동안 캠벨적 SF가 지배적이었던 시기 이래, 팬덤은 정말 뭔가 다른 것을 찾고 싶어 했습니다. 그 갈망이 이 책이 지금 시점에 등장한 이유이기도 합니다.

지금 SF계의 트렌드는 무엇이라고 보시나요?

SF계의 주요 트렌드는 전 세계의 트렌드와 함께 갑니다. 지금 시대의 SF는 충분한 문학성을 갖추고 있는데요. 그런 SF를 사람들은 다가올 미래를 관측하는 확대경으로 언급하곤 합니다. 오늘날 우리가 직면한 것들 중에서 가장 중요한 것은 무엇입니까? 소득 불평등, 기후변화 이슈에 직면하고 있죠. 또 사람들을 대하는 문제, 예컨대 피부색, 성적 소수자(LGBTQIA+) 또는 기타 다른 소수집단에 관한 이슈가 있죠. SF와 이 책에 등장하는 작품들은 이런 이슈들과 모두 관련돼 있습니다. 기후변화, 소득 불평등, 사회 불평등, 그리고 다른 집단의 사람을 잘 대하는 문제 말이죠.

어떻게 한 권의 책에 이 작품들을 담을 생각을 하셨나요? 영감을 받은 다른 책이 있나요?

당연히 많은 책으로부터 영감을 받았습니다. 저는 일곱 살 때부터 SF를 읽기 시작했습니다. 제가 기억하기엔 미국인 편집자 '테리 카'의 소설 선집을 가장 처음 읽었는데, 그 책은 『에스에프널 2021』처럼 완성도 있는 이야기들을 통해 세상을 열어보는 하나의 창문이었습니다.

그리고 1980년대 중반, 저는 '가드너 도즈와'가 '블루 제이 북스'와와 함께 편집한 〈올해의 SF 걸작선〉 시리즈의 1권을 우연히 만나게 됐습니다. 기존의 출판 질서를 뒤엎어 버리는 책이었죠. 가드너는 제가 존경하는 편집자입니다. 그리고 이번에 리뉴얼한 〈올해의 SF 걸작선〉은 그에게 헌정하는 시리즈이죠.

저는 그런 책들에 감탄하며, 손에 잡히는 대로 책을 읽었습니다. 참 방대하게, 아주 오랫동안 읽었고, SF 잡지 편집자와 리뷰어로도 일했습니다. 저는 늘 더 많은 작품을 찾아 읽으려 노력했습니다. 이 과정에서 거의 모든 웹사이트, 선집, 단편선, 잡지를 통독했죠.

늘 SF 작품들과 함께했던 저는, 결국 이 시리즈에 다다르게 됐습니다. 독자 여러분께 자랑스럽게 선보일 수 있는 시리즈를 만들고자, 또 올해 말에도 어김없이 세 번째 책을 선보여야 한다는 책임감으로 책 작업을 진행 중입니다. 〈올해의 SF 걸작선〉은 올해 최고의 작품을 모두 담고 있는 것은 아닙니다만, 올해 가장 읽어야 할 가치가 높은 작품들, 제가 사랑하는 작품들을 담고 있습니다.

세계적인 편집자의 관점에서, SF에 어떤 요소들이 있어야 한다고 보시나요?

저는 SF가 세상과 맞물려야 한다고 생각합니다. SF는 구심점으로 삶을 한 가지 명료한 아이디어를 통해 발전하는 것이어야 하죠. SF는 그런 것이 가능해야 합니다. 그런 까닭에 저는 스페이스 오페라 등을 SF라 할 수 있을지 가끔 의문입니다. 그 드라마들은 진짜 우리가 사는 세상의 법칙을 따르지 않기 때문이죠. 판타지가 실현 불가능한 것이라 한다면, SF는 실제 일어날 수 있는 것이라 할 수 있습니다. 그렇기 때문에 SF는 아이디어와 이상적으로 훌륭한 캐릭터, 그리고 짜임새 있는 플롯을 포함해야 합니다. 그리고 독자들을 매료시킬 아이디어도 있어야 합니다.

이 책에서 특별히 추천하는 작품이 있나요?

아주, 아주 끔찍이도 고통스러운 질문이에요. 왜냐하면, 『에스에프널 2021』에 딱 맞지 않는 작품들도 있다고 생각했지만, 저는 모든 작품을 사랑하거든요. 만약 특별히 추천할 만한 작품을 꼽으라면, 여러 이유로 무척 좋아하게 된 인드라프라미트 다스의 「칼리_Na」입니다. 작년에 저는 이 작품을 모두에게 강력하게 추천했어요.
하지만 '말카 올더'의 「튼튼한 손전등과 사다리」, '한쑹'의 「잠수함」도 꼭 만나보시길 추천합니다. 이 책에 담긴 작품들은 각양각색의 이야기들이기에, 모든 작품을 추천합니다.

한국의 저명한 작가들, 그리고 신진 작가들의 어떤 점에 매력을 느끼시나요?

저는 호주에서 나고 자란 호주인 독자입니다. 호주인만의 시각으로 세계를 바라보죠. 그렇다 보니 호주인이 아닌 사람의 관점으로 세계를 바라보고 싶은 마음이 크고, 그러한 갈망이 제가 SF를 읽는 이유이기도 합니다. 한국 작가들은 세상에 대한 저와 다른 시각을 가지고 있습니다. 한국은 매우 역동적인 나라입니다. 경제적으로 급성장했고, 문화적으로 다양한 곳이기도 하고요. 제가 찾고 있던 것, 보고 싶었던 것입니다. 더 많은 한국 작가들이 한국적인 작품을 쓰기를 바랍니다. 앞으로 출간될 작품들에 거는 기대가 아주 큽니다.

이미 한국 작가들의 작품, 선집, 소설집이 영어권 시장에 나와 있고, 번역된 한국 작품을 다루는《클락스월드》라는 잡지도 있으니 이제는 간편하게 한국 작품을 구할 수 있습니다. 한국 SF는 세계 SF 흐름에서 아주 중요한 관점입니다.

허블에서 출간 예정인 '찰리 제인 앤더스'와 '그렉 이건'에 대해 좀 더 얘기해 주시겠어요?

얼마든지요.『올해의 SF 걸작선』1권이 출간돼 예약 판매가 되고 아름다운 책으로 만들어질 수 있었던 이유는, 27편의 특별한 작품과 2명의 위대한 작가들, 즉 호주 SF 작가인 그렉 이건과 북미 작가인 찰리 제인 앤더스 덕분입니다.

그렉 이건은 1980년대 초부터 계속 작품을 써왔습니다. 제 생각에 그는 현존하는 최고의 SF 작가입니다. 그렉 이건은 인간의 본성과 생각의 본질에 대해 매우 심도 있는 작품을 씁니다. 이 책에 담긴 작품은 이전 작품들보다 훨씬 모험 서사에 가깝지만, 여전히 그 속엔 깊게 요동치는 것이 있습니다.

찰리 제인 앤더스는 좀 더 재치 있는 작가입니다. 집필 경력은 그렉 이건보다는 얼마 안 됐지만, 대신 21세기를 대표하는 작가라고 할 수 있습니다. 그가 쓴 소설은 따뜻하고, 인간적이고, 매력적이며, 구성이 뛰어난 작품이죠. 이 책에 수록된 작품은 일종의 기후변화를 예고하는 이야기입니다. 『아메리카 끝에 있는 서점』에는 소수성과 다양성을 위한 진실한 연민이 있죠. 찰리 제인 앤더스의 작품에서 소수성과 다양성은 세계를 관통하는 거대한 이슈입니다.

그 밖의 다음 계획은 무엇인가요? 〈올해의 SF 걸작선〉 시리즈는 언제까지 이어질까요?

요즘 정말 바쁩니다. 《토르닷컴》에서 일하고, 《더 밸러스》를 편집하며 그들과 많은 작업을 하길 희망하고 있습니다. 그래서 '알렉스 해롤', '대럴 그레고리', 그리고 다른 작가들과 작업하고 있고요. 얼마 전에는 현실로 다가올 미래, 2100년 이후에 우리는 어떻게 살아야 하는지에 대한 작품들을 모은 『12 투모로(12 Tomorrows)』 1권에 대한 작업을 막 끝냈습니다. 또 작년에 집필했던 『용들의 책(The Book of Dragons)』의 속편 작업도 하고 있습니다.

〈올해의 걸작선〉 작업도 하고 있습니다. 앞으로 다가올 수십 년 동안, 이 작업이 이어지기를 간절히 바라거든요. 저는 이 작업이 정말 좋습니다. 어쩌면 제 집착일 수도 있고, 이상하다고 여기실지도 모르겠지만, 저는 『에스에프널 2021』이 이 세상에 존재할 뿐만 아니라 한국의 서점에 있다는 것이 정말 기쁩니다. 두 번째 책인 『에스에프널 2022』가 하루 빨리 세상에 나오기를 진심으로 고대합니다.

초판 1쇄 찍은날	2022년 5월 3일
초판 1쇄 펴낸날	2022년 5월 17일
지은이	김겨울·이다혜·조너선 스트라한
펴낸이	한성봉
편집	김학제·신소윤·권지연
디자인	정명희
마케팅	박신용·오주형·강은혜·박민지
경영지원	국지연·강지선
펴낸곳	허블
등록	2017년 4월 24일 제2017-000050호
주소	서울시 중구 퇴계로30길 15-8 [필동1가 26] 2층
페이스북	www.facebook.com/dongasiabooks
인스타그램	www.instargram.com/dongasiabook
블로그	blog.naver.com/dongasiabook
트위터	dongasiabook@naver.com
홈페이지	twitter.com/in_hubble
전자우편	hubble.page
전화	02) 757-9724, 5
팩스	02) 757-9726

※ 허블은 동아시아 출판사의 SF 브랜드입니다.

만든 사람들

책임편집	김학제
디자인	정명희
크로스교열	안상준
본문조판	김경주